KRISTEN CALLIHAN

The Darkest London

Winterflammen

Zu diesem Buch:
Viele Jahre war Poppy glücklich mit Winston Lane verheiratet. Doch ihr größtes Geheimnis hatte sie stets für sich behalten. Als Winston von einem Werwolf schwer verletzt wird, erfährt er nicht nur von ihrer magischen Gabe, sondern auch, dass Poppy stets ein Doppelleben in der Welt des Übernatürlichen geführt hat. Als Winston sich tief enttäuscht von ihr zurückzieht, ist Poppy untröstlich. Sie stürzt sich in ihre Arbeit für die Gesellschaft zur Unterdrückung Übernatürlicher, doch auch dies kann sie nicht davon ablenken, dass sie die Liebe ihres Lebens verloren hat. Da erhält sie eine Nachricht von einem alten Erzfeind, der Winston bedroht. Sie sucht ihren Gatten auf, um ihn vor dem gefährlichen Dämon zu warnen. Als sie ihm jedoch gegenübersteht, wird ihr klar, dass Winston nicht mehr der Mann ist, den sie kannte. Desillusioniert, mit Narben an Körper und Seele, hat er dennoch zu einer neuen Stärke und Härte gefunden, die sie zugleich erschreckt und zutiefst fasziniert. Doch die eine Wunde, die weder Magie noch Medizin zu heilen vermag, ist diejenige, die sie selbst in sein Herz geschlagen hat. Poppy begreift, dass sie nur eine Chance hat, ihre Liebe zu retten, wenn sie ihn fortan schonungslos an dem teilhaben lässt, was sie so lange vor ihm verborgen hat.

Über die Autorin:
Kristen Callihans Begeisterung für Superhelden, Actionfilme und historische Romane führte zur Entstehung ihrer ersten Romantic-Fantasy-Serie, die auf Anhieb zu einem großen Erfolg wurde. Sie lebt mit ihrem Mann und zwei Kindern in der Nähe von Washington, D. C. Weitere Informationen unter: www.kristencallihan.com

Die Romane von Kristen Callihan bei LYX:

The Darkest London – Kuss des Feuers
The Darkest London – Im Bann des Mondes
The Darkest London – Winterflammen

The Darkest London – Schattenfeuer *(Novella, nur als E-Book)*

KRISTEN CALLIHAN

WINTERFLAMMEN

THE DARKEST LONDON

Roman

Ins Deutsche übertragen von
Firouzeh Akhavan-Zandjani & Britta Lüdemann

LYX
EGMONT

Die Originalausgabe erschien 2013 unter dem Titel *Winterblaze*
bei Grand Central Publishing, New York, USA.

Deutschsprachige Erstausgabe November 2014 bei LYX
verlegt durch EGMONT Verlagsgesellschaften mbH,
Gertrudenstraße 30–36, 50667 Köln

Dieses Werk wurde vermittelt durch die Literarische Agentur Thomas
Schlück GmbH, 30827 Garbsen.

1. Auflage
Redaktion: Jochen Dilling
© Umschlaggestaltung und Artwork © Birgit Gitschier, Augsburg
unter Verwendung mehrerer Motive von Shutterstock (Urszula Lysionek)
Satz: Greiner & Reichel, Köln
Printed in Germany (670421)
ISBN 978-3-8025-9580-6

www.egmont-lyx.de

MIX
Papier
FSC FSC® C083411

Für mich war dies immer irgendwie Alex' und Laurens Buch. Ohne sie wäre Winston Lane vielleicht in einer dunklen Gasse gestorben, nachdem er von einem Werwolf angegriffen worden war.

Aber das wäre einfach nicht gegangen.

Deshalb danke ich euch, und Winston wird sich diesem Dank ganz bestimmt anschließen!

Prolog

Und nun, ihr lieben Kinderlein, die dieses lesen in der Nacht:
Vor unnütz schönen Worten, die locken gar … habt fein acht.
Verschließt Aug' und Herz und Ohr vor der schmeichelnden Intrige.
Hört, was ich erzähle von der Spinne und der Fliege.

»Die Spinne und die Fliege«
Mary Howitt

London, 1869, Victoria Station – Ein verheißungsvoller Anfang

Winston Lane konnte sich später nicht mehr daran erinnern, was ihn dazu veranlasst hatte, die Enge seines Erste-Klasse-Abteils zu verlassen und wieder nach draußen auf den Bahnsteig zu treten. Der lange, hohe Pfiff hatte angezeigt, dass der Zug bald abfahren würde. Und trotzdem war da irgendein innerer Drang gewesen, dem er nachgegeben hatte. Vielleicht um noch einmal an seiner Pfeife zu ziehen? Weil er ein bisschen frische Luft brauchte? Seine Erinnerung an den damaligen Moment konnte man allenfalls als verschwommen bezeichnen. Von dem Augenblick an, als er aus dem Zug gestiegen war, hatte sein Leben sich völlig verändert. Und alles wegen einer Frau.

Das, was dann passiert war, stand ihm mit der Deutlichkeit eines schönen Ölgemäldes vor Augen. Dicke weiße Dampfwolken waren über den Bahnsteig gezogen, in denen die wenigen Bahnangestellten, die vor der Abfahrt letzte Aufgaben erledigten, kaum zu erkennen waren und deren Bewegungen etwas von der Schemenhaftigkeit von Gespenstern hatten. Müßig und wie immer interessiert an den Tätigkeiten des einfachen Mannes beobachtete er die Männer, als sie aus den Nebelschwaden auftauchte. Der Szene hätte vielleicht etwas Romantisches anhaften können, wäre sie voller Anmut herangeschwebt, doch nein, diese Frau marschierte. Sie hatte etwas männlich Bestimmtes an sich, als würde ihr der ganze Bahnhof gehören. Und obwohl Winston von Haus aus gelernt hatte, Damen zu schätzen, die ausgesprochen weiblich waren, und jene zu meiden, die keine derartige Ausstrahlung besaßen, erregte ihr Anblick doch sofort seine Aufmerksamkeit.

Sie war groß, fast so groß wie er, diese selbstbewusste Dame, und mit irgendeinem tristen Kleid angetan, welches mit dem schwindenden Licht verschmolz. Einzig das volle, strahlend rote Haar, das sie am Hinterkopf zu einer Art Krone hochgesteckt hatte, stach an ihr hervor. Es war so rot, dass es einem wie eine Boje sofort ins Auge fiel. Ein Blick, und er wusste, dass er sie haben musste. Das war ziemlich ungewöhnlich, da er keiner war, der zu plötzlichen Anwandlungen oder Gefühlsausbrüchen neigte. Und schon gar nicht bei Frauen. Rein theoretisch waren sie natürlich sehr wohl interessant, aber eigentlich war eine wie die andere. Im Alter von neunzehn Jahren hatte er bereits etwas Gesetztes an sich: Ordnungsliebend, auf Bücher versessen und vernünftig. Nur dass der Schlag, der ihn traf, als sie vorüberging und ihre dunklen Augen unter den schönen geschwungenen Augenbrauen blitzten, mit Vernunft nicht zu erklären war.

Die Pfeife entglitt Winstons Fingern und fiel auf den Boden, während er wie gebannt dastand und sich mit offen stehendem

Mund bestimmt zum Narren machte. Sie schien ihn gar nicht bemerkt zu haben, sondern ging einfach weiter, wobei ihre langen Beine sie schnell an ihm vorbeitrugen und sie zu entschwinden drohte. Das konnte er nicht zulassen. Sofort setzte er ihr nach.

Er lief schon fast, um sie einzuholen. Aber das war es wert. Der Duft von ledergebundenen Büchern und Zitronen hüllte sie ein, und ihm schwirrte der Kopf. Der Geruch von Büchern und einer gepflegten Frau. Hatte Gott jemals ein himmlischeres Parfüm kreiert? Sie war jung. Vielleicht sogar jünger als er selbst. Ihre helle Haut glatt, faltenlos und ohne Makel bis auf die winzigen Sommersprossen kurz über dem Ohrläppchen. Er verspürte den schier überwältigenden Drang, in dieses Ohrläppchen zu beißen.

Sie behielt ihren raschen Schritt bei und warf ihm nur einen Seitenblick zu, als wollte sie ihn warnen. Er machte ihr keinen Vorwurf daraus. Es war wirklich ausgesprochen unhöflich von ihm, sich der jungen Dame in dieser Weise zu nähern, ohne ihr vorgestellt worden zu sein. Andererseits waren sie die Einzigen, die sich auf dem Bahnsteig befanden, und er war nicht so dumm, sie aus den Augen zu verlieren.

»Verzeihung«, sagte er etwas atemlos, denn diese Frau war wirklich schnell unterwegs, »mir ist klar, dass es ziemlich dreist ist, und normalerweise würde ich nie …«

»Nie was?«, unterbrach sie ihn … ihr Tonfall so kühl und beißend wie frisch gefallener Schnee. »Nie junge Damen in ungehöriger Form ansprechen, die die Kühnheit besitzen, sich ohne Begleitung in der Öffentlichkeit zu zeigen?«

Tja, wenn er genauer darüber nachdachte, sollte sie wirklich jemanden bei sich haben, der über sie wachte. Sie schien nicht aus wohlhabendem Hause zu sein, deshalb erwartete er keine

Zofe, aber eine Schwester oder vielleicht eine Tante? Oder einen Ehemann. Ein Schaudern ging durch seinen Körper bei dem Gedanken, dass sie verheiratet sein könnte. Er gab sich innerlich einen Ruck, denn er merkte, dass er sie anstarrte und sich dabei die gerade Nase und den anmutigen Schwung ihres Kieferknochens einprägte.

»Ich würde mir niemals die Freiheit erlauben, Sie in ungehöriger Weise anzusprechen, Ms. Es wäre mir sogar ein Vergnügen, den Schurken, der es wagt, sich Ihnen in dieser Form zu nähern, in seine Schranken zu weisen.« Jetzt klang er doch tatsächlich wie ein selbstgefälliger Pedant und Heuchler.

Sie grinste. »Dann lassen Sie mich raten. Sie sind Mitglied in der Gesellschaft zum Schutze junger Damen und Unschuldslämmer und wollen dafür sorgen, dass ich mir der Gefahren bewusst werde, die auf mich lauern, wenn ich allein unterwegs bin.« Die kühlen braunen Augen glitzerten, als sie ihn ansah, und Winstons Magen, der sich ohnehin schon krampfhaft zusammengezogen hatte, fing jetzt an zu schmerzen. »Oder vielleicht wollen Sie ja auch nur eine Spende?«

Er konnte nicht anders … er musste grinsen. »Und wenn es so wäre, würden Sie mir dann Gehör schenken?«

Sie schob die weichen, rosigen Lippen vor. Ob nun aus Verärgerung oder Erheiterung konnte er nicht sagen. Es war ihm aber auch egal. Er wollte mit seiner Zunge über sie fahren, sodass sie sich wieder entspannten. Die Vorstellung ließ ihn innerlich zusammenzucken. Er hatte doch sonst nicht solch zudringliche Gedanken. Doch sich mit ihr zu unterhalten fühlte sich so natürlich an, als hätte er das schon tausendmal getan.

»Ich weiß nicht … würde es sich denn lohnen?«

Im Handumdrehen war er hart wie Stahl. Seine Stimme bekam einen rauen Unterton. »Ich bin wohl zweifellos in der

Lage, meine Tugenden in erhebender Weise darzustellen, es gibt für Sie aber nur eine Möglichkeit herauszufinden, ob es wirklich stimmt, was ich sage.«

Als sie errötete, überzog ein dunkles Rosa ihre Gesichtszüge, was für einen wundervollen Zusammenprall mit ihrer Haarfarbe sorgte. »Nun, Sie sind auf jeden Fall redegewandt«, murmelte sie, und sein Lächeln wurde breiter.

Sie näherten sich dem Ende des Bahnsteigs. Hinter ihnen stieß die Lokomotive einen letzten, lauten Pfiff aus.

Sein keckes Fräulein zog eine ihrer Augenbrauen hoch. »Sie verpassen Ihren Zug, Sir.«

»Manche Dinge sind es wert, dass man sie verpasst, andere nicht.«

Als sie die Treppe erreichten, blieb sie stehen und sah ihn an. Als sie wieder sprach, war ihr Tonfall hart und unnachgiebig. »Was wollen Sie eigentlich?«

Sie. »Ihren Namen wissen, sodass ich Ihnen einen Besuch in gebührender Form abstatten kann.« Er machte einen Kratzfuß, der so übertrieben war wie jener, den er letztens bei Hofe vollführt hatte. »Winston Lane zu Ihren Diensten, Madam.«

Und wenn es um sein Leben gegangen wäre, hätte er nicht sagen können, warum er ihr nicht seinen vollen Namen gesagt hatte. Er schämte sich für die Lüge und wollte den Fehler schon korrigieren, als diese rosigen Lippen wieder zuckten und alle guten Vorsätze seinem Verstand entfleuchten. Was würde sie dazu bringen, richtig zu lächeln? Wie würde sie von Leidenschaft gerötet aussehen? Ihm wurde heiß.

Ihr Blick ging über seine Schulter hinweg. »Ihr Zug fährt ab.«

Der Bahnsteig zitterte unter seinen Füßen, als der Zug stöhnend den Bahnhof verließ. Er drehte noch nicht einmal den

Kopf. »Ich merke«, sagte er und ließ ihr herrlich strenges Antlitz nicht aus den Augen, »dass ich London gar nicht mehr verlassen will.«

Wie nicht anders zu erwarten, hielt sie seinem Blick stand, ohne zu erröten oder die schüchterne Miene aufzusetzen, die bei den jungen Damen, mit denen er es sonst zu tun hatte, so normal war. »Führen Sie sich immer wie ein Narr auf?«

Nie. Aber er brauchte es nicht auszusprechen. Sie durchschaute ihn, und plötzlich sah er ihre Augen zustimmend aufleuchten. Langsam streckte sie die Hand aus, sodass er sie nehmen konnte. »Ms Poppy Ann Ellis.«

Poppy … Mohn. Wegen ihres Haars, nahm er an. Aber für ihn war sie Boudicca, Athene, eine Göttin.

Es gelang ihm gerade noch, sich zurückzuhalten und nicht ganz dicht an sie heranzutreten, um seinen Mund auf ihre Lippen zu legen. Stattdessen nahm er ihre Hand mit der angemessenen Höflichkeit. Seine Finger, die in einem Handschuh steckten, legten sich um ihre, und in seinem Innern kam etwas zur Ruhe. Er zitterte nur ganz leicht, als er ihre Hand an seine Lippen zog. »Ms Ellis, zu Ihren Diensten.« *Immer*.

Doch noch während er sprach, verschwor sich das Schicksal gegen ihn, um ihn zum Lügner zu stempeln.

1

West End, 28. August 1883

Ein Telegramm, das an den Hauptsitz der Gesellschaft geschickt wurde:

Tochter der Elemente STOP Wir müssen alle ernten, was wir gesät haben STOP Jetzt bist du an der Reihe STOP Ich werde mir nicht das Herz aus Eis aus deiner reizenden Brust nehmen, sondern das zerbrechliche, das in einer anderen schlägt, um damit auf einem Feuerschiff davonzusegeln STOP Wenn ich es in Stücke reiße wirst du den Schmerz des Versagens erinnern STOP Mal wieder STOP

Zu ihrem Salon ging es über eine gewundene Treppe, die nicht nach oben, sondern nach unten führte. Ganz unten, unter die Erde, wo Sonnenlicht und frische Luft niemals hinkamen. Ja, ein richtiger englischer Salon mit elektrischem Licht und guter Luft, für die über ein ausgeklügeltes Ventilatorensystem gesorgt wurde … und alles so überaus modern, dass selbst Leute, die schon alles kannten, einen Moment innehielten und staunten.

Poppy hatte erst vor Kurzem ihrer Schwester Daisy den Weg nach unten gezeigt, was sie allmählich anfing zu bedauern, als sie sich auf ihrem Schreibtischstuhl zurücklehnte und die beiden Frauen musterte, die vor ihr saßen. Bei einer der Frauen handelte es sich um Daisy, die wie immer eine strahlende Erscheinung war und in einem extravaganten Kleid steckte, welches zweifellos hochmodern, aber gleichzeitig höchst unbequem zu sein schien. Mit überraschender Schnelligkeit war Daisy hinter Poppys Geheimnis gekommen und hatte sich damit das Recht erworben hier zu sein.

Die andere Frau war das Problem. Ms Mary Chase. Oh ja, sie saß zwar betont zurückhaltend und ruhig da, während Daisy in der ihr eigenen Art plapperte, doch der funkelnde Blick des Mädchens ging in alle Ecken und Winkel von Poppys Büro … wobei sie insgeheim auch die winzigsten Informationen beiseiteschaffte, wie es nur ein GIM vermochte.

Ein GIM oder ein Geist in der Maschine war der beste Spion, den die Unterwelt vorzuweisen hatte. Diese Geschöpfe hatten es einem Dämon zu verdanken, dass sie einen unsterblichen Körper besaßen, aus dem ihr Geist jederzeit heraustreten konnte, um überall hinzugelangen und jedem Gespräch zu lauschen. Und jetzt kannte dieser GIM den Weg in Poppys Büro. Verdammt. Poppy hatte Daisy um ein Gespräch gebeten. Sie hatte nicht damit gerechnet, dass ihre Schwester einen Gast mitbringen würde.

»Nun?«, hakte Daisy nach und unterbrach Poppys Gedanken.

Poppy holte kurz Luft und riss sich zusammen. Etwas, das ihr immer schwerer fiel. Sie war innerlich völlig erstarrt und ziemlich sicher, dass sie eines Tages auch äußerlich einfach zu Eis werden würde.

»Du möchtest, dass ich dieses Mädchen zu Mutter bringe«, wiederholte Poppy und spürte die Taubheit in ihren Lippen. Mutter war der Kopf der Gesellschaft zur Unterdrückung Übernatürlicher – eine Organisation, die sich auch darauf konzentrierte zu verhindern, dass die Welt die Wahrheit erfuhr: Die

Ungeheuer aus ihren Märchen gab es wirklich. Mutter, die niemand, absolut niemand je gesehen hatte. Also wirklich, manchmal hatte Daisy Nerven. Poppy trommelte mit den Fingern auf dem Tisch, um dem Drang zu widerstehen, sie ihrer Schwester um den entzückenden Hals zu legen.

Daisy war auch ein GIM. Angesichts eines zu erwartenden langsamen, schrecklichen Todes hatte sie sich dafür entschieden. Um sich zu retten, hatte sie einen Pakt mit dem Teufel geschlossen … und jetzt würde sie niemals sterben. Lange nachdem Poppy bereits zu Staub zerfallen war, würde sie immer noch da sein. Das machte Poppy unendlich traurig, obwohl sie nicht sagen konnte, warum eigentlich.

Daisys Blick fiel auf Poppys trommelnde Finger, und Poppy hörte sofort damit auf. Daisy hatte die gleiche Eigenart, wenn sie aufgeregt war. Ein dummer Fehler also, das ausgerechnet in Gegenwart ihrer Schwester zu machen. Verdammt noch mal.

Als Daisy antwortete, tat sie dies übertrieben geduldig. »Nicht ganz. Ich bin hier, um einen ersten Kontakt zu Mutter herzustellen.«

Poppy erstarrte. Daisy wollte doch nicht etwa das andeuten, was sie vermutete. »Warum hast du dich mit dieser Bitte nicht an Lena gewendet?«, erwiderte Poppy ausweichend.

Daisys Augen blitzten kurz auf. »Ich hatte angenommen, meine Schwester würde ein bisschen entgegenkommender sein. Vielleicht habe ich mich geirrt.«

Poppy wandte als Erste den Blick ab. Sie hatte eine eindeutig unpassende Frage gestellt. Denn Lena war zwar Mutters offizielle Mittlerin, und Bitten an Mutter liefen immer über sie, aber sie war vor Jahren auch Ian Ranulfs Geliebte gewesen. Da Ian jetzt Daisys Ehemann war, fühlten die Frauen sich in der Gegenwart der jeweils anderen nicht sonderlich wohl.

»Hör mal.« Daisy beugte sich vor und schlug einen versöhnlichen Tonfall an. Poppy wusste, dass Daisy normalerweise ihrem Unmut freien Lauf ließ. »Mary ist unser bester GIM.«

»Warum willst du sie dann verlieren?«

Mary Chase regte sich. »Dürfte ich wohl für mich selber reden?« Ihr Blick flammte kurz auf, was Poppy nicht umhin konnte zu bewundern, und so nickte sie. Ms Chase legte die schmalen Hände in den Schoß, während sie Poppy mit unverwandtem Blick anschaute. »Meine Dienstzeit für die GIMs ist zu Ende.« Ihre Hände verkrampften sich kurz. »Mrs Lane, ich möchte eine höhere Position als Regulatorin einnehmen. Das will ich schon seit einiger Zeit.«

Poppy gelang es, nicht zusammenzuzucken, als sie ihren Namen hörte. Mrs Lane. Was für eine Farce. Schließlich hatte ihr Ehemann sie verlassen. Der Schmerz, den sie ständig in ihrer Brust herumtrug, strahlte erst in die Arme und dann bis in die Fingerspitzen aus. Sie ließ nicht zu, dass man es ihr ansah, während ihr Blick über Ms Chase glitt. Die junge Frau wirkte nicht älter als neunzehn, doch laut Poppys Unterlagen musste sie ungefähr in ihrem Alter sein, nachdem sie ihr Leben das erste Mal im Jahre 1873 verloren hatte.

»Ich nehme an, Sie wissen es«, meinte Poppy. »Aber ich fühle mich doch genötigt, Sie daran zu erinnern, dass die Tätigkeit als Regulator keine einfache Aufgabe ist. Es ist ein hartes Leben und oftmals ziemlich kurz.« Regulatoren waren Vertreter der Gesellschaft zur Unterdrückung Übernatürlicher … Männer und Frauen, die in den vordersten Reihen der Welt des Übernatürlichen agierten. Sie hatten es mit Wesen zu tun, die selbst Monstern Alpträume bescherten. Poppy beugte sich ganz leicht vor. »Und glauben Sie mir … der Kopf manches Unsterblichen ist dabei gerollt. Nur weil Sie nicht sterben können bedeutet nicht, dass Sie nicht umgebracht werden können, mein Kind.«

Mary Chase' braune Augen zogen sich zusammen. »Ich bin kein Kind. Und ich habe keine Angst vor dem Tod.«

Poppy erhob sich, denn sie war nicht bereit, weiter still sitzen zu bleiben. »Das sagen alle.« Sie griff nach ihrem dicken Umhang. »Und dann entdecken sie eines Tages tief in ihrem Herzen, dass sie gelogen haben. Soweit ich weiß, bekommen GIMs keine zweite Chance, wenn sie den Kopf verlieren, nicht wahr?«

»Nein«, sagte Mary nach einem Moment.

»Kommt mit.«

Die beiden Frauen erhoben sich und folgten ihr zur Tür. Poppy ging durch die Tür und hielt sich nicht damit auf zu schauen, ob die beiden hinterherkamen. Draußen saß Mr Smythe an seinem Schreibtisch. Das bleiche Gesicht bildete keinen Kontrast zum grauen Haar. Von seinem Platz aus sah er in einen langen, dunklen Gang, und Poppy fragte sich häufig, wie er es ertragen konnte, Tag für Tag – und manchmal auch ganze Nächte durch – in so einen Abgrund zu schauen. Doch Mr Smythe beschwerte sich nie. Er nickte ihr ehrerbietig zu, als sie vorbeiging. Sie arbeitete jetzt seit vierzehn Jahren mit Smythe zusammen, doch er wusste weder von Winston, noch kannte er ihre Vorliebe für Fleischpasteten, die von Straßenverkäufern feilgeboten wurden. Keiner innerhalb der Gesellschaft kannte sie wirklich. Die Leute neigten dazu, sich von Poppy fernzuhalten, als würden sie ihre Andersartigkeit spüren und wahrnehmen, dass sie nicht wie sie war. Und das war schon ziemlich vielsagend, schließlich verfügten die meisten ihrer Kollegen über Gaben, die als Inbegriff des Überirdischen und Unheimlichen galten. Eigentlich störte es sie nicht, dass man sie in dieser Form ausgrenzte. Sie hatte ja Winston … Poppy wäre fast stehen geblieben. Sie hatte Winston *nicht*. Er war fort. Und sie war allein.

»Du sollst wissen, dass ich Grund hatte, mit ihr herzukommen«, sagte Daisy leise dicht hinter ihr, während sie durch den mit Steinen gefliesten Gang huschten. Hie und da brannten elektrische Wandlampen, die Daisys blonde Locken in ein stumpfes Gelb verwandelten. Mary Chase folgte ihnen in einem gebührenden Abstand mit unterwürfig gesenktem Blick. Ha. Männer mochten sich vielleicht von einer derartigen Zurschaustellung zum Narren halten lassen, Poppy jedoch nicht.

»Na, das will ich aber auch ganz stark hoffen«, erwiderte Poppy genauso leise. »Du hättest heute beinahe mein Vertrauen verloren, Daisy-Depp.«

Daisy schnaubte verärgert, beschleunigte aber ihren Schritt, um Poppy einzuholen. Sie griff nach ihrem Ellbogen und zwang sie so langsamer zu gehen. »Pop. Hör mir doch mal einen Moment lang zu, ja?«

Alle Muskeln in Poppys Körper wurden kalt und schwer. Sie kannte diesen Tonfall … genau wie das sanfte, ekelhafte Mitleid, das Daisys Blick trübte. »Na«, stieß Poppy zwischen zusammengebissenen Zähnen hervor, »dann mal heraus damit. Und erklär mir auch gleich, was das mit Mary Chase zu tun hat.«

Daisy holte tief Luft, um Mut zu fassen. »Sie weiß Bescheid.« Ihre Stimme wurde noch ein bisschen leiser. »Sie weiß, wer du bist.«

Die Anstrengung, die es sie kostete, nichts zu zerschlagen oder jemanden zu erschlagen, ließ Poppy vor Wut und Schreck erstarren. Daisy tat noch einen halben Schritt, während sich ihr Mund wie bei einer Marionette öffnete und schloss und sie eine Hand abwehrend hob. Kluge Frau. Poppy konnte sich keinen Grund vorstellen, warum ihre Schwester ihr Vertrauen in dieser Weise missbraucht hatte.

Poppy ging zum Angriff über. »Hast du etwa völlig den Verstand verloren? Was um Himmels Willen hat dir das Recht dazu gegeben?«

Als Daisy ostentativ schwieg, kamen ihr kurz Bedenken, was Daisy sofort ausnutzte. »Ich sehe ja ein, dass es überaus ärgerlich ist, von der eigenen Schwester manipuliert zu werden.« Poppy sah sie finster an, doch Daisy ignorierte es. »Aber wie du ja immer wieder selber festgestellt hast, habe ich nur die besten Absichten.« Daisy berührte ihren Arm. »Du brauchst eine Gesellschafterin, Pop.«

Poppy lachte rau auf. »Du hältst mich wohl für alt und gebrechlich, was? Erinnere dich bitte daran, dass ich zweiunddreißig bin. Das ist ja wohl kaum steinalt, auch wenn deine Freundinnen aus der feinen Gesellschaft das denken mögen.«

»Ich halte dich nicht für steinalt, Pop«, erwiderte Daisy ruhig. »Ich glaube aber, dass du leidest.«

»Tu das nicht.« Poppy holte zischend Luft. »Bemitleide mich nicht. Niemals, Daisy.«

Es war schon schlimm genug, dass ihre Schwestern von ihrer Trennung von Win wussten. Das war demütigend gewesen. Aber nichts im Vergleich zu der Leere und dem dumpfen, immer gleichbleibenden Schmerz, der sie beherrschte, weil er nicht da war.

Im schwachen Licht schimmerten Daisys Augen wie funkelnde Saphire. Seit sie ein GIM war, riefen Emotionen diese Wirkung bei ihr hervor. »Mitleid und Mitgefühl sind nicht dasselbe.«

»Du hast einen GIM hergebracht, der mir Gesellschaft leisten soll«, fuhr Poppy sie an, »als hättest du Angst, ich könnte etwas Drastisches tun.«

Was für ein Blödsinn. Poppy tat nie drastische Dinge. Sie starb nur innerlich jeden Tag ein bisschen mehr und wünschte sich, die Welt möge endlich verschwinden. Das hatte aber leider nicht sonderlich gut geklappt ... die Welt war immer noch da.

Daisy musterte sie. »Mary ist loyal und sehr diskret ... und im höchsten Maße vertrauenswürdig. Das schwöre ich bei meinem Leben.«

»Dein Schwur ist hervorragend, denn es könnte sehr wohl sein, dass ich dir gleich das Leben nehmen werde.« Der Gedanke war im Moment nur allzu verlockend.

»Ich fange an zu zittern«, gab Daisy mit einem undamenhaften Schnauben von sich, ehe sie wieder ernst wurde. »Du brauchst jemanden, der dafür sorgt, dass du wachsam bleibst. Und der Himmel weiß, dieses Miststück Lena wird dies nicht für dich tun. Eher wird sie dir ihre Reißzähne in den Nacken schlagen, wenn du ihr den Rücken kehrst.«

»Du solltest allmählich über deine Antipathie gegen Lena hinwegkommen.«

»Papperlapapp«, sagte Daisy und winkte ab, »diese Frau ist mir völlig egal. Und du weißt ganz genau, wie richtig ich mit meinen Äußerungen über ihren Charakter liege.«

Leider hatte Daisy recht. Man konnte Lena wahrlich nicht als ein hilfsbereites Wesen betrachten. Sie verabscheute Schwäche sogar noch mehr als Poppy.

Poppy seufzte und richtete den Blick auf Mary Chase, die etwas außerhalb des Lichtkreises stand, in dem Daisy und Poppy sich unterhielten. Die junge Frau war ein Stückchen zurückgetreten, nachdem sie ganz zu Recht Poppys Wunsch nach einem Mindestmaß an Ungestörtheit gespürt hatte. Poppy drehte sich wieder zu Daisy um. »Ich habe dich hergebeten, weil ich Informationen brauche … kein Kindermädchen.«

»Dann frag, was du wissen willst«, erwiderte Daisy. »Mary wird keiner Seele davon erzählen, und da sie zurzeit meine rechte Hand ist, würde ich es ihr ohnehin sagen. Den finsteren Blick kannst du dir also sparen, Pop.«

Ach, wie gern würde Poppy ihrer Schwester nur ein einziges Mal den Hals umdrehen. Himmel … Daisy würde sich sofort wieder davon erholen, also wäre es noch nicht einmal ein richtiger Mord. Einen Moment lang musterte sie die unerschrockene Mary Chase. Eine gescheite Frau, gewitzt und diskret. Es könnte aber auch alles aufgesetzt sein. Poppys Leben hing davon ab, wie sie sich entschied. Das hieß, sie musste über die Vernunft hinaus auch ihr Bauchgefühl einbeziehen, um zu überleben.

»Na gut, Ms Chase«, sagte sie zu der Frau. »Sie bekommen Ihre Chance.«

Ms Chase machte einen artigen Knicks. »Danke, Mrs Lane.«

»Danken Sie mir noch nicht. Ein Dämon ist seinem Gefängnis entkommen«, berichtete sie den beiden Frauen. »Ich habe es vor einer Stunde von Lena erfahren. Wo er etwa ist, wissen wir zurzeit nur durch ein Telegramm, das von ihm sein kann oder auch nicht. Darin wird ein Feuerschiff erwähnt.« Ihre Hand lag an der kalten Mauer. »Die Gesellschaft muss unbedingt in Erfahrung bringen, wo er ist. Sofort.«

Poppy, die nicht mehr stillstehen konnte, wandte sich ab und stieg mit klappernden Absätzen die gusseiserne Wendeltreppe hinauf. Oben angekommen drehte Poppy den Griff, der mehrere starke Riegel löste. Die schwere Tür schwang geräuschlos auf, und sie wurde von dem vertrauten, beruhigenden Geruch von Büchern und Holzpolitur empfangen, als sie in ihren Buchladen trat.

Daisy und Mary folgten ihr, ehe sie die Tür wieder schloss und hörte, wie die Riegel einrasteten.

Daisys hübsches Gesicht war ganz bleich. Sie wusste etwas. Verdammt. Instinktiv stellten sich Poppys Nackenhaare auf, ehe Daisy überhaupt etwas gesagt hatte. »Winston ist gerade in Paris.«

»Paris? Win hasst Paris.« Poppy hatte ihn vor Jahren mehrfach dazu überreden wollen, mit ihr zusammen der Stadt einen Besuch abzustatten, was er rundweg abgelehnt und Paris eine heidnische, unzivilisierte Stadt voller Verschwender und Herumtreiber genannt hatte. Poppy meinte, das wäre ja wohl eine sehr übertriebene Darstellung, aber Win hatte es wiedergutgemacht, indem er den gesamten Urlaub mit ihr im Bett verbracht und ihr in höchst interessanter Weise seine eigenen ziemlich heidnischen Neigungen verdeutlicht hatte.

Glücklicherweise antwortete Daisy, ehe Poppy weiter über frühere Zeiten nachgrübeln konnte. »Ich weiß nur, dass er hingegangen ist, nachdem …« Daisy knabberte an ihrer Unterlippe.

»Nachdem was?« Poppy gelang es nicht, die in ihrer Stimme mitschwingende Unruhe zu unterdrücken. Win hatte sie verlassen, und trotzdem sorgte sie sich immer noch wie eine Glucke um ihn.

Daisy zog die Nase kraus. »Vor zwei Wochen hat er einen Verdächtigen zu Klump geschlagen. Die Polizei hat ihn entlassen, Poppy.«

Poppy sank gegen den Tresen. Sie konnte sich überhaupt nicht vorstellen, dass Win jemals die Kontrolle über sich verlor … und die Polizei war doch sein Leben. Winston Lane war Inspektor mit Leib und Seele.

Was würde er jetzt machen? Wie fühlte er sich jetzt wohl? Bestimmt wusste er nicht weiter, wurde ihr klar. Win hatte alles aufgegeben, um Inspektor zu werden, und dafür auch in Kauf genommen, von seiner sehr mächtigen Familie verstoßen zu werden. Daisys Stimme durchdrang ihre Überlegungen.

»Er plant seine Rückkehr an Bord von Archers Boot …«

»Schiff. Ein Ozeandampfer ist doch kein Boot.«

Daisy verdrehte die Augen. »Ist ja gut … auf jeden Fall heißt dieses Schiff *Ignitus*.« Daisy unternahm einen halbherzigen Versuch zu lächeln. »Archer hat das Schiff wegen Miranda auf diesen Namen getauft.«

Poppy blieb fast das Herz stehen. Ignitus war das lateinische Wort für »feurig«.

Daisys Atem trat als deutlich sichtbare Dampfwolke hervor, als die Luft plötzlich kalt wurde und sich Eis auf dem Tresen ausbreitete. Poppy konnte die Reaktion nicht im Zaum halten. Gütiger Himmel, wie hatte Isley das erfahren? Sie hatte doch so sorgfältig darauf geachtet, dass dieses Leben nicht mit Win in Berührung kam.

»Wann soll das Schiff in See stechen?« Poppys ganzer Körper vibrierte … so stark war der Drang, sich zu bewegen und loszurennen.

»Ich glaube, die Abfahrt ist für Freitag angesetzt. Das ist in zwei Tagen.« Daisys glatte Stirn zog sich zusammen. »Poppy, du kannst doch wohl nicht ernsthaft in Erwägung ziehen hinzufahren. Das verdammte Ding liegt in Calais! Und wir sind in London«, fügte sie mit unnötigem Nachdruck hinzu.

Wut stieg in Poppy hoch, und sie sah plötzlich klarer als seit Monaten. »Das wollen wir doch mal sehen.«

Hafen von Calais, 30. August 1883

Ein Mensch kann nicht vor seinem Leben davonlaufen … egal wie weit er rennt. Das war eine unangenehme Wahrheit, die Winston Lane in den vergangenen Wochen hatte lernen müssen, als er sich selbst zu einem Urlaub gezwungen hatte. *Ein bisschen Ruhe und Entspannung, Inspektor, und Sie sind wieder auf dem Kamm.* Winston hatte weder das Herz noch die Energie gehabt, Sheridan zu korrigieren. Richtig hieß es natürlich »wieder auf dem Damm«, aber, nein, er würde nie wieder auf dem Damm sein. Trotzdem hatte er das feuchtkalte London weit hinter sich gelassen und war geradewegs nach Paris gereist, wo er nicht ständig an all das erinnert werden würde, was er verloren hatte. Aber der Urlaub war ein jämmerlicher Reinfall gewesen.

Deshalb würde er wieder nach Hause fahren. Nach London. Und zu Poppy. Es packte ihn eine so heftige Sehnsucht, dass es schon schmerzte, und das allgemeine Gefühl der Unzufriedenheit wich zurück und machte einem heftigen, stechenden Schmerz Platz. Er vermisste Poppy so sehr, dass er kaum mehr atmen konnte. Er wollte sie sich nicht vor Augen rufen, doch es passierte trotzdem. Poppy, seine Boudicca. Er hatte sie immer als Kriegerin gesehen. Ihre blitzenden Augen und das entschlossene Kinn genügten, um die meisten Männer einzuschüchtern. Was allerdings Winston anging, hatten ihre Schärfe und Kraft ihn eher für sie entflammt und in ihm den Wunsch geweckt, unter die harte Schale zu gelangen, den weichen Kern zu finden und verruchte Dinge zu treiben …

Nein, er würde nicht an sie denken. Sie war eine Illusion. Eine Lügnerin. Während der vierzehn Jahre ihrer Ehe hatte sie vorgegeben, nur eine Buchhändlerin zu sein, während sie doch um die andere Welt wusste, das übersinnliche London, welches voller mystischer Wesen wie zum Beispiel Werwölfe war. Und sie hatte es vor ihm verheimlicht … bis zu dem Tag, als er von einer dieser Kreaturen in Stücke gerissen worden war.

Doch er war ihr zu lange aus dem Weg gegangen. Er hatte sich feige und zugleich kleinlich verhalten. Er wollte eine Erklärung und auch seine Meinung dazu kundtun. Dafür würde er ihr gegenübertreten müssen, wie er war … nur noch die Hülle eines Mannes.

»Na, das ist mal ein verdammt großes Boot«, sagte Jack Talent, der neben ihm stand.

Winston, den die Worte aus den Selbstvorwürfen rissen, ächzte. »Schiff. Ein Ozeandampfer ist doch kein ›Boot‹.«

Obwohl er sehr ungehalten über seinen unerwünschten und unerwarteten Reisegefährten war, musste Winston dem jungen Mann doch recht geben. Wobei »groß« allerdings nicht einmal ansatzweise den riesigen Ausmaßen dieses Monstrums gerecht wurde, das sie von der französischen Hafenstadt Calais nach Southampton bringen und danach nach New York weiterfahren würde. Das Schiff war gigantisch. Es hatte die Höhe eines fünfstöckigen Gebäudes und war so hoch, dass sie den Kopf schon in den Nacken legen mussten, um nur bis zur Hälfte des Hauptmastes hochzuschauen.

Das Schiff, höher als die meisten Londoner Gebäude, hatte mindestens die Länge von zwei Straßenzügen. Es war so groß, dass es die Sonne verdeckte. Wenn man danebenstand, kam man sich so klein wie ein Wurm vor. Und trotzdem war Winston unwillkürlich von dieser Meisterleistung moderner Ingenieurskunst angetan, etwa dem gewaltigen Schaufelrad, das im Morgenlicht schimmerte – einem von zwei Schaufelrädern, die bei höchster Leistung diesen Leviathan und seine viertausend

Passagiere mit einer Geschwindigkeit von fünfzehn Knoten transportieren würde.

»Soll Archer sich doch so ein Schiff kaufen«, meinte er.

Um Talents Lippen zuckte es. »Vielleicht hatte er ja das Bedürfnis irgendetwas gutzumachen.«

Winston drehte sich zu Talent um. »Vielleicht sollten Sie ihm das selber sagen. Es würde mir die Mühe ersparen, Sie selber zu erledigen.« Seitdem der junge Mann vor zwei Wochen Winstons Zugabteil betreten hatte, versuchte er ihn loszuwerden.

»Was wollen Sie hier?«, hatte er gefragt, als Talent sich ihm gegenüber auf die Bank hatte fallen lassen.

Der junge Mann, der als Ian Ranulfs Kammerdiener arbeitete, hatte ihn unverfroren angeschaut, obwohl Winston ihn mit seinem finsteren Blick bestimmt durchbohrt hatte. »Ian hat mich geschickt. Ich bin hier, um auf Sie aufzupassen.«

Als wäre der Junge ein verdammtes Kindermädchen. Winston wäre gern wütend geworden. Doch Ian und sein anderer neugieriger Schwager Archer hatten Winston die eine Sache gegeben, die er so dringend gebraucht hatte – das Gefühl, noch irgendetwas bewirken zu können, nachdem er in Stücke gerissen und wieder zusammengeflickt worden war. Zwar war er hinterher nicht so gut wie neu gewesen … aber noch am Leben.

Seit dem Tage, als er sich wieder hatte bewegen können, ohne bei jedem Schritt stechende Schmerzen zu verspüren, war er von Ian und Archer bedrängt, drangsaliert und schließlich schikaniert worden, nach Ranulf House zu kommen und seinen Körper zu kräftigen. Sie hatten ihm das Kämpfen beigebracht … sowohl mit der Faust als auch mit dem Schwert. Sie hatten ihm Medizinbälle zugeworfen und ihn Getreidesäcke stemmen lassen, bis sein narbenbedeckter, geschundener Körper vor Schmerz geschrien hatte. Es war eine systematische Folter seines Fleisches gewesen, bei der seine geschwächte Gestalt fast zehn Kilo Muskelmasse angesetzt hatte, wodurch er in die Lage versetzt wurde, einen Mann, doppelt so schwer wie er, mit einem Schlag niederzustrecken. Leider hatte das aber nichts geholfen, wenn die Alpträume, die Winston verfolgten, von Monstern und nicht Menschen bevölkert waren.

Nachdem es Winston also nicht gelungen war, die Nervensäge loszuwerden, hatte er einen Möchtegernkammerdiener am Hals gehabt, wodurch er noch verdrießlicher geworden war. Im Moment wirkte Talent auch nicht gerade begeistert. Er musterte den Himmel, und ein besorgter Ausdruck breitete sich auf seinem Gesicht aus. »Irgendetwas stimmt nicht. Haben Sie den Himmel bemerkt?«

Der war tatsächlich seit Tagen in ein stürmisches Rot getaucht, welches schwarze und tiefrote Streifen durchzogen. Ein unheimlicher Anblick, der ein seltsames Gefühl bei Winston auslöste. »Die Farbe ist eine Folge des Ausbruchs des Krakatoa.«

Die Nachricht vom Ausbruch eines weit entfernten Vulkans und dessen verheerenden Zerstörungen hatte sie bereits erreicht. Die Hälfte der Insel war auf einen Schlag ausgelöscht worden. Die Menge der Asche, die der Vulkan dabei ausgestoßen hatte, reichte aus, um sogar in Europa den Himmel zu verdunkeln.

»Sehen Sie … das ist der erste Fehler, den Sie machen, weil Sie ein Mensch sind.« Grimmiger Ernst legte sich über Talents Miene. »Ein Vulkanausbruch gibt immer Anlass zur Sorge … denn es kommt immer etwas heraus.«

Winston zog die Krempe seines Hutes tiefer ins Gesicht, als eine Bö über die Kaianlagen pfiff und Unrat durch die Luft fliegen ließ. Die Reisenden um sie herum griffen ebenfalls nach ihren Hüten und eilten auf den Landungssteg zu, über den sie auf die *Ignitus* gelangten. »Heraus?«

»Aus der Hölle. Ein Vulkan bricht aus und alles mögliche Widerwärtige nutzt den Spalt im Erdmantel, um in die Freiheit zu gelangen.«

Noch etwas, von dem Winston lieber nichts gewusst hätte. Er atmete die salzige Luft tief ein und griff dann nach seinem Koffer. »Keine Sorge, Talent. Sollte sich ein Höllenbote melden, werde ich mein Bestes tun, um Sie zu beschützen.«

Talent schnaubte kurz auf. »Und da sag mir einer, Sie hätten keinen Sinn für Humor, Inspektor.«

2

Wie alle anderen Passagiere standen Winston und Talent auf den oberen Decks, um zuzuschauen, wie die *Ignitus* ablegte. Das Schiffshorn stieß einen langen, klagenden Pfeifton aus, der so laut hallte, dass Winston innerlich vibrierte. Als wäre es durch das Horn geweckt worden, kam bebend Leben in den schwimmenden Koloss … wie in ein großes Tier, das aus dem Winterschlaf erwacht. Als das mächtige Schaufelrad auf ihrer Seite anfing sich zu drehen, begann ganz weit unten blaugrünes Wasser schäumend zu brodeln. Die meisten Reisenden befanden sich auf der Backbordseite des Schiffes, um zu beobachten, wie Calais ihren Blicken entschwand. Winston nicht. Sein Blick ging hinaus aufs Meer und in jene Richtung, in die das Schiff ihn bringen würde. Nach Hause.

Fast wäre ihm die unmerkliche Veränderung der Luft entgangen. Zuerst meinte er, die plötzliche Kälte wäre ein vom Meer aufkommender Wind, doch die Luft stand auf einmal seltsam still, sodass er erstaunt innehielt. Er schaute Talent an. Der junge Mann hatte die Augenbrauen zusammengezogen und sah angestrengt aufs Meer hinaus. Dann war es ihm also auch aufgefallen. Im nächsten Moment war es deutlich kälter und kühlte noch weiter ab, sodass sein Atem gleich darauf als weiße Wolke zu erkennen war.

Talent trat einen Schritt zurück. »Was zum Teufel geht hier vor?«

Winston öffnete schon den Mund, um zu antworten, als er

ein leises Knistern vernahm. Leicht entsetzt beobachteten sie, wie sich die Reling rasend schnell mit einer Frostschicht überzog. Winston riss die Hand zurück, als weiße Finger aus Eis sich mit der Schnelligkeit einer Feuersbrunst ausbreiteten und alles bedeckten, was ihnen in den Weg kam. Von allen Seiten hörte man verwirrte Stimmen.

Das Knistern und Knacken wurde lauter, als die Temperatur noch eisigere Tiefen erreichte. Und dann begann das große Schiff zu ächzen und zu beben. Winston und Talent beugten sich über die Reling und beobachteten mit gebanntem Entsetzen, wie sich das Wasser ums Schiff herum in unvorstellbar dickes Eis verwandelte und sich der Koloss gefangen im Eis zu heben begann.

Talent riss den Mund auf. »Ach, du heilige Scheiße!«

Winston war geneigt, ihm zuzustimmen. »Kommen Sie.« Er zog an Talents Ärmel, um den Mann auf sich aufmerksam zu machen. »Auf die Backbordseite.« Irgendetwas näherte sich. Er konnte es spüren.

Vorsichtig rutschten sie über das eisglatte Deck auf die andere Seite des Schiffes und schoben sich durch die fassungslos starrenden und aufgeregt durcheinanderlaufenden Passagiere. Besatzungsmitglieder riefen und warteten auf Anweisungen. Auch sie bewegten sich genauso unsicher wie Winston und Talent über das Eis, als sie versuchten zu ergründen, was hier vor sich ging.

»Guck mal«, sagte ein kleines Mädchen, »da kommt jemand an Bord.«

Mehrere Leute stürzten an die Reling und reckten die Hälse, um etwas sehen zu können.

So auch Winston und Talent. Über den Landungssteg, der mitten im Einholen festgefroren war, spazierte eine bildhübsche Frau, bei deren Anblick Winstons Herz sofort höher schlug. Er sah die zielstrebigen Schritte ihrer unter dem schwarz-weiß gestreiften Kleid versteckten Beine und die entschlossene Haltung ihrer Schultern. Zwar lag ihr Gesicht im Schatten des farblich auf ihr Kleid abgestimmten Sonnenschirms, doch er hatte sie längst an ihrem Gang erkannt. *Allmächtiger*. Er wurde auf der Stelle hart, unangenehm hart. Als hätte sie seinen Blick gespürt, neigte sie den Schirm nach hinten und hob den Kopf. Obwohl er von ihrem Standort aus betrachtet kaum mehr als ein kleiner Punkt in der Menge sein konnte, fand sie ihn auf Anhieb. Er erkannte es an den strengen roten Augenbrauen und dem finsteren, wissenden Blick, der sich auf ihn richtete. Er schnappte nach Luft, als unvermittelt ein Schwall purer Lust durch seinen Körper schoss. *Verfluchter Mist.* Ein eleganter älterer Herr, der neben ihm stand, schaute unfreundlich unter buschigen weißen Augenbrauen hervor. »Wer zum Teufel ist das denn?«, fragte er, ohne damit jemand Bestimmten anzusprechen.

»Wenn das nicht nach Ärger riecht«, brummte Talent, dessen Blick jeder Bewegung der jungen Dame an Poppys Seite folgte. Winston erinnerte sich daran, dass es sich bei Mary Chase um die rechte Hand von Daisy Ranulf handelte.

Winston hatte keine Ahnung, wie Poppy ihn gefunden hatte oder was um alles in der Welt sie hier machte. Das Einzige, was er zu diesem Zeitpunkt mit absoluter Sicherheit sagen konnte, war, dass Talent recht hatte: Das roch nach Ärger.

An Bord zu gelangen war schon ein kleines – aber unvermeidbares – Spektakel gewesen. Poppy dachte ja gar nicht daran, tatenlos zuzusehen, wie ihr das verflixte Schiff vor der Nase wegfuhr. Als sie auf den sichtlich erbosten Ersten Offizier traf, der wissen wollte, was zur Hölle hier vor sich ging, überreichte sie ihm Archers Karte und das Empfehlungsschreiben, worin ihr Schwager – Gott segne ihn – den Kapitän mit wenigen Worten anwies, Poppy für die Dauer ihres Aufenthalts an Bord mit einer Carte blanche zu versehen.

»Geben Sie das Ihrem Kapitän und sorgen Sie dafür, dass man sich um mein Gepäck kümmert. Ich möchte, dass die Koffer umgehend in Mr Winston Lanes Kabine gebracht werden.«

Ihre kleine Darbietung hatte Poppys ganze Kraft gekostet. Dabei würde sie noch so viel davon brauchen, ehe der Tag um war. Der Blick des völlig verdutzten Offiziers sprang kurz von ihr zu dem Eismantel, der sich um das Schiff gelegt hatte. Innerlich seufzend sprach sie ihn noch einmal an. »Verrücktes Wetter heute, nicht wahr? Aber nun schlagen Sie keine Wurzeln, Sir«, sagte sie, während sie ihn mit der Spitze ihres Sonnenschirms anstieß. »Der Kapitän wartet bestimmt schon auf Ihren Bericht.«

Der Mann blinzelte ein paarmal, als erwache er aus einer Art Trance, ehe er schließlich einen Blick auf die Visitenkarte warf. Als er sah, dass sie vom Besitzer des Schiffes stammte, zuckte er zusammen und empfahl sich mit einem knappen Nicken. »Ja, Madam. Natürlich. Herzlich Willkommen an Bord.«

Sobald er gegangen war, atmete Poppy tief durch und schloss die Augen. Als sie zum Abschluss noch einmal ihre Kräfte heraufbeschwor, erwärmte sich die Luft und brachte das Eis, in dessen Gewalt sich das Schiff befand, zum Schmelzen und löste sich in Nebel auf. Der Koloss reagierte mit leichtem Schwanken und Beben, ein Vorgang, der nicht wenigen Passagieren einen Aufschrei der Angst entlockte. Gütiger Himmel, die Macht zu zügeln war noch schmerzhafter, als sie freizusetzen.

Ms Chase stützte sie schnell, als sie schwankte. »Hervorragende Arbeit, Mutter.«

»Kinderspiel.« Poppy straffte die Schultern. »Die eigentliche Herausforderung habe ich noch vor mir. Meinen Mann.«

Als das Schiff den Hafen verließ, löste sich die Menschenmenge auf, glücklich, nun über Gesprächsstoff zu verfügen, der sie noch über Stunden beschäftigen würde. Poppy fand Winston an der Reling des Decks der ersten Klasse, an der sie ihn schon beim Betreten des Schiffes entdeckt hatte. Ihm jetzt von Angesicht zu Angesicht gegenüberzutreten, war fast zu viel für sie. Er wirkte wie die Sonne an einem wolkenlosen Himmel, so strahlend hell, dass ihr die Sicht verschwamm. Würde er überhaupt mit ihr sprechen? Was würde er wohl sagen? Drei Monate waren vergangen. Drei lange Monate, in denen sie ihn weder gesehen noch seine Stimme gehört hatte.

Er stand nicht wie üblich mit kerzengerader Haltung da, sondern lehnte bequem an der Reling. Und beobachtete. Wie ein Leopard, der träge auf seiner Warte lag.

Der Winston Lane, so wie sie ihn kannte, war von geschmeidiger Gestalt gewesen, hatte sein weizenblondes Haar stets adrett nach hinten gekämmt und voller Stolz einen kurzen Oberlippenbart getragen. Sie erinnerte sich an den Tag, als er Inspektor bei der CID, der Kriminalpolizei, geworden war. Da die meisten Polizisten einen Schnurrbart trugen, wollte er sich ebenfalls einen stehen lassen. Damals hatte sie zwar das glatte Gefühl seiner Oberlippe vermisst, sich jedoch nicht beklagt, da der Bart ihm hervorragend stand. Doch die elegante Erscheinung war nicht mehr da.

Der Mann, den sie jetzt vor sich sah, besaß erheblich breitere Schultern und muskelbepackte Arme, die man trotz seiner locker sitzenden Jacke erkennen konnte. Sein einst kurzes und gepflegtes Haar hing ihm zottig ins Gesicht, was vermutlich auf seinen Versuch zurückzuführen war, seine Verunstaltungen dahinter zu verbergen. Beim Anblick der vier parallel über seine linke Gesichtshälfte verlaufenden Narben blutete ihr das Herz. Archer hatte zwar ganze Arbeit beim Nähen der Wunden geleistet, doch die Narben waren noch immer feuerrot und bedeckten fast die ganze Wange, wobei die schlimmste Narbe seinen Mundwinkel in ein dauerhaft höhnisches Grinsen zwang. Sein geliebter Bart war verschwunden; offensichtlich erwies sich eine solche Narbe als eher ungünstig für einen Schnauzbart. Poppy fragte sich, ob er den Verlust wohl sehr bedauerte.

Als der Wind sich drehte, fing sie seinen Duft auf … eine Mischung aus sauberer Wolle, wohlriechendem Pfeifentabak und *ihm*. Einen Augenblick lang war sie wie betört. Er roch wie immer. Ihr war gar nicht aufgefallen, wie sehr ihr sein Duft gefehlt hatte.

Als ihre Blicke sich begegneten, kam es ihr vor, als träfe sie ein heftiger Schlag. Sie kannte diesen Mann, kannte das Gefühl seiner Haut, seidig glatt an seiner Halsbeuge, jedoch männlich rau auf seinen langen Oberschenkeln. Sie kannte den Rhythmus seines Atems, tief und gleichmäßig im Schlaf, jedoch heiser und stockend, wenn die Leidenschaft ihn packte. Sie kannte die kleine Furche, die zwischen seinen Augenbrauen erschien, und wusste, dass er sich auf die Unterlippe biss, kurz bevor er kam. Und er kannte sie. Einen Moment lang klang ihr seine Stimme im Ohr und flüsterte Worte, die sie auf den Gipfel der Lust zu tragen vermochten: »Spreiz deine Beine noch ein bisschen, meine Süße. Lass mich tief in dich tauchen. Komm für mich.«

Sie brauchte eine gehörige Portion Willenskraft, um nicht puterrot anzulaufen.

Als sie zu ihm trat, nahm Winston eine noch lässigere Haltung ein.

»Poppy.« Seine Stimme war ein Schatten ihrer selbst, rauchig und schwach. Poppys Blick glitt zu seiner Kehle und der dicken Narbe, die unter seinem Kragen hervorlugte. Archer hatte nie ein Wort darüber verloren, dass er dort einen bleibenden Schaden zurückbehalten könnte, doch es war deutlich zu hören, dass die Verletzung nicht folgenlos geblieben war.

»Win.«

Er kniff die Augen leicht zusammen, als sie ihn mit jenem Spitznamen ansprach, den nur sie benutzte. Ein Name, der niemals seine Wirkung verfehlt hatte, wenn sie ihn in der Vergangenheit einmal beschwichtigen wollte. Sie packte ihren Sonnenschirm fester. Großer Gott, was für eine eigenartige Situation. All die schönen Erklärungen, die sie sich so sorgfältig zurechtgelegt hatte, lösten sich in nichts auf, sodass sie stattdessen mit dem Erstbesten herausplatzte, das ihr in den Sinn kam. »Du hier?«

Verflixt.

Seine Mundwinkel zuckten, und sie hätte auf den Gedanken kommen können, dass er amüsiert war, wären da nicht seine strenge Miene und das Straffen seiner Schultern gewesen. »Scharfsinnig wie immer, meine Liebe.«

Heiße Röte stieg ihr in die Wangen, während ihr gesamter Ausdruck kühler wurde. Dieser verfluchte … Neben ihm gab Jack Talent einen hustenartigen Laut von sich und blickte wohlweislich zu Boden.

Poppy entschied sich, höflich zu bleiben. »Darf ich dir meine Assistentin Ms Mary Chase vorstellen?«

Als Talent diesen Namen hörte, schoss sein Kopf nach oben, während seine Lippen schmal wurden. Winston hingegen deutete eine elegante Verbeugung an. »Wir sind uns schon in Ranulf House begegnet. Ms Chase, es ist mir wie immer eine große Freude.«

Poppy hatte eigentlich erwartet, dass ihr umherreisender Ehemann gesprächiger sein würde, doch er war relativ kurz angebunden. Die Lippen fest angespannt nickte sie Talent zu. »Schön, Sie zu sehen, Mr Talent. Ich hoffe, es geht Ihnen gut.«

»So gut, wie es einem gehen kann, Madam.« Sein Blick huschte zu Winston. »Wenn man mit einem so angenehmen Begleiter reist.« Er ignorierte Winstons krausgezogene Stirn und zeigte ein unerwartetes Lächeln, was seinen üblichen griesgrämigen Gesichtsausdruck einen Moment lang vertrieb und ihm ein von innen kommendes Strahlen verlieh. »Ich freue mich, dass Sie unsere kleine Reisegesellschaft erweitern, Mrs Lane. Doch nun muss ich mich leider entschuldigen. Ich habe noch auszupacken.« Das Lächeln erstarb. »Ms Chase.«

»Mr Talent.« Mary schnitt den Mann schon fast, als sie sich abrupt zu Poppy umdrehte und ihren Arm berührte. »Madam, ich würde dann ebenfalls gerne gehen und mich um unser Gepäck kümmern.«

Poppy wartete, bis Mr Talent gegangen war, ehe sie sich zu Mary beugte. »Vielleicht sollten Sie lieber zuerst einen kleinen Spaziergang unternehmen, um Mr Talent nicht gleich wieder zu begegnen.« Was ganz gewiss in der Suite geschähe, in der Poppy sich einfach mit einquartiert hatte. Mary, die den Vorschlag für durchaus vernünftig hielt, nickte und spazierte davon, wobei sie die Blicke beinahe jedes in der Nähe befindlichen Mannes auf sich zog.

Ein Augenpaar jedoch blieb so unverwandt auf Poppy gerichtet, dass sie sich zwingen musste, nicht in Wut darüber zu geraten, wie Winston sie ansah. Nachdem er angegriffen worden war und erfahren hatte, dass sie der *Gesellschaft zur Unterdrückung Übernatürlicher* angehörte, hatte er ihr nicht einmal die Chance gegeben, die Sache zu erklären. Eine Tatsache, die sie, mehr als alles andere, in Rage brachte. Wie hatte er ihr einfach so den Rücken kehren können, ohne auch nur ein einziges Wort zu sagen? Nach vierzehn Jahren! Nachdem sich die ärgste Wut gelegt hatte, war das schlechte Gewissen gekommen, aufrichtige, bittere Reue. Sie hatte ihn belogen … jahrelang. Und einen Menschen zu belügen, der Falschheit verabscheute und keinem anderen so vertraute wie ihr, stellte die beste Voraussetzung für ein Desaster dar. Nun waren sie sich fremder denn je, und sie hatte keine Ahnung, wie sie das Gespräch beginnen sollte.

»Du siehst gut aus«, sagte er überraschenderweise. Als sein kalter Blick über ihr Kleid wanderte, spürte sie den Drang, sich zu rühren. »Anders. Hast du dich immer so angezogen?« Sein Kiefer spannte sich an. »Als du nicht bei mir warst, meine ich?«

Sein vorwurfsvoller Tonfall sorgte dafür, dass sie sich etwas gerader aufrichtete. »Natürlich nicht. Du weißt ganz genau, wie sehr ich extravagante Kleider hasse. Dieses Kleid hier gehört Miranda. Sie und Daisy haben mir ein paar Sachen zusammengestellt. Ich soll nach einer feinen Dame aussehen, die Urlaub macht.«

»Fein« war eine Bezeichnung, die so wenig auf Poppy zutraf, dass nicht einmal sie selbst das Wort aussprechen konnte, ohne dabei zusammenzucken. »Versuch einfach, dich mit dieser Posse abzufinden.«

»Ich habe gelernt, mich mit so vielen Possen im Zusammenhang mit deiner Person abzufinden, da kommt es auf eine mehr oder weniger auch nicht mehr an.«

»Du bist offensichtlich entschlossen, es mir nicht leicht zu machen.«

»Ich bin entschlossen, die Wahrheit zu sagen. Und wenn du ein Problem mit der Wahrheit hast, ist das nicht meine Schuld.«

Begleitet von einem leisen Knistern kroch eine dünne Eisschicht über die Reling. Win betrachtete das Schauspiel mit einem Gesichtsausdruck, der kurz erkennen ließ, welche Vermutung er hatte, doch als er sich wieder zu Poppy umdrehte, zeigte seine Miene nur unversöhnliche Rechtschaffenheit.

Mit Mühe gelang es ihr, nicht die Beherrschung zu verlieren und das gesamte Deck in eine Eisbahn zu verwandeln. »Ein Problem? Überhaupt nicht. Ich kann es vielmehr kaum erwarten, der Wahrheit entgegenzutreten, anstatt mich vor ihr zu verstecken.«

Ja, das saß. Er hob das Kinn und ließ so das Licht direkt auf die verunstaltete Hälfte seines Gesichts fallen. Hatte sie etwa geglaubt, er würde sie hinter seinem langen Haar verbergen? Da irrte sie gewaltig. Seine blaugrauen Augen, so tief wie das Eis auf einem winterlich zugefrorenen See, fesselten ihren Blick. Er wartete … wartete darauf, dass sie etwas zu seinen Narben sagte. Also tat sie ihm den Gefallen und unterzog sie einer schonungslosen Musterung.

Zwar zuckte er weder zusammen, noch sah er weg, aber die leichte Anspannung seines Mundes verriet, wie unwohl er sich dabei fühlte. Poppy ignorierte diesen Teil seines Gesichts, denn andernfalls hätte sie dem Drang nicht widerstehen können, ihren Mund wenigstens kurz auf seine Lippen zu legen. Sie hatte Wins Lippen immer bewundert, ihren schönen Schwung und die Fähigkeit, im einen Moment so hart und unnachgiebig, im nächsten jedoch so unendlich weich und verlockend zu sein. Stattdessen betrachtete sie seine Narben.

Die mittlere war leicht erhaben und warf eine Falte auf der Wange, während die der Nase am nächsten liegende mitten durch seine linke Augenbraue und seinen Mundwinkel verlief, um schließlich an seinem Kinn zu enden. Welch gewaltige Schmerzen musste er gelitten haben. Ihr Herz zog sich zusammen, als ihr die Erinnerungen an jenen Tag kamen, an dem er schwer verletzt und blutüberströmt dagelegen hatte. Sie hatte Angst gehabt, ihn zu verlieren, ohne zu merken, dass sie ihn längst verloren hatte.

Die Sekunden krochen dahin. Als seine Augen sich gereizt verengten, schüttelte sie ihre rührseligen Gedanken ab und brach das Schweigen. »Deine Wunden sind gut verheilt.«

Seine Augenbrauen zogen sich zusammen und zerrten an den Narben. »Das sind sie.«

»Hast du noch Schmerzen?« Sie wusste nicht, was sie sonst hätte sagen sollen.

Wieder zeigte sich das leichte Zucken an seinem Kiefer und die Anspannung um seine Augenwinkel, als hätte ihre Frage ihn verblüfft. »Manchmal ja, wobei ich es eher als Unbehagen bezeichnen würde.«

»Das kann ich mir vorstellen.« Sie nahm ihren Sonnenschirm – was für ein lächerliches Accessoire an einem Tag, an dem weder die Sonne schien noch Regen fiel – und wandte sich zum Gehen.

»Das ist alles?«, fragte er mit wachsendem Unmut.

Poppy blieb stehen. »Was hast du denn erwartet? Mitleid? Verachtung? Tränen?«

Er gab einen spöttischen Laut von sich. »Du wärst die Letzte, bei der ich Tränen erwarten würde.«

Wie sehr du dich da irrst.

»Und dein Mitleid will ich auch nicht.«

»Gut. Denn darauf kannst du lange warten«, erwiderte sie.

Die Narben auf seinem Gesicht wurden weiß, und obwohl sie es sich nicht eingestehen wollte, ließ dieser neue Win mit seiner leichten Wildheit und Wut ihr Herz höher schlagen. Daher war ihre Stimme nicht so fest, wie es ihr lieb gewesen wäre, als sie weitersprach. »Dein Gesicht ist nicht mehr makellos. Na und? Nur ein Narr urteilt nach dem Äußeren. Du lebst, womit du mehr von dir sagen kannst als die meisten anderen, die eine Begegnung mit deinem Angreifer hatten. Warum also sollte ich Mitleid mit dir haben?«

Seine Miene wurde ausdruckslos und offenbarte ihr nichts von seinen Gefühlen. »Na, schön, genug geplaudert«, sagte er. »Bist du hier, um deiner Pflicht nachzukommen?«

»Um meiner Pflicht nachzukommen?«, wiederholte sie angewidert.

Win ignorierte den warnenden Unterton und lächelte sie freimütig an. »Um dich zu entschuldigen? Zu Kreuze zu kriechen?« Sein Lächeln wurde zwar breiter, erreichte jedoch nicht seine Augen. Nein, die waren voller Zorn. »Was auch immer du vielleicht sagen willst, spar es dir; es interessiert mich ohnehin nicht. Solange du tust, was du jetzt zu tun hast.«

Dieser elendige, selbstgefällige … Innerlich begann sie zu brodeln und funkelte ihn an. »Wenn du auch nur eine Sekunde lang glaubst, ich würde vor dir zu Kreuze kriechen, dann …«

»… gehöre ich ins Irrenhaus?«, bot er ihr in bissigem Tonfall an.

Zum Teufel mit diesem Kerl, immer musste er ihre Sätze beenden. Was für eine nervtötende Angewohnheit.

Kalter Spott spiegelte sich in seiner Miene wieder, als wüsste er genau, dass sie sich darüber ärgerte. »Glaub mir, meine Liebe, es gibt Tage, da wünschte ich mir, es wäre so einfach. Doch dem Wahnsinn zu verfallen hieße, es sich leicht zu machen, nicht wahr?«

Als sie ihn daraufhin nur böse ansah, stieß er sich von der Reling ab und baute sich vor ihr auf. »Also, was wünschst du dir, Poppy? Tief … in deinem möglicherweise irgendwo vorhandenen Herzen?«

Er tippte ihr mehrmals mit einem Finger in das Tal zwischen ihren Brüsten, etwas, das ihm nach vielen Jahren engen Körperkontakts mit einer Unbekümmertheit von der Hand ging, die ihr verriet, dass ihm gar nicht bewusst war, was er da tat. Trotzdem ging ihr die Berührung tief unter die Haut. Wie beim Streichen eines Zündholzes wurde eine Flamme in ihrem Innern zum Leben erweckt. Sie hielt die Luft an. Win schien dasselbe zu spüren, da er plötzlich innehielt und sie gebannt ansah. Es war deutlich zu erkennen, wie sehr es ihn bestürzte, sie berührt zu haben, obwohl er es gar nicht vorgehabt hatte. Sie konnte sehen, dass auch er das Knistern zwischen ihnen spürte, und zwar mit derselben Intensität, wie es von Anfang an zwischen ihnen bestanden hatte. Nach einem Moment der Anspannung kehrte die Wut in seine blauen Augen zurück. »Und? Was wünschst du dir, Poppy?«

Tja, was wünschte sie sich? Die Vorstellung, einmal nur an sich selbst zu denken, war ihr so unsagbar fremd, dass ihr beim besten Willen keine Antwort dazu einfiel.

Als Win wieder sprach, klang seine Stimme sanft, ja beinahe schon gütig, obwohl er innerlich vor Wut kochte. »Weißt du, was für einen Verdacht ich habe?«

»Bestimmt werden Sie es mir gleich verraten, Inspektor.« Ihr Mund fühlte sich wie ausgetrocknet an, und sie hatte das

Gefühl, dass sich der Abdruck seiner Fingerspitze noch tiefer in ihr Fleisch brannte.

Ein angewidertes Lächeln war die Quittung für ihre schnippische Bemerkung. Er beugte sich vor und bedrängte sie mit seinem Körper wie auch mit Worten. »Ich glaube, du wünschst dir, dass ich mal einfach so den Umstand vergesse, dass meine ganze Ehe eine einzige Lüge ist, und brav mit dir nach Hause komme.«

Druck baute sich in ihrer Brust auf wie bei schnell ansteigender Flut gegen einen Deich. Nun war es an ihr, ihn anzustupsen, was dem Wecken eines schlafenden Bären gleichkam, sofern sie das tief aus seinem Brustkorb kommende Brummen richtig deutete. Eine Deutung, die sie aber nicht davon abhielt, es dennoch zu tun. »Nach dem, wie du mich behandelt hast, besitzt du die Frechheit zu glauben, ich würde dich noch wollen?«

Über die Jahre hinweg hatte Win sie mit einer Vielfalt an Blicken bedacht, doch der, den er ihr in diesem Moment schenkte, war ihr vollkommen neu: Er schien sie zu hassen. »Täuscht mich mein Eindruck, oder tut es dir gar nicht leid, mich belogen zu haben? Nein, das Einzige, das dir leidtut, ist, dass man dich beim Lügen ertappt hat.«

»Natürlich tut mir das leid!« Wie bei den meisten bitteren Wahrheiten tat es weh, sie auszusprechen. Doch in den bangen Stunden, als sie ihm nicht von der Seite gewichen war, während er von Archer zusammengeflickt wurde, hatte Poppy geschworen, nie mehr etwas vor Win zu verheimlichen … was es auch kostete.

Er war ein Narr. Ein arroganter Narr, um genau zu sein. Geradezu unverschämt. Winston hätte fast gelacht. Natürlich war Poppy nicht gekommen, um ihn auf Knien zu bitten, zu ihr zurückzukehren. Warum sollte sie das auch an Bord eines Schiffes auf dem Weg nach London tun? Es war zwar absurd, doch bisher hatte er nichts anderes als seine Wut im Kopf gehabt. Jetzt aber wurde er beherrscht von einem Gefühl der Demütigung, und er fragte sich, ob er nur darauf gewartet hatte, von ihr gefunden zu werden. Die bittere Erkenntnis, dass sie offensichtlich wegen nichts auch nur die geringste Reue empfand, traf ihn sehr. Er sah in die Ferne und blinzelte in den diesigen Himmel. In diesem Moment war ihm jeder Anblick lieber als der seiner Frau.

Sie verharrten in betretenem Schweigen. Am liebsten wäre er gegangen, doch er wollte verdammt sein, wenn er jetzt wie ein Hund mit eingekniffenem Schwanz abzog.

Ein leichtes Zögern milderte Poppys Worte, als sie wieder sprach. »Willst du mich denn gar nicht fragen, warum ich hier bin?«

Anscheinend habe ich nicht einmal das hinbekommen, Süße. Er atmete tief ein, was durch den dicken Kloß der Enttäuschung im Hals erschwert wurde. »Tja, lass mich raten.« Die Reling klirrte metallisch, als er sanft dagegentrat, während er die verschiedenen Möglichkeiten durchging. »Ian hat mir Jack Talent an den Rockschoß gehängt. Und nun taucht plötzlich meine liebe Frau auf, die für genau jene Organisation arbeitet, die uns arme schwache Menschen vor übernatürlichen Wesen beschützen soll.« Seine Zähne schlugen hörbar aufeinander, als er sich dazu zwang, nicht laut zu werden. »Was mich zu der Schlussfolgerung bringt, dass du das Bedürfnis verspürst, mich bedauernswertes Geschöpf unter deine Fittiche zu nehmen.« Er legte den Kopf in den Nacken. »Also, liege ich völlig daneben?«

»Nein, ich würde sagen, damit hast du weitgehend ins Schwarze getroffen.«

Wut brodelte in seinen Adern, als er einen Schritt auf sie zu tat. »Ich weiß nicht, was schlimmer ist«, zischte er mit zusammengebissenen Zähnen. »Die Tatsache, dass ihr mich alle für so schwach haltet, gleich mehrere Kindermädchen zu brauchen, einschließlich meiner eigenen Frau, oder dass ich möglicherweise tatsächlich so schwach bin.«

»Das bist du.« Ihre Lippen wurden schmal, als er sie auf diese Weise anfauchte, dennoch fuhr sie unbeirrt fort. »Gegen das, was hinter dir her ist, könnte sich kein Mensch wirksam verteidigen.«

»Und was in Gottes Namen soll das sein?« Wenn die Frau jetzt »ein Werwolf« sagte, würde er laut loslachen. Sollte er doch kommen. Er hatte es satt wegzulaufen, er hatte es satt, sich zu fürchten.

Für den Bruchteil einer Sekunde zögerte sie. »Ein Dämon.«

»Ein Dämon.« Lächerlich. »Im Sinne von böses Wesen aus der Hölle und so?« Er brach in lautes Lachen aus und fuhr sich mit der Hand über den schmerzenden Nacken. »Das wird ja immer schöner.« Als sie nichts darauf erwiderte, fuhr er sie an: »Und was kommt als Nächstes? Irgendein verdammter Vampir? Ghule? Todesfeen?« Er starrte aufs Meer hinaus. Er wollte es gar nicht wissen. »Mir reicht's, Pop. Lass mich in Ruhe, ich kann schon selbst auf mich aufpassen.«

»Das kann ich nicht.« Nachdem sie sich geräuspert hatte, klang ihre Stimme wieder so fest wie immer. »Der Dämon, um den es hier geht, ist ein Primus mit grenzenloser Macht, und er ist durchaus dazu in der Lage, dich zu töten.«

»Primus?« Er sollte wirklich damit aufhören, noch mehr Fragen zu stellen, doch seine Neugier war einfach zu groß.

Sie stieß ein gequältes Seufzen aus … wie ein Lehrer, der einen etwas begriffsstutzigen Schüler vor sich hat. »Also, das ist so. Es gibt zwei Sorten von Dämonen: die Primi und die Onera. Menschen werden geboren, von ihren Müttern, Primi dagegen sind uralt, geschaffen aus den kollektiven Gedanken, Ängsten und Hoffnungen aus einer Zeit, als die Menschheit noch nicht lange existierte. Die Religionen haben uns seit jeher erzählt, dass es so etwas wie Dämonen gibt, Dämonen, die wir durch unseren Glauben an sie überhaupt erst erschaffen haben.« Sie lächelte matt. »Du wärst überrascht, wie groß die Macht kollektiven Denkens ist.«

»Im Moment überrascht mich gar nichts mehr«, brummte Winston.

Poppy nickte, als hätte sie Mitleid. »Primus-Dämonen können auch Nachwuchs bekommen. Dies sind dann Unterdämonen, Mensch-Dämon-Hybriden und Gestaltwandler. Sie heißen Onera, von lateinisch Onus, was so viel wie *Last* oder *Bürde* bedeutet, die sie für die Primi darstellen.«

»Und diese Dämonen leben unter uns?«

»Viele, ja, was ihnen jedoch nicht gerade leichtfällt, da die Dämonen uns trotz unserer offensichtlichen Schwäche und ihrer überlegenen Kraft letztendlich ihre Existenz zu verdanken haben, ein Wissen, das ihren Stolz verletzt. Ihren Unmut darüber lassen einige dann an den Menschen aus, indem sie sie attackieren.«

Winston fluchte noch einmal und rieb sich über die Narbe auf seiner Schläfe, deren Pochen sein Verlangen nach einem kräftigen Schluck Hochprozentigem weckte. »Zum Teufel mit ihnen.« Seine Hand sank nach unten, während er seine Frau in dem darauf eintretenden Schweigen betrachtete und sich fragte, wo er beginnen sollte.

Einerseits war sie ihm inzwischen fremd geworden, andererseits aber die Person, die ihn besser kannte als jeder andere.

Verflucht, er brauchte ein bisschen Bewegung. Genau wie er hielt auch Poppy es nicht lange aus, untätig herumzustehen. Immer in Bewegung, immer beschäftigt, seine Poppy. »Komm, lass uns ein Stück gehen«, schlug er vor.

3

London, 1869 – Die Brautwerbung

Winston führte seine Angebetete in den Hyde Park aus. Da er noch nie einer Dame den Hof gemacht hatte, kannte er die damit verbundenen Gepflogenheiten nicht, doch die Tatsache, dass solch ein Ausflug die Anwesenheit einer Anstandsdame erforderte, war ihm durchaus bewusst. Kurz nachdem der Lakai mit seiner Visitenkarte verschwunden war, hatte Poppy Ellis ihn im Salon begrüßt. Wie sich herausstellte, war sie für ihre beiden jüngeren Schwestern verantwortlich – eine kleinere, nicht älter als zehn, die goldrotes Haar besaß und ihn neugierig anstarrte, und eine junge Dame von etwa fünfzehn mit blond gelocktem Haar und einem allzu wissenden Lächeln. Sie hatte ihn kess hinter ihren goldenen Wimpern hervor angeschaut, als wüsste sie genau, was er vorhatte, und froh darüber war. Man hatte sie ihm als Miranda und Daisy vorgestellt, bevor Poppy sie beide aus dem Salon scheuchte und Daisy dabei aufforderte, nach »Panda« zu sehen.

Die Mädchen kamen ihrer Aufforderung zwar nach, doch konnte er noch hören, wie Miranda ihrer Schwester – nicht gerade leise – zuflüsterte: »Was hat der Mann denn mit Poppy vor?«

Daisy antwortete mit gedämpfter Stimme: »Wahrscheinlich will er mit ihr spielen.«

»So was wie ›Fang den Piraten‹?«

Daisy hatte ihn mit einem letzten langen Blick aus den Augenwinkeln gemustert, während er spürte, wie sich heiße Röte auf seine Wangen legte. »So etwas in der Art, Schwesterchen.«

Er hatte Poppy nicht anzusehen brauchen, um zu wissen, dass sie genauso rot geworden war wie er. Winston hatte sich beeilt, das Stadthaus hinter sich zu lassen.

Als sie nun Seite an Seite durch den Park spazierten, spürte Winston weniger ein Unbehagen als vielmehr ein Prickeln der Vorfreude, sie besser kennenzulernen. Ein Blick auf ihr starkes, klares Profil ließ sein Herz schneller schlagen. Als hätte sie seinen Blick gespürt, spielte ein kleines Lächeln um ihre weichen Lippen, ohne dass sie den Blick von dem Weg vor ihr hob.

»Daisy lässt keine Gelegenheit aus, um mich aufzuziehen.«

»Typisch Geschwister, fürchte ich«, entgegnete er.

»Als meine Mutter vor wenigen Jahren starb«, erzählte sie, »fiel mir die Rolle der Mutter zu. Daisy hat sich sehr schwer damit getan, das zu akzeptieren.«

»Das mit Ihrer Mutter tut mir leid.«

Sie neigte den Kopf. »Es ist nicht einfach. Mein Vater ist kein Mensch, der sich um seine Kinder kümmert. Aber das Leben geht weiter.«

»Ich habe meine Mutter vor fünf Jahren verloren. Grippe. Wahrscheinlich ist unser Schicksal trotzdem nicht vergleichbar, da meine Mutter mich eher behandelt hat wie ein …« Er verstummte, als ihm unliebsame Erinnerungen kamen.

»Wie ein was?«, hakte Poppy nach.

»Wie ein Schoßkind, um ehrlich zu sein.« Er verzog das Gesicht. Welcher Mann würde schon zugeben wollen, von seiner Mutter behütet und verhätschelt worden zu sein. »Sie hat mich abgöttisch geliebt, aber wenn ich mal meine eigene Meinung äußern wollte, hat sie mir nicht zugehört. Ihre Wunschvorstellung von mir war ihr lieber als ich selbst … in Fleisch und Blut.«

Noch nie hatte er einer Menschenseele von seiner Mutter erzählt, doch irgendwie kam es ihm bei Poppy nicht in den Sinn, es zu unterlassen. Die seltsame Vertrautheit, die er bei Poppy empfand, beruhigte ihn, erfüllte ihn zugleich aber auch mit einem prickelnden Gefühl der Vorfreude.

Ein paar Schritte lang schwiegen sie, bevor sie etwas tat, das ihn fast ins Straucheln geraten ließ: Sie schob eine Hand unter seinen Arm. Eigentlich war diese Geste vollkommen harmlos, eine Geste, wie sie bei flanierenden jungen Damen zu finden war, er jedoch hatte das Gefühl, am ganzen Körper gestreichelt worden zu sein. Eine Woge der Freude und der Lust spülte über ihn hinweg.

Abgesehen von der eher ruppigen Behandlung, die er durch sein Kindermädchen erfahren hatte, und einem gelegentlichen Schulterklopfen seitens seines Bruders, waren ihm jegliche Berührungen fremd. Zumindest bewusste Berührungen, von einem Menschen, der eine tiefere Beziehung suchte. Bis auf gelegentliche Küsse auf die Wange hatte seine Mutter ihn nie angefasst. Und sein Vater? Allein die Vorstellung einer liebevollen Berührung durch seinen Vater war lachhaft. Seltsamerweise kam ihm das Fehlen körperlicher Nähe erst zu Bewusstsein, als sie ihm jetzt durch Poppy zuteilwurde. Am liebsten hätte er wie ein Kätzchen geschnurrt und sie aufgefordert, ihn noch woanders zu berühren … überall.

Poppy schien von seinen Nöten nichts zu bemerken. »Von dem Moment an, als ich auf der Welt war, hatte meine Mutter klare Vorstellungen davon, wer und wie ich sein sollte.«

Winston räusperte sich und konzentrierte sich auf das Gespräch. »Haben Sie denn keine Einwände gegen ihre Vorstellungen erhoben?«

Sie zuckte die Achseln. »Woher hätte ich wissen sollen, dass das Leben eigentlich noch mehr bereithält? Ich habe erst jetzt angefangen, mein eigenes Leben zu führen. Außerdem waren ihre Vorstellungen nicht unbedingt allesamt schlecht. Sie waren einfach nur …«, ihre Schultern hoben sich noch einmal, »… *ihre* Vorstellungen.«

Er musste ihr alles erzählen. *Verdammt*.

Winston holte tief Luft und presste seinen Arm enger an seine Seite, sodass sie ihre Hand kaum mehr wegziehen konnte. Obwohl dies zwar nicht gerade die feine Art war, ließ er sie nicht los. »Als wir uns letztens das erste Mal begegneten, habe ich Ihnen nicht meinen vollen Namen verraten. Warum, weiß ich auch nicht …« Mit diesem Geständnis hatte er ihre volle Aufmerksamkeit, und ihr Blick durchdrang ihn auf die für sie typische unverhohlene Art, als er fortfuhr. »Das war nicht richtig, und deshalb möchte ich es jetzt nachholen.« *Verflucht*. »Mein Vater ist der Herzog von Marchland.«

Sie ging ein paar Schritte, ehe sie sprach: »So wie Marchland, einem Verwandten der Königin und einem der ältesten Titel Englands?«

»Ja.« Er hatte das Gefühl, dass sein Kragen ihm viel zu eng war. »Ich bin sein zweiter Sohn. Winston Hamon Belenus Lane, um genau zu sein.«

Die Hand an seinem Arm verstärkte für einen Moment ihren Griff, ehe sie ihm entglitt. Sofort spürte er eine große Leere.

»Hm.« Sie ging zwar in unverändertem Tempo weiter, sah ihn jedoch nicht an. Stattdessen blickte sie auf den in einiger Entfernung gelegenen *Serpentine*, auf dem sich unzählige kleine Boote tummelten und die Menschen das herrliche Frühlingswetter genossen. Sie blinzelte, als der auf dem Wasser tanzende Sonnenschein sie blendete. »Mein Vater wurde im East End geboren. Bethnal Green, um genau zu sein.« Er zuckte zusammen, als er merkte, dass sie ihn nachäffte, und ihm die Bedeutung ihrer Worte klar wurde. »Meine Mutter war die siebte Tochter des Earls von Lister, doch er enterbte sie, als sie beschloss, meinen Vater zu heiraten.«

»Hat sie ihre Entscheidung je bereut?« Ein Gefühl des Unbehagens hemmte seinen Schritt.

»Ja.« Ihr Blick glitt wieder über den Park und sah alles an, nur nicht ihn. »Irgendwann wurde ihr dann klar, dass ihre Welten zu unterschiedlich waren.«

»Vielleicht waren nicht ihre Welten, sondern ihre Persönlichkeiten zu verschieden.« Er klammerte sich an einen Strohhalm, doch weder ihr Gesichtsausdruck noch die steife Haltung ihrer Schultern gaben ihm Anlass zur Hoffnung.

Schließlich drehte sie sich zu ihm um. »Mylord ...«

»Winston.«

»*Lord* Winston. Was versprechen Sie sich davon, wenn Sie hier mit mir spazieren gehen?«

Weder wollte er noch konnte er die abweisende Art, mit der sie ihn ansprach, hinnehmen. Er nahm ihre Hand und zog sie unter den Baldachin einer Weide, wo Stille sie umfing und die Schatten des Baumes ihr hell leuchtendes Haar in Bronze verwandelten. Obwohl sie demonstrativ auf die Hand blickte, die ihre festhielt, ließ er sie nicht los. »Ich möchte Sie besser kennenlernen.«

Ihre braunen Augen musterten ihn unter ihren geraden roten Brauen hervor. »Wozu sollte es gut sein, jemanden kennenzulernen, den Sie niemals ...« Sie holte tief Luft und hob das Kinn. »Mit dem Sie nie in eine engere Beziehung treten können?«

»Wer sagt das?«

Ihre Augenbrauen zogen sich mit einem Ruck zusammen. »Stellen Sie sich nicht so dumm an. Der Sohn eines Herzogs und die Tochter eines Kaufmannes leben in getrennten Welten. Die sie auch nicht verlassen sollten.«

»Soweit ich weiß, gibt es kein Gesetz, das ein Verlassen dieser Welten verbietet.«

Ihr Blick war nach vorn gerichtet und strotzte nur so vor Ungeduld und Intelligenz. Es raubte ihm den Atem und erregte ihn. Sie funkelte ihn an. »Wir brauchen wohl nicht darüber streiten, dass es auch ungeschriebene Gesetze gibt.«

Ein Windstoß fegte über das Grün und peitschte durch die Äste über ihnen. Eine lange Strähne befreite sich aus ihrem zu einer praktischen Frisur hochgesteckten, bebenden Haar und kitzelte ihn an der Nase. Er strich sie ihr sanft hinters Ohr, ohne sie weiter zu berühren, was er nur allzu gerne getan hätte. »Ungeschriebene Gesetze werden doch allenthalben gebrochen.«

»Mit unangenehmen Folgen.«

Da musste er lächeln. »So wird es sicher die ganze Zeit weitergehen, nicht wahr?«

Ihre Miene verfinsterte sich. »Was geht wie weiter?«

»Dass Sie meine Logik untergraben und mich dazu zwingen, mir einen neuen Weg zu suchen, um Sie davon zu überzeugen, dass Sie sich irren.« Und darauf konnte er nicht warten.

Wie sie errötete, war einfach hinreißend. »Sie hören sich an, als gäbe es eine gemeinsame Zukunft für uns.«

»Gibt es ja auch.«

Sie runzelte die Stirn. »Das sehe ich anders ... Ich bin ...«

»Sie sind was?«

Sie stieß ein Schnauben aus. Ein nicht besonders damenhaftes Schnauben. Sehr erfrischend. »Mein Leben ist ziemlich kompliziert. Und ich habe Verpflichtungen.«

Er rückte ein Stück näher. »Ich würde Sie niemals bitten, diese Verpflichtungen aufzugeben. Ich möchte einfach nur …« Unendlich viele Dinge. Er berührte sie flüchtig an der Wange. »Wenn ich mit Ihnen zusammen bin, habe ich keinen Namen mehr«, hauchte er. »Keinen Titel. Dann bin ich nur ich. Und Sie sind Sie. Ich möchte dieses Gefühl bewahren, ich möchte Sie bei mir haben.«

Na, also. Er hatte es gesagt. Sie rümpfte die Nase. »Ich möchte aber nicht …« Sie hielt inne und vermittelte den Eindruck, dass er sie verwirrt hatte. Dieses Gefühl, nahm er an, war für Poppy Ellis etwas Neues. Und obwohl die Röte auf ihren Wangen noch intensiver wurde, sagte sie rundheraus: »Normalerweise sind Männer von mir nicht besonders angetan.«

Er wusste, was es sie gekostet hatte, dies zu sagen, doch genauso gut wusste er auch, dass sie versuchte, ihn durch ihr Bekenntnis abzuschrecken. Londons höhere Gesellschaft zeigte eine ausgeprägte Rudelmentalität: Wer nicht erwünscht war, wurde gnadenlos ausgegrenzt. Allerdings wusste Poppy nicht, dass er sie gerade wegen dieser schonungslosen Offenheit bewunderte.

Er blickte ihr tief in die Augen, als er erwiderte: »Ich schon.«

4

Jack Talent würde noch ein Problem werden. Das hatte Mary in jenem Augenblick gewusst, als er sie beim Betreten des Schiffes mit Mrs Lane höhnisch von oben herab angegrinst hatte. Er sah sie immer so an, als wüsste er etwas über sie, was andere nicht wussten. Als könnte er in ihre Seele blicken und sehen, dass sie nicht da war. Was glaubte er eigentlich, wer er war, sich ungefragt ein Urteil über sie zu erlauben? Oder ihr mit diesem finsteren Blick zu begegnen, wenn sie doch wusste, dass er selbst auch keine blütenreine Weste besaß? Schlimmer noch … jetzt stand er sogar auf Inspektor Lanes Seite. Kein Zweifel, dass er bald anfangen würde, ihm boshafte Dinge zuzuraunen, so wie er es bei Ian Ranulf getan hatte.

Doch das würde sie nicht zulassen. Nicht, wenn so viel auf dem Spiel stand. Daher folgte sie Talent, als sie seinen in arroganter Haltung geneigten dunkelhaarigen Kopf in der Menge erspähte, durch die er sich gerade schob. Was nicht besonders schwierig war; der Mann zeigte keinerlei Interesse an den Geschehnissen um ihn herum und schnitt durch die sich gemächlich dahinbewegenden Passagiere wie eine Sense durch trockenes Gras. Mary bewegte sich im gleichen Tempo wie er, doch mit größerer Geschmeidigkeit, nachdem sie es schon vor langer Zeit gelernt hatte, sich unauffällig unter eine Menschenmenge zu mischen und in ihr zu bewegen, ohne mehr Aufmerksamkeit zu erregen, als eine sanfte Brise in diesem Moment hervorgerufen hätte.

Talent bog um eine Ecke und steuerte – wer hätte das gedacht – auf das Shuffleboard-Deck zu. Lachen und das Schaben von Scheiben auf Holz schwoll immer wieder im Wind an und ab. Talent tippte sich zum Gruß an die Krempe seines Hutes und nickte einer hübschen jungen Dame zu, die in ihrem mit meeresblauen Bändern geschmückten weißen Kleid eine entzückende Erscheinung bot. Das goldhaarige Mädchen lächelte schüchtern zurück. Mary hätte fast die Augen verdreht. *Ja, Kleine, lass dich ruhig mit dem Teufel ein. Wirst schon sehen, was du davon hast.*

Mit in der Meeresbrise flatternden Rockschößen schob Talent sich weiter vor und trat um einen der gewaltigen Schornsteine herum auf die Windseite des Schiffes. Sie folgte ihm vorsichtig und stets auf der Hut …

Ohne Vorwarnung prallte er in sie hinein und drückte sie mit dem Rücken an die hölzerne Wand eines Rettungsbootes. Es protestierte mit einem knarrenden Schwanken, doch schon war er bei ihr und brachte es zum Schweigen. Seine große Hand lag auf ihrem Mund. Als ob sie schreien würde. So ein Narr.

Sein vorwurfsvoller Blick verfinsterte sich. »Folgen Sie mir etwa, Ms Chase? Dann sollten Sie es vielleicht ein wenig geschickter anstellen.« Er legte den Kopf auf die Seite. »Ihr Duft hat Sie verraten.« Er beugte sich über sie und schnupperte. »Zimt und noch ein paar andere Gewürze. Ich habe Sie eigentlich für eine erfahrene Spionin gehalten.«

Sie starrte ihn nur an.

Er stieß ein einschmeichelndes Schnauben aus. »Was denn? Stumm wie ein Fisch?«

Wie sollte sie denn mit dieser Pranke auf ihrem Mund sprechen?

Irgendwie musste er ihr diesen Gedanken von den Augen abgelesen haben, da er sie losließ und zwei große Schritte nach hinten trat. Natürlich wusste sie, dass dies keine Geste des Respekts und schon gar nicht der Furcht war. Nein, er verschaffte sich einfach nur genügend Bewegungsfreiheit, um sich verteidigen zu können, für den Fall, dass sie ihn angriff. Mary hätte fast laut losgelacht.

»Warum sind Sie hier?« Sie verzichtete darauf, sich empört zu geben, was ihm nur gefallen würde.

Talent verschränkte die Arme vor der Brust. »Das wollte *ich* Sie eigentlich fragen, meine kleine Frohnatur.«

»Nennen Sie mich nicht so.«

Er musste lachen, wenn man den grässlichen Laut, den er von sich gab, überhaupt als Lachen bezeichnen konnte. »Ach, dann ist es also gar nicht so, dass Sie durch ganz London ziehen, um aller Welt das lebensfrohe Ding vorzuspielen?«

Sie hasste ihn. Abgrundtief. Ihr Geist strebte gegen die Grenzen ihres Körpers und sehnte sich danach, sich Luft zu verschaffen und diesem Kerl zu zeigen, wie »frivol« sie sein konnte. Doch sie hatte viel zu hart gearbeitet, um am Ende zu versagen.

»Was ich bin, nennt man angehende Regulatorin.« Der erschreckte Ausdruck, der kurz über sein Gesicht huschte, erfüllte sie mit Genugtuung. Mary trat dichter an ihn heran. »Während Sie nichts weiter als der Kammerdiener von Ranulf sind. Ein gewöhnlicher Speichellecker, der seinem Herrn nicht von der Seite weicht. Bis auf dieses eine Mal. Weshalb ich mich frage …«

Er schoss nach vorn und stieß sie wieder gegen das Boot, wobei seine Augen grellgrün funkelten. »Hören Sie auf …« Er fletschte die Zähne. Während er zischend Luft holte. »Sie halten Ihre dreckigen GIM-Finger aus meinen Angelegenheiten heraus, Chase, oder Sie werden es bitter bereuen.«

Sie hätte ihn im Handumdrehen in die Knie zwingen können. Und das Witzige daran war, dass er das nicht einmal wusste. Niemand von den anderen hatte eine Ahnung, wozu ein GIM tatsächlich in der Lage war. Mit dem sicheren Gefühl, die Überlegene zu sein, hielt sie seinem durchdringenden Blick stand. »Was machen Sie hier, Sie Schuft?« Als er sich nicht rührte, schob sie den Kopf so weit nach vorne, dass sich ihre Nasenspitzen fast berührten. »Was auch immer es ist, überlegen Sie es sich dreimal, bevor Sie mir in die Quere kommen.« Sie hatte nicht vor, wieder in ihr altes Leben zurückzukehren … ganz gleich, was sie dafür tun musste.

Poppys Hand lag nicht an Winstons Arm, als sie schweigend und in zügigem Tempo das erstaunlich breite Deck der ersten Klasse überquerten, auf dem sich Liegestühle in einer langen Reihe an die Schiffswände schmiegten. Das Mondlicht verlieh den lackierten Teakholzbohlen einen goldenen Glanz. Archer hatte Winston die Suite des Eigners mit allem Drum und Dran zur Verfügung gestellt. Es war eine vornehme Welt, von der sie als Paar nie Teil gewesen waren. Poppy hatte für kurze Zeit in dieser Welt gelebt und wusste, dass es bei Winston genauso gewesen war. Weil er jedoch unbedingt Polizist hatte werden wollen, war er von seiner Familie verstoßen worden. Sie fragte sich, ob er dieses Leben vermisste. Er schlug ein flottes Tempo an, wohl weil er spürte, dass sie genau dies jetzt brauchte. Und so genoss sie es einen Moment lang, einfach an seiner Seite spazieren zu gehen. Wenn er sich früher einmal mit einem besonders schwierigen Fall herumquälte, hatten sie oft lange Spaziergänge durch die Stadt unternommen und seine Theorien diskutiert. Sie hatte diese Wanderungen geliebt, hatte es geliebt, dass er sich mit ihr austauschte. Schließlich waren sie in derselben Branche tätig, wenngleich er nichts davon wusste. Auch sie versuchte, die Gesellschaft vom Abschaum zu befreien, und sie spürte dieselbe Belastung und Besorgnis, wenn es ihr nicht gelang, die Kriminellen ihrer Welt zur Strecke zu bringen.

Er hatte ihr Leben eine einzige Lüge genannt. Und Poppy nahm an, dass er damit sogar recht hatte. Um irgendwie damit leben zu können, hatte sie es sich gestattet, es eher als ein Produkt ihrer Tätigkeit denn als richtige Lüge zu betrachten. Wenn die dunkelsten Stunden der Nacht anbrachen, wurden all diese Lügen jedoch beinahe unerträglich.

Als sie an eine freie Stelle an der Reling traten, lehnte Winston sich mit dem Rücken dagegen und kreuzte entspannt die Beine, während die Spitzen seines Haars sich im Seewind verfingen. Dunkelgoldene Strähnen peitschten vor seinem Gesicht hin und her und tanzten um seinen Mund, ehe er den Kopf in den Nacken legte und der größte Teil seines Haars nach hinten wehte. »Also, ein paar vage Andeutungen, dass ich Schutz brauche, helfen mir nicht besonders.«

Hier draußen, wo er gegen das Pfeifen des Windes anzukämpfen hatte, klang seine Stimme noch rauer, ein heiseres Poltern, das ihr eine Gänsehaut bereitete. Um ihre Reaktion zu verbergen, lehnte sie sich an der gegenüberliegenden Wand an, wo sie Schutz vor dem Wind fand, und steckte die Hände in die weiten Taschen ihres Reiseumhangs. »Die letzte mir bekannte Identität, die dieser Dämon angenommen hat, ist die von Lord Isley, einem Earl, den er, glaube ich, umgebracht hat. Das ist jedoch nur einer von vielen Namen, unter denen er agiert. Eine Rolle spielt sein Name ohnehin nicht.«

»Red weiter.« Ohne den Blick von ihr abzuwenden, griff er

in seine Jacke und holte ein zerknülltes Päckchen Zigaretten hervor.

Poppy beobachtete es mit gerunzelter Stirn. Win war leidenschaftlicher Pfeifenraucher, doch sie hatte ihn noch nie mit einer Zigarette gesehen. »Archer ist der Meinung, dass so etwas nicht sehr gesund ist.«

Einer seiner Mundwinkel schoss nach oben. Oh Gott, dieses schiefe Lächeln. Wie oft hatte er es ihr geschenkt, kurz bevor er sie nach allen Regeln der Kunst verführte? Sie spürte den kalten Stahl der Wand in ihrem Rücken, als sie die Schultern straffte, während er eine Streichholzschachtel herausholte, ein Hölzchen entnahm und es im Schutz seiner Hand entzündete. Die winzige, gelbe Flamme spiegelte sich in seinen Augen wider, ehe er den Kopf vorbeugte, um seine Zigarette anzuzünden. Die schwarze Spitze glühte rot auf, und er stieß eine kleine Rauchwolke aus. »Hab ich auch schon gehört. Ungeachtet der Tatsache, dass alle anderen Ärzte in London glauben, der Rauch sei gut, um die Lunge zu reinigen.«

Die ungesunde Wolke waberte in ihre Richtung und reizte ihre Nase. »Da würde ich eher Archer vertrauen.«

Er brummte nur, während sie eine weitere Qualmwolke wegwedelte. »Abgesehen davon, dass deine Pfeife einen weitaus angenehmeren Duft verströmt.«

Wins Mund verzog sich wieder. »Die Narben spannen unangenehm, wenn ich an der Pfeife ziehe.« Seine Lider wurden schwer. »Du warst dabei, mir von diesem Dämon zu erzählen.« Er zog noch einmal an seiner Zigarette.

Poppy versuchte, ihre hochgezogenen Schultern locker zu lassen, doch sie war zu nervös. »Er kann sein Äußeres so verändern, wie er es gerade braucht. Daher kannst du niemandem trauen. Wirklich *niemandem*.«

Win brummte wieder und zog ein letztes Mal an seiner Zigarette, ehe er sie zu Boden warf und mit dem Stiefel austrat. »Auch dir nicht?«

Sie zuckte nicht einmal zusammen. »Auch mir nicht. Sollte ich mich plötzlich wärmer anfühlen als sonst oder längeren Blickkontakt meiden, solltest du argwöhnisch werden. Seine Augen werden ihn schließlich verraten, da er ihr für Menschen untypisches Leuchten nicht ganz unterdrücken kann. Kein Dämon kann das.«

»Dieser Dämon«, erwiderte Win, »weißt du, warum er hinter mir her ist?«

»Er hat mir eine Nachricht zukommen lassen, in der stand, dass …« Sie verstummte, ehe sie weitersprach: »In der er ankündigte, sich mein Herz zu holen und es zu vernichten.«

Sie spürte mehr, wie Win sich anspannte, als dass sie es sah. Er packte sie am Ellbogen und führte sie tiefer in die Schatten des Decks. »Sprich weiter«, forderte er sie auf.

Daraufhin wiederholte sie mit großem Zögern Wort für Wort den Inhalt des Telegramms, wobei sie sich trotz des kühlen Windes der Wärme ihrer Wangen bewusst war. Sein Griff an ihrem Arm wurde fester, als sie schweigend noch ein paar Schritte zurücklegten. Dann blieb er stehen und wandte sich zu ihr um, wobei er sie mit seinem Körper vor dem Wind schützte. »Warum du, Poppy?«

Sie konnte seinem Blick nicht ausweichen, dem Blick dieser klugen Augen, die immer ein bisschen zu viel sahen, um ihnen vollkommen entspannt zu begegnen. »Weil ich der *Gesellschaft* angehöre.« Sie musste ihm die ganze Geschichte erzählen … keine einfache Sache nach so vielen Jahren der Geheimhaltung. Verzweiflung, Wut, Bedauern und, ja, auch Selbstmitleid tosten in ihrer Brust. Eigentlich sollte es ihr leichter fallen.

Und dann berührte er sie. Es war seine erste bewusste zärtliche Liebkosung seit Monaten. Als die rauen Kuppen seiner Finger über ihre Wange strichen, hinterließen sie ein leises Kribbeln auf ihrer Haut. Sie schloss die Augen und gab sich dem herrlichen Gefühl hin. Seine Finger glitten langsam über ihren empfindlichen Hals, eine Berührung, die sie erzittern ließ. Er stand direkt vor ihr, und sein Atem fiel warm auf ihre Lippen, als seine Finger an ihrem Hals entlangstrichen und das Beben in ihrem Innern verstärkten. Mit schon fast schmerzhaftem Verlangen sehnte sie sich danach, sich an ihn zu schmiegen und seine starken Arme um sich zu spüren. Doch sie wusste nicht mehr, wie man darum bat. Er hatte sie verlassen. Außerdem war Schwäche etwas, das sie sich nicht erlauben konnte.

Sie stieß ein leises Keuchen aus, als seine Finger unter ihren hohen Kragen schlüpften. Sein heißer Atem traf ihr Ohr, während er leise raunte. »Warum du?«, wiederholte er mit mehr Nachdruck.

Sie konnte einfach nicht klar denken, wenn er sie in dieser Weise liebkoste, und das wusste der Mistkerl auch. Daher bemerkte sie zu spät, wie seine Fingerspitzen sich über die dünne Goldkette schoben, die sie um den Hals trug, und das verborgene Schmuckstück mit einer kurzen Drehung aus dem Handgelenk zutage förderte. Der kleine goldene Anhänger mit der Göttin Isis flatterte in der Seeluft, als er ihn über seinem Zeigefinger in die Höhe hielt. Sein blaugrauer Blick durchbohrte sie. »Vielleicht weil du Mutter bist?«

Sie konnte nicht sprechen. Bitterheiße Wut schoss durch ihre Adern, gefolgt von großer Bewunderung, dass er hinter ihr Geheimnis gekommen war.

Er ließ den Anhänger vorsichtig über ihren Kragen sinken,

wo er unangenehm baumelte und für jedermann gut sichtbar war. Mit einem in jahrelanger Praxis geschulten Griff steckte sie ihn wieder ein. »Wie bitte?« Sie hatte es ihm eigentlich erzählen wollen. Natürlich hatte sie das vorgehabt. Die Zeiten des Versteckspiels waren vorbei.

Win legte den Kopf schräg, um sie nachdenklich anzuschauen, wobei sein abwägender Blick sie keine Sekunde aus den Augen ließ, so als hätte er ein besonders leicht zu verwechselndes Exemplar ihrer Art vor sich. »Dieses Ding, das mich in der Gasse gerettet hat …«

»Augustus«, ergänzte Poppy und unterdrückte ein Lächeln angesichts des Gedankens, wie Augustus wohl reagierte, wenn er hörte, dass man ihn als ein »Ding« bezeichnete. »Er … also, er ist auch ein Dämon. Einer der Allerfeinsten.« Als Win stutzte, fügte sie hinzu: »Dämonen sind nicht von Natur aus böse. Jedes Wesen hat die Wahl, wie es sein Leben führen will.«

Winstons Mund spannte sich an. »Jedenfalls hat dieser Augustus gesagt, dass er Mutter meinetwegen nicht verlieren wollte.« Sein abwägender Blick schnellte zu ihr zurück. »Später, als Ian mir von der Gesellschaft zur Unterdrückung Übernatürlicher erzählte, sagte er, dass sie von einer unbekannten Frau namens Mutter geleitet würde.« Er zuckte kurz mit den Achseln. »Ich kann mir nicht vorstellen, warum es diese Mutter kümmern sollte, ob ich sterbe oder nicht, wenn sie und du nicht ein und dieselbe Person sind.«

Es war ein Wunder, dass Win sie nicht schon früher entlarvt hatte. Sie musterte den Knoten seines Halstuchs. »Tja, du hast recht. Ich bin Mutter.« Allein es laut auszusprechen, jagte ihr einen Schauder böser Vorahnung über den Rücken, und sie griff nach seinem Handgelenk. »Win, was auch immer du von mir hältst …« Sie fuhr sich mit der Zunge über die Lippen.

»Verflucht … Nur eine Handvoll Leute wissen das. Wenn herauskommt, dass ich …«

»Glaubst du wirklich«, fiel er ihr mit zusammengebissenen Zähnen ins Wort, »ich würde dich wegen irgendwelcher Rachegelüste in Gefahr bringen?«

Sein Puls hämmerte gegen ihre Fingerspitzen, während er sie finster ansah. »Nein«, befand sie schließlich. »Nein. Du hast jahrelang das Gegenteil unter Beweis gestellt.«

Er entspannte sich zwar ein bisschen, was sie vor allem an seinem Kiefer ablesen konnte, doch sein Blick war noch immer kalt und distanziert. Als er auf die um sein Handgelenk liegende Hand sah, ließ sie sie sinken. »Dass ich Mutter bin, ist noch nicht die ganze Geschichte.«

Seine Lippen kräuselten sich. »Und was ist die ganze Geschichte?«

Oh, dieser vernichtende Tonfall und diese Haltung. Es fiel ihr schwer, ruhig zu bleiben.

»Ich habe ihn in sein Gefängnis gesperrt.«

»Wie? Wann?«

Als Poppy eine Hand an ihre Stirn legte, stellte sie wenig überrascht fest, dass sie sich feucht und kalt anfühlte. Sie war müde. Sie war so müde. Und hungrig. Ihr Magen knurrte mit einer schon peinlichen Lautstärke. Poppys Stimme übertönte das Knurren. »Er hat meine Mutter getötet, Win.«

Win richtete sich mit einem Ruck auf. »Was?«

Poppy starrte aufs Meer hinaus. Von der großen Höhe des Decks aus betrachtet wirkte das Wasser wie eine flach ausgebreitete, tiefblaue Haut. »Miranda und Daisy denken, dass sie kurz nach der Geburt meines Bruders starb. Auch das war eine Lüge, eine Lüge zu ihrem Schutz. In Wahrheit hat dieser Isley meine Mutter umgebracht.« Ihre Hände umklammerten die Reling. »Wäre sie nicht in Trauer um meinen Bruder gewesen, hätte er sie niemals besiegt.« Diesen Glauben musste Poppy sich bewahren, da ihr Verlust sie alle schwer getroffen hatte. Ihr Bruder war noch so klein, so unschuldig gewesen, es hatte ihrer Mutter das Herz gebrochen. Ihr Griff wurde noch fester. »Ich habe zwei Jahre gebraucht, um Isley aufzuspüren und einzusperren.«

»Einzusperren?«

»Man kann ihn nicht vernichten.« Allein der Gedanke an diese Tatsache brachte sie in Rage. »Dafür ist er zu mächtig. Man kann ihn nur an den Ort zurückschicken, den wir Hölle nennen würden.«

»Woher bist du so sicher?«

»Weil ich ihn schon zweimal enthauptet habe, verdammt noch mal!«

Win lehnte sich mit einem schockierten Schnauben zurück. Eine kleine Ewigkeit lang herrschte zwischen ihnen unangenehmes Schweigen. Dann sagte er: »Wann ist es dir gelungen, ihn zu fassen?«

»Einen Monat nach unserer Hochzeit.«

Win sah aus, als würde er zusammensacken. »Und wie willst du ihn jetzt schnappen?«

»Indem ich warte.«

»Wie bitte?« Er schenkte ihr ein schwaches Lächeln. »Indem du wartest? Das ist alles? Nach diesem ganzen Spektakel?«

Sie schob die Lippen vor. »Glaub mir, Isley hat sein perfides Spielchen schon vor meinem Eintreffen in die Wege geleitet. Er will mich hier haben, wofür er sicher einen Grund hat. Ich habe lediglich das Spiel eröffnet. Jetzt ist er am Zug.«

Wins Nasenflügel bebten, als wäre er einer Sache auf der Spur. »Ihr kennt euch sehr gut.«

»Ich habe ihn drei lange Jahre gejagt.« Weder sein vorwurfsvoller Tonfall noch die Art und Weise, wie er ihr unter die Haut ging, gefielen ihr. »Das ist die einzige Möglichkeit, um ihn aus der Reserve zu locken. Übrigens befinden wir uns auf einem Schiff. Nur mit festem Boden unter den Füßen lässt sich seinesgleichen in die Hölle zurückschicken.«

»Also«, fasste Win zusammen, »dieser Dämon ist hinter mir her, weil er glaubt, dass er dich damit treffen kann. Na, dann liegt die Lösung doch auf der Hand.« Sein Gesicht nahm einen unversöhnlichen Ausdruck an, während seine Narben noch stärker hervorzutreten schienen. »Du musst ihm nur klarmachen, dass ich dir nichts mehr bedeute.«

Eine Sekunde lang blieb ihr fast das Herz stehen, ehe es anfing zu rasen. »Das würde er sofort durchschauen.«

»Warum?«

»Weil es gelogen wäre!«

Sie wandte sich von ihm ab und wollte gehen, denn sie war zu stolz, um ihn in diesem Moment anzusehen. Sie kam jedoch keine zwei Schritte weit, ehe er sie am Oberarm packte und mit unerbittlichem Griff herumriss. »Oh nein, so nicht.« Er ließ sie zwar los, versperrte ihr jedoch mit seinem großen Körper den Weg, sodass sie nicht von der Reling wegkam. »Du wirst jetzt nicht einfach so gehen. Noch nicht.«

»Warum? *Du* bist doch derjenige, der einfach gegangen ist.« Ihre Fingernägel gruben sich in ihre Hände. »Zum Teufel, Winston, *du* hast mich verlassen.«

Eines seiner Augen zuckte kurz, eine flüchtige Geste, auf die weder Reue noch Ärger folgten. »Und *du* bist *mir* hierher gefolgt.« Sein langer Zeigefinger war vorwurfsvoll auf sie gerichtet. »Sich jetzt aus dem Staub zu machen, würde dir nicht zur Ehre gereichen.«

»Oh, du mieser kleiner Heuchler …«

»Nenn mich von mir aus, wie du willst.« Seine strenge Miene verfinsterte sich noch weiter. »Ich will trotzdem noch ein paar Antworten von dir.«

»Du hast mich doch gar nichts gefragt.«

Bedrohlich rückte er näher und sah einen Moment lang so aus, als wäre er durchaus fähig, ihr etwas anzutun. Doch dann lehnte er sich mit einem Knurren an die Wand hinter ihm zurück und fixierte sie mit stechendem Blick. »Warum hast du mir nichts gesagt?«, platzte er heraus. »Dass du Hemmungen hattest, mich einzuweihen, hätte ich ja vielleicht noch verstanden, aber ich kann nicht akzeptieren, dass du mich so wenig kanntest, um zu glauben, ich würde dieses Vertrauen missbrauchen.« Er schlug mit der Faust gegen die Wand. »Um Himmels willen, Poppy, ich dachte, du kennst mich. Ich dachte, du würdest wissen, wie es in mir aussieht.« Seine Schultern sackten ein Stückchen tiefer. »So wie ich dachte, ich wüsste, wie es in dir aussieht.«

Tief in ihrem Innern wallten die normalerweise gut verstauten hässlichen und finsteren Gefühle auf, brannten in ihrer Brust, schnürten ihr die Kehle zu. Die Hände schmerzhaft fest zu Fäusten geballt fuhr sie ihn an. »Ich habe einen Schwur geleistet, Win. Einen Schwur, niemals zu verraten, wer ich bin, oder was ich mache. Niemandem. NIEMANDEM. Weder dir noch meiner Familie. Hast du eine Ahnung, wie schwer es für mich war, mein Wissen für mich zu behalten? Oder wie groß die Einsamkeit war, die ich dabei empfand? Zum Teufel, glaubst du, mir ist nicht bewusst, welch großen Verrat ich an euch allen begehe? Miranda kann mir kaum noch in die Augen schauen, und Daisy sieht mich nur noch von oben herab an. Und dann du. Ich hätte es dir wirklich nur allzu gerne gesagt.

Und mit jedem Tag, an dem ich es dir nicht sagen konnte, ist ein kleines Stück von mir gestorben. Doch das hier ist etwas, wofür ich auf die Welt gekommen bin. Mein Wort ist meine Ehre. Wenn ich es breche, bin ich nichts mehr. Dann waren alle Opfer, die ich gebracht habe, umsonst.«

Erst als ihre Worte verhallten, merkte Poppy, dass sie dicht voreinander standen und sich schlimmer anschrien als das gewöhnliche Volk, während ihre Mitpassagiere, ohne sie anzusehen, in steifer, missbilligender Haltung an ihnen vorbeieilten. Win atmete schnell und flach, während sie einander Funken sprühende Blicke zuwarfen.

Obwohl er direkt vor ihr stand und sie mit Augen fixierte, deren finsterer Ausdruck ihr verriet, wie schwer es ihm fiel, die Emotionen im Zaum zu halten, erschien er ihr unerreichbar. Sie holte tief Luft und zerschmetterte jede Möglichkeit auf eine Annäherung.

»Um ehrlich zu sein, hätte ich es dir nie erzählt, wärst du nicht von alleine darauf gekommen. Denn ich pflege, mein Wort zu halten. Egal wie schwer die Konsequenzen auch wiegen mögen.«

Die breiten Schultern unter seiner Jacke waren deutlich erkennbar angespannt, als er zusammenzuckte. In dem auf ihre Erklärung folgenden Schweigen war nur das Heulen des Windes zu hören, und sie unterdrückte ein Schaudern, als sie lediglich abwartete und sich weigerte, sich seiner Antwort zu entziehen. Dann nickte er langsam und ließ den Blick zu Boden sinken. So stand er einen Moment lang da.

»Tja«, sagte er schließlich mit einer Stimme, die wie ein Reibeisen klang. »Dann weiß ich ja jetzt Bescheid.« Er machte eine Bewegung, als wollte er sie berühren, doch dann hielt er inne. »Du sollst wissen, dass es mir leidtut, dich nicht schon früher gefragt zu haben. Das war ein Fehler. Ich hätte dir die Chance geben sollen, dich dazu zu äußern.« Dann stakste er davon, während er den unübersehbaren Zorn mit aller Macht im Griff behielt. Poppys Blick folgte ihm. Sie bewunderte seine schlanke Gestalt, auch wenn sie im gleichen Moment erwog, ihm seinen sturen Hals umzudrehen. Zum ersten Mal seit einer kleinen Ewigkeit fragte sie sich, ob die Lage vielleicht doch nicht so hoffnungslos war.

5

Mary stellte fest, dass die Zusammenarbeit mit Mrs Lane eine völlig neue Herausforderung darstellte und kein Vergleich zu der eines Rädchens in Luzifers Getriebe war. Nach Jahren der Unaufrichtigkeit und Dekadenz, in denen sie die Rolle ausgefüllt hatte, die ihr von Luzifer zugewiesen worden war, hatte Mrs Lanes direkte Art und ihr entschlossenes Handeln etwas von erfrischendem Wasser an einem heißen Sommertag.

Mrs Lane, die nicht zu den Typen gehörte, die untätig herumsaßen und einer Dienerin beim Auspacken ihrer Sachen zusahen, machte sich selbst sofort an die Arbeit. Weder verlor sie ein Wort über Inspektor Lane, noch ließ ihr Gesichtsausdruck irgendeine Gefühlsregung erkennen, doch ihre schmalen Hände zitterten in den Momenten, wo sie ihnen nichts zu tun gab. Mary nahm an, dass das Gespräch der beiden einen unerfreulichen Verlauf genommen hatte, doch da sie die Zelte nicht umgehend wieder abbrachen, war Mrs Lane anscheinend als Siegerin daraus hervorgegangen. Ein Ausgang, den Mary eigentlich nicht bezweifelt hatte.

»Wollen Sie das Scharlachrote zum Dinner tragen, Mutter?«, fragte Mary, als sie die Kleider hervorholte, die Lady Archer ihnen mitgegeben hatte. Das exquisite scharlachrote Satinkleid glitzerte und funkelte, als wollte es Mrs Lanes frischen Teint auf unerwartete Art und Weise hervorheben.

Mrs Lanes scharfer Blick heftete sich auf sie. »Ihnen ist doch klar, dass Sie nicht tatsächlich meine Zofe sein sollen.«

»Ich könnte es aber sein«, antwortete Mary ungerührt. »Darin bin ich ziemlich gut. Außerdem hat Lady Archer nun wahrlich keine Abendgarderobe ausgesucht, in die Sie ohne fremde Hilfe schlüpfen können.«

»Pff. Ich kann mir kaum etwas Banaleres vorstellen, als ein Kleid für den Abend auszusuchen. Oder danach zu streben, andere Leute durch meine Kleidung zu beeindrucken.« Mrs Lanes rote Augenbrauen zogen sich missmutig zusammen und ließen eine Furche zwischen ihnen erscheinen. »Zum Teufel mit Miranda und Daisy. Ich hätte wissen sollen, dass ich ihnen meine Garderobe nicht anvertrauen darf. Ich kann beim besten Willen nicht erkennen, warum ich nicht anbehalten kann, was ich gerade trage.«

Mary biss sich auf die Innenseite ihrer Wange. Soviel sie von den Ellis-Schwestern wusste, hatte Poppy als junges Mädchen an dem einen oder anderen gesellschaftlichen Ereignis teilgenommen. Und ihr war die Erziehung einer vornehmen jungen Dame zugekommen, obwohl sie in den letzten zehn Jahren unter Menschen aus der Mittelschicht gelebt hatte. Mrs Lane kehrte zu ihrer Reisetruhe zurück; einem wuchtigen, mit blauem Leder bezogenen Gepäckstück, das sich beim Öffnen als das reinste Waffenarsenal entpuppte. Einige von diesen Waffen waren Mary bekannt, viele andere jedoch nicht. Sie kam nicht umhin, Mrs Lane geradezu ehrfürchtig für ihre Effizienz und unglaubliche Geschwindigkeit zu bewundern, mit der sie sich vorbereitet hatte. Zwischen dem Zusammenstellen ihrer Waffen und der Auswahl der Kleider ihrer Schwestern hatten sie in kaum mehr als einer Stunde alles zusammengesucht, was man für eine Seereise brauchte.

»Vermutlich könnten Sie es sogar«, sagte Mary, wobei sie es geflissentlich vermied, auf die plötzliche Gereiztheit ihrer

Arbeitgeberin einzugehen. »Zumindest würde es für reichlich Gesprächsstoff sorgen.«

Eine der eleganten roten Augenbrauen zog sich spitz in die Stirn. Mary fasste sich ein Herz und begegnete Mrs Lanes durchdringendem Blick.

Deren scharfe Stimme durchbrach das Schweigen. »Sie erinnern mich an Mr Lane. Er findet seine frechen Bemerkungen auch immer komisch.« Mrs Lane gab sich zwar alle Mühe, ihre leichte Wehmut zu verbergen, doch Mary hörte sie dennoch heraus.

Mary wählte ihre Worte sehr vorsichtig, als sie das scharlachrote Kleid zum Lüften aufhängte. »Ist der Inspektor denn auch genauso stur?«

Einen Moment lang hatte Mary Angst, sich zu viel herausgenommen zu haben. Doch dann antwortete Mrs Lane: »Das kann man wohl sagen. Im Augenblick ist er aber eher wütend. Und das leider völlig zu Recht.«

Ein Anfall von hastiger Geschäftigkeit verriet Mary, wie aufgewühlt Mrs Lane war. Mary vermied einen direkten Blickkontakt. »Helfen Sie seinem Gedächtnis auf die Sprünge.« Während ihre Worte im Raum hingen, konnte sie Mrs Lanes starren Blick spüren. Als sie sich zögernd umdrehte, sah sie Verwirrung in Mrs Lanes Miene. Mary seufzte in sich hinein. »In Bezug auf das weibliche Geschlecht neigen Männer dazu, mit dem Unterleib zu denken. Inspektor Lane hat irgendwie vergessen, auf seinen zu hören.«

Mrs Lanes Lippen zuckten heftig. »Raten Sie mir etwa«, fragte sie in gleichmütigem Ton, »ihn daran zu erinnern, ruhig mal mit seinem … Schwanz zu denken?«

Marys Wangen wurden rot. »Normalerweise würde ich das Gegenteil empfehlen, doch in einem Fall allzu starken Einsatzes des Gehirns halte ich es für angebracht, für eine Wiederherstellung eines gesunden und ausgewogenen Verhältnisses zu sorgen.«

Zwar drang ein erstickter Laut aus Mrs Lanes Kehle, doch sie behielt ihre gelassene Haltung bei. »Sie sind eine höchst ungewöhnliche Frau, Ms Chase.«

Wenn da nicht ein Esel den anderen Langohr schimpfte …

»Ja.«

Glücklicherweise widmete Mrs Lane sich wieder ihren Truhen. »Ich werde mir Ihren Ratschlag durch den Kopf gehen lassen.«

Darauf arbeiteten sie schweigend vor sich hin, während Mrs Lane ihre Truhe des Grauens durchstöberte und Mary sich begeistert über die bunte Farbpalette aus Seidenkleidern hermachte, die ihre Schwestern ausgesucht hatten. Es waren weitaus mehr Kleider, als sie auf dieser kurzen Fahrt überhaupt tragen konnte.

»Hier.« Plötzlich erschien Mrs Lane an ihrer Seite und reichte ihr einen länglichen Kasten aus poliertem Eschenholz. »Die sind für Sie.«

Mary zögerte. Luzifer hatte ihr des Öfteren Geschenke gemacht. Geschenke, damit sie hübsch aussah. Er hatte es immer nur nett gemeint, aber nie begriffen, dass sie keine Puppe sein wollte, die man an- und auszog. Mrs Lane gehörte jedoch nicht zu den Leuten, die zu solchen Oberflächlichkeiten neigten.

»Für mich?«

»Natürlich. Habe ich das nicht gerade gesagt?« Mrs Lane eilte zu ihrer Truhe zurück und wühlte noch einmal darin herum, ehe sie einen schweren Krummsäbel mit einem dumpfen Poltern auf dem Frisiertisch ablegte.

Mary stellte den Kasten behutsam ab. Als sie ihn öffnete,

funkelten ihr vier glänzende Metallsterne auf einer Unterlage aus schwarzem Samt entgegen. Ihre Kanten glitzerten scharf und tückisch.

»Happo-Shuriken«, murmelte sie. »Wie wundervoll.«

»Wissen Sie, wie man sie wirft?«, fragte Mrs Lane aus den Tiefen ihrer Truhe.

»Nur ungefähr. Japanische Gentlemen sind in unseren Reihen eher rar, und die wiederum sind auch nicht alle gewillt, uns ihre Waffenkunst zu lehren.« Das Wissen der GIMs stammte aus zweiter Hand. *Du meine Güte, waren die schön.*

Mrs Lane richtete sich wieder auf. »Ich möchte, dass Sie jeden Tag üben, hier oder in Ihrer Kabine, wo Sie niemand dabei beobachtet. Die Wände sind genauso gute Zielscheiben wie andere Objekte auch.«

Dass ihr der anschließende Zustand besagter Wände dabei offensichtlich ziemlich egal war, hätte Mary fast ein Schmunzeln entlockt. »Ja, Mutter.«

Mrs Lane nickte. »Für gewöhnlich ist der Gegner nicht auf der Stelle tot, wenn er getroffen wird, aber es beeinträchtigt seine Aktionen doch erheblich. Ich habe auch noch eine Pistole und ein Messer für Sie. Eine erfolgreiche Regulatorin muss mit jeder Art von Waffe umzugehen wissen. Sosehr ich mir wünschte, dass Sie bereits in den Genuss einer soliden Grundausbildung gekommen wären, so wenig nützt es jetzt, darüber zu lamentieren. Wir werden schon alles nachholen.«

»Es ist nicht so, dass ich noch gar kein Training gehabt hätte«, erwiderte Mary, obwohl sie annahm, dass ihre Vorstellung von Unterricht nicht gerade den strengen Maßstäben von Mrs Lane genügte.

Mrs Lanes Miene war ein deutlicher Beweis für die Richtigkeit ihrer Annahme. »Fürs Erste ist es besser als nichts. Das ist auch der Grund, warum ich Sie habe mitkommen lassen.« Seufzend fuhr sie sich mit der Hand durchs Haar und rümpfte die Nase, als sie dabei auf ihren Hut stieß. Sie zog ihn vom Kopf und machte ihrer Frisur damit den Garaus.

»Wenn Sie möchten, Mutter, könnte ich versuchen, ein paar Waffen in Ihren Hüten und Kleidern zu verstecken.«

Eine beinahe mädchenhafte Ausgelassenheit erhellte Mrs Lanes blasses Gesicht. »Was für eine hervorragende Idee, Ms Chase.« Mit einer kurzen Bewegung aus dem Handgelenk warf sie Mary ihren Hut zu und machte sich noch einmal an ihrer Truhe zu schaffen. »Früher oder später werde ich Mr Lane in unsere Pläne einweihen müssen, und leider wird es wohl eher früher sein.« Die übliche Selbstsicherheit verschwand aus ihrer Stimme, und obwohl Mary Mrs Lanes Gesicht hinter dem Deckel der Truhe nicht sehen konnte, nahm sie an, dass ihre Stirn in Falten lag. Gleich darauf klang ihre Stimme jedoch wieder energisch und munter. »Welch ein Segen, dass wir wenigstens Mr Talent haben. Er wird ein Auge auf meinen Ehemann haben, während ich mir den Dämon vorknöpfe.«

Mary lag auf der Zunge, Zweifel daran zu äußern, welchen Nutzen Talent haben könnte, ein Mann, der wie ein kleiner Junge zu schmollen pflegte und dann plötzlich machte, was er wollte, als sie eine Art Tumult vom Gang her hörten. Ein Wort stach aus dem Grölen und Poltern besonders heraus: *Mord*.

»Verflucht!« Mrs Lane packte ihr Lederhalfter und schnallte es sich um. Ein vernichtendes, finsteres Funkeln trat in ihren Blick, als sie nach ihrem Messer griff. »Sollte dieser Dämon meinem Mann etwas angetan haben, dann gnade ihm Gott.«

»Hatten Sie eine unliebsame Unterhaltung mit Ihrer Frau, Inspektor?«

Winston machte sich nicht die Mühe, Talent zu antworten, als er durch den nächsten endlos scheinenden Gang auf diesem Ungetüm von einem Schiff stapfte. Unliebsame Unterhaltung? Wenn das nicht die Untertreibung des Jahres war. Anstatt Poppy irgendwie wieder einen Schritt näher zu kommen, hatte sie ihm das Gefühl gegeben, klein und schäbig zu sein, was ihn in höchstem Maße ärgerte, wenn man bedachte, dass sie ja recht hatte: Sie zu verlassen, ohne ihr die Chance zu geben, sich zu erklären, war tatsächlich ein nichtswürdiges Verhalten.

Schlimmer noch als das war, dass sein Körper und seine Seele in dem Moment, wo er sie über den Landungssteg kommen sah, mit einem Ruck aus einer Art Starre erwacht waren. Ungeachtet der Tatsache, dass sie ihn hintergangen hatte, ungeachtet der Wut, die er deswegen empfand, und ungeachtet ihrer gegenwärtigen Machenschaften, erfüllte sie ihn mit Leben. Sie versetzte ihn in Erregung. Und er wollte sie noch immer. *Na, prächtig. Wirklich prächtig.*

Talent nickte an seiner Seite verständig, als hätte Winston nicht geschwiegen, sondern eine Antwort gegeben. »Auf jeden Fall sehen Sie schrecklich aus. Irgendwie angespannt um den Mund. Erinnern Sie mich daran, Ihrem Rasierwasser einen Schuss Lavendel beizufügen. Beruhigt die Nerven.«

Winston blieb stehen. »Ich glaube, mich klar ausgedrückt zu haben, als ich sagte, dass Sie nicht mein Kammerdiener sind. Und«, fügte er hinzu, während er Talent auf den Pelz rückte, »ich möchte nicht, dass Sie sich den Kopf über meine Privatangelegenheiten zerbrechen, ob unerfreulich oder nicht. Ich bin nicht Ian Ranulf, den Sie durch Ihr anmaßendes Verhalten zur Weißglut bringen können.«

Talent zuckte nicht einmal mit der Wimper. »Dann sind Sie nicht wütend?«

Winston hielt dem unbekümmerten Blick seines Reisegefährten stand. »Beten Sie, mich nie in diesem Zustand zu erleben.«

Der Mann grinste. »Ich lebe unter Wölfen. Sie hätten keine Chance gegen mich …« Talent jaulte auf, als er von den Beinen gefegt und zu Boden geschleudert wurde.

Nun grinste Winston, als er dem jungen Mann seinen Spazierstock auf die Brust setzte und sich über ihn beugte. »Wie bitte?«

Der Blick, den er dafür von Talent erntete, ließ zweifelsfrei erkennen, dass der nicht übel Lust hatte, sich eine Prügelei in dem engen Gang mit ihm zu liefern, doch andere Passagiere näherten sich. Nachdem er so lange gewartet hatte, bis das erschrockene Pärchen sich hastig an ihnen vorbeigeschoben hatte, schlug Talent den Stock beiseite und sprang geschmeidig auf. »Hab Sie eher für den ›Die-Feder-ist-mächtiger-als-das-Schwert‹-Typen gehalten, Inspektor.«

»Kommt auf die Art des Konflikts an.« Winston richtete die Aufschläge seiner Jacke. »Seien Sie versichert, dass ich mit beidem umzugehen weiß.«

Sie traten auf das Promenadendeck, und Winston tat einen tiefen Atemzug, als ihm die frische Seeluft entgegenschlug. Sie gingen ein Stück weiter. »Mrs Lane behauptet, ein Dämon wäre an Bord und darauf aus, mich heimzusuchen.« Es fiel Winston nicht leicht, dies zu sagen, geschweige denn, überhaupt daran zu denken.

»Diese verfluchten Dämonen.« Talents Mund verzog sich angewidert. »Wenn Sie mich fragen, ist es sicherer, ihnen den Kopf abzuschlagen, und fertig.«

»Irgendwie finde ich Ihren sorglosen Umgang mit dem Thema Mord beunruhigend, Mr Talent.«

»Ach ja? Sollten Sie mal einen dieser Kerle in die Finger bekommen, würden Sie vermutlich andere Töne anschlagen«, entgegnete Talent finster. »Sie haben nämlich großen Spaß daran, mit ihrem Opfer zu spielen.«

Wie zauberhaft. »Wollen Sie damit etwa sagen, dass kein Dämon es wert ist, verschont zu werden?«

»Zumindest nicht der, der Mrs Lane dazu veranlasst hat, sofort hierher zu eilen, um Ihre Haut zu retten.«

Winston brauchte einen Moment, um sich zu sammeln und ruhig antworten zu können. »Das ist rein hypothetisch, da Mrs Lane behauptet, den hier könnte man nicht köpfen.«

»Jedes übernatürliche Wesen lässt sich durch Enthaupten vernichten.«

Winston gefielen weder der abwägende Blick in den Augen des jungen Mannes noch die nagende Wut, die in ihm aufstieg. Die Reling ließ ein dumpfes Klirren ertönen, als er mit der Seite seiner geballten Faust dagegen schlug. »Sie hat das Ganze doch wohl nicht aufgebauscht …«

»Um Sie gefügig zu machen?«, schlug Talent mit einem nüchternen Schnauben vor. »Wer zum Teufel weiß schon, was eine Frau zu sagen oder tun bereit ist, nur um zu bekommen, was sie will?« Seine Miene verfinsterte sich. »Sehen Sie sich zum Beispiel Ms Chase an. Auf einmal absolviert sie so eine Ausbildung als Regulatorin. Hinterlistige kleine …« Er schnaubte abfällig.

Winston wandte sich zu Talent um, worauf der Wind sein Haar über die geschundene Wange wehen ließ. »Wären Sie auch gerne Regulator?«

Talent starrte mürrisch aufs Meer hinaus. »Ich wäre bestimmt ein besserer als Chase.«

Winston unterdrückte ein Lächeln, um seiner Stimme einen

neutralen Klang zu verleihen. »Ja, ich könnte Sie mir durchaus als Regulator vorstellen.« Als er den Kopf schief legte, wurden die umherpeitschenden Strähnen nach hinten geweht. »Warum bewerben Sie sich nicht?«

Heiße Röte erfasste Talents breite Wangen. »Man kann sich nicht bewerben«, brummte er. »Man kann nur eingeladen werden. Aber egal, ich weiß ohnehin Besseres mit meiner Zeit anzufangen.«

Aha, so war das also. Ms Chase hatte eine Einladung erhalten, Mr Talent aber nicht. Nun hätte Winston glauben können, dass dies der Grund für ihre Feindseligkeiten war, doch er wusste es besser. Der Zwist zwischen den beiden bestand offensichtlich schon seit längerer Zeit.

»Daisy arbeitet jetzt für die Gesellschaft«, erklärte Winston. »Warum fragen Sie sie nicht, ob Sie ihr Anliegen unterstützen kann?«

Talents funkelnder Blick traf ihn. »Oh, dass sie dort arbeitet, ist mir durchaus bekannt. Warum wohl, meinen Sie, ist Mary Chase jetzt mit von der Partie? Normalerweise dauert es Monate … *Monate*, bis der Fall eines neuen Regulators bearbeitet wird, und trotzdem hat Chase es innerhalb von, na, einer Woche vielleicht, hineingeschafft? Und arbeitet jetzt bei Ihrer Frau?« Mit wachsender Verbitterung richtete er vorwurfsvoll einen Finger auf Winston. »An Ihrer Stelle würde ich mich fragen warum, Lane. Ich jedenfalls mache mir so meine Gedanken.«

Diesmal trat Winston dicht an Talent heran und dem unverblümt ausgestreckten Finger entgegen. »Sollte meine Frau irgendwelche Geheimnisse haben, dann steht es ihr frei, sie zu hüten.« *Und mir, sie zu enthüllen.*

Talent öffnete den Mund, als wollte er etwas erwidern, doch dann verharrte er plötzlich mit flatternden Nasenflügeln, während seine Augen sich zu schmalen Schlitzen verengten. »Es riecht nach Blut.«

Der Wind trug einen Hauch von Kupfer heran. Und Exkrementen. Win kannte diesen Geruch nur allzu gut. Das war nicht nur Blut. »Das riecht nach Tod.«

Wie auf Kommando stapften sie beide auf die Quelle dieses Geruchs zu. Winstons Hand lag fest um seinen Gehstock. Über ihnen tanzten Möwen in der Luft, die sich immer wieder um den gewaltigen Schornstein herum nach unten stürzten.

»Der Blutgeruch zieht sie an«, murmelte Talent.

Als sie sich dem Bug des Schiffes näherten, wurde das Deck schmaler. Abgesehen vom Knarren der Rettungsboote und dem lautem Schlagen des Schaufelrades, das sich schäumend durchs Wasser wühlte, war es totenstill.

Vorsichtig näherten sie sich dem Ursprung des Geruchs. Von der anderen Seite des Schornsteins drangen ein Stöhnen und Geräusche zu ihnen, die auf haarsträubende Weise den Lauten eines Suppe schlürfenden Menschen ähnelten. Winstons Hand glitt zu der in der Innentasche seiner Jacke verborgenen Pistole. Bei der CID war es ihm nicht erlaubt gewesen, eine Waffe zu tragen, da die Londoner Bevölkerung eine Abneigung gegen bewaffnete Polizisten hegte. Nichtsdestotrotz hatte er bei gefährlichen Einsätzen immer eine Schusswaffe bei sich gehabt. Und nur ein Dummkopf würde so etwas tun, ohne zu wissen, wie man sie handhabte. Für einen Dummkopf hielt er sich zwar in der Regel nicht, aber trotzdem hatte ihm eine Pistole bei der Attacke durch einen Werwolf nichts genützt. Winston schluckte den bitteren Geschmack herunter, der seinen Mund plötzlich füllte.

»Haben Sie eine Waffe bei sich?«, flüsterte er.

Talent sparte es sich, ihn anzublicken. »Ich bin ein Gestaltwandler.«

Winston nahm an, dass das genügen sollte.

Zusammen stürzten sie um die Ecke, wobei die Pistole gezogen und schussbereit in Winstons Hand lag.

»Verflucht«, stieß Talent hervor.

Winston blieb abrupt stehen, als er den Toten erblickte. Männlich, jung, weiße Offiziersuniform. Die Kehle war aufgeschlitzt, der Leichnam blutüberströmt, die Hose stand offen, und der leere Blick war gen Himmel gerichtet. Winston erfasste sämtliche Einzelheiten, bevor er plötzlich aus dem Augenwinkel einen Schatten bemerkte, der davonhuschte. Dicht gefolgt von Talent sprang Winston ihm hinterher.

Mit polternden Schritten hetzten sie über das Deck. Als das Quietschen einer Tür an Winstons Ohr drang, beschleunigte er seine Schritte noch. Rutschend bog er um die Ecke und stürzte durch die offene Luke. Ein Mann hielt kurz auf dem Niedergang inne und grinste frech mit gelb funkelnden Augen über die Schulter zu ihnen zurück.

Himmel bewahre! Sein Aussehen war identisch mit dem des an Deck liegenden Toten.

»Ein Dämon«, erklärte Talent hinter Winston. »Er hat vom Blut seines Opfers getrunken, um so seine äußere Erscheinung anzunehmen.«

Winston stürmte weiter. Leider erschien es nicht ratsam, in diesem verfluchten Eisenkasten zu schießen, aber schnappen konnte er sich diese Kreatur trotzdem. Unglücklicherweise brachte sich der Dämon mit einem Satz in Sicherheit, ehe er von Winston gepackt wurde, um den nächsten Treppenlauf dann förmlich hinunterzufliegen. Winston und Talent jagten ihm hinterher. Die Stufen schepperten und bebten unter ihren Tritten. Schweiß brannte ihnen beim Laufen in den Augen.

Irgendwo weiter unten riss der Dämon krachend eine Tür

auf und verschwand dahinter. Winston tat es ihm einen Moment später nach und stand plötzlich in einem schwach beleuchteten, kahlwandigen Gang, der sich in vier verschiedene Richtungen erstreckte. Das Hallen der Schritte des Flüchtigen wurde hin und her geworfen und erreichte sie aus allen Richtungen.

»Wo sind wir?«, fauchte er.

»Laderaumebene würde ich sagen«, antwortete Talent.

Winston schleuderte seinen Hut beiseite. Da er seinen Spazierstock irgendwo an Deck liegen gelassen hatte, blieb ihm nur noch seine Pistole zur Verteidigung. »Divide et impera! Teilen wir uns auf, um den Kerl zu schnappen. Das Schiff hat zwei große Frachträume. Sie nehmen den vorderen, ich den hinteren.«

»Ich nehme den hinteren.« Talent bedachte ihn mit einem Grinsen. »Der Weg dorthin ist weiter, und ich bin schneller als Sie, Mann.«

Sie wussten beide, dass der Dämon sehr wahrscheinlich nach achtern geflohen war – eben weil es der weitere Weg war. Umso gefährlicher war es in dieser Richtung. Da Winston nicht die Zeit zum Streiten hatte, gab er nach. »Sie haben recht.« Er wies mit dem Kinn auf den dunklen Gang. »Na, dann los. Wir treffen uns in der Mitte.«

Ohne noch ein Wort zu verlieren, rannte Talent los. Winston holte noch einmal tief Luft, ehe er dasselbe tat. Er war gerade mal zwanzig Schritte weit gekommen, als er auf die erste Laderaumtür stieß, weit geöffnet. War hier tatsächlich jemand hindurchgetreten? Oder handelte es sich nur um ein Ablenkungsmanöver?

Er blickte in einen höhlenartigen Raum, der kühl und leicht feucht wirkte. Hoch über ihm an der Decke befanden sich matttrot gestrichene Eisenträger, die aussahen wie das Gerippe von Jonas' Wal. Türme von Kisten, festgezurrt mit dicken Hanfnetzen, bildeten ein Labyrinth, das ein ideales Versteck abgab.

»Na prächtig«, brummte Winston, als er in den Raum trat, den Rücken an die Wand gepresst und mit zu Boden gerichteter, doch schussbereiter Waffe.

Vorsichtig, um nur ja kein Geräusch zu machen, bewegte er sich neben die erste Kiste. Hier unten im tiefsten Innern des Schiffes ertönte das Dröhnen der Motoren so laut, dass ihm die Vibrationen durch Mark und Bein gingen. Dann setzte er seinen Weg fort ... den Weg auf diesem – wie er fürchtete – aussichtslosen Unterfangen. Als irgendwo ein Knarren ertönte, spannte er sich an. Da die gelben Lichtkegel der wenigen elektrischen Lampen an der Decke recht weit voneinander entfernt waren, hinterließen sie viele dunkle Ecken und Winkel, in denen man sich wunderbar verstecken konnte.

Das Gewicht der Pistole in Winstons Hand weckte Erinnerungen an einen anderen Moment und Ort. An eine von widerlichen Gerüchen, Nebel und Tod erfüllte Gasse. In der er fast sein Leben verloren hätte.

Denk nicht daran. Doch seine Sicht verschwamm, während sein Mund immer trockener wurde. Winston drückte sich mit zittrigen Händen an die eiserne Schiffswand und fühlte ihre beruhigende Kälte in seine Schultern dringen, als er um Fassung rang. Das Quietschen einer Tür ließ ihn erstarren. Von dort, wo er stand, konnte er nicht mehr als die Kiste vor ihm und die dahinter liegende Dunkelheit erkennen. *Man kann ihn nicht vernichten.* Was, wenn Poppy die Wahrheit gesagt hatte? Und hier stand Winston nun, nur mit einer Pistole bewaffnet. *Verdammt.* Er sollte sich lieber zurückziehen. Wenn er aber blieb und kämpfte, würde sein Leben hier vielleicht gleich enden. Winston schluckte schwer. Er musste es wenigstens versuchen.

Verflixt, wie sollte er bei dem Höllenlärm, den diese verfluchten Maschinen veranstalteten, denn noch etwas hören? Sein keuchender Atem und das Hämmern seines Pulses übertönten sogar das Dröhnen der Motoren. Das waren Beeinträchtigungen seines Hörvermögens, die ihn das Leben kosten konnten. Und irgendetwas kam auf ihn zu. Das konnte er spüren.

Winston konzentrierte sich auf einen festen Punkt vor ihm und entspannte bewusst jeden Muskel seines Körpers, um ruhiger zu werden. Einatmen. Ausatmen. Ganz langsam. Je mehr sein Herzschlag zur Ruhe kam, desto mehr schärften sich seine Sinne. Diesen Trick hatte sein schon recht betagter Partner Nelson ihn während seiner Ausbildung gelehrt, als Win einmal fast von einem Verdächtigen ins Jenseits befördert worden war. Beim letzten Mal, als er so große Angst empfunden hatte, war ihm diese Technik dummerweise nicht eingefallen. Doch das würde ihm nie wieder passieren. Win atmete noch einmal aus und konzentrierte sich auf seine Umgebung und das Hämmern der Motoren, ein rhythmisches Schlagen, das …

Da! Links von ihm erklang das Scharren eines Schuhs. Sofort korrigierte Winston den Anschlag seiner Pistole. Schweißtropfen rannen ihm über den Hals und kitzelten ihn. Er starrte an die Ecke der Kiste, bis die Holzmaserung verschwamm und er den finsteren Gang deutlich erkennen konnte. Noch ein Geräusch, das Rascheln von Stoff. Der Mistkerl kam näher.

Wins Puls hämmerte an der Seite seines Halses. Seine Beine begannen zu zittern und seine Arme zu schmerzen, als sie förmlich darauf brannten, sich zu bewegen. *Sachte!* Und dann hörte er es: ein leises Atmen.

Wie von einem Katapult abgeschossen sprang Winston um

die Ecke, stieß in die Gestalt, die dort stand, und zielte auf ihren Kopf. Sein Finger zog bereits am Abzug seiner Waffe, als glänzend rotes Haar aufblitzte und er den Duft von Zitronen wahrnahm, worauf seine Hand augenblicklich verharrte. Eine Sekunde später spürte er, wie sich die Spitze eines Messers in die Unterseite seines Kiefers grub. Einen Moment lang blickte er die Gestalt wie versteinert an. Zwei fliegenähnliche, große rote Glasaugen erwiderten seinen Blick und gaben ihm das Gefühl, Nase an Nase mit einer mechanischen Eule zu stehen. Doch die fein geschwungene Nase und das ausdrucksvolle Kinn gehörten nur zu einer Person: Poppy.

Eine weitere Sekunde verging, ehe ihm bewusst wurde, dass die Waffe in seiner Hand fest an ihre Schläfe gepresst war.

»Verdammt!« Als hätte er sich verbrannt, riss er sie zurück. »Was zum Teufel …?«

Mit einem Ruck zog Poppy die überdimensionale Messingbrille herunter und funkelte ihn böse an. »Was machst du denn hier?«

Ihre zarten Wangen waren erhitzt, und ihr rotes Haar lag in wirren Strähnen unter den Lederriemen ihrer Brille, doch ansonsten wirkte sie sehr ruhig und gefasst … ganz im Gegensatz zu ihm.

»Was ich hier …« Er wischte sich mit einer feuchten Hand übers Gesicht. »Großer Gott, Frau, du hast mich fast zu Tode erschreckt. Man sollte dich wirklich zu den zehn biblischen Plagen rechnen!«

Ihre Lippen verzogen sich. Doch nicht vor Ärger, wie er feststellen musste, sondern um ein Lachen zu unterdrücken. Eigensinnige, verrückte …

»Oh, ich bin weitaus effektiver als eine Plage. Zumindest präziser.«

»Ich hätte dir fast den Schädel weggepustet!«

Mit einer geschickten Drehung ihrer Finger steckte sie das Messer in das Halfter um ihre Hüften zurück. »Und ich hätte dich fast filetiert. Hätte ich nicht so hervorragende Reflexe …« Er stieß ein Schnauben aus, worauf sie ihre Stimme erhob. »… wäre ich jetzt Witwe.«

»Na, dann danken wir Gott für seine Barmherzigkeit.« Er packte sie am Ellbogen und zog sie hinter die Kiste, um mit gedämpfter Stimme zu fragen: »Warum bist du hier?«

»An Deck liegt ein Toter. Das hat für einigen Aufruhr gesorgt.«

»Ja, ich weiß. Talent und ich haben den Mistkerl, der das getan hat, fast auf frischer Tat ertappt. Es war ein Dämon. Wir sind ihm hier herunter gefolgt.«

Verflucht, er hätte sie beinahe umgebracht, und sie unterhielt sich mit ihm wie bei einem Kaffeekränzchen. Ihre scharfen Augen suchten die Umgebung ab. »Wo ist Talent denn?«

»Er versucht vom anderen Ende des Schiffes aus, den Dämon aufzustöbern. Hoffentlich rennt ihm Ms Chase nicht über den Weg, sonst läuft sie noch genauso Gefahr, getötet zu werden.«

»Das ist nicht zu befürchten, denn sie untersucht oben den Toten … Ich denke, er ist entkommen«, sagte Poppy mit abgewandtem Blick, ehe sie sich wieder zu ihm umdrehte. »Ich bin durch den östlichen Eingang gekommen. Und du?«

»Durch den westlichen.« Seine Finger zuckten an seinen Seiten.

»Dachte ich mir. Entweder haben wir ihn verpasst, oder er ist entkommen.«

Wie konnte sie nur so ruhig sein? Der Nervenkitzel der Jagd und sogar seine Angst hatten sich in etwas Ursprünglicheres, etwas Elementareres verwandelt. Nicht nur, dass sein Blut mächtig in Wallung kam, er hatte auch noch, wie er zu seinem Entsetzen feststellte, eine kräftige Erektion. Winston konnte an nichts anderes mehr denken, als Poppys Röcke nach oben zu reißen und sein bestes Stück zwischen ihre Beine zu rammen. Wie ein brünstiges Tier. Leider machte dieses verfluchte Weibsstück den Eindruck, völlig ungerührt zu sein, weshalb sie ihm höchstwahrscheinlich eine schallende Ohrfeige verpassen würde, sollte er seinen Gelüsten freien Lauf lassen. Er schüttelte den Kopf und holte tief Luft.

»Du gehst in die Kabine zurück, und ich durchsuche das übrige Areal.«

Sie waren schon lange genug zusammen, dass er ihren »Das-soll-wohl-ein-Witz-sein«-Blick kannte. Doch das war ihm egal. Diesem *Ding* würde seine Frau nicht gegenübertreten. Außerdem konnte er nicht klar denken, wenn sie in der Nähe war. Seine Hand griff nach Poppys Arm und hielt sie fest, damit sie gar nicht erst auf den Gedanken kam, ihm von der Seite zu weichen. »Entweder du gehst, oder wir bleiben hier und warten gemeinsam ab.«

Ihr Atem fiel kühl auf seine Wange. »Hör mal, ich habe mit solchen Dingen viel mehr Erfahrung als …«

»Ich bitte um Verzeihung, aber soweit ich weiß, ist deine Position in deiner Organisation eher im Verwaltungsbereich angesiedelt.«

Moosbraune Augen blitzten finster auf. »Willst du damit etwa andeuten, dass ich mich draußen nicht zu behaupten weiß?«

»Was ich damit sagen möchte, ist, dass einer von uns beiden größere Erfahrung im Außeneinsatz hat, und diese Person bist nicht du.«

»Dass ich nicht lache, du aufgeblasener …«

Winston schlug ihr eine Hand vor den Mund und zog sie mit nach unten, als er plötzlich in die Hocke ging. Der Klang eines Stiefeltritts aus nicht allzu großer Entfernung ließ ihm das Blut in den Adern gefrieren. Da Poppy sich nicht wehrte, ließ er seine Hand von ihrem Mund gleiten.

»Links in der Ecke, etwa zehn Schritte von hier.« Poppys Stimme war kaum mehr als ein Hauchen, was ihn nicht wenig amüsierte, wenn man bedachte, dass sie vorher so laut gesprochen hatten, dass sie wohl bis an Deck gehört worden waren. Trotzdem nickte er nur und hielt sie fest an sich gedrückt. Herrje, da hatten sie sich wie kleine Kinder gekabbelt, und jetzt saßen sie in der Falle. Seine Muskeln spannten sich an, als ein mit Bedacht gesetzter Schritt direkt hinter der Kiste erklang. Wer auch immer das war, er gab sich nicht allzu große Mühe, unbemerkt zu bleiben. Auch Poppy spannte sich an, bevor sich ihre Blicke begegneten und sie eine Hand in seine Jackentasche gleiten ließ, wo sie sie um seine Pistole schloss. *Himmeldonnerwetter noch mal.* Er hielt ihren Blick fest, während ihm das Herz vor lauter Angst in die Hose rutschte. Eigentlich sollte doch er sie beschützen. Trotzdem antwortete er mit einem knappen Nicken. *Bitte triff!*

Aus den Augenwinkeln sah er plötzlich einen Schatten über sich aufragen. Er hatte das Gefühl, die Zeit liefe langsamer und schneller zugleich, als er sich zur Seite drehte und Poppy die Pistole hob und feuerte. In letzter Sekunde verriss sie die Waffe jedoch. Schlechter Schuss. Winston griff nach der Pistole, bereit sie ihr zu entreißen und den Dämon zu erschießen. Dicker Qualm drang ihm in die Kehle und nahm ihm die Sicht, während der Knall der Pistole in seinen Ohren dröhnte, allerdings nicht laut genug, um Talents wütenden Aufschrei zu übertönen.

»Was zum Teufel soll das?«

Der Pistolenqualm verzog sich und gab Talent frei, der über ihnen stand und sie mit mordlüsternem Blick ansah. »Wollen Sie mich etwa umbringen?«

Poppy wand sich aus Winstons Griff und stand auf. »Wenn ich das gewollt hätte, Mr Talent, dann wären Sie jetzt tot.«

Winston fiel es erheblich schwerer, sich zu erheben, da ihm Bilder von Poppy, die niedergestreckt zu seinen Füßen lag, im Kopf herumschwirrten. Doch dann richtete er sich auf und strich seine Jackenaufschläge glatt – der schwache Versuch, sich irgendwie zu beruhigen. »Du hast absichtlich daneben geschossen, nicht wahr?« Verdammt, wenn das kein Stolz war, der seine Brust schwellte. Stelle sich das einer vor.

Poppy schenkte ihm zwar kein Lächeln, doch es lauerte in ihren Augen. Ärgerlicherweise ließ sich aber auch ein Anflug von Selbstgefälligkeit erkennen. »Wie schön, dass Sie das erkannt haben, Mr Lane.«

»Ich hab es aber nicht erkannt«, fauchte Talent. »Das hat mich zehn Jahre meines Lebens gekostet.«

»Mr Lane und ich haben uns nur verteidigt. Sie hätten sich lieber bemerkbar machen sollen.«

Talent schnaubte höhnisch. »Ja, natürlich. ›Bitte, verzeihen Sie, Herr Dämon, aber ich komme jetzt zu Ihnen, um nachzusehen, ob Sie meine Kameraden sind oder nicht. Macht es Ihnen vielleicht etwas aus, mich darüber aufzuklären?‹«

Winston verbarg ein Lachen hinter einem Hustenanfall. »Na, dann. Ende gut und so weiter.«

Als die beiden anderen ihn böse ansahen, setzte er sich abrupt Richtung Ausgang in Bewegung.

»Wie hast du das Ding überhaupt hier runter verfolgt?«, wollte Winston von Poppy wissen, als sie den Lagerraum verließen, stets auf der Hut vor Bedrohungen, die überall lauern konnten. Da seine Nerven für heute mehr als aufgerieben waren und er noch keine Möglichkeit gehabt hatte, einen ordentlichen Schluck auf diesen gewaltigen Schreck zu nehmen, konnte er nur noch Fragen stellen und darauf hoffen, dass diese wohlvertraute Aufgabe zu seiner Beruhigung beitrug.

»Mit dieser Spezialbrille.« Poppy tippte sich an die rote Linse, die auf ihrem Kopf ruhte. »Dämonen werden in der Unterwelt geboren, weshalb ihr Fleisch Spuren in Form chemischer Strahlen aufweist. Diese Strahlung wird durch die violette Linse sichtbar.« Sie nickte in Richtung des Treppenschachts. »Auf dem Weg nach unten hat er kräftige Spuren hinterlassen, die sich hier jedoch verloren. Ich nehme an, er hat sich beruhigt, sobald er in seinem Element war.«

Sie reichte ihm die Brille. »Wenn Dämonen Angst haben oder sich körperlich anstrengen, sind die Strahlen am deutlichsten zu erkennen.«

Sie gelangten an die Treppe. Hin- und hergerissen, seine Frau – ihres Zeichens Expertin auf dem Gebiet der Dämonenjagd – oder die Spezialbrille anzustarren, brauchte er einen Moment, um sie aufzusetzen. Die Welt tauchte in ein schwaches Violett, nicht annähernd hell genug, um vernünftig sehen zu können. Winston knirschte mit den Zähnen. Poppy war nahezu blind in diesen Frachtraum spaziert.

»Hier.« Sie beugte sich zu ihm und hantierte irgendwo an der Seite der Brille. Win fuhr zusammen, als eine Reihe von Lichtern um die Linsen herum aufflackerte.

Neben ihm gab Talent einen anerkennenden Laut von sich. »Nun sieh sich das einer an. Großartig.«

Poppys kristallklare Stimme erklang an Winstons Ohr. »Schau jetzt mal.«

Er drehte den Kopf zu der eisernen Treppe und zog scharf die Luft ein. Fußabdrücke aus unheimlich leuchtendem Violett bedeckten die Stufen, während ein geisterhafter Nebel derselben leuchtenden Substanz über der Treppe schwebte.

»Fluoreszenz«, stellte er fest.

»Sehr richtig«, bestätigte Poppy. »Diese von der Gesellschaft zur Unterdrückung Übernatürlicher entwickelte Spezialbrille fängt die Brechung des Lichts in den Geruchsspuren eines Dämons ein.«

Winston nahm das Gerät mit einem resignierten Seufzen ab. »Zuerst Werwölfe und jetzt das. Als logisch denkender Mensch kann ich nicht glauben, was ich gleich sage, aber zuweilen wünschte ich mir, ich befände mich noch in dem Zustand, als ich nichts von alledem wusste, was um mich herum geschah.« Win reichte Talent die Brille, damit er sie ausprobieren konnte, ehe er seine Aufmerksamkeit wieder Poppy zuwandte. »Ist schon seltsam festzustellen, dass die Verrückten, die im Hyde Park auf einer Kiste stehen und wirres Zeug über unter uns weilende Monster reden, gar keine Spinner sind.«

Poppy schenkte Winston ein seltenes Lächeln. »Warte noch, bevor du dir deine Ecke im Park aussuchst. Es existieren noch viel sonderbarere Wesen als bloß Dämonen und Werwölfe.«

Wenn das nicht die Wahrheit war. »Keine Angst, mein Schatz, wenn es irgendetwas gibt, das mich noch in den Wahnsinn treiben wird, dann du.«

Mary hasste den Tod, was ziemlich kurios war angesichts der Tatsache, dass sie als GIM häufiger mit dem Tod oder Toten konfrontiert wurde als ein durchschnittlicher Totengräber. Obwohl Letztere das Glück hatten, dem Tod nur in gut »verpackter« Form zu begegnen. Frisch Verstorbene waren das Spezialgebiet eines GIMs, und der Mann auf dem Promenadendeck der ersten Klasse hatte sein Leben ganz bestimmt erst vor wenigen Minuten gelassen. Sie entfernte sich ein wenig von der Gruppe von Offizieren, die sich um ihren gefallenen Kameraden scharten. Mrs Lane hatte sie hierhergeschickt, damit sie über die Vorgänge und den Leichnam wachte, doch Mary konnte sich keinen Reim darauf machen, wovor sie ihn beschützen sollte. Der arme Kerl war tot. Und fing allmählich an zu riechen.

So diskret wie möglich presste sie sich ihr Spitzentaschentuch vor die Nase. Mrs Lane wäre sicher alles andere als begeistert, wenn sie herausfände, dass Mary in dieser Hinsicht über einen schwachen Magen verfügte. Zwar hatte man den Oberkörper des Mannes mit einer Decke bedeckt, seine Beine aber waren zu sehen. Durch die weiße Hose des Toten sickerte langsam Blut, das sich an der Luft schnell schwarz verfärbte. Mary schluckte schwer und blickte zur Seite, direkt in die Augen eines jungen Offiziers.

»Oh.« Sie hatte ihn gar nicht kommen hören.

Ein freundliches Lächeln glitt über sein sympathisches Gesicht. »Sie sollten lieber nicht hier sein, Ms. Dieser Anblick ist nichts für eine Dame.«

Mary wusste keine Antwort. Obendrein war sie angewiesen worden, nicht gesehen zu werden. Verflixt, wäre sie doch in ihrer feinstofflichen, ihrer Geisterform hergekommen.

Der Offizier lächelte sie unverändert freundlich an. »Außerdem haben die Möwen bereits angefangen, sich um ihn zu streiten.«

Ein bitterer Kloß stieg in Marys Kehle auf.

»Seien Sie unbesorgt, Ms. Wir werden schon aufpassen, dass sie ihm fernbleiben.«

Sie taumelte und stürzte gegen den an der Wand hängenden Metallkasten, in dem ein Bordtelefon untergebracht war. Im Nu war der Offizier bei ihr und umfasste ihren Arm, wobei sie erst jetzt einen brennenden Schmerz spürte. Mit einem Keuchen wich sie zurück. Blut besudelte ihren Arm und seinen weißen Handschuh.

»Ich fürchte, Sie haben sich verletzt«, sagte er, während sein Blick von ihrem Arm zu dem Metallkasten sprang.

»Verflixt!« Mary verfluchte sich für ihre Schwäche. So konnte das nicht weitergehen. Sie musste lernen, Gelassenheit im Umgang mit dem Tod zu finden. Doch noch während sie diesen Entschluss fasste, trug die Brise den Gestank des Todes zu ihr herüber, und sie wurde kreidebleich.

Zum Glück war der Offizier viel zu sehr damit beschäftigt, ihren Arm zu untersuchen. »Wir können doch nicht zulassen, dass unsere zauberhaften Gäste bluten, nicht wahr?« Seine dunklen Augen strahlten vor guter Laune, während er seinen Handschuh auszog und vorsichtig mit dem nackten Daumen das Blut von ihrem Arm wischte.

Seine Berührung fühlte sich so herrlich warm auf ihrer kalten Haut an, dass sie es nicht übers Herz brachte zu protestieren. Am Ende presste er ihr seinen Handschuh auf die Wunde. »Soll ich Sie vielleicht in Ihre Kabine bringen, Ms?«

Damit Poppy von ihrem kleinen Schwächeanfall erfuhr? Oder, Gott behüte, Jack Talent? Lieber würde sie ihren eigenen Herzstillstand herbeiführen, und zwar einen endgültigen. Mary befreite sich sanft aus dem Griff des Offiziers. »Das ist nicht nötig, vielen Dank. Es geht mir ausgezeichnet, wirklich.«

Sie trat von ihm zurück. Hier konnte sie ohnehin nicht viel tun.

»Dann wünsche ich Ihnen noch einen schönen Tag, Ms.« Der Offizier verbeugte sich höflich, ehe er an den Tatort zurückkehrte.

6

Der Rückweg zu seiner Privatkabine reichte nicht aus, um Winstons kreisende Gedanken zu beruhigen. Bilder von Poppy und Dämonen tanzten wild in seinem Kopf. In den vergangenen Monaten hatte er so viel Zeit darauf verwendet, stur an seinem Zorn über die Tatsache festzuhalten, belogen worden zu sein, dass er nicht ein einziges Mal auf den Gedanken gekommen war, sich zu vergegenwärtigen, welche Gefahr Poppy dabei auf sich genommen hatte. Diese Erkenntnis machte ihn jetzt krank vor Sorge. Sie legte sich mit Dämonen an? Natürlich tat sie das. Wie hätte er etwas anderes von ihr erwarten können? All die Jahre ihrer Ehe hindurch hatte er das schlechte Gewissen eines Polizisten gehabt, der befürchtete, seine Frau könnte in ständiger Angst um ihn leben. Herrgott, sie hätte ihm auch genauso gut den Kopf tätscheln und ihn in die Schule schicken können.

Poppy ging an seiner Seite und ignorierte vergnügt die irritierten Blicke ihrer Mitreisenden, die ihre Spezialbrille und ihr zerzaustes Haar hervorriefen. Ganz zu schweigen von diesem verfluchten Messer, das in dem tief um ihre Hüften geschnallten Halfter steckte. Es war, als ob sie jedermann klarmachen wollte: Lasst mich in Ruhe. Dass Winston ihre Aufmachung äußerst verführerisch fand, war nur ein weiterer Grund, um sich aufzuregen.

So knirschte er noch immer mit den Zähnen, als er die Tür seiner Kabine öffnete und sich plötzlich einem Monstrum von Überseekoffer gegenübersah, aus dessen aufgerissenem

Schlund zahllose Spitzenunterröcke und seidene Kleider hervorquollen.

»Da hol mich doch der Teufel!«

Wenn er mit etwas in Poppys Reisegepäck gerechnet hätte, dann mit Büchern und vernünftigen Kleidern, doch wenn seine Frau andererseits nicht mehr die Frau war, die er zu kennen glaubte, wieso sollte Flitterkram ihn da noch überraschen? Winston trat vorsichtig um die Truhe herum, während Poppy energisch die Tür schloss, sich umdrehte und ihn ansah.

Poppys Miene ließ sich zwar nicht mit einem offenen Buch vergleichen, dennoch war sie ihm so vertraut, dass er sie zu lesen wusste. Es amüsierte ihn zu beobachten, wie ihr die verschiedenen Möglichkeiten durch den Kopf gingen, als sie überlegte, was sie zu ihm sagen sollte. Fast hätte er gelächelt, denn es kam selten vor, dass Poppy die Worte fehlten. Das war schon immer so gewesen. Doch das Lächeln schaffte es nicht, sich durchzusetzen, da seine Wut noch größer war als seine Erheiterung. Sie ging davon aus, ihn zu »retten«? Er selbst betrachtete sich zwar als einen modernen Mann, der neuen Ideen und Wegen immer offen gegenüberstand, doch diese Offenheit hatte auch Grenzen. Und wenn seine eigene Frau meinte, ihn bemuttern zu müssen, war auf jeden Fall eine Grenze erreicht.

»Du reist mittlerweile mit beachtlichem Gepäck, Poppy«, sagte er, um das Schweigen zu brechen.

Poppys braune Augen musterten ihn ruhig, als sie nach Hinweisen suchten. Großer Gott, wie sehr hatte es ihm gefehlt, sie beim Überlegen zu beobachten. Er schob den Gedanken beiseite, als sie sich ihm näherte. Dann sagte sie mit leicht heiser klingender Stimme: »Wir werden uns die Kabine teilen.«

»Das ist nicht zu übersehen.« Diese Vorstellung fand umgehend die volle Aufmerksamkeit seines besten Stücks, was das

Verlangen in ihm weckte, völlig aus der Haut zu fahren oder wenigstens lauthals zu schimpfen und zu fluchen.

Ihre aufmerksamen Augen verengten sich zu schmalen Schlitzen. »Du wirst doch jetzt wohl keinen Ärger machen?«

»Würde es denn etwas nützen?«

»Ganz bestimmt nicht.« Sie zupfte ein paarmal kurz an den Spitzen ihrer schwarzen Glacéhandschuhe, um sie auszuziehen und dann achtlos beiseitezuwerfen. »Obwohl ich zugeben muss, dass ich nicht damit gerechnet hätte, dass du so leicht aufgibst.«

Hätte er nicht das Bedürfnis gehabt, ein wachsames Auge auf sie zu werfen, hätte sie auch nicht mit einer kampflosen Kapitulation zu rechnen brauchen, doch das konnte er ihr ja schlecht mitteilen. Etwas sagen musste er aber, da sie ihn wieder mit diesem abschätzenden Blick anstarrte. »Komm schon, Poppy, du weißt doch, wie sehr ich es genieße, dich zu ärgern.« Er gestattete sich ein schwaches Lächeln. »Kommt nicht oft vor, dich wanken zu sehen.« Das hätte er nicht sagen sollen. Im Nu kroch ihm Hitze den Rücken und bis über den Kragen hinauf. Eine nervöse Poppy brachte sein Blut in Wallung. Immer.

Als hätte sie dasselbe gedacht, nahmen ihre Wangen ein hauchzartes Rot an. Dennoch schob sie nur die Lippen vor und zog ihre herrlichen Augenbrauen zusammen. Es war an der Zeit, das Thema zu wechseln.

»Wieso können sie dir eigentlich nichts anhaben?« Er konnte es sich zwar schon denken, wollte es aber von ihr hören. »Warum bist du der Ansicht, dass du mit diesem Ding fertigwerden kannst, ich aber nicht?«

Sie blinzelte verwirrt. »Das weißt du nicht?«

Was heißen sollte, dass sie davon ausgegangen war, er hätte jemanden aus ihrer Familie gefragt. »Ich will verdammt sein, wenn ich andere bitten sollte, mir die Geheimnisse meiner Frau zu verraten«, erwiderte er. »Ist schon schlimm genug, dass du überhaupt welche vor mir hattest.«

Das Gefühl, das ihn überkam, als er die Betroffenheit in ihrem Blick erkannte, gefiel ihm ganz und gar nicht. Verfluchter Mist. »Eine deiner Schwestern kann Feuer erzeugen und die andere Erde bewegen.« Winston starrte Poppy an. »Und die älteste? Wozu ist sie wohl in der Lage?«

Poppy gab ihm keine Antwort.

»Du hast das Wasser zu Eis erstarren lassen und das Schiff festgesetzt, hab ich recht?«, sprach er seine Vermutung aus. Schon wenn er sich dies nur vorstellte, kam er aus dem Staunen nicht mehr heraus. Hätte er es nicht mit eigenen Augen gesehen, hätte er es nie geglaubt.

Poppys Miene blieb unversöhnlich. »Ja.«

»Zeig's mir.«

»Warum? Ich habe es doch schon bestätigt.« Ein Anflug von Sarkasmus schwang in ihren Worten mit. »Ich bin doch kein drittklassiger Zauberkünstler.«

Seine Muskeln spannten sich an, als er sich bemühte, ruhig zu bleiben. »Du schindest nur Zeit. Und das nicht besonders gut.«

Sie sah ihn bitterböse an. Winston wollte etwas sagen, als er einen Schwall eiskalter Luft im Gesicht spürte, der ihm bis in die Kehle drang. Das Knistern von Eis, dasselbe Geräusch wie schon zuvor, erfüllte den Raum. Von jener Truhe aus, die seiner Frau am nächsten war, breitete sich eine weiße Frostschicht in alle Richtungen aus, während eine Spur aus Eis über den Boden und auf seine Füße zukroch.

Winstons Herz vollführte einen Hüpfer, als er von einer Mischung aus natürlicher Angst und ehrlichem Staunen gepackt wurde. Im Bruchteil einer Sekunde war der tödlich kalte Spuk vorüber. Nichtsdestotrotz drang sein Atem noch in kleinen weißen Wolken aus seinem Mund, während er sie anstarrte.

Poppy klatschte spröde vor ihm in die Hände und sah ihn an. »Reicht dir das, lieber Gatte?«

Unverschämtes Frauenzimmer. Fast hätte er gelacht, bis ihm der Gedanke kam, dass sie ihn an Ort und Stelle zu Eis erstarren lassen konnte. Und dass sie auf diesem Schiff war, um ihn vor irgendeiner Bedrohung zu beschützen. Verflucht. Dabei tat es nichts zur Sache, ob sie dazu in der Lage war, sich problemlos zu verteidigen oder nicht. Sie war seine Frau, weshalb es seine Aufgabe war, notfalls sein Leben zu geben, um *sie* zu beschützen. Eigentlich hätte er sagen können, dies sei sein gutes Recht, doch die unbequeme Tatsache, dass er sie einfach sitzen gelassen hatte, hielt ihn davon ab, es bis ans Ende des Hauptmastes hinauszuschreien.

»Wie funktioniert sie? Deine Macht?«

Sie schenkte ihm ein schwaches Lächeln, als hätte sie mit dieser Frage gerechnet. Immerhin kannte sie seine grenzenlose Neugier.

»Das weiß ich nicht, zumindest kann ich dir keine wissenschaftliche Erklärung geben. Ich kann nur sagen, dass ich Wasser gefrieren lassen und Eis schmelzen kann. Will ich ein Objekt vereisen, muss ich es mit der Hand berühren.«

»So etwas wie umgekehrtes Leitvermögen.« Sie war einfach fantastisch.

»Ja. Aber ich fühle mich weder heiß noch kalt an, wenn ich die Macht anwende.« Ihr Blick wanderte zum Bullauge hinter ihm, wo der Ozean um Beachtung warb. »Und bei offenen Gewässern reicht mir ihre Nähe aus, um das Wasser bewusst anzuziehen und zu gefrieren. Leider hat der Gebrauch meiner

Macht seinen Preis.« Sie stieß ein kaum hörbares Seufzen aus. »Je intensiver ich die Kräfte heraufbeschwöre, desto erschöpfter bin ich anschließend.«

»Dann wende die Macht nicht an.«

Als ihr Blick zu ihm glitt, trat er einen Schritt auf sie zu und schmiegte die Hand an ihre zarte Wange. »Das ist mein Ernst, Boudicca. Wende die Macht nicht an.« Obwohl er sie am liebsten angeschrien hätte, verlieh er seiner Stimme einen sanften Klang und fuhr Poppy mit dem Daumen über die weiche Unterlippe. »Versuch nicht, dieses Ding zu erledigen. Nicht für mich.«

Noch einmal erschien das schwache Lächeln auf ihrem Gesicht, ein Ausdruck, der gleichermaßen Erheiterung wie Resignation zeigte. »Du glaubst doch wohl nicht ernsthaft, dass ich damit einverstanden bin, oder?« Als sie den Kopf schüttelte, wie um zu ergänzen *du dummer Kerl*, sah er rot. Was sie danach noch sagte, konnte er wegen des in seinen Ohren tosenden Zorns kaum hören. »Unter anderen Umständen wäre ich den Verlockungen deiner rauchigen und butterweichen Stimme vielleicht erlegen, Win. Doch nicht in diesem Fall.«

Poppy zog sich ins Ankleidezimmer zurück. Ihr Kleid war schmutzig und ihr Haar ein einziges Wirrwarr. Da kümmerte es sie auch nicht, dass ihr Mann in bedrohlicher Haltung und mit unheimlichem Schweigen vor ihr stand. Das waren Zeichen, die auf eine unmittelbar bevorstehende Katastrophe hinwiesen, wenn man auch den Blick berücksichtigte, mit dem er sie ansah. Unglückseligerweise folgte Win ihr. Sturer Kerl.

Seine tiefe, rauchige Stimme zerstörte ihren Frieden, als sie gerade dabei war, ihr Haar zu lösen.

»In der Nacht, als Archer mich wieder zusammengenäht

hat«, sagte er, »und du mich festgehalten hast, während ich vor Schmerzen schrie. Wie hat sich das für dich angefühlt?«

Oh, das war nicht fair. Als sie hochschaute, sah sie, dass er lässig im Türrahmen lehnte. Er hatte weder seine Jacke ausgezogen noch seine Melone abgesetzt, und der Geruch des Meeres haftete seiner Kleidung an.

»Das war die schlimmste Nacht meines Lebens«, gestand sie mit leiser Stimme. »Am liebsten hätte ich mit dir geschrien. Am liebsten hätte ich diesen Mistkerl, der dir das angetan hatte, mit bloßen Händen umgebracht.«

Er hielt ihren Blick fest. »Und trotzdem lässt du mich mit derselben ohnmächtigen Wut zurück, die ich empfinde, wenn ich mir vorstelle, dass dir etwas passieren könnte.«

Poppy musste mehrmals schwer schlucken, ehe sie wieder sprechen konnte. »Ich bin eigentlich nicht davon ausgegangen, dass du …«

»Dir Sorgen machst?« Sein Mund verzog sich zu dem für ihn typischen schiefen Lächeln, das sie auf der Stelle reizen und in den Wahnsinn treiben konnte. »Welche Enttäuschungen auch immer wir uns gegenseitig bereitet haben, du sollst wissen, dass ich mir immer Sorgen machen werde.«

Seine Lider senkten sich ein winziges Stückchen, bevor er sich wieder hinter seine übliche Maske geschliffenen Benehmens zurückzog. Es juckte sie in den Fingern, ihrem Ärger freien Lauf zu lassen. Daher waren ihre Hände ziemlich ungeschickt, als sie die restlichen Nadeln aus ihrem Haar entfernte. Es fiel ihr wie ein feuerroter Wasserfall vors Gesicht, der ihrem kritischen Blick sofort die freie Sicht auf Win nahm. Was für eine Wohltat.

»Glaub nicht, dass ich mir keine Sorgen mache, Win.« Und selbst wenn er sie nicht mehr wollte, könnte sie nicht in einer

Welt ohne Win leben. »Wenn *ich* nicht versuche, diesen Dämon zu erledigen, wer dann?«

Eine Sekunde später flog Wins Hut quer durch den Raum und prallte kräftig von der Wand ab. »Verdammt! Du machst Jagd auf einen Dämon, den man – wie du selbst zugibst – nicht vernichten kann, solange wir uns auf diesem Schiff befinden. Hast du denn völlig den Verstand verloren?«

Sie musste lachen, obwohl sie keine Freude empfand. »Ich habe dir doch gesagt, dass ich ihn schon mehrmals bekämpft habe. Das ist mein Leben. Warst du nicht derselben Meinung?«

Seine Nasenflügel bebten, als er die Luft scharf einsog. Er legte beide Hände in den Nacken, was die Muskeln seiner Brust und Arme deutlich unter seiner Jacke hervortreten ließ. Poppy beobachtete fasziniert, wie sich der Kampf um Kontrolle in seinen Gesichtszügen widerspiegelte. Win hatte sie während eines Streits noch nie angeschrien. Es kam einfach nicht vor, dass sie sich auf derartig hitzige Diskussionen einließen. Poppy war jedoch geneigt, diese neue Methode der Unterhaltung zu mögen, da seine Wut irgendetwas in ihr weckte und dafür sorgte, dass sie ihn noch mehr reizen wollte.

Seine Zähne waren fest aufeinandergepresst, als er fragte: »Ist es das wert, deine Gesundheit, ja dein Leben aufs Spiel zu setzen?«

Bei seinen Worten zuckte sie zusammen, da niemand besser als sie wusste, wie schwach ihre Gesundheit war. Doch das änderte nichts. »Ja.«

Diese Antwort ernüchterte ihn schlagartig. Er brummte einen Fluch, ehe er anfing, den Raum zu durchmessen, während Poppy die Knöpfe ihrer Korsage öffnete und sie abstreifte.

»Dann versprich mir wenigstens, dass du dich nicht allein auf die Jagd nach ihm begibst«, sagte Win schließlich.

Sie blickte nicht auf, sondern machte sich gleich an die Haken ihrer Röcke. »Ich verspreche es.« Dieses Versprechen zu geben fiel ihr nicht schwer, doch sie konnte es sich nicht verkneifen zu ergänzen: »Solange er mich nicht angreift.«

Win nickte zwar kurz, aber sie wusste, dass das Thema damit noch lange nicht beendet war. »In Ordnung … Was machst du da?«

»Ich ziehe mich aus.« Sie ließ die Röcke fallen.

»Jetzt?« Das Funkeln war in seinen Blick zurückgekehrt und sandte ihr eine Warnung, als sie an den Bändern ihrer Unterhose zog.

Poppy tat ihren Missmut darüber mit einem entsprechenden Laut kund. »Es ist schließlich nicht so, als würdest du mir das erste Mal dabei zusehen. Ganz im Gegenteil.«

»Aber das war vorher.« Er steckte seine Hände tief in die Taschen und zog sich vom Türrahmen zurück.

»Tja, wenn ich mich also offensichtlich gerade ausziehe, wieso machst du dann keine Anstalten zu gehen?« Als ihre Unterhose in Form eines weißen Stoffgebirges um ihre Füße fiel, stand sie nur noch in einem auf Schenkelhöhe endenden Unterhemd und ihrem Korsett da.

Win schluckte deutlich erkennbar und straffte die Schultern. »Ich muss mich noch rasieren.«

Zu Hause hatten sie sich das Bad geteilt. Win pflegte sich über dem Waschbecken zu rasieren, während Poppy ihr Haar löste. Ihr wurde das Herz schwer. Ob er diese Intimität nun nicht zulassen wollte oder ob es ihm unangenehm war, dabei von ihr gesehen zu werden, wenn er sich an seinem entstellten Gesicht zu schaffen machte, vermochte sie nicht zu sagen; es spielte ohnehin keine Rolle. Er vertraute ihr nicht mehr.

»Dann musst du eben warten.« Sie ließ den Blickkontakt

nicht abreißen, als sie sich als Nächstes daran machte, die Schnüre ihres Korsetts zu lockern. Er schluckte erneut, während ein Ausdruck heißen Verlangens in seinen Augen aufblitzte, ehe er ihn unterdrücken konnte. Trotz ihres draufgängerischen Verhaltens spürte sie, wie sie mit einem Schwall der Erregung zwischen ihren Schenkeln reagierte. *Helfen Sie seinem Gedächtnis auf die Sprünge.* Herr im Himmel, sie war ja auf dem besten Wege, den Ratschlag von Mary Chase zu befolgen … einem unverheirateten Mädchen. Einer unverheirateten *Frau* oder genauer gesagt dem Protegé von Lucien Stone, einem berüchtigten Frauenhelden. Poppy ging zum Frisiertisch, wobei sie sich des sanften Wiegens ihrer Brüste unter dem dünnen Unterhemd durchaus bewusst war. Die im Ankleidezimmer herrschende Stille war so groß, dass man das Ticken der Uhr im Nebenraum sowie Wins scharf und stockend gehenden Atem hören konnte.

Ihre Gliedmaßen verweigerten ihren ansonsten souveränen Dienst. Mit kalten Fingern nahm sie ihre Bürste in die Hand. Als sein Blick ihr folgte, reagierte ihr Körper mit einem angespannten Zittern, das nicht von Kälte sondern von der Hitze ausgelöst wurde, die sie plötzlich empfand. Kräftige Borsten bewegten sich durch ihr Haar; das leise Geräusch eine Sinfonie in der Stille des Raums. Und dazu sein unablässiger Blick.

Als sie die obligatorischen einhundert Bürstenstriche absolviert hatte, fehlte ihr der Mut nachzusehen, mit welcher Miene er sie beobachtete. Es hatte den Anschein, dass er seine unbeschreibliche Ruhe wiedergefunden hatte, da er sich nicht auch nur eine Winzigkeit vom Fleck gerührt hatte. Sie war eine Närrin, dieses Spielchen zu treiben, eine Närrin zu denken, sie hätte den längeren Atem. Dieser Gedanke schürte ihren Unmut nur noch mehr, sodass sie die Bürste gereizt auf den Tisch knallte. Na schön. Dann wäre es wohl besser, etwas weniger Profanes zu tun, als sich die Haare zu bürsten.

Sie warf ihre dichte Mähne über die Schulter zurück, stellte ein Bein auf die Bank und beugte sich vor, um ihre Strumpfbänder abzunehmen. Dass sich in dieser Position auch ihr Allerwertester herausstreckte und ihre wundervoll langen Beine hervorragend zur Geltung kamen, war ein wahrer Segen. Wofür sie zur Belohnung die schnellen, gepressten Atemzüge von Win vernahm. Da er seit einiger Zeit geschwiegen hatte, fuhr ihr seine Stimme durch Mark und Bein, als er plötzlich sprach.

»Was für ein Spiel treibst du da, Poppy?«

»Das ist kein Spiel.« Sie hob den Saum ihres Unterhemdes so hoch, dass es knapp ihre Strumpfhalter preisgab. »Ich nehme meine Aufgabe, für deine Sicherheit zu sorgen, sehr ernst.«

»Hör auf mit diesem Unsinn. Du bist nicht mein Kindermädchen. Du. Bist. Meine. Frau.«

»Ach ja, bin ich das?« Der Strumpfhalter wollte sich nicht abnehmen lassen. Also beugte sie sich noch weiter vor. Allmächtiger, sie wusste nur allzu gut um ihre exponierte Haltung und die Art und Weise, wie die kühle Luft zärtlich um ihre nackten Schenkel strich. Sie spürte das ruchlose Verlangen, ihre Beine noch weiter zu spreizen. »Ist dir ja in letzter Zeit auch prächtig gelungen, dafür zu sorgen, dass ich mich als solche fühle.«

Sie bemerkte nicht, wie er sich bewegte, und wusste daher auch nicht, dass es höchste Zeit war zu reagieren, bis sie plötzlich direkt hinter ihrem Rücken das leise Streifen von Leinen über Wolle hörte und nach hinten blickte. Zu spät. Er packte ihren Ellbogen und wirbelte sie herum. Wütend und müde platzte ihr sofort der Kragen. Poppy hob den Arm und schüttelte Win ab, um dann sein Handgelenk zu packen. Ein ordentlicher Stoß, und schon hatte sie ihn mit auf den Rücken gedrehtem Arm und flach an die Wand gepresster Wange festgenagelt …

Sein Gegenangriff kam so prompt, dass sie ihn spürte, bevor sie ihn sah. Ihre Schulterblätter krachten an die Holztüren des Kleiderschranks … hart, aber nicht hart genug, um sie zu verletzen. Und dann war er da und schob sein Bein zwischen ihre Schenkel, damit sie nicht nach ihm treten konnte, während er ihr Handgelenk mit eisernem Griff über ihrem Kopf festhielt.

Na dann.

Heftig erregt und keuchend hoben und senkten sich ihre Brüste unter dem Druck seines Brustkorbs. Sie konnte sich zwar bewegen, doch nicht sehr viel. Er beugte sich über sie, bis ihre Nasenspitzen sich fast berührten. Es war köstlich. Und aufreizend.

Wins übel gelaunt funkelnde Augen durchbohrten sie. »Nun seht euch das an: Poppy Lane sitzt in der Falle.«

Sie gestattete sich ein Grinsen und bewegte die freie, zwischen ihren Körpern klemmende Hand ein Stück. »Ach, da wäre ich mir nicht so sicher.«

Sie spürte den Moment, als ihm klar wurde, dass sie seine Kronjuwelen in der Hand hielt, denn sie spannten sich an, während er zugleich ein ersticktes Schnauben ausstieß. Gleich darauf merkte sie, wie seine Männlichkeit praller wurde und gegen ihren Handballen drängte. Sie schluckte schwer. »Ich würde sagen, wenn hier einer in der Falle sitzt, dann Sie, Mr Lane.«

In seinen Augen schimmerte deutlich eine Kampfansage, als er sich vorsichtig, provokant und gönnerhaft gegen ihre Hand schob. »Nur zu. Hier ist mein bestes Stück. Passen Sie gut darauf auf, Teuerste.«

Mistkerl. Ihre Knie drohten nachzugeben unter dem Wunsch, sich fallen zu lassen und ihn aus seinen Hosen zu schälen. »Das ist nicht lustig.«

Er drängte sich noch ein bisschen mehr an sie und presste seine Männlichkeit fest gegen ihren Arm, wobei seine beiden Juwelen schwer in ihrer Hand lagen. Seine Mundwinkel hoben sich zu einem leisen Lächeln. Oh, diese ausdrucksvollen Lippen, die, wie sie wusste, so sanft sein konnten, aber auch so gefühllos. Unendlich gefühllos. Sie beobachtete, wie sie sich bewegten. »Nicht einmal ein kleines bisschen?«

Sie hob langsam den Blick und streichelte ihn, fuhr ihm mit einem Finger über seine edelsten Teile, die sich daraufhin noch fester zusammenzogen. Ein erstickter Laut erklang in seiner Kehle, während er sich in ihre Berührung schob.

»Poppy.« Eine ernste Warnung. Eine Einladung. »Wenn du dich schon da unten zu schaffen machst, dann doch bitte richtig.«

»Glaub ja nicht, dass du mich mit solch rüden Worten vergraulen kannst.« Aber ungemein erregen. Zum Teufel mit ihm.

Sein Blick verfinsterte sich. »Wer hat hier denn gesagt, dass ich dich vergraulen will?«

Sie versuchte zu atmen, doch er stand zu dicht vor ihr, während seine Männlichkeit an ihrer Hand pochte. »Und was willst du stattdessen?«

Seine Lippen berührten ihre Schläfe, eine hauchzarte Liebkosung, die gleich darauf schon vorbei war. »Ich will dich in Sicherheit wissen. Ich will, dass du von hier verschwindest.«

Sie erwiderte seinen finsteren Blick, als ihre Lippen sich kurz berührten. Lust und Verzweiflung verliehen seinen Augen ein noch dunkleres Aussehen. Obwohl er ihr leidtat, ließ sie ihn nicht los. »Ich bin hier, um dich zu beschützen, Win. Ob es dir nun gefällt oder nicht.«

Das war offensichtlich die falsche Antwort. Seine Nasenflügel begannen zu beben, während sein Blick mehr als frostig wurde. »Dann gehört das hier also zum Rundumservice eines Bewachungsauftrags?«, murmelte er an ihren Lippen.

Da zog sie kurz an ihm.

»Aaah!« Win stürzte zu Boden und griff sich zwischen die Beine. »Allmächtiger!« Er fluchte noch einmal und blickte durch das ihm wild ins Gesicht fallende Haar zu ihr hoch, als Poppy um ihn herumging. »Schlechter Stil, Poppy. Ganz schlechter Stil.«

»Ach, stell dich nicht so an, so fest war es nun auch wieder nicht.«

Seine ebenmäßigen, weißen Zähne klappten hörbar aufeinander. »Hätten Sie Eier, Madam, würde ich mich mit dem größten Vergnügen revanchieren. Dann würden wir ja sehen, wer hier wehleidig ist.«

»Leere Drohungen, Win.«

»Poppy Ann Lane«, fauchte er. »Du kommst sofort wieder her.«

»Weißt du«, warf sie ihm über die Schulter zu, »im Augenblick denke ich ernsthaft darüber nach, wieder zu Poppy Ellis zu werden.«

»Wir sind hier noch nicht fertig.«

Ihre Absätze klapperten auf dem Boden, als sie weiterging. »Ach nein? Ich glaube, doch.«

7

London, 1869 – Der erste Kuss

Es war nun schon eine Woche her, dass er sie das letzte Mal gesehen hatte. Die Etikette verlangte, dass Winston mindestens diesen Zeitraum abwartete, ehe er Poppy den nächsten Besuch abstattete. Doch allmählich fing er an, auf die Anstandsregeln zu pfeifen. Die Art und Weise, in der er an Poppy dachte, war ohnehin alles andere als anständig. Und das lange Warten hatte ihn fast in den Wahnsinn getrieben. Der Duft, den er von ihr erhaschen konnte, als sie auf dem Rückweg zu ihrem Zuhause seine Jacke gestreift hatte, war inzwischen verflogen, und er sehnte sich danach, ihn erneut zu erhaschen. Er sehnte sich nach allem, was mit ihr zu tun hatte – dem Klang ihrer Stimme, dem plötzlichen Aufblitzen ihrer Augen, ihrer Berührung.

Doch jetzt war sie endlich wieder bei ihm und spazierte an seiner Seite, während ihre zierliche Hand leicht und doch mit beachtlichem Gewicht auf seinem Arm lag. Ihre Unterhaltung ruhte seit einigen Sekunden, in denen Poppy an ihrer Lippe nagte. Er fragte sich, woher ihre plötzliche und nicht zu übersehende Nervosität rührte, die einherging mit einem Hauch von Röte auf ihren Wangen und dem Meiden seines Blickes.

Als er ihr Schweigen nicht mehr ertragen konnte, räusperte er sich. »Habe ich vielleicht irgendetwas getan, das Sie verletzt hat?« Er weigerte sich zu befürchten, dass sie womöglich gar nicht bei ihm sein wollte.

Ihr anmutiger Gang geriet ins Stocken, doch sie fing sich gleich wieder. Ihre Verlegenheit wurde größer. »Nein.« Sie gab einen leisen Laut von sich, während ihre Finger kurz an seinem Arm zuckten. »Ich bin … also, was ich sagen will … ich bin einfach froh, Sie zu sehen, Mr Lane.«

Nun geriet er aus dem Takt. Er blieb stehen und wandte sich zu ihr um. Nervös und mit geröteten Wangen begegnete sie seinem Blick nur scheu, und ein Lächeln, das er mit ganzer Seele spürte, breitete sich auf seinem Gesicht aus. »Ich bin auch sehr froh, Sie zu sehen, Ms Ellis.«

Noch während sie ihn musterte, fing auch sie an zu lächeln … ein sich langsam entwickelndes Lächeln, das ihn ermutigte, sich zu ihr zu beugen. Doch dann kam plötzlich heftiger Wind um sie herum auf, und es begann in Strömen zu regnen; ein Aprilschauer, der dafür sorgte, dass die meisten Spaziergänger die Flucht ergriffen und die besser vorbereiteten Londoner ihre Regenschirme aufspannten.

»Kommen Sie!« Er griff nach ihrer Hand und zog sie zu der Weide hin, unter der sie schon beim letzten Mal verweilt hatten.

Außer Atem suchten sie lachend unter dem Blätterdach Schutz, und Poppy lächelte ihn an. »Ich hätte nicht gedacht, dass Sie sich so schnell bewegen können, Mr Lane.«

Er lachte kurz, versuchte jedoch sofort, es zu unterdrücken. »Hätte ich mehr Rücksicht auf Ihre Zartheit nehmen sollen, Ms Ellis?«

Mit immer noch hell leuchtenden Augen schüttelte Poppy den Kopf. »Ich möchte auf keinen Fall, dass Sie mich verzärteln, Mr Lane.«

Unter dem Baum blieben sie zwar relativ trocken, doch einem Regentropfen gelang es, einen Weg durch das Blattwerk zu finden und auf ihrer hohen, geschwungenen Wange direkt neben ihrem Auge zu landen, wo er wie eine Träne herunterrollte. Winston fing ihn mit dem Daumen ab und wischte ihn von ihrer samtweichen Haut. Sie zu berühren jagte eine Woge der Leidenschaft durch seinen Körper, worauf er nähertrat und eine Hand an ihr Kinn legte. Es gefiel ihm, wie ihr Atem sich beschleunigte.

Und dann ließ er sich zu dem hinreißen, wonach er sich schon seit ihrer ersten Begegnung verzehrte. Ihm stockte der Atem, als seine Lippen ihre streiften. So weich, sie waren so himmlisch weich. Schon diese leichte Berührung überwältigte ihn. »Wie ich es mir gedacht hatte … Sie sind der Himmel auf Erden.« Und dann musste er den Kuss wiederholen, musste ihre geteilten Lippen kosten. Ihm war nie klar gewesen, dass er durch eine solch harmlose Berührung so unglaublich schwach werden konnte.

Als sie gegen ihn taumelte, als hätte auch sie weiche Knie bekommen, hielt sie sich an seinen Jackenaufschlägen fest, und ihre Lippen vereinten sich ein wenig unbeholfen. Poppy zog sich zurück und lief purpurrot an, was sein Herz mit einem heftigen Gefühl der Zuneigung erfüllte.

»Es tut mir leid.« Es schien kaum möglich, aber ihre Röte wurde noch intensiver. »Ich … ich habe vorher noch nie einen Mann geküsst.«

Er grinste. »Ich auch nicht.«

Sie quittierte seine Antwort mit einem sanften Hieb auf die Schulter. »Sie wissen, wie ich das meine.«

»Hm …« Er schlang einen Arm um ihre Taille und zog sie an sich, während er sich gegen die Weide lehnte und erfreut feststellte, dass sie keinen Einspruch erhob. Eines wusste er ganz genau: Poppy Ellis ließ sich von nichts und niemandem etwas vorschreiben. Großer Gott, das Gefühl, sie in den Armen zu halten, war so herrlich. »Ja, das weiß ich.« Er hauchte einen weiteren Kuss auf ihre Lippen; nun, da er einmal damit angefangen hatte, konnte er gar nicht mehr aufhören. »Aber es ändert nichts an der Tatsache, dass auch ich noch nie einen anderen Menschen geküsst habe.«

Sie sah ihn an, als hätte sie ein exotisches Tier vor sich, vielleicht hielt sie ihn aber auch einfach nur für verrückt. »Warum nicht?«

Er strich ihr über die Wange. »Weil ich es noch nie wollte … bis heute.« Und das war nicht gelogen. Wie jedes andere männliche Wesen hatte auch er natürlich daran gedacht, und zwar nicht gerade selten, eine Frau zu beglücken, doch hatten die Frauen in seiner Fantasie nie ein Gesicht gehabt. Er gehörte nicht zu der Sorte Mann, die vollbusige Zimmermädchen verführten oder die Liebesdienste einer Hure in Anspruch nahmen.

Als sie den Mund öffnete, um ihn etwas zu fragen, ließ er seine Hand in ihr Haar gleiten und schmiegte sie an ihren warmen Nacken. »Wollen wir es dann vielleicht zusammen üben?«, murmelte er, ehe sich ihre Lippen aufs Neue fanden.

Ihre Lider senkten sich zitternd, als seine Lippen ihren Mund mit zarten Berührungen erkundeten.

Ihre Stimme wurde heiser. »Ich bin eine …« – noch ein Kuss – »starke Verfechterin …« – und noch ein Kuss – »fleißigen Übens.«

»Gut«, flüsterte er an ihrem Mund.

Sie seufzte, und seine Sehnsucht, von ihr zu kosten, wuchs sich zu echter Verzweiflung aus. Er küsste sie stürmischer, öffnete ihre Lippen mit seinen, näherte sich ihr aus verschiedenen Richtungen, um herauszufinden, wie sie sich anfühlte, um die

Weichheit ihrer Lippen und den süßen Saft ihres Mundes kennenzulernen. Als seine Zunge spontan die ihre berührte, tauchte seine Welt in glühendes Weiß. Sie schmeckte nach Regen und fühlte sich an wie das Paradies. Er stöhnte und tat es noch einmal, wobei seine Hand sich in ihr samtweiches Haar krallte, um sie zu halten, wo sie war. Doch sie hatte gar nicht die Absicht, irgendwohin zu gehen. Vielmehr schoben sich auch ihre Finger in sein Haar, als sie seinen Kuss erwiderte und mit ihrer geschmeidigen Zunge seine umschlang.

Eiskalte Regentropfen fielen auf seine Wangen, und es hätte ihn nicht überrascht, wären sie auf seiner Haut mit einem Zischen verdampft, so groß war die Hitze, die er empfand. Er keuchte, als sein Körper vor Verlangen zu beben begann. Als sich das Atmen nicht mehr länger unterdrücken ließ, brach er den Kuss ab und zog sich gerade einmal so weit zurück, dass er ihre erhitzten Wangen und funkelnden Augen erkennen konnte. *Wo bist du nur die ganze Zeit gewesen? Und warum hast du so lange gebraucht, um mich zu finden?* Er hatte das äußerst seltsame Gefühl, erst in diesem Moment ein ganzer Mensch geworden zu sein.

»Ich werde Sie heiraten«, raunte er an ihren Lippen.

Er konnte spüren, wie sie lächelte, bevor ihre schlanken Arme ihn näherzogen. »Ganz schön vorlaut. Ein Kuss, und schon sind Sie der Meinung, sich sicher zu sein?«

In dieser Hinsicht? »Oh ja.«

8

Ein angenehm kühler und ruhiger Raum empfing Jack, als er die wohltuende Stille und Behaglichkeit seiner Kabine betrat. Er liebte diesen ersten Moment echten Alleinseins an einem Ort des Rückzugs. Einen Moment, in dem er eine Hülle abstreifte, so wie er seinen Paletot ablegte. Eigentlich hatte er nie ein Zuhause gehabt, das nur ihm gehörte. Doch dank Ian Ranulf war er als Mitglied des Rudels in den Genuss eines eigenen Zimmers gekommen und genoss auch ein gewisses Ansehen. Am Ende eines langen Tages gab es für Jack nichts Schöneres, als die Tür hinter sich zu schließen, es sich auf dem Bett bequem zu machen und ein gutes Buch zu lesen. Was natürlich niemand wusste und er abgestritten hätte, wäre er darauf angesprochen worden, und dennoch die Wahrheit war. Er brauchte sein eigenes kleines Reich wie die Luft zum Atmen.

Als Ian ihn das erste Mal dazu gedrängt hatte, Lane zu begleiten, hatte er sich gekränkt gefühlt. Jack war nicht dumm. Er wusste, welches Ziel Ian damit verfolgte: Er warf ihn aus dem Nest. Vielleicht hatte er sich tatsächlich schon viel zu lange hinter Ians Mauern verkrochen. Zumindest war er Manns genug, um sich das einzugestehen.

Und jetzt überfiel ihn Müdigkeit. Vergeblich hatte er den ganzen Tag lang versucht, diesen verdammten Dämon zu fassen. Jack lechzte nach einem stärkenden Schluck und einem kurzen Nickerchen, ehe er sich wieder auf die Jagd begab. Während er sich aus seiner Jacke schälte und sie beiseite warf, ging Jack zwei Schritte, um dann abrupt stehen zu bleiben. Er war nicht allein. Im Bruchteil einer Sekunde hielt er das Messer in der Hand und fuhr zu seinem Bett herum, wobei ihm vage zu Bewusstsein kam, dass er längst tot wäre, hätte es sich um einen richtigen Überfall gehandelt. Als er sah, was ihn begrüßte, strömte schlagartig sein komplettes Blut gen Süden, während sein Herz hämmerte. Himmeldonnerwetter noch mal. Seine Messerhand zitterte, ehe er sie fest um den Griff schloss.

Rasch erfasste sein Blick sämtliche Einzelheiten … ihre geschmeidigen, langen Beine, die Spitze ihres Nippels, der sich lohfarben durch den hauchfeinen Seidenstoff abzeichnete, und den verführerischen, dunklen Scheitelpunkt ihrer Schenkel. Wie eine Art moderne Salome behaglich auf seinem Bett ausgestreckt, in breite Bahnen transparenter, goldener Seide gehüllt und mit einem schüchternen Lächeln im Gesicht lag … Mary Chase. In seinem Ort der Zuflucht. Womit sie ihn entweihte.

Er schluckte zweimal, ehe sein Mund sich wieder bewegen konnte. »Was zum Teufel machen Sie hier?« Müsste er raten, würde er sagen, dass sie Rache nehmen wollte.

Ihr Lächeln verbreiterte sich, und auf ihren Wangen bildeten sich Grübchen. Er hatte gar nicht gewusst, dass sie welche besaß. Jack schüttelte sich innerlich und packte das Messer fester. Blut strömte schneller durch seine Adern und sammelte sich, verdammt noch mal, in seinem besten Stück.

»Ich habe Sie etwas gefragt«, knurrte er, als er keine Antwort erhielt.

Als sie mit der ihr eigenen Anmut auf die Knie hochkam, bewegte sich der dünne Stoff und umspielte schmeichelnd ihre zarten Kurven. »Ich dachte, das wäre offensichtlich, Jack.«

Jack? Ihm war nicht bewusst, dass sie seinen Vornamen

überhaupt kannte. Er traute ihr nicht über den Weg. Lieber würde er sich einem vollständig verwandelten Werwolf oder einem nach Blut dürstenden Dämon stellen, ehe er Mary Chase anrührte. Aber hinschauen konnte er, was er sich großzügig gestattete, indem er sie mit völliger Unverfrorenheit musterte und seinen Blick dabei an Stellen verweilen ließ, die seine Erregung noch steigerten. »Ich wusste, dass Sie gigantische Möpse besitzen«, sagte er gedehnt in der Hoffnung, dass sie ihm eine schallende Ohrfeige verpasste und verschwand.

Sie lächelte jedoch nur, schlängelte sich aus dem Bett und kam direkt auf ihn zu. Seine Haut spannte sich an und wurde heißer. Heiliger Strohsack, sie hatte vor, ihn zu berühren. Er wich einen Schritt zurück, blieb jedoch stehen, als er ihr damit ein Grinsen entlockte.

Ihre tiefe, zuckersüße Stimme säuselte über ihn hinweg. »Ich bin diese Feindseligkeit leid, du nicht auch?«

»Eigentlich nicht.«

Ihr würziger Zimtduft hüllte ihn ein, noch ehe sie bei ihm war. »Ich frage mich, warum du leugnest, was doch so offensichtlich ist, Jack.« Schlanke, heiße Arme legten sich um seinen Hals, während sich weiche Brüste an seinen Oberkörper pressten. Er zwang sich, ihr in die Augen zu sehen. Diese großen goldenen Augen waren dazu imstande, einen Mann von einer Sekunde auf die andere zu betören. Jetzt funkelten sie nicht golden, sondern in einem menschlicheren Farbton … ihrem hellen Braun. Butterweiche Lippen berührten ihn zärtlich am Ohr. »Warum nimmst du dir nicht, was du willst?«

»Weil ich es gar nicht will.« Und das war die Wahrheit. Die unmittelbare Nähe zu ihr ließ zwar sein Bauchgefühl Alarm schlagen, doch seine Lenden schienen kein Problem damit zu haben.

Da sie ihm so nah war, spürte sie seine Reaktion und ließ ein leises, gurrendes Lachen ertönen, das ihm unter die Haut ging. »Lügner.«

Irgendetwas stimmte hier nicht. Sie stimmte nicht. Sie war viel zu unterwürfig. Viel zu unkompliziert. Vor Angst bekam er eine Gänsehaut, ein eiskaltes Warnsignal, das ihm über den Rücken kroch, ehe sie im nächsten Augenblick die Hand an seinen Kopf schmiegte und seinen Mund auf ihren zog. Kälte, er spürte die Kälte des Todes. Instinktiv zuckte er zurück, während ein Schrei in seiner Kehle aufstieg, doch stählerne Hände hielten ihn fest, als eine Zunge sich in seinen Mund schob und in einem Strom aus weiß glühendem Feuer durch seine Kehle bis in seinen Leib schoss … bis tief in seine Seele. Erst da kam der Schrei über seine Lippen.

Obwohl sich das Gewicht schweren Seidengewebes in Atlasbindung auf Poppys Schultern legte, widerstand sie dem Drang, sich vor Unbehagen zu winden. Bestimmt gab es Schlimmeres, als in ein Abendkleid gesteckt zu werden, aber im Moment wollte ihr einfach nichts Schlimmeres einfallen. Die Farbe des Kleides, in das Mary Chase sie gerade schnürte – das Rosarot einer Rosenblüte – war unbestritten wunderschön. Gehalten von Ärmeln, die so schmal waren, dass man sie ohne Übertreibung als Bänder bezeichnen konnte, hatte der tief geschnittene, gerade Ausschnitt ihrer Korsage eine erstaunliche Wirkung auf Poppys nicht besonders üppige Oberweite. Und obwohl es laut Daisy und Miranda momentan der letzte Schrei war, sein Kleid mit möglichst vielen Rüschen und Spitzen zu verschönern – und auf diese Weise die Frau wie eine Blume erscheinen zu lassen, was Poppy nur innerlich die Augen verdrehen ließ –, war diese Korsage angenehm glatt und weich und kam ohne jeglichen Zierrat aus. Dafür war Poppy äußerst dankbar. Der Rock allerdings bildete ein Thema für sich.

Mary zupfte ein letztes Mal an ihrem Oberteil, ehe sie sich an die Problemzone des Kleides machte … den Überrock mit seinen zahlreichen Drapierungen, der Schleppe und ähnlichem Schnickschnack. Gequält ließ Poppy den Atem entweichen. Verflixt und zugenäht, das Kleid bestand aus so vielen wellenförmigen Bahnen zarten Rots, dass Poppy kaum noch die eigenen Beine spürte. Sie waren förmlich unter einem Berg von Stoff begraben.

In dem Bemühen, nicht in Panik zu geraten, strich Poppy mit einer Hand über die enge Taille ihrer Korsage und sah auf Mary hinunter, die nicht sehr glücklich wirkte. »Und Sie möchten uns wirklich keine Gesellschaft beim Abendessen leisten?« Poppy konnte jetzt nicht auch noch Rücksicht auf gesellschaftliche Zwänge nehmen.

»Nein, Mutter.« Mary lockerte den Überrock auf und sorgte mit flinken Fingern dafür, dass die Drapierungen so fielen, wie sie sollten. »Ich glaube, es wäre ein guter Zeitpunkt, um noch eine Runde über das Schiff zu machen.«

»Gute Idee.« Poppy holte Luft, was sie sofort wiederholte, da sie ihre Lunge in diesem Folterinstrument von einem Kleid auch nicht annähernd zu füllen vermochte. »Ich wünschte, ich könnte Sie begleiten.«

Ihre Hand spürte immer noch Win, sein Gewicht und wie er sich anfühlte. Zugegeben, ihr Spiel war nicht besonders fair gewesen. Aber der Mann wusste ganz genau, was er tun musste, um sie in Rage zu bringen. Was sie sowohl ärgerte als auch insgeheim erregte. Wie dem auch sei, im Moment war sie nicht erpicht darauf, ihm zu begegnen. Sollte er ruhig ein Weilchen … schmoren.

Mit behutsam um ihre Taille gelegten Händen atmete Poppy flach ein und sah wieder Mary an. »Versprechen Sie mir, vorsichtig zu sein.«

Mary kam anmutig hoch. »Das werde ich. Ich habe vor, mich mal auf der Astralebene umzusehen.« Das bedeutete, dass ihr Körper in der Sicherheit ihrer Kabine verblieb, während ihr Geist an für Poppy unerreichbare Orte schlüpfte. Mary langte nach Poppys Abendfächer, einer Kreation aus weißer Spitze, zartrosa Satin und weißen gusseisernen Streben, die mit einem kräftigen Schlag Knochen brechen konnten. Eine überaus raffinierte kleine Waffe, da die meisten Männer den Fächer einer Dame als reinen Putz verkannten. Selber Schuld. Als Mary sich wieder zu ihr umwandte, fiel das Licht der Lampe auf ihren schlanken Unterarm, auf dem sich eine hässliche Wunde befand – zwar keine klaffende Verletzung, doch tief genug, um geblutet zu haben.

Poppy machte Anstalten, sie zu berühren, hielt jedoch inne, als Mary zusammenzuckte und wegsah. »Was ist passiert?«

Mit abgewandtem Blick nestelte sie an Poppys Handschuhen. »Ich bin gestolpert und hatte eine unschöne Begegnung mit einem Telefonkasten.«

Sie erweckte einen so zerknirschten Eindruck, dass Poppy fast lächelte. »Tja, diese Telefonkästen sind bekannt für den Ärger, den sie hin und wieder bereiten.«

Marys Gesicht zuckte, als versuchte sie, ein Lächeln – oder aber Stirnrunzeln – zu unterdrücken, während sie zurücktrat und Poppy kritisch musterte. Poppy rührte sich zwar nicht, stand aber da wie der sprichwörtliche Wolf im Schafspelz. Sie hoffte, in diesem Aufzug als Dame durchzugehen.

Mary lächelte zufrieden. »Das dürfte reichen, um Mr Lanes Gedächtnis auf die Sprünge zu helfen.«

Poppy stieß ein nervöses Lachen aus. »Ich glaube nicht, dass er ein schlechtes Gedächtnis hat.« Oh nein, es funktionierte nur allzu gut.

Mary schüttelte bedächtig den Kopf. »Er leidet. Das ist nicht zu übersehen.« Nun zeigte sie Poppy ein freches Grinsen. »Und ich nehme an, dass er noch erheblich mehr leiden wird, ehe die Nacht vorüber ist.«

Poppy hätte vielleicht etwas darauf erwidert, doch da spazierte Winston schon herein. Woher er immer so genau wusste, wann sie fertig war, erschien ihr schleierhaft. Ein Rätsel, dessen Klärung sie zugunsten einer sofortigen Musterung ihres Mannes zurückstellte. Angetan mit einem schneidigen schwarzweißen Abendanzug, der seine schlanke Gestalt noch hervorhob, stand er groß und mit einem Anflug von Trotz in der Mitte der Kabine. Sein zotteliges Haar hatte er aus seinem ausdrucksvollen Gesicht gekämmt und so gebändigt. Und obwohl sie wusste, dass es Leute gab, die nur auf seine Narben starrten, ohne den Mann dahinter zu erblicken, sah sie einzig einen Mann, der in der Hölle gewesen und gestärkt daraus zurückgekehrt war. Wie bei fachmännisch geschmiedetem Stahl war mehr aus ihm geworden, als er zuvor gewesen war.

Schmachtende blaugraue Augen glitten über sie hinweg und erfassten auf einen Blick ihre kunstvolle Frisur und das Abendkleid – ein Blick, dem nicht einmal ein Hauch von Anerkennung oder einer anderen Gefühlsregung innewohnte. Seine Stimme klang genauso schneidig wie sein Anzug. »Wollen wir?«

Dieser Mann sollte leiden? Wohl kaum. Poppy straffte den Rücken. »Natürlich.«

9

Rosa. Ausgerechnet Rosa. Poppy trug nie Rosa. Sie war selten in einer anderen Farbe als Braun oder Grau zu sehen, wobei es ihn nie besonders interessiert hatte, welche von beiden sie trug. Eigentlich hatte er nie richtig auf ihre Kleidung geachtet, sondern nur auf sie. Doch jetzt war das anders. Jetzt, da sie Rosa trug. Win hielt den Blick starr auf seinen Teller und das blasse, in einer Sahnesauce schwimmende Stück Weißfisch gesenkt, und versuchte nicht an diese Farbe zu denken. Seit ihrer kleinen »Unterhaltung« hatten er und Poppy nicht mehr als ein paar Worte gewechselt. Sie waren beide noch sichtlich wütend, und seine edelsten Teile ausgesprochen empfindlich, womit ihm die Lust auf sinnlichen Genuss für eine ganze Weile vergangen sein sollte. Aber nein, sein primitiveres Ich übersprang diese unliebsame Episode einfach und ging geradewegs zu der Tatsache über, dass Poppy ihn in der Hand gehalten hatte. Ihn *gestreichelt* hatte. Und dass er seine Frau schon seit ganzen drei Monaten nicht mehr beglückt hatte. Plötzlich war er nur noch von dem einen Gedanken erfüllt, genau dies zu tun. Womit leider auch der Zeitpunkt gekommen war, sich klarzumachen, dass er nicht den Hauch einer Chance auf dieses Vergnügen hatte.

Als Poppy sich neben ihm bewegte und ihre Sitzposition nur leicht veränderte, raschelte ihr Kleid. Wellenförmige Bahnen und Falten aus glänzendem, blassem Rosa. Eigentlich hätte dieser Farbton sich mit ihrem roten Haar fürchterlich beißen müssen, was aber nicht der Fall war. Stattdessen kamen ihm dabei Erinnerungen an andere Körperstellen, die genau diesen rosa Farbton aufwiesen.

Seine Finger umklammerten den großen, kühlen Griff seiner Gabel. Der Tisch und die daran befindlichen Gäste verblassten zugunsten eines anderen Bildes, der Vision eines Nestes aus aufgewühlten roten Löckchen und rosarotem, feucht schimmerndem intimsten Fleisches. Lange, weiße, in demütigem Flehen gespreizte Beine, die den Weg zu ihrem wundervollen Rosarot wiesen und ihm darboten. Sein bestes Stück spannte seine Hosen, als es augenblicklich strammstand und sich zum Einsatz bereiterklärte. Gott stehe ihm bei. Er stach auf seinen Fisch ein, als wollte er ihn zu Hackfleisch verarbeiten.

Als Poppy sprach, spürte er, wie ihre sinnlich tiefe Stimme über seine sensibilisierte Haut strich. Es ging um irgendein Gesetz über explosive Stoffe und ihre Freude darüber, dass es endlich vom Parlament verabschiedet worden war … ein Thema, das ihr angesichts ihrer geheimen Arbeit sehr am Herzen lag. Ihn selbst interessierte es nicht im Geringsten. Als der Geruch von Büchern und Zitronen zu ihm waberte, senkten seine Lider sich kurz.

»Wie ist Ihre Meinung dazu, Lane?«

Alle Blicke richteten sich auf ihn. Win hob mühsam den Kopf. Mr Babcock sah ihn direkt an, wobei seine große, hässliche Knollennase bebte, als würde er Wins Schwäche wittern. Man wollte ihn hier nicht. Diese Tatsache zeigte sich unmissverständlich in jedem abgewandten Blick und dem steifen Gebaren, mit dem sie ihn in ihrer Runde duldeten. Ein englischer Gentleman hatte kein entstelltes Gesicht, und wenn doch, war er so höflich, seinen Mitmenschen den Anblick zu ersparen, indem er sich am besten wie Quasimodo in seinem Glockenturm versteckte. Winstons Worte kamen so langsam und träge, wie sein erhitztes Blut floss. Zumindest hatte er diesen Eindruck.

»Ich fürchte, ich habe keine.« Diese Antwort war überaus rüde und unverschämt, was ihn jedoch nicht kümmerte. Er war es leid, den Leuten etwas vorzuspielen. Er hatte alles satt, außer ihr samtweiches Rosarot, in dem er sich nur allzu gerne verlieren würde.

Von allen Blicken, die auf ihm lagen, brannte der von Poppy am stärksten. Er ignorierte ihn und nahm einen Bissen von dem, was vor ihm lag. Erst als er zu kauen begann, merkte er, dass der Ober den Fisch mittlerweile durch einen Teller mit Fleisch und Pilzen ersetzt hatte. Und er hasste Pilze. Obwohl seine Kehle sich sofort zusammenschnürte, gelang es ihm irgendwie, den Bissen zu schlucken, auch wenn das glibberige Gefühl ihn reizte, alles postwendend hervorzuwürgen.

Aus den Augenwinkeln sah er, wie sich ihr Arm bewegte und ihre Hand ein kleines Stück an seinen Teller heranrückte, als hätte sie vor, ihn zu berühren.

Tu das nicht, Schätzchen. Oder ich zerre dich unter den Tisch und nehme dich, dass dir Hören und Sehen vergeht.

Die Rohheit seiner Gedanken schockierte ihn. Vielleicht spürte sie seine Unruhe, da sie die Hand nicht weiter in seine Richtung schob. Nichtsdestotrotz merkte er, dass ihr Blick auf ihn gerichtet blieb, als das Gespräch mit einiger Verlegenheit und Steifheit wieder aufgenommen wurde. Ein guter englischer Gentleman sah davon ab, eine Antwort zu geben, wie er es getan hatte. So etwas störte die Harmonie. Deshalb versuchten nun alle, seinen Fauxpas zu überspielen. Der mitleidige Unterton, den er aus ihren Bemerkungen heraushörte, dämpfte das durch seine Adern tobende Verlangen, was Gott sei Dank zu einem Abflauen seiner Erektion führte. Er hatte schon befürchtet, auf unbestimmte Zeit an den Tisch gefesselt zu sein.

Win legte seine Gabel beiseite und schob seinen Stuhl zurück, wobei ihn die wachsamen Blicke der anderen verfolgten. »Wenn Sie mich bitte entschuldigen.« Dann legte er seine Serviette ordentlich neben dem Teller ab. »Im Augenblick fühle ich mich leider unpässlich.«

Ohne auf irgendeine Antwort zu warten, zog er sich zurück.

Mrs Babcocks Stimme eilte ihm nach, als er sich entfernte. »Bestimmt ist er seekrank. Das kann dem stärksten Mann passieren.«

Mrs Babcock hatte ja keine Ahnung.

Poppys Knie zitterten, als sie zu ihrer Kabine zurückging … eine Erkenntnis, die zwar ihren Stolz verletzte, sich aber nicht leugnen ließ. Sein Verhalten während des Essens hatte arg an ihren Nerven gezerrt.

Win fand immer die richtigen Worte … immer. Und die Art und Weise, wie er am Tisch gesessen hatte, vornüber gebeugt und tief in grüblerische Gedanken versunken, war fast schon beängstigend gewesen. Herrje, der Mann hatte Pilze gegessen.

Ihre Schritte wurden länger und natürlicher, zumindest so natürlich, wie dieses verflixte Abendkleid es zuließ. An der Kabinentür zögerte sie kurz. Sie konnte seine Anwesenheit schon fast körperlich spüren. Ihre Hand legte sich um die Türklinke. Dann holte sie tief Luft und trat ein.

Wie eine Raubkatze lief er auf und ab, wobei sein kraftvoller Körper ihn schnell und kontrolliert durch den Raum bewegte. Als sie die Kabine betrat, sah er kurz hoch, um seine rastlose Wanderung gleich wieder aufzunehmen. Sein Blick lag hinter seinem zotteligen Haar verborgen. Ein Win mit schlechter

Laune war ein Schauspiel, das noch nicht viele Menschen zu Gesicht bekommen hatten, da er seine Gefühle stets hervorragend zu verbergen wusste. Poppy jedenfalls fand seine Übellaunigkeit äußerst faszinierend, gewährte sie ihr doch einen kleinen Blick auf den Mann hinter der Fassade geschliffenen Benehmens.

Sie musste vollkommen verrückt sein, wenn seine Wut sie derartig erregte. Ihr Atem ging stockend, und sie hatte Mühe, überhaupt zu sprechen. »Was ist los?«

Er warf eine Hand in die Luft. »Lass mich lieber in Ruhe, Poppy. Ich bin im Augenblick nicht in der Stimmung zu reden.«

Sie knallte die Tür hinter sich zu. Kleine Korrektur: Er erregte sie nicht, sondern versetzte sie in Rage. Sie zerrte sich die Handschuhe von den Händen und warf sie auf einen kleinen Tisch. »Und welchen Grund hätten wir zu warten, bis es dem Herrn beliebt, sich zu einem Gespräch herabzulassen?«

Winterblaue Flammen der Wut schossen aus seinem Blick, als er stehen blieb und sie anstarrte. »Wie bitte, Madam, werfen Sie mir etwa vor, bockig zu sein?«

»Ach, hör auf, Win. Du weißt genau, dass es so ist, und es geht mir verflixt noch mal auf die Nerven.«

Eine langsam aufsteigende Röte kroch ihm über den Hals. Poppys Herz pochte zwar heftig, doch sie hielt seinem Blick stand. Win würde ihr nie wehtun … ihr nie körperlichen Schaden zufügen. Er war immer ein Gentleman gewesen, achtsam und rücksichtsvoll. Doch das war vorher. Jetzt fand sie eine Wildheit in seinem Blick, bei der ihr der Atem stockte.

Die Sekunden schleppten sich zäh dahin, bis sie den Drang verspürte, sich voller Unbehagen zu bewegen oder den Blick abzuwenden. Doch als er plötzlich sprach, schnellte die Zeit voran.

»Dein Kleid ist rosarot.«

Sie sah ihn verwirrt an. »Ja, und?«

»Es gefällt mir nicht. Zieh es aus.«

Dieser unverschämte, arrogante Mistkerl. Was glaubte er eigentlich, wen er vor sich hatte? So sprang *niemand* mit ihr um. Sie war geneigt, ihm genau das zu sagen. Doch sie zögerte. Win war nicht *niemand*. Er war ihr Ehemann. Und was sie dort hinter dem Ärger in seinen Augen und dem störrischen Ausdruck seines Kiefers fand, war etwas, das ihr den Atem verschlug – Interesse, Begierde. Er wollte, dass sie ihr Kleid auszog, richtig?

»Nein«, widersprach sie. Feuchte Lust wand sich zwischen ihren Beinen, während ihr Puls zu rasen begann.

Wins Augen verengten sich zu schmalen Schlitzen. Poppy verließ die Tür und trat auf ihn zu … auf das Bett zu. Es gab mehr als nur eine Möglichkeit, um zu kommunizieren. Und wenn er sich weigerte, dies mit Worten zu tun, würden Taten sie vielleicht aus der Sackgasse führen, in der sie steckten. Ihre in den Falten ihrer Röcke verborgenen Fäuste waren kalt und zitterten. Doch dann hob sie das Kinn.

»Wenn du mich nicht mehr in diesem Kleid sehen willst, musst du es mir schon selbst ausziehen.«

Sein Mund öffnete und schloss sich wieder, während seine Schultern sich strafften. Sie fixierten einander mit schweigsamen Blicken, bis das tosende Rauschen ihres Blutes in ihren Ohren keinen Platz mehr für andere Geräusche ließ.

»Ich hätte nicht übel Lust herauszufinden, was hinter deinem Bluff steckt«, sagte er mit einem tiefen Knurren.

»Was bedeuten würde, *dass* ich bluffe.«

Seine Nasenflügel bebten. Sie hatte noch nie einen Mann gesehen, der ihr so unter die Haut ging, wenn er sich mit seiner großen Gestalt vor ihr aufbaute. Sie hatte es immer geliebt, sein gepflegtes Federkleid ordentlich aufzuwühlen. Und im Moment war er mächtig aufgewühlt und voller Zorn, und sie wollte sehen, wie dieser Zorn sich entlud. Kalte Erregung tanzte über ihre Haut und ließ die feinen Härchen an ihren Armen zu Berge stehen, während sich die Spitzen ihrer Brüste zusammenzogen. Als sein Blick zu ihrer Korsage wanderte, richtete er sich mit erstaunlicher Präzision auf die dort stattfindende Reaktion aus, worauf sein Körper mit weiterer Anspannung reagierte.

»Na los«, stachelte sie ihn an. »Zieh mir das Kleid aus, Win.«

Sein frostiger Blick hielt den ihren einen Moment lang fest, und schon stapfte er auf sie zu. Mit jedem Schritt, den er sich näherte, wuchs ihre Erregung. Er blieb vor ihr stehen und bebte sichtlich. Dann waren seine Hände auf ihr und packten ihre Schultern mit rauen Fingern, um sie mit einer schroffen Bewegung herumzuwirbeln. Seine Knöchel strichen über ihren Rücken, als er die Haken ihres Kleides ergriff und unter kräftigem Ziehen und Zerren löste. Poppy stemmte sich dagegen, um nicht nach hinten zu fallen, gegen ihn. Noch nicht.

»Rosarot«, brummte er. »Hast du eine Ahnung …«

Die Korsage öffnete sich weit. »Ahnung?«, hauchte sie, während ihre Beine zitterten.

Er gab ihr keine Antwort, sondern machte sich weiter unwirsch an ihrer Korsage zu schaffen. Als der seidene Stoff über ihre Arme glitt, sackte die Korsage nach vorne und rutschte bis zu ihrer Taille. Kühle Luft traf auf nackte Haut und ließ sie erzittern, während sie auf den Rest wartete. Der aber kam nicht. Mit einem Fluch entfernte er sich von ihr und ließ sie schmachtend zurück. Poppy drehte sich langsam um, wobei sie sich nicht die Mühe machte, ihre Korsage hochzuhalten.

Er sah jedoch nicht auf ihren Oberkörper oder das tiefrosa Korsett, das sie trug, sondern bannte ihren Blick. »Versuchst du etwa, mich zu verführen?«

War er blind? Seine breite Brust hob und senkte sich mit jedem Atemzug, den er sich abrang. Sie ließ ihren Blick weiter nach unten über seinen Körper wandern, der immer noch sittsam in seine elegante Abendgarderobe gehüllt war. Aber, oh, eines an ihm war alles andere als sittsam. Ihr Mund war schlagartig wie ausgetrocknet, als sie die gewaltige Erektion erkannte, die den Stoff seiner Hosen spannte.

Einer von ihnen stieß einen Laut aus; ob er von ihr oder Win kam, vermochte sie nicht zu sagen, doch das Prachtstück in seiner Hose schien noch an Pracht zu gewinnen. Poppy sehnte sich danach, es in die Hand zu nehmen, es zu streicheln und zu drücken, es bis zur Erlösung zu reizen. Sie wusste genau, wie sie es anzufangen hatte, wusste, wie er es am liebsten mochte. Ihr Körper zitterte vor Verlangen. Sie konnte ihn nahezu in ihrem Mund spüren, wie er sie ausfüllte, und fuhr sich mit der Zunge über die ausgedörrten Lippen.

»Nun bring schon zu Ende, was du begonnen hast.«

Plötzlich stürzte er sich auf sie und packte sie an der Schulter. Ein kräftiger Stoß und sie kippte rückwärts aufs Bett … willig und voller Vorfreude, die durch ihre Adern wirbelte und ihren Herzschlag beschleunigte. Dann ragte er mit funkelnden Augen, kochend vor Wut und angespannten Muskeln über ihr auf. Doch sie konnte auch sehen, dass seine Fassade Risse bekam, was ihre Erregung noch schürte.

»Was willst du, Poppy?« Seine Stimme klang wie Sandpapier auf Stahl. Ihre seidenen Röcke raschelten, als er sie ihr bis über die Hüften hochriss. Glänzender rosaroter Stoff ging entzwei und bauschte sich um ihre Taille.

»Willst du das hier?« Er schmiegte seine Hand an sie. Sie war heiß und rau im Vergleich zu ihrer seidig kühlen Unterhose. Fast hätte Poppy gestöhnt, doch sie konnte es gerade noch unterdrücken. Für einige Dinge würde er schon etwas tun müssen. Ein Beben lief durch ihren Körper, als er mit zwei seiner langen Finger durch den Schlitz ihrer Unterhose drang und sie über ihre feuchte Hitze gleiten ließ. »Willst du mich hier?«

Er beugte sich vor, ohne ihr dabei jedoch zu nahe zu kommen, und berührte sie nur mit der Hand und seinen aufreizenden Fingern. Wut blitzte in seinen Augen auf, während er sie streichelte. Es war ein Streicheln ohne zärtliches Feingefühl, das primitivere Beweggründe hatte, was sie aufs Höchste erregte und dazu brachte, ihre Schenkel für ihn zu spreizen.

Wins Nasenflügel flatterten wieder, als er betrachtete, was sie ihm darbot. »Rosarot«, murmelte er. »Damit kann man einen Mann in den Wahnsinn treiben.«

Sie schluckte schwer, und er sah sie wieder an. »Willst du mich, Poppy?«

Sie hielt seinem Blick stand und zwang sich, nicht zu flehen, nicht ein einziges Wort zu sagen, doch dann tauchten seine Finger plötzlich in sie, und ihr Körper spannte sich an. Das war zu gut … zu viel. Ihre Schenkel bebten vor lauter Verlangen nach *mehr, härter, zum Teufel mit dir*.

Wins Augen funkelten hell, und seine Lippen teilten sich, als er Luft holte. »Antworte mir.« Seine freie Hand ging an seinen Hosenbund. »Es wird nichts ändern. Ob du mich nun dazu bringst, dich zu nehmen, oder nicht, es wird sich nichts ändern.«

Dabei hatte sich bereits alles geändert. Sie wollte ihn anschreien, ihn mit Fäusten traktieren, lag aber einfach nur willfährig da und starrte ihn abwartend an, während sie seinen Fingern gestattete, seine Hosen zu öffnen.

Sein bestes Stück sprang voller Tatendrang hervor … pulsierend, finster und hoch aufgerichtet. Wins Männlichkeit. Dass ihr gelassener, seriöser Ehemann so außerordentlich reich bestückt war, wusste nur sie. Es war ein Geheimnis, das sie mit einer fast schon perversen Genugtuung erfüllte. Niemand außer ihr hatte ihn je so gesehen. Nur sie wusste, was er unter seiner unaufdringlichen Kleidung und hinter seinen gepflegten Manieren verbarg. Ihr Atem entwich in einem Schwall der Vorfreude, die sie mit einer Vehemenz packte, welche sie wieder zum Zittern brachte.

Ihre Blicke prallten aufeinander, als sie beide darauf warteten, dass der andere nachgab. Wolle strich an seidenen Unterhosen entlang, als er seine Hüften zwischen ihre Schenkel bewegte. Die heiße Spitze seiner Männlichkeit berührte sie und ließ sie fast zusammenfahren.

»Es wird nichts ändern«, betonte er noch einmal, doch nicht mehr mit derselben Entschlossenheit, als wollte er das Eintreten seiner Prophezeiung herbeireden.

Herausfordernd spreizte sie die Beine noch weiter. »Das will ich sehen.«

Er packte ihre Hüften und stieß in sie hinein. Poppy spannte sich von Kopf bis Fuß an, als sein praller Schaft fast schon schmerzhaft und so energisch in sie drang, dass sie sich auf die Lippe biss, um nicht aufzuschreien. Dabei gab er ihr noch nicht einmal alles von sich. Sie wusste, dass er noch mehr zu bieten hatte. Er zog sich zurück und stieß wieder in sie hinein, wobei er jedes Mal ein bisschen tiefer in sie eintauchte. Sie war nicht in der Lage, etwas zu sagen, und spürte nur, wie sein Drängen das Feuer ihrer Leidenschaft schürte. Er bewegte sich mechanisch, als hätte er beschlossen, nichts zu fühlen und sie nur zu nehmen.

Das Bett knarrte in einem gleichmäßigen Rhythmus. Rein. Raus. Vorstoß. Rückzug. Seine Hüften klatschten gegen ihre und schoben sie mit jedem Stoß ein Stückchen weiter übers Bett, und nur die Hände an ihren Schenkeln sorgten dafür, dass sie blieb, wo sie war. *Härter. Lass es mich spüren.*

Seine Augen waren fest auf ihr Gesicht gerichtet, während er immer wieder aufs Neue in sie hineinstieß. Oh Gott, der Genuss, den er ihr bereitete, wenn er in sie drang, war kaum zu ertragen. Sie erbebte im Innern, wo die Hitze, die sie empfand, so stark war, dass sie darauf brannte, sich die Kleider vom Leib zu reißen, ihm die Kleider vom Leib zu reißen, und seine Haut auf ihrer zu spüren. Doch sie rührte sich nicht, ja, atmete kaum noch, aus Angst, den Zauber zu brechen.

Win. Wie konnte sie ihm nur sagen, wie sehr sie das hier vermisst hatte? Wie sehr sie sich nach ihm gesehnt hatte. Sogar in diesem Moment, wo er sie wie eine Hafenhure bestieg. *Win. Spüre mich.* Sein Blick durchbohrte sie. Kalt, unbeteiligt. Poppy schmolz unter seinem Ansturm dahin. Ihr Atem verwandelte sich in ein raues Keuchen, und sie war inzwischen mehr als nass. Ihre intimsten Körperteile pulsierten, während der Klang ihres gemeinsamen Keuchens und das Klatschen von nassem Fleisch gegen Fleisch sowie das Quietschen des Bettes das zwischen ihnen herrschende Schweigen ersetzte.

Ein leises Stöhnen entfleuchte ihr. Poppy verfluchte sich für ihre Schwäche, doch er hatte es gehört. Wins Lippen teilten sich. Der Ansturm seiner Lenden hörte zwar nicht auf, doch das Tempo änderte sich. Die eben noch energischen Stöße wurden verhaltener, und sie spürte sie mit jeder Faser ihres Körpers, merkte, wie er anfing, sie zu … erforschen. Das Eis in seiner Miene schmolz, verschwand, während er sie ansah. Dann beugte er sich weiter zu ihr, näher und näher, bis er sie fast berührte. Als ein Schaudern der Lust sie packte, bog sie den Rücken durch. Ihre Nippel brannten darauf, seinen Mund zu spüren, und das Fehlen dieses Gefühls steigerte ihre Empfindungen umso mehr. Die Fäuste in die Laken gekrallt hielt sie sich fest und ließ sich von ihm nehmen.

Als die ihr wohl vertraute Furche zwischen seinen Augenbrauen erschien und er sich auf die Unterlippe biss, explodierte sie mit einem spitzen Schrei der Leidenschaft. Winston biss die Zähne zusammen und kam mit einem stockenden Atemzug, während seine Finger sich in ihre Hüften krallten. Bis aufs Äußerste angespannt stieß er mit gequälter Miene seinen Schaft für einen letzten langen, herrlichen Moment in ihren Schoß. Seine Brust streifte ihre, während sein heißer Atem keuchend ihren Hals berührte. Poppy fuhr sich mit der Zunge über die Lippen und starrte zur Decke hinauf. Sie war zu erschöpft, um noch etwas anderes zu tun, und zu feige, die Arme um ihn zu schlingen, wie sie es doch so gerne getan hätte. Dann richtete er sich auf und entzog sich ihr mit einer geschmeidigen Bewegung, die sogleich eine große Leere hinterließ. Kühle Luft nahm den Platz zwischen ihren Beinen ein, an dem sie noch kurz zuvor nichts weiter als sengende Hitze empfunden hatte. Sie hatte den Kopf kaum gehoben, als sie hörte, wie die Kabinentür zuknallte, und sie wieder allein war.

10

London, 1869 – Ein Antrag

»Was meinen Sie«, sagte Poppy und sah ihn mit ihren braunen Augen ruhig an. »Ob dem Mann da wohl klar ist, dass die Dame, die er begleitet, nicht älter als fünfzehn ist?«

Winston erwachte aus seiner kurzen Erstarrung, denn auch er hatte das Paar beobachtet, nachdem er und Poppy sich unter ihre Weide zurückgezogen hatten. Seit mittlerweile einer Woche gingen sie täglich miteinander spazieren und legten am Ende immer unweigerlich eine Rast unter der Weide ein, unter der er sie zum ersten Mal geküsst hatte. Doch heute hatte sie ihn dazu gebracht, seinen Kopf auf ihren Schoß zu legen. Diese schockierende Nähe und die Tatsache, dass Poppy – seine zurückhaltende, sittsame Poppy – den ersten Schritt zu dieser Form von Freiheiten getan hatte, war fast ein Angriff auf seine Männlichkeit. Aber er war nicht so dumm, dagegen Einwände zu erheben. Er fühlte sich auf ihrem Schoß beinahe wie im Himmel.

Poppy hatte gemerkt, dass er bei ihrer Frage zusammengezuckt war, denn ihr stieg eine leichte Röte in die Wangen. »Ich beobachte gern Leute. Ich scheine da nicht anders zu können.«

Seine Finger berührten kurz die ihren, die ganz leicht auf seinem Arm ruhten. »Ich auch nicht.« Als sie überrascht zu ihm nach unten sah, lächelte er. »Wohlan! Sie sprachen von dem Pärchen da hinten, nicht wahr? Wie lautet Ihre Theorie?

Sie können ihr Gesicht gar nicht sehen, weil die beiden sich von uns entfernen. Wie kommen Sie also darauf, dass sie so jung ist?«

Poppy entzog ihm ihre Hand und strich ihm damit sacht übers Haar. Fast hätte er angefangen zu schnurren, so angenehm war das Gefühl, als sie an den Spitzen zupfte, während ihr Blick wieder zu dem Pärchen ging. »Ihr Gang bringt mich darauf. Sie ist es nicht gewöhnt, so lange Röcke zu tragen. Sie wickeln sich bei jedem Schritt um ihre Knöchel, weil sie sich noch nicht den geziemenden Gang angeeignet hat.«

»Hmm.« Er zwang sich dazu, nicht die Augen zu schließen, sondern weiter das Pärchen zu beobachten. Was Poppy gesehen hatte, war ihm völlig entgangen. »Ich glaube tatsächlich, dass Sie recht haben.«

Poppys braune Augen begannen zu funkeln, während sie sich nach vorn beugte, wodurch ihr ziemlich kecker Busen seiner Nase wundervoll nahe kam. »Aber die Frage bleibt trotzdem, ob es ihm auch klar ist.«

Winston räusperte sich und atmete dabei unauffällig ihren berauschenden Duft ein. Bald. Sehr bald würde er diesen Busen sehen. Erwartungsvolle Erregung erfüllte ihn, während er ihr verschwörerisch zulächelte und das Thema fortführte. »Nein, die Frage lautet, ob ihr klar ist, dass er kein Geld hat.«

»Kein Geld?« Sie knabberte kurz an ihrer Unterlippe, hörte aber sofort wieder damit auf, als hätte sie sich selbst zur Raison gerufen, sodass Winston sich unwillkürlich fragte, ob sie wohl immer so beherrscht ihr ganzes Tun unter Kontrolle hatte.

»Ich sehe nichts an seiner Kleidung, was auf ärmliche Verhältnisse schließen lassen würde«, meinte Poppy.

Denn es war eine traurige Wahrheit, dass Kleider Leute machten. Mit dem Kinn deutete Winston auf den Mann.

»Achten Sie auf seine Sohlen. In der linken hat er ein Loch. Jeder Mann, dem ausreichend Geldmittel zur Verfügung stehen, würde darauf achten, dass seine Schuhe tadellos in Ordnung sind. Doch wenn man haushalten muss«, er nickte wieder in Richtung des Mannes, »sorgt man nur bei den augenfälligeren Kleidungsstücken für einen makellosen Zustand.«

Er wurde von Poppy mit einem breiten, kecken Grinsen belohnt, bei dem sich ihre Nase leicht krauste.

»Sehr schlau, Mr Lane.« Sie sah ihn an, und ihm wurde fast ein bisschen schwindelig, als er sich im warmen Glanz ihrer Bewunderung sonnte.

»Ich würde gern Detective werden.« Winston blinzelte verwirrt. Tja, das hatte er eigentlich nicht sagen wollen. Im Grunde hatte er es noch nicht einmal sich selbst ganz eingestanden.

Poppy schien seinen Wunsch nicht seltsam zu finden. »Warum denn nicht? Ich glaube, Sie wären ein hervorragender Detective.«

Wären sie unter sich gewesen und nicht gerade in einem öffentlichen Park, hätte er sich gedreht und das Gesicht kurz gegen ihren Bauch gedrückt, um sie dann auf sich herunterzuziehen. Doch angesichts der gegebenen Umstände strich er nur über die Falten ihres Kleides aus schlichtem Kammgarn. »Meine Familie würde es nicht billigen.«

Sie fuhr mit einem Finger die Konturen seines Ohrs nach, was ihm einen wohligen Schauer über den Rücken jagte. »Nein, das würde sie wohl nicht.«

Da war sie wieder … diese Mauer, die mit einem Mal zwischen ihnen nach oben schoss. Die Mauer, die sie immer errichtete, wenn sie sich wieder daran erinnerte, wie grundverschieden die Familien waren, aus denen sie stammten. Verärgert zupfte er an ihrem Rock und ließ seine Verdrossenheit an dem

Stoff aus, doch sie überraschte ihn, als sie ihre kühle Hand auf seinen Scheitel legte.

»Warum wollen Sie das, Winston? Wenn Sie doch eigentlich ein Leben voller Luxus und Annehmlichkeiten führen könnten?«

Er drehte sich ganz auf den Rücken, sodass er sie anschauen konnte, ohne sich dabei den Hals zu verrenken. Hinter dem flammenden Heiligenschein ihres Haares wogten die zarten grünen Äste in der leichten Brise. »Es ist das erste Mal, dass Sie meinen Vornamen benutzen.«

Sie schob die Lippen vor. »Soll ich damit aufhören?«

Er hob eine Hand und umfasste damit von hinten ihren schmalen Hals. »Bis an mein seliges Ende möchte ich ihn aus Ihrem Munde hören.«

Herrlich verlegene Röte schoss in ihre Wangen. »Romantisches Süßholzgeraspel.«

»Hm.« Sein Daumen glitt unter den eng anliegenden hohen Kragen und fand ihren Puls. »Das betrachte ich als Herausforderung.« Das war sowohl Antwort auf ihre Frage als auch auf ihre Bemerkung davor.

Sie lachte kurz und etwas atemlos. »Ja.«

Seine Finger glitten in ihr seidiges Haar. »Ich sehe die Welt als ein Rätsel, das gelöst werden will.«

»Sie würden das schaffen.« Sie neigte sich ihm einen winzigen Hauch entgegen.

Himmel, wie gern hätte er an den kecken Spitzen ihrer Brüste geknabbert. Er zog sie noch ein bisschen näher heran, denn er wollte, dass sie seinen heißen Atem spürte. Als wäre sein Gebet erhört worden, drängten sich die festen, kleinen Nippel gegen ihr Mieder. Er lächelte. »Und ich möchte etwas Gutes auf dieser Welt tun … nicht nur von ihr nehmen.«

»Sie würden ein wundervoller Detective sein, Win.«

Win … das war's.

Es war ganz leicht, sie nach unten neben sich zu ziehen. Als sie den Halt verlor, kreischte sie kurz leise auf. Er erstickte ihren Protest, indem er seine Brust leicht auf ihre legte, während sich seine Beine in ihren Röcken verfingen.

»Winston Lane!« Sie lachte, als er sie auf den Hals küsste. »Lassen Sie mich los. Ihretwegen verhaftet man uns sonst noch wegen unschicklichen Verhaltens in der Öffentlichkeit.«

Das Funkeln in ihren Augen und wie ihre Brüste sich unter ihrem Kleid hoben und senkten, sagten jedoch etwas ganz anderes. Etwas, das ihn ob der Möglichkeiten, die sich daraus ergaben, grinsen ließ. Er knabberte an der Stelle unter ihrem Ohr, ehe er eine Spur von Küssen bis zu ihrem Kinn hauchte. »Umso besser … dann mache ich mich gleich mit dem Gesetz vertraut, meine Liebe.«

Sie lachte, hielt ihn dann aber doch mit einer Hand zurück, während sie ihn plötzlich ernst ansah. »Warum wollen Sie mit mir zusammen sein?«

Die leichte Verwirrung, die in ihrer Stimme mitschwang, ließ ihn innehalten, und er musterte sie, ehe ein zärtliches Lächeln seine Lippen verzog. »Weil Sie ehrlich und direkt sind.« Er berührte ihre Wange. »Und weil ich – aus welchem Grund auch immer – mich ganz wie ich selber fühle, wenn ich mit Ihnen zusammen bin.«

Ein Schatten legte sich kurz auf ihr Gesicht, und sie runzelte die Stirn. »Sie sehen in mir mehr, als da ist, Sir.«

Der bekümmerte Ausdruck, der in ihre Augen trat, störte ihn. Seine Finger glitten zu dem flaumigen, roten Haar an ihrer Schläfe. »Und Sie sehen sich selber viel zu gering.« Er legte seine Hand an ihre Wange, als sie ihm schon widersprechen wollte, und kam ihr zuvor. »Warum wollen Sie mit mir zusammen sein?« Kaum waren die Worte heraus, hätte er sie am liebsten schon wieder zurückgenommen. Vielleicht wusste sie gar keine Antwort darauf. Noch nie hatte irgendjemand ihn um sich haben wollen. Sein Lerneifer machte seinen Bruder nervös, und sein Vater hatte sogar allein seinen Anblick verabscheut. Winston schluckte. Doch Poppy lächelte nur, und es war, als würde die Sonne an einem kristallklaren Winterhimmel aufgehen. Sie musterte ihn mit ihren braunen Augen.

»Seltsamerweise aus denselben Gründen, die Sie mir genannt haben.«

Er grinste breit. »Wie ich es mir gedacht habe. Wir sind füreinander geschaffen.«

Ihre Lippen bewegten sich, als er sie küsste. *Sie versuchte, etwas zu sagen, die Süße.* Er vertiefte den Kuss und schob seine Zunge in ihren Mund. Sie schmolz unter ihm dahin, während sie sich mit starken Händen an seinen Oberarmen festklammerte, sodass er sie am liebsten vor der ganzen Welt geschützt hätte. »Heirate mich, Poppy.« Er küsste sie wieder. Und wieder. »Heirate mich. Heirate mich, Heirate mich.« Sanfte Küsse verliehen der Ernsthaftigkeit seines Wunsches Nachdruck und zeigten ihr eindrücklich, dass er ihr hier unter diesem Baum sein Herz enthüllt hatte.

»Win.« Ihre Finger schoben sich in sein Haar. Sie hielt seinen Kopf fest und küsste ihn mit einer Leidenschaft, die sein Herz zum Rasen brachte. Doch sie sagte nicht Ja.

11

»Verdammter Mist.« Winston kniff sich kurz unterhalb der Stirn fest in den Nasenrücken. Himmel, in Poppy einzudringen, war wie eine Heimkehr gewesen. Sie war die einzige Frau, mit der er je zusammen gewesen war, die er je gewollt hatte. Und er hatte es ihr besorgt, als wäre sie nichts weiter als eine Hure. Was für ein Mistkerl war er doch. Er hätte sie nicht anfassen sollen. Zwischen ihnen war nichts geklärt, und Sex machte alles nur noch viel komplizierter. In dem Moment, als sie in den Raum getreten war, hätte er ihn verlassen sollen. Zum Teufel noch mal! Es gab so vieles, was er anders hätte machen sollen, und langsam verlor er den Überblick darüber. Er baute wirklich nur noch riesigen Bockmist, wie Sheridan so gern anmerkte.

Winston ließ sich noch weiter nach hinten in die Nische im *Grand Salon* sinken und trommelte nervös mit den Fingern auf der marmornen Tischplatte. »Himmel«, erklärte er dem winzigen Abbild seiner selbst, das auf der spiegelnden Oberfläche seines Kaffees zu erkennen war, »du bist doch ein ziemlich weinerlicher Tropf geworden, nicht wahr?« Leise lachend rieb er sich mit der Hand über das Gesicht. *Schritt eins zurück in die Normalität: Hör auf mit dir selber zu reden*.

Über die erhabene Ruhe im Salon hinweg drangen die Stimmen und das Gelächter seiner Mitreisenden aus dem Speisesaal auf der anderen Seite des Ganges zu ihm. Außerdem hörte man das gelegentliche Scheppern und Klirren von Geschirr sowie das immerwährende Brummen der Motoren. Und dann wurde all das vom Klang von Schritten übertönt, die sich zielstrebig näherten. Als er sie hörte, stellten sich die Härchen auf Winstons Armen auf, und ihm rann ein unheilvoller Schauer über den Rücken. Langsam, wie ein Verurteilter, der seinem Henker entgegensah, hob Winston den Kopf.

Ein Mann kam den Mittelgang des Salons herunter, und seine Gestalt spiegelte sich im blank polierten Marmorboden. Er trug einen gut geschnittenen schwarzen Gehrock, und das einzige Zugeständnis an etwas Farbe waren ein scharlachrotes Plastron und das Funkeln der goldenen Uhrkette. Die Gesichtszüge ließen sich unter der Krempe des Zylinders nicht erkennen, aber die Augen funkelten kurz, als ihr Blick auf Winston fiel. Er schritt gemächlich voran, als würde er es genießen, von Winston beobachtet zu werden, und Winston biss die Zähne zusammen, während Widerwillen und Wut zu gleichen Teilen sein Blut zu erhitzen begannen. Doch jahrelange Erfahrung riet ihm, nicht den Blick abzuwenden.

Der Mann ging unter einer Gaslampe hindurch, und Winston stockte der Atem. Vielleicht war es nur eine Sinnestäuschung, aber einen kurzen Moment lang schien es ihm so, als hätte der Mann genau wie Winston Narben auf der Wange. Selbst das Haar, das etwas zerzaust unter dem Zylinder hervorquoll, ähnelte dem von Winston. Doch als der Mann näherkam, schwand die Illusion und enthüllte kurz geschnittenes rotbraunes Haar und ein narbenloses Gesicht. Er blieb genau vor Winstons Tisch stehen.

»Hallo, Winston Lane.« Die Stimme klang weich, fast schon sanft, und reichte, um Winston wieder einen unheimlichen Schauer über den Rücken zu jagen. Himmel, war das etwa der Dämon, vor dem Poppy ihn gewarnt hatte? Es gab nur eine Möglichkeit, das herauszufinden.

»Kenne ich Sie?«, fragte Winston rundheraus. Auf gar keinen Fall würde er diesem Mann gegenüber zeigen, wie beunruhigt er war.

Die Lippen des Mannes verzogen sich zu einem Lächeln. »Tja, das ist die Frage.« Ohne eine Aufforderung abzuwarten, zog er einen Stuhl zu sich heran und setzte sich Winston gegenüber an den Tisch. Der Geruch von Kohlenrauch und Patschuli stieg Winston kribbelnd in die Nase. Der Mann schlug ein Bein über das andere und lehnte sich zurück, während er Winston mit undurchdringlicher Miene anschaute. »*Kennen* Sie mich?«

Der Mann war entweder verrückt oder tatsächlich dieser Dämon. Win gefiel es gar nicht, wie die Karten im Moment verteilt schienen.

Als Win nichts sagte, gab der Mann einen amüsierten Laut von sich. »Da Sie sich nicht mehr an unsere frühere Begegnung erinnern«, erklärte er, während er ein kleines, goldenes Etui aus seiner Jackentasche zog, »woran natürlich ich die Schuld trage, können Sie mich Mr Jones nennen.«

»Mr Jones«, wiederholte Winston in zweifelndem Tonfall. *Da brat mir doch einer einen Storch.* Instinktiv glitt Wins Hand zu der Stelle, wo er immer seine Waffe trug, um dann aber etwas verspätet zu merken, dass er seine Jacke nicht anhatte.

»Man kennt mich unter vielen Namen … Loki, Dolus. Man könnte mich auch Teufel nennen. Doch das ginge an der Sache vorbei. Wer ich bin, ist nicht so wichtig wie das, was ich tue. Mit mir kann man Pakte im Tausch gegen Seelen schließen.« Mit genau abgezirkelten Bewegungen entnahm der Mann dem Etui eine Zigarette, zündete sie an und füllte den Raum zwischen ihnen mit deren aromatischem Duft. Er strich sich mit dem Daumen über die Unterlippe, um ein verirrtes Tabakkrümelchen zu entfernen, ehe er wieder sprach. »Fragen Sie mich als Nächstes, warum ich hier bin.«

»Wie wäre es hiermit«, fuhr Winston ihn an, »was zur Hölle wollen Sie eigentlich?«

Jones setzte sich mit einem Ruck auf und sah ihn mit farblosen Augen an, die an Eisstückchen in einem Glas erinnerten. »Ich bin hier, um mir zu holen, was mir rechtmäßig zusteht.« Bei diesen Worten griff er noch einmal in seine Jackentasche und zog einen zusammengerollten Bogen aus vergilbtem Büttenpapier hervor. Dieses Stück Papier sprach Winston in einer Weise an, die er weder verstand noch mochte, denn er spürte mit einem Schauer, der ihn bis tief in die Seele erschütterte, dass er es kannte.

»Was Ihnen rechtmäßig zusteht?« Das war ihm neu. Poppy hatte nie etwas von irgendwelchen Schulden gesagt. Er bekam einen ganz trockenen Mund.

Jones zog wieder an seiner Zigarette und stieß den Rauch langsam aus, sodass ineinander verwobene Ringe aus blauem Rauch durch die Luft schwebten. Wirklich recht beeindruckend. Der Mann klopfte die Asche von der Spitze ab. »Es ist folgendermaßen«, erklärte Jones. »Am fünften April 1869 haben Sie diesen Kontrakt unterzeichnet.«

»Blödsinn! Sie halten mich zum Besten.« Dabei war ihm jedoch nicht entgangen, dass es sich bei dem Datum um den Tag handelte, der genau vierzehn Jahre vor dem Angriff durch den Werwolf in jener dunklen Gasse in London lag.

Jones zog noch einmal an seiner Zigarette, ehe er sie ablegte, das Papier aufrollte und über den Tisch schob. Mit einem langen, polierten Fingernagel tippte er auf das Dokument, das zwischen ihnen lag. »Lesen Sie.«

Um nichts in der Welt würde Winston sich dazu bringen lassen, dieses Papier anzufassen. »Sie sind verrückt. Ich habe Sie niemals zuvor gesehen.« Verdammt. Seine Worte fühlten sich tatsächlich wie eine Lüge an.

Jones griff wieder nach seiner Zigarette und zog mit fast schon unanständiger Lust daran. »Das ist doch Ihre Unterschrift, oder etwa nicht?«

Winstons so vertrauter Schriftzug stand auf dem unteren Teil des Bogens. Ohne das Dokument auch nur eines Blickes zu würdigen, beugte Winston sich vor, und das Papier knisterte, als sich seine Unterarme darauf legten. »*Daran* würde ich mich erinnern.«

»Oh, aber das war doch Teil der Vereinbarung. Sie sollten alles vergessen, nachdem Sie unterschrieben hatten. Denn meine Klienten würden vielleicht versuchen, vor dem Zahltag aus dem Vertrag herauszukommen, wenn sie sich an die Abmachung erinnerten.« Die Zigarette hing lässig zwischen den bleichen Lippen, als Jones sich über den Tisch beugte, um den Vertrag genau zu mustern. »Sehen Sie hier. Paragraf 13?« Jones zeigte auf den bewussten Absatz. »Mit seiner Unterschrift verliert der Vertragsnehmer – das wären in diesem Falle Sie – alle Erinnerung an die Vereinbarung …«

»Warum um Himmels Willen sollte jemand, der noch bei klarem Verstand ist, damit einverstanden sein zu vergessen, was er unterschrieben hat?« Das klang alles viel zu unwahrscheinlich. Solche Dinge tat er nicht. Gütiger Himmel … aber das Herz schlug ihm schon wieder bis zum Hals. War das der Grund, warum der Dämon ihn aufgespürt hatte? Wusste Poppy darüber Bescheid? Übelkeit stieg in ihm auf.

»Tja, aber das ist ja wohl gerade der Punkt, nicht wahr?« Jones schlug ein Bein über das andere. »Sie waren damals nicht bei klarem Verstand. Und das habe ich ausgenutzt. Die menschlichen Vorstellungen von Fairness und Ehre machen euch angreifbar.« Er pustete wieder mehrere Rauchringe in die Luft. »Auf diese Weise sind mir mehr ›Gentlemen‹ als auf jede andere Art in die Falle gegangen.« Auf ein Fingerschnipsen hin erschien ein Kellner mit einem Tablett.

Der Kellner stellte zwei doppelbäuchige Gläser und eine kleine Karaffe mit Wasser auf den Tisch. Eine helle Flüssigkeit schwappte funkelnd am Grunde beider Gläser. Die raffinierten kleinen Likörgläser, deren obere Wölbung mit Eis gefüllt war, waren nur für ein Getränk gedacht: Absinth. Die Bewegungen des Kellners waren akkurat, hatten aber auch ein bisschen etwas Theatralisches, als würde er wissen, was seine Gäste in diesem Moment erwarteten. Normalerweise hätte er damit auch richtiggelegen. Nur dass Winston nun wirklich nicht in der Stimmung dafür war. Solche Dinge hatten längst ihren Reiz für ihn verloren. Trotzdem hing sein Blick an den Händen des Kellners, als dieser die Karaffe hob und Wasser in den oberen Teil des Glases goss, welcher als Filter diente. Langsam füllte das Wasser die obere Wölbung, ehe es in den unteren Teil tropfte. In jenem Moment, in dem das Wasser auf den Absinth traf, veränderte sich die Flüssigkeit und fing an milchig trüb zu schimmern. Der Kellner fügte keinen Zucker hinzu … es handelte sich um eine hervorragende Qualität, bei der diese Zutat nicht notwendig war. Der warme Duft von Anis stieg auf, und Winston lief das Wasser im Munde zusammen, während sich gleichzeitig sein Herzschlag beschleunigte.

Zu viele Tage und Nächte hatte er sich der Grünen Fee hingegeben. Damals wäre er ihr beinahe erlegen, als er immer wieder den euphorischen Rausch gesucht hatte, den sie gewährte. Denn er hatte eine Frau haben wollen, die … eine

Erinnerung stürmte auf ihn ein: nur ein Bruchstück, doch nichtsdestotrotz klar.

Winston strich sich mit der Hand übers Gesicht und rang um Selbstbeherrschung, während sich der Kellner wieder zurückzog. Sein ganzer Geist schien von Nebelschwaden getrübt. Jones' helle Augen bohrten sich förmlich in Winston. »Keine Spielchen mehr. Sie werden sich wieder an alles erinnern. Jetzt.« Jones schob eins der Gläser näher zu Winston hin. »Trinken Sie und erinnern Sie sich, Winston Lane.«

»Nein.« Kalter Schweiß trat auf seine Stirn. Winston würde nichts trinken. Wenn er das täte, wäre das sein Untergang. Das wusste er instinktiv.

Jones' eisige Augen verfärbten sich blutrot. »Trinken Sie, sonst werde ich auf deutlich weniger zartfühlende Art mit Ihnen verfahren.«

Winston überlegte, wie die weniger zartfühlende Art wohl aussehen mochte, doch seine Hand bewegte sich schon wie aus eigenem Antrieb, als wäre sie gezwungen zu gehorchen. Der Absinth traf seine Lippen und strömte wie ein feuriger Fluss durch seine Kehle. Das Glas zitterte in seiner Hand, als er keuchend Luft holte. Vor seinem inneren Auge blitzten Bilder auf. Er hörte trunkenes Gelächter, sah Schwaden von Rauch, Poppys lächelnde Augen und die finstere Miene seines Vaters. *Du wirst nicht die Tochter eines Kaufmanns heiraten. Win, ich kann dich nicht heiraten. Dein Vater wird meine Familie vernichten*. Jones' Hand mit den langgliedrigen Fingern hatte ihm eine Feder gereicht. *Unterzeichnen Sie, und fangen Sie neu an, Winston Lane*.

Winstons Oberschenkel knallten gegen den Tisch, als er mit einem Ruck hochkam. Sein Glas kippte um, und Absinth ergoss sich über die Tischplatte. Jones' Hand schoss nach vorn, packte Winstons Handgelenk und riss ihn mit schmerzhafter Härte zurück auf seinen Platz.

»Beruhigen Sie sich.« Jones' Hand war wärmer als die eines Menschen, und obwohl Winston versuchte, ihm seinen Arm zu entziehen, gab es kein Entkommen aus dem Griff des Mannes. »Also wirklich. Ich verabscheue diesen Teil. Als Nächstes werden Sie anfangen zu betteln und zu flehen, und das ist dann immer ziemlich nervtötend.«

»Ich bettle nie«, stieß Winston zwischen zusammengebissenen Zähnen hervor.

»Sehr schön. Ich hasse Jammerlappen.« Offensichtlich hatte er für sich entschieden, dass Winston wohl nirgends hingehen würde, denn Jones ließ ihn los. »Vor vierzehn Jahren habe ich Ihnen ein neues Leben gegeben. Sie wollten sich der Stellung entledigen, die Ihnen durch Ihre Geburt zugefallen war, und Detective werden. Sie wollten ein bestimmtes rothaariges Ding zur Frau nehmen. All das habe ich Ihnen gegeben.«

Er hatte ihm Poppy gegeben? Nein, nicht sie. Das zwischen ihnen war real. »Sie können die Erfahrungen eines Menschen nicht manipulieren«, stieß Winston mit knirschenden Zähnen hervor.

Jones nahm sich eine neue Zigarette und zündete sie an. »Ein Mensch ist doch nur das, was er über sich selber denkt, oder nicht? Und ein Leben ist doch nur eine Ansammlung von Erinnerungen, nicht wahr?« Jones stieß den Rauch seiner Zigarette über die Nase aus. »Und ich, mein unwissender Freund, manipuliere Erinnerungen. Allerdings gegen eine Gebühr.«

»Herr Jesus Christus.«

»Nein.« Jones lächelte. »Der bin ich nicht.« Das Lächeln verschwand. »Ich habe Ihre Erinnerungen und die all derjenigen, die in Ihren Kreisen verkehrten, verändert. Und so wurde es zu Ihrer Wahrheit und zur Wahrheit der anderen.«

»Mein Vater hat mich nicht verleugnet?« Die Erinnerung verleugnet worden zu sein, war immer noch da und klar wie am ersten Tag. *Von diesem Tage an habe ich keinen Sohn mehr, der Winston heißt.*

Jones lachte kurz auf. »Beim Auge Ras! Sie sind der Sohn eines Dukes. Zwar nicht der Erbe, aber Sie meinen doch nicht ernsthaft, dass er Sie hätte gehen lassen. Er war bereit, alle Widersacher zu vernichten, um Sie gefügig zu machen. Kein Sohn von ihm sollte umherziehen und Detective spielen.«

Jones wiederholte die Worte seines Vaters. Sie hallten in seinem Kopf wider, und aufs Neue kam die alles erstickende Wut in ihm hoch. *Wenn du dieses junge Ding heiratest, wird sich jede Tür Londons vor dir verschließen. Eher sorge ich dafür, dass du ein Bettler wirst, ehe ich zulasse, dass ein Sohn von mir umherzieht und Detective spielt.*

»Bis zu seinem Tod glaubte er, dass Sie vor ihm ins Grab gestiegen wären«, erklärte Jones. »Ihr Name steht auf der Familiengruft. Ein sehr beeindruckendes Bauwerk.«

Himmel noch mal, sein Vater hatte also gedacht, er wäre tot. Er wusste nicht recht, was er angesichts dieser Erkenntnis empfinden sollte, da er seine Seele verkauft hatte, um von ihm loszukommen. War er wirklich so verzweifelt gewesen? Ja, stellte er fest. Ja, das war er gewesen.

»Deshalb sind Sie hier?«

Jones grinste. »Poppy Ann hat Sie vor mir gewarnt, nicht wahr?«

Wie er von ihr redete, diese Vertrautheit, mit der er ihren Namen aussprach, ließ heiße Wut in Winston hochschießen. »Wusste sie Bescheid? Hierüber?« Abfällig wies er auf das Papier.

Jones schnaubte erheitert. »Wie schlau von Ihnen zu fragen. Diese Frau hat Geheimnisse über Geheimnisse. Sie stellt eine echte Bedrohung dar.«

Winston würdigte diese Bemerkung keiner Antwort. Das Schweigen zog sich immer mehr in die Länge, bis Jones lang und bekümmert ausatmete. »Sie weiß überhaupt nichts. Auch sie wird von einer Lüge zum Narren gehalten.« Sein Lächeln spiegelte reine Bosheit wider. »So viel zu Ihrer rechtschaffenen Empörung über Lügner, Winston.«

Winstons Fäuste schmerzten vor Verlangen, dem Mann ins Gesicht zu schlagen. Er atmete tief durch, um seine Wut zu zügeln, und sagte nichts, während Jones fortfuhr: »Aber wenn Sie Ihr unbedingt etwas vorwerfen wollen, wird es Sie wohl freuen, dass Ihr Interesse an Poppy meine Neugier immerhin so sehr erregte, um Sie kennenlernen zu wollen.« Er zuckte die Achseln. »Doch genug jetzt des sinnlosen Geredes. Lassen Sie uns zur Bezahlung schreiten.«

Obwohl sich ihm der Magen umdrehte, riss Winston sich zusammen und saß aufrecht da. Innerlich mochte er vielleicht schreien und weglaufen wollen, doch er war selbst für diesen Schlamassel verantwortlich, und so sah er seinem Schicksal fest ins Auge. »Meine Seele, nicht wahr?«

Jones zog an seiner Zigarette, um sie dann wegzulegen und nach dem Kontrakt zu greifen. »Ja, Ihre Seele. Der Kontrakt besagt, dass er ausläuft, wenn der Tod Sie holen wollte.«

Winston schluckte, ehe er antwortete. »Sie werden mich jetzt mitnehmen?« Himmel, er hatte sich noch nicht einmal mit Poppy versöhnt. In diesem Moment war seine Sehnsucht so groß, sie in die Arme zu schließen, dass sich die Muskeln an seinen Armen verkrampften.

Jones' Zähne blitzten weiß und spitz im Licht der Gaslampen auf. »Genau genommen nicht. Sie haben für ein Dilemma gesorgt, als Sie im April dem Tod begegnet sind. Sie haben ihn betrogen.«

»Ich habe *ihn* betrogen?«, blaffte Winston. »Sie meinen diesen Werwolf?«

»Das war kein Werwolf. Wäre es dieser fragliche Werwolf gewesen, würden Sie jetzt die Syphilis haben. Und das ist eindeutig nicht der Fall.«

Seltsamerweise spürte Winston, wie ihn Erleichterung durchströmte. Vor Monaten hatte die Angst, sich infiziert zu haben, wie ein Damoklesschwert über seinem Kopf gehangen, und er hatte Archer gezwungen, ihn einem Test zu unterziehen. Der Test war negativ ausgefallen, aber bis zum heutigen Tage hatte er nicht gewusst, warum.

»Nein«, fuhr Jones fort, »das war der Tod, der in jener Nacht vor Ihnen stand, und zwar von mir geschickt. Er hatte nur jene Verkleidung gewählt.« Ein Schatten huschte über Jones' Gesicht, ehe es sich wieder aufhellte und er Winston mit fast schon freundlicher Miene anschaute. »Sie sollten eigentlich sterben, aber dieser Kerl von der Gesellschaft hat Sie gerettet. Und so, mein lieber Junge, haben Sie Vertragsbruch begangen.«

»Blödsinn! Ich hatte nichts mit der Erfolgslosigkeit des Todes zu tun. Sie müssen wissen, dass ich ja wohl kaum ganz bei mir war.«

»Das spielt keine Rolle. Sie sind nicht gestorben, als Sie das hätten tun sollen.«

»Ja, und dann? Was wollen Sie denn von mir, wenn es ›genau genommen‹ nicht meine Seele ist?«

Wieder schob Jones Winston den Vertrag hin und tippte mit seinem langen Fingernagel auf einen Absatz. »Das, was mir zusteht.«

Winston sah auf den schimmernden Nagel und die Worte, die danebenstanden. Ein Ruck ging durch Winston, als hätte er genau das schon einmal getan. Es dauerte einen Moment, bis er wirklich erkennen konnte, was dort stand. Das Lesen war eine langsame, mühevolle Angelegenheit, weil die Worte immer wieder vor seinen Augen verschwammen. Doch ihre Bedeutung begann ihm allmählich klar zu werden, und als das geschah, wurde ihm eiskalt, und sein Körper fing an zu zittern.

Sollte der Vertragsnehmer die Vereinbarung nicht einhalten, erhält der Vertragsgeber als Entschädigung das erstgeborene Kind des Vertragsnehmers. Ihm wich alles Blut so plötzlich aus dem Gesicht, dass er schwankte. »Nein!« Er sprang auf, packte Jones Aufschläge und zog ihn ganz dicht an sich heran. »Auf gar keinen Fall, hören Sie? Auf gar keinen Fall werde ich das zulassen!«

Einen Moment lang erwiderte Jones nur seinen Blick, doch dann begannen kleine Flammenzungen unter seinem Kragen hervorzukriechen und über sein Gesicht zu tanzen, während die seltsamen Augen größer wurden und gar nicht mehr so menschlich aussahen. Seine Stimme wurde dunkel und hohl, als würde er aus den Tiefen eines schwarzen Tunnels heraus sprechen. »Sie meinen, Sie können es mir verweigern?«

»Ich wäre auf so eine Vereinbarung niemals eingegangen.« Mit einem Ruck zog Winston Jones noch ein bisschen näher an sich heran, ohne auf die Glut zu achten, die ihm die Knöchel versenkte. »Niemals.«

»Und doch sind Sie darauf eingegangen. Weil Sie sich in der anmaßenden Blüte Ihrer Jugend für unverwundbar hielten; meinten, wenn die Zeit gekommen wäre, würde alles problemlos laufen. Und weil«, er stieß ein leises, tiefes Lachen aus, »Sie es versäumt haben, den Vertrag richtig zu lesen, mein lieber Junge.«

Winston wollte Jones nicht eine Sekunde länger festhalten. Er ließ ihn los, wobei er ihn leicht nach hinten stieß. »Es spielt keine Rolle. Ich habe Poppy verlassen, und so besteht überhaupt nicht die Möglichkeit, dass Sie bekommen, was Sie wollen.« Himmel, aber er hatte gerade mit ihr geschlafen. Wenn daraus ein Kind entstand, nur um es … Ein Zittern ging durch seinen Körper, und er fiel auf seinen Platz zurück.

Jones grinste. »Wie naiv Sie sind, Winston Lane. Wie lange ist es her, dass Sie sie verlassen haben? Drei Monate?« Er schoss so schnell vor, dass die Bewegung nichts Menschliches hatte. »Sind Sie sich ihrer so sicher?«

Obwohl er saß, wurden Winstons Knie weich. »Sie hätte es mir gesagt, wenn sie schwanger wäre.« Sie hatten es so viele Jahre versucht. Und es nicht geschafft.

»Poppy Lane gibt eine unangenehme Wahrheit preis? Himmel bewahre.« Jones strich seine zerknitterten Aufschläge glatt. »Kommen Sie, ich kann Leben verändern. Dachten Sie wirklich, ich würde einfach so in Ihr Leben zurückkehren und etwas einfordern, das ich nicht bekommen kann? Lächerlicher Mensch. Ein Kind wächst in ihrem Bauch. Ich kann es spüren.«

Das Schicksal konnte doch nicht wirklich so grausam sein und sie jetzt beschenken. Aber, Himmel, wenn sie nun doch mit einem Kind schwanger war? Das Entsetzen erfasste Winston wie eine eiskalte Woge. Er schluckte die aufsteigende Galle herunter und sackte auf seinem Stuhl in sich zusammen. Bei allen Heiligen! Winston ließ den Kopf in die Hände sinken und versuchte zu atmen.

»Oh ja. Ich glaube, es ist sogar ein Sohn, der unterwegs

ist.« Jones seufzte. »Ich werde ihn wie meinen eigenen aufziehen.«

»Niemals! Auf gar keinen Fall!« Das Geschirr klirrte, als Winston mit der Faust auf den Tisch schlug.

Jones zuckte die Achseln. »So lautet nun einmal der Handel, den Sie abgeschlossen haben. Es hat keinen Sinn, jetzt deswegen zu jammern.«

Brennende Wut stieg in Winston hoch. Seine Fäuste zuckten vor Verlangen zuzuschlagen. Mit höchster Anstrengung versuchte er, sich zu beruhigen, und konzentrierte sich, denn alles, was ihm lieb und teuer war, hing von dem ab, was er sagen würde. »Na gut. Sie sind ein Teufel, der gern feilscht. Lassen Sie uns noch einmal verhandeln.«

Die Miene des Teufels verzog sich fast schon zu einem Ausdruck kindlicher Freude. »Der durchtriebene Winston Lane. Ich wusste, dass Sie ein Gegenangebot machen würden.«

Vielleicht war das überhaupt der Grund, warum der Teufel hier war. Er wollte etwas anderes. Winston musste es nur herausfinden und den richtigen Winkel finden, von dem aus er angreifen konnte. »Na los, Jones. Sagen Sie mir, was Sie stattdessen nehmen würden.«

Jones tippte sich mit seinem langen Nagel ans Kinn, und der goldene Ring, den er trug, blitzte auf. Der Reif stellte eine sich um sich selbst windende Schlange dar. Winzige Augen aus Rubinen schienen Winstons Blick zu erwidern. »Wie wär's damit? Sie erweisen mir einen kleinen Dienst, und dann verzichte ich auf Ihr Kind.«

Winston rieb sich die brennenden Augen. Er hatte seine Frau angelogen … viel schlimmer noch, als sie es bei ihm getan hatte. Gütiger Himmel, er hatte doch tatsächlich das Leben seines Kindes verschachert. Er hatte das Gefühl, als würde er aus einer Wunde in der Brust bluten. »Woher weiß ich, dass Sie die Ereignisse nicht in Ihrem Sinne manipulieren? Vielleicht ist das hier ja auch nur eine Illusion?«

»Es mag Ihnen schwer fallen, das zu glauben, aber selbst ich muss bestimmte Regeln einhalten«, erklärte Jones. »Ich schließe Vereinbarungen. Ich halte Vereinbarungen ein. Ich habe keinen Einfluss auf das, was nicht Teil der Abmachung ist.«

»Sie haben recht«, blaffte Winston ihn an. »Es fällt mir schwer, das zu glauben.«

»Ihr gutes Recht«, erwiderte Jones mit einem kurzen Lachen. »Aber es stimmt.« Er zuckte die Achseln. »Sollten wir eine Vereinbarung treffen, werde ich mich an die Abmachungen halten.« Er sah Winston fest in die Augen. »Ich muss.«

»Wirklich freundlich von Ihnen, das einzugestehen«, brummte Winston.

»Noch ein Muss.« Jones beugte sich vor. »Also, was sagen Sie dazu? Sind wir uns einig?«

»Um was für einen Dienst geht es?«

Jones verzog amüsiert die Lippen. »Das dürfen Sie erst wissen, wenn Sie eingewilligt haben.«

Winston nahm die Brille ab und musterte ihn eingehend. »Erst müssen Sie schwören, dass Poppy in keiner Weise Schaden nimmt, wenn ich mich einverstanden erkläre. Niemals.«

Jones' rechtes Auge zuckte. »Sie sind nicht in der Position, Bedingungen zu diktieren.«

Winston ließ sich entspannt nach hinten sinken. »Ich weiß nicht. Wir wollen beide etwas. Und das bedeutet, dass wir beide etwas zu verlieren haben.«

Die Luft schien zu knistern, als Jones ihn finster ansah, doch Winston hielt seinem Blick stand.

Jones fing zuerst an zu blinzeln. »Ich werde Poppy Lane nichts tun.« Ein harter Zug legte sich um seine Lippen. »Außer sie greift mich an.«

»Das habe ich schon mal gehört«, murmelte Win.

Jones schnaubte, als wäre er beleidigt. »Man wird sich ja noch verteidigen dürfen.«

»Das ist wohl gerechtfertigt.« Nichts an der ganzen Sache war gerechtfertigt, aber da er ohnehin schon am Boden lag, würde er nehmen, was er kriegen konnte. »Wir sind im Geschäft. Jetzt sagen Sie mir, was Sie von mir wollen.«

Genugtuung blitzte in Jones' Blick auf, und wieder kam Unbehagen in Winston hoch. Aber es war nun einmal geschehen.

Jones griff nach seiner Zigarette und klemmte sie sich zwischen die Lippen, während er in seine Jacke griff und eine dünne Akte hervorzog. Winston blinzelte verwirrt. Die Akte war zu groß, als dass Jones sie am Körper hätte verstaut haben können. *Sinnestäuschungen*. Er wusste es, und wenn er Jones' milden Blick richtig deutete, wollte dieser auch, dass er es wusste. Die Akte landete mit einem leisen Klatschen auf der marmornen Tischplatte.

»Ich habe einen Fall für Sie, Lane.«

Winston öffnete die Akte, doch darin war nur ein Blatt abgeheftet. Sofort hob Winston den Kopf und starrte Jones an. »Das können Sie nicht ernst meinen. Eine Frau?«

Jones atmete Zigarettenrauch aus. »Sie meinen, weil ich kein Mensch bin, wäre ich nicht fähig zu lieben?«

Winston zuckte die Achseln. Er hatte nicht von Liebe gesprochen, doch wenn Jones das Thema darauf brachte, musste sie ihm wichtig sein. »Ehrlich gesagt weiß ich nicht, was ich meinen soll.« *Na los, du Mistkerl, gib mir, was ich brauche.*

Jones' schmale Lippen verzogen sich. »Lassen Sie mich etwas zu Ihrer Allgemeinbildung beitragen … wir sind sehr wohl dazu fähig.«

Gut. Dann würde man ihn genauso manipulieren können wie Winston. »Das ist unmöglich.« Er warf die Akte zurück auf den Tisch. »Abgesehen davon, dass der Fall sechzehn Jahre zurückliegt, haben Sie keine weiteren Hinweise außer einem Namen.«

»Ach, kommen Sie. So schlimm ist es jetzt auch wieder nicht. Ich gebe Ihnen eine Spur vor, der Sie folgen können. Sehen Sie hier? Wenn Sie in London sind, sollen Sie die Komtess Krogstad of Chelsea aufsuchen. Nennen Sie es ein Geschenk, wenn Sie so wollen.«

Wohl kaum. »Und wer ist diese Moira Darling, die ich für Sie finden soll?«

»Vieles. Aber vor allem ist sie eine Frau, die mich bestohlen hat.«

»Sie führen noch nicht einmal auf, was sie Ihnen gestohlen hat.«

»Der Mann kann lesen!« Jones legte den Kopf schief. »Sind Sie sicher, so etwas schon mal gemacht zu haben? Ich muss gestehen, dass mein Glaube an Ihre Fähigkeiten allmählich ins Wanken gerät.«

»Hm. Vielleicht sollten Sie es mit einem anderen Detective versuchen und mich in Ruhe lassen.« Winston schlug ein Bein über das andere, während er sich zurücklehnte. Er hätte gern einen Zug genommen, um besser denken zu können, und beäugte das zwischen ihnen liegende Zigarettenetui voller Verlangen.

Jones warf Winston das goldene Etui zu. »Nehmen Sie sich eine. Sie sind viel zu zappelig.«

Winston machte sich nicht die Mühe, sich zu bedanken, sondern nahm sich einfach eine Zigarette. Er zündete sie an und kam etwas zur Ruhe. Es handelte sich zwar nicht um seine Pfeife, aber das Ritual des Rauchens war fast das Gleiche. »Wollen wir mal schauen, ob ich es verstanden habe. Sie verfügen über die Macht, Lebensläufe unwiderruflich zu verändern und Seelen zu nehmen, sind aber nicht in der Lage, diese Frau selber zu finden?«

Jones erstarrte, und etwas flammte in den weißen Augen auf. Win spürte die rasende Wut des Dämons bis ins Mark. Er musste alle Kraft zusammennehmen, um sich nicht vor ihr zu beugen. Jones' Wangenmuskel zuckte, und als er sprach, klangen seine Worte seltsam tonlos. »Wie ich schon sagte … es gibt Regeln, an die ich mich halten muss. Moira Darling befindet sich außerhalb meines Zugriffs.«

Es hätte Winston wohl Genugtuung verschafft zu sehen, wie schwer Jones dieses Geständnis fiel, aber Win war viel zu bedrückt, um irgendetwas anderes als Angst und Wut zu spüren. Trotzdem gab er sich den Anschein von Professionalität, weil ihm in gewisser Weise klar war, dass es Jones ärgern würde.

»Wollen Sie mir damit sagen, dass das alles ist, was Sie über den Fall wissen?«

»Nein. Ich sage, dies ist alles, was ich bereit bin, über den Fall preiszugeben.« Als Winston ihn verwirrt ansah, grinste Jones höhnisch. »Vielleicht will ich ja nicht, dass Sie es schaffen.«

»Vielleicht treiben Sie auch nur gern Ihre Spielchen mit mir.«

»Das ist eine Tatsache.« Jones lachte. Dann beugte er sich vor und hüllte Winston in den Geruch von Rauch und Dunkelheit. »Ich habe Sie zu dem Detective gemacht, der Sie heute sind. Jetzt setzen Sie diese Fähigkeiten auch ein. Sie haben vier Tage dafür.«

»Jetzt warten Sie mal einen Moment! Vier Tage reichen ja wohl kaum aus, um …«

»Vier Tage, um das zu finden, was Moira Darling mir gestohlen hat, und es zurückzubringen, sonst nehme ich mir Ihr Kind.«

12

Poppy war hellwach und mit dem immer wieder missglückenden Versuch beschäftigt zu lesen, als Winston schließlich zurückkehrte. In letzter Zeit schien er sich nur noch auf Samtpfoten zu bewegen, sodass sie ihn erst kommen hörte, als die Tür sich öffnete und er sie mit düsterer, aber vorsichtiger Miene musterte, als rechnete er mit einer Auseinandersetzung. Aber ihr fehlte die Kraft dafür. Es war ein Fehler gewesen, ihn zu drängen … und gleichermaßen demütigend, gemeint zu haben, die Kluft zwischen ihnen überbrücken zu können, wenn er sie nur berührte und Sex mit ihr hatte. Wenn überhaupt war die Kluft nur noch tiefer geworden. Sie sah zu ihm auf, ließ das Buch sinken und sagte kein Wort.

Er straffte die breiten Schultern und trat in den Raum. Seine blaugrauen Augen waren rot gerändert, und Wassertropfen hingen wie Kristalle an seinem Haar, wodurch es die Farbe von altem Messing annahm. »Ich habe einen Spaziergang gemacht. Es regnet.«

»Das ist nichts Ungewöhnliches.« Ihre Stimme klang genauso rau wie seine in der unangenehmen Stille.

Win senkte den Kopf und begann mit zusammengezogenen Augenbrauen seine nasse Jacke auszuziehen. Krawatte, Weste und Stiefel folgten, und alles wurde sorgfältig über der Rückenlehne eines Stuhles oder darunter verstaut. Als er beim Hemd anlangte, hielt er inne, hob den Kopf und schaute sie an. Poppy konnte nicht erkennen, was er dachte. Früher hatte sie immer gewusst, in welcher Stimmung er sich gerade befand und was er als Nächstes tun würde. Jetzt war sie verunsichert. Sie zog die Knie an die Brust und bedeckte ihre Beine mit der üppigen Fülle ihres Nachtgewands.

»Ich glaube, es ist am besten, wenn du heute Nacht bei Talent schläfst.« Sie konnte ihm nicht in die Augen schauen.

Aus dem Augenwinkel sah sie, dass er nickte, aber trotzdem näher trat. Als er vor dem Bett stehen blieb, zwang sie sich, zu ihm aufzublicken. Er betrachtete sie mit ernster Miene. »Wenn du es wünschst«, sagte er mit leiser Stimme. Dann gingen seine Hände zu seinem Hemd.

»Falls du meinst, jetzt zu mir ins Bett steigen zu wollen, überleg dir das noch einmal.« Sofern er das täte, würde sie allen Respekt vor sich selbst verlieren. Irgendwann, während sie weinend und zusammengekrümmt im Bett gelegen hatte, war ihr eines klar geworden: Wenn er nicht akzeptieren konnte, wer und was sie war, dann sollte das so sein.

Er hielt inne und zog die Augenbrauen hoch. Ein Funkeln trat in seine Augen. Sie hatte beinahe vergessen, wie sehr Winston Herausforderungen liebte. Das konnte man wohl als Beweis für ihre Erschöpfung ansehen. Doch er würde einen Kampf am Hals haben. Das Funkeln in seinen Augen verstärkte sich. »Meinst du etwa, ich sei gekommen, um dich zu schänden, Boudicca?« Seine schön geformten Lippen zuckten, und Hitze stieg in ihre Wangen.

»Aufs Neue, meinst du?«

Sein Lächeln verschwand. »Ich habe dich entehrt. Das beschämt mich bis ins tiefste Innere.«

Und auf einmal verließ sie aller Zorn. Er sprach von Ehre. Ihre eigene hatte sie eindeutig auch vergessen. Sie hätte ihn nicht allein über das Schiff spazieren lassen dürfen. Egal welche Differenzen es zwischen ihnen gab, es war trotzdem noch immer ihre Pflicht, Win zu beschützen. Auch wenn er sie dafür hasste. Sie konnte dem Himmel nur danken, dass er unversehrt und in einem Stück zurückgekommen war.

Er gab ihr keine Gelegenheit, etwas zu erwidern, als er sich auch schon das Hemd über den Kopf zog und zur Seite warf.

Ihr stockte der Atem. Seit dem Angriff hatte sie seinen Oberkörper nicht mehr gesehen. Er hatte es nicht zugelassen. Er stand regungslos da, sodass sie sich an ihm sattsehen konnte. Obwohl er sich so abrupt entblößt hatte – oder vielleicht gerade deshalb – sah sie nicht seine Brust an, sondern blickte ihm ins Gesicht. Ein entschlossener, strenger Zug lag darauf, während sein Blick auf eine Stelle an der Wand geheftet war.

»Na los«, sagte er. »Schau mich an.«

Gütiger Himmel, aber er hatte sich verändert. Verschwunden war der früher geschmeidige Oberkörper. An seine Stelle waren knotige Muskelstränge getreten. Er war immer noch schlank. Sein Körper hatte einfach nicht die Veranlagung, viel Masse aufzubauen, aber er war jetzt kraftvoller, die Muskeln traten stärker hervor, und er hatte auch etwas mehr Gewicht. Das hatte sie zwar auch schon gewusst, ehe er sein Hemd abgelegt hatte, doch es jetzt mit eigenen Augen zu sehen, war etwas ganz anderes. Zwar trauerte sie um jenen Win, der er früher gewesen war, aber der neue Winston faszinierte sie ebenfalls. Er war das Abbild durch Anmut gebändigter Kraft. »Du bist größer«, meinte sie etwas dümmlich.

Er gab eine Mischung aus Schnauben und Ächzen von sich, und sie merkte, dass sie überhaupt nicht erkannt hatte, worum es hier ging. Sie holte tief Luft und musterte die Narben, die seine geschmeidige, elfenbeinfarbene Haut bedeckten. Es war ein schlimmer Angriff gewesen. Dicke, knotige Narben zogen sich auf der linken Seite über Brustmuskel, Schulter und Unterarm, während schmalere, und blassrote, verheilte Striemen in einem wirren Muster seinen muskulösen Bauch und den schwellenden Bizeps überzogen. Er war dem Tod so nah gewesen.

Sie konnte nicht anders … sie musste auf die Knie hochkommen und die Hand ausstrecken, um mit den Fingern die große Narbe direkt über seinem Herzen nachzufahren. Seine warme Haut zuckte, als sie ihn berührte, aber er hielt still.

»Es ist alles gut verheilt, Win.«

Mit einem Ruck hob er den Kopf und sah ihr in die Augen. »Das sagst du immer wieder. Tu das nicht.« In seiner Stimme schwang ein scharfer Verweis mit.

»Es stimmt aber«, gab sie genauso scheidend zurück.

Er machte einen Schritt nach vorn, sodass sich ihre Hand gegen seine Brust drückte. »Behandle mich nicht so von oben herab. Schau mich doch an. Sieh, was ich geworden bin.«

Die leuchtend roten Narben hoben sich von seinem blassen Gesicht deutlich ab, als er sie wütend anschaute.

»Ich sehe dich an«, erwiderte sie und spürte den rasenden Schlag seines Herzens unter ihrer Hand. »Was würdest du denn an meiner Stelle sagen, Win?«

»Dass ich entstellt bin. Dass ich nie wieder derselbe sein werde.«

»Nein. Damit würde ich dich herablassend behandeln. Und ich verstehe nicht, warum du willst, dass ich das tue.« Er atmete zischend aus, als er noch näher an sie herantrat. So nah, dass ihre Nasen fast gegeneinanderstießen. Poppy wich nicht zurück. »Warum willst du mein Mitleid, Win? Oder willst du vielleicht, dass ich mich voller Abscheu von dir abwende?« Ihr Blick glitt forschend über sein Gesicht, und es fiel ihr immer schwerer weiterzusprechen. »Willst du, dass ich diejenige bin, die es beendet, damit du es nicht tun musst?«

Sie starrten einander an. Keiner von beiden wagte es, sich zu rühren. Dann holte er tief Luft, während er die Augen schloss. »Ich weiß nicht.« Sein Kopf fiel nach vorn, und seine Stirn legte sich an ihre. »Ich weiß nicht mehr, was ich denken soll.«

Nichts hätte sie aufhalten können, jetzt die Arme um ihn zu schlingen und ihn enger an sich zu ziehen. Er kam ihr sofort entgegen, seine Arme legten sich wie ein Schraubstock um sie, und seine Finger gruben sich in den lockeren Stoff ihres weiten Nachtgewands. Aus den Tiefen ihres Innern stieg ein Seufzer auf, als er sie so hielt, und sie spürte, wie sein Körper sich an sie drückte. Sie hatten sich körperlich immer so gut zusammengefügt. Wenn sie ihn umarmte, fühlte sie sich geborgen, aber auch gleichzeitig gebraucht. So viele Menschen brauchten sie, doch nie um ihnen einfach nur Trost zu spenden. Sie brauchten sie, damit sie Dinge in Ordnung brachte. Nur Win hatte ihr Herz gebraucht.

Seine Lippen drückten sich an ihren Hals, während sie einander hielten, und sein Atem wärmte sie. Poppy schloss die Augen und schmiegte sich noch fester an ihn. Als er schließlich sprach, klangen seine Worte an ihrer Haut gedämpft. »Du bist immer mein Anker gewesen, Poppy. Jetzt treibe ich hilflos dahin.«

Sanft strich sie über sein kühles Haar, das immer noch feucht vom Regen war. Doch sein Körper fühlte sich angenehm warm an. »Auch ich habe keinen Halt mehr, Win. Und ich weiß nicht, was ich tun soll, denn du warst derjenige, der die Verbindung gekappt hat.«

Er stieß einen langen, bebenden Seufzer aus, und seine Finger gruben sich tiefer in ihr Fleisch. »Ich bin nicht … Ich habe

Anfälle, Poppy. Dann kann ich nicht mehr atmen. Ich werde krank.« Sie spürte an ihrer Schulter, wie er schluckte. »Ich bin nicht mehr der Mann, den du einst gekannt hast. Ich bin nicht …« Er verstummte mitten im Satz und holte wieder tief Luft. »Ich war wütend und verwirrt. Ich konnte dir nicht gegenübertreten.«

Zorn stieg in ihr auf, und sie versuchte, sich von ihm zu lösen. Aber er hielt sie fest und ließ sie nicht los. »Es ist so unvernünftig. Verdammt, es ist nicht fair, wie ich empfinde.« Erst da löste er sich weit genug von ihr, um ihr in die Augen schauen zu können, den Blick voller Qual. »Ich schäme mich, Pop. Und jedes Mal, wenn ich versuche, meiner Gefühle Herr zu werden, scheitere ich.«

Poppy löste sich von ihm und merkte etwas verspätet, dass es nur geschah, weil er sie losgelassen hatte. Seufzend sank sie zurück aufs Bett. »Du tust mir weh, Win.« Sie schluckte. »Und ich tue dir weh.«

Er hob die Hand, als wollte er ihre Wange berühren, doch dann ließ er sie wieder fallen. »Ja.«

»Wie überwinden wir das?« Poppys Finger verkrampften sich. »Willst du es überhaupt, Win?«

Seine Miene verfinsterte sich, sodass sich die Narben verzogen, die sein Gesicht bedeckten. »Rück zur Seite.«

Schnell rutschte sie auf die andere Seite des Bettes und stieß dabei mit dem Rücken gegen die Kissen, die hoch aufgetürmt hinter ihr lagen. Sie war überrascht, als er aufs Bett sank und den Kopf in ihren Schoß legte. Die von ihm ausstrahlende Wärme drang durch ihr dünnes Gewand, als er zu ihr aufschaute. Der Blick seiner Augen war klar, gab aber nichts preis. Dann drehte er sich, rollte sich zusammen und drückte das Gesicht gegen die leichte Schwellung ihres Bauches. Sein warmer Atem strich über sie, als er langsam die Hand hob. Sie erstarrte. Er streichelte sie mit den Fingerspitzen und begann am ganzen Körper zu beben, als er sie berührte.

Ihre Brust zog sich zusammen, hilflos sah sie nach oben zur Decke, denn sie wusste, dass sie zusammenbrechen würde, wenn sie ihm in diesem Moment ins Gesicht blickte. Seine heisere Stimme durchbrach die angespannte Stille. »Wolltest du es mir sagen?«

Sie schluckte mehrmals. »Ja.« Sie räusperte sich. »Natürlich.«

Mit sanften Fingern erforschte er die leichte Erhebung ihres Bauches. »Wann?«

Sie konnte ein schmerzerfülltes, kurzes Lachen nicht unterdrücken und legte eine Hand vor ihre Augen. »Ich weiß es nicht. Ich habe es erst vor Kurzem selber gemerkt. Das war so … so …« Oh Gott, sie wollte nicht weiterreden. Jahrelang hatten sie es versucht. Jahre, in denen sie immer wieder enttäuscht worden waren. Es hatte ihr das Herz zerrissen zu entdecken, dass sie endlich bekommen sollten, was sie beide so sehr wollten, kaum dass er sie verlassen hatte.

»Du bist gegangen, Win.« Ihre Finger bohrten sich in den pochenden Schmerz in ihrer Schläfe, während sie die Zähne zusammenbiss. »Du wolltest nicht mehr mit mir reden.«

Er umarmte sie fester und gab einen gequälten Laut von sich, sagte aber nichts. Was hätte er auch sagen können?

»Und ich dachte …« Sie fuhr sich mit der Zunge über die ausgetrockneten Lippen. »Ich wollte nicht, dass du aus Pflichtgefühl nach Hause kommst.« Sie senkte den Kopf und sah ihn an. »Das will ich immer noch nicht.«

Er wandte ihr die zerstörte Seite seines Gesichts zu. Seine Blässe ließ die roten Narben besonders deutlich hervortreten.

Sie wollte sie berühren, ihre Hand an seine Wange legen, sodass sie angenehm kühl werden würde. Die kindische Seite in ihr hätte ihn dagegen am liebsten bei den wirren Locken gepackt und aus dem Raum geschmissen, weil er ihr so viel Schmerz bereitete. Sein Blick hing weiter an ihrem Bauch, und Tränen traten in seine Augen. Ihre Finger fanden den Weg in Wins Haar. Sie strich über seinen Kopf, als wollte sie sie damit beide beruhigen.

Er räusperte sich laut und blinzelte. »Ich habe uns beide enttäuscht, Boudicca.« Er krallte sich an die lockere Weite ihres Gewands. »Und ehe der Tag zu Ende ist, werde ich uns noch mehr enttäuscht haben.«

»Win.« Ihre Stimme brach, und sie holte tief Luft. »Es gibt nichts, das so stark beschädigt wäre, als dass man es nicht wieder reparieren könnte.«

Ein schwankendes, schmerzerfülltes Lächeln huschte über seine Lippen. »Ach«, erwiderte er mit bebender Stimme, »dem möchte ich widersprechen.« Langsam rollte er sich von ihr weg und setzte sich an der Bettkante auf, sodass er ihr den Rücken zukehrte. Das Haar fiel ihm ins Gesicht, als er mit düsterer Miene auf seine verkrampften Hände schaute. Sie sehnte sich danach, über seinen breiten Rücken zu streichen. Sie mochte vielleicht verletzt sein, aber er schien völlig gebrochen.

»Ich bin der schlimmste Heuchler von allen, Pop.« Als er sich wieder zu ihr umdrehte, raubten ihr der Kummer und das Bedauern, die in seinem Blick lagen, den Atem. »Ich verließ dich, weil du gelogen hast, während ich doch zehnmal ärger gelogen habe.«

Obwohl sie sich nicht mehr berührten, konnte Winston spüren, wie Poppys Körper sich anspannte. Er kannte seine Frau in dieser Hinsicht so gut. Sie wappnete sich, ihre Gefühle unter Kontrolle zu behalten. Ehe Poppy von ihm verlassen worden war, hatte es nie einen richtigen Streit zwischen ihnen gegeben. Ihre Auseinandersetzungen waren immer sehr zivilisiert abgelaufen. Vielleicht mochten die Stimmen lauter geworden oder Zorn hochgekocht sein, aber einer von beiden hatte immer den Raum verlassen, ehe die Gefahr bestand, dass etwas aus dem Ruder lief. Winston starrte seine geballten Fäuste an und fragte sich, ob diese gegenseitige zivilisierte Rücksichtnahme ihnen vielleicht nicht doch einen schlechten Dienst erwiesen hatte. Denn dadurch war es viel zu einfach gewesen zu gehen, als die Dinge kompliziert wurden.

Er war weggegangen. Und es widerte ihn an. Langsam entspannte er die Finger und streckte sie. Nie wieder würde er einer Auseinandersetzung mit Poppy aus dem Weg gehen. Himmel, das war ja auch leicht zu sagen, wenn ihm weniger als eine Woche zur Verfügung stand, um sowohl seine als auch die Seele ihres Kindes zu retten.

Er schluckte, um seine Angst in den Griff zu bekommen, und drehte sich wieder zu Poppy um. Das blütenweiße Nachtgewand bedeckte sie vom Hals bis zu den Füßen und ließ sie wie gerade mal zwölf erscheinen. Das rote Haar wallte wie Seide über die Schultern bis zur Taille. Er hob den Kopf, um ihr in die Augen zu schauen. Augen, die dunkel unter geraden roten Brauen funkelten. Augen, die es immer schafften, ihn in ihren Bann zu ziehen.

»Der Dämon hat mich gefunden.«

Entsetzt zuckte sie zusammen und kam mit einem Ruck nach vorn. »Wann? Was wollte er?«

Er stützte sich mit einer Hand auf dem Bett ab. »Poppy … verdammt. Er will unser Kind.«

Ganz plötzlich fiel die Temperatur im Raum, als wäre jemand aus einer arktischen Nacht hereingekommen. »Nur über meine Leiche.«

»Nein, über meine.« Seine Stimme kam kräftiger heraus, als er sich fühlte. »Ich bin einen Handel mit ihm eingegangen.«

»Was?!« Poppy sprang mit wehendem Haar aus dem Bett.

Win rieb sich den Nacken. »Vor vierzehn Jahren liebte ich eine Frau. Ich war der Sohn eines Dukes, der nicht zulassen wollte, dass ich diese Frau heirate. Außerdem wollte ich Detective werden.«

Poppy wurde blass. »Du wurdest enterbt, und ich willigte ein … oh nein …« Sie ballte die Hände zu Fäusten, als hätte sie vor, ihn zu schlagen. »Erzähl mir nicht …« Ihre Wangen erröteten. Im Raum wurde es eiskalt. Die Luft wirbelte um sie herum.

»Ja, Boudicca.« Er wollte den Arm heben, um sie zu berühren, ließ ihn aber gleich wieder fallen, als sie wie ein wildes Tier die Zähne bleckte. »Er spürte mich auf und erfüllte mir meinen Herzenswunsch im Austausch für meine Seele.« Als er schluckte, war das in der Stille des Raumes deutlich zu hören. »Es ist alles eine Lüge gewesen. Unser Leben …«

»Nicht!« Zischend atmete sie durch die Zähne aus, ehe sie weitersprach. »Sag das nicht, Win.«

»Es ist sogar noch schlimmer.« Und in einem einzigen Schwall kam alles heraus. Mit jedem Wort aus seinem Munde, jeder Lüge, die er enthüllte, wurde es kälter, bis er zitterte und Eiszapfen von den Lampen herunterhingen und Raureif die Bullaugen überzog.

»Zur Hölle mit ihm«, rief Poppy, als er fertig war. Sie wirbelte herum, griff nach einem Stuhl und schleuderte ihn durch den Raum. »Dieser widerliche Mistkerl!«

Eisiger Wind kam auf, heulte in dem engen Raum und blendete ihn. Er kniff die Augen zusammen und wappnete sich, um dem gegen ihn gerichteten Ausbruch zu begegnen. Doch er kam nicht. Der Eissturm fiel so schnell und vollständig wieder in sich zusammen, als hätte ihm jemand die Tür vor der Nase zugeschlagen. Poppy stand mit dem Rücken zu ihm in der Mitte des Raumes. Sie hatte den Kopf gesenkt und presste einen schweigenden Moment lang die Faust auf ihren Mund. Dann holte sie schnell Luft, ließ die Hand fallen und blickte zur Decke, als könnte es dort Antworten oder einen Ausweg geben.

Als sie sprach, war ihre Stimme ganz rau. »Na gut. Es ist passiert.« Sie atmete noch einmal flach durch. »Jetzt müssen wir den Schaden begrenzen. Du bist also beauftragt worden, diese Frau zu finden? Und dann sind wir frei?« Mit zitternden Händen strich sie ihr Gewand glatt. »Schön … dann lass uns sie finden. Nicht, dass ich Isley auch nur eine Sekunde lang traue, seinen Teil der Vereinbarung einzuhalten.«

Sie wich seinem Blick aus und ging schnell zu dem Stuhl, den sie umgeworfen hatte, um ihn wieder aufzurichten.

»Poppy, sieh mich an.«

Sie tat es nicht.

»Dann schrei mich an … Mach mir Vorwürfe wegen meiner Dummheit. Irgendetwas.« Er fluchte und versuchte, sich ihr zu nähern, aber sie stieß so laut zischend den Atem zwischen den zusammengebissenen Zähnen aus, dass er anhielt. »Ich habe dir etwas Schreckliches angetan«, sagte er. »Mach mich deswegen fertig. Ich würde mich sogar darüber freuen.«

Sie gab einen Laut von sich, der nach Erheiterung hätte klingen können, hätte nicht so viel Wut darin mitgeschwungen. »Da bin ich mir sicher.« Mit ruhiger Hand strich sie ihr Haar zurück, um dann nach einem Kissen zu greifen und es aufzuklopfen, wobei sie überall hinsah, nur nicht in seine Richtung. Am liebsten hätte er auf etwas eingeschlagen, er wollte, dass sie auf ihn einschlug, so wie er es verdiente. Aber ihre Stimme klang wieder ganz beherrscht. »Du bist von jemandem hereingelegt worden, der viel verschlagener ist als du. Du hattest überhaupt keine Chance, nachdem Isley erst einmal seine Klauen in dich geschlagen hatte. Was gibt's da noch zu sagen?«

Dass er ein Heuchler war? Dass er ihre Familie aus Selbstsucht in Gefahr gebracht hatte? Winston fielen zig Selbstbeschuldigungen ein, und es machte ihn rasend, dass sie ihm noch nicht einmal eine einzige Sache vorwarf. Stattdessen war sie hinter ihren Schutzwall getreten, wo niemand ihren Schmerz oder ihre Wut sehen konnte. So wie sie es immer tat. Egal was passierte … Poppy bildete ein Ganzes, und er stand draußen.

13

Poppy schlüpfte aus der Kabine und machte sich auf den Weg zu den unteren Decks. Kurz nach ihrem Streit war Win gegangen. Himmel, sie wollte jetzt nicht an ihn denken. Sie weigerte sich, an ihn oder ihr Kind zu denken. Denn wenn sie das tat, würde sie anfangen zu schreien. Ihr Leben mit Win war manipuliert worden? Ihr Kind Isley ausgeliefert?

Blut strömte in ihren Mund, weil sie sich so fest auf die Lippe gebissen hatte. Fluchend schluckte sie den metallischen Geschmack herunter. Wie konnte Isley es wagen? Sie hatte Win für den verstoßenen Sohn eines Dukes gehalten. Doch in Wirklichkeit hatte er alles für sie aufgegeben. Für sie? Auf Kosten seiner und auf der ihres Kindes. Hass trübte ihren Blick, als sie sich zur hinteren Treppe des Schiffes begab. Isley würde dafür zahlen.

Sie würde das ganze Boot durchsuchen und dabei ganz unten anfangen. Der Dämon war dorthin geflohen, und Poppy sollte glauben, dass er zu Isleys Lakaien gehörte. Der Unterschied zwischen der ersten Klasse und der zweiten war fast unmerklich. Alles war immer noch schön, ja, sogar geschmackvoll ausgestattet. Es gab nicht ganz so viel Platz, und hier waren mehr Menschen untergebracht. Sie liefen umher, strebten dem großen Speisesaal oder den Spielzimmern, der Bibliothek oder dem Promenadendeck der zweiten Klasse zu. Wenn überhaupt lag hier mehr freudige Erregung in der Luft, denn diese Leute betrachteten die kurze Reise als ein Ereignis, als den Urlaub ihres Lebens.

Im Gegensatz vom Übergang von der ersten in die zweite Klasse erschien der Abstieg in die dritte Klasse wie der Eintritt in eine andere Welt. Hier gab es keine schönen Holzverschalungen, breiten Gänge und dicken Teppiche. Ihre Absätze klapperten auf nackten Dielenböden, während sie von einem Schatten in den nächsten trat, denn die Lampen waren hier deutlich weiter voneinander entfernt angebracht. Hier unten brummten die Motoren sehr viel lauter, und die Stimmen der Passagiere hallten von den nackten Wänden wider. Jemand sang. Ein Akkordeon keuchte und brachte einen Ton hervor, woraufhin eine Fidel zu spielen begann.

Scharenweise drängten sich die Leute durch die beengten Räumlichkeiten, und immer wieder berührten sich ihre Schultern, während sie ihren Angelegenheiten nachgingen. Isley würde diese Umgebung genießen. Wie die meisten Dämonen liebte er nichts mehr als die Gesellschaft von Menschen. Aus ihrer Lebendigkeit schöpfte er Energie. Poppy folgte den Klängen der Musik, bis sie in einen Speisesaal gelangte – einen spartanisch eingerichteten Raum mit weiß getünchten Wänden, gegen die die Holzstühle gerückt waren. Frauen unterhielten sich in kleinen Grüppchen, bestehend aus zwei oder drei Personen, während die Männer größere Runden bildeten. Lachende Kinder huschten wie Fischchen um die Erwachsenen herum. Es überraschte nicht weiter, dass sie alle noch wach waren und umherliefen. Auch für sie waren es eine Art Ferien.

Fröhliche Musik hallte durch den Raum, der Boden bebte unter den Tritten tanzender Füße. Die hier versammelten Männer und Frauen bildeten einen Kreis um eine Gruppe von Tänzern in der Mitte des Raumes.

Besonders eine Tänzerin zog alle Blicke auf sich. Die elfenhafte Frau, die Poppy gerade bis zur Schulter reichte, wirbelte herum und sprang. Sie stampfte im schnellen Takt der Musik mit den Füßen auf den Boden und zog damit die Männer in ihren Bann, während die meisten Frauen lächelten. Etwas anderes wäre angesichts der Fröhlichkeit, die sie ausstrahlte, auch kaum möglich gewesen. Die runden Wangen waren vom kraftvollen Tanz gerötet, und ihre Augen blitzten. Sie hatte keinen Tanzpartner. Sie brauchte keinen. Es stand außer Frage, dass ihr Können auf der Tanzfläche einmalig sein musste. Poppy kam näher und schob sich durch die Menge. Die junge Frau warf den Kopf nach hinten und lachte, während ihre Absätze immer schneller auf den Boden stampften. Der Mann mit der Fidel kam näher, sein Bogen flitzte mit fast unmenschlicher Geschwindigkeit über die Saiten. Immer wilder, immer schneller wurde die Musik. Zigeunermusik. Wunderbar anmutig, erotisch und verlockend.

Anfeuerungsrufe wurden laut. Die Leute fingen an zu klatschen. Der Mann mit der Fidel – ein langer, schlaksiger Kerl – grinste fröhlich verschmitzt hinter seinem schwarzen Bart.

Poppys Herz schlug im Takt mit der wilden Musik, als sie den Rand der Tanzfläche erreichte. Erregung durchströmte sie wie starker Wein. Sie hatte ihre Beute aufgestöbert, während diese gerade dabei war, die Menge zu betören und immer näher an sich heranzuziehen. In der Tat konnte sie sich gerade noch zurückhalten, nicht auch in den Kreis zu springen, zu tanzen und herumzuwirbeln. Ihre Arme hingen locker herab, aber die Hände waren zu Fäusten geballt, während sie ihre Beute nicht aus den Augen ließ und wusste, dass der Dämon ihre Gegenwart bald spüren würde – wenn er es nicht bereits getan hatte. Und tatsächlich trafen sich dann auch ihre Blicke. Jetzt blitzten die scheinbar unschuldigen Augen wahrlich teuflisch auf. Isley.

Poppy fixierte ihn mit ihrem Blick, und Isley verfehlte einen Ton. Es reichte, um Poppy zum Grinsen zu bringen. Mistkerl. *Versteckt unter diesen Leuten. Wie viele hat er bereits hereingelegt? Wie viele Seelen waren mit falschen Träumen und Verheißungen auf eine bessere Zukunft verspielt worden?*

Das Mädchen auf der Tanzfläche drehte sich schneller. Das goldene Haar verschwamm vor den Augen, während die Musik ihren Höhepunkt erreichte und der Mann mit der Fidel und die Tänzerin auf einmal aufhörten, als hätten sie sich miteinander abgesprochen. Die Menge um Poppy herum brüllte vor Begeisterung, doch ihr Blick blieb auf ihre Beute geheftet. Die Leute strömten nach vorn, um das Mädchen zu loben, das keuchend und grinsend dastand, während der Mann mit der Fidel sich entfernte, um den ihm angebotenen Wodka zu trinken.

Poppy zog sich in Richtung Tür zurück. Sie wusste, dass Isley ihr folgen würde. Im Gang war es kühler als im Saal. Sie ging auf eine Tür zu, an der PERSONAL stand, und knackte das Schloss mit Leichtigkeit. Der Frachtraum der ersten Klasse war riesig. Dass er sich im Quartier der dritten Klasse breitmachte, überraschte nicht weiter. Poppy ging zwischen aufgetürmten Frachtkisten entlang, die alle sicher vertäut waren. Der schwache Geruch nach Kohlen vermischte sich mit dem Holz der Kisten. Das Beben der riesigen Motoren und das fortwährende Klatschen der Schaufelräder, die sie antrieben, nahm sie fast wie etwas Lebendiges auf ihrer Haut wahr. Im Innern vibrierte sie. Doch Verstand und Herz waren ruhig. Sie hörte, wie sich die Tür hinter ihr wieder öffnete, und vernahm den Klang von Absätzen auf dem Stahlboden.

Mit einer Hand stützte sich Poppy an einer der Kisten ab. »Sie sind wirklich eine beeindruckende Tänzerin.«

Eine helle, weibliche Stimme hallte durch den Raum. »Ich war ziemlich großartig, nicht wahr?«

Poppy drehte sich zu der Gestalt um, die Isley sich erschaffen hatte. Denn es handelte sich um seine Schöpfung. Poppy wusste zwar nicht, wie er das genau bewerkstelligte, doch Isleys Körper waren so real wie ihr eigener, jedoch nicht von Gott erschaffen, sondern nach Isleys Willen. Soweit sie wusste, war er als einziger Dämon dazu in der Lage. Andere Dämonen brauchten das Blut – sei es durch Inbesitznahme oder durch Diebstahl – eines Menschen, um ihre Gestalt zu verwandeln.

Der weibliche Isley hatte etwas sehr Junges, Verschmitztes an sich, als er sich so stolz vor Poppy präsentierte. Die biss sich von innen auf die Unterlippe. »Ich könnte mir denken, dass Sie nach dieser Zurschaustellung viele Angebote erhalten haben.«

Isley schüttelte seine Röcke aus. »Oh, viele. Aber leider alle von Männern, und ich habe festgestellt, dass ich die Freuden mit dem männlichen Geschlecht nicht mehr genieße.« Niedliche rosige Wangen verzogen sich zu einem Lächeln. »Da es keine Anhängerinnen der Lehre Sapphos an Bord zu geben scheint, glaube ich, es ist durchaus vertretbar, wenn ich wieder männliche Gestalt annehme, um meine Erfolgsaussichten bei den Damen zu erhöhen.« Seine Augen blitzten weiß auf, als er Poppy ansah. »Und wie geht es dem lieben Winston?«

Poppy verschränkte die Arme vor der Brust und lehnte sich gegen eine der Kisten. Ihre Muskeln zuckten vor Verlangen zuzuschlagen, und ihre Wangen schmerzten, weil sie so mühsam die Worte zurückhielt, die sie herausbrüllen wollte. Er wagte es, ihre Familie zu bedrohen. Ihr Kind. Ihre Hände ballten sich zu festen Fäusten. »Ich muss sagen, Isley … ich bin enttäuscht. Hatten Sie so große Angst vor einer Begegnung mit mir, dass Sie dafür sorgen mussten, diese auf dem Wasser stattfinden zu lassen, wo ich Sie nicht in Ihr Gefängnis zurückschicken kann?«

Die weiße Iris rötete sich. »Dieses Mal werden Sie nicht so viel Glück haben, Mädchen.«

»Treten Sie mir auf festem Boden gegenüber und sagen Sie das noch einmal.« Es juckte ihr in den Fingern, eine Klinge zu zücken und ihm den Hals durchzuschneiden. Und sei es auch nur, um ihm einen Anflug von Schmerz zuzufügen.

Isley kam gemächlichen Schritts näher und brachte alle Weiblichkeit zum Tragen, die er in dieser Gestalt besaß. Bei jedem Schritt schwangen die weiten Röcke einer arbeitenden Frau um seine Beine. »Wir werden sehen.« Er warf ihr einen koketten Blick über die Schulter zu. Er befand sich nur drei Meter von ihr entfernt und nah genug, dass ihre Sinne den Duft von Patschuli wahrnahmen, der sich mit Holzrauch vermischte. Sein kalter Blick glitt noch einmal über sie. »Jetzt, wo Sie erwachsen sind, erinnern Sie mich an Ihre Mutter. Sie haben ihr verlockendes Selbstvertrauen und denselben strengen, gnadenlosen Blick.«

»Und Sie haben sich kein bisschen verändert. Sie sind immer noch derselbe Unsinn redende Langweiler.«

Er verzog die Lippen. »Wie kommen Sie darauf, dass mein Interesse Ihnen gilt? Winston Lane ist so voller Seelenpein.« Seine scharfen Zähne blitzten auf. »Genau die Art von Mahl, die mir mundet.«

»Ach ja, diese absurde Vorstellung, Sie hätten irgendwelche Rechte auf die Seele meines Kindes.« Bitterkeit erfüllte sie, als sie diese Worte sprach, doch sie ließ es sich nicht anmerken.

»Kein bisschen absurd. Ihr Gatte hat es recht eindeutig unterschrieben.«

Poppys Blick blieb auf Isley gerichtet, doch ansonsten stand sie regungslos da. »Versuchen Sie mir ja nicht weiszumachen, Sie wollten mich am Ende nicht doch quälen. Ansonsten hätten Sie mir nicht dieses charmante Telegramm geschickt.«

»Und da sind Sie.« Wieder grinste er. »Kommen angerannt, um ein weiteres Familienmitglied zu retten, das es nicht wert ist.«

Am Ende war es doch zu schwer, ihre Stimme gleichmütig klingen zu lassen. »Lassen Sie Winston aus der Sache raus, dann regeln wir das ein für alle Mal zwischen uns.«

»Nein. Er ist den Handel eingegangen. Da muss er sich selber wieder rauswinden.«

»Er ist diesen Handel meinetwegen eingegangen!« *Kämpfe nicht mit ihm. Noch nicht.* Trotzdem machte sie unwillkürlich einen Schritt auf ihn zu.

»Ja«, fuhr Isley sie an. »Das ist er. Und Sie werden unter dem Wissen zu leiden haben, dass der aufrechte Winston Lane durch Sie in den Untergang getrieben worden ist.«

»Mistkerl.«

»Nein! Ich bin die Vergangenheit, die zurückgekehrt ist und Sie jetzt verfolgt«, erwiderte er plötzlich heftig. »Ich werde beobachten, wie Sie taumeln, wie Sie kämpfen und wie Sie zusehen, wie Ihr Mann stirbt und Ihr Glück mit ihm.« Blitzartig stand er plötzlich vor ihr, aber nicht als das junge Mädchen, sondern als Winston.

Hass brannte in den eisblauen Augen, die genau wie die von Winston aussahen. Aber das war nicht Win, sagte sie zu sich selbst. Sein vernarbtes Gesicht verzerrte sich unter der heftigen Wut, die ihn erfüllte. »Sie werden spüren, was ich spürte, als Sie mich vor vierzehn Jahren verfolgt haben. Sie sollen den gleichen Zorn wie ich spüren, als ich von einem dummen

Mädchen während eines Wutanfalls in die Unterwelt getrieben wurde.«

Er rückte näher, sodass seine Brust sie fast berührte. »Ich werde zusehen, wie Sie dafür zahlen. Und ich werde Ihr Kind nehmen.«

Da schlug Poppy zu, ein kräftiger Hieb auf die Luftröhre. Isley keuchte, und seine Stirn traf ihre Schulter, als er sich unter der Wucht des Angriffs krümmte. Poppy wirbelte herum, packte sein Handgelenk und rammte ihm im selben Moment den Ellbogen in den Rücken. Sein Arm überdehnte, der Knochen kugelte aus dem Gelenk. Isley kreischte. Sein Gegenschlag traf sie am Brustbein. Poppy flog nach hinten und krachte mit so viel Wucht auf den Boden, dass sie das Gefühl hatte, die Hirnmasse würde in ihrem Schädel schwappen, während sie mehrere Meter über den Boden rutschte.

Dieser Ruck, der durch ihren Körper ging, brachte sie wieder zur Vernunft. Sie konnte sich solch eine physische Auseinandersetzung nicht leisten. Nicht jetzt. Isley kam auf sie zu. Der rasende Zorn entzündete lauter übernatürliche Flammen, die über seinen Körper tanzten. Der eine Arm hing nutzlos an seiner Seite, und Isley sah Winston so ähnlich, dass sie einen schmerzhaften Stich in der Brust verspürte. Sie rappelte sich auf und packte eine der Brechstangen, die an der Wand hingen.

Isley verharrte einen Moment. Seine Augen funkelten, als er lachte. »Und was haben Sie damit vor, Poppy Ann?« Das Grinsen verzerrte sich zu einer boshaften Fratze, die auf Winstons Gesicht abscheulich anzusehen war. »Sie können nur hoffen, dass ich die nicht zu fassen bekomme und Ihnen den Arm breche, wie Sie es bei mir getan haben.«

Poppy umfasste die Stange fester. »Es tut weh, nicht wahr? Gut.«

Im nächsten Moment stürzte er sich auf sie. Seine Faust traf sie seitlich am Kopf, vor ihren Augen erschienen schwarze Punkte. *Nicht Win, das ist nicht Win.* Poppy holte nach dem Gesicht aus, das sie schon seit so langer Zeit liebte, doch Isley fing den Schlag ab und schleuderte sie zu Boden, um sie dann mit seinem Gewicht unten zu halten, sodass sie nicht nach ihm treten konnte. Seine Knie drückten auf ihre Arme, wodurch er verhinderte, dass sie ihn zu fassen bekam, während er sie bei der Kehle packte und ihr die Luftröhre zuschnürte. Sie zuckte auf dem kalten Boden. Die schwarzen Punkte vor ihren Augen vergrößerten sich.

»Ich könnte Ihre Kehle mit einem Druck zermalmen«, wisperte er.

Wins Gesicht schaute auf sie herab … kalt, gleichgültig. Unter Umständen war es das Letzte, was sie sehen würde. Dass es gar nicht Win war, sondern nur ein krankes Abbild, ließ Wut durch ihre Glieder strömen. Voller Zorn sah sie zu ihm auf.

»Na los«, würgte sie hervor. »Bringen Sie mich um, wie Sie schon meine Mutter umgebracht haben.«

Isley zögerte, als hätte er nicht mit einer solchen Herausforderung gerechnet. Sein Griff lockerte sich ein bisschen. Poppy atmete tief ein. Isley runzelte die Stirn. »Warum gehen Sie davon aus, dass sie immer recht hatte, Mädchen?« Ihre Zähne klapperten, als er sie schüttelte. »Was haben ihre Ränke Ihnen gebracht? Einsamkeit, eine auf Lügen aufgebaute Ehe, die Enttäuschung und das Misstrauen Ihrer Schwestern?«

»Es reicht!« Sie würde nicht zulassen, dass er sein Netz aus Intrigen spann.

Sein Gewicht drückte sie zu Boden. »Nein, meine Liebe. Es reicht noch nicht einmal annähernd. Sie gehen mit Scheuklappen durchs Leben und sonnen sich in vermeintlicher moralischer Überlegenheit. Ich will verdammt sein, wenn Sie nicht einen Ehemann gefunden haben, der genau wie Sie ist.«

»Dann wollen Sie uns also eine Lektion erteilen?« Sie lachte, obwohl ihre Kehle durch seinen Griff schmerzte. »Mir wird gleich schlecht.«

Isley knurrte und beugte sich so tief über sie, als wollte er an ihr riechen. »Sie könnten wie ich sein. Wenn Sie von diesen Regeln ablassen und anfangen würden, wirklich zu leben, könnten Sie wie ich sein.« Er wich zurück, um sie loszulassen, und der Druck begann von ihren Armen zu weichen. Das war genug.

Sie packte die Hand, die immer noch ihren Hals festhielt, und setzte ihre Energie frei. Eis schlug über ihm zusammen und ließ ihn an Ort und Stelle erstarren. Er würde sich gleich wieder befreien, aber erst, wenn sie mit ihm fertig war. Energie tanzte über ihre Haut, während sie sie in seinen Körper strömen ließ, damit er weiter in diesem gefrorenen Zustand blieb. Nur seine Augen ließen erkennen, dass er jedes Wort hörte, das sie sprach. »In diesem Moment sind Sie mir in verhängnisvoller Weise ähnlich.«

Mit der freien Hand griff sie nach der Brechstange, die neben ihr lag. Ächzend holte sie damit weit aus. Sein Kopf zersprang wie kostbares Kristall, und unter der Wucht des Schlags flogen Eissplitter in alle Richtungen. »Ihr Körper besteht fast gänzlich aus Wasser.« Sie ließ ihn los, und sein Körper krachte zu Boden, wo er in tausend Teile zerbrach.

Dunkler Rauch stieg von den zerstörten Überresten von Isleys Körper auf, und ein markerschütternder Schrei hallte durch den Raum. Der Rauch zog sich zusammen, wurde dunkler und nahm allmählich menschliche Gestalt an. Der schwarze, sich windende Körper schwebte über ihr, während sich rot glühende Augen an jener Stelle bildeten, an der das Gesicht sein sollte.

Poppy kam vom Boden hoch und sah das Wesen direkt an. Die schwarze Masse brach auseinander, zog sich aber sofort um sie herum zusammen. Ein Sturm aus übernatürlichen Winden zerrte an ihrer Kleidung und peitschte über ihre Haut. Isleys Knurren war aus allen Richtungen zu hören. »Weiß Winston Lane, dass Sie um ihn weinen? Weiß er, dass Sie ihn unbedingt zurückhaben wollen?«

Er versuchte nach irgendeinem Strohhalm zu greifen, indem er nach Schwachpunkten bei ihr suchte. Sie verharrte regungslos in dem Sturm. »Kehren Sie in die Hölle zurück, in die Sie gehören, Isley.«

Der Wind nahm zu und blendete sie fast. »Nur wenn Sie mit mir kommen, Poppy Ann.« Und dann war er fort.

14

London, 1869 – Endlich im Bett

»Er ist so heiß.«

Winston stieß ein ersticktes Lachen aus. »Nicht nur er.« Lust und die Tatsache, dass Poppy Ellis ihre schlanke, kühle Hand um seine Männlichkeit gelegt hatte, ließen ihn zittern. Er strich mit einem Finger über ihren schlanken Hals, ehe er einen Kuss auf die köstliche kleine Stelle drückte, wo ihr Puls pochte. »Und das ist alles deine Schuld.«

Er lag mit offenem Hemd und aufgeknöpfter Hose auf ihrem Bett und staunte darüber, wie es dazu gekommen war. Nun ja, er wusste schon wie. Er hatte sich wie ein Dieb in ihr Zimmer geschlichen. Wie es ihr gelungen war, ihn praktisch komplett auszuziehen, während sie ihre Kleidung anbehalten hatte, war die Frage, die er sich nicht beantworten konnte. Doch das würde er ändern. Er öffnete einen weiteren der hundert kleinen Perlknöpfe, die ihr Nachtgewand vorne schlossen, während er sie sanft küsste.

Sie streichelte ihn, um zu sehen, wie er reagierte, und er stöhnte, während seine Lippen an ihren hingen. »Poppy. Du beraubst mich meiner Manneskraft.« Noch ein Knopf ging auf.

»Ich dachte, er würde sich kühl anfühlen. Ein bisschen sogar wie eine Schlange.«

»Wie eine Schlange?« Seine Stimme klang erstickt. »Wie, um Himmels Willen … oh, Gott …« er hob die Hüften, um ihrer Berührung entgegenzukommen. »Mach das noch mal … fester.« Seine Schenkel zitterten, und seine Hoden zogen sich schmerzhaft zusammen. Und er liebte dieses Gefühl. Er fuhr sich mit der Zunge über die Lippen. »W-wie bist du denn auf die Idee gekommen?«

»Na ja«, sie küsste ihn auf den Hals und streichelte ihn immer schneller. »Auf den Bildern, die ich gesehen habe, scheint er einfach am Körper herunterzuhängen.«

Er lachte, wobei der Laut von ihrer feuchten Haut gedämpft wurde. Seine Finger hatten jetzt etwas Hektisches, während sie versuchten, zum Ziel zu gelangen. Das Nachtgewand öffnete sich, und die herrliche Rundung ihrer kleinen Brust offenbarte sich seinem Blick.

Win war zu keinem klaren Gedanken mehr in der Lage, dann wurden sie nur noch von seiner Lust beherrscht. Seine Hand zitterte förmlich, als er sie unter den zarten Stoff schob und das weiche Fleisch umfasste. Himmel! Das fühlte sich so gut an. Er hatte noch nie einen Busen angefasst, aber er war sich ziemlich sicher, dass kein anderer so herrliche Empfindungen bei ihm auslösen würde wie der von Poppy Ellis.

Seine Berührung ließ Poppy innehalten, und sie gab einen leisen Laut von sich. Lust. Er konnte es daran erkennen, wie sich ihre Lippen mit einem Hauch öffneten. Er beugte sich vor und erhaschte einen Kuss, ehe er ihre Brust leicht drückte, um zu sehen, was passierte. Sie gab wieder diesen leisen Laut von sich.

Unter seiner Hand begann sich die seidige Spitze zu heben. Ungeduldig zerrte er das Gewand zur Seite, um besser sehen zu können. Sie war wunderschön, herrlich und einfach vollkommen. Ihr Nippel zog sich zu einer rosigen Knospe zusammen und wurde steif. Er strich mit dem Daumen darüber und genoss, wie sie sich anfühlte und Poppy sich angesichts seiner liebevollen Zuwendung wand. Das Wasser lief ihm im Munde zusammen. Er wollte an dieser Spitze saugen und gerade so stark hineinbeißen, um zu spüren, wie sie zwischen seinen Zähnen nachgab. Er schwoll noch mehr an.

»Win.« Ihr Mund fand seinen und saugte sich an ihm fest, um ihn mit der Zunge zu erforschen und weiter zu reizen, während sie wieder anfing ihn zu streicheln. »Win.«

»Bin da«, murmelte er. Wenn er nun … Er kniff zart in ihre Brustspitze, und sie stöhnte. Es stieg eine solche Hitze in ihm auf, dass er kaum mehr atmen konnte. Seine Männlichkeit zuckte in ihrer Hand. Er wollte in ihr sein. Er hatte keine Ahnung, wie sich das anfühlen würde, und plötzlich musste er es unbedingt herausfinden.

Seine freie Hand glitt zu ihrem Knie und schob ihr Gewand hoch, um an ihre kühle, glatte Haut zu gelangen. Sie hatte endlos lange Beine, die er gern genüsslich erforschen wollte … aber nicht jetzt, sondern irgendwann einmal. Beiden stockte der Atem, als er die Löckchen in ihrem Schoß berührte und dann ihre feuchte Haut entdeckte. Sie war nass. So würde es sich in ihr anfühlen. Heiß und nass. Er streichelte sie und erforschte sie mit zarten Berührungen, die schnell fester wurden. Diesmal war es Poppy, die ihre Hüften anhob.

»Oh Gott, Win.« Sie keuchte und drückte sich gegen seine Hand. »Mach das noch einmal.«

Er kam ihrem Wunsch nach und berührte die heißeste Stelle ihres Körpers. »Wie gefällt dir das, Pop?«

Er sah, wie sie mühsam schluckte. »Sanfter.«

»Sanfter? So?« Zart, ganz zart strich er mit dem Daumen um ihre Knospe.

Sie stöhnte, und ihre langen Beine öffneten sich wie die

Seiten eines Buches, das seine Geheimnisse preisgibt. Win schluckte krampfhaft. Er schaute nach unten.

»Wundervoll.« Dunkelrote Löckchen, rosig glänzende Schamlippen. Sie nahmen all seine Aufmerksamkeit ein, und langsam erforschte er jeden Zentimeter, während sie sich wand, ihm die Hüften entgegenhob und so ermutigte weiter vorzudringen. Er konnte sich nicht mehr zurückhalten und schob einen Finger in sie hinein. Heiß, nass und eng. Stöhnend schloss er die Augen. Es würde himmlisch sein mit ihr. Sein männlichster Teil stimmte voll mit ihm überein und drängte sich gegen ihre jetzt schlaffe Hand. Fast schien sie seine wortlose Bitte gehört zu haben, denn sie umfasste ihn wieder fest.

Mit entschlossener Miene schaute sie zu ihm auf. »Win, komm in mich hinein.«

Winston hielt sich selbst für vernünftig, und obwohl er keuchte und sein Körper vor Verlangen förmlich zitterte, zögerte er. »Wir sind nicht verheiratet.«

Sie erstarrte, als er ihr dies zuraunte. Ihre rote Zunge schoss hervor, um sich die Lippen zu befeuchten, sodass sein Blick wie gebannt an ihnen hing. Er zwang sich, ihr wieder in die Augen zu sehen. Wie benommen schaute sie ihn an. »Nein. Aber Win …« Ihre Wangen wurden feuerrot. »Ich brauche dich.«

Er küsste sie voller Leidenschaft und zeigte ihr damit, wie sehr auch er sie brauchte. Sein Finger drang tiefer in sie ein, was mit einem Wimmern von ihr belohnt wurde, und das Herz sprang ihm fast aus der Brust. Trotzdem zog er sich zurück. »Du weißt, wie sehr ich dich will«, sagte er und musste sich dabei beherrschen, sie nicht weiter zu streicheln. »Aber ich werde dich nicht entehren …«

»Das ist kein Entehren.« Sie zog ihn enger an sich. »Nicht, wenn ich es will … wenn wir es wollen.«

Fast hätte sie ihn damit überzeugt. Fast. Sein Blick heftete sich auf ihr Gesicht. »Heißt das, dass wir heiraten werden?«

Vielleicht würde er später darüber nachdenken, wie ein Mensch solch heftiges Verlangen empfinden konnte, während er gleichzeitig von so intensiver Qual erfüllt war. Aber jetzt nahm er langsam seine Hand von ihr, während sich ein verschlossener Ausdruck über ihr Gesicht legte, der ihm Antwort gab, ehe sie sprach. »Ich kann nicht.«

Er stemmte sich hoch und setzte sich hin. »Poppy, Liebling, ich muss dich fragen … Warum zum Teufel kannst du nicht?« Fluchend drückend er die Hände auf seine Augen. »Was machen wir hier eigentlich?«

»Ich dachte, das wäre klar.« Das Bett quietschte, als sie sich aufsetzte. Er wagte einen schnellen Blick. Sie war dabei, ihr Nachthemd wieder zuzuknöpfen.

Seufzend rückte er seine Hose zurecht und versuchte ebenfalls, seine Kleidung wieder in Ordnung zu bringen, ehe er aus ihrem viel zu einladenden Bett stieg. Als er sich erhob, sah er sie an. »Mach jetzt keine Ausflüchte, Poppy. Du hast mich mitten in der Nacht in dein Zimmer eingeladen …«

»Ich habe keine Einwände von dir gehört.«

»Hast mir deine Jungfräulichkeit angeboten«, übertönte er sie einfach, »und trotzdem lehnst du weiterhin meinen Antrag ab.« Was ihn mehr verletzte, als er eingestehen mochte. »Warum? Ich muss zugeben, dass ich dein Verhalten nicht begreife.«

Sie saß mit untergeschlagenen Beinen vor ihm, und ein störrischer Ausdruck lag auf ihrem Gesicht.

»Warum?«, fragte er noch einmal, als sie nicht antwortete.

Poppys Wangen bekamen Farbe und wurden allmählich knallrot. »Ich habe nicht mit dem hier gerechnet. Ich habe nicht mit dir gerechnet. Ich bin überhaupt nicht auf die Idee gekommen, dass …« Sie stockte. »Dass …«

Er trat näher. »Dass was?«

Sie senkte den Kopf. »Dass jemand mich würde haben wollen.«

»Dich würde haben wollen?«, wiederholte er verblüfft. Er sank neben dem Bett auf die Knie und nahm ihre kalte Hand in seine. »Ich will dich nicht nur. Ich liebe dich!«

»Ich weiß«, flüsterte sie mit blassem Gesicht. »Und das macht es noch viel schlimmer. Deine Liebe ist wie ein Wunder für mich … und ich kann sie nicht annehmen.«

Einen Moment lang konnte er sie nur anstarren. In seinem ganzen Leben hatte er diese Worte noch nie gesagt … hatte sie noch nicht einmal für eine andere Menschenseele empfunden. Und was kam von ihr zurück? Nichts. Keine Bestätigung. Als er wieder seiner Stimme mächtig war, klang sie schwach und heiser. »Um Himmels Willen, Poppy, sag mir zumindest warum.«

Ihre Augenlider flatterten. »Du bist der Sohn eines Dukes.«

Das taube Gefühl breitete sich von seinem Gesicht bis in die Finger aus. Trotz des Dröhnens in seinen Ohren hörte er sich fragen: »Hat mein Vater mit dir Kontakt aufgenommen?«

Ihre Hand glitt nach unten. »Nicht nur mit mir, sondern auch mit meinem Vater. Er wird uns in den Ruin treiben, wenn ich weiterhin deine Gesellschaft suche.«

»Wir können ihn nicht gewinnen lassen!« Er hieb mit der Faust auf ihr Bett, und das Gestell bebte. »Wir heiraten, und dann wird er damit aufhören …«

»Nicht einmal du glaubst das, Win.« Ihre braunen Augen wirkten plötzlich sehr alt und erschöpft. »Er wird uns dafür zahlen lassen, dass wir uns gegen ihn aufgelehnt haben. Ich glaube, das weißt du selber auch.«

»Dann gehen wir eben weg. Wir könnten nach Amerika oder …«

»Win.« Poppy legte eine bemerkenswert ruhige Hand an seine Wange. »Ich kann London nicht verlassen. Mein Leben ist hier. Und es ist kompliziert.« Ihre Hand sank wieder nach unten. »Es lag nie in meiner Absicht, dass es so weit geht. Aber bei dir konnte ich mich einfach nicht zurückhalten.«

»Du …« Ihm stockte der Atem. Das war so demütigend. Und trotzdem schaffte er es nicht, seinen Kopf daran zu hindern, in ihren Schoß zu sinken. »Lass mich nicht ohne dich leben, Boudicca. Ich schaffe das nicht.«

Er hörte, wie sie tief durchatmete und dann die Hand auf seinen Kopf legte, um ihm übers Haar zu streichen. Er reagierte nicht auf die Berührung. In seinem Inneren herrschte völlige Kälte. Ihm war so kalt, dass sein Körper bebte und seine Kehle sich krampfhaft zusammenzog. »Du bist mein Ein und Alles.«

»Und du meine Glückseligkeit. Aber wir werden beide unser Leben getrennt voneinander fortführen müssen«, wisperte sie und brach ihm damit das Herz. Es zerriss ihm die Seele. Ihr Körper hüllte ihn ein, als sie sich über ihn beugte und seine Wange küsste. »Können wir nicht diese eine Nacht haben, um uns voneinander zu verabschieden?«

Mit einem Ruck war er vom Bett fort. Schweratmend kam er hoch. »Wenn du dachtest, ich würde bei diesem … Abschied mitspielen …« Er rieb sich mit der Hand über die Wange, um die demütigende Träne wegzuwischen, die herunterlief. »Dann weißt du gar nichts über mich. Leben Sie wohl, Ms Ellis.«

Dann ging er und wusste doch, dass seine letzten Worte eine Lüge gewesen waren. Er würde ihr niemals wahrhaft Lebewohl sagen können. Sie war bereits ein Teil seiner Seele geworden … ob er es nun wollte oder nicht.

15

Poppy musste von diesem verdammten Boot runter. Wie man es aushalten konnte, wochenlang auf einem Schiff eingesperrt zu sein, war ihr schleierhaft. Denn sie musste unter den gegebenen Umständen immer wieder den überwältigenden Drang unterdrücken, mit den Fäusten auf die Wände einzuschlagen oder die anderen Passagiere anzuschreien, von denen die meisten die ärgerliche Angewohnheit besaßen, ihr einen guten Morgen zu wünschen, wenn es ihr doch viel lieber gewesen wäre, sie würden sie in Ruhe lassen. Immer diese verdammten höflichen Umgangsformen.

Sie ging schneller, als ein anderes Paar in den Flur trat und auf sie zukam. Zumindest diese beiden waren schlau genug, ihre versteinerte Miene und die Tatsache, dass sie ihren Blicken auswich, richtig als Zeichen zu deuten, sich von ihr fernzuhalten. Poppy ging an ihnen vorbei und gelangte ins Foyer der ersten Klasse. Durch die mit Mahagoni vertäfelten Wände, die Fenster aus buntem Glas und seine Höhe gab der wunderschöne Raum einem das Gefühl, eine Kathedrale und zugleich eine Bibliothek zu betreten. Das fiel ihr nur auf, weil es etwas war, über das Win eine Bemerkung gemacht hätte. Die Schönheit des Raumes übte jedoch keine beruhigende Wirkung auf die Stimmung aus, in der sie sich seit heute Morgen befand, als sie sich für den bevorstehenden Tag zurechtgemacht hatte.

Die Absätze ihrer Stiefel klapperten, als sie die Haupttreppe schnell heruntergeeilt kam, was ihr mehrere strafende Blicke eintrug. Diese Blicke halfen ihr, sich hinter die wunderbar hohe Schutzmauer zurückzuziehen, die sie errichtet hatte, um ihre Emotionen in Schach zu halten. Sie schlüpfte an müßig herumstehenden Passagieren vorbei, die sich über die zu harten Frühstückseier beklagten. Zu beiden Seiten des Eingangs zum Speisesaal standen hohe Palmen in Kübeln.

Er saß an einem Tisch am anderen Ende des Raumes, wo riesige Dachflächenfenster trübes Tageslicht einließen. Er hatte so eine Art an sich, sehr gerade, mit ordentlich nebeneinander abgestellten Füßen und locker hängenden Armen zu sitzen, die eigentlich arrogant hätte wirken müssen. Doch das war nicht der Fall. Sie wusste nicht, ob es an seinen breiten Schultern, den knorrigen Handgelenken, die aus den Ärmeln herausschauten, oder der strengen, von ungekämmtem Haar umrahmten Miene lag, doch er wirkte eher wie ein Wilder, der den Gentleman nur spielte. Und sie hatte keinen Zweifel daran, dass er sofort reagieren würde, wenn sie das Wurfmesser zückte, das sie in der Tasche barg. Wins größte Begabung bestand darin, alle Welt glauben zu machen, er wäre harmlos. Wie die Spinne bei der Fliege gewann er das Vertrauen von Menschen, ehe er ihnen ihre Geheimnisse entrang. Das empfand sie gleichermaßen als unerträglich und erregend, und keinem anderen Mann war es je auch nur annähernd gelungen, diese Empfindungen in ihr zu wecken.

Sie näherte sich ihm und wusste, dass er sie längst bemerkt hatte. Sie bildete sich ein, das an seinen schönen, strengen Zügen zu erkennen, die sich verhärteten. Trotzdem ließ er sich zunächst nichts anmerken, sondern erhob sich erst mit einer geschmeidigen Bewegung, als sie den Tisch fast erreicht hatte, um ihr einen Stuhl zurechtzurücken.

»Guten Morgen«, begrüßte er sie mit rauer Stimme. »Hast du schon etwas gegessen?«

Sie setzte sich, während er frischen Kaffee in seine Tasse goss und sie ihr hinschob. »Nein.« Dankbar nahm sie einen Schluck.

Er runzelte die Stirn, was ihn durch die Narben nur noch anrüchiger aussehen ließ. »Du solltest mehr auf dich achten. Das Kind braucht Nahrung.«

Die Tasse klirrte, als sie sie wieder abstellte. »Was ja doch nicht klappt, wenn ich das Essen gleich wieder von mir gebe.« Sie sah finster auf ihre Hände und wusste, dass er sie anstarrte. »Mir ist leicht übel heute Morgen.«

Ihre Brust schmerzte, wo Isleys Schlag sie getroffen hatte, und ihr Kopf dröhnte. Sie hätte am liebsten geschlafen, obwohl sie doch gerade erst aufgestanden war. Wie gern hätte sie ihre Last für eine kurze Weile jemand anders überlassen. Ach, verdammt, sie wollte nur von diesem großen, schaukelnden Gefängnis runter. Da das in ein paar Stunden der Fall sein würde, wollte sie deshalb nicht mehr hadern und hob langsam den Kopf, um ihn anzusehen. Wins Blick gab nichts von seinen Gefühlen preis.

»Ich nehme an, du hast einen Plan.« Sie nahm noch einen Schluck vom Kaffee, und es ging ihr ein bisschen besser. Vielleicht sollte sie doch ein kleines Milchbrötchen zu sich nehmen.

»Ja.« Win hob die Hand, und ein Kellner kam auf sie zu. »Diese Moira Darling ausfindig machen und den Fall für diesen Mistkerl lösen.« Er wandte sich an den Kellner. »Meine Frau nimmt…«

»Milchbrötchen«, ergänzte sie. Als der Kellner wieder fort war, drehte sie sich zu Win um. »Das hast du immer gekonnt, nicht wahr? Wie machst du das?«

Um seine herrlich strengen Lippen ging ein Zucken, und aufs Neue wurde sie von dem Verlagen erfasst, diese Lippen zu küssen. »Weil du wie ein offenes Buch für mich bist.« Das Lächeln verblasste. »Oder zumindest dachte ich das einmal.«

Das Herz schlug ihr bis zum Hals. »Das scheine ich aber wohl immer noch in gewisser Hinsicht zu sein, denn du wusstest, dass ich etwas essen wollte.«

»Das ist dann wohl so«, murmelte er und stibitzte einen Schluck vom Kaffee.

»Win?« Poppy fuhr mit einem Finger an der marmornen Tischkante entlang und beobachtete sich selbst dabei, statt ihm ins Gesicht zu sehen. »Hätte es … Wäre es dir lieber gewesen, wenn ich meine Wut eher mit … Worten zum Ausdruck gebracht hätte? Ich meine im Verlauf der Jahre.« Verdammt, aber ihre Wangen waren mittlerweile ganz heiß geworden.

Er stellte die Tasse auf die Untertasse zurück. »Wäre es denn so furchtbar gewesen? Wäre es so schlimm gewesen, mich einzubeziehen … mich deine Last mittragen zu lassen?«

Ihr Finger strich an der Tischkante hin und her. Sie räusperte sich. »Ich dachte, du würdest es lieber sehen, wenn deine Ehefrau zumindest ein paar weibliche Tugenden zeigt.«

Aus dem Augenwinkel sah sie, dass er sich auf seinem Stuhl zurücklehnte, und zwang sich aufzuschauen. Er hatte die Arme vor seiner schlanken Mitte verschränkt. Ein leicht sarkastisches Lächeln funkelte in seinen Augen, aber eine unterschwellige Verärgerung war ihm auch anzumerken. »Aha. Dann hättest du es wohl auch lieber gehabt, wenn ich mich wie ein normaler Ehemann verhalten und von dir verlangt hätte, zu Hause zu bleiben, meine Socken zu stopfen und so weiter?!«

»Das ist ja wohl kaum dasselbe.«

»Ach ja?« Er nahm die Schultern zurück. »Ich hatte eigentlich den Eindruck, dass uns das, was wir *nicht* waren, genauso zusammenbrachte wie das, was wir waren.«

Typische Winston-Logik. Ihr Gesicht wurde noch heißer. In der ihm eigenen Art setzte er sich mit genau abgezirkelten Bewegungen wieder aufrecht hin. »Ich habe eine Spur, der ich in London folgen werde. Die Komtess Krogstad. Ich habe noch nie von ihr gehört, aber sie hat den Dämon offensichtlich vor sechzehn Jahren als Lord Isley gekannt.«

»Ich kenne sie«, platzte Poppy heraus. »Sie lebt in Chelsea.«

Mit seinen blaugrauen Augen sah er sie durchdringend an. »Woher kennst du sie?« Die eigentlich Frage lautete jedoch: *Wann während unserer Ehe hast du mit einer Komtess verkehrt? Und warum?*

Sie verweigerte ihm eine Rechtfertigung und erklärte: »Sie gehört der Halbwelt an und ist Mitglied der Ästhetischen Bewegung, was bedeutet, dass sie viel mit, sagen wir, Exzentrikern zu tun hat. Das versetzt sie in die Lage, schnell von bestimmten übernatürlichen Aktivitäten zu erfahren.« Poppy verstummte, als der Kellner zurückkehrte und einen Korb mit frisch gebackenen Brötchen und zwei Teller auf den Tisch stellte. Allein schon vom Duft lief ihr buchstäblich das Wasser im Munde zusammen, und sie machte sich sofort über eines der Milchbrötchen her. Sie kaute genüsslich, ehe sie den Bissen mit einem weiteren Schluck Kaffee herunterspülte. Himmlisch. »Die Komtess ist jahrelang eine Informantin der Gesellschaft gewesen.«

»Hm.« Win nahm sich ein Brötchen und brach ein Stückchen davon ab, ehe er es sich in den Mund steckte. Im Gegensatz zu ihren blieben seine Manieren immer tadellos. Nun ja, dachte sie gereizt, er litt schließlich auch nicht unter Heißhungerattacken. Wieder biss sie ein großes Stück von ihrem Brötchen ab.

»Ihre Befragung«, meinte er, »sollte dann ja ziemlich problemlos verlaufen.«

Poppy zwang sich dazu, von ihrem Brötchen abzulassen. »Win, ich möchte dir helfen.«

Er bedachte sie mit diesem speziellen Blick, der alles sah, doch nichts preisgab, wenn er es nicht wollte. »Ich möchte, dass du mir hilfst«, erwiderte er leise, und ihr wurde innerlich ganz warm.

»Schön.« Sie nickte und biss schnell noch einmal von ihrem Brötchen ab.

Er sah so aus, als wollte er noch etwas sagen, deshalb kam sie ihm zuvor, denn sie wollte nicht, dass er über den gestrigen Abend sprach, ehe sie dazu bereit war. »Wir werden diesen Fall lösen, die verdammte Vereinbarung aus der Welt schaffen, Isley fangen und dann …«

»Und dann?«, hakte er nach. Er klang gelassen, fast schon träge, doch es legte sich wieder ein verschlossener Ausdruck auf sein Gesicht. »Was dann, Poppy?«

Das Herz schlug ihr bis zum Hals. Erdreistete er sich etwa, von ihr zu verlangen, dass *sie* fragte? Dass *sie* ihn anflehte, eine Familie zu bilden? So nicht. Sie umklammerte die glatte Wölbung der Kaffeetasse. »Und dann wird diese Sache erledigt sein.«

Irgendetwas erlosch in seinen Augen, als wäre eine Flamme ausgepustet worden, und wieder bekam sie das Gefühl, eine Prüfung, der er sie unterzogen hatte, nicht bestanden zu haben. Das weckte in ihr den Wunsch, die Tasse quer durch den Raum zu werfen und zuzusehen, wie sie zerbrach. Ruhig erwiderte sie seinen Blick.

»Gut«, sagte er. Doch als sie aufstehen wollte, schoss sein Arm nach vorn und packte ihr Handgelenk, damit sie sitzen blieb. »Und bis dahin lass mich ein paar Missverständnisse ausräumen. Wir mögen vielleicht nicht mehr wie Mann und Frau miteinander leben, aber es geht hier nicht nur um dich und mich. Da ist auch noch unser Kind. In dieser Sache stecken wir gemeinsam drin.« Sein Griff wurde fester. »Gemeinsam, Boudicca. Wenn du fällst, werde ich dich auffangen. Ich erwarte nicht von dir, dass du mir das glaubst. Noch nicht.« Mit entschlossener Miene sah er sie fest an, doch sein Griff wurde plötzlich unerträglich sanft und strahlte Geborgenheit aus. »Aber ich werde jeden Augenblick daran arbeiten, damit du es irgendwann tust.«

Das Anlegen und der Ausstieg verliefen reibungslos. Während der Zugfahrt von Southampton nach London wurde kaum gesprochen. Erst als sie auf dem Bahnsteig der Victoria Station standen und einander über das aufgetürmte Gepäck hinweg anschauten, fiel ihnen wieder ein, was diese Heimkehr bedeutete. Win sah sie aus seinen tief liegenden Augen an, sodass sich der Moment in die Länge zog. Sie bemerkte sein Zögern, als wollte nicht er derjenige sein, der das Offensichtliche konstatierte … dass er nun in die Räumlichkeiten zurückkehren würde, die er gemietet hatte.

Ärgerlicherweise fingen Poppys Augen an zu kribbeln und zu brennen. Sie hatte sich wieder an ihn gewöhnt. Nachdem er gegangen war, hatte es Wochen gedauert, bis sie mal wieder eine Nacht hatte durchschlafen können. Das hatte sie sich hart erkämpft, und nun war das durch zwei Tage mit ihm wieder zunichtegemacht worden. Verdammt.

Dieser Mann konnte sie verletzen. Mehr als jeder andere auf der Welt. Denn sie hatte ihn in ihr Herz gelassen. Nun kannte er die Wege, die es nahm, und welche Schwächen es hatte. Und wo es am stärksten bluten würde, wenn er beschloss hineinzustechen. Im Grunde hatte er ihr bereits den ersten Stich versetzt, sodass das Blut nicht heiß, sondern eiskalt an ihrer Brust herunterlief. So verwundet war nicht mehr viel nötig, um ihr den Rest zu geben. Dieser Mann konnte sie viel mehr als nur verletzen. Dieser Mann war in der Lage, sie zu vernichten.

Hinter ihnen warteten Mary Chase und Jack Talent, die beide ihr Bestes taten, um mit ihrer Umgebung zu verschmelzen. Himmel, würde diese Schmach denn nie ein Ende nehmen? Sie hasste öffentliche Szenen, und nun war es an ihr, eine solche zu verhindern.

Sie richtete sich auf und zwang sich zu einer entspannten Haltung, während sie den Kloß in ihrem Hals ignorierte. »Nun denn, dann sollten wir jetzt wohl gehen.«

Die Wolkendecke riss kurz auf, und ein paar Sonnenstrahlen tauchten sie in helles Licht, sodass Wins Augen im Schatten seiner Hutkrempe nicht mehr zu erkennen waren. »Ja«, sagte er mit heiserer Stimme. Dann verlagerte er sein Gewicht, sodass der größte Teil seiner Gesichtszüge im Schatten lag.

Sie sah ihn an und schob das Kinn vor. *Bring mich nicht dazu zu fragen. Bring mich nicht dazu.*

Seine Schultern spannten sich an, und etwas Unnachgiebiges ging plötzlich von ihm aus. »Schau mal, ich glaube, wir sollten uns jetzt nicht trennen. Das halte ich nicht für sicher.«

In seiner Stimme schwang ein strenger Unterton mit, als dachte er, sie würde mit ihm streiten. Sie brauchte einen Moment, um sich zu räuspern. »Wenn du es für besser hältst.«

»Das tue ich.« Er nickte ihr kurz zu und drehte sich dann zu Talent um. »Bringen Sie unsere Koffer nach Ranulf House.«

Talent runzelte die Stirn. »Ich sollte bei Ihnen bleiben.«

Win bedachte ihn mit einem kurzen, angespannten Lächeln. »Ich glaube, wir stimmen alle darin überein, dass ich mich nicht mehr in unmittelbarer Gefahr befinde, von einem Dämon angegriffen zu werden.« Aufgrund ihrer Loyalität hatten Poppy und Win sowohl Talent als auch Mary die Situation in Grundzügen erklärt.

Win, der offensichtlich Talents Enttäuschung sah, fügte hinzu: »Sollte es neue Entwicklungen geben, werde ich nicht zögern, um Ihre Hilfe zu bitten, Mr Talent.«

Talent schien etwas besänftigt. »Und wo soll ich Ms Chase abladen?«, fragte er und deutete mit dem Daumen gelangweilt in Marys Richtung.

Mary brauste auf. »Sie werden mich nirgends ›abladen‹, Mr Talent.«

Win räusperte sich. »Finden Sie eine angemessene Unterbringung für sie in Ranulf House.« Er sah ihn streng an. »Und benehmen Sie sich.«

Talent brummte irgendetwas vor sich hin, fügte sich jedoch mit einer schwungvollen Verbeugung. Poppy unterdrückte ein Lächeln, als die beiden anfingen, sich darüber zu streiten, wer einen Gepäckträger und wer eine Droschke besorgen sollte.

Win überließ sie seufzend ihrer Zankerei und richtete seinen forschenden Blick wieder auf Poppy. »Musst du dich erst einmal ausruhen?«

»Nein.« Sie würde noch verrückt werden, wenn sie gleich wieder in einen Raum gesperrt wurde, und der Tag versprach ausnahmsweise mal angenehm frisch zu sein. Sie setzte sich neben Winston in Bewegung.

»Win, warum Ranulf House?«

»Da habe ich gewohnt.«

»Du hast mit den Lykanern zusammengelebt?« In ihren Worten schwang Entsetzen mit. Lykaner waren zwar keine Werwölfe, konnten sich aber in solche verwandeln und besaßen die Fähigkeit, Reißzähne und Klauen hervortreten zu lassen. Sie waren durchaus in der Lage, Win genau die Verletzungen beizubringen, die er sich schon einmal zugezogen hatte. Und trotzdem war er zu ihnen gezogen.

Ein sarkastischer Ausdruck legte sich über sein Gesicht. »Ein Mensch kann seinen Ängsten entweder entgegentreten oder sich von ihnen beherrschen lassen.«

Sie sehnte sich so sehr danach, die Arme um ihn zu schlingen, dass sie anfingen zu zucken. Sie wusste, dass er sich nicht für mutig hielt. Aber das war er. Mehr sogar als sie.

Win verlagerte das Gewicht von einem Bein auf das andere, als würde ihm ihr Schweigen Unbehagen bereiten. »Das Haus ist die reinste Festung.«

»Das ist es in der Tat.« Kein Dämon, der noch bei klarem Verstand war, würde versuchen, in einen Bau voller Lykaner einzudringen.

16

Als Winston Poppy zu den Mietkutschen führte, blieb sie abrupt stehen. Er folgte ihrem Blick zu einem am Bordstein stehenden, weinrot lackierten und mit goldenen Beschlägen versehenen eleganten Stadtgefährt. Zwar schmückten keine Wappen die Türen, doch der Kutscher und zwei Vorreiter waren in feine schwarze Livreen gekleidet. Als hätten sie Poppys Blick gespürt, sprang einer der Diener vom Pferd und verbeugte sich.

»Freunde von dir?«, fragte Win.

»Ja.« Sie machte sowohl einen erfreuten als auch verwirrten Eindruck. Ehe er jedoch weitere Fragen stellen konnte, ging Poppy zu der Kutsche, und Win folgte ihr.

Die Vorhänge waren fest zugezogen, und Win blinzelte, als er ins schummrige Wageninnere stieg.

»Bitte verzeihen Sie die Dunkelheit, Mr Lane«, erklang eine Frauenstimme.

Als seine Augen sich an die neuen Lichtverhältnisse gewöhnt hatten, erfassten sie eine sehr kleine Frau, die bequem in den schwarzen Samtpolstern saß. Rabenschwarzes Haar umrahmte ihr blasses Gesicht, in dem rote Lippen sich zu einem schwachen Lächeln verzogen. »Ich habe eine Hautkrankheit, die sofort zum Ausbruch kommt, wenn ich mich der Sonne aussetze.« Sie hatte einen etwas harten Tonfall, und ihre Worte klangen gedehnt. Eine Russin vielleicht, die aber offensichtlich schon seit längerer Zeit in England lebte, da ihr Akzent nicht mehr so ausgeprägt war.

Ihr Kleid jedoch war von oben bis unten asiatisch. Aus karmesinroter Seide geschneidert und mit silbernen Drachen bestickt wirkte es exotisch fremd, doch stand es ihr auf eine Art und Weise, wie es bei einem typisch englischen Kleid vermutlich nicht der Fall gewesen wäre.

Er nahm auf der gegenüberliegenden Bank neben Poppy Platz, die einen vollkommen entspannten Eindruck machte. »Davon habe ich schon mal gehört«, erzählte er. »Schon ein kurzer Aufenthalt in der Sonne genügt, um die Haut zu verbrennen.«

Das Lächeln wurde eine Spur breiter. »Genau so ist es.«

»Winston«, sagte Poppy. »Das ist Lena. Sie ist sozusagen meine Stellvertreterin.«

»Madam.« Poppy hatte ihm keinen Nachnamen genannt, doch da Win eine gute Erziehung genossen hatte, behagte es ihm nicht, die Frau nur mit ihrem Vornamen anzusprechen.

Lena neigte den Kopf und brachte damit die mit Perlen geschmückten Haarstäbchen ihrer Aufsteckfrisur zum Klimpern. »Mr Lane.« Sie richtete ihr dunkles Augenpaar wieder auf Poppy. »Was gibt es Neues?«

Poppy setzte Lena mit einem kurzen Bericht ins Bild, ehe sie sich mit einem leisen Seufzen zurücklehnte und plötzlich sehr erschöpft wirkte. Win ließ seine Hand auf die Sitzbank sinken, wo sich die kleinen Finger ihrer Hände berührten.

»Weißt du, wer diese Moira Darling sein könnte?«, fragte Poppy Lena. Die Spitze ihres Fingers bewegte sich an seinem. Sofort jagte die zärtliche Berührung eine Woge der Lust durch seinen Körper. Er schlug die Beine übereinander und beobachtete Lena aufmerksam.

Mit sanft im Rhythmus der Kutsche wiegenden Schultern blickte die zierliche Frau Poppy fest in die Augen. »Nein.«

Win konnte beim besten Willen nicht sagen, ob sie log. Was man, sollte sie tatsächlich lügen, schon als kleines Kunststück von Lena bezeichnen konnte, da er sonst immer selbst die besten Lügner zu entlarven wusste. Bis auf eine Ausnahme. Poppy musterte Lena ebenfalls, schien mit ihrer Antwort jedoch zufrieden zu sein.

Noch einmal streichelte Poppy seinen Finger … eine Geste, die er auf gleiche Weise erwiderte. Ein intensives Kribbeln lief über seine erhitzte Haut. Win räusperte sich. »Sie hat ihm etwas gestohlen. Was, wissen wir nicht.«

Bei diesen Worten zeigte Lena ein sprödes Lächeln. »Das hört sich ganz nach Isley an … weiß vor lauter Langeweile nicht, was er machen soll, weil ihm irgendeine Nichtigkeit abhanden gekommen ist.«

Win strich über den empfindsamen Rand von Poppys Fingernagel, um dann innezuhalten. »Wie gut kennen Sie Isley?«

Lena verzog keine Miene, während ihre dunklen Augen im trüben Licht der Kutsche wie tiefschwarzer Bernstein funkelten. »Gut genug, um zu wissen, dass er immer etwas von anderen will.« Ihre Wimpern senkten sich einen Moment lang, ehe sie Poppy ansah. »Ich werde ein paar Nachforschungen über diese Moira Darling anstellen.«

Poppy entzog ihm ihre Hand und richtete sich auf. »Aber äußerst diskret, bitte.«

Lena zog die schmalen Augenbrauen zusammen. »Das bin ich immer.« Ihr Mund öffnete sich, doch sie zögerte, bevor sie schließlich erwiderte: »Ich muss dir bestimmt nicht sagen, wie gefährlich es ist, sich mit Isley einzulassen. Es wäre mir eine Ehre, mich um diesen Fall zu kümmern, wenn du es wünschst.«

Poppys Miene verfinsterte sich. »Glaubst du etwa, ich könnte mich nicht mehr zur Wehr setzen, nur weil ich ein Kind erwarte?«

Lena zuckte mit den Schultern. »Überhaupt nicht. Ich wollte dir nur meine Hilfe anbieten.«

Dafür, dass Poppys Gesichtsausdruck keinerlei Zweifel daran ließ, was sie von diesem Angebot hielt, antwortete sie noch relativ gelassen. »Um diese Angelegenheit müssen Win und ich uns persönlich kümmern.« Ihre Hand sank neben sein Bein auf die Bank zurück. Win griff jedoch nicht danach, sondern bekundete seine Zustimmung durch die ungerührte Haltung, mit der er Lenas durchdringendem Blick begegnete.

Diese war offensichtlich einverstanden mit der Antwort, denn sie nickte und musterte Poppy in der nun eintretenden Stille. Die Frauen wechselten einen Blick, dem Winston entnahm, dass Lena gerne noch Geschäftliches besprechen wollte.

Poppy sah die andere Frau auffordernd an. »Erzähl.«

»Isleys Erscheinen sorgt für einige Unruhe«, berichtete Lena. »In den letzten beiden Tagen hatten wir fünf Morde. Ein paar rangniedere Dämonen machen sich einen Spaß daraus, Menschen abzuschlachten. Man hat sich dieser Dämonen bereits angenommen, aber die Nex benutzen Isley, um Unruhen innerhalb der Unterwelt zu schüren.«

»Die Nex?« Winstons Blick glitt von Lena zu Poppy. »Ist das nicht das lateinische Wort für ›Mord‹?«

»Ja, und es steht sowohl für den gewaltsamen Tod ahnungsloser Menschen als auch im übertragenen Sinne für die Vernichtung der Grundrechte Übernatürlicher. Sehr prägnant, nicht wahr?«

Ein harter Zug legte sich um Poppys Mund. »Die Nex sind eine Widerstandsgruppe, die danach trachtet, der Welt übersinnliche Wesen aufzuzeigen. Damit ist sie der Gesellschaft zur Unterdrückung Übernatürlicher ein gewaltiger Dorn im Auge.«

Lena schnaubte ärgerlich. »Sie benutzen Isley als Galionsfigur, weil es ihm gelungen ist, aus der Hölle zu entkommen. Das haben noch nicht viele geschafft, und eine Rückkehr dorthin ist etwas, was kein Dämon möchte.« Schwarzer Humor blitzte in ihren Augen auf. »Die Hölle ist ein äußerst unangenehmer Aufenthaltsort.«

»Das kann ich mir vorstellen«, brummte Win. »Aber stammen Dämonen denn nicht aus der Hölle?«

»Nein.« Lena schlug die Beine übereinander, wodurch ihr Seidenkleid kurz raschelte. »Dämonen werden auf einer anderen Existenzebene geboren. Ein Ort, der zwar unter vielen Namen bekannt ist wie Totenreich, Unterwelt, Schattenreich«, sie zog eine Schulter hoch, als ob sie sagen wollte, dass Namen ohne Belang waren, »aber eben nicht die Hölle ist. Es handelt sich einfach nur um einen anderen Ort. Die Hölle ist ein Gefängnis für diejenigen, die Böses tun und danach trachten, diese Welt heimzusuchen.«

Poppys normalerweise elfenbeinfarbene Haut wurde blass, während sich Schatten unter ihre Augen legten. »Gib Michael Scott Bescheid. Er soll die übliche Geschichte verbreiten.«

Mit einem Ruck setzte sich Win auf. »Michael Scott, dieser elende sensationslüsterne Journalist vom *Cryer*?« Als Winston mit dem Ranulf-Fall beschäftigt gewesen war, hatte dieser Kerl die Aufmerksamkeit auf sich gezogen, indem er allerlei verrückte Geschichten über Werwölfe und Leber verspeisende Wahnsinnige verbreitet hatte. Natürlich war Win jetzt klar, dass all diese Geschichten keine Märchen gewesen waren. Zu jenem Zeitpunkt aber hatten sie nur ein zusätzliches Ärgernis bedeutet.

»Genau der«, bestätigte Poppy ohne einen Hauch von Reue. »Hin und wieder lassen wir Geschichten durchsickern. Du weißt schon, Geschichten von Vampiren, Werwölfen, Geistern, die St. Giles heimsuchen und so weiter.«

Win starrte sie einen Moment lang mit offenem Mund an, ehe er ihn hörbar zuklappte. »Ihr lasst die Londoner absichtlich von solchen Dingen wissen? Wäre es nicht sicherer, sämtliche Hinweise als völlig aus der Luft gegriffen abzutun?« Er war zwar nicht dafür, die Öffentlichkeit zum Narren zu halten, doch hielt er es in diesem Fall für angebracht, da man weiterdenken musste.

»Das wäre schwieriger umzusetzen.« Poppy schenkte ihm ein mattes, gequältes Lächeln. »Du weißt besser als jeder andere, dass man es im tiefsten Innern spürt, wenn einem eine Lüge aufgetischt wird.« Win ließ sich nicht anmerken, wie mutig er es von Poppy fand, dies zu sagen. Ein Ausdruck des Unbehagens trat auf ihr Gesicht, als sie weitererzählte. »Also präsentieren wir den Leuten spannende Überarbeitungen der Wahrheit. Gib ihnen etwas Aufregendes, über das sie reden können … dann sind sie zufrieden.«

Ziemlich clever.

Mit einem kurzen Blinzeln ihrer geraden Wimpern ließ Poppy das Thema ruhen und wandte sich wieder an Lena. »Zieh ein paar Regulatoren von unwichtigeren Fällen ab und schick sie auf Patrouille. Doppelschichten … bis die Lage sich beruhigt hat.« Sie zog die roten Augenbrauen zusammen. »Sie werden sich bestimmt dagegen sperren. Wir sind nämlich stark unterbesetzt«, erklärte sie Win, ehe sie Lena erneut ansprach. »Sag ihnen, doppelte Schicht bedeutet auch doppelte Bezahlung.«

Lena nickte und ließ dann scheinbar entspannt eine Hand auf ihr Knie sinken, obwohl Win das Gefühl hatte, diese Frau entspannte sich nie ganz. »Wir werden unsere Rekrutierungsbemühungen verstärken müssen, so viel steht fest.« Sie blickte Poppy abschätzend an. »Wie läuft es mit dem GIM?«

»Ms Chase«, warf Poppy Marys Namen mit genügend Nachdruck ein, um Lena klarzumachen, dass die Dame ein Mindestmaß an Respekt verdient hatte, »macht sich sehr gut. An ihren Kampf- und Schießkünsten müssen wir zwar noch arbeiten, aber das dürfte kein Problem werden.«

Die Kutsche geriet in eine Furche und brachte Lenas Haarstäbchen zum Klirren. »Es geht das Gerücht, dass Lucien Stone an Amtsmüdigkeit leidet und in Erwägung zieht, den Vorsitz der GIMs abzugeben.«

»Davon habe ich auch schon gehört.« Unter Winstons aufmerksamen Blicken setzte Poppy sich bequem in die Polster zurück. Mit der gleichen Souveränität eines Herzogs, dem auch alle Zweifel ob seines gottgewollten Standes fremd waren, beherrschte seine Frau ihre Umgebung. »Wenn es tatsächlich dazu kommt, wird Daisy das Amt übernehmen. Ihre Verbindung zu den Lykanern, deren Königin sie ist, würde ihnen eine wehrhafte Allianz bescheren.«

Lenas rote Lippen verzogen sich zu einem schmalen Lächeln. »Es war sehr klug von dir, die Lykaner und die GIMs zusammenzubringen.«

Winstons Magen zog sich zusammen. »Was?« Er sah zwischen den beiden Frauen hin und her und bemerkte Poppys unnachgiebige Miene. »Du hattest geplant, Daisy zu einem GIM zu machen?«

»Sei nicht albern«, erwiderte Poppy und winkte ab. »Ich hatte keine Ahnung, dass Daisy unter Syphilis litt.« Einen kurzen Moment lang zog ein Schatten über Poppys Gesicht. »Allerdings kannte ich Conall Ranulfs Charakter, und den von Ian ebenfalls. Ich wusste, Ian würde einen besseren Anführer abgeben als sein Bruder. Er besaß Ehre, sein Bruder hingegen nicht. Und er glaubt an die Sache der Gesellschaft zur Unterdrückung Übernatürlicher. Als Ian von Conall keine Hilfe erhielt, trieb ihn das dazu, ein Bündnis mit Lucien Stone und den GIMs einzugehen.« Auch als die Kutsche schaukelte, sah sie ihm weiter fest in die Augen. »Lucien und Ian waren alte Bekannte. Daher war es nur eine Frage der Zeit, bis diese Allianz zustande kam.«

War dieses skrupellose Wesen seine Frau?

Ihr Gesicht nahm einen gequälten Ausdruck an, als spürte sie seine Fassungslosigkeit. »Es war ein Risiko, das sich ausgezahlt hat.«

»Und was ist mit der Tatsache, dass du deine Schwester in Gefahr gebracht hast?« Ein vom Wahnsinn befallener Werwolf hatte Daisy nachgestellt. Enttäuschung schwang in Winstons Worten mit.

Über Poppys Gesicht legte sich ein verschlossener, kühler Ausdruck. »Ian Ranulf ist einer der mächtigsten Übernatürlichen, die ich kenne. Als er schwor, auf Daisy aufzupassen, hatte ich volles Vertrauen in ihn.«

»Eine gewaltige Portion Vertrauen, die du da investiert hast, Poppy. Du hast mit dem Leben deiner Schwester gespielt.«

In der Kutsche breitete sich Eiseskälte aus. »Wir haben die Situation streng überwacht.«

Die Wut, die sich in seinem Bauch regte, fühlte sich an, als drehte jemand ein Messer in seinen Eingeweiden um. »Wie konnte ich das nur vergessen.«

Die Gesellschaft hatte auch zugesehen, als ihn im Rahmen der Untersuchungen des Falles schließlich ein Werwolf angegriffen hatte. Dennoch war seine Bemerkung ein Schlag unter die Gürtellinie gewesen, die er in dem Moment bedauerte, als er sie ausgesprochen hatte. Poppy war ein von logischem Denken und kontrolliertem Handeln beherrschtes Wesen … genau wie er. Und vielleicht lag genau dort das Problem. Logik und Disziplin sollten nicht über die Liebe herrschen oder Entscheidungen beeinflussen, die die Familie betrafen, und dennoch war genau das geschehen. Ein Problem, das sich unbemerkt in ihr Leben gestohlen und es aus den Fugen gebracht hatte.

Die Kälte, die Winston jetzt umgab, war noch eine Spur beißender geworden. Poppy funkelte ihn aus nächster Nähe an. »Natürlich hätte ich sie in den Sitz der Gesellschaft bringen können. Aber wenn du Daisy auch nur ein kleines bisschen kennst, dann weißt du, dass sie einen Weg zu Ian zurückgefunden hätte. Die Frau ist so neugierig wie ein Kind und fühlte sich ganz offensichtlich zu Ranulf hingezogen.« Poppys braune Augen fixierten ihn. »Jeden Morgen, wenn wir aufstehen, ist der Tod schon da, schwebt über uns und wartet auf seine Gelegenheit. Das Leben ist ein Spiel, lieber Gatte. Und die Frage ist: Spielst du auch dann noch mit, wenn das Risiko am größten ist?«

»Was weißt du über diese Komtess Krogstad?«, fragte Win Poppy, nachdem Lena sie am Themse-Damm in Chelsea abgesetzt hatte.

Der Klang seiner Stimme ließ sie fast zusammenzucken. Nach dem Streitgespräch in der Kutsche reagierte Poppy recht empfindlich und fühlte sich gekränkt. Sie hatte gedacht – gehofft –, er würde Verständnis für ihre Arbeit zeigen und die Tatsache, dass man sich zuweilen zwischen schlimm und schlimmer entscheiden musste. Er hatte sie jedoch nur mit diesem verletzten und desillusionierten Blick angesehen. Poppy riss sich zusammen und unterdrückte das Gefühl der Kränkung. Für diesen Moment. Es wartete Arbeit auf sie.

»Dass sie gar keine echte Komtess ist.«

Die Nachmittagssonne verlieh dem breiten Fußweg entlang der Themse und allem, was sich dort befand, einen goldenen Glanz. Hier am Fluss war es etwas kühler, und eine milde Brise trug den Geruch von Salzwasser zu ihnen. Poppy strich eine Haarsträhne, die sich aus ihrer Frisur befreit hatte, hinter das Ohr zurück und nahm einen großen Bissen von dem Rosinenbrötchen, das sie einen Block entfernt gekauft hatten. Der köstliche Geschmack von Zimt und Zitronen füllte ihren Mund. Hm, war das lecker. Sie hätte problemlos noch zwei weitere Brötchen essen können. Und da sie vorher nie etwas für Süßes übriggehabt hatte, konnte sie nur vermuten, dass dieses Verlangen auf ihr Baby zurückzuführen war, was sie sowohl in Hochstimmung als auch Angst versetzte.

Verfolgt von den aufmerksamen Blicken ihres Mannes – etwas, das ihr ein seltsames Unbehagen bereitete – stopfte sie sich den letzten Bissen in den Mund, ehe sie sich die klebrigen Finger ableckte und die Hand sinken ließ. »Sie ist die Tochter eines Schusters aus Christiania und hatte ein feines Händchen dafür, sich besonders reiche Gönner zu angeln. Offenbar hatte sie sich erst durch Norwegen und dann den Rhein entlang gearbeitet, bevor sie sich schließlich in London niederließ. Sich als Komtess auszugeben, erschien sowohl ihrem eigenen Prestige als auch dem ihrer Geliebten zuträglich, sodass alle glücklich und zufrieden mit dem gesetzeswidrigen Gebrauch ihres Titels waren.«

Win räusperte sich und richtete seine Aufmerksamkeit nach vorne. »Waren? Hat sie momentan denn keinen Gönner?«

»Den braucht sie nicht mehr. Im Augenblick macht die Komtess nur noch, was ihr gefällt.« Poppy warf einen Blick auf sein strenges Profil. »Sie ist eigentlich recht bezaubernd.«

Er schnaubte leise. »Du hast sie schon mal besucht?«

Ihm war anzusehen, wie ihn diese Vorstellung ärgerte, da sie ein weiteres Geheimnis seiner Frau darstellte, von dem er nichts gewusst hatte. Ach, zur Hölle mit ihm. Dieser verfluchte Mistkerl hatte sich ihr gemeinsames Kind abhandeln lassen. Ihre Stimme klang so hart wie die Steinplatten unter ihren Füßen. »Hin und wieder. Die Komtess ist eine unserer besten Informantinnen. Und sie ist überzeugte Anhängerin alles Okkulten.«

Als er den Kopf neigte, um dem gleißenden Licht der tief stehenden Sonne zu entgehen, war nur noch der sanfte Schwung seines unversehrten Kiefers zu sehen. »Aber heißt das auch, dass sie die volle Wahrheit kennt?«

»Weiter als bis dahin reicht ihr Glaube nicht. Sie übersieht geflissentlich alles, das ihr Angst einjagen könnte. Gelegentliche Séancen, um die Geister verflossener Liebhaber heraufzubeschwören, sind jedoch sehr unterhaltsam.«

Direkt vor ihnen hatte ein Leierkastenmann seine Drehorgel abgestellt. Eine schräge Melodie ertönte, während er an der Kurbel drehte. Ein schrecklicher Klang, dessen Lebhaftigkeit einer Gruppe von Mädchen jedoch genügte, um sie zum Tanzen zu verleiten. Zwei kleinere Damen, die vermutlich nicht älter als sieben waren, und zwei junge von ungefähr fünfzehn tanzten einen flotten Jig, während ihre älteren Schwestern, die Arme freundschaftlich eingehakt, ihnen dabei zusahen. Wie einige andere Leute auch verlangsamte Poppy ihre Schritte, um ihnen zuzuschauen, wobei ihr schöne Erinnerungen an ihre eigenen Schwestern in diesem Alter kamen.

Win blieb nahe genug neben ihr stehen, um die Hitze ihres Körpers zu spüren, ohne sie jedoch zu berühren. »Erinnerst du dich noch an den Tag, als Miranda und Daisy mir die Polka beigebracht haben?«

Sie musste lächeln. »Sie waren so stolz, dir etwas zeigen zu können, das du nicht konntest.« Das war schon eine Ewigkeit her. An jenem Tag hatte Poppy Klavier gespielt, während die Mädchen mit Win durch den Salon tanzten, bis sie alle drei vor lauter Lachen umgefallen waren. Das erste Mal seit dem Tod ihrer Mutter hatte Miranda wieder mit ausgelassener Freude gelacht, und Poppy hätte fast geweint, so dankbar war sie Win gewesen, es geschafft zu haben, das Lachen in ihr Gesicht zurückzubringen.

Er beugte sich ein Stückchen vor, und seine Stimme erklang direkt an ihrem Ohr. Mit einem hörbaren Lächeln sagte er: »Es hat mir Spaß gemacht, etwas von ihnen zu lernen. Und ich war stolz, ihnen den Walzer beibringen zu können.«

Wie elegant er getanzt, wie behutsam er die Mädchen geführt und korrigiert hatte, ungeachtet der Röte, die ihnen vor Scham und Wut ins Gesicht gestiegen war, wenn sie einen Fehler gemacht hatten. Auch mit ihr hatte er getanzt, später an jenem Abend, in dem dunkel gewordenen Salon, nur sie beide. Musik hatten sie dabei nicht mehr gebraucht, nur den Rhythmus ihrer Körper. Ihre Wangen wurden heiß, und sie wusste, wenn sie jetzt den Kopf drehte und ihn anschaute, würde sie sehen, dass er sie beobachtete. Würde sie auch den Geist jener Tage in seinem Blick finden, der ihn heimgesucht hatte? Poppy glaubte nicht, diesen Anblick ertragen zu können.

»Ich hätte dich nicht so anfahren sollen«, entschuldigte er sich mit leiser Stimme. Sie ließ den Atem mit einem sanften Seufzen entweichen, aber er redete weiter, als hätte er es nicht gehört. »Wenn jemand wissen sollte, dass Gefühle nichts in schwierigen Entscheidungen zu suchen haben, dann ich.«

»Dein Ärger war durchaus berechtigt«, entgegnete sie leise. »Ich habe mit der Sicherheit meiner Schwester gespielt. Ich hätte sie verlieren können.« Sie schlang die Arme um ihren Leib und verharrte in dieser Haltung.

Überdeutlich nahm sie Wins Hand auf ihrem Rücken wahr. »Ich habe weder Daisys Wesen noch die Gesamtsituation berücksichtigt. Du schon. Und dein Spiel ist aufgegangen.«

Poppy rieb sich die Arme. »Ach, vergiss es.« Trotz all ihrer Bedürfnisse sorgte sein plötzliches Lob dafür, dass sie am liebsten vor sich selbst davongelaufen wäre, und sie hatte keine Ahnung, warum.

»Das kann ich nicht«, sagte er zwar, ließ seine Hand jedoch sinken, als wüsste er, dass sie kurz davor war, die Flucht zu ergreifen.

»Das Haus der Komtess ist gleich da hinten«, sagte sie mit einem Rucken ihres Kinns in die entsprechende Richtung und wechselte so das Thema. Mit seiner eleganten Optik und den gotischen Bögen und Rundfenstern stach das große rote Backsteinhaus aus den umliegenden Gebäuden heraus.

In dem Wissen, dass er problemlos Schritt halten würde, schlug Poppy ein flottes Tempo an, auch wenn ihre Beine sich anfühlten wie Blei. »Sie pflegt einen recht entspannten Umgang mit gesellschaftlichen Verhaltensregeln.«

Aus den Augenwinkeln konnte sie sehen, wie es um seine Lippen zuckte. »Versuchst du etwa, mich seelisch auf den Besuch vorzubereiten, Poppy?«

Sie blickte ihn von der Seite an. »Ist vermutlich nicht nötig. Ich bin sicher, dass du nicht zum ersten Mal ein Bordell oder ein ähnliches Haus betrittst.«

Sein Mund verzog sich noch weiter, und seine blaugrauen Augen funkelten. »Alles aus rein beruflichen Gründen, kann ich dir versichern.«

Sie rümpfte die Nase. »Etwas anderes habe ich auch nicht angenommen.«

»Hm.«

Ein zaghaftes Lächeln zuckte um ihre Lippen. »Schließlich muss man ja wissen, was einen in solchen Etablissements erwartet, damit man Ungewöhnliches auch erkennt, wenn es einem begegnet.« Sie konnte beinahe spüren, wie er die Augen verdrehte, und blickte ihn strafend an. »Es ist aber etwas vollkommen anderes, wenn man ein anständiges Wohnhaus zu betreten meint und dann plötzlich einen als Engel verkleideten – oder auch gänzlich *un*bekleideten – Zwerg oder etwas Ähnliches erblickt, nicht wahr?«

Win blieb abrupt stehen, und die Narbe an seiner linken Augenbraue spannte sich, als er sie argwöhnisch ins Visier nahm. »Ist es das, worauf ich mich gefasst machen soll? Nackte Zwerge?«

»Henri ist meist in der Nähe, aber er kann ja auch mal anderweitig beschäftigt sein.« Sie zuckte mit den Schultern und stapfte weiter, damit er ihr Grinsen nicht sah. »Bei ihm kann man nie wissen.«

Poppy wollte ihn zum Besten halten, davon war Win überzeugt. Das waren seine Gedanken, als sie in Komtess Krogstads Salon geführt wurden. Nichtsdestotrotz war er auf der Hut und gewappnet. Er hatte wirklich nichts gegen Zwerge … aber unbekleidete waren etwas ganz anderes. Poppy, zum Teufel mit ihr, wirkte nach außen hin zwar gelassen, aber es war nicht zu übersehen, dass dieses kleine Biest sich in seinem Unbehagen aalte.

Er beugte sich vor und genoss die Art und Weise, wie die Härchen in ihrem Nacken sich dabei aufstellten. »Wenn wir einem nackten Zwerg begegnen, werde ich ihn an dich verweisen.«

Sie zog eine Augenbraue hoch, während ihr wissbegieriger Blick an einer vergoldeten Pfauenskulptur hing, die von dem grünen Marmorkaminsims auf sie herunterblickte. »Wer sagt denn, dass er auf Frauen steht?«

»Na schön, ich werde mich opfern. Aber ich hasse Eifersuchtsszenen, also sieh bitte wenigstens nicht zu, in Ordnung?«

Win wurde mit einem leisen Glucksen belohnt. Bei jeder anderen Frau hätte er diese Reaktion als Kichern bezeichnet, doch Poppy eine Kicherliesel zu nennen, hätte er nie gewagt. Der Laut traf geradewegs in sein Herz und ließ es höher schlagen. Er konnte sein breites Grinsen nicht unterdrücken, als sie sich nach ihm umdrehte.

»Ganz schön frech«, tadelte sie ihn, ehe sie hochblickte. Ihre Nasen berührten sich fast, so dicht standen sie nebeneinander. Poppys Lächeln verschwand, als sie Luft holte, und sein Blick sank auf ihren Mund. Was für ein bezaubernder Mund, groß und dennoch feminin, die Unterlippe ein wenig voller als ihr geschwungenes Gegenstück. Und wie weich. Ein Schaudern der Lust lief durch seinen Körper.

Ihre Wangen wurden rot, als er sie anstarrte. Nur mit Mühe gelang es ihm sich zu räuspern. »Du hast angefangen.« Die Hitze in seinem Innern nahm zu und gab ihm das Gefühl, schwach und stark zugleich zu sein. Ihr Atem roch süß und rein. *Alles sein*. Er rückte noch näher und war bereit, sie zu kosten, als sich die Tür öffnete. Poppy zuckte wie von einer Mistgabel gestochen zusammen und stieß beim Umdrehen mit dem Kinn gegen seine Schulter. Auch er tat einen ungelenken Schritt nach hinten und drehte sich um.

Das musste Win der Komtess lassen … obwohl sie offenbar wusste, dass sie in eine vertrauliche Situation geplatzt war, ließ sie sich nichts anmerken. Andererseits hatte sie der Beschreibung von Poppy nach zu urteilen sicher schon ganz andere Dinge zu Gesicht bekommen, und das nicht selten.

Sie blieb kurz in der Tür stehen, um ihre Gäste zu betrachten, und Win nutzte die Gelegenheit, um sie seinerseits zu mustern. Das also war eine von Isleys Mätressen? Hatte sie geahnt, dass sie das Bett mit einem Dämon teilte? Hatte dies den besonderen Reiz für sie ausgemacht?

Obwohl sie nicht Wins Erwartung entsprach, konnte er ihre ganz besondere Ausstrahlung erkennen und den Grund, der sie bei Herzögen und Übernatürlichen gleichermaßen beliebt machte. Sie war groß, genau wie Poppy, und ebenso schlank, strenge Gesichtszüge, und mit den hohen Wangenknochen, den tief liegenden Augen und der langen, ausdrucksvollen Nase sah sie fast schon männlich aus. Doch ihre Lippen waren voll, ja so voll, als wäre sie gerade erst geküsst worden. Das weizenblonde Haar wallte in üppigen Wellen bis über die Schultern. Als sie vortrat, glänzten ihre Locken im Licht. Sie schien einem Gemälde Botticellis entsprungen … ›La Primavera‹, die sie mit wissendem Blick ansah, ein Effekt, den ihr weißes, togaartiges Kleid noch verstärkte.

Win erfasste all dies wie jeder andere Mann, der Schönheit bewunderte … mit dem Ergebnis, dass ihm ein Seufzen der bitteren Erkenntnis zu entfleuchen drohte – trotz all ihrer Anmut und Reize ließ ihn diese Frau kalt. Ja, die rothaarige Kriegerin an seiner Seite war die einzige Frau, die ihn je interessiert, je erregt hatte. Er war förmlich von ihr besessen. Und war das nicht wundervoll?

»Mrs Hamon«, sagte die Komtess, während sie Poppy die

Hand zur Begrüßung reichte. »Ich freue mich, Sie wiederzusehen.« Ihre Stimme war wie dunkler Honig. Welch eine Verlockung für jeden Mann. Und dann erst wurde Win klar, wie sie seine Frau angesprochen hatte, worauf er innerlich zusammenfuhr. Sein Blick huschte zu Poppy, die ihn mit einem kurzen Zucken ihrer Wimpern warnte.

Poppy gab der Komtess die Hand. »Komtess. Vielen Dank, dass Sie uns empfangen.«

Das Lachen der Komtess klang leicht und ungezwungen. »Bitte nennen Sie mich Brit, wir kennen uns doch schon so lange, nicht wahr?« Sie lächelte Poppy an, ließ aber durch ihren leicht geneigten Kopf und die Art und Weise, wie ihr Blick zu Win glitt, erkennen, dass sie ihn durchaus zur Kenntnis genommen hatte.

Poppy straffte die Schultern. »Brit. Das ist mein Partner, Mr Belenus.«

Winston konnte gerade noch verhindern, nicht in lautes Lachen auszubrechen. Diese kleine Hexe benutzte seine anderen Vornamen. Hatte sie das immer so gemacht? Und wer war er? Ihr Partner? Also schön. Er nahm die Hand der Komtess und hauchte einen Kuss auf ihre Knöchel. »Sehr erfreut«, begrüßte er sie, indem er sich in seine Rolle fügte.

»Wir sind gekommen, um mit Ihnen über Lord Isley zu sprechen«, fiel Poppy noch eine Spur forscher als sonst mit der Tür ins Haus.

Die Augenbrauen der Komtess schossen zwar nach oben, doch ansonsten blieb sie gleichmütig. »Lassen Sie uns ins Atelier gehen.« Mit raschelnden Röcken drehte sie sich elegant um und verließ den Raum.

Kein Wort fiel, während sie sie durch die große Halle führte. Lachen und das wahnwitzige Spiel einer Geige, die den misstönenden Gesang eines untalentierten Zeitgenossen begleitete, drangen durchs Haus. Gemälde zierten die mit goldenem Damast bespannten Wände, auch wenn sie weder seriöse Kunst noch klassische Porträts zeigten, sondern das wahre Leben – kleine, aber prägnante Darstellungen, die so real wirkten, dass Win das Gefühl bekam, in die Rahmen greifen und sie berühren zu können. Wenn er sich auch nicht als Kunstexperten bezeichnen würde, so bildete er sich doch gerne weiter und erkannte daher die Werke von Whistler, Degas und Renoir.

»Sie widmen sich den Impressionisten, Komtess«, stellte er fest.

»Ich würde eher sagen, ich widme mich jeder Art von Kunst, die mir gefällt, Mr Belenus«, entgegnete die Komtess. »Aber bleiben Sie ruhig bei Ihrer Annahme, wenn Sie es bevorzugen, Kunst in fein säuberlich getrennte Schubladen zu stecken.«

Er konnte beinahe spüren, wie sehr Poppy sich bemühte, ihr Lächeln zu verbergen.

Sein Blick hing weiter an den Gemälden, und er betrachtete sie nun um des puren Genusses willen. Seine Schritte verlangsamten sich, als er das Porträt eines jungen Mannes erblickte, der lässig entspannt neben einem Glas Absinth stand.

Die Komtess blickte über die Schulter zurück. »›Der Absinthtrinker‹ von Manet. Eines meiner Lieblingswerke.« Sie blieb stehen und trat neben Winston und Poppy. Gemeinsam betrachteten sie das Bild. »Als Manet es zum ersten Mal der Öffentlichkeit präsentierte, rief es einen Sturm der Entrüstung hervor. Man hielt es für vulgär, als ob das Leben nur in schönen und traditionellen Szenen dargestellt werden dürfte. Es sind die Pracht und Fülle der Farben sowie der Ausdruck des Mannes, die mich in den Bann dieses Gemäldes ziehen.« Ihre Stimme bekam einen nachdenklichen Unterton. »Was, meinen

Sie, denkt er gerade? Ob er sich wohl fragt, ob ihm sein Leben just entgleitet?«

Win schluckte. Er spürte einen dicken Kloß im Hals, denn er hatte das Gefühl, sein jüngeres Ich zu betrachten … den von Trauer und Hoffnungslosigkeit erfüllten armen Kerl, der sich auf einen Handel mit dem Teufel eingelassen hatte. Eine einzelne Schweißperle rann ihm über den Rücken … so langsam und gleichmäßig, dass er ihrem Verlauf mühelos folgen konnte. »Vielleicht dachte er an das, was er nicht haben konnte.«

Poppys nachdenklich leise Stimme erreichte sein Ohr. »Er ähnelt dir ein bisschen. Als du jünger warst.«

Win konnte kaum atmen. Er hatte das Gefühl, sein Kragen würde ihn würgen. Zwei durchdringende Blicke lagen auf ihm, und er spürte, wie ihm der Schweiß über den Rücken lief. Der Moment zog sich in die Länge und vibrierte wie ein gespannter Bogen, bevor die Komtess sich schließlich bewegte.

»Ich möchte Ihnen gerne noch ein anderes Porträt zeigen. Kommen Sie.« Sie öffnete die Tür und trat in einen Raum, der in den lebhaften Blautönen eines Pfaus gehalten war. In der Mitte befand sich eine Sitzecke aus vier großen, niedrigen und mit safrangelber und goldener Seide bezogenen Couches, bedeckt mit purpurnen und roten Kissen. Sie nur anzusehen tat ihm schon in den Augen weh, weshalb er den Blick lieber auf die Wandgemälde richtete, bevor ihm noch übel wurde.

»Setzen Sie sich doch«, lud die Komtess sie ein.

Im Leben nicht. Diese schrecklichen Sofas waren dazu da, um sich halb im Liegen mit einem Glas in der einen und einer Zigarre oder Zigarette in der anderen Hand darauf auszustrecken. Winston wollte verdammt sein, wenn er sich in einem unbekannten Haus freiwillig in eine liegende Position begab. Poppy hingegen schien keine derartigen Bedenken zu haben und machte es sich gleich mit überraschender Gewandtheit darauf bequem. Der Anblick ihres langen, schlanken Körpers, ausgestreckt auf dieser Haremscouch, die Füße unter ihre Röcke gezogenen und eine stützende Hand im Nacken, ging nicht spurlos an seiner Standfestigkeit vorüber und reizte Winston in einem Anflug von Verunsicherung dazu, sein Gewicht zu verlagern. Wahrscheinlich war es genau das, worum es bei diesen Möbelstücken ging. Das Funkeln in den Augen der Komtess bestätigte seinen Verdacht, dass sie nur allzu gut wusste, welche Wirkung Poppy auf ihn ausübte. Trotzdem war ihre Stimme von sanfter Gleichmut erfüllt, als sie auf die gegenüberliegende Wand wies. »Das dort habe ich Ihnen zeigen wollen.«

Als er zu dem großen Porträt hinsah, auf das ihr Finger zeigte, blieb ihm fast das Herz stehen. In einen schweren Goldrahmen gefasst, dominierte es die ganze Wand. Das blasse Gesicht Lord Isleys lächelte aus dem ansonsten in Schwarz- und Grautönen gehaltenen Bild auf ihn herab. Es war ein selbstgefälliges, wissendes und verschlagenes Lächeln, als hätte er schon damals irgendeine Boshaftigkeit geplant. Isley trug denselben Gehrock und dasselbe scharlachrote Plastron wie bei seiner Begegnung mit Winston, und Winston fragte sich einen Moment lang, ob er sich wohl jemals umzog, ob die Kleidung vielleicht gar nicht real, sondern nur eine Illusion war.

»Lord Isley, so wie ich ihn 1865 kannte«, erklärte die Komtess.

Der Hauch von Blässe auf Poppys Haut verriet Win, dass auch sie den Mann erkannt hatte. Ihre auf das Gemälde starrenden Augen verengten sich zu schmalen Schlitzen und zeigten einen Hass und eine Entschlossenheit, die ihm einen Schauder über den Rücken jagte. Der Blick der Komtess dagegen war immer noch voller Gleichmut, allerdings jetzt mit einem Anflug von Wehmut gepaart.

Win trat näher. Inmitten der kunstvollen Falten von Isleys Tuch erkannte er eine goldene Hieroglyphenkartusche. Win hatte keine Ahnung von Hieroglyphen, doch er merkte sich die Symbole. »Wenn Sie gestatten, Komtess«, sagte er, während er sich zu ihr umdrehte, »wie gut kannten Sie Lord Isley?«

Ihre Mundwinkel hoben sich eine Winzigkeit. »Etwa weil sein Porträt an meiner Wand hängt? Wir waren ein Liebespaar, wie Sie vermutlich bereits geahnt haben.« Seufzend ließ sie das Kinn auf die Innenfläche ihrer Hand sinken und lächelte in Richtung des Porträts. »Trotzdem war er furchtbar nett. Er hat mir immer das Gefühl gegeben, eine Königin zu sein ... sogar als ich kurz vor dem Armenhaus stand.« Unter tief gesenkten Lidern wanderte ihr Blick zu Poppy und zurück, wobei sie beide in gleichem Maße durchdringend anschaute. »Ich befand mich am Rande des Ruins, als er in mein Leben trat. Mein Gönner hatte mich in Paris sitzen lassen, und es war mir nicht gelungen, einen neuen zu finden.« Sie nestelte an den Troddeln eines zinnoberroten Kissens. »Ich war wirklich sehr verzweifelt und wünschte mir entweder einen schnellen Tod oder ein Wunder, was mir zu jenem Zeitpunkt ein und dasselbe zu sein schien. Isley fand mich, als hätte ich nach ihm gerufen, und brachte mich hierher nach London.« Das Grinsen, das sie sich nun gestattete, erhellte ihr Gesicht, als schiene plötzlich die Sonne auf sie herab. »Seitdem kannte ich keine Geldsorgen mehr.«

Winston hatte das Gefühl, sein Inneres bestehe nur noch aus einem einzigen Eisklumpen. Ein Wunder ... in der Tat. Und was, bitteschön, hatte die Komtess im Tausch für ihren wiedergewonnenen Reichtum aufgegeben? Die Kälte in seinem Innern verwandelte sich in ätzende Galle, doch er schluckte den bitteren Geschmack hinunter, da er wusste, dass die Komtess genauso ahnungslos war wie alle anderen Opfer Isleys.

Poppy starrte Isleys Abbild noch ein letztes Mal wütend an, ehe sie sich mit einer Miene, die nichts preisgab, wieder der Komtess zuwandte. »Verzeihen Sie meine Offenheit, Brit–«

»Aber Sie sind doch immer sehr offen, Mrs Hamon. Offenheit ist eine Ihrer besten Eigenschaften«, unterbrach die Komtess sie mit offensichtlichem Vergnügen.

Poppys strenge Augenbrauen rückten ein Stück zusammen, ehe sie fortfuhr. »Also, wir interessieren uns für eine Frau, mit der Isley zu jener Zeit möglicherweise liiert war. Moira Darling. Haben Sie schon mal von ihr gehört?«

Die Komtess stieß ein kurzes fassungsloses Lachen aus. »Diese Offenheit ist tatsächlich nicht zu überbieten.« Sie setzte sich aufrecht hin, als könnte sie die entspannte Haltung nicht mehr ertragen. »Es wurde darüber gesprochen, dass er auch andere Frauen hatte. In dieser Hinsicht war er … unersättlich, und es ist schwer zu sagen, ob er nicht auch gelegentlich gewisse Häuser aufsuchte. Obwohl mich das keineswegs überrascht hätte.« Sie zuckte vornehm die Achseln. »So leid es mir jedoch tut, Ihnen das sagen zu müssen … von einer Moira Darling habe ich noch nie gehört.«

»Könnten Sie uns die Namen der Frauen nennen, die er eventuell besucht hat?«, fragte Win.

»Er hat sich oft mit einer gewissen Mrs Noble getroffen.« Die Komtess sah ihn unverwandt an. »Sie ist bekannt für ihren Kennerblick in Bezug auf Kunst. Isley war sehr von ihr angetan.«

»Mrs Amy Noble?«, fragte Winston nach. »Die Witwe von Mr Tobias Noble, dem Kohlemagnaten?«

»Genau die. Sie gibt gern Gesellschaften in Farleigh, ihrem Sommersitz in Richmond, wo sie sich von Juli bis November aufhält. Das sind Veranstaltungen, bei denen es meist hoch hergeht und man sowohl auf den Premierminister als auch auf irgendeinen Burschen treffen kann, den sie auf der Straße aufgelesen hat, weil sie seinen Gesang so schön fand.«

Poppy sah zu Win. »Dann müssen wir nach Farleigh.« Sie wandte sich der Komtess wieder zu. »Brit. Seien Sie vorsichtig, ja? Keine neuen Besucher in den nächsten paar Wochen.«

Der Blick der Komtess verriet Besorgnis. »Bin ich etwa in Gefahr, Mrs Hamon?«

Poppys Röcke raschelten, als sie sich erhob. »Im Moment ist das jeder, der mit Isley zu tun gehabt hat. Ich werde Ihnen Bescheid geben, wenn die Gefahr gebannt ist. Doch bis dahin bitte ich Sie, mir zu vertrauen und das zu tun, was ich gesagt habe.«

»Das tue ich immer.«

Win betrachtete den klaren, starken Ausdruck des Gesichts und der Züge seiner Gemahlin. Hier war die Frau, die sagte, wo es langging, die Frau, die eine ganze Organisation befehligte. Die Leute kamen ihrer Bitte nach. Wie immer juckte es ihm in den Fingern, sie an einen ungestörten Ort zu bringen und ihr die sinnlich-sanfte Poppy zu entlocken, die zu sehen nur er das Privileg besaß.

Ihre Hand legte sich auf seinen Arm, und er zog Poppy eng an sich, während er ihrer Gastgeberin zunickte. »Komtess.«

Sie schenkte ihm ein geheimnisvolles Lächeln. »Es war mir ein Vergnügen, Sie kennenzulernen, Mr Belenus. Besuchen Sie mich gerne wieder. Jederzeit.«

Seine teuflische Seite kam nicht umhin, eine leichte Genugtuung zu empfinden, als der Griff an seinem Arm fester wurde. Wenn sie nur wüsste, wie wenig er sich aus anderen Frauen machte.

Er öffnete die Tür und stieß geradewegs mit einem anderen Mann zusammen. Besser gesagt … sein Unterleib kollidierte mit dem Gesicht eines Mannes. Win unterdrückte einen Fluch, als er das Übermaß an nackter Haut und das aus zitternden rosa Federn bestehende Flügelpaar bemerkte. Win starrte mit offenem Mund nach unten, während der andere Mann mit großen Augen nach oben sah. Dann räusperte Win sich. »Henri, nicht wahr?«

Ein erfreutes Lächeln breitete sich langsam auf dem Gesicht des Mannes aus. Wins Gesicht wurde dagegen unangenehm heiß. »Ja, richtig. Kennen wir uns?«

17

Sie schafften es aus dem Haus und auf die Uferpromenade, ehe Poppy in schallendes Gelächter ausbrach. Sie lachte nicht oft, doch wenn, dann aus tiefster Seele. Halb amüsiert, halb fassungslos beobachtete Win, wie sie sich förmlich vor Lachen ausschüttete. Ein wundervoll heiseres Lachen, bei dem ihre Schultern heftig bebten und ihr die Tränen übers Gesicht liefen, während ihre Augen wie Topase funkelten … ein Lachen, das zum Mitlachen anregte. Daher gelang es einigen Passanten nicht, trotz Poppys wenig damenhaften Verhaltens von ihrem Lachanfall ungerührt zu bleiben. Mehrere mussten zumindest lächeln, während ein Schornsteinfeger, der nach getaner Arbeit auf dem Heimweg war, in ihr Lachen einstimmte und sich dabei Ruß und Asche von den Schultern schüttelte, ehe er davonspazierte.

Als sie sich wieder einigermaßen gefasst hatte, nahm Win sie sanft am Ellbogen. »Ja, ja«, sagte er und führte die unter Schnauben und Glucksen noch immer um Selbstbeherrschung ringende Poppy vom Haus der Komtess weg. »Das war wirklich sehr lustig. Lach dich nur tot.«

Ihre Hand zitterte, als sie sich die Augen wischte. »Du hättest mal dein Gesicht sehen sollen, Win«, prustete sie wieder los. »Einen Moment lang habe ich gedacht, du würdest mir auf den Arm springen, damit ich dich beschütze.«

Seinen Lippen zuckten. »Viel hätte nicht gefehlt.« Und dann musste auch er lachen, was bedeutete, dass sie sich mitten in der Öffentlichkeit lauthals zum Affen machten, während die Vernünftigen unter den Londonern vorübereilten, um sich nicht womöglich noch dasselbe Leiden wie diese beiden einzufangen.

Als ihre Blicke sich begegneten, geriet sein Atem ins Stocken. Sein Lachen erstarb zu einem Hüsteln, als ihm bewusst wurde, wie nah sie beieinander standen. Sie waren ganz eng zusammengerückt, ihre Hand lag fest auf seinem Arm, damit sie nicht vor lauter Lachen umfiel. Auch sie verstummte und hickste nur noch einmal kurz, als sie sich aus unmittelbarer Nähe anstarrten. Niemand sah ihn so, wie er sich in diesem Moment zeigte. Sheridan wäre wahrscheinlich auf der Stelle in Ohnmacht gefallen, hätte er Winston lachen hören. Nur sie sah, wie er wirklich war. Und nur in Poppys Nähe empfand er wahre Freude. Er sehnte sich in diesem Moment so sehr nach ihr, dass er die Sehnsucht fast schon als körperlichen Schmerz empfand … ein Schmerz, der ihn dazu drängte, sie an sich zu ziehen und nicht mehr loszulassen.

Sie richtete sich auf, was sie ihm noch näherbrachte, während aus ihrer Miene plötzlich dieselbe Verlorenheit und Pein sprachen, die sich bestimmt auch in seinem Gesicht widerspiegelten. »Win …«

Er wusste nicht, was plötzlich anders war. Vielleicht der Klang zu energischer Schritte oder das Klicken eines Klappmessers, doch seine Aufmerksamkeit sprang schlagartig von Poppys verführerischem Mund zu ihrer Umgebung. Auch sie schien die Gefahr bemerkt zu haben, da ihre Augen sich verengten und sie regungslos verharrte.

»Wir haben wohl die Aufmerksamkeit von jemandem auf uns gezogen«, erklärte sie in einem Tonfall, als würde sie nur über das Wetter plaudern.

»Sieht so aus.« Er nahm ihren Arm und führte sie weiter. Sie schlugen ein gemächliches Tempo an, bei dem er seinen Gehstock noch fester packte. Win brauchte sich nicht umzusehen, um zu wissen, dass ihnen mindestens drei Personen folgten. Sie waren inzwischen fast mutterseelenallein und damit ein leichtes Ziel. Andererseits hatte Win dadurch im Falle eines Angriffs genügend Platz zum Kämpfen, ohne befürchten zu müssen, dass Unschuldige dabei zu Schaden kamen. Als er aus den Augenwinkeln sah, wie vier finstere Gestalten ausschwärmten, spannte sich sein Körper an.

Er beugte sich zu Poppy und lächelte ihr zu, wie um ihr ein Kompliment zu machen. »Wenn wir zu der Straßenüberführung da vorne kommen, bleibst zu zwischen der Mauer und mir.«

Ihre braunen Augen blitzten überrascht auf. »Und dann? Soll ich etwa abwarten, bis du sie überwältigt hast?«

»So ungefähr habe ich mir das vorgestellt, ja.«

Ihre Lippen verzogen sich zu einem Zerrbild eines Lächelns. »Wie wäre es damit? Du zwei, ich zwei.« Ihr Arm bewegte sich leicht, und sie packte ihren Fächer wie einen Schlagstock. Ein alberner Fächer? Er spürte das Verlangen wieder loszulachen, wäre da nicht das noch größere Verlangen gewesen, sie zu erdrosseln.

»Darf ich dich daran erinnern«, zischte er durch zusammengepresste Zähne, »dass du in anderen Umständen bist?«

»Weshalb wir das hier unbedingt schnell hinter uns bringen sollten.«

Ihre Logik war zum Haareraufen. Win wollte sich gerade Poppy zur Brust zu nehmen, als diese zu ihren Verfolgern herumwirbelte.

»Meine Herren«, setzte sie an, während die Männer stehen blieben. Vier riesige Kerle, die aussahen, als stünde ihnen der Sinn nach einer Schlägerei. »Ich glaube, Sie sind vom Weg abgekommen. Daher schlage ich vor, dass Sie sofort auf dem Absatz kehrtmachen, ehe Sie bereuen, es nicht getan zu haben.«

Das musste Win ihr lassen: Ihr Auftreten war so Furcht einflößend wie das einer gestrengen Schullehrerin. Nur dass sie keine kleinen Jungs vor sich hatte … und er sie auf jeden Fall umbringen würde, sobald sie das hier überstanden hatten. Er trat neben sie, um sie nach hinten zu schieben. Das heißt … er versuchte es, denn sie rührte sich nicht vom Fleck. Mit einem ärgerlichen Knurren zog er seine Jacke ein Stück zur Seite, um die Waffe zu präsentieren, die er darunter verbarg. »Sie haben meine Lady gehört. Suchen Sie sich einen anderen Zeitvertreib.«

Noch während er das sagte, dämmerte ihm, welch sonderbare Gestalten da vor ihnen standen. Die Kerle hatten noch kein einziges Wort gesprochen, sondern verharrten stumm und schwankten leicht hin und her, als wären sie betrunken, während ihre Augen mit starrem Blick auf ihnen lagen. Neben ihm machte Poppy den Eindruck, gerade dasselbe bemerkt zu haben, da sie plötzlich erbleichte.

»Verdammt«, fluchte sie.

Er wagte einen kurzen Blick zu ihr, wobei er Anstalten machte, seine Waffe zu ziehen. Ihre Hand an seinem Arm hielt ihn jedoch auf. »Nein«, sagte sie. »Das würde nichts nützen. Es sind Untote.«

»Was?« Als eine leichte Brise über sie hinwegwehte, nahm er den Geruch verwesenden Fleisches wahr.

Poppys Hand lag wie ein Schraubstock auf seinem Arm, während seine Frau vor ihnen zurückwich. »Untote, Zombies. Leichen, die ihren Gräbern entstiegen sind, um zu tun, was ihr Meister verlangt.«

Verflucht. Eines Tages würde er aufwachen und feststellen, dass alles nur ein böser Traum gewesen war.

»Win, sag mir, dass in deinem Gehstock eine Waffe steckt.«

»Natürlich.« Er spannte sich an, während seine Hand an den Knauf seines Schwertstockes ging. Jetzt, da die Kerle nah vor ihnen standen, konnte er den gräulichen Ton ihrer Haut und die bläulichen Rippen erkennen, von denen sich das Fleisch zu lösen begann.

»Schwert oder Degen?«

»Schwert. Hat mir Archer gegeben.«

Poppy schenkte ihm ein angespanntes Lächeln. »Ich glaube, ich liebe den Mann.«

Auf diese Bemerkung würde er später zurückkommen müssen, da die Schurken just jenen Moment für ihren Angriff wählten. Er zog das Schwert mit einem metallischen Klirren aus dem Stock, während Poppy rief: »Ziel auf den Hals. Köpfen ist die einzige Möglichkeit, um sie aufzuhalten.« Und dann trat sie vor ihn, um ihrerseits anzugreifen.

Einen kritischen Moment lang konnte er seine Frau nur voller Faszination anstarren. Sie bot einen herrlichen Anblick, wie sie sich bewegte. So hatte er sie noch nie gesehen. Als einer der Kerle sie zu packen versuchte, verpasste sie seinem Ellbogen einen Schlag mit dem stumpfen Ende ihres Fächers. Zwei weitere Bewegungen und sein Arm war gebrochen. Der Fächer sprang auf, und jetzt konnte Win erkennen, dass die Streben in Wirklichkeit Stahlschneiden waren. In einem Wirbel aus roten Haaren und blauen Röcken fuhr das silberne Accessoire durch den Hals des Übeltäters, worauf dessen Kopf mit einem dumpfen Geräusch zu Boden fiel.

All dies geschah im Bruchteil einer Sekunde, ehe Win plötzlich alle Hände voll zu tun bekam. Allmächtiger, waren diese Wesen schnell … und stark. Als er am Kopf getroffen wurde, sah Win Sterne. Doch dann setzte die Routine jahrelangen

Trainings ein und ließ ihn reagieren, wenngleich er das Ganze dabei wie durch einen Nebel sah. Sein Körper bewegte sich automatisch durch den nun folgenden makabren Tanz. Tritt, Schwung, Ducken, Schritt, Schwung, Hieb. Er enthauptete einen Zombie, sodass nur noch zwei übrig waren.

Nachdem Poppy hinter ihn getreten war, arbeiteten sie Rücken an Rücken als eine Einheit, eine geballte Kraft. Ein Schlag in die Magengrube ließ Winston Galle schmecken. Er schlug zurück, und seine Faust fühlte kaltes, totes Fleisch. Hinter ihm geriet Poppy ins Taumeln, als die gewaltige Pranke ihres Angreifers sie traf. Obwohl sie keinen Laut von sich gab, wurde Winston von blinder Wut gepackt. Mit einem lauten Kampfschrei schwang er herum, schob Poppy zur Seite und befreite den Zombie mit einem kräftigen, präzise ausgeführten Schlag von seinem Kopf.

Vielleicht hätte er noch einmal gebrüllt – diesmal vor Triumph – wäre da nicht der Schatten gewesen, der sich von hinten auf ihn stürzte. Ein Messer näherte sich zielgenau seinem Herzen, und ihm blieb keine Zeit mehr, um sich in Sicherheit zu bringen oder den Angriff abzuwehren. Win machte sich auf den Stich gefasst, doch der blieb aus. Wie eine wütende Katze fauchend holte seine Frau zum Schlag aus. Während ihr schlanker Arm die gegen ihn gerichtete Attacke abwehrte, schnellte ihr raffinierter Fächer vor und trennte den Kopf des noch verbliebenen Untoten säuberlich vom Rumpf.

Und dann war alles vorüber. Winston schmerzte jeder Zentimeter seines Körpers, während er das Gemetzel betrachtete. Alle viere von sich gestreckt lagen vier Zombies am Boden, und keiner von ihnen besaß mehr einen Kopf.

Seine Brust hob und senkte sich heftig, als er sich aufrichtete und seine Frau ansah. Auch sie atmete schwer, während das rote Haar ihr wirr um die schlanken Schultern hing. Auf ihrer Wange erkannte er Blut, doch es handelte sich nur um eine oberflächliche Verletzung. Sie sah umwerfend aus. Er vergewisserte sich noch einmal, dass sie nun wirklich allein waren. Nichts rührte sich.

»Bist du verletzt?«, fragte er. »Haben sie dem …«

»Dem Baby geht es gut«, beruhigte sie ihn, während sie sich das Haar aus dem Gesicht strich. »Und dir?«

»Noch nicht.« Klirrend fiel sein Schwert zu Boden. Er legte die beiden Schritte, die sie von ihm entfernt war, rasch zurück und zog sie an sich. Lust erfüllte ihn, als seine Lippen sich auf ihre legten. So viel Lust, dass er nach hinten taumelte und sie dabei mitnahm. Er sank an die Steinmauer der Überführung, während er ihr Gesicht in beide Hände nahm und ihren Mund genoss. Er musste sie spüren, musste von ihr kosten, brauchte sie dringender als die Luft zum Atmen. Genau das hatte ihm so sehr gefehlt. Genau das war es, was ihm erst das Gefühl gab, ein ganzer Mensch zu sein. Ihre Finger schoben sich in sein Haar und zogen ihn energisch näher, als sie seinen Kuss erwiderte und an seiner Unterlippe knabberte.

Vor lauter Verlangen schwirrte ihm der Kopf. Er atmete bebend, um den Druck in seiner Brust zu lindern. Er musste aufhören, das wusste er. Doch einen kurzen Moment lang musste er einfach nur die Augen schließen und sie genießen. Seine Zunge spielte mit ihrer, ein langsames, quälendes Gleiten, das ihm ein Stöhnen entriss. Dann löste er sich von ihr. Ein schmerzlicher Augenblick.

Einen Moment lang rangen sie beide um Atem. Erstaunt sah sie ihn an, als er ihr zärtlich über die blutige Wange strich.

»Wofür war das jetzt?«, sagte sie nach einem kurzen Moment des Schweigens.

Mit dem Daumen fuhr er ihr über die Unterlippe und antwortete wahrheitsgemäß: »Dafür, dass wir noch leben.«

Ihr Blut war nach dem Kampf noch heftig in Wallung, sodass Poppys Hände leicht zitterten, als sie sich daran machte, die Taschen der Zombies zu durchsuchen. Win hatte sie geküsst. Was Kämpfe und Gefechte anging, verfügte sie über genügend Kenntnisse, um zu wissen, dass die damit einhergehende heftige Erregung oft das Bedürfnis nach körperlicher Nähe, wenn nicht gar sexueller Erlösung nach sich zog. Deshalb sollte sie dem Kuss auch nicht allzu viel Bedeutung beimessen. Trotzdem hämmerte ihr Herz, und sie konnte kaum klar denken.

Er kniete sich neben sie, was den Stoff seiner Hosen über seinen mächtigen Oberschenkeln einer ordentlichen Belastungsprobe unterzog. So hatte sie ihn noch nie gesehen: Sein Körper war eine lebensgefährliche Waffe, und jede Bewegung, jeder Schlag vermittelte den Eindruck, als ob die Luft um ihn herum nur ihm gehörte. Vor lauter Lust war sie wie benommen.

»Wonach suchst du?« Seine rauchige Stimme klang tief und ruhig.

Sie griff in eine Innentasche. »Nach einer Art Wegweiser. Untote können nicht selbstständig denken. Sie brauchen etwas, das sie zu ihren Opfern führt. Etwas, woran sie eine bestimmte Person erkennen können.«

Neben ihr machte sich auch Win auf die Suche nach diesem Hinweis. Als er ein gefaltetes Blatt Papier hervorholte, setzte er sich auf die Fersen zurück. Poppy hielt inne, beugte sich zu ihm und beobachtete, wie er es auseinanderfaltete. Ein Büschel roten Haars fiel in seine geöffnete Hand.

»Da haben wir die Erklärung«, zischte sie. »Sie haben Haare von mir.«

Win schloss die Finger um das Büschel. »Woher?«

Poppy stützte sich mit einem Arm auf dem Bein ab. »Vielleicht aus meiner Bürste? Keine Ahnung.«

Win stand auf und reichte Poppy die Hand. Zwar brauchte sie eigentlich keine Hilfe, doch Poppy nahm sie trotzdem an, da sie ihn weiter berühren wollte. Närrin. Sie konnte es sich nicht erlauben, Schwäche zu zeigen. Darum ließ sie ihn los, sobald sie wieder stand, und betrachtete die niedergestreckten Zombies. »Ich würde auf Isley tippen, allerdings entspricht das nicht seiner Vorgehensweise.«

»Glaubst du etwa, dass dir noch jemand anderes schaden will?« Unnachgiebigkeit und Wut traten in seinen kühlen Blick. »Hast du eine Ahnung, wer noch dahinterstecken könnte?«

Sie stieß ein kurzes Lachen aus. »Die Liste ist lang, mein lieber Gatte.«

Sein Kiefer spannte sich an. »Und das findest du lustig?«

Nein. Sie fand es eher lästig. Schlimmer noch, es weckte den Wunsch in ihr, ihren Aggressionen freien Lauf zu lassen, weil auch er in Gefahr gewesen war. Und das nur, weil er mit ihr verkehrte. Verflixt und zugenäht. Sie blickte zu Win und sah, dass er sie beobachtete. Sie hatte die sanfte Erregung in seinem Blick gesehen, gleich nachdem er sie geküsst hatte. Die Zärtlichkeit. Er hatte sie angesehen wie schon früher. Doch ihr Leben war, wie es war … bevor er ihr Geheimnis gelüftet hatte. Und sie wollte diesen Blick zurück.

»Warum?« Eigentlich hatte sie das gar nicht sagen wollen, aber ein Rückzieher kam für sie jetzt, da es ihr herausgerutscht war, nicht infrage.

Schlagartig breitete sich Ernüchterung in ihr aus. »Was

willst du von mir hören, Poppy?« Die Narbe an seiner Lippe war weiß, als er seine Frau musterte. »Dass ich auch nur ein Mensch bin? Das weißt du nur allzu gut.«

Ihre Brüste hoben und senkten sich, während sie um Atem rang. »Vielleicht, dass du mich küssen wolltest? *Dass du dich genauso sehr nach mir sehnst wie ich mich nach dir. So sehr, dass es wehtut.*

So unnachgiebig, wie er sie ansah, hätte er auch eine Marmorstatue sein können. »Ich wollte dich küssen.« Er drängte sie gegen die Steinmauer, die auf den Themse-Damm führte. »Ich will dich jede einzelne Sekunde, in der ich wach bin. Ich will dich bei mir haben, will deine Stimme hören, dich spüren.« Er beugte sich näher und tauchte sie in seinen Duft und seine Hitze. »Ich will dich hart und sanft nehmen und in jeder anderen Form, die dazwischen liegt. Und das Verfluchte daran ist, dass es schon immer so war. Von dem Moment an, in dem ich dich zum ersten Mal gesehen habe.«

Poppy starrte ihn mit offenem Mund an, und seine Miene wurde noch finsterer: »Es gibt keinen Augenblick, in dem ich dich nicht will. In jeder Hinsicht. Ich will …« Er atmete stockend aus. »Es tut so weh, mein Verlangen nach dir. Und ich wünschte, es gäbe diesen Schmerz nicht.«

Sie seufzte laut, aber er merkte es gar nicht. »Denn es ist mehr als pures Verlangen. Irgendwann kommt jeder Mann in seinem Leben an einen Punkt, wo ihm klar wird, dass Verlangen nicht alles ist. Dass es mehr als das braucht«, erklärte er.

»Du wirst mir niemals verzeihen, Win, hab ich recht?«

Sein Kopf schnellte zurück, und einen Moment lang legte sich ein Schatten auf seine unergründlichen Augen, bevor er seufzte: »Hier geht es nicht um Vergeben. Ich habe gelogen, du hast gelogen, wir haben beide gelogen.«

»Konjugierst du nur? Oder willst du mir etwas damit sagen? Wenn ich ehrlich bin, verstehe ich nämlich nicht, worauf du hinauswillst.«

Sein Mund verzog sich, während er sich wieder ein Stück näher beugte. »Es ist nicht real. Was wir hatten, war nie real, sondern eine Illusion. Unser Leben. Unsere Liebe.«

»Wie kannst du nur so etwas sagen! Wie kannst du nur kleinreden, was wir hatten.« Genauso gut hätte er ihr eine Ohrfeige verabreichen können.

»Und wieso sollte ich nicht? Alles, was wir sind, ist das Ergebnis meiner Dummheit und Isleys verfluchter Machenschaften.«

Sie boxte gegen seine Schulter. Kräftig. »Du Narr! Dein Handel hat deinem Leben einen neuen Kurs gegeben. Aber er war nicht der Grund, warum ich dich wollte. Er hat uns nicht glücklich gemacht. Er hat nicht dafür gesorgt, dass ich dich lie…« Sie schluckte. »Er hat nicht dafür gesorgt, dass ich dich liebe, Win; daran bist allein du Schuld, du Mistkerl.« Sie stieß ihn noch einmal, und zwar so fest, dass er einen Schritt zurücktaumelte, was auch gut war, da sie seine Nähe keinen Moment länger ertragen konnte. »Und wenn du das nicht erkennst, wenn du nicht akzeptieren kannst, was wir waren, dann ist es sinnlos, unsere Beziehung fortzusetzen.«

Er packte sie an den Oberarmen. »Du bist hier diejenige, die blind ist!« Als sie versuchte, sich zu bewegen, hielt er sie fest. »Du hast mich damals abgewiesen, als ich dich das erste Mal gefragt habe. Erinnerst du dich wenigstens daran noch?«

Sie nickte steif und war nicht gerade erfreut von dem dumpfen, düsteren Gefühl, das Besitz von ihrem Herzen ergriff.

Er packte sie fester, als er sie mit einem Blick voller Qual und Verzweiflung ansah und fortfuhr: »Ich dachte damals, es läge daran, wer ich war. Aber so war es gar nicht, stimmt's? Das ist mir jetzt klar. Im Grunde lag es nämlich daran, wer *du* warst.«

Das unangenehme Gefühl in ihrer Brust verwandelte sich in einen Schmerz, der nach draußen wollte und ihr die Kehle zuschnürte. »Ich hatte nicht vor, mich in dich zu verlieben.« Er sah sie gerührt an. »Ich weiß, Kleines. Das ist mir inzwischen klar. Aber siehst du es denn nicht auch? Ich habe dir doch gar keine andere Wahl gelassen.« Seine Daumen streichelten sie sanft. »Stell dir mal folgende Frage: Hätte Boudicca, Mutter der Gesellschaft zur Unterdrückung Übernatürlicher, nachgegeben und Ja zu mir gesagt?«

Ein gequälter Laut kam über ihre Lippen, als sich ihr ganzer Schmerz schließlich nicht mehr im Zaum halten ließ. Verzweifelt schnappte sie nach Luft, doch es war zu spät. Die Wahrheit brach heraus, ob sie wollte oder nicht.

»Nein.«

Und dann ergriff sie die Flucht. Vor ihm. Vor sich selbst.

Win sah zu, wie sie ging. Jeder ihrer energischen Schritte stach einen Dolch in sein Herz. Er biss sich auf die Lippe, um sie nicht zurückzurufen. Um nicht die Wahrheit hinauszurufen. Dass es ihm egal war, wenn sie ihm nicht wirklich gehörte. Er liebte sie. Er hatte sie immer geliebt. Und er würde sie bis an sein Lebensende lieben. Doch sie hatte ihm offen und ehrlich geantwortet. Sie hätte sich nicht für ihn entschieden. Geistesabwesend rieb er sich die Brust.

»Das war sehr schlau von Ihnen, Lane.«

Die Hände zu Fäusten ballend blickte er auf den Straßenbengel herab, der plötzlich neben ihm stand. Ein schmutziges Kindergesicht blinzelte ihn an, unschuldig, niedlich mit der Stupsnase und den zu großen Augen, in denen ein lebhaftes

Feuer brannte. Win musste sich schwer zusammenreißen, um dem anderen nicht seine Faust ins Gesicht zu schlagen. »Ist das Ihr Werk?«

Jones betrachtete die am Boden verteilten Körper. »Ich dachte, das wäre Ihres.«

»Sie wissen genau, was ich meine.«

»Sie besitzen keinen Humor, Lane.« Jones zuckte mit den Achseln. »Wie sie schon gesagt hat, entspricht das nicht meinem Stil. Die Frau besitzt mehr Feinde als der Teufel.« Das Kindergesicht sah Poppy hinterher und begann zu grinsen. »Mmh, trotzdem müssen Sie zugeben, dass sie umwerfend aussieht, wenn sie kämpft.« Eiskalte Augen richteten sich auf Winston. »Wahrscheinlich wird sie ein Weilchen nicht mit Ihnen reden, hab ich recht?«

»Ich schwöre bei Gott«, knirschte Winston mit den Zähnen, »dass ich einen Weg finde, um Sie zu vernichten, Jones. Und wenn ich dafür bis in die Hölle muss.«

Der Straßenjunge rückte seine Kappe zurecht und spuckte aus. »Sparen Sie sich Ihre netten Worte.« Er steckte seine kleinen Hände in die Taschen seiner kurzen Hose. »Sie sollten mir vielmehr danken. Das Schicksal hatte sie nämlich nie füreinander bestimmt.«

»Und was, wenn ich nicht an Ihre Version des Schicksals glaube?« Jedes einzelne Wort, das aus Winstons Mund kam, hatte die Schärfe eines Rasiermessers.

»Dann wären Sie nicht hier.« Der Kinderfuß trat gegen ein Bruchstück eines Pflastersteins und ließ es wie einen Ball davonhüpfen. »Sie sollten ihr nachlaufen.« Strenge Augen fixierten ihn. »Und jetzt verlieren Sie keine Zeit mehr. Ihnen bleiben noch drei Tage. Dann komme ich, um zur Kasse zu bitten.«

18

Ein Mann brauchte sich nur ganz der Vorfreude hinzugeben, und schon wurde er schwach, was besonders gut klappte, wenn er mit einer so lebhaften Fantasie gesegnet war wie Win. Er musste sein Objekt der Begierde einfach nur beobachten und sich Fragen stellen. Wie schmeckten ihre Lippen wohl? Vielleicht lieblich-herb, so wie Beeren? Oder warm und weich wie Kirschen? Würde sie bereitwillig den Mund öffnen und seine Zunge mit ihrer verwöhnen? Oder müsste er sich den Einlass erst erarbeiten? Ein flüchtiger Blick auf ihren Busen reichte, um ihn zu erregen, wenn er sich nur vorstellte, welche Form sich hinter den Schnürungen ihres Korsetts verbarg. War er spitz? Tränenförmig? Rund? Und welche Farbe hatten ihre Nippel? Waren sie groß? Klein? Keck? Flach? Eine qualvoll reiche Auswahl reizender Möglichkeiten. Ein Spiel, bei dem der Mann sich fragte, wie lange er der quälenden Ungewissheit wohl standhielt, bevor er Antworten haben musste.

Für Win war dieses Spiel nicht neu. Er erinnerte sich an seinen ganz besonderen Reiz. Und musste fast lachen, da er mittlerweile eine Form des Schmerzes kannte, die weitaus grausamer war als seine Erinnerung. Ein Schmerz, der darauf beruhte, sehr genau zu wissen, was einem entging. Sich Dinge vorzustellen, war kein Vergleich zur Realität. Win wusste, wie Poppy schmeckte und dass ihre wohlgeformten Brüste zwar nicht groß waren, seine Hände aber in ausreichendem Maße füllten. Er kannte den Farbton ihrer Brustspitzen, er wusste, wie sie sich anfühlten und konnte genau sagen, welches Rot ihre Haut annahm, wenn er sich mit ihr vereinte.

Unwissenheit, so hieß es, sei eigentlich ein Segen, Wissen hingegen ein akuter Schmerz. Genauer gesagt ein Schmerz in seinem besten Stück, das nicht allzu glücklich war über den Umstand, zusammen mit dem Objekt seiner Begierde in einer kleinen Kutsche eingepfercht zu sein, die sich auf dem Weg nach Farleigh befand. Win suchte so diskret wie möglich nach einer angenehmeren Sitzposition und zwang sich, den Blick von ihrem herrlich schlanken Hals abzuwenden. Er sehnte sich danach, die Haut dieses Halses zu schmecken, das sanfte Pulsieren darunter zu spüren. Er verzehrte sich nach ihrem Geschmack wie ein im Gefängnis darbender Mann, der nach einem saftigen Stück Fleisch lechzte.

Glücklicherweise war er Engländer. Er war damit aufgewachsen, sich nicht jedem Vergnügen hinzugeben, sondern seine Bedürfnisse zu kontrollieren. Nur hatte er sich in Bezug auf Poppy leider nie beherrschen können. Und jetzt? Jetzt hatte er sich von ihr zurückgezogen. Was für ein Idiot er doch war. Wenn er wenigstens zu Talent in die Bediensteten-Kutsche gestiegen wäre und statt seiner Mary Chase bei Poppy hätte mitfahren lassen.

Während der Fahrt wurde kein Wort gesprochen, was sicher das Beste war. Ohnehin hätte er nichts zu sagen gewusst, was ihn ihrer Welt wieder nähergebracht hätte. Und darin lag das Problem: Er wollte Teil ihrer Welt sein. In ihrer Nähe zu sein machte den Unterschied aus, zwischen irgendwie durch den Tag zu kommen und bewusst jeden einzelnen Atemzug zu spüren.

Win wurde aus seinem Selbstmitleid gerissen, als Poppys Magen ein leises Knurren ertönen ließ, ein Geräusch, bei dem ihre Lippen sich zusammenpressten. Fast wäre ihm ein Lächeln entfleucht, hätten ihre steife Haltung und die in ihrem Schoß ruhenden, krampfhaft umklammerten Hände nicht deutlich erkennen lassen, wie unwillkommen ihr eine solche Reaktion gewesen wäre. Stattdessen griff er in seine Jackentasche und holte eine kleine Tüte Esskastanien heraus.

Als er sie Poppy reichte, nahmen ihre Augen eine kugelrunde Form an. Sie lehnte jedoch nicht ab. Ihre flinken Finger wirkten beinahe gierig, als sie sich eine Kastanie in den Mund stopfte. »Ich wusste gar nicht, dass du etwas zu essen bei dir hast.« Emsig zerkaute sie mit offensichtlichem Genuss die nächste Marone. Da sie seit ihrem Streit nicht mehr als ein paar Sätze gesprochen hatten, klangen ihre Worte seltsam gezwungen.

»Habe ich normalerweise auch nicht. Hier …« Er zog eine kleine Flasche Apfelmost aus der anderen Tasche. Sie löste den Verschluss und trank einen großen Schluck des erfrischenden Getränks. »Aber ich habe gehört, dass Damen in deinem Zustand gerne mal etwas mehr als normal essen.« Und wenn der Appetit, den Poppy in den vergangenen paar Wochen gezeigt hatte, auch nur irgendetwas verriet, dann dass sie sogar noch ein bisschen mehr als die meisten anderen Damen in ihrem Zustand brauchte.

Sie ließ die Flasche sinken und sah ihn argwöhnisch an. »Dann ist das alles hier für mich?«

»Natürlich.«

Offensichtlich hatte sie nicht damit gerechnet, dass er sich um ihre Bedürfnisse kümmern würde. Die Esskastanien in der einen, die Flasche in der anderen sanken ihre Hände in den Schoß zurück. Dann starrte sie ihn einen unangenehm langen Moment an, bis er den ärgerlichen Drang verspürte wegzusehen, ehe sie die Flasche neben ihre Hüfte stopfte und eine weitere Marone aß. »Danke, Win.«

»Das ist doch das Mindeste, das ich tun kann. Schließlich möchte ich nicht, dass du vor Hunger noch gereizt wirst.« Das Lächeln, das er ihr schenkte, wirkte etwas nervös, schließlich sollte sie nicht merken, wie sehr er es genoss, für sie da zu sein ... zumindest nicht in einem Moment, in dem sie offensichtlich der Meinung war, dass diese Fürsorge nicht mehr zu seinen Pflichten gehörte ... oder gar sein Recht war. »Wenn das passiert, lernt ein Mann nämlich, um sein Leben zu fürchten.«

»Ha.« Trotz der knappen Antwort zeichnete sich der Anflug eines Lächelns um ihre Augenwinkel ab. Sie zerknüllte die leere Tüte und musterte ihn noch einmal mit einer Gründlichkeit, die ihn veranlasste, beiläufig einen Arm auf seinen Schoß zu schieben, um einen gewissen Beweis zu verbergen.

»Was hast du mir denn noch zu bieten?«

Ihm stockte kurz der Atem, ehe ihm klar wurde, dass sie von Essen sprach, und er sie wieder anlächelte. »Ich habe ein paar Fleischpasteten in meinem Beutel.« *Und das klang überhaupt nicht zweideutig.* Er räusperte sich. »Solltest du dich nicht lieber mäßigen, anstatt gleich alles auf einmal zu essen?«

Ihre Kämpferaugenbrauen schossen zusammen, während ihm ihre Hand entgegenschnellte. »Her damit, Lane.«

Nun konnte er sich ein Lachen nicht mehr verkneifen, und er rückte das Essen heraus. Als sie sich bequem mit ihrer Beute in die Polster zurücklehnte, nahm er ihre Beine und platzierte sie auf seinem Schoß. Sie stieß einen schrillen Laut der Empörung aus, worauf er ihr einen leichten Klaps aufs Schienbein gab.

»Still!« Seine Finger gingen zu den engen Schnüren ihrer Halbstiefel. »Ich habe mir nämlich auch sagen lassen, dass die Füße schwangerer Damen dazu neigen, schmerzhaft anzuschwellen.«

Sie rutschte ein bisschen hin und her, um eine bequemere Position zu finden, und betrachtete ihn dann amüsiert. »Ich glaube, dazu kommt es erst, wenn ich etwas runder bin. Aber von mir aus.« Sie biss von einer der Pasteten ab. »Schließlich möchte ich deine fürsorglichen Gefühle nicht verletzen.«

»Wie großzügig von dir.« Ihr leises, genüssliches Stöhnen entging ihm nicht, als er ihr den ersten Stiefel auszog, um sich dann dem anderen zu widmen. »Warum hast du deine Macht nicht eingesetzt, als wir uns mit den Untoten herumschlagen mussten?« Das hatte er sie zwar schon die ganze Zeit fragen wollen, doch damit gezögert, weil er seltsamerweise noch nicht bereit für die Antwort gewesen war.

Sie wählte ihre Worte mit Bedacht. »Untote werden durch einen Zauber gesteuert, was bedeutet, dass bei ihnen die Naturgesetze nicht gelten. Auf alle Fälle hätte ich, um so große Körper zu Eis erstarren zu lassen, derartig niedrige Temperaturen erzeugen müssen, dass die Kälte dir mehr geschadet hätte als ihnen.« Sie zuckte mit den Schultern und brach sich noch ein Stück von dem krümeligen Fleischgebäck ab. »Manchmal kämpft man einfach besser von Angesicht zu Angesicht.«

Wohl wahr. Er hielt den Blick gesenkt, während er mit den Daumen über ihre Fußsohle fuhr. Sie seufzte, ein Zischen, das *ihm* zwar durch und durch ging, die Spannung in ihrem Bein jedoch nicht löste.

Poppys Stimme waberte sanft an sein Ohr. »Ich wusste, es würde dir keine Ruhe lassen.«

Als er mühsam den Kopf hob, sah er, dass sie nervös auf ihre verkrampften Hände blickte. Ein trauriges Lächeln spielte um ihre Lippen. »Ich kann verstehen, wenn ein Mann die Rolle des Beschützers übernehmen möchte, um zu wissen, dass er seine Frau vor Schaden zu bewahren vermag. Welcher Mann bei klarem Verstand will schon eine Frau haben, die ihn mit purer Willenskraft zu Eis erstarren lassen kann?« Sie lachte matt. »Eine Frau, die mit den unterschiedlichsten Waffen umzugehen versteht und sich auf sechs verschiedene Arten der Kampfkunst zu wehren weiß?«

Sechs Arten? Heiliger Strohsack, Archer und Ian hatten ihm vier beigebracht. Er musterte die Hände, die Poppys schlanke Füße bearbeiteten. Es waren starke, fähige Hände, mit deren Hilfe er gerade erst zwei Zombies enthauptet hatte, obwohl das alles andere als ein Vergnügen für ihn gewesen war. Ehrlich gesagt schlug er einen Mann lieber mit seinem Wissen als mit roher Gewalt. Trotzdem war er mühelos dazu in der Lage, sich in körperlichen Auseinandersetzungen zu behaupten, sofern ihm normale Männer gegenüberstanden.

Poppy schwieg einen Moment, ehe sie hörbar schluckte. »Ein Teil von mir war froh, all dies von dir fernzuhalten.«

»Weil du meinen männlichen Stolz nicht verletzen wolltest?« Seine Frage klang gelassen, obwohl ihn die Vorstellung, dass sie ihn für so kleingeistig hielt, durchaus ärgerte.

Schließlich begegnete ihm ihr Blick aus dunklen Augen. »Weil ich nicht wollte, dass du aufhörst, mich als Frau zu sehen. Als Ehefrau, die dich braucht.«

Die Kutsche rumpelte über eine Furche, während er die Bedeutung ihrer Worte erfasste. Win räusperte sich … ein Geräusch, das im Innern der Kutsche übermäßig laut wirkte. »Als wir gegen die Untoten kämpften, Rücken an Rücken wie eine Einheit, da habe ich mich nicht klein, sondern vielmehr lebendig gefühlt.« Er starrte sie an, worauf sein Blut sofort wieder in Wallung geriet. »Ich finde dich großartig, Poppy Lane.«

»Wenn ich mich irgendwann zur Ruhe setze und die Langeweile mich überkommt, dann werde ich so eine Hausgesellschaft veranstalten wie diese hier«, erklärte Poppy. Arm in Arm spazierten sie durch die fantastischen Gärten von Farleigh und gaben das Bild eines zufriedenen Ehepaars ab. Hunderte von Schmetterlingen flatterten in der Luft. Win hatte keine Ahnung, wie Mrs Nobles Angestellte es geschafft hatten, so viele lebende Exemplare zusammenzutragen – ein echter Augenschmaus. Er und Poppy schlenderten gerade durch einen Laubengang aus einem Meer herrlicher, zartrosaroter Rosen, deren lieblicher Duft die Luft erfüllte.

Es war nicht schwer gewesen, sich als Mr und Mrs Snow auszugeben, er ein ehemaliger Inspektor, der sich mittlerweile erfolgreich dem Weinhandel widmete. Dank Hector Ellis', der Kaufmann gewesen war, besaßen sie beide genügend Fachkenntnisse auf diesem Gebiet, um sich über das Thema unterhalten zu können. Zudem wollte Win betonen, dass seine Tätigkeit als Polizeiinspektor der Vergangenheit angehörte, da die Menschen die seltsame Eigenschaft besaßen, sich eher einem ehemaligen als einem noch im Dienst stehenden Inspektor zu öffnen.

»Was fasziniert dich denn so an dieser Gesellschaft?« Trotz ihrer misslichen Lage klang er entspannt, was sich auch in seinem gemächlichen Gang widerspiegelte. Sanfte Klänge von Vivaldi schwebten durch den Garten. Spaziergänge mit Poppy hatte er immer geliebt. Ihre Gedanken zu hören und ihren festen Griff an seinem Arm zu spüren, ließ sein Herz leicht werden und ihn einen Moment lang alle Sorgen vergessen. Ein Schmetterling landete auf den rotbraunen Locken ihrer kunstvoll hergerichteten Frisur und blieb dort als goldenes Schmuckstück sitzen.

»Sie sind alle so ungezwungen«, antwortete sie. »Ist es dir nicht aufgefallen? Niemand hier schert sich um seine äußere Erscheinung oder versucht, den anderen auszustechen.«

Ein Lächeln zuckte um seine Lippen. »Wenn du damit auf das spontane Bad im See anspielst, das wir bei unserer Ankunft beobachten konnten, kann ich dir nur zustimmen.« Ein Bad, bei dem auf Kleidung verzichtet worden war.

Ein Hauch bezaubernden Erdbeerrots legte sich auf ihre Wangen. »Nun ja, das und auch das allgemeine Auftreten dieser Leute. Es herrscht so eine unbekümmerte Stimmung, die überhaupt nicht aufgesetzt wirkt, was für mich in der heutigen Zeit kaum zu begreifen ist.«

Am Ende des Laubenganges, wo aus einer mit einer Waldnymphe dekorierten Fontäne melodisch Wasser plätscherte, blieb er stehen. Er blickte zum Haus zurück, das von ihrem Standort aus zu sehen war. »Wir sind jetzt schon seit drei Stunden hier und haben unsere Gastgeberin noch immer nicht getroffen.«

»Vermutlich müssen wir damit bis zum Abend warten.« Ihre roten Augenbrauen senkten sich leicht verdrießlich, was ihr strenges Profil unterstrich. »Meinst du, sie hält an dieser schrecklichen Sitte fest, die Geschlechter nach dem Abendessen zu trennen?«

»Ich könnte mir vorstellen, dass sie darauf verzichtet«, antwortete er, obwohl er nicht ganz bei der Sache war. Der Schmetterling war weitergeflogen, doch jetzt rekelte sich an Poppys weißem Hals eine tiefrote, seidig glänzende Haarsträhne, die sich aus ihrem Knoten gestohlen hatte. »Mrs Noble macht mir nicht den Eindruck, viel auf gesellschaftliche Verhaltensvorschriften zu geben.«

In ihrem buttergelben Kleid und mit den hochgesteckten

Haaren gab Poppy von Kopf bis Fuß das Bild einer echten Dame ab, doch er wusste um den harten Kern, der sich unter der Oberfläche verbarg. Hier und jetzt, wo der Schein der warmen Augustsonne in lebhaften Tupfen auf ihre hellen Wangen und ihr prachtvolles Haar fiel, wirkte sie dennoch ausgeglichen und zufrieden.

Win war nicht mehr in der Lage, sich zu beherrschen, und strich ihr mit dem Daumen über den sanften Schwung der Alabasterwange, um dann einem von der Sonne angelegten Pfad bis zu den flaumig zarten Löckchen an ihrer Schläfe hinauf zu folgen. Zwar zuckte sie bei der ersten Berührung leicht zusammen, wich jedoch nicht zurück, sondern musterte ihn. Sie standen dicht beisammen, nah genug, damit er sich nur noch ein kleines Stück vorzubeugen brauchte, um sie küssen zu können. Er würde ganz sanft beginnen, indem er seinen Mund über ihren Lippen schloss und sie schließlich zärtlich teilte.

Seine Stimme klang auffallend rau, als er sprach. »Ich habe mich nie richtig um dich gekümmert.«

Eine kleine Furche erschien zwischen ihren Augenbrauen. »Wovon redest du? Du bist immer recht pünktlich nach Hause gekommen. Du warst immer sehr aufmerksam.«

Er schmiegte die Hand an ihre Wange und genoss das Gefühl ihrer kühlen Haut. »Nein. Das meine ich nicht. Wir sind nie ausgegangen, haben nie einfach mal gelebt. Ich habe es wohl irgendwann aus den Augen verloren, dich ausreichend zu würdigen.«

Als ihre schlanke Hand sich auf seiner Brust niederließ, vollführte sein Herz einen Sprung. »Win, du brauchtest mich nicht auszuführen, um mich glücklich zu machen. Du musstest einfach nur bei mir sein«, ihre Stimme sank zu einem Flüstern, »und dann war ich glücklich.«

Beinahe sofort fühlte er den Schmerz. In seinem Herzen. Überall. Ein bittersüßer Schmerz, der ihm fast ein Stöhnen entlockte. »Poppy …«

Die Hände noch an ihre Wangen geschmiegt, beugte er sich vor, weil er sie unbedingt küssen musste, doch schon zog sie sich zurück. »Win, was wünschst du dir?«

Wünschen? Wozu sollte das gut sein? Die harte Wahrheit starrte ihm finster ins Gesicht, und er verlor beinahe den Mut. Es fiel ihm schwer zu antworten. »Ich wünsche mir, der Vater zu sein, den ich nie hatte.« *Ich wünsche mir, dass mein Kind das Licht dieser Welt erblickt.* Der Kloß in seinem Hals schwoll an, bis er kaum noch sprechen konnte. »Und ich wünsche mir, dass du ein Leben in Sicherheit hast.«

Sie rümpfte die Nase. »Für mich wird es nie Sicherheit geben. Nicht bei dem Leben, das ich führe.« Als sie das sagte, wich sie seinem Blick nicht aus, sondern sah ihm direkt in die Augen. Herausfordernd.

Seine Finger schoben sich in die samtweichen Strähnen ihres Haars. Sie wollte die Wahrheit wissen? »Und wenn unser Kind da ist … wenn du Mutter bist?« Als sie sich davonzustehlen versuchte, hielt er sie fest. »Wie stehst du dann zu der Gefahr, in die du dich begibst?«

Ihre Augenbrauen verzogen sich bedrohlich. »Das ist nicht –«

»Fair?«

»Ja, verdammt!« Ihre Wangen röteten sich, und sie holte tief Luft.

Sein Daumen fuhr über die rötlichen Beweise ihres schlechten Gewissens. »Das Leben ist selten fair.«

Sie nickte geistesabwesend, während sich noch ein anderer Zug in ihre finstere Miene mischte, der mehr nach Verzweiflung aussah. »Ich habe mir dieses Kind gewünscht. Sehnlichst gewünscht. Doch jetzt, da mein Wunsch in Erfüllung geht …« Sie biss sich auf die Lippe.

»… bedeutet dir die Gesellschaft mehr.« Er versuchte, das bedrückende Gefühl der Enttäuschung zu ignorieren. Sie wollte nur das, was – wie er wusste – auch die meisten Männer wollten. Er konnte ihr kaum vorwerfen nicht wie andere Frauen zu sein. Das hatte er gleich bei ihrer ersten Begegnung erkannt. Er hatte ihre Einzigartigkeit schon damals geliebt, also würde er sie auch weiterhin akzeptieren müssen. Nur dass sie die Gesellschaft ganz offensichtlich über alles und jeden stellte. Ihn eingeschlossen.

Poppy sah ihn jedoch an, als hätte er ihr eine Ohrfeige gegeben. »Das habe ich nicht ge…«

»Ist es die Verantwortung, die du nicht verlieren willst, oder der Nervenkitzel?« Er wusste, dass er sich wie ein Scheusal benahm, konnte sich aber nicht beherrschen. Ebenso wenig schaffte er es, das Gefühl der Eifersucht zu zerschlagen, das in ihm aufwallte.

Ihre Wangen glühten. »Du machst es dir einfach.«

»Weil es so einfach ist. Jeder misst den Dingen in seinem Leben unterschiedliche Bedeutung bei. Ich frage mich, wie deine Prioritäten aussehen.«

»Und was ist mit dir? Als Inspektor der Mordabteilung riskiert man sein Leben Tag für Tag. Das hättest du doch auch nicht so einfach aufgegeben, oder?«

»Diese Entscheidung wurde mir abgenommen. Ich bin kein Inspektor mehr.« Und tat es ihm nicht in der Seele weh, das zu sagen? Es fühlte sich schon fast an, wie zu bekennen: *Ich bin ein Versager.*

Poppy wurde bleich, ehe ihr Kinn nach oben schoss. »Unsinn. Das ist doch bloß ein Titel. Aber hier«, sie klatschte ihm eine Hand auf die Brust, »hier in deinem Herzen, bist du ein Mann, der kämpfen muss für das, was er für richtig hält.«

»Ja«, stimmte er ihr gegen seinen Willen zu.

Augen, so braun wie auf Hochglanz poliertes Eichenholz, fixierten ihn. »Dafür hast du deine Seele verkauft.«

»Und für dich.« Vor allem für sie.

»Und jetzt?« Ihre Stimme bebte vor unterdrückter Erregung, als sie ihn ansah. »Wenn du eine zweite Chance hättest, würdest du dann noch einmal genau das Gleiche tun? Wofür würdest du dich entscheiden? Jetzt, da du weißt, dass ich eine Lügnerin und Spionin war.«

»Für dich!« Er packte ihren schlanken Arm, als könnte er sie hierbehalten, hier in diesem Garten, für immer. Was erwartete ihn am Ende dieser langen Reise, die schwer wie ein Amboss auf seinem Herzen lastete? »Ich würde mich für meine Frau und mein Kind entscheiden.«

Das Leuchten in ihren Augen erstarb so schlagartig wie die Flamme einer Kerze, die gelöscht wird. Und nicht einmal, wenn es um sein Leben gegangen wäre, hätte er gewusst, warum. Als Poppy sich sanft seinem Griff entzog, versuchte er, sich zu bewegen, sie erneut zu packen, versuchte zu sprechen, hinauszuschreien, dass er sie wollte, sie brauchte, aber er war wie erstarrt. War ihr seine Wahl denn so zuwider?

Poppys Stimme klang traurig und leise, als sie wieder sprach: »Aber du hast dich erst für mich entschieden, als du wusstest, dass ich ein Kind erwarte.«

»Nein.« Nein, nein, nein. Sie glaubte doch wohl nicht …

Poppy schüttelte den Kopf. »Wenn du mich jetzt anschaust, siehst du dann nur mich? Oder auch das Kind?«

Was zum Teufel sollte er darauf wohl antworten? Zu leugnen, dass Poppy und das Kind die wichtigsten Dinge in seinem

Leben waren, wäre absurd. Sein Schweigen dauerte zu lange. Poppy trat einen Schritt zurück und straffte dabei die Schultern. »Dieses Gespräch führt zu nichts. Wir wollen uns lieber auf das konzentrieren, weshalb wir hier sind.« Sie verschwand in den Schatten unter der Pergola, als sie den gleichen Weg zurückging, den sie gekommen waren. Weg von ihm. »Wir sehen uns beim Abendessen.«

19

Paris, 1869 – Der Handel

Winston saß in dem gut besuchten Pariser Café und spürte keinen Schmerz mehr. Da leistete die kleine »grüne Fee« ganze Arbeit. Ungeachtet der anderen Gäste ließ er sich unmanierlich in seinen Stuhl zurückplumpsen und starrte vor sich hin. Die Gesichter um ihn herum drehten sich wie in einem außer Kontrolle geratenen Kaleidoskop. Augen, die größer wurden, Reihen von Zähnen, die strahlend hinter gespannten Lippen aufblitzten. Zu viel Lachen hier. Er musste sich ein anderes Café suchen, eines voller melancholischer Kerle, die sich Stück für Stück tottranken.

Tot. Er hatte keine Angst vor dem Tod. Warum auch? Innerlich war er ohnehin schon tot. Ohne Träume, ohne Hoffnung, ohne Poppy.

Ah, da war er wieder, der Schmerz. Wie eine heiratswütige Mutter mit ihrer Tochter im Schlepptau zwängte sich der Schmerz beharrlich und Schicht um Schicht durch die vom Alkohol geschaffene Taubheit, um sich an vorderster Front zu platzieren und um Aufmerksamkeit zu buhlen. Er rieb sich die empfindliche Brust. Poppy hatte ihm das Herz aus dem Leib gerissen und war dabei nicht sonderlich behutsam vorgegangen. Zurückgeblieben war eine hässlich klaffende Wunde. Er nahm noch einen kräftigen Schluck und verzog das Gesicht, als das heimtückische Anisgetränk durch seine Kehle strömte. Er ließ den Blick auf seine Brust hinabgleiten und fragte sich, wieso er dort verflucht noch mal kein Loch hatte. Nein. Nur eine nicht mehr ganz saubere Weste und eine zerknitterte Jacke.

War es Abend? Oder Morgen? Seit wann war er hier?

Gaslampen erhellten diesen düsteren Ort, vor dessen Fenstern schwere Samtvorhänge hingen. Hier wusste man nie, wie spät es war. Er beugte sich über sein Glas und wünschte sich … tja, was eigentlich?

Er dachte an seinen Traum, Polizist zu werden, und merkte, dass er ihm nichts mehr bedeutete. Ohne Poppy und die Freude, die sie in sein Leben brachte, wäre jedes Glück, das ihm als Inspektor vielleicht beschert würde, nur ein Schatten wahren Glücks.

»Es ist hoffnungslos«, murmelte er in sein Glas.

In seinem betrunkenen Zustand dauerte es einen Moment, bis ihm bewusst wurde, dass die Geräusche um ihn herum verstummt waren. Und zwar ausnahmslos, so als hätte jemand das ganze Café unter einer dicken Decke begraben. Win brauchte eine Weile, um seinen schweren Kopf zu heben. Als es ihm endlich gelungen war, konnte er nicht glauben, was er sah. Das Café stand still … vollkommen still, als wäre jede darin befindliche Seele erstarrt, als hätten sie sich alle in Marmorstatuen verwandelt. Was für eine Sinnestäuschung. Er sah sich um und blinzelte, um wieder klar sehen zu können. Doch die Frau am Nachbartisch blieb mit zu einem stummen Lachen verzerrten Mund vornüber gebeugt, während ihr Busen aus ihrer tief geschnittenen, grünen Samtkorsage zu stürzen drohte. Die Augen des Kellners klebten fest an den beiden blassen Erhebungen, während seine Hand einen Fingerbreit über dem Tisch schwebte, wo sie die dampfende Kaffeetasse hielt.

Als Schritte durch die unangenehm tiefe Stille hallten, wandte Win den Blick mühsam dem Geräusch zu.

Ein Mann schob sich leichtfüßig an den erstarrten Gästen vorbei, als er auf ihn zuspaziert kam. Mit seinem schwarzen Gehrock und dem scharlachroten Plastron wirkte er weder jung noch alt. Seine Erscheinung war adrett, seine Züge nahezu ausdruckslos. Dunkles Haar hing in unmodischer Länge unter einem Zylinder hervor, der einen Schatten über seine Augen warf. Und während Win ihn anstarrte, legte sich ein Lächeln um die schmalen Lippen des Mannes. Dann hob er das Kinn, und Win konnte seine Augen erkennen. Sie waren weiß. Weiße Augen, die alles andere als menschlich aussahen.

Win zog scharf den Atem ein, aber dann blinzelte der Mann, und seine Augen nahmen ein unscheinbares Haselnussbraun an. Sein eigenartiges Lächeln jedoch blieb. Das Klappern seiner Stiefel verstummte, als er vor Winston stehen blieb.

»Mr Lane.« Der Mann neigte den Kopf. »Tut mir furchtbar leid, dass Sie warten mussten.«

Warten? Vielleicht war Absinth doch nicht das Richtige. Vielleicht brauchte er Opium. Winston versuchte zu antworten und stellte fest, dass seine Stimme ihm den Dienst verweigerte. Kein Zweifel, er hatte zu tief ins Glas geschaut.

Ohne auf eine Einladung zu warten, zog der Mann den Stuhl gegenüber von Win heraus und setzte sich. Eine schmale, blasse Hand streckte sich Win entgegen. »Nennen Sie mich Mr Jones.«

Win starrte erst die Hand und dann den Mann an. Er konnte sich nicht dazu aufraffen, ihm die Hand zu schütteln, worauf Mr Jones sie sinken ließ und wieder lächelte, als würde ihn Wins unhöfliches Benehmen amüsieren. »Ihr Glas ist leer, Mr Lane.«

Ach ja? Das war ihm gar nicht aufgefallen.

»Lassen Sie mich Ihnen ein neues bringen.« Jones schnipste mit den Fingern, worauf das Café noch im gleichen Moment wieder zum Leben erwachte.

Ein Kellner erschien an ihrem Tisch, als wäre er schon die ganze Zeit dort gewesen. Während der Kellner ein neues Glas Absinth abstellte, versuchte Win zu denken, merkte jedoch, dass er nicht dazu in der Lage war. Jones klopfte mit einem seiner langen Fingernägel auf die marmorne Tischplatte. »Nichts ist hoffnungslos, Lane. Trinken Sie aus.« Seine Hand verschwand in seiner Jackentasche und zog einen zusammengerollten Bogen Büttenpapier heraus. »Dann können wir über die Bedingungen sprechen.«

Win berührte seinen hämmernden Schädel. »Pardon, Sir … Ich bin ein bisschen … verwirrt.« Er holte tief Luft, um besser denken zu können. »Kenne ich Sie?«

Da war wieder dieses verschlagene Lächeln, wieder das unheimlich aufblitzende Weiß in seinen Augen. »Nein. Aber das wird sich ändern.«

20

»Kommen Sie mit.« Winston wartete ungeduldig an der Tür seines Ankleidezimmers, während Jack Talent das Stiefelpaar beiseitestellte, das er gerade frisch poliert hatte.

»Wohin gehen wir?«, fragte Talent, als sie die lange, breite Halle durchquerten.

»Da Mrs Noble im Moment nicht greifbar zu sein scheint, werden wir mit einem der anderen Gäste sprechen.«

»Sollten Sie nicht lieber die Angestellten befragen?«, schlug Talent vor.

Die meisten Gäste waren damit beschäftigt, sich für das Abendessen vorzubereiten, und die Dämmerung war schon fortgeschritten. Um die beiden herum entzündeten Dienstmädchen die unteren Gaslampen, während große Lakaien sich um die höher hängenden Lichter kümmerten. Allmählich erfüllte ein goldener Schein das Haus. Zwar würden schon in einer Stunde die Getränke serviert, doch Poppy hatte sich nicht umziehen wollen, solange sich Win im Raum befand – noch eine Änderung, die an seinen Nerven zerrte –, weshalb er sich als Erster umgezogen hatte.

»Nicht jetzt. Welcher Diener erklärt sich schon gerne bereit, ausgerechnet in der Stunde des Tages Fragen zu beantworten, wo es das meiste zu tun gibt?« Er würde sie irgendwann am Vormittag aufspüren, in jener knappen Stunde zwischen Frühstück und Mittagessen, wo es ein bisschen entspannter zuging. »Außerdem habe ich gehört, dass ein Colonel Alden frisch eingetroffen ist.« Eine Information, die er fünf Schilling an einen niederen Lakaien zu verdanken hatte.

»Ich wüsste nicht, was so ein Colonel für uns tun könnte.«

»Nun ja«, antwortete Win, während er leichtfüßig die große Treppe hinabstieg, »er soll Kunstsammler sein … wie dieser Dämon Isley.«

Talent rümpfte die Nase, als hätte er etwas Faules gerochen. »Verfluchtes Dämonenpack. Ich hasse es, mich mit ihnen herumschlagen zu müssen.«

»Es steht Ihnen frei, jederzeit Ihr Zimmer aufzusuchen.« Win verkniff sich ein Lächeln, als er in Richtung der Tür der Bibliothek blickte, in die Colonel Alden sich dem Lakaien nach alleine zurückgezogen hatte, um in Ruhe seinen Drink zu genießen. Winston klopfte mit einem Finger auf seinen Gehstock und überlegte, wie er sich dem Mann am besten näherte. Dann betrachtete er Talent. »Wie gut sind Sie als Hund?«

Talents Augenwinkel kräuselten sich. »Versuchen Sie etwa, einen Übernatürlichen aufzuscheuchen, Inspektor?«

»Die meisten Übernatürlichen würden doch sicher sofort merken, wenn sich ein Gestaltwandler in ihrer Mitte befindet, der ihnen als vermeintlicher Hund begegnet, oder nicht?«

Ein finsterer Ausdruck huschte über Talents Gesicht. »Nicht alle. Aber ein Dämon sollte dazu in der Lage sein.«

»Dann sollten wir ganz besonders auf die Reaktion des Colonels achten.«

Winston hatte erwartet, dass Talent sich einen diskreteren Ort für die Verwandlung suchen würde, doch der Mann blickte sich nur kurz um und wandte sich Winston wieder mit einem teuflischen Grinsen zu, nachdem er festgestellt hatte, dass der Gang leer war. Gleich darauf schimmerte die Luft um Talent auch schon, wenn das Schimmern nicht gar von Talent selbst ausging. Wie auch immer geschah die Verwandlung im Bruchteil einer Sekunde und erfolgte damit viel zu schnell, als dass Winston sie hätte beobachten können. Im einen Moment stand Talent noch vor ihm, und im nächsten blickte ihn ein riesiger, hechelnder Hund von unten an, der aussah, als würde er lachen. Neben dem Hund lagen Talents Kleider und seine Stiefel.

Winston beäugte anerkennend das große, graue Zotteltier. »Ein Wolfshund, was? Nicht schlecht«, zollte er ihm mit einem Grinsen Respekt. Er sammelte die Kleidungsstücke ein und versteckte sie hinter dem Topf einer Palme. »Na komm, Felix.«

Ein leises Knurren zog seinen Blick nach unten. »Was für ein Pech«, bedauerte er. »Ich bleibe bei dem Namen. Hab mir nämlich schon immer einen Hund namens Felix gewünscht.«

Winston trat in eine große Bibliothek, ausgestattet mit den allgegenwärtigen Ledercouches und den imposanten Porträts der Vorfahren. Sie sah aus wie jede andere Bibliothek eines herrschaftlichen Anwesens auch. Es roch nach Büchern und Holzpolitur.

Halb hinter den ohrenähnlichen Polstern des Sessels versteckt, in dem er sich niedergelassen hatte, saß ein Mann. Träge schwebten ringelförmige blaue Rauchwölkchen über seinem Sessel. Als der Tabakgeruch Winston in die Nase stieg, erstarrte er. Jones' Zigaretten. War er es tatsächlich?

Als der Mann sich bewegte, spiegelte sich der Schein des Feuers auf der glänzenden Oberfläche eines Stahlarmes. Seltsam.

»Guten Abend, Sir«, begrüßte Win ihn, während er näher trat.

Der Mann zuckte leicht zusammen und beugte sich vor. Wachsame Augen beobachteten Winston unter einem weißen Paar Augenbrauen hervor.

»'n Abend.« Der Mann klopfte etwas Asche von der Zigarette in ein bereitgestelltes Glasgefäß, ein Vorgang, der Wins Aufmerksamkeit auf den künstlichen Arm zurücklenkte, der am Ellbogen begann. Ein wahres Meisterwerk der Metallbaukunst, das einen Unterarm und eine Hand ersetzte und im Augenblick auf der ledernen Armlehne des Sessels ruhte. »Imposantes Tier haben Sie da.«

Winston hatte Talent fast vergessen. »Er ist mein treuester Begleiter.«

Talent stieß ihm nicht gerade sanft gegen das Bein, und er trottete los, um sich ein sonniges Plätzchen auf dem glänzenden Eichenparkett zu suchen. Dort ließ er sich mit einem grunzenden Laut auf dem Boden nieder und legte gleich den Kopf ab.

»Herrliche Rasse«, sagte der Mann. »Selten, allerdings. Ich weiß von einem Captain Graham, der versucht, diese Zucht wiederaufleben zu lassen.«

»Bewundernswerte Aufgabe«, erwiderte Winston.

Der scharfe Blick des Mannes erforschte Wins Gesicht. »Höllische Narben.« Aus seinen Worten sprach eher Anerkennung als Abscheu. »Dachte eigentlich nicht, dass es überhaupt noch Wölfe zum Jagen gibt. Sieht aber so aus, als wäre Ihnen trotzdem einer begegnet.«

Winston blinzelte verwundert. Die wenigsten Leute führten seine Narben auf eine Wolfsattacke zurück. Vielmehr nahmen sie an, dass es sich um das Werk eines Messers handelte. »In diesem Fall war es eher so, dass der Wolf hinter mir her war.«

»Gut, dass Sie den Hund dabei hatten.«

Winston ignorierte Talents amüsiertes Schnaufen und nahm auf einer Couch Platz, die im rechten Winkel zu der des Mannes stand. »Sind Sie Colonel Alden, Sir?«

Die imposante Gestalt des Colonels zuckte leicht zusammen. »Ja. Und Sie sind?« Der Mann strahlte nichts Abwehrendes, sondern nur Vorsicht aus.

»Mr Snow aus London. Ich war früher Inspector First Class bei der Criminal Investigation Division.« Die Lüge floss ihm so glatt von den Lippen wie Wein aus einer Flasche.

Colonel Alden gab einen Laut der Erheiterung von sich. »Imposanter Titel, junger Mann.« Es schien zwar kaum möglich, aber er nahm eine noch etwas aufrechtere Haltung ein, während die Beine fest auf dem Boden verankert blieben. »Was kann ich für Sie tun?«

Winston war davon ausgegangen, sich vorsichtig an die Befragung herantasten zu müssen. Wenn doch nur alle Leute, von denen er etwas wissen wollte, so zuvorkommend wären. Trotzdem war er nicht so dumm, Zuvorkommenheit mit Ehrlichkeit zu verwechseln.

»Ich arbeite gerade an einem Fall. Es handelt sich um einen Gefallen für einen Freund. Und in diesem Zusammenhang habe ich gehört, dass Sie Kunstsammler sind, genau wie der Mann, um den es in diesem Fall geht.«

»Das ist wahr. Ich bin Kunstliebhaber. Wenngleich ich leider keine Ahnung von Kunst habe.« Aldens gesunde Hand ruhte entspannt auf seinem Oberschenkel. »Deshalb weiß ich nicht so recht, wie ich Ihnen behilflich sein könnte.«

»Kennen Sie einen Lord Isley? Ich glaube, er ist ein alter Bekannter von Mrs Noble.«

Aldens harter Blick wurde leer – das langsame Wenden nach innen sprach von einem Schrecken, den man auf stille Weise zu verarbeiten versuchte. »Nun«, sagte er schließlich langsam, »diesen Namen habe ich schon eine ganze Weile nicht mehr gehört.« Seine steife Haltung lockerte sich ein wenig, als er seine Prothese betrachtete. »Schauen Sie mal.« Er hob den Ersatzarm und schob den Ärmel hoch. »Haben Sie so etwas schon mal gesehen?«

Winston musterte das Kunstglied. Aus Edelstahl gefertigt und der menschlichen Anatomie genau nachempfunden, schien es äußerst detailgetreu gearbeitet. Die einzige Abweichung zur korrekten Körperstruktur war auf der Handinnenseite zu erkennen, wo sich nur eine ebene Fläche befand, in die eine lange, sich windende Schlange eingraviert war. Dünne Drähte liefen von allen Fingergelenken vorbei an dem hölzernen Schaft, der über den Armstumpf gestülpt war, und verschwanden unter dem Ärmel des Colonels.

»Nein, noch nie.«

Alden brummte: »Das werden Sie vermutlich auch nie wieder. Passen Sie auf.« Sein Oberarmmuskel spannte sich an, worauf sich zu Winstons Verblüffung die stählernen Finger krümmten. »Die Drähte«, erklärte Alden, »sind durch eine Manschette mit meinen Muskeln verbunden.« Er schob den Ärmel noch etwas weiter hoch und legte so eine große, raffiniert gestaltete Ledermanschette mit unzähligen eingearbeiteten Drähten frei. »Wenn ich den Arm anspanne, reagiert die Hand darauf.«

»Das ist brillant.« Winston war sich zwar nicht sicher, worauf der Colonel mit seiner kleinen Demonstration hinauswollte, vertraute jedoch darauf, dass er schließlich noch auf den Punkt kommen würde. Die Leute gaben entweder direkt Antwort, wichen seinen Fragen entweder aggressiv oder mit Gegenfragen aus, oder sie erzählten ihm Geschichten.

Der Colonel ließ den Ärmel wieder fallen. »Mein Vater war der Marquis von Danville. Er wollte, dass ich Soldat werde. Ich sollte in den Krieg ziehen, wie alle guten dritten Söhne es taten.

Schließlich hatte der Erbe in angemessenem Maße für Nachkommen gesorgt, wie auch der nächste in der Erbfolge, weshalb für mich als Drittgeborenem nicht mehr so viele Möglichkeiten übrig blieben. Warum also nicht zur Armee gehen und für England kämpfen? Und wenn gerade kein Krieg zur Hand ist, nun, dann haben wir ja genügend Kolonien, in denen nach dem Rechten gesehen werden muss.« Er lehnte sich zurück. »Natürlich hätte ich mich ihm widersetzen können, doch er hatte die Macht über das Geld.«

Oh, wie gut Winston diesen Zwiespalt kannte.

»Also wurde ich Soldat, obwohl mir der Gedanke zuwider war. Offen gestanden wollte ich nur in Ruhe gelassen werden und bei meinen Büchern sein und hatte wenig Lust, mich herumkommandieren zu lassen, beziehungsweise selbst Befehle zu bellen.«

Alden nahm eine Zigarette aus einem schmalen goldenen Etui, das auf dem Beistelltisch lag. »Möchten Sie?«

Das edle Etui trug die Prägung einer Schlange. Winston riss den Blick davon los und erforschte argwöhnisch Aldens Miene. Nichts rührte sich darin, abgesehen von einer leichten Neugier, warum Winston ihn wohl so anstarrte. Vom Boden aus bemerkte Talent die Zweifel in Winstons Blick. Seine Hundeaugenbrauen zuckten, als auch er zu Alden sah, doch dann ließ er nur ein kurzes Brummen ertönen, wobei er sich nicht einmal die Mühe machte, den Kopf zu heben. Offensichtlich ging keine Gefahr vom Colonel aus. Dann war es also nicht Jones. Und auch kein anderer Dämon. Winston konzentrierte sich wieder auf Alden, der auf eine Antwort wartete. »Nein, danke.«

Alden machte sich an seinen Streichhölzern zu schaffen, um sich die Zigarette anzuzünden … kein leichter Akt für einen Mann mit einer künstlichen Hand. Die Luft wurde erfüllt vom vertrauten Geruch feinen türkischen Tabaks, der in einer blauen Wolke an einem Leighton-Porträt eines recht hübschen Mädchens vorbeischwebte. »Wissen Sie, was passierte, als ich Offizier wurde?«

Winston schenkte ihm ein leichtes Lächeln. »Ich habe nicht den blassesten Schimmer.«

»Ich verliebte mich in die Armee.« Er nahm einen tiefen Zug und ließ den Rauch entweichen. »Mir gefiel die Ordnung. Die Einfalt. Merkte, dass es mich beruhigte.« Er lachte, ein einem Rasseln sehr ähnliches Geräusch aus den Tiefen seiner Brust. »Hab Gefallen daran gefunden wie die Ente am Wasser.« Er hob seine Prothese. »Absurde Sache. Hab mich an Papier geschnitten, ob Sie's glauben oder nicht. Ein verfluchter kleiner Schnitt, der zu Wundbrand führte, sodass sie mir den Arm schließlich abhacken mussten.«

Der Colonel blickte die Stahlhand missbilligend an, als könnte er die Demütigung von damals noch immer spüren.

»War wohl einfach Pech«, meinte Winston.

»Verdammt großes Pech, würde ich sagen!« Die Stahlfinger krümmten sich leicht, als der Colonel den Arm auf sein Knie legte. »Sie haben mich nach Hause geschickt. Wo ich nutzlos war. Weg von meinen Männern.« Er räusperte sich. »Als Inspektor waren Sie auch so etwas wie ein Offizier. Sie wissen, wie es ist, bei seinen Kameraden zu sein. Die verstehen einen. Im Gegensatz zu denen zu Hause.«

Winston nickte zustimmend. Er war ebenso ein Verstoßener, wie es der Colonel gewesen war. So etwas raubte einem den Halt, das Ziel.

Alden schien Wins Unruhe nicht zu bemerken. Er zog noch einmal an der Zigarette, ehe er Winston nachdenklich musterte. »Das war der Zeitpunkt, wo Isley in mein Leben trat. Hab ihn auf irgendeiner Gesellschaft im Hause von Mrs Noble kennengelernt. Eine Kunstausstellung für diesen Maler, der dieses Frühjahr gestorben ist … Manet. Schon von ihm gehört?«

»Ja«, antwortete Winston und bewegte sich unbehaglich. »War ziemlich talentiert, glaube ich.«

Der Colonel wedelte träge mit der Zigarette. »Es war Isley, der diese Hand für mich fand. Brachte mich am nächsten Tag ausgerechnet zu einem Kesselflicker, was aber vermutlich richtig war. Wer sonst könnte ein solches Ding anfertigen und so anpassen?«

»Sind Sie jemals einer Frau namens Moira Darling begegnet?«, fragte Winston.

Der Colonel schüttelte seinen grauhaarigen Kopf. »Nie von ihr gehört.« Er starrte seine Ersatzhand wieder an, als würde er sie neu entdecken. »Raffiniertes Teil. Hat mir wirklich das Leben gerettet.«

Winston war dabei, den Colonel zu verlieren. Schon bald würde dieser das Thema wechseln, und dann hätte er keine Chance mehr, ihm noch weitere Informationen über Isley zu entlocken.

Ohne es zu öffnen, tippte Alden wieder gedankenverloren mit einem Finger auf sein goldenes Etui, bevor seine langen, wettergegerbten Finger mit nahezu meditativer Andacht darüberstrichen. Das war wohl eine Angewohnheit des Colonels, nahm Winston an.

»Haben Sie dieses Etui von Isley, Sir?«

Der Colonel zögerte kurz. »Das? Nein. Das habe ich gekauft … Das heißt, jemand hat …« Die Miene des Colonels wurde wieder leer, als versuchte er, sich zu erinnern, oder als sei er im hintersten Winkel seines Gedächtnisses gekitzelt worden. Dann räusperte er sich gewichtig und war wieder ganz da.

»Ich muss gestehen, ich weiß nicht mehr so genau, woher ich es habe. Aber es ist nicht von Isley. Kann es gar nicht …«

»Ich war nur neugierig«, erklärte Winston.

»Dass ich zur Armee zurückkehren konnte, habe ich Isley zu verdanken, müssen Sie wissen.« Aldens große Gestalt wirkte zerbrechlich, als er Winston aus zusammengekniffenen Augen im Schein der untergehenden Sonne ansah. »Als ich ihm gegenüber erwähnte, welch großen Kummer es mir bereitete, dass man mich nach Hause geschickt hatte, zog der Mann ein paar Erkundigungen ein. Und in der darauffolgenden Woche holten sie mich wieder zurück.« Alden runzelte die Stirn und ließ den Blick in die Ferne schweifen. »Das hatte ich ganz vergessen. Keine Ahnung, wieso …« Er schüttelte langsam den Kopf.

»Ist Ihnen wohl nur entfallen«, beruhigte Winston ihn. *Oder jemand hat diese Erinnerung in Ihnen geweckt. Fragt sich nur, warum?* Und was hatte ein anderes Opfer von Jones hier zu suchen?

»Sir, darf ich Sie fragen, was Sie zu dieser Gesellschaft geführt hat?«

Die buschigen Augenbrauen des Colonels hoben sich. »Wirklich merkwürdige Sache. Ich hatte schon seit Jahren nicht mehr an Amy Noble gedacht, da brachte mir mein Butler die Post, und ich fand darin eine Einladung. Dachte mir, warum nicht?«

In der Tat. Win musterte den Colonel aufs Neue. Irgendetwas musste dieser Mann an sich haben, von dem Jones wollte, dass Winston es entdeckte. Normalerweise liebte Win solche Spielchen. Aber heute gelang es ihm nur mit Mühe, ein Fluchen zu unterdrücken. Oder davon abzusehen zu versuchen, die Wahrheit aus dem Colonel zu schütteln.

Die Aufmerksamkeit des Mannes driftete zum Fenster ab, als sein scharfer Blick eine Dame erfasste, die zusammen mit anderen weiblichen Gästen über die Terrasse spazierte. Winstons Körper spannte sich an. Der Blick des Colonels klebte an Poppy, die in ihrem sattsilbernen Kleid einfach atemberaubend aussah.

»Kennen Sie sie?«, fragte er den Colonel, ohne den Blick von seiner Frau abzuwenden.

Alden schüttelte den Kopf. »Sie ist mir nur ins Auge gefallen. So wie es einem bei einem besonders exquisiten Kunstgegenstand passieren könnte, verstehen Sie?«

Win nickte. Er ging nicht davon aus, dass der Colonel ein konkretes Interesse hegte.

Dessen Blick richtete sich wieder auf Poppy. »Ist schon seltsam. Gerade eben hatte ich das Gefühl, genau dieses Bild schon einmal gesehen zu haben. Auf einem Gemälde vielleicht. Beachten Sie das Licht der Abendsonne und wie es ihren sanft geschwungenen Wangenknochen zum Leuchten bringt, wie es an ihrer Kinnlinie entlang strahlt und einen kleinen Schatten unter ihrer vollen Unterlippe wirft. *Chiaroscuro* nennt man diesen Effekt.«

»Ja.« Win sah seine Frau an und beobachtete, wie das Sonnenlicht ihre Haut küsste und das Rot ihrer Haare in ein Flammenmeer verwandelte. Wahrscheinlich würde er auf der ganzen Welt nie wieder eine schönere Frau sehen. Weil sie seine Frau war. Win ließ seine Stimme vertraulich sinken. »Die Dame ist zufälligerweise meine Frau.«

Der Colonel errötete. »Also wirklich, Mann, das hätten Sie mir sagen sollen. Ich entschuldige mich für meine unangemessenen Worte.«

»Keine Ursache, Sir. Ich kann wirklich nichts Schlimmes finden an dem, was Sie gesagt haben.«

»Sehr freundlich von Ihnen«, brummte der Colonel, ehe er Win einen freundschaftlichen Klaps auf die Schulter gab.

»Dann sammeln Sie jetzt mal lieber Ihre Frau ein, mein Junge. Ehe noch ein jüngerer und wilderer Kerl als ich kommt und ein Auge auf sie wirft.«

Es war wirklich seltsam, aber als Poppy sich vorstellte, zu welchem Typ Frau sich Isley wohl hingezogen fühlte, dachte sie an Rosen, den Inbegriff von Weiblichkeit und Anmut. Die Art Frau, für die Männer Kriege führten, um sie zu beschützen, und die ihre eigene Meinung nie laut und deutlich äußerten. Lieber gaben sie einem Mann das Gefühl, seine Meinung sei die einzige, die zählte. Poppys Wissen über diese Frauen war rein theoretisch, da sie sich nie mit einer angefreundet hatte. Die Frauen, die sich noch am ehesten als Freundinnen bezeichnen ließen, waren stets ihre Schwestern gewesen, die wiederum – Gott sei Dank – kaum dem Bild einer Vorzeigedame entsprachen. Offensichtlich zeigte Isley auch nur wenig Interesse an richtigen englischen Damen. Zumindest wenn man nach Mrs Amy Noble ging.

Umgeben von jungen Männern, die an jeder ihrer Bewegungen zu kleben schienen, hielt sie von einem großen roten Samtdiwan aus Hof, den Ellbogen auf die Armlehne gestützt und die Füße in einer Pose völliger Entspannung am anderen Ende abgelegt. Dass sie sich auf dem Sofa rekelte, als befände sie sich in ihrem Boudoir, anstatt inmitten einer Gästeschar, die es zu unterhalten galt, war nicht einmal das Außergewöhnliche an der Situation. Wohl aber, dass sie gekleidet war wie ein Mann. Ihr feiner schwarzer Abendanzug verbarg ihre Weiblichkeit jedoch nicht, sondern hob durch seinen figurbetonten Schnitt ihre Rundungen hervor. Ihr Haar war rabenschwarz, abgesehen von einem breiten Streifen Weiß, der an ihrer linken Schläfe begann und zusammen mit dem übrigen Haar geschmeidig glänzend über ihren Rücken strömte. Sie wirkte in höchstem Maße fremd und gleichzeitig zauberhaft.

Poppys Hand lag auf Wins Unterarm, während sie mit ihm durch den Raum schritt. Bei jedem Schritt raschelte rauchgraue Seide, wobei sich der meterlange, schwere Stoff um ihre Beine schlang. Wie würde es sich anfühlen, ohne diese Fußfesseln zu gehen, und zwar nicht nur wenn sie gerade eine Spionin spielte? Oder, um es auf den Punkt zu bringen, warum trug sie eigentlich immer noch Korsetts und anständige Kleider? Es ärgerte sie festzustellen, dass sie doch mehr mit einer Rose gemein hatte als gedacht. Obwohl sie sich immer für unabhängig gehalten hatte, war sie anscheinend doch stets bemüht gewesen, jedem zu gefallen, sich um jeden zu kümmern, mit der Folge, dass sie dabei ein Stück von sich selbst aufgegeben hatte.

Mrs Noble blickte auf, als die beiden vor sie traten. Sie musste mindestens fünfzig Jahre alt sein, wirkte mit ihrer pfirsichzarten, faltenlosen Haut jedoch keinen Tag älter als fünfunddreißig. Ihre ebenholzschwarzen Augen blitzten kurz im Schein der Kerzen auf, und einen Moment lang hatte Poppy das Gefühl, Mrs Noble hätte sie erkannt, obwohl sie sich noch nie zuvor begegnet waren. Im nächsten Moment verschwand der seltsame Blick jedoch schon wieder, und mäßiges Interesse trat an seine Stelle.

»Mr und Mrs Snow«, sagte sie mit einer mädchenhaften Stimme, »ich freue mich, Sie kennenzulernen.« Mit einem interessierteren Blick erfasste sie Wins narbiges Profil. »Nun, das sieht aus, als gäbe es eine spannende Geschichte dazu. Setzten Sie sich doch, dann kann ich sie Ihnen vielleicht entlocken.«

Win verzog zwar leicht den Mund, doch er nahm den von einem Lakaien herangezogenen Stuhl an, während Poppy den ihr dargebotenen akzeptierte. »Vielleicht können wir ja einen kleinen Handel eingehen, Madam«, erwiderte er. »Eine von Ihren Geschichten gegen eine von meinen.«

Als Mrs Noble sich vorbeugte, fingen die tropfenförmigen Kristallperlen auf ihrem schwarzen Samtdiadem das Licht ein. »Ein Tauschhandel?« Ihr freudiges Lachen brachte ihr das Lächeln nicht weniger Männer ein. »Das gefällt mir.«

Win machte es sich auf seinem Stuhl etwas bequemer und überkreuzte die Füße. »Ich möchte Sie jedoch warnen, meine Geschichte hat es in sich und verdient eine gleichwertige Gegenleistung.«

Mrs Noble warf einen Blick auf Poppy, der verriet, dass ihr Poppys Anwesenheit keineswegs entgangen war. Die Frau machte den Eindruck, sich an diesem Wissen zu laben und typisch weiblichen Gefallen daran zu finden, dass Poppy zusah, während Win mit ihr flirtete.

Obwohl Poppy es nur ungern zugab, hatte ein Teil von ihr nie verstanden, warum Win ihr an jenem Tag in der Victoria Station gefolgt war oder warum er auf der Stelle angefangen hatte, ihr den Hof zu machen. Sie war weder schön noch charmant und besaß wildes rotes Haar. Ihr Benehmen ließ sich bestenfalls als sprunghaft bezeichnen, wurde jedoch nicht selten für unweiblich gehalten. Und da ihr gefiel, wie sie war, konnte sie Dummköpfe nur schwer ertragen – in einer von Oberflächlichkeiten und Falschheit beherrschten Gesellschaft keine sehr vorteilhafte Eigenschaft. Dass dieser gut aussehende, intelligente Mann, ausgerechnet der Sohn eines Herzogs, keine andere Frau als sie zu sehen schien … Sie fragte sich zuweilen, ob alles nur irgendein riesengroßer Irrtum gewesen war.

Das hatte sie allerdings nicht davon abgehalten, Anspruch auf ihn zu erheben. Sie war schließlich nicht dumm, und wenn er sie unbedingt haben wollte, dann wollte auch sie ihn. Er hatte von einer Wahl gesprochen und gemeint, ihr wäre keine andere geblieben, ohne zu begreifen, dass es einen Unterschied machte, ob man sich für das entschied, was das Beste für einen war, oder ob man etwas mit ganzer Seele wollte. Sie hatte Win immer gewollt. Hätte sie ihm »MEINER!« in die Stirn meißeln dürfen, dann hätte sie es getan.

Diesen Gedanken fest im Kopf begegnete Poppy Mrs Noble mit gelassener Miene und Haltung, als diese sie mit zuckersüßer Stimme ansprach. »Was meinen Sie, Mrs Snow? Ist seine Geschichte das wert?«

»Kommt darauf an«, erwiderte Poppy. »Wie gut ist denn Ihr Gegenangebot?«

Mrs Noble warf den Kopf in den Nacken und lachte. »Oh, Sie gefallen mir … beide.« Auf einen trägen Wink hin trat ein anderer Lakai zu ihr. »Unsere Gäste möchten gewiss eine Erfrischung«, sagte sie zu ihm, ehe sie den Blick wieder auf Winston richtete. »Wir haben uns ein paar Geschichten zu erzählen.«

Win setzte beide Füße fest auf den Boden, stützte sich mit dem Ellbogen auf seinem Bein ab und beugte sich auf die für ihn typische kontrollierte und zugleich lässige Art zu ihr. Eine Bewegung, die bewusst darauf abzielte, Vertraulichkeit zu schaffen und sie dazu zu verleiten, Geheimnisse mit einem Mann zu teilen, bei dem sie garantiert gut aufgehoben waren. Eine Geste, die sie bis heute nie richtig gewürdigt hatte. Stolz erfüllte sie, gepaart von dem beinahe überwältigenden Drang, ihn zu berühren, die samtweichen Strähnen seines Haars zu liebkosen oder was auch immer zu tun, um klarzumachen, dass er ihr gehörte.

Mrs Noble war nicht minder von ihm angetan. Ihre Augen verfolgten jede von Wins Bewegungen, während ihr Busen bei einem tiefen Atemzug schwoll. Wie von einer unsichtbaren

Schnur herangezogen, beugte sie sich ihm entgegen, wobei ihre Lippen sich in freudiger Erwartung teilten. Seine blaugrauen Augen funkelten, als würden sie sich beide über die gleiche Sache amüsieren … ein weiterer Trick. Wins rauchige Stimme nahm einen sinnlichen Tonfall an, als wäre außer ihnen niemand sonst im Raum. »Ich bitte Sie jedoch um Ihr Verständnis, Madam, dass ich … sagen wir, Hemmungen habe, diese Geschichte mit jedermann zu teilen.« Die Lider der Witwe flatterten bei Wins Worten, die fast schon wie ein Schnurren klangen. »Deshalb würde ich eine etwas privatere Umgebung bevorzugen.«

Ihre Blicke verschmolzen für eine Sekunde, ehe sie den ihren nur zögernd löste und zu Poppy gleiten ließ. Was auch verflucht noch mal Zeit wurde. Poppy erwiderte ihren Blick mit einem – so hoffte sie zumindest – geheimnisvollen Lächeln. Win fing ihren Blick auf und lächelte seinerseits. »Meine Frau würde diesen intimeren Rahmen ebenfalls begrüßen.« Ein leichter Anflug von Verruchtheit färbte seine Stimme, was Mrs Noble dazu brachte, sich mit der Zunge über die Lippen zu fahren.

Poppy schaffte es auf nahezu heldenhafte Weise, nicht die Augen zu verdrehen. Wer um alles in der Welt war dieser Mann? Was hatte er nur mit ihrem richtigen Mann angestellt?

»Tja, dann«, sagte Mrs Noble, »wollen wir?« Sie hielt jedoch noch einmal inne und verzog mit gespieltem Verdruss den Mund. »Nun hätte ich doch fast vergessen, dass es da noch jemanden gibt, der Ihre Geschichte bestimmt auch gerne hören würde. Sie haben sicher nichts dagegen … er ist nämlich äußerst diskret.« Sie hob eine Hand, worauf ein Mann seinen Platz am Kaminsims am anderen Ende des Raumes verließ und sich ihnen näherte. Der gut aussehende junge Mann trat zu ihr, nahm ihre Hand und hauchte ihr einen formvollendeten Kuss auf die Knöchel.

»Du hast mich gerufen, meine Liebe?« Seine tiefe Stimme hatte den aalglatten Klang eines galanten Liebhabers.

Mrs Noble grinste bis über beide Ohren. Es war ein heimtückisches Grinsen. »Ja, das habe ich.« Sie drückte kurz die Hand des Mannes. »Mr Snow hier behauptet, er hätte eine äußerst interessante Geschichte zu erzählen.«

Alle Augen richteten sich auf Win, und Poppys Alarmglocken schrillten, als sie das leichenblasse Gesicht ihres Mannes erblickte. Kleine Schweißperlen bildeten sich auf seiner Stirn, und seine Kehle arbeitete, als hätte er sich eine Halsentzündung zugezogen. Sein starrer Blick galt jedoch nicht Mrs Noble, sondern ihrem Kavalier.

21

Poppy wusste nicht, was Winston an dem Mann so in Unruhe versetzte, aber sie würde es herausfinden. Sie drehte sich zu Win um, und sein umwölkter Blick traf ihren. Doch er wirkte beunruhigt und verwirrt, als würde er sie gar nicht wahrnehmen. »Schatz, begleitest du mich, damit wir meinen Schal holen? Ich merke, dass mir ein wenig kalt ist.« Es herrschte eine Gluthitze wie im Hades.

Kurz beschwor sie ihre Kraft herauf, und Eiseskälte zog durch den Raum, die mehr als eine Dame frösteln ließ.

Sie wartete Winstons Antwort nicht ab, sondern zog ihn aus dem Raum, den Gang entlang, auf die Terrasse hinaus, wo er die Luft zum Atmen bekam, die er so dringend brauchte. Er zitterte, und seine Atemzüge ähnelten einem rauen Keuchen. Er befand sich im Bann der dunklen Macht. Sie hatte diesen Zustand schon bei anderen gesehen, bei starken Männern und Frauen, die Schrecken und Tod ins Auge gesehen hatten und das nicht mehr vergessen konnten. Irgendetwas blieb immer hängen … ein widerliches Überbleibsel des Todes. Und wenn sie am wenigsten damit rechneten, kam es zurück, um sie zu quälen. Jeder Einzelne von ihnen meinte deshalb schwach zu sein. Poppy dachte eher das Gegenteil. Sie hielt sie für ausgesprochen tapfere Menschen, die vom Tod gejagt worden und ihm entkommen waren, um ihr Leben weiter in die Hand zu nehmen.

Sie blieb erst stehen, als sie die Gartenlaube erreicht hatten, die jetzt tief im Schatten lag und in der warmen, mondhellen

Nacht vom Duft der Rosen erfüllt wurde. Win ließ sich auf die steinerne Bank fallen. Sie setzte sich neben ihn, wobei sie eine Hand auf seine fiebrige Stirn legte. Bei der Berührung strömte Kälte in ihre Hand und kühlte ihn. »Win«, wisperte sie und schaute in seine leeren Augen, »komm zu mir zurück.«

Er rang nach Atem, und sie zog ihn an sich, wobei sie seine geschundene Wange streichelte. »Win, wer war dieser Mann?«

Er packte sie an den Oberarmen. »Mein Bruder.«

Sie erstarrte. Wins Familie war immer ein Thema gewesen, über das sie nicht gesprochen hatten. Poppy hatte nichts dagegen gehabt, denn im Grunde war sie empört gewesen, wenn sie nur daran dachte, wie er von seinen Leuten behandelt worden war, wie sie ihn einfach fallen gelassen hatten, nur weil er unbedingt zur Polizei hatte gehen wollen. Sie wand sich innerlich. Es war alles eine Lüge gewesen. Ein verdammter Trick.

Sie dachte über den Mann nach, dem sie gerade eben begegnet waren – jünger als Mrs Noble, aber vielleicht ein bisschen älter als Win und sie. Eine Ähnlichkeit mit Winston bestand nicht. Er hatte rabenschwarzes Haar und tiefdunkle Augen. Seine Züge hatten eher etwas Gälisches denn Angelsächsisches. »Er hat dich direkt angesehen. Wie ist es möglich, dass er dich nicht erkannt hat?«

Wins Kopf kam mit einem Ruck hoch. »Warum sollte er? Er wurde doch dazu gebracht zu glauben, dass sein Bruder tot ist. Das sind wieder Isleys verdammte Ränke, die für alles verantwortlich sind.« Er verzog das Gesicht. »Davon abgesehen sehe ich ja wohl kaum mehr wie früher aus.«

Ihr Herz zog sich zusammen. »Aber so gar kein Funken der Erinnerung? Wie ist das möglich … nicht einmal irgendetwas zu spüren?«

Win lachte. Es war ein düsterer, verstörender Laut, den er von sich gab. »Gerade du solltest wissen, mit wem wir es zu tun haben. Er hat unser Leben verändert, Poppy. Er kann alles verdrehen, bis oben unten ist. Woher sollen wir überhaupt noch wissen, was real ist und was nicht?«

Im Grunde ihres Herzens wollte sie Isley die Macht, über die er verfügte, nicht zugestehen. Vor allem nicht jetzt … wo es um ihr Leben ging, mit dem er spielte und Schindluder trieb. Sie sprang auf und begann auf und ab zu gehen, denn sie hatte das heftige Bedürfnis danach, festen Boden unter den Füßen zu spüren. »Warum ist dein Bruder hier? Und ausgerechnet mit Mrs Noble? Das kann kein Zufall sein. Sie wusste, dass es nicht ohne Wirkung auf dich bleiben würde, ihn zu sehen. Ihr Grinsen war richtiggehend gemein.« Das Miststück. »Sie weiß, wer wir sind, Win. Es kann gar nicht anders sein.«

Win stand ebenfalls auf und rieb sich mit einer Hand übers Gesicht. »Isley spielt mit uns. Er genießt unseren Schmerz und unsere panische Suche. Ich will nicht glauben, dass Osmond auch von Isley eingefangen worden ist, aber es könnte sehr wohl der Fall sein.«

»Osmond?«

»Mein Bruder.« Er ließ die Hand sinken. »Ich bin mir sicher, seinen Namen dir gegenüber erwähnt zu haben.«

»Daran würde ich mich erinnern. Du hast von ihm immer nur als deinem Bruder gesprochen.« Es zuckte um Poppys Mund. »Deine Eltern waren sehr kreativ bei der Namensfindung für ihre Kinder.«

Winston bedachte sie mit einem finsteren Blick, aber sie konnte erkennen, dass er versuchte, nicht zu lächeln. Er hatte seinen Namen nie gemocht und bei ihrer ersten Begegnung darüber gemurrt. »Vater gefielen alte Namen. Zweifellos wollte er der ganzen Welt verkünden, welch altem Geschlecht wir entstammten. Mein Bruder nennt sich Oz oder jetzt wohl Marchland. Himmel.«

Er drehte sich zu ihr um. »Aber ich glaube, du hast recht. Mrs Noble hat dich angesehen, als würde sie dich kennen.«

»Das ist dir auch aufgefallen? Ich mochte diesen Blick nicht. Ich hatte das Gefühl, als würde sie geradewegs in mich hineinsehen.« Sie schüttelte sich, um das unangenehme Gefühl loszuwerden, das sie bei dem Gedanken befiel.

»Verdammt.« Auch er begann jetzt wie sie auf und ab zu gehen. »Keins von Isleys Opfern sollte sich eigentlich an ihn erinnern, und doch tun sie es. Ich muss wohl davon ausgehen, dass Isley es zulässt, weil er will, dass wir Moira Darling finden.«

»Natürlich will er, dass wir sie finden. Warum wäre er sonst diesen Handel mit dir eingegangen?«

»Nein.« Er blieb stehen. »Du siehst das falsch. Ich glaube, er weiß ganz genau, wo Moira Darling ist. Wenn du dich erinnerst, bat er mich darum, das ausfindig zu machen, was Moira Darling ihm gestohlen hat … und nicht unbedingt, *sie* zu finden.«

Das blöde Korsett, das Poppy anhatte, war so eng geschnürt, dass sie nicht richtig Luft holen konnte. »Dafür kann er dich doch wohl kaum brauchen. Wenn er wüsste, wo sie sich aufhält, könnte er sie doch ganz leicht dazu zwingen, ihm das zurückzugeben, was er haben will.«

Win stand zur Hälfte im Schatten, und die geschundene Seite seines Gesichts leuchtete im Mondlicht. »Irgendetwas stimmt da nicht.«

»Ich würde mal behaupten, dass im Moment eigentlich gar nichts ›stimmt‹.«

Win tat diese Bemerkung mit einer achtlosen Geste ab. Sein Gesicht war vor Konzentration ganz angespannt. »Isley ist für alles verantwortlich.« Er blieb stehen, und sein durchdringender Blick ließ auch Poppy verharren. »Für ihn ist es wichtig, dass wir zusammen sind.«

»Ich versteh nicht ganz.«

»Wir haben nicht miteinander geredet. Ich nehme an, Isley hatte das damals nicht so geplant. Erkennst du es denn nicht? Wir haben ihm den Wind aus den Segeln genommen. Er hatte keine Ahnung, wie wir reagieren würden, wenn er die Karten auf den Tisch legt.«

»Bestimmt konnte er sich doch ausmalen, dass wir unser Kind beschützen würden.«

»Nein, er brauchte dieses zusätzliche Druckmittel. Was immer diese Moira Darling gestohlen hat, muss etwas sein, das unsere Zusammenarbeit erfordert, um es zu finden. Isley ist zwar ein Spieler, aber kein Dummkopf.«

»Lass uns die Suche einstellen und diesen Mistkerl endlich umbringen.«

Wins Mund verzog sich zu einem Lächeln, seine Stimme klang sanft, doch entschlossen. »Nein, Liebes, die Vereinbarung steht immer noch. Wenn wir ihn umbringen, holt er sich trotzdem unser Kind. Nein, wir werden diese Moira Darling ausfindig machen, denn dann werde ich erfahren, worum es ihm in Wirklichkeit bei der ganzen Sache geht, und ihm einen Strich durch die Rechnung machen.«

Als Winston und Poppy schließlich ins Haus zurückkehrten, begaben sich die Gäste gerade zum Dinner. Deshalb blieb ihnen nichts anderes übrig, als es den anderen gleichzutun. Die Leute, die um Winston herumsaßen, schienen sich gut zu amüsieren. Sie tranken Wein und aßen voller Genuss. Was Win betraf, hätte es auch Stroh sein können, was er zu sich nahm.

Das Essen klebte an seinem Gaumen und blieb ihm im Halse stecken, wenn er versuchte, es herunterzuschlucken. Er konnte nicht viel mehr tun, als seine Tischnachbarn zu ignorieren und seinem Bruder immer wieder heimlich gequälte Blicke zuzuwerfen.

Gütiger Himmel, wie hatte er Oz vergessen können? Natürlich war das Wissen, dass er einen Bruder besaß, nicht aus seinem Kopf verschwunden, aber Win hatte einfach vergessen, weiter an ihn zu denken. Allein die Vorstellung erfüllte ihn jetzt mit Scham und machte ihn traurig. Obwohl sie nur zwei Jahre auseinander waren, hatten sie nie ein enges Verhältnis gehabt. Oz war immer an der Seite des Vaters gewesen, um all die Dinge zu lernen, die ein Herzog wissen musste, während Win der kleine Liebling seiner Mutter gewesen war, der unter ihrer klammernden Art gelitten hatte. Oz hatte sich für Cambridge entschieden und Win für Oxford. Danach hatte es für ihn nur noch Poppy, die Polizei und seinen verteufelten Pakt gegeben. Hatte Oz überhaupt eine Ehefrau? War das hier eine Wochenendaffäre? Hatte auch er einen Pakt geschlossen und war so dumm gewesen, seine Seele zu verpfänden? Irgendwie konnte Win sich das nicht vorstellen. Oder vielleicht hoffte er es auch nur.

»Ich hatte ja gehört, dass man hier mit Bizarrem rechnen muss, aber dieser Mann ist ein Anblick, der einem den Appetit verdirbt.« Der Mann, der ihm gegenübersaß, unternahm noch nicht einmal den Versuch, leise zu sprechen. Winston war nicht überrascht … nicht wirklich. Er hatte mittlerweile genug Bemerkungen gehört, um mit so etwas zu rechnen. Seine Jahre als Inspektor hatten ihn gelehrt, wie weit menschliche Grausamkeit gehen konnte. Das sagte er sich, als er die Serviette auf seinen Schoß legte, damit einer der Kellner in weißer Livree den zweiten Gang vor ihn stellen konnte. Trotzdem verhinderte es nicht, dass er sich der vielen Blicke bewusst war und den Drang unterdrücken musste, den Gaffern die Zähne zu zeigen. Vielleicht wenn Poppy seinetwegen nicht so eine drohende Haltung eingenommen hätte oder der Umstand zu beklagen gewesen wäre, dass die grobe Bemerkung des Mannes auch Oz' Aufmerksamkeit geweckt hatte.

»Ach, Snow«, meinte der neben ihm sitzende Colonel Alden, »ich kann mir vorstellen, dass Sie während Ihrer aktiven Zeit bestimmt ein paar interessante Fälle bearbeitet haben.« Ostentativ hob er seinen Arm mit der Handprothese aus Stahl, um dem Kellner ein Zeichen zu geben, ihm doch das Glas nachzufüllen. »Gibt es da welche, über die Sie reden können?«

Als Versuch, damit von der vorherigen groben Bemerkung abzulenken, war das nicht schlecht. Vielleicht hätte er sich sogar darüber gefreut, wäre es nicht so verdammt offensichtlich gewesen. Winston nahm einen Schluck Wein und musste ihn herunterwürgen, weil sie ihm die Kehle zuschnürte. »Ich darf keine Namen nennen, Colonel. Aber jeder Detective hat natürlich ein paar gute Geschichten auf Lager.«

Wieder ertönte die laute Stimme des anderen Mannes, diesmal noch durchdringender. »Es sieht so aus, als hätte ein Schlachter ihn sich vorgenommen. Was hat er noch gesagt, was für einer Arbeit er nachging?«

Behutsam setzte Winston sein Weinglas ab. Die vernarbte Seite seines Gesichts brannte, was in ihm den heftigen Wunsch auslöste, die Hände zu Fäusten zu ballen. Archer hatte ihm einmal erzählt, dass er sich Lieder ausgedacht und stumm vorgesungen hätte, um über die Wut hinwegzukommen.

»Lieder?«, hatte Winston ungläubig nachgefragt. »Wie ›Alle meine Entchen‹ und so?«

Archer hatte darauf mit einem schmalen Lächeln reagiert, das Winstons gedankenlose Bemerkung wortlos tadelte. »Eher wie ›Fick dich ins Knie … mich bekommst du nie‹.«

»Ich bin beeindruckt«, hatte Winston erwidert. »Das ist so schön vulgär und völlig infantil.«

Archer lächelte selten, aber in diesem Moment hatte er ihn angegrinst. »Aber ziemlich wirkungsvoll.«

Winston richtete den Blick auf den Mann, der darauf aus gewesen war, ihn zu verärgern, und Archers Lied ging ihm durch den Kopf. Überraschenderweise half es tatsächlich. Zumindest reichte es, seine Augenwinkel zu Fältchen zusammenzuziehen und den anderen voller Häme anzusehen. »Habe ich nicht.«

Der Mann zwinkerte und wirkte tatsächlich schockiert, dass Winston das Wort an ihn gerichtet hatte. »Was nicht?«

»Ich habe meinen Beruf nicht preisgegeben, Mr …?« Der Mann war ein Neuankömmling, und Win fragte sich kurz, was der Mistkerl wohl von dem freizügigen Bad im See gehalten hätte.

»Lord Butherwell«, verbesserte ihn der Mann pikiert.

Beim Wort ›Beruf‹ hatte Butherwell die Nase gerümpft. Win erwiderte den Blick des anderen mit ostentativem Desinteresse. Er hatte es sich zur Aufgabe gemacht, den Namen und den Stand jedes einzelnen Mitglieds des *ton* zu kennen. Butherwell war ein Baron der zweiten Generation mit wenig Geld und noch weniger Einfluss. Genau jene Sorte Mensch, deren Situation ungesichert genug war, um mit Steinen auf Glashäuser zu werfen. »Aber ich bin trotzdem glücklich, Butherwell, Ihre rasende Neugier zu befriedigen.«

Aber er bekam nicht die Gelegenheit dazu, denn Poppy beugte sich plötzlich vor, und ihre braunen Augen unter den geraden Brauen drohten mit Aufruhr. »Er ist Oberinspektor beim CID von Scotland Yard. Es sind Männer wie mein Ehemann, die dafür sorgen, dass die kriminellen Elemente Ihnen nicht ans Fell gehen.«

Ein schmerzhafter Stich durchfuhr ihn, als er seinen alten Rang hörte. Er war kein Inspektor mehr. Aber er wollte verdammt sein, wenn er Poppys Fehler hier und jetzt verbesserte. Aber im Grunde spielte es gar keine Rolle. Butherwells angewiderte Ablehnung verwandelte sich in eine höhnische Grimasse.

»Ein Arbeiter in unserer Mitte«, sagte er zu den anderen Gästen am Tisch, von denen die meisten dem Gespräch begierig folgten. Es geschah nicht alle Tage, dass während eines Dinners ein Streit ausbrach. »Das hat uns also der so genannte ›Fortschritt‹ gebracht … jetzt müssen wir unser Essen in der Gesellschaft von jemandem zu uns nehmen, der …«, er warf Poppy einen herablassenden Blick zu, »… mit kriminellen Elementen in London verkehrt.« Er wandte sich an Winston und hob die Stimme, als befürchtete er, dieser könnte ihn sonst nicht hören. »Da frag ich mich doch, ob Sie in einem der Elendsquartiere von London nicht besser aufgehoben wären?«

Winston schnitt von seinem Braten sauber ein kleines Stück ab. »Vermittle ich den Eindruck, mich verirrt zu haben, Sir?«

Butherwells grauer Schnurrbart zitterte, als er schnaubte. »Sie vermitteln den Eindruck eines Mannes, der nicht weiß, wo sein Platz ist.«

»Ach, jetzt hören Sie doch auf«, zwitscherte Mrs Noble. »Wir sind hier doch alle Freunde, nicht wahr?«

Himmel, aber jetzt lastete Oz' Blick fast schon spürbar auf Win. In ihren Adern floss das gleiche Blut, und es war blauer als das jedes anderen Gastes, der hier am Tisch saß … genau genommen sogar blauer als das jedes Bewohners in dieser Ge-

gend. Win konnte sich seine hohe Geburt zwar eingestehen, doch er würde sich eher an den Zehennägeln aufhängen lassen, als es diesem Pack gegenüber zu erwähnen. Mithilfe seines Stammbaums wollte er weder Respekt erringen, noch brauchte er ihn von diesen Leuten.

»Meine liebe Mrs Noble«, erklärte Butherwell, »ich mache mir nur Sorgen um Ihren Ruf. Es gibt Sonderlinge, und es gibt Abschaum. Man sollte das unterscheiden können.«

Win umklammerte sein Messer. Er schaute nicht auf. Täte er das, würde er Butherwell die Faust ins Gesicht schlagen. Das Dröhnen in seinen Ohren wurde von Oz' tiefer Stimme übertönt. »Ich glaube nicht, dass unsere Gastgeberin Hilfe braucht, den Unterschied zu erkennen, Butherwell.«

Poppys Stimme erklang, nachdem Oz zu Ende gesprochen hatte. »Ein wahrer Gentleman sieht keine Notwendigkeit, auf seinen Stand zu verweisen.«

»Und eine wahre Lady erhebt ihre Stimme nicht in Gegenwart von Männern«, fuhr Butherwell sie an. »Aber da Sie ja gar keine Lady sind, will ich Ihnen Ihren Fehler nachsehen.«

Ein Zittern ging durch Winstons Arm. »Es reicht.« Der ganze Tisch verstummte, als Winston sein Besteck ablegte und den Blick auf Butherwell richtete. »Ich erinnere Sie daran, dass Damen anwesend sind … zu denen meine Frau auch gehört.«

Butherwell lief rot an … tiefrot, und wieder bewegte sich sein zu langer Schnurrbart, als er lospolterte: »Mir scheint zu entgehen, worauf Sie hinauswollen.«

Winston hielt seinen Blick fest und sprach in einem gemessenen Ton, als wollte er den unangenehmen Zeitgenossen nicht noch weiter verwirren. »Es ist ganz einfach. Ich bin bestrebt, diesen Umstand im Kopf zu behalten, damit meine brutale, proletarische Kraft sich nicht an Ihrem schlaffen, adligen Gesicht entlädt.« Höhnisch verzog er dabei die Lippen, sodass die Narben auf seiner Wange noch stärker hervortraten. »Doch es fällt mir schwer. Das sollten Sie tunlichst nicht vergessen, ehe Sie noch ein Wort von sich geben.«

Butherwell schnappte nach Luft und erbleichte. Seine Nasenflügel flatterten, und die Hand, die das Messer hielt, verkrampfte sich. Winston sah ihn abwartend an. Es würde nur zwei Sekunden dauern, den Mann zu entwaffnen, und eine weitere, ihn mit dem Gesicht voran ins Essen zu drücken. Unter dem Tisch legte sich eine schmale Hand auf seinen Schenkel und drückte ihn … nicht warnend, sondern um zu zeigen, dass sie zu ihm hielt.

Winston zog eine Augenbraue hoch, und Butherwells Mund klappte zu. Der Mann drehte sich sofort zu dem Diener um, der am Tisch aufwartete. »Das Fleisch ist trocken. Nehmen Sie es weg und bringen Sie mir ein frisches Stück. Diesmal blutig.«

Poppy rückte ein bisschen dichter an Winston heran, und ihr sauberer Duft stieg ihm in die Nase. »Nur damit du es weißt«, raunte sie so leise, dass kein anderer es hören konnte, »ich könnte ihn nur mit einem Brief verschwinden lassen.«

Seine Lippen zuckten, doch sein Blick war weiter auf seinen Teller gerichtet. Er konnte sie nicht ansehen. Noch nicht. »Gut, dass ich nicht mehr bei der Polizei bin, sonst müsste ich angesichts dieser Information handeln.«

Aus dem Augenwinkel konnte er ihr verschmitztes Grinsen sehen. Es war dieses verschwörerische Grinsen, das sie im Laufe der Jahre wohl an die tausendmal ausgetauscht hatten, welches ihn nun vergessen ließ, wo er und wer er war. Er grinste zurück.

Glücklicherweise ging das Essen schließlich zu Ende. Win war einer der Ersten, die sich erhoben. Er brauchte frische

Luft, einen Drink – und Poppy. Ihr dunkler Blick traf seinen, und er fragte sich, ob er seine Seele noch einmal verkaufen müsste, um ohne Bedauern mit ihr schlafen zu können. Denn im Moment schien es ihm nichts Wichtigeres zu geben, als in ihre enge Umarmung einzutauchen. Vielleicht würde das Gefühl auseinanderzubrechen verschwinden, wenn sich ihre endlos langen, glatten Beine um ihn schlangen und ihn festhielten.

Er drängte sich an langsameren, unbeschwerten Gästen vorbei, während er ihr folgte, als ihm ein Mann in den Weg trat. Tief liegende, fast schwarze Augen sahen ihn durchdringend an, und Winston blieb fast das Herz stehen. Dieses Gesicht, diese stark gebogene Nase, die fast schon ein Zinken war, und der leicht pikierte Gesichtsausdruck erinnerten so sehr an seinen Vater, dass Win fast geneigt war, dessen Geist gegenüberzustehen und nicht seinem Bruder.

Oz' Blick wurde zuerst ein wenig milder. »Marchland«, stellte er sich vor. »Mr Snow, nicht wahr?«

»Ja, Euer Gnaden.« Die in langen Jahren erworbene Erfahrung hielt ihn davon ab, seinen Bruder einfach beiseitezuschieben und das Weite zu suchen. Aber er war auch nicht in der Lage, noch mehr zu sagen. Wenn er Glück hatte, würde Oz annehmen, er wäre völlig überwältigt, weil er sich einem leibhaftigen Duke gegenübersah. Hoffen durfte man schließlich. Oz nickte. Er war viel zu wohlerzogen, um Butherwells Bemerkungen zu erwähnen, aber allein, dass er mit Winston sprach, zeigte, wem seine Gunst galt. Wäre Winston nur ein Inspektor gewesen und nicht sein Bruder, hätte ihn wohl Dankbarkeit erfüllt. Doch unter den gegebenen Umständen verspürte er wieder den alten Druck, der in Gegenwart seines Bruders schon früher immer in ihm hochgekommen war. Diese Welt hatte er unbedingt hinter sich lassen wollen … diese Welt, in der Stand und Titel wichtiger waren als der Charakter eines Menschen. Oz konnte ein Dutzend Mätressen haben, seine Kinder prügeln, bis ihnen die Knochen brachen, und aus einer bloßen Laune heraus Leben vernichten … und wenn er das tatsächlich machte, würde kein Mensch auch nur einen Finger rühren, um ihn aufzuhalten, und ihn noch viel weniger tadeln. Win wollte nicht zu diesem Leben zurückkehren. Und ganz sicher musste er weg von Oz. Sofort.

Leider begann Oz ihn aufs Neue aufmerksam zu mustern. Dieses Mal zog er dabei einen Mundwinkel nach unten. Auch das war eine schmerzhaft vertraute Geste. »Kenne ich Sie?«

Mist.

Oz zog die dunklen Augenbrauen zusammen, bis sie sich über der Nasenwurzel trafen. »Ich weiß nicht warum, aber ich werde das Gefühl einfach nicht los, dass wir uns schon mal begegnet sind …«

Win wollte es schon leugnen und flüchten, doch sein Bruder war nun einmal hier, und er konnte nicht an einen Zufall glauben. »Vielleicht bei einer früheren Feier? Sind Sie schon lange mit Mrs Noble befreundet?«

»Mrs Noble war eine sehr enge Freundin des früheren Duke.« Seine Züge spannten sich an. »Sie war ein großer Trost für ihn, als mein jüngerer Bruder unerwartet starb.«

Oz' Worte trafen Winston mit brutaler Härte, und es verlangte ihm viel ab, darauf nicht zu reagieren. Oz nickte einem Mann zu, der vorüberging, ehe er den Blick wieder auf Win richtete. »Mein Vater war ein großer Kunstliebhaber … genau wie Mrs Noble.«

Ja. Fast hätte er es laut gesagt, und er räusperte sich, um den Ausrutscher zu überspielen. »Haben die beiden sich zufälligerweise über einen gewissen Lord Isley kennengelernt?«

»Sie kennen ihn auch?«

Es fehlte nicht viel, und er hätte das Abendessen auf Oz' blank geputzten Lederschuhen verteilt. »Flüchtig. Und Sie?«

Glücklicherweise schüttelte Oz den Kopf. »Ich bin dem Mann noch nie begegnet. Ich kenne nur die Geschichte, wie mein Vater und Amy sich erstmals begegnet sind. Vater wurde einer ihrer wichtigsten Sponsoren, und Amy war ihm immer sehr dankbar dafür.«

Win zwang sich zu einem höflichen Lächeln. »Nun ja, Sir, dann weiß ich nicht recht, wie oder wo wir uns schon mal begegnet sein sollen. Ein Gesicht wie das meine vergisst man nicht so leicht.«

Die Erwähnung seines entstellten Gesichts brachte die erwartete Reaktion. Oz achtete ganz bewusst darauf, Wins Narben nicht anzusehen. »Wahrscheinlich haben Sie recht. Verzeihen Sie mir meinen Fehler.« Er begann sich zurückzuziehen, wie es die meisten taten, die dazu gebracht wurden, sich mit seinem entstellten Gesicht auseinanderzusetzen.

»Sie brauchen sich nicht zu entschuldigen, Euer Gnaden.« Win nickte ihm kurz zu und entfernte sich dann schnell.

Es war ihm völlig egal, ob das Gespräch beendet war oder alle im Raum ohnmächtig wurden, weil er einen Duke einfach stehen ließ. Isley hatte für seinen Vater also jemanden gefunden, der ihm Trost spendete. Er überwand seine Übelkeit. Gleich würde er auf irgendetwas einschlagen.

Poppy holte ihn ein. Ihr Zitronenduft besänftigte ihn, während sie ihn mit sanfter Sorge musterte.

»Er dachte, er würde mich kennen«, sagte er. »Aber er kam nicht darauf, woher.« Er fasste den Inhalt der Unterhaltung mit seinem Bruder kurz zusammen.

»Gütiger Himmel, Win.« Sie wurde ganz blass und stellte sich so vor ihn, als wollte sie ihn vor den anderen Gästen abschirmen. Dass sie immer noch versuchte, ihn zu beschützen, schnitt ihm ins Herz. Er hatte ihren Schutz nicht nötig, aber insgeheim wünschte er sich, ihrer Zuneigung würdig zu sein.

»Es geht mir gut.« Und das stimmte auch; denn jetzt konnte er sie berühren und dem wohltuenden Klang ihrer Stimme lauschen.

»Schön.« Sie rückte an ihn heran, sodass sich ihre seidige Wange neben seiner befand. »Sollen wir Mrs Noble aufspüren? Nach dem Ende des Dinners war sie auf dem Weg zur Bibliothek.«

Wie seltsam, da doch die meisten ihrer Gäste sich entweder ins Rauchzimmer oder in den großen Salon begaben. »Dann lass uns mal hingehen. Und Gott stehe mir bei, wenn Oz auch dort auftaucht.«

Als sie einen Blick über die Schulter warf, schimmerte Poppys schwanengleicher Hals hell im Kerzenschein. »Er scheint mit den anderen Herren ins Rauchzimmer zu gehen. Das Fiasko bleibt uns wohl erspart.«

Er stieß ein freudloses Lachen aus. »›Fiasko‹ ist eine Untertreibung.«

Doch als sie bei der Bibliothek ankamen, fanden sie diese leer vor. Poppys scharfsinniger Blick fand seinen. »Und was meinst du jetzt, wo Mrs Noble hin ist?«

Die Antwort gab ihnen ein Lakai, der auf sie zukam. »Sir, Mrs Noble hat sich zur Nacht zurückgezogen«, teilte er leise mit. »Sie würde Sie gern morgen zum Tee empfangen.« Er verbeugte sich und ließ die beiden im Flur zurück.

»Verflixt und zugenäht«, brummte Poppy. »Ich will morgen nicht zum Tee hier sein. Alles kommt mir komisch vor.« Die anderen Gäste gingen plaudernd und lachend an ihnen vorbei, um sich paarweise wieder zu entfernen. Im Salon spielte ein Quartett leise Beethoven, und der goldene Schein Hunderter von Kerzen tauchte das Haus in matten Glanz. Musik, Gelächter und eine schöne Umgebung … all das hätte eigentlich eine beruhigende Wirkung haben müssen, doch Poppy hatte recht … irgendetwas stimmte heute Abend nicht. Was erst wie echter Frohsinn gewirkt hatte, schien jetzt hohl und falsch, als würde Winston einem Theaterstück beiwohnen.

Poppy winkte ab. »Ach, verdammt, irgendwie hab ich das Gefühl, dass die Frau mit uns spielt.«

Win schaute nachdenklich in Richtung Treppe. »Hm. Vielleicht als wüsste sie, dass wir unter Zeitdruck stehen?«

»Könnte sie eine Marionette Isleys sein?«

Win sah immer noch zur Treppe hin, als er auch schon nach Poppys Hand griff. »Komm. Schauen wir mal, ob wir was herausfinden können.«

Poppys voluminöse Seidenschleppe raschelte und schwang hin und her, während sie in den ersten Stock stiegen, wo sich Mrs Nobles Zimmer befand. Der Schein flackernder Lampen erhellte ihren Weg. Unten begann jemand die *Mondscheinsonate* zu spielen, aber so schwerfällig und abgehackt, dass es nur ein Amateur sein konnte, der gerade am Klavier saß.

»Da hat jemand geübt«, murmelte Poppy, während sie zu den stümperhaften Klängen weitergingen. Das Anschwellen und Dröhnen der Musik verfolgte sie. Es war fast laut genug, um das rhythmische Pochen zu übertönen, das vom Ende des Gangs kam. Aber nur fast.

Als sie auf dem oberen Treppenabsatz angelangt waren, tauschten Winston und Poppy einen Blick. Auf Poppys hohen Wangenknochen breitete sich Röte aus. »Das kann ja wohl nicht wahr sein.«

Win blickte in den schwach erleuchteten Flur, aus dem die unverwechselbaren Geräusche einer Kopulation drangen. »Das wünschte ich mir auch.«

Vorsichtig rückten sie näher, und die Geräusche wurden lauter und schneller.

»Tja«, meinte Poppy und räusperte sich, wobei sie die Nase ganz reizend kräuselte, »das kann ja nicht allzu lange dauern.«

Dass Mrs Noble wahrscheinlich eine der Beteiligten hinter der Tür war, trug zusätzlich zu Wins Verärgerung bei. Finster sah er in die Richtung, aus der die Geräusche kamen. »Ich weiß nicht, Schatz. Aber wenn jetzt einer noch *Freude schöner Götterfunken* spielt, werde ich wirklich pikiert reagieren.«

Mit erstaunlicher Geschwindigkeit drückte Poppy ihr Gesicht an seinen Hals und brach in Gelächter aus. Ihr warmer Atem strich über seine Haut, und er schlang die Arme um sie, um ihre Nähe noch länger genießen zu können. Er lächelte an ihrer Schläfe. Gern hätte er seinem Ärger Luft gemacht, aber sie im Arm zu halten, während sie lachte, sorgte auch dafür, dass ihm wieder leicht ums Herz wurde.

Poppy schnaubte leise, und dann hörte er ihre gedämpfte Stimme an seiner Halsbeuge. »Blödes Frauenzimmer, zu verschwinden, um sich bespringen zu lassen. Ich schwöre bei Gott, Win … dafür könnte ich sie umbringen.«

Seine Finger spielten mit dem seidigen Haar in ihrem Nacken, das sich aus der Frisur gelöst hatte. »Das wäre eine Möglichkeit, die beiden zum Schweigen zu bringen.« Als sie ein leises Lachen unterdrückte, lehnte er sich leicht zurück, bis sie den Kopf hob und ihn ansah. Wie erwartet lag der für sie typische kämpferische Ausdruck auf ihrem Gesicht, der gnadenlose Vergeltung verhieß. Aber ein Hauch von Furcht war auch zu sehen, den sie aber so gut verbarg, dass es ihm vielleicht entgangen wäre, würde er sie nicht so gut kennen. »Ich könnte mit Gewalt in ihr Zimmer eindringen, aber damit würden wir bei ihr überhaupt nichts erreichen.« Sanft strich er ihr mit dem Daumen über die Wange. »Ich fürchte, heute Abend können wir nichts mehr tun, meine Boudicca.«

»Verdammt, Win. Wenn sie Moira Darling nun auch nicht kennt, und Isley uns in die Irre geführt hat?«

Seine Hand glitt zu ihrem Nacken und umfasste ihn. Als er sprach, klang seine Stimme viel ruhiger, als er sich fühlte. »Hör mal, Liebes, wir werden Moira Darling finden und dieses Spiel gewinnen. Das schwöre ich bei meinem Leben.« Eine dunkle Vorahnung ließ ihn frösteln, denn er fürchtete, dass es genau dazu kommen würde.

22

London, 1869 – Die Hochzeitsnacht

»Win?«

Schweißüberströmt und völlig erschöpft fiel es Win schwer, die Augen zu öffnen und seine frisch gebackene Ehefrau anzuschauen. Seine Ehefrau. Welch anbetungswürdiges Wort. Sie lag neben ihm im Bett und war nur in den goldenen Schein des Kerzenlichts und ein sanftes, zufriedenes Lächeln gehüllt. Auch das fand er anbetungswürdig.

»Was ist, Liebes?« Er schlang einen Arm um sie und zog sie enger an sich, denn er liebte es, ihren geschmeidigen Körper an seinem zu spüren. Sie kannten einander erst seit so kurzer Zeit, und trotzdem hatte er das Gefühl, eine Ewigkeit darauf gewartet zu haben, sie so im Arm zu halten. »Hör auf zu zappeln und lass einen armen Mann schlafen. Du hast mich völlig erschöpft.«

»Ach. Beschwerst du dich etwa?« Dieser gerade Blick richtete Dinge mit ihm an … er hatte doch tatsächlich das Gefühl, Unerlaubtes zu tun.

»Ja.« Er strich über ihren kecken Hintern, ehe er ihr einen Klaps gab. »Erschöpf mich doch noch ein bisschen mehr, ja? Sei ein braves Mädchen.«

»Also wirklich! Hör auf, du Scheusal.« Sie lachte, als er sich über sie schob, doch ihre braunen Augen blieben ernst. Er kannte Poppy mittlerweile gut genug, um zu wissen, dass sie sich erst begnügen würde, wenn die Sache, die ihr auf dem Herzen lag, zufriedenstellend geklärt war. Im Grunde war sie da wie er. Sie enttäuschte ihn auch diesmal nicht, sondern stellte ihre Frage ganz direkt. »Hast du ein Nachthemd?«

Er nahm eine bequemere Stellung ein und strich mit seiner Männlichkeit über ihren feuchten Schoß … einfach nur, um sie zu reizen. »Aber ja.« Himmel! Sie war schon wieder nass. Und dann ihr Hals. Er duftete nach Zitronen und Sex. Er knabberte daran. »Ich will es nicht anziehen, falls du mit deiner Frage darauf hinauswillst.« Jetzt nicht und auch in Zukunft nie wieder. Zwar war es ihre Hochzeitsnacht, doch er hatte vor, sich von jetzt an jede Nacht mit ihr diesem Vergnügen hinzugeben.

Wieder wand sie sich unter ihm, sodass sich sein Atem beschleunigte. Ihre endlos langen Beine verwoben sich mit seinen. Später würde er sie von oben bis unten mit Küssen bedecken. Aber zuerst war ihr Busen dran. Diese köstlichen, kleinen Rundungen, mit denen er sich noch viel gründlicher vertraut machen musste.

»Kann ich es dann anziehen? Äh … äh … wenn wir schlafen … oh …«

Neugier war immer eine Schwäche von ihm gewesen. Mit einem leisen Knall ließ er von ihrer Brustspitze ab. »Natürlich, aber warum?« Er hatte eine verschwommene Vorstellung davon, Haut an Haut zu schlafen.

Fast schon träge fuhr sie seine Augenbraue nach, ehe sie seine Unterlippe berührte. »Ich mag nicht unbekleidet schlafen. Ich empfinde es als unangenehm, wenn sich mein nackter Arm gegen meine Haut drückt.« Sie küsste seinen Hals und dann sein Kinn. Er blinzelte verwirrt. Während sie redete, knabberte sie an seinem Ohrläppchen und lenkte ihn ab. »Wahrscheinlich sollltest du auch wissen, dass ich lieber auf der linken Seite des Bettes schlafe und schlaffe Kissen hasse.«

Ihr scharlachrotes, jetzt offenes Haar ergoss sich wie ein Strahlenkranz über das Kissen und strömte wie Seidenbänder über seine Unterarme, mit denen er sich rechts und links von ihren schmalen Schultern abstützte. Nur er würde sie jemals so sehen. Nur er würde jemals von ihren seltsamen Eigenarten erfahren. Sein Herz zog sich zusammen, und ihm stockte der Atem. Langsam breitete sich ein Lächeln auf seinem Gesicht aus. »Mit dir ist es wohl nicht so ganz einfach auszukommen, was?«

Ihr Lächeln entfaltete sich wie eine Knospe im Sonnenschein. »Überhaupt nicht. Angst, Win?«

Er bewegte sich und drängte ihre Schenkel dabei weiter auseinander. »Angst? Ich kann es kaum erwarten.« Und mit diesen Worten kehrte er heim, womit er sie erst zum Keuchen und dann zum Stöhnen brachte.

Kurz bevor sie schließlich einschliefen, schlüpfte sie aus dem Bett und holte sich sein Nachthemd.

23

In der Ruhe und Zurückgezogenheit des Gästezimmers starrte Poppy zu jener Tür, durch die – wie sie sehr genau wusste – in Kürze *er* treten würde. Er würde sich neben ihr ins Bett legen, wo sie dann gemeinsam die Nacht verbrächten. Sie brauchte ihn so dringend, so sehr, dass sie es kaum noch aushielt.

Die Geräusche aus Mrs Nobles Schlafzimmer gingen ihr nicht mehr aus dem Kopf. In dem Moment, als sie sie hörte, wäre sie am liebsten ins Zimmer gestürzt und hätte die Frau an den Haaren aus dem Bett gezerrt. Doch jetzt konnte sie an nichts anderes mehr denken, als dass Win sich endlich zu ihr ins Bett gesellte, damit sie sich in seinen Armen verlieren konnte. Sie wollte diesen Abend vergessen, wollte verdrängen, was noch vor ihnen lag. Und sie wollte es zusammen mit ihm, nur mit ihm.

Dabei spielte es keine Rolle, dass ihr letztes intimes Beisammensein die reinste Katastrophe gewesen war. Ihr Körper hatte Wins äußerst abweisende Haltung schon längst vergessen und erinnerte sich nur noch an das Gefühl der Heimkehr, das sie empfand, wenn er in sie glitt, sowie an den Ausdruck in seinen Augen, wenn er sie nahm. Vor lauter Verlangen nach ihm zitterten ihre Finger noch immer. Ging es anderen Frauen genauso? Zitterten auch sie, wenn es sie nach einem Mann verlangte? Wurden sie ebenfalls leicht reizbar und von brennender Sehnsucht erfüllt bei der Vorstellung, ihrem Mann die Hosen herunterzureißen, um ihm mit dem Mund Wonne zu bereiten, bevor sie ihn schließlich anflehten, er möge sie endlich nehmen?

Poppy errötete heftig, als wäre jemand da, der ihre Gedanken hören konnte. Niemand außer Win wusste um die sündigen Wünsche, die sie insgeheim hegte, oder dass es ihr – deren Arbeit ein dominantes Auftreten erforderte – gefiel, sich im Bett dominieren zu lassen, weil es ihr das Gefühl gab, feminin zu sein, begehrt zu sein, gebraucht zu werden. Oh ja, Win wusste das. Er vermochte eine Leidenschaft in ihr zu entfachen, die sie fast in den Wahnsinn trieb, bevor er ihr endlich die heiß ersehnte Erlösung zuteilwerden ließ. Bereits damals als sie noch blutjung gewesen waren und beide keine Ahnung gehabt hatten, was sie da taten, hatte er es verstanden, ihr Verlangen in Dimensionen zu treiben, in denen sie nicht mehr wusste, ob sie Lust oder Qual empfand, und das allein dadurch, dass sie ihn berührte und er sie berührte. Und genau dieser Mann würde jeden Moment durch diese Tür treten.

Na dann … er und Poppy würden sich also ein Zimmer teilen, was keine große Sache war, da sie sich schließlich vierzehn Jahre lang ein Zimmer geteilt hatten. Alltag also. Sie hatten ihre festen Abläufe gehabt und sich wie alte Freunde fertig fürs Bett gemacht, auf geregelte Weise, einer nach dem anderen. Zuerst hatte immer Poppy das Waschbecken für sich, wo sie sich mit großem Elan die Zähne putzte, was auch er tat, sobald sie sich an den Frisiertisch begab, um sich das Gesicht einzucremen und mit den üblichen hundert Bürstenstrichen ihrem Haar zu widmen. Währenddessen legte er ordentlich seine Kleidung weg und erzählte ihr von seinen Erlebnissen während des Tages. Ganz einfach. Nichts Großes.

Er würde einfach nicht an die Zeiten denken, als er ihr die Bürste abnahm und damit durch ihr herrlich seidiges Haar fuhr, bis ihr Kopf vor lauter Entspannung zur Seite sank. Oder wie er die Bürste wortlos beiseite gelegt hatte und mit den Händen über ihre kühle Haut gefahren war, unter ihr Unterhemd, wo er schließlich ihre festen Brüste fand und sie knetete, bis Poppy sich leise wimmernd auf die Unterlippe biss.

Verdammt.

Win setzte seinem Zaudern ein Ende. Mit übertriebenem Krafteinsatz riss er die Tür ihres gemeinsamen Zimmers auf. Und sah, wie Poppy ihn fragend anstarrte – er starrte zurück. Sie hatte sich schon fürs Bett zurechtgemacht. Ein schwerer, abgetragener Morgenrock verhüllte ihre geschmeidige Gestalt vom Kinn bis zu den schmalen, weißen Füßen. Nicht gerade verführerisch. Trotzdem sah er sie finster an.

»Ich dachte, du wärst noch beim Zähneputzen oder mit etwas anderem im Bad beschäftigt.«

Sie warf ihren langen, sittsamen Zopf über die Schulter. »Nicht mehr. Du hast mir ja ausreichend Zeit gelassen. Das Bad gehört dir.«

Schön. Da freute er sich aber. Meist verteilte sie Zahnpulver über das ganze Waschbecken, und er musste ihr dann immer hinterherputzen.

Glücklicherweise war er selbst schnell mit allem fertig … genauso wie in den vergangenen drei Monaten ohne sie. Er hielt inne und blickte in den Spiegel. Butherwell hatte recht … er bot wirklich keinen hübschen Anblick. Die eine Gesichtshälfte gehörte einem Mann mit ernster Miene, die andere einem Monster. Zwei Gesichter … in doppeltem Sinne.

»Sie, Sir«, sprach er sein Spiegelbild mürrisch an, »sind ein verlogener Narr, der an nichts anderes denkt, als wie ein wildes Tier über seine Frau herzufallen.« Scheppernd warf er die Zahnbürste ins Waschbecken. »Nur, dass Sie nicht darum bitten werden, oder doch?« Der verdrießliche Ausdruck, der ihm aus dem Spiegel entgegensah, wurde noch missmutiger. »Nein, das werden Sie nicht. So tief sind Sie noch nicht gesunken.« Diesen Pfad hatten sie schon beschritten, und wohin das geführt hatte, konnte man ja sehen.

Er fuhr sich mit den Fingern durchs Haar, ehe er das Bad verließ, um zu Poppy zu gehen. Er behielt seine alles andere als verführerische, jedoch bitter nötige Unterhose an. Obwohl sie ihn auf ihre typisch kühle Art von oben bis unten musterte, widerstand er dem Drang, unruhig von einem Fuß auf den anderen zu treten. Dieses verflixte Frauenzimmer sah immer mehr, als sie sehen sollte.

»Hast du mit dir selbst geredet?«

Er presste die Lippen zusammen. »Wenn du auf so eine Frage kommst, hast du mich ja wohl gehört.« *Lieber Gott, bitte sag, dass sie nicht alles verstanden hat.* »Weshalb ich davon ausgehe, dass deine Frage rhetorischer Natur ist.«

Sie verdrehte die Augen und machte sich daran, ihren Morgenrock aufzuknöpfen. »Schon gut. Ich werde dich also nicht fragen, was du da gemurmelt hast.«

Frag doch. Könnte interessant werden, wenn ich zum Beispiel antworte: Pop, wie wär's mit ner schnellen Nummer, um der alten Zeiten willen?

»Ich wollte nur ein bisschen Konversation betreiben, um diesen etwas unangenehmen Moment zu überbrücken«, erklärte sie.

»Netter Versuch, aber zwecklos.« Erst klopfte er ein Kissen auf, dann noch eines, eine Handlung, die schon eher die Bezeichnung auf*boxen* verdiente. »Ich glaube nämlich nicht, dass sich diese Situation auf welche Weise auch immer über…« Seine Stimme erstarb, als sie sich aus dem Morgenrock schälte. »Das ist doch wohl nicht dein Ernst.«

Poppy hob den Kopf. »Was denn?« Sie warf den Morgenrock über eine Stuhllehne und blickte ihn finster vom Bett aus an. »Du meine Güte, Win, jetzt sieh mich doch nicht so an. Ich wüsste nicht, was es an mir auszusetzen gäbe.«

»Gäbe«, wiederholte er, als wäre er die Ruhe in Person. Als würde sein bestes Stück gar nicht das tun, was es gerade tat. Verflixt. Er nahm lieber schnell auf der Bettkante Platz, ehe sie noch den deutlichen Beweis seines großen Interesses erblickte. Zum Kuckuck mit ihrem Blick! Sie hatte doch tatsächlich sein Nachthemd an. Das, welches sie ihm vor vielen Jahren gestohlen hatte.

Einen Moment lang hatte er nur noch das Bild von Poppy in ihrer Hochzeitsnacht und wie sie sich nackt im Bett an ihm gewunden hatte vor Augen. Win holte tief Luft. Dieses verfluchte Nachthemd. Seit ihrer Heirat hatte sie es beinahe jede Nacht getragen. Trotzdem hatte er nicht erwartet, sie könnte so herzlos sein, es auch diese Nacht anzuziehen. Schließlich war es *sein* Nachthemd.

»Das Ding ist so alt und zerschlissen, dass es fast nur noch aus Löchern besteht«, zischte er durch zusammengepresste Zähne. Äußerst ungünstigen Löchern, die ihm in kleinen Ausschnitten vor Augen führten, was er nicht haben konnte.

Poppy legte die Hände an ihre Hüften. »Es ist aber himmlisch kuschelig.«

»Es ist höllisch lumpig.« Und obendrein noch fast durchsichtig. Heiliger Bimbam … Was hatte ein Negligé da mehr zu bieten, als seine eigene Frau in seinem eigenen Nachthemd, seinem sehr dünnen und sehr freizügigen Nachthemd, zu sehen? Herrje, da wäre es ja noch besser, sie hätte gar nichts an. Seine Fäuste krallten sich in die Laken. Vielleicht sollte er sie um einen kurzen Vergleich bitten, nur um sicherzugehen.

»Du benimmst dich kindisch.« Schwungvoll schlug sie die Decken auf und rutschte auf ihre Seite des Bettes. »Und sehr verletzend.«

Gleich darauf schnellte ihr schlanker Arm unter der Decke hervor, worauf das Licht erlosch und der Raum in völlige Dunkelheit getaucht wurde. Mit einem Seufzen schlüpfte auch er unter die Decke, wo er mit aller Macht eine gewisse Steifheit sowie das Prickeln zu überwinden versuchte, das ihrer Nähe zuzuschreiben war. Doch die nahezu verkrampfte Art und Weise, in der sie sich auf der anderen Seite des Bettes zusammenkauerte, ging ihm unter die Haut. Verdammt! Woher kam es nur, dass er ihren Schmerz so viel stärker spürte als seinen eigenen? Ihr Anblick ließ sein Herz bluten und bereitete ihm Gewissensbisse … weil er der Auslöser dieses Schmerzes war.

Er holte tief Luft, während er auf seiner Seite des Bettes lag und sich miserabel fühlte. »Ich wollte dich nicht verletzen.«

Einen Moment lang umfing ihn tiefes Schweigen. Dann brach ihre leise Stimme die Stille. »Ich liebe dieses Hemd.«

Nein, nicht. Win schloss fest die Augen, obwohl es stockfinster war. »Ich weiß.«

Als Antwort erhielt er ein ausgesprochen weibliches Schniefen, aus dem sowohl ihre widerwillige Kenntnisnahme als auch der deutliche Hinweis auf die bisherige Erfolglosigkeit seiner Abbittebemühungen sprachen. Tja, er hatte Zweifel, dass sie seine andere Art, sich zu entschuldigen begrüßen würde. Win hielt die Augen geschlossen und betete, endlich einzuschlafen, besser gesagt, dass sein wackerer Held einschlafen möge. Aber nein, der war hellwach, wartete schwer und missgelaunt an seinem Bauch und kämpfte tapfer gegen den unnachgiebigen Stoff seiner Unterhose, der zu entkommen er versuchte.

Architektur. An Architektur zu denken wirkte beruhigend. In der Regel übermannte ihn der Schlaf ganz schnell, wenn er sich eine Reise an Londons Architekturwundern vorbei vorstellte.

Westminster Palace, Clock Tower, Tower of London, Nadel der Kleopatra. Herrje, hör endlich auf, nur an schlanke, hohe Monumente zu denken.

Abrupt vollführte Poppy eine unwirsche Bewegung, womit sie seine Reise unterbrach und seine missliche Lage noch verschlimmerte, als sie mit dem Busen gegen seine Hüfte stieß. Die Zähne fest zusammengebissen wagte er einen Blick. Die Umrisse ihrer Schultern zeichneten sich gegen die Dunkelheit ab. Ihr Kopf lag deutlich tiefer als seiner. Sie rührte sich noch einmal, eine Bewegung, die sie machte, wenn sie sich unbeobachtet fühlte – lächerlich, da er sich ihrer immer bewusst war. Er fragte sich, wie lange sie noch so tun würde, als läge sie bequem. Anscheinend ewig. Typisch Poppy.

Mit dem Drang zu lächeln und dem noch größeren Drang, sich zu ihr herüberzurollen und sie bis zur totalen Erschöpfung zu nehmen, gab er nach und wählte den sichereren, wenn auch weit weniger vergnüglichen Weg. Mit einem Lächeln zog er sein Kissen unter dem Kopf hervor.

»Hier.« Als er es ihr anbot, starrte sie es mit großen Augen an. Er seufzte. »Nimm schon. Ich weiß, dass du mit deinem nicht zufrieden bist.«

»Es ist zu flach«, gestand sie nach einem kurzen Moment.

»Ich weiß.« Poppy bevorzugte dicke Kissen. Schon immer.

Er machte sich stumm daran, das weniger bauschige Kissen in eine vernünftige Form zu klopfen. »Würdest du aufhören, das ganze Bett zum Wackeln zu bringen und endlich schlafen?«

Er merkte, wie sie sich einkuschelte, ehe er ihr leises Seufzen der Erleichterung hörte. Na prima. Jetzt lag wenigstens einer von ihnen bequem.

Vor Verlangen brennend und den Kopf auf ein erbärmliches Kissen gebettet, unternahm er einen erneuten Versuch einzuschlafen.

St. Paul's, London Bridge, Buckingham Palace, Kensington Palace –

»Win?«

Er hob ein Lid. »Ja?«

Er spürte ein kurzes Stupsen an der Decke in seinem Rücken. Dann drang ihr Flüstern zu ihm. »Bedauerst du es?«

Der Schmerz in seiner Brust meldete sich zurück. Er hielt sich an seinem Kissen fest, um sich nicht zu ihr umzudrehen. »Es?« Er wusste zwar ganz genau, wovon sie sprach, doch es fiel ihm zu schwer zu antworten.

Die Decken bewegten sich, als sie sich rührte. »Dass du so viel aufgegeben hast. Für mich?«

Großer Gott, er schaffte es nicht … Als weiße Punkte vor seinen Augen tanzten, kniff er sie fest zusammen. »Nein.« Winston räusperte sich. »Das Einzige, was ich bedaure, ist, dass ich dich nicht richtig kannte.«

Poppy spürte kurz das Bedürfnis, ihre Geheimnisse mit ihm zu teilen, ehe der vertraute Ruck durch sie ging und sie doch den Mund hielt. *Sag kein Wort. Zu niemandem. Du führst ein Doppelleben. Vergiss das nicht.* Sie hatte die Anweisung strikt befolgt, auch wenn es ihr die Seele zerriss, und selbst als ihre Schwestern litten und ihr Ehemann sich von ihr abwandte. Die Gesellschaft war die andere Hälfte ihres Ichs, vielleicht sogar die größere. Und wofür? Wenn sie der Gesellschaft den

Rücken kehrte, würde sie auf ein großes Glück verzichten und Leere empfinden.

»Ich war achtzehn, als ich die Aufgabe meiner Mutter übernahm.«

Aus der Finsternis drang Wins Stimme zu ihr. »Das Jahr, als wir uns kennenlernten.«

Er wurde ganz still, so als ob auch er sich an jenen Tag im Bahnhof erinnerte. Sie fragte sich, wie dieser Tag wohl in seiner Erinnerung aussah. Für sie war er der beste und der schlimmste Tag ihres Lebens gewesen. Jeder Schritt über den langen, kalten Bahnsteig hatte einem einzigen Kampf um Fassung geglichen, bei dem sie sich bewusst in Erinnerung rufen musste, wer und was sie war. Und dann war er da gewesen, so als hätte er sich aus dem Nebel geformt. Sie hatte fast einen Herzinfarkt bekommen, als dieser gut aussehende junge Mann sich plötzlich an ihre Seite gesellt und sie angesehen hatte, als gäbe es nur noch sie auf Erden. Sie hatte gedacht, sie würde träumen.

»Was hattest du eigentlich im Bahnhof verloren?« Er stieß ein kurzes Lachen aus, als wäre er über seine Frage empört. »Ehrlich gesagt hatte ich damals nicht auch nur eine Sekunde lang daran gedacht, es dich zu fragen.« Ein weiteres kurzes Lachen erfüllte die Luft. »Ich war vor lauter Lust nämlich so überwältigt, dass ich an nichts anderes mehr denken konnte, als dich bei mir zu behalten.«

Ihr Atem geriet ins Stocken, und sie hatte Mühe, ihn wieder in einen ruhigen Rhythmus zu bringen. »Und ich dachte, was für ein unbeschreiblich gut aussehender verrückter Kerl.«

Seine Stimme waberte wie Nebel über sie hinweg. »Verrückt nach dir.«

Gütiger Himmel, wie er sie zu betören verstand. Wenige

Worte, und sie musste sich arg zusammenreißen, um sich nicht auf ihn zu stürzen. Sie räusperte sich. »Man hatte mich gerade erst zur Mutter ernannt. Während ich noch dabei war, meine Ausbildung abzuschließen, hatte Lena dieses Amt inne. Eigentlich war ich davon ausgegangen, dass sie die Position behalten würde, doch diese Aufgabe hatte ihr nie gefallen.« In dieser Hinsicht hatte Lena sich immer recht merkwürdig verhalten. Sie wollte lieber eine Hüterin der Gesellschaft sein, als sie zu leiten. Poppy machte es sich in ihrem Kopfkissen noch bequemer und setzte ihre Geschichte fort. »In diesem Bahnhof gibt es einen Ausgang aus einem der Tunnel, die zur Gesellschaft führen. Ich hatte ihn nach der Zeremonie benutzt.«

»Du warst erst achtzehn.« Seine Erschütterung schwang deutlich in seiner Stimme mit. »Und sie ernannten dich zum Oberhaupt einer ganzen Organisation?«

»Ich wurde auf diese Position vorbereitet, seit ich sechs war.« Sie bemühte sich, den Stolz zu unterdrücken, der sie erfüllte. »Ich bin die siebte Generation von erstgeborenen Töchtern, die dieser Pflicht nachkommen. Meine Familie hat die Gesellschaft zusammen mit einer anderen Familie gegründet.«

Da es ihr einiges abverlangte, ihre Geheimnisse preiszugeben, erschien ihr die Dunkelheit sehr willkommen. »In der Anfangszeit wurden wir einfach Regulatoren genannt. Erst als wir anfingen, den König oder Premierminister in unsere Arbeit einzubinden, wurden wir zu einer offiziellen Organisation, und wir nannten uns fortan die Gesellschaft zur Unterdrückung Übernatürlicher.«

Sie bewegte sich ein bisschen und sank noch tiefer in ihr Kissen ein. »Das war noch zu Zeiten meiner Urgroßmutter, obwohl ich, ehrlich gesagt, nicht viel für den neuen Namen übrig habe, da er zu Ärger in bestimmten übersinnlichen Gruppierungen führte.«

»Weil er nach einem Problem klingt, das behoben werden muss«, sagte Win nicht ohne eine gewisse Schärfe.

»Ja«, stimmte Poppy zu. »Jedenfalls war und ist die Gesellschaft mein Leben. Du weißt ja gar nicht, was für eine Willensstärke Mary Margaret Ellis besaß. Jeder Tag war eine Lehrstunde, jeder Tag eine Mahnung.« Poppy imitierte den strengen Ton ihrer Mutter. »Keiner darf es erfahren. Verrate niemandem, was du in Wirklichkeit tust. Nicht einmal deiner Familie. Vor allem nicht deiner Familie.«

»Sie musste doch davon ausgehen, dass deine Schwestern eigene Gaben besaßen.«

»Oh ja, das wusste sie durchaus. Und nicht gerade zu ihrer Begeisterung. Daisy war ihr Lämmchen, ihr Sonnenschein. Und Miranda ihre Rose, eine zarte Blume, die es zu beschützen galt. Sie achtete mit aller Entschiedenheit darauf, dass keine von beiden mit ihrer dunklen Welt in Berührung kam.«

»Und du?« Wins Stimme klang gepresst.

Ein wütendes Lächeln zupfte an ihren Lippen, als sie den Blick an die dunkle Decke hob. »Ich war die Fähige, die Starke. Ich habe nie geweint und mich auch nicht aufgeregt.«

»Womit für dich ein Leben in der Dunkelheit vorgesehen war?« Er schnaubte ärgerlich. »Ich hätte nie gedacht, dass ich das einmal sagen würde, aber ich glaube, da habe ich deinen Vater ja noch lieber.«

Poppy konnte sich ein schwaches Lächeln nicht verkneifen. Nichtsdestotrotz wollte sie, dass er verstand. »Sie hat an mich geglaubt.« Poppy seufzte. »Und ja, manchmal tut es weh, dass sie nie versucht hat, mich so zu behüten wie meine Schwestern. Aber trotzdem, Win …« Sie leckte sich über die Lippen, während sie innerlich bebte. »Es gefiel mir, gebraucht zu werden. Außerdem gefiel mir, was ich tat. Und das hat sich bis heute nicht geändert.«

Das Bett knarrte, als er sich auf den Rücken rollte, worauf ihre Schultern sich berührten. »Er hat mich geschlagen … mein Vater.«

Sie wurde ganz still. So still, dass sie das Blut in ihren Ohren rauschen hören konnte. Wie war das möglich? Er hatte sich nie geduckt, sondern immer hoch erhobenen Hauptes und voller Stolz präsentiert. Und dennoch hatte sie dann und wann Schatten unter seinen Augen gesehen. »Win …«

»Ich habe es dir nie erzählt«, fiel er ihr mit zugleich fester und brüchiger Stimme ins Wort, als müsste er sich zwingen zu sprechen, »weil ich mich dafür schämte, was er mit mir …« Sein Arm streifte ihren, als er die Schultern zuckte. »Na, du kannst es dir sicher denken. Ich war schwach, als ich hätte stark sein sollen.«

Sie versuchte zu schlucken, doch es gelang ihr nicht. »Wie lange, Win?«

»So lange ich denken kann.« In der Dunkelheit konnte sie die Umrisse seines Profils erkennen. Er starrte an die Decke. »Zu lange.«

Ein mächtiges Verlangen, seinen Vater umzubringen, erfasste sie. Ihre Hand zitterte, als sie sie auf seinen Arm legte. Er zuckte nicht zurück, drehte sich aber auch nicht zu ihr um. »Das ist der Grund, warum ich mich auf den Handel mit Jones einließ.« Seine rauchige Stimme war wie ein lebendes Wesen zwischen ihnen und ließ ihr Herz für ihn bluten. »Als ich dich traf, erwachte ich zu neuem Leben. Du sahst mich so, wie ich war. Etwas, wofür sich für mich zu leben lohnte. Du gabst meinem Leben all das, was ein Leben schön und lebenswert macht, und ich stellte fest, dass ich bereit war, alles zu tun, um dies zu bewahren.«

Als sie Anstalten machte, ihn zu umarmen, zog er scharf den Atem ein. »Nein.« Sein Körper erstarrte. »Nicht jetzt. Nicht aufgrund dessen, was ich gesagt habe.«

»Aber …«

Seine Stimme wurde von Zärtlichkeit erfüllt, aber auch von einer Strenge, die keinerlei Widerspruch duldete. »Wenn wir zusammenkommen, Poppy Ann, dann nicht, weil du mich trösten willst.«

Er wandte den Kopf, und in der Dunkelheit konnte sie deutlich die Erregung in seinem auf sie gerichteten Blick erkennen. »Sondern weil die Leidenschaft dich so sehr gepackt hat, dass du zu zerspringen drohst, wenn ich dich nicht erlöse.« Als er ein kleines Stückchen näherrückte, strich sein Atem warm über ihren Hals. »Erst dann ist der richtige Moment gekommen, mein Schatz.«

24

Winston lag in der wohligen Wärme des Bettes, das er mit seiner Frau teilte, und betrachtete sie. Das helle Licht der Morgensonne vergoldete ihre schlafende Gestalt und hob die sanfte Blässe ihrer mit kupferfarbenen Sommersprossen übersäten Arme hervor. Diese bezaubernden Flecken waren eine von vielen freudigen Entdeckungen gewesen, die er gemacht hatte, als er sie in ihrer Hochzeitsnacht zum ersten Mal auszog. Ihr Gesicht wies nämlich nicht eine einzige Sommersprosse auf. Sternenstaub hatte er diese herrlichen Flecken genannt, die sie überall auf Armen und Schultern besaß. Er hatte es sich zur Aufgabe gemacht, jeden einzelnen dieser Flecken zu küssen. Eine ganze Stunde hatte er dafür gebraucht und sie damit so sehr erregt, dass sie unter ihm gebebt und ihn mit vor lauter Verlangen heiserer Stimme angefleht hatte, sie endlich zu nehmen.

Was er letzte Nacht zu ihr gesagt hatte, war ihm durchaus ernst gewesen; er wollte nicht, dass sie aus Mitleid zu ihm zurückkehrte. Und er wusste, sie befürchtete, allein um ihres gemeinsamen Kindes willen von ihm gewollt zu werden. Welch lächerlicher Gedanke, doch wenn er seine eigenen Ängste ernst nahm, dann auch ihre.

Es erschien ihm so verflucht simpel, den Frieden auszurufen, zu sagen *Es tut mir leid, und jetzt lass uns die ganze Sache vergessen.* Aber wenn Win genau das versuchte, schoss eine Mauer in ihm nach oben und hielt ihn davon ab. Er nahm an, dass Poppy mit derselben Wand zu kämpfen hatte, da er in unbeobachteten Momenten Schatten in ihrem Blick fand. Denn die traurige Wahrheit lautete, dass sie einander tief im Herzen noch nicht vertrauten. Leider war ihm bisher kein Rezept eingefallen, um dieses Vertrauen wiederherzustellen.

Dabei war es keineswegs so, dass er seine Frau nicht wollte. Er wollte sie bei allem, was ihm heilig war, weshalb es Höllenqualen bedeutete, neben ihr zu liegen und den Geruch ihres vom Schlaf warmen Körpers in der Nase und den Anblick ihrer langen, vor ihm ausgestreckten Beine vor Augen zu haben. Er brannte förmlich vor kaum noch zu bändigendem Verlangen, in ihren herrlich feuchten Schoß zu stoßen, dessen Umklammerung er so gut kannte. Er bewegte seine Hüften ein bisschen und presste seine Männlichkeit etwas tiefer in die Matratze … eine Bewegung, die mit einem süßen Schmerz in seinen Lenden beantwortet wurde.

Wenn Poppy schlief, dann tief und fest, was in krassem Gegensatz zu ihrem Zustand höchster Alarmbereitschaft stand, den sie zeigte, sobald sie wach war. Im Augenblick jedoch wusste er nicht, ob er es als Fluch oder Segen betrachten sollte, sich ohne ihr Wissen an ihr sattsehen zu können.

Sie machte einen jüngeren Eindruck, wie sie jetzt so dalag und schlief … auf der Seite, einen Arm unter dem Kopfkissen und den anderen vor ihr, die Hand zu einer lockeren Faust zusammengerollt. Ihre rosa Lippen waren nur einen Hauch geteilt und ließen den Atem leise entweichen. Ihr Haar ergoss sich in einem roten Wasserfall über ihre Schultern, der bis über die sanften Rundungen ihrer Brüste lief.

Brüste, die sich im steten Rhythmus ihres Atems hoben und senkten. Auf. Ab. Und sein verdammtes Nachthemd, das sie ja unbedingt tragen musste, tat rein gar nichts, um irgendetwas zu verbergen. Dieses schäbige Hemd bestand mittlerweile nur noch aus hauchdünnem Stoff und zahlreichen Löchern entlang der Knopfleiste. Eben diese Löcher bannten jetzt seine Aufmerksamkeit, da Poppy mit jedem ihrer Atemzüge einen qualvoll kurzen Blick auf die beiden köstlichen Erhebungen gewährte.

Sein bestes Stück wurde zunehmend hart und schwer, was dafür sorgte, dass er sich einerseits bewegen, andererseits nur mucksmäuschenstill daliegen wollte. Die Decken raschelten, als sie sich mit einem leisen Seufzen rührte und ihr Körper um eine Winzigkeit nach hinten kippte. Win stockte der Atem. Auch das zerschlissene Nachthemd hatte sich bewegt, sodass eines dieser verflixten Löcher über die Spitze ihrer Brust gerutscht war. Für einen köstlich spannenden Moment wurde dieser kleine rosa Knopf enthüllt, ehe eine dicke Strähne kupferfarbenen Haars darüber glitt und dort liegen blieb, womit seine herrliche Aussicht auch schon wieder beendet war.

Win knirschte mit den Zähnen. Er krallte die Finger in sein Kissen und versuchte mit purer Willenskraft, die Strähne beiseitezuschieben. Doch sie sträubte sich und klammerte sich liebevoll an die kecke Spitze. Ein, aus, ihr Atem ging ruhig und bewegte ihre Brüste unter dem dünnen Stoff. Als ein Teil der Strähne weiterrutschte, gewährte er ihm den Blick auf einen Hauch von Rosa. Er würde noch verrückt werden. Sein bestes Stück pochte ungeduldig gegen die Matratze, während ihm die Sonne heiß auf den nackten Rücken brannte. Doch er war wie gelähmt und starrte sie nur an wie ein liebestoller Schuljunge. Seine Gedanken drehten sich nur noch um ihren köstlichen Nippel, und dass er sich ihm doch endlich in seiner ganzen Pracht zeigen sollte.

Als weitere Haare herunterrutschten, zwinkerte ihm die Mondsichel eines rosigen Warzenhofes zu. Er leckte sich die

Lippen, während sein Atem immer rauer wurde … wegen einer Brustwarze. Vielleicht hätte ihm dieser Gedanke ein Lachen entlockt, hätte er nicht mit einem Stöhnen gerungen. Himmeldonnerwetter noch mal, das war doch bloß ein Nippel. Und zwar einer, den er schon tausendmal gesehen hatte. Er kannte seinen Geschmack und wusste, wie er sich anfühlte, wenn er ihn mit der Zunge berührte und wenn er hart wurde. Das war ein völlig falscher Denkansatz, der sein Blut umso heftiger durch seine Adern trieb. Er hielt es nicht mehr aus.

Sein Herzschlag dröhnte laut in den Ohren, und sein Körper war bis zum Zerbersten angespannt, als er die Hand mit zitternden Fingern nach ihr ausstreckte. Nur noch ein klitzekleines Stück. Ihr Atem ging gleichmäßig, während die kesse kleine Spitze sich weiterhin vor ihm versteckte. Er strich vorsichtig über die hartnäckige Strähne, wobei er tunlichst darauf bedacht war, seinem Ziel nicht zu nahe zu kommen, um nicht in Versuchung zu geraten, es zu berühren.

Als die rote Strähne beiseiterutschte, erfüllte ihn ein Gefühl des Triumphs. Das war nicht gerade edel, aber dennoch herrlich. Der köstliche rosarote Knopf, der durch das Loch im Nachthemd perfekt ins Bild gesetzt wurde, gehörte endlich ihm. Der Gedanke bröckelte jedoch und zerfiel schließlich vollends, als ihm bewusst wurde, dass sie plötzlich ganz still geworden war. Win erstarrte. *Ertappt.* Ihr Blick brannte sich wie eine Feuerqualle in seine Haut. Langsam sah er zu ihr hoch.

Verwunderung stand in ihren dunklen Augen, und sie sah ihn abwartend an, als sich ihre Blicke trafen. Nie zuvor hatte er seinen Körper so bewusst wahrgenommen … die Anspannung seiner leicht bebenden Muskeln, jede einzelne Faser seiner ausgestreckten Hand, die knapp über ihrer warmen Brust verharrte.

Er sah das Flackern in ihrem Blick. Eine Herausforderung, die ihm mit jedem Atemzug, den er tat, einen Schwall der Lust in seine Lenden jagte. Herr im Himmel, sie machte ihn wütend, sie weckte sein Verlangen, sein Bedauern, seine Sehnsucht. Sein Arm war steinhart. Dann bewegte er sich, langsam, nachdenklich, und ohne den Blick von ihr abzuwenden. Ihre Lippen teilten sich, während ihr Atem immer unregelmäßiger wurde. Obwohl sich ihr rosaroter Nippel aufrichtete und seinen Fingern entgegenstrebte, rührte Poppy sich nicht. Er spürte die Wärme ihrer Haut, noch bevor er sie überhaupt berührte. Als sein Ziel zum Greifen nahe war, zog sein Gemächt sich unangenehm fest zusammen, während seine ins Bett gepresste Männlichkeit vor Tatendrang brannte. Und als er behutsam mit dem Finger über die knospende Spitze strich, spannte sich sein Bauch an.

Ihr stockte der Atem, während ihr Mund sich noch weiter öffnete. Er hielt ihren dunklen Blick gefangen, ließ sich von ihm tragen, und beobachtete gleichzeitig seinen Finger, der über ihren süßen kleinen Nippel strich. Der rosa Knopf wurde hart und hob sich seiner Berührung entgegen, was Win einen Laut entlockte, der stark an Schmerzen erinnerte. Der Bereich um die köstliche Spitze herum war jetzt dunkler, nahezu Himbeerrot. Und größer. Er fuhr seine Grenze mit dem Finger ab. Lagen diese Veränderungen vielleicht daran, dass sie ein Kind erwartete? Er wurde nachdenklich. Sein Kind. In ihr. Mucksmäuschenstill lag sie da und ließ sich streicheln, wobei nur ihr sanfter Atem ihre Erregung verriet. In einem Anflug von schelmischer Boshaftigkeit schnippte er gegen die Spitze. In den Tiefen ihrer Kehle erklang ein leises Wimmern, und ihre Lider flatterten, als versuchte sie krampfhaft, die Augen offen zu lassen. Dieser Anblick sandte eine Welle purer Lust durch seinen Körper, so überwältigend, so heiß, dass er alle Mühe hatte, nicht über sie herzufallen und von ihrer saftigen Brust zu kosten, bis Poppys Name über ihre Lippen kam.

Seine Hand begann zu zittern, während er sie liebkoste und diese eine kleine Berührung genoss. Sanfte Röte breitete sich auf ihrer elfenbeinfarbenen Haut aus, als sie versuchte, sich nicht zu rühren. Sein Atem ging rau, und sein bestes Stück pulsierte, während sein Herz heftig gegen seine Brust klopfte. Herrje, er stand kurz davor, sich in Verlegenheit zu bringen wie ein junger Bursche, der zum ersten Mal seinen kleinen Freund entdeckte und was man mit ihm anstellen konnte. Er hielt es nicht mehr aus. Den Blick fest mit ihrem verschmolzen zwickte er sie ganz bewusst, aber mit allergrößter Zärtlichkeit in ihren Nippel. Ein leiser Aufschrei der Hilflosigkeit kam über ihre Lippen, während sie sich mit durchgedrücktem Rücken seiner Berührung entgegenwarf. Schon schob er sich über sie, und sein Mund fand sogleich ihren armen, gepeinigten kleinen Knopf.

»Schsch«, hauchte er auf ihr Fleisch. »Ich werde es wiedergutmachen. Ich werde es wieder …« Seine Worte verloren sich, als sein Mund die köstliche Spitze in vollen Zügen genoss und die Zuneigungsbekundungen seiner Zunge den Stoff ihres zerschlissenen Nachthemds allmählich feucht werden ließen. Sein Gesicht lag in ihren kühlen Händen und hielt ihn, wo er war, während er ihre Brust förmlich verschlang und sich eng an ihren wundervoll weichen Körper schmiegte. Unter Poppys leisen Worten der Ermutigung und des Flehens wanden sie sich aneinander. Er würde ihr geben, was sie brauchte. Alles.

Win strich mit den Fingern über ihren nahezu endlosen Schenkel, der so weich und doch so stark war, während er den Mund über ihren Körper nach unten wandern ließ. Seine Gedanken waren nur noch auf den weichen Stoff ihres Nachthemdes und das darunter verborgene zarte Fleisch gerichtet. Der Stoff raschelte leise, als er ihn nach oben schob. Süßer, in der Morgensonne glitzernder Honig hieß ihn willkommen. Er zwickte sie mit den Zähnen in die Hüfte und genoss die Reaktion, die er ihr damit entlockte, genoss, wie ihre Beine sich erwartungsvoll spreizten.

»Ja, mein Schatz, genau so. So ist es richtig.« Sein Mund wanderte zielstrebig über die Beuge ihres Beines. »Lass mich dich küssen.«

Poppys süßer Saft. Sie wand sich unter dem langen Strich seiner Zunge. Himmlisch. Noch ein Kuss. *Ich werde es wiedergutmachen.* Oh ja, das würde er.

Dieser Gedanke war sein letzter, ehe ein Schrei größten Entsetzens von irgendwo unten aus der Halle drang und die Stille zerriss.

Gefangen in den Nebeln heftiger Erregung hätte Win den Schrei fast überhört. Wer auch immer die Dame mit dem äußerst ungelegen kommenden Hysterieanfall auch war, sie konnte ihm gestohlen bleiben. Allerdings war er im tiefsten Innern mit Leib und Seele Polizist. Ob er noch das entsprechende Abzeichen trug oder nicht … solch einen Hilfeschrei konnte er einfach nicht ignorieren. Nachdem er sich – wenn auch höchst widerwillig – von seiner bezaubernden Frau zurückgezogen und seine Sachen gegriffen hatte, während sie ihre eigenen zusammensuchte, eilte er mit langen Schritten durch die Halle. Sie füllte sich schnell mit anderen, besorgt blickenden Gästen, von denen die meisten in ihren Morgenröcken steckten.

»Verzeihung.« Er schlüpfte durch die Menge. Seltsamerweise machten ihm die Leute wie immer Platz. Noch nie hatte ihn jemand gefragt, mit welcher Berechtigung er einfach das Kommando übernahm. Verflucht, was sollte er nur ohne seine Arbeit bei der Polizei anfangen?

Ursprung der ganzen Aufregung war ein Gästezimmer am Ende der Halle. Win gefror das Blut in den Adern, als ihm ein vertrauter Geruch entgegenschlug. Tod. Das verhieß nichts Gutes.

Eine Schar hoher Herren blockierte den Eingang, doch auch sie traten bereitwillig beiseite, als er sich näherte. Sein Blick fand den von Osmond, der an der Tür Wache hielt. Na prächtig. »Euer Gnaden, was ist passiert?«

Sein Bruder nickte grimmig. »Das Zimmermädchen hat den Toten gefunden. Scheint erdrosselt worden zu sein. Ich habe den örtlichen Friedensrichter rufen lassen. Der Butler sagte mir jedoch, der Mann sei im Urlaub.«

Ja, und wo befand sich die bezaubernde Amy Noble, jetzt wo ihr Haus in Aufruhr und einer ihrer Gäste tot war … ermordet? Doch eins nach dem anderen.

Win spähte noch einmal zur Tür. Er war ganz erpicht darauf, das Zimmer unter die Lupe zu nehmen. »Wie meine Frau gestern Abend schon sagte, bin ich Inspektor. Ich würde mir das gerne mal ansehen.«

Oz runzelte die Stirn. Offensichtlich war er nicht gerade begeistert von dem Gedanken, seine herzogliche Autorität an einen gesellschaftlich weit unter ihm stehenden Mann abzutreten, Inspektor hin oder her. Win musste sich arg zusammenreißen, um nicht zu sagen *Jetzt stell dich nicht so an, Oz, und zisch ab*. Als sie zwölf und vierzehn – und noch Brüder – waren, mochte das ja funktioniert haben, doch heute würde er sich dadurch vermutlich mehr als nur einen Nasenstüber einhandeln.

»Wir brauchen jemanden, der die Leute zurückhält«, fügte Winston hinzu. Nichts konnte ein Tatort weniger gebrauchen als wohlmeinende »Helfer«, ob es nun Hausgäste oder einfache Polizisten waren, die bei Leichenfunden in London oft die ersten vor Ort waren. »Mrs Nobles Gäste sollten das hier lieber nicht zu sehen bekommen.« Er warf einen besorgten Blick auf die Menge hinter ihm. Ein Blick, der zur Verbrüderung unter Verschwörern einlud. »Ich denke, dass sie eher auf Sie hören werden, Sir.«

Glücklicherweise schluckte Oz den Köder. Mit einer Bewegung, die Win sehr an seinen Vater erinnerte, richtete Oz sich auf. »Ich werde mich darum kümmern.«

Oz' Aufforderung, wieder ins Bett zu gehen, und das sich anschließend in der Halle erhebende Schlurfen von Schritten traten in den Hintergrund, als Win das Zimmer betrat und sich ein Bild von der Situation machte. Am Fußende des Bettes lag ein Mann leblos auf dem Boden. Colonel Alden. Sein breites Gesicht wies einen bläulichen Schimmer auf, der im Bereich der Augen und des Mundes, aus dem seine Zunge dick und ebenfalls blau heraushing, noch etwas dunkler erschien. Sein edles Leinennachthemd war um den Kragen herum zerrissen und bauschte sich um die Taille, als hätte er im Kampf um sich getreten. Win wandte den Blick von den blassen, dürren Beinen und der schlaff dazwischen herabhängenden Männlichkeit ab. Der Tod fragte nicht nach Würde.

Win machte einen Bogen um die letzten Ausscheidungen eines Sterbenden, als er um den Colonel herumtrat. Auch wenn er an den Gestank des Todes gewöhnt war und den fremden, nahezu süßen Geruch eines Verstorbenen kannte, war es selbst ihm diesmal fast zu viel. Sein Puls begann zu rasen, während sich kleine Schweißperlen auf seiner Stirn bildeten. Schwarze

Flecken tanzten vor seinen Augen. Jetzt sah er nicht mehr diesen Raum, sondern *jene* Gasse, in der derselbe Geruch lag, und er erblickte das Wesen, das ihn angriff. Er konnte den brennenden Schmerz in seinem Gesicht beinahe spüren. Er konnte nicht mehr atmen. *Lauf. Lauf weg.* Zitternd hob er eine eiskalte Hand an die Stirn. *Nein, nicht jetzt. Reiß dich zusammen.* Er zwang sich, die Leiche anzusehen, und tat einen tiefen Atemzug in einer wirklich nicht als frisch zu bezeichnenden Luft. Er war hier, als Gast in einem Gutshaus. Nicht dort, in der Hölle.

»Wurde er stranguliert?«

Win zuckte zusammen, als er plötzlich Poppys Stimme hörte. Sie stand bei der Tür, doch nicht mehr als schwer atmende, leicht gerötete Verführerin, sondern in praktisches braunes Kammgarn gekleidet. Ein respektables Erscheinungsbild, das er hingegen mit seiner feinen Hose und dem nicht dazu passenden Alltagshemd, das er sich schnell von der Sessellehne gegriffen hatte, nicht bot. Ihr sachlich-kühler Blick richtete sich ungerührt auf den Toten. Wie viele Leichen hatte sie wohl schon gesehen? Er schluckte ein paarmal und versuchte, seine Stimme wiederzufinden. Er wollte nicht, dass sie dies sah, wollte nicht, dass sie *ihn* so sah. Sie kam näher und reichte ihm eine flache Flasche, ohne ihn dabei anzublicken. Win fragte nicht, was sich darin befand, sondern nahm einen kräftigen Schluck. Ein feiner, warmer Scotch ölte seine Kehle.

»Ich glaube nicht, dass ich die Vorliebe der Ellis- Schwestern für Whiskey je verstehen werde.«

Sie winkte träge ab und sah sich im Zimmer um. »Wir sind halbe Schotten, und wahrscheinlich gibt es irgendein Gesetz, das uns verbietet, ihn nicht zu mögen.«

Win stieß ein kurzes Lachen aus, was den Schmerz in seiner Brust zumindest so weit linderte, dass er sich wieder bewegen konnte. »Scheint erdrosselt worden zu sein.« Er fragte sie nicht, wie sie es an Oz vorbei geschafft hatte – ein Herzog war keine Herausforderung für sie –, sondern kniete sich neben den Toten und fing an, ihn zu untersuchen. Die Finger ließen sich biegen. »Die Leichenstarre ist noch nicht vollständig eingetreten. Der Tod hat sich höchstwahrscheinlich in der Nacht ereignet.«

»Nach dem Abendessen?«, fragte Poppy.

»Ich würde sagen, ein paar Stunden später. Die Verwesung ist noch nicht weit fortgeschritten. »Ich hätte ihn nicht …« Unfähig weiterzureden begegnete er Poppys sorgenvollem Blick, in den sich Wut mischte.

»Das ist nicht deine Schuld, Win.«

»Hm.« Genau so fühlte es sich aber an.

Poppy trat ein Stückchen näher an ihn heran, als wollte sie ihn zu beschützen. »Meinst du, es war Isley?«

»Hm.« Win hatte noch keine Theorie. Er begutachtete die Schwellung am Hals des Toten, wo Würgemale in Form der fünf Finger einer Hand zu erkennen waren.

Poppy inspizierte sie ebenfalls und sog scharf den Atem ein. »Colonel Aldens Prothese ist weg.«

Eine kurze Suche förderte das Stahlglied unter einem Knäuel aus Bettzeug auf dem Boden zutage. Win blieb neben dem Bett hocken und musterte den künstlichen Arm. Er lag schwer und kalt in seiner Hand. Am Zeigefinger befand sich etwas Blut.

»Von seinem eigenen Arm kann er ja wohl kaum erwürgt worden sein, nicht wahr?«, stellte Poppy fest. Als Win sie ansah, rückten ihre Augenbrauen schlagartig zusammen. »Ich meine nicht, er habe sich selbst damit umgebracht, sondern dass dieses Ding doch wohl nicht so manipuliert wurde, um einen erwachsenen Mann zu erwürgen, schon gar keinen, der sich wehrt.«

Nachdenklich strich sich Win über die Narbe an seinem Mund. Sie war zwar kein Ersatz für einen Schnurrbart, half ihm aber trotzdem dabei, zur Ruhe zu kommen. »Vielleicht ja doch.« Er drehte die Hand um, worauf die Finger der Schwerkraft folgten und sich leicht streckten, wobei sie den Eindruck erweckten, sich für ihn zu öffnen. »Wenn der Colonel auch ein Opfer von Isley war, hatte dieses verfluchte Ding vielleicht ein Eigenleben.« Wenn man bedachte, was er in letzter Zeit alles gesehen und erlebt hatte, warum sollte es dann nicht auch einen mordlüsternen Kunstarm geben? »Vielleicht hatte ja auch Alden einen Vertrag unterzeichnet, und jetzt war seine Zeit gekommen.«

»Wenn das hier das Werk von Isley ist, wieso sollte er Aldens Arm benutzt haben, um ihn damit umzubringen? So etwas wirft doch unweigerlich Fragen auf.«

Seufzend richtete sich Win auf. »Ich weiß es nicht.« Um besser nachdenken zu können, fing er an, auf und ab zu gehen, wobei er sich mit der Prothese gegen das Bein klopfte. Poppy blickte ihn tadelnd an, weil ihr das Klopfen auf die Nerven fiel. Mit einem Schnauben drückte Win ihr kurz den Arm in die Hand, um gleich wieder das Zimmer zu durchmessen. »Verdammt, du hast recht. Warum sollte er jetzt umgebracht werden? Isley hat ihn ganz eindeutig hierher gelockt …«

Als er vor dem Bett stehen blieb, um aus dem Fenster zu starren, knisterte irgendetwas unter seinem Fuß. Win trat einen Schritt zurück. Halb unter dem Bett versteckt lag ein zerknülltes Stück Papier. »Was haben wir denn da?« Er runzelte die Stirn, als er es entrollte und den Inhalt las. »Eine Nachricht von Colonel Alden an mich.« Der fragende Ausdruck auf seinem Gesicht verstärkte sich. »Er schreibt, ihm wäre etwas zu Moira Darling eingefallen. Etwas, das mich bestimmt interessieren würde.«

»Was auch immer das zu bedeuten hat.« Die Enttäuschung in Poppys Stimme war nicht zu überhören.

»Hm, die Schrift endet abrupt mit einem lang gezogenen Tintenstreifen.« Win betrachtete das traurige Ende des Colonels. »Ich schätze, er wurde unterbrochen und dieser Zeilen wegen umgebracht.«

»Das sieht Isley ähnlich. Seine Marionette befreit sich von ihren Fäden, woraufhin er sie vernichtet.« In ihre braunen Augen trat ein finsterer Ausdruck. »Genau in dieser Weise geht er vor, Win. Er macht Versprechungen und bringt die Leute dazu, ihn für einen Gentleman zu halten. In Wahrheit jedoch ist er nichts weiter als ein Mörder … durch und durch. Und ich fürchte …«, ihr Kinn bebte einen Moment lang, ehe sie weitersprach, »ich fürchte, dass er dasselbe mit uns machen wird, ob wir diese Moira Darling nun finden oder nicht.«

»Wir haben keinerlei Beweise, dass dies hier Isleys Werk ist.« Wins Bauchgefühl sagte ihm, dass es einfach nicht zu seinem Verhalten passte. »Sei's drum. Wir können es uns nicht erlauben, uns aus der Ruhe bringen zu lassen. Konzentrier dich nur auf unsere Aufgabe, Schatz. Mehr können wir im Augenblick nicht tun.«

»Wie kannst du nur so ruhig sein?«

»Wieso sollte ich nicht? Das Leben unseres Kindes steht auf dem Spiel. Und ich werde es nicht durch überstürztes Handeln riskieren.« Und zwar ganz gleich, wie gerne er Jones seine hässliche Visage so lange polieren wollte, bis seinen Fäusten die Kraft ausging.

Poppy sah ihn einen quälend langen Moment an, ehe sie entschieden nickte und den Blick auf die Prothese senkte. Sie kniff die Augen zusammen und sah sich die Verzierung genauer an. Als hätte sie einen Schlag bekommen, zuckte sie plötzlich zusammen. Win griff nach dem Ding, um es ihr zu entreißen, da er einen Moment lang Angst hatte, es wäre wieder zum Leben erwacht oder hätte Poppy in irgendeiner Form verletzt. Doch sie hob die freie Hand und hielt ihn auf. »Verflucht«, brummte sie und starrte auf die Handgelenkunterseite.

»Was ist?«

Kalte Wut erfüllte ihren Blick. »Ich habe das Signet desjenigen gefunden, der diese Prothese angefertigt hat.« Sie zeigte auf einen winzigen Halbmond, in dessen Sichel sich ein Stern befand.

»Dann erkennst du es?«

»Oh ja.« Ihre langen Finger schlossen sich so fest um das Stahlgelenk, dass ihre Knöchel weiß wurden. »Die Evernight Familie arbeitet schon seit Generationen mit der Gesellschaft zusammen.«

»Alden hat diesen Arm von Isley bekommen. Das würde ja bedeuten …«

Poppys Lippen spannten sich an. »Dass wir wahrscheinlich einen Verräter in unseren Reihen haben.«

25

Mary eilte durch den Flur, der von ihrem kleinen Zimmer wegführte. Mrs Lane hatte sie umgehend von dem Mord in Kenntnis gesetzt.

»Suchen Sie Mr Talent«, hatte sie auf ihre ziemlich rüde Art und Weise befohlen. »Und dann durchkämmen Sie beide das Haus. Wenn Isley nicht selbst hier ist, dann wahrscheinlich einer seiner Lakaien.« Und schon war sie zu Inspektor Lane zurückgestapft.

So wie ihr eigenes Zimmer lag auch das von Talent unten, in einem kleinen, für die Bediensteten der Gäste zur Verfügung gestellten Trakt. Obwohl Mary nur allzu gerne auch auf dem Absatz kehrtgemacht und eine direkte Begegnung mit Talent vermieden hätte, verlangsamte sie ihre Schritte auf dem Weg zu ihm nicht.

Seit sie von Bord der *Ignitus* gegangen waren, hatte sie Mr Talent nicht mehr oft gesehen. Den Weg nach Farleigh hatte er lieber im Sattel eines Begleitpferdes zurücklegen wollen als in der Angestelltenkutsche. Und nach ihrer Ankunft hatte er sich überwiegend in seinem Zimmer aufgehalten, was sie keineswegs traurig stimmte.

Sie klopfte an seine Tür, wobei sie das Hämmern ihres Herzens und die Kälte in ihren Fingern ignorierte. Ein Geräusch aus seinem Zimmer verriet ihr, dass er zur Tür kam. Sie zwang sich, eine freundliche Miene aufzusetzen.

Die Tür öffnete sich, und Jack Talent spähte heraus. Die

Haare zerzaust und das Hemd noch nicht ganz zugeknöpft war er offensichtlich gerade erst aufgestanden und besaß nicht den Anstand, sich ordentlich zu Ende anzuziehen und wenigstens zu kämmen, bevor er sie empfing.

Sie presste die Lippen zusammen. »Mr Talent.«

»Ms Chase.« Seine Stimme rumpelte wie ein Donnergrollen, ehe sein sengender Blick über sie glitt und sie ins Stocken brachte.

»Ich …« Herausfordernd hob sie den Kopf und funkelte ihn böse an, als sein Blick auf ihren Brüsten verweilte. »Es gab einen Mord, Mr Talent. Mrs Lane möchte, dass wir das Anwesen durchsuchen.«

Er hob langsam den Kopf. »Ach, ist das so?« Mit einem schwachen Lächeln lehnte er sich lässig an den Türrahmen. »Sind Sie sicher, dass Sie mich nicht nur einfach mal besuchen wollten?«

»Seien Sie nicht albern.« Was für ein Spielchen trieb dieser Mistkerl denn jetzt schon wieder? »Hören Sie auf, sich wie ein Idiot zu benehmen, und ziehen Sie sich an.«

Sie machte Anstalten zu gehen, als er plötzlich vor ihr stand und ihr ein weiteres Lächeln schenkte, jedoch keines wie sie es von ihm kannte, sondern ein gedehntes, höchst seltsames Lächeln.

»Nicht so schnell.« Seine Stimme sank fast zu einem Flüstern. »Warum lassen wir uns nicht ein bisschen Zeit und beginnen die Suche gleich hier?«

Sie starrte ihn verdutzt an. Jack Talent machte ihr ein unsittliches Angebot? Als seine Fingerspitzen an ihrem Kiefer entlangstrichen, verharrte sie wie versteinert. Seine Augen glänzten vor Erregung und einem finsteren Versprechen. Sie erforschte seinen wollüstigen Blick, konnte aber nichts anderes finden. Keine Wut, keine Ressentiments. Keinen Jack.

Obwohl sie völlig perplex war, schaffte sie es, seine Hand an ihre Wange zu schmiegen. Sie glühte förmlich. »Sagen Sie meinen Namen noch einmal«, forderte sie ihn auf. »Ich möchte hören, wie er über Ihre Lippen kommt.«

Er lächelte wieder, doch es kam nicht von innen. »Mary. Die bezaubernde Mary Chase.«

Seine Stimme klang matt, irgendwie falsch. Sie rang sich ein Lächeln ab und tätschelte seine Hand. »Da haben Sie recht. Aber jetzt benehmen Sie sich und ziehen sich an.« Dann zog sie sich mit betont ruhigen Schritten zurück, als sei alles in bester Ordnung. Obwohl sie genau wusste, dass dem ganz und gar nicht so war.

Win nahm Poppy bei der Hand und ging mit ihr schnurstracks zu Tully, dem Butler auf Farleigh. Wie bei den meisten Butlern waren nicht nur Kleidung und Frisur, sondern auch das Benehmen des Mannes tadellos. Als sie sich ihm näherten, verbeugte er sich knapp. »Mr Snow, ich habe gehört, dass Sie sich der Untersuchung dieses unerfreulichen Vorfalls angenommen haben. Wenn ich Ihnen dabei vielleicht irgendwie behilflich sein kann?«

»Sie könnten uns auf direktem Wege zu Ihrer Herrin bringen.« Win war bereit, sie auch alleine aufzuspüren, sollte Tully die nötige Kooperationsbereitschaft missen lassen. Der Butler verbeugte sich jedoch nur ein zweites Mal.

»Was für ein Zufall, Sir. Gerade erst hat Mrs Noble gesagt, sie würde Sie gerne in ihrem privaten Salon empfangen.«

Win konnte nicht sagen, warum ihn die Information, dass Mrs Noble nach ihnen schicken ließ, beunruhigte – abgesehen davon, dass er es allmählich leid war, herumgeschubst zu werden wie eine Maus, die zwischen den Pfoten einer gelangweilten Katze gefangen saß.

Als sie den Flur vor Mrs Nobles Salon erreichten, hielt Poppy ihn an. »Ich schätze es ist besser, wenn du alleine zu ihr gehst, Win.«

Er blickte kurz zu der ein paar Schritte entfernten, mit Walnussholz verkleideten Tür, ehe er wieder Poppy ansah. »Warum? Sie erwartet doch uns beide.«

»Ja, aber sie will, dass du deine Geschichte erzählst. Nicht ich. Darüber hinaus muss sie ja auch noch wegen Colonel Alden befragt werden.«

Er wusste nicht, ob sich das gut anhörte oder ihm die Manier gefiel, in der sie ihn feilbot. Aber da Poppys Vorschläge nie ohne Grund waren, sparte er sich lautstarken Protest. Fürs Erste. »Du meinst, sie wäre gesprächiger, wenn sie alleine mit mir ist?«

»Ja, meine ich. Abgesehen davon kann ich dann ein bisschen herumschleichen, während ihr beiden euch unterhaltet.«

»›Herumschleichen‹, hm?« Er musste grinsen. »Und das sagst du einfach so, ohne auch nur den Hauch eines schlechten Gewissens?«

Sie sah ihn mit einem Naserümpfen an. »Ich dachte, es wäre in deinem Sinne.« Sie stupste ihn mit dem Ellbogen an. »Na los, geh schon.«

»Wenn's sein muss.« Er nickte ihr kurz zu und brummte: »Was man nicht alles tut.«

Win hatte die Tür fast erreicht, als Poppy ihn am Arm packte und zurückriss. Der zerknirschte Gesichtsausdruck, mit dem sie ihn ansah, verriet ihm, welchen Kampf sie mit sich austrug. Als sie schließlich die richtigen Worte fand, kam sie kurz und knapp auf den Punkt. »Mrs Noble könnte auf bestimmte Gedanken kommen, wenn du da jetzt allein hereinspaziert kommst.«

Winston verbiss sich ein Lachen, doch an dem angespannten Zug um ihre Lippen konnte er erkennen, dass seine Bemühungen, seine Erheiterung zu verbergen, nicht ausgereicht hatten. Also machte er aus seiner Belustigung keinen Hehl mehr, während er sich zu ihr beugte und ihren sanften Atem an seiner Wange spürte. »Und trotzdem schickst du mich in die Höhle des Löwen.« Als ihr Verdruss nicht mehr zu übersehen war, amüsierte er sich plötzlich so köstlich, dass er grinsen musste. »Weißt du was, Poppy Ann«, hauchte er auf ihre zarte Wange, »ich glaube, du machst dir Sorgen.«

Ihre nicht nur geraden, sondern auch kraftvollen Zähne schlossen sich um sein Ohrläppchen, worauf ein Schwall der Erregung in seine Lenden schoss. »Und ich glaube, dass es dir gefällt, wenn ich mir diese Sorgen mache.« Ihr warmer Atem auf seinem Ohr trieb eine Gänsehaut über seine Arme. Dann zwickte sie ihn so fest, dass er zusammenzuckte. »Benimm dich, Winston Lane.«

Seine Hand ging an ihren Nacken und hielt sie fest, ehe sein Mund ihr Ohr berührte. »Dann wäre es klug von dir aufzuhören, die Abenteuerlust meines besten Stücks zu wecken, wenn ich arbeite, meine Liebe.«

26

Als Winston Mrs Nobles Salon betrat und sich die Tür hinter ihm schloss, fluchte Poppy hemmungslos. Was hatte sie getan? Sie schüttelte kurz den Kopf, um wieder klar denken zu können. Sie vertraute Win. Natürlich vertraute sie ihm. Er wollte sie. Und den deutlichen Beweis dafür fand sie sowohl zwischen seinen Beinen, wo sich seine Hosen in beachtlichem Maße spannten, als auch in dem leidenschaftlichen Funkeln seiner Augen. Denselben Blick hatte sie heute schon einmal gesehen, als er sie berührt hatte. Genauer gesagt, bevor er die Spitze ihrer Brust berührt und noch weitere Dinge getan hatte. Ihre Wangen wurden warm. Zuerst hatte sie gedacht, sie würde träumen. Doch dann hatte sie seinen Blick gesehen. So brennend heiß, so unendlich hungrig. Sie hätte heulen können, als der Aufschrei des Zimmermädchens ertönte.

Ungestilltes Verlangen war ein Gefühl, mit dem Poppy nicht gut umzugehen verstand. Sie bevorzugte klare Emotionen: Wut, Trauer, Freude; mit all dem hatte sie kein Problem. Sie brauchte nur zu schreien, zu weinen, zu lachen, und dann war der Fall für sie erledigt. In dieser Hinsicht war es für sie bisher ganz einfach gewesen. Begierde und das Verlangen nach einem Mann waren an dem Tag in ihr Leben getreten, als sie Win kennengelernt hatte. Und Win hatte sie nie abgewiesen. Das Verlangen nach ihm brannte noch immer in ihr und versetzte ihren Unterleib so sehr in Aufruhr, dass das Gefühl sich allmählich zu einem physisch spürbaren Störfaktor entwickelte.

Verflixter Kerl. Er betrachtete ihr früheres Leben als eine Illusion. War nicht alles eine Illusion? Jedenfalls wusste sie in diesem Moment genau, was sie für Win empfand. Spielte es da eine Rolle, was vorher geschehen war oder was noch passieren würde? Im Augenblick zählte nur das Hier und Jetzt. Natürlich, und jetzt kehrte sie ihm den Rücken, nachdem sie ihn erregt und zu einer anderen Frau geschickt hatte.

»Verdammte …« Sie biss sich auf die Lippe, um dann damit aufzuhören, weil es zu viel über ihre Gefühle verriet, ehe sie nichtsdestotrotz gleich wieder darauf biss. Während sie den Salon hinter sich ließ, galt ihre Konzentration der vor ihr liegenden Aufgabe und nicht dem stillen tête-à-tête von Win und dieser … Kuh. »Wenn sie ihn auch nur ein einziges Mal anfasst, dann friere ich ihr ihre dreckigen Finger ab.«

Poppy atmete tief durch. Sie murmelte und fluchte, obwohl ihr Vorhaben eigentlich größte Stille verlangte. Mrs Nobles Schlafzimmer war ganz in der Nähe. Sie musste es nur noch finden. Auf leisen Sohlen näherte sie sich einer Tür, die nur wenige Schritte vom Salon entfernt war, und horchte daran. Drinnen schien alles ruhig zu sein, was jedoch nichts bedeuten musste, da trotzdem gerade ein Zimmermädchen darin sein konnte. Poppy holte einen kleinen Spiegel aus der Tasche, der am Ende eines dünnen Metallstabes befestigt war. Dann kniete sie sich auf den Boden, schob den Spiegel vorsichtig unter der Tür durch und drehte ihn. Das praktische Utensil war so konstruiert, dass das Zimmer ins Bild kam, als Poppy den Stab drehte. Mit einem Ohr und Auge im Flur und dem jeweils anderen beim Spiegel, bewegte sie ihn hin und her und nahm den Raum unter die Lupe. Niemand da.

Nun ins Zimmer zu gelangen erwies sich als Kinderspiel. Im Gegensatz zu ihrem sehr auffälligen Erscheinungsbild, das

Mrs Noble der Öffentlichkeit gerne präsentierte, wirkte ihr privater Rückzugsort eher schlicht, ja sogar gemütlich. Die Wände waren mit hellem Ahornholz verkleidet, zweckmäßige, kornblumenblaue Baumwollvorhänge zierten die Fenster. Beim Kamin standen zwei dazu passende und offensichtlich gern genutzte Sessel. Poppy ließ die Finger über eine der Lehnen gleiten. Auf dem Boden fand sich ein Handarbeitskorb, in dem ein halb fertiger Strumpf samt Stricknadeln auf seine Vollendung wartete. Das Zimmer machte einen sauberen Eindruck, doch die Art und Weise, wie die Handarbeit im Korb lag, vermittelte Poppy den Eindruck, dass Mrs Noble die Nadeln schon seit geraumer Zeit nicht mehr angerührt hatte. Sie versuchte, sich die Frau beim Stricken vorzustellen, doch es gelang ihr nicht.

Am anderen Ende des Raumes stand ein schmiedeeisernes, in einem warmen Cremeton gestrichenes Bett. So wie das Zimmer möbliert war, hätte Poppy dezente Baumwollbettwäsche erwartet. Stattdessen erblickte sie teure und ziemlich grelle Seidenbettwäsche in einem satten und wenig zum Gesamteindruck passenden tiefdunklen Farbton. In Lenas »Geschäftsräumen« erwartete man schon eher, so etwas zu sehen.

Während sie nachdenklich die zerwühlten Laken betrachtete – das Zimmermädchen hatte das Bett noch nicht gemacht –, nestelte Poppy an dem glänzenden Stoff herum. Er floss ihr über die Finger, und ihre Haut fing vor Unruhe an zu kribbeln. Bestimmt würde der Mrs Noble, die sie kannte, Bettwäsche dieser Art gefallen. Doch nicht in diesem Zimmer. Es passte einfach nicht. Angeblich lebte Mrs Noble hier schon seit Jahren. Eine Frau, die sich für Seidenbettwäsche entschied, würde ihr Zimmer nicht in diesem seltsamen Stil einrichten.

Poppys Hand glitt in eine ihrer Rocktaschen und fand die dort versteckte Waffe. Im Allgemeinen bevorzugte sie ein Messer, doch diese Waffe besaß die glückliche Eigenschaft, die Funktion von Pistole und Schnappmesser zu vereinen – ein Messer, dessen Klinge bis zum Einsatz unauffällig neben dem Pistolenlauf ruhte. Da Poppy nicht wusste, was sie erwartete, hielt sie es für die richtige Wahl. Die Waffe in ihrer Hand beruhigte sie, als sie auf Zehenspitzen zum Ankleidezimmer schlich. Hier hauste die Mrs Noble, die sie kannte. Auf dem Boden lag ein dicker karmesinroter Teppich, die Fenster wurden von dazu passenden edlen Samtvorhängen eingerahmt. Zahlreiche Kleider aus Seide und Satin hingen an den mahagonifarbenen Wänden, wo sie wie grellbunte Schmetterlinge wirkten. In der Mitte des Raums stand ein kupferner Badezuber, der genügend Platz für zwei Personen bot. Der Gedanke, dass Win allein mit einer Frau war, der dieser Raum gefiel, ließ Poppy mit den Zähnen knirschen. *Wenn sie auch nur einen ihrer dreckigen Finger auf Abwege geraten lässt … Konzentration, Poppy. Konzentrier dich.*

Die Nerven von der verbotenen Suche fest angespannt inspizierte Poppy das Zimmer. Der penetrante Geruch von Badesalz lag schwer in der Luft. Viel zu schwer. So schwer, dass er in der Nase und bis unter die Schädeldecke stach. Veilchenduft, igitt. Ein Geruch, den sie schon immer gehasst hatte. Ein kurzer Blick auf die gläsernen Wandregale bestätigte ihr, dass das vorhandene Salz nicht solch einen Gestank verbreiten konnte. Poppys Hand umschloss fest ihre Waffe, als sie auf die Wand zuschlich und der Veilchengeruch immer intensiver wurde. Vorsichtig fuhr sie mit den Fingern die Ränder der Holzvertäfelung ab. Nichts wies auf irgendwelche Hohlräume hin. *Achte auf Abnutzungserscheinungen. Das den Fingern anhaftende Fett greift im Laufe der Zeit den Lack an.* Das hatte sie von Win gelernt, ein Tipp, den sie seinen Berichten über seine

Arbeit entnommen hatte. Damals hatte sie ein schlechtes Gewissen gehabt, dass sie von ihm Tricks aus der Polizeiarbeit übernahm, ihre eigenen aber für sich behielt. Doch jetzt, wo ihr die leicht ausgeblichene Stelle an der zweiten Tafel auffiel, empfand sie nur Dankbarkeit.

Poppy ließ ihr Messer aufschnappen und hielt es bereit. Nun da sie wusste, wonach sie suchen musste, fand ihr Daumen schnell den versteckten Riegel. Mit einem leisen Klicken und unter leisem Schleifen öffnete sich die Wandverkleidung. Poppy stählte sich gegen die Parfumwolke, die ihr gnadenlos entgegenschlug. So scheußlich der Gestank auch sein mochte, die große, grobe Holzkiste im Dunkel des kleinen Wandschrankes fesselte ihre ganze Aufmerksamkeit. Geräuschlos tauschte sie ihr Messer gegen einen kleinen Pflock aus, der an der Rückenversteifung ihrer Korsage steckte. Wie versprochen hatte Ms Chase sämtliche Kleider von Poppy mit dem Wichtigsten ausgestattet. Ein Hoch auf dieses Mädchen.

Mit hellwachen Sinnen näherte sie sich der Kiste. Sie war klar im Vorteil, denn was auch immer sich darin befand, musste erst aufspringen, während Poppy gleich losschlagen konnte. Trotzdem rann ihr vor Aufregung der Schweiß den Nacken herab, und sie wagte es kaum zu atmen. Angst gehörte zum Job. Man musste sie einfach nur akzeptieren und durfte sich davon nicht aus der Ruhe bringen lassen. Der Deckel gab ein kleines Stück nach. Sie öffnete ihn nicht gleich, sondern verharrte kurz, um den Pflock fester zu packen, ehe sie den Deckel mit einem Ruck aufriss. Nichts bewegte sich.

Trotz des in den Augen brennenden Salzes, das den Leichnam zum größten Teil bedeckte, erkannte Poppy die Gestalt der einstigen Mrs Noble, deren Augen und Mund in demütigem Flehen weit aufgerissenen waren. Ihre Seele hatte sie verlassen, doch ihr Körper enthielt noch immer genügend Blut, um einen Dämon damit zu versorgen.

»Verflucht noch mal.« Der Deckel knallte zu, als Poppy herumwirbelte und aus dem Zimmer stürzte, um zu Win und welchem Dämon auch immer zu eilen, der sich gerade an ihn heranmachte.

Win betrat Mrs Nobles Salon, in dem es ungewöhnlich dunkel war. Schwere Brokatvorhänge sperrten die Morgensonne aus, sodass nur noch das im Kamin knisternde Feuer und der Schein der Kerzen eines silbernen Kandelabers dem Raum ein wenig Licht spendeten.

Entspannt saß Mrs Noble auf einer scharlachroten Satinchaiselongue. Anstelle von Männerkleidung trug sie jetzt ein aufreizendes schwarzes Seidenkleid, das keineswegs in die Kategorie anständige Bekleidung für den Tag fiel. Es war straff geschnürt, sodass der Busen nach oben gedrückt wurde. Die ärmellose Korsage bestand aus einem Netz von Schnüren, die vor Diamanten nur so funkelten.

»Mr Snow.« Als sie sich mit einer schlangenartigen Bewegung vorbeugte, fiel ihr eine Strähne ihres schwarzen Haars über die Schulter. »Wo haben Sie denn Mrs Snow gelassen? Ich dachte, Sie würden mich heute Morgen beide unterhalten.«

Harmlos klingende Worte, denen nichts Verbotenes anhaftete. Er trat weiter in den Raum. »Sie hat leider Migräne bekommen.«

»Ein bekanntes Problem bei Ehefrauen. Dann müssen wir wohl ohne sie auskommen.« Elegant zog sie die Beine unter den Körper. »Setzen Sie sich doch, Mr Snow, damit wir uns besser kennenlernen können.«

Sie klopfte auf den Platz neben sich, und seine guten Manieren verlangten von ihm, ihrem Wunsch zu entsprechen. Als Polizist hatte er oft genug mit resoluten Damen zu tun gehabt … wie auch die meisten seiner Kollegen. Einsame Witwen, gelangweilte Ehefrauen, Schuldige, Neugierige – es gab viele Gründe, um einen Inspektor als Freiwild zu betrachten. Einige Männer nutzten das aus. Win sah in solch einem Moment eher einen Punkt, an dem die Situation auf Messers Schneide stand: Zog man sich zu schnell zurück und beleidigte die Dame damit, entlockte man ihr kein einziges Wort mehr. Trieb man es zu weit und hatte plötzlich eine fremde Zunge im Hals, erfuhr man genauso wenig.

Zögernden Schrittes und mit einem stillen Fluch auf Poppy, ließ er sich dazu bewegen Platz zu nehmen. Entgegen den gegenüber seiner Frau gemachten Andeutungen hatte er keinesfalls die Absicht, Mrs Noble zu verführen, um Antworten zu erhalten.

Zufrieden schenkte Mrs Noble ihm ein hübsches Lächeln, während ihre Finger über die filigranen Holzschnitzereien gleich hinter seinem Nacken tanzten. »Also dann, Mr Snow, Sie haben mir eine Geschichte versprochen.« Ihr Finger berührte seinen Kragen. »Wie sind Sie zu diesen prachtvollen Narben gekommen?«

Er rückte ein Stückchen von ihr weg. »Zuerst sollten wir über den Mord sprechen, der sich in Ihrem Haus ereignet hat, Madam.«

Sie machte nicht den Eindruck, von dieser Tatsache besonders erschüttert zu sein, nahm jedoch die dem Anlass entsprechende gebührende Haltung ein und verwob die Hände in ihrem Schoß, ehe sie ihn mit beinahe feierlich ernster Miene anblickte. Eine Fassade, von der er vielleicht getäuscht worden wäre, hätte er nicht den dahinter verborgenen Spott erkannt.

»Erzählen Sie mir, was Sie von Colonel Alden wissen«, forderte er sie auf.

»Ach, Charles.« Mit einem Seufzen und nicht ohne den Rücken dabei sinnlich durchzudrücken, lehnte sie sich an. »Der Ärmste. Ich werde ihn vermissen. Obwohl er immer eine Enttäuschung für mich war.« Als sie die Achseln zuckte, glitzerte das Diamantnetz. »Er ging mir ein wenig auf die Nerven.« Es gelang ihm, nicht zusammenzuzucken, als sie die Narbe an seinem Kinn nachfuhr. »Welch herrliche Narben. Sie machen mich neugierig.«

»Wenn der Colonel eine Enttäuschung für Sie war, warum haben Sie ihn dann eingeladen?«

Ihr Finger glitt zu seinem Hals. »Ich habe ihn nicht eingeladen. Er tauchte plötzlich hier auf.«

Allmächtiger, wie gern hätte er diesen aufdringlichen Finger beiseitegewischt. »Ich stand unter dem Eindruck, dass Sie ihn eingeladen hätten.« Einer von beiden log, und seiner Meinung nach war nicht der Colonel der Lügner.

Sie stieß ein Lachen aus, das jedoch nicht verbarg, dass er ihr zu nahegetreten war. »Ich muss schon sagen, Mr Snow, Sie hören sich allmählich ziemlich vorwurfsvoll an.«

»Ich bin nur neugierig.« Er drehte sich zu ihr um und schob seinen Oberschenkel dabei ein bisschen weiter auf das Sofa. Ihr Blick verfolgte die Bewegung. Verdammter Narr, er hätte Poppy die Befragung dieser Schlange überlassen sollen. »Im Übrigen wird der Friedensrichter dieselben Fragen stellen.«

Ihre Lider hoben sich langsam. »Mr Snow, ich kann mich wirklich nicht mehr so genau daran erinnern, was mich veranlasste, Colonel Alden einzuladen. Irgendwie spürte ich plötzlich den Drang, es einfach zu tun.« Sie beugte sich ein Stück näher. »Sie kennen dieses Gefühl, Mr Snow. Man kann sich dem nicht erwehren.«

Win unterdrückte ein Schnauben. Subtilität zählte nicht zu ihren Stärken. »Sind Sie schon mal einer Frau namens Moira Darling begegnet?«

Wie erhofft brachte diese Frage sie aus dem Konzept. Sie brauchte einen Augenblick, um sich zu fassen. »Allmählich kommt mir der Verdacht, dass Ihr einziges Interesse darin besteht, mir Fragen zu stellen.«

»Fragen lassen auf Interesse schließen, nicht wahr, Mrs Noble?«

»Glauben Sie bloß nicht, dass ich auf dieses Lächeln hereinfalle, Mr Snow.« Zielsicher fanden ihre Finger die eine weiße Locke ihres Haars und fingen an, sie zu drehen. »Dann hätten Sie, wenn ich Ihre Logik richtig verstehe, auch nichts gegen ein oder zwei Fragen meinerseits einzuwenden?«

Win hatte zwar eine Menge gegen das Gespräch an sich – und diesen Ort – einzuwenden, hielt aber an seinem freundlichen Lächeln fest. »Wie könnte ich?«

Ihre Zähne blitzten im Schein der Kerzen auf. Doch sie schimmerten nicht weiß, sondern in einem haarsträubenden Grau, als würde sie von innen heraus zerfallen. »Ausgezeichnet.« Ihr Busen schwoll an, als sie sich vorbeugte. »Bedauern Sie die Entscheidungen, die Sie in Ihrem Leben getroffen haben, Mr Snow?«

Win lehnte sich an das Sofa, sodass der Abstand sich zwischen ihnen vergrößerte. »Wie bitte?«

Die weiße Strähne drehte und drehte sich immer weiter und verschlang ihren Finger dabei förmlich. »Bedauern Sie es, kein erfüllteres Leben geführt zu haben?« Ebenholzschwarze

Augen bannten seinen Blick. »Nicht noch mehr Frauen beigewohnt zu haben? Nicht größere Risiken auf sich genommen zu haben?«

»Moira Darling«, erwiderte er barsch. »Kennen Sie sie?«

»Ja. Eine traurige Frau, die ihr Leben nie richtig gelebt hat. Schmerz und Einsamkeit waren alles, womit sie zurückgelassen wurde.«

Er zuckte vor Aufregung fast zusammen, doch sie rutschte näher und legte eine bleiche Hand auf seinen Arm. An ihren Fingern steckten Rubine, die blutrot funkelten. »Die Risiken, Mr Snow.«

»Wo ist sie?« Er würde sich nicht auf dieses Spiel einlassen. Seine Seele hatte er bereits verkauft. Aber mehr würde er nicht hergeben.

Sie ignorierte seine Frage so geflissentlich, wie er ihre ignoriert hatte. Die Spitzen ihres Zeige- und Mittelfingers spazierten über seinen Arm. »Ich besitze eine beachtliche Anzahl außerordentlicher Fähigkeiten, Mr Snow. Eine davon ist es, einen Mann zu lesen.« Ein Finger berührte die dicke Narbe auf seiner Wange. Er wehrte sich mit aller Entschlossenheit dagegen zurückzuweichen, und sie lächelte, als ob sie tatsächlich erkennen könnte, was er dachte. »Und Sie, Sir, sind immer auf Nummer sicher gegangen, wenn Sie Ihre Karten ausgespielt haben.«

War er das? Hatte er die Gelegenheit, ein größeres Leben zu führen, tatsächlich vorüberziehen lassen? Die kantige Armlehne schnitt ihm mit jedem Atemzug in die Seite. Für Lord Winston Hamon Belenus Lane hätten die Frauen aus dem einfachen Grunde, dass er der Sohn eines Herzogs war, vermutlich Schlange gestanden, um mit ihm ins Bett zu gehen. Er hätte ein Leben im Überfluss führen können, um die ganze Welt reisen und jeden Abend ein anderes Fest besuchen können. Inspektor Winston Lane hingegen hatte das Bett mit nur einer einzigen Frau geteilt, zahlreiche Kriminelle hinter Gitter gebracht und seine eifrigen Bemühungen beinahe mit dem Leben bezahlt.

Das Lächeln auf Mrs Nobles Gesicht wurde breiter, gewinnender. Er blickte wieder zu ihr und dem, was sie ihm so unverhohlen anbot, sah statt ihrer jedoch eine andere Frau vor sich – eine Frau, deren zinnoberrotes Haar wie ein seidig glänzendes Banner über sein Kopfkissen strömte und aus deren braunen Augen Scharfsinn und Intelligenz strahlten.

Mrs Nobles affektierte Stimme holte ihn aus seinen Tagträumen. »Jetzt erkennen Sie es, nicht wahr? Die Pracht eines herrlichen Lebens im Luxus, das Sie hätten führen können.«

Win pflückte Mrs Nobles langsam näher schleichende Hand von seinem Arm. »Risiken einzugehen heißt nicht automatisch, dass man sein Leben in vollen Zügen genießt. Vielmehr kommt es auf das an, wofür man sein Leben riskieren würde.«

Das flackernde Licht ließ ihre Augen einen Moment lang tief schwarz erscheinen, doch dann blinzelte sie, und die Illusion war vorbei. »Dann lassen Sie uns etwas mehr riskieren.«

Noch ehe er fragen konnte, was sie damit meinte, rutschte sie auf seinen Schoß und schlang einen Arm um seinen Hals. Seine Hand schnellte an ihre Schulter und hielt sie auf. »Ich glaube, Sie haben das Ganze missverstanden, Mrs Noble. Ich bin nicht an einem erotischen Abenteuer interessiert.«

Ihr Atem, der nach einer seltsamen Mischung aus Rauch und Eisen roch, traf seine Wange. »Ach, kommen Sie, Lane. Jeder Mann ist daran interessiert.«

»Wenn er die richtige Partnerin hat.« Er beugte sich ein Stück vor und schenkte ihr ein spöttisches Lächeln. »Ich für meinen Teil bevorzuge meine Frau.«

Ihr näher zu kommen war ein Fehler gewesen. Sofort schmiegte sich eine heiße Hand an seine Wange. »Was nur daran liegt, dass Sie noch nicht von dem gekostet haben, was ich Ihnen zu bieten habe.«

Win griff nach ihrem Handgelenk, riss die Hand von seinem Gesicht und presste Mrs Noble gegen die Armlehne. »Sie haben mich Lane genannt. Was bedeutet, dass Sie wissen, warum ich hier bin.«

Ihr affektiertes Lächeln hörte nicht auf. »Haben Sie es genossen, Ihrem Bruder zu begegnen?« Ihre Hüften hoben sich gegen seine. »Ich kann es kaum erwarten, Sie mit ihm zu vergleichen.«

Mit einem leisen Knurren stieß er sie nicht eben sanft zurück. »Haben Sie den Colonel umgebracht?«

Ihre grauen Zähne funkelten im Kerzenlicht, während die Spitzen ihrer Eckzähne noch spitzer erschienen. »Dieses mitteilungsbedürftige Plappermaul war gar nicht eingeladen. Weshalb er leider gehen musste.«

Verflixt und zugenäht, wie er dieses neckische Getue hasste. Er war am Ende seiner Geduld angelangt und nagelte sie an der Lehne fest. »Wo ist Moira Darling? Wo ist sie?«

Wie eine Schlange wickelte sie ihr Bein um seines. »Näher als Sie meinen.«

Er schüttelte sie grob. »Wo?«

Sie brach in lautes Lachen aus und hörte damit gar nicht mehr auf. »Ich würde nicht versuchen, sie zu finden, Winston Lane, da dieses Wissen Ihnen nur Leid bringen würde.« Das Weiß in ihren Augen wich einem finsteren Schwarz, und dann ging alles ganz schnell. Winston blinzelte verblüfft und versuchte zu begreifen, was er da sah, als sie vor seinen Augen förmlich zerfiel. Ihr Körper bröckelte einfach auseinander und verwandelte sich in kleine schwarze Klumpen. Klumpen, die sich bewegten. Spinnen.

Mit einem Aufschrei kam er hoch. Hunderte von Spinnen schwärmten aus und krabbelten ihm über Arme und Beine. Dann sprang plötzlich die Tür mit einem lauten Knall auf, und Poppy stand im Rahmen, von wo aus sie mit einer Miene großer Entschlossenheit die Szene erfasste.

»Bleib zurück!« Er riss sich die Jacke vom Leib und schwang sie wild umher. Spinnen drängten auseinander und flohen vor seinen stampfenden Füßen.

Sie schenkte seiner Warnung keine Beachtung. Ein Zittern, ein Luftzug ging kurz durch den Raum, bevor das Zimmer aus heiterem Himmel von einer Welle arktischer Kälte überrollt wurde, die ihm den Atem raubte und wie mit scharfen Zähnen in seine Haut biss. Stärker als auf dem Schiff toste diese Kältewelle mit der Gewalt eines Sturmes durch den Raum, wirbelte die Spinnen durcheinander und gefror sie noch an Ort und Stelle. Mit klappernden Zähnen und vor Eiseskälte schmerzendem Körper schleppte Win sich zu Poppy. Als er bei ihr angelangt war, ließ sie die Macht abklingen.

»K–k–kalt …« Er schlotterte vor Kälte.

»Ich weiß«, antwortete sie mit gequälter Miene. »Tut mir leid.«

»G-ganz schön … kaltb-blütig.« Er blickte auf den Haufen kleiner schwarzer Spinnen, die tot auf dem Boden lagen. »Diese Spinnen.«

27

»Widerliche Biester.« Poppy versuchte, ihren Ekel abzuschütteln, während Winston den letzten Haufen toter Spinnen in das hell lodernde Kaminfeuer schaufelte, um sicherzustellen, dass tatsächlich keine Gefahr mehr von ihnen ausging. Die gefrorenen Tiere knackten und zerplatzten in den Flammen, und sie hätte schwören können, leise Schreie zu hören. Sie schüttelte sich erneut, konnte aber die aufkommende Übelkeit nicht unterdrücken.

Win fing ihren Blick auf. Obwohl ein unscheinbares Funkeln in seinen Augen einen Scherz erwarten ließ, sagte er mit feierlicher Stimme: »Das war wirklich sehr mutig von dir.« Er wusste, wie sehr sie Spinnen hasste. Lieber würde sie einer Schar Untoter entgegentreten als diesen kleinen Kreaturen.

Vor lauter hektisch wimmelnden Krabbeltieren war von seinem Körper kaum noch etwas zu sehen gewesen. Sie rieb sich die Arme. »Bist du verletzt? Hat dich eine gebissen?«

Win stellte den Kohleneimer an seinen Platz zurück. »Nein.« Sein Blick kehrte sich nach innen, als er ihn ins Feuer richtete. »Das war wohl nicht Mrs Noble.«

»Nein.« Nun, da die Spinnen weg waren, traute Poppy sich, weiter in den Raum zu treten. Das vergoldete kleine Wohnzimmer wirkte zu freundlich, zu anständig, um Schauplatz eines solchen Schreckensszenarios geworden zu sein. Jetzt strahlte es beinahe Frieden, Ruhe und Gemütlichkeit aus. Poppy blieb neben Win stehen und ließ die wohltuende Hitze des Feuers in ihre eiskalte Haut dringen. Normalerweise kümmerte Kälte sie nicht, doch diese Kälte saß ihr tief in den Knochen. »Mrs Nobles Leiche steckt fast bis zum Hals in einer Kiste mit Badesalz.«

»Großer Gott.«

»Der Dämon, mit dem du es zu tun bekommen hast, hat ihr Blut benutzt, um ihre Gestalt anzunehmen. Sieht man sich den Zustand an, in dem ich Mrs Noble gefunden habe, muss er die Kontrolle über sich verloren haben. Normalerweise haben Dämonen sich besser in der Gewalt, wenn sie Blut stehlen.«

Poppy sah zu Win und bemerkte seine vor Anspannung hervortretenden Muskeln, was seine äußerlich lässige Haltung Lügen strafte. Die aus seiner konzentrierten Miene sprechende grimmige Entschlossenheit vermochte das Frösteln besser zu vertreiben als das Feuer. Nachdenklich massierte Win mit einer Hand seinen Nacken. »Sie hat den Colonel getötet.«

Seine Finger spannten sich immer mehr an, bis die Knöchel von der ungewöhnlich roten Haut seines Nackens weiß hervortraten. »Der Colonel sagte, er wäre nach Farleigh eingeladen worden. Aber Mrs Noble – oder was auch immer das war – behauptete, er wäre ein ungebetener Gast gewesen, der zum Schweigen gebracht werden musste.« Er ließ den Arm sinken. »Ich glaube, Jones hat den Colonel hierher gelockt, weil er will, dass wir Moira Darling finden, womit jemand anderes wiederum ganz und gar nicht einverstanden ist. Mrs Noble war keine große Hilfe, ehe sie sich in diesen Spinnenhaufen verwandelte …« Er fuhr sich mit der Hand übers Gesicht. »Es kostet mich verdammt noch mal ganz schön viel Überwindung, es laut aussprechen.«

Ja, dieses Schauspiel war wirklich der reinste … Sie stupste ihn leicht an, um selbst nicht zu sehr über Spinnen nachzudenken, und damit er nicht womöglich noch in Ohnmacht fiel. »Ich glaube, die Dame fand Sie sehr attraktiv, Mr Lane.«

Blaue Augen fixierten sie mit einem kalten Funkeln. »Du wusstest ganz genau, worauf sie aus war, nicht wahr?« Als sie ihn beleidigt ansah, beugte er sich über sie und ließ seinen Atem zärtlich über ihre Wange streichen. »Du hast mir vorhin gar nicht richtig geantwortet, Schatz. Wolltest du sehen, ob ich der Versuchung widerstehe?« Er rückte noch etwas näher und schob seine harte Brust gegen ihre Schulter, während seine Lippen sie am Ohr kitzelten. »Oder wie mein bestes Stück mal richtig rangenommen wird?«

Sofort empfand sie maßlose Wut und Eifersucht. Dieses Miststück hatte *Win* angefasst.

Win deutete ihre Miene richtig, denn für einen flüchtigen Moment strahlten seine Augen vor Zufriedenheit. Er presste sich an sie, woraufhin sie besagtes Stück heiß und hart an ihrer Hüfte spürte. Sie musste sich zusammenreißen, um sich nicht gleichfalls an ihm zu reiben oder ihn wie ein von Wollust gepacktes Weib anzuflehen, ihr zu geben, was sie brauchte. Seine Lider senkten sich eine Winzigkeit und verbargen seine Gedanken vor ihr. »Eines kann ich dir versichern. Ich habe nur einen Herrn und Gebieter …«

»Ja, und das bist *du*. Ich weiß.« Sie verdrehte die Augen und löste sich mit einem Ruck von ihm. Als sie energisch Richtung Tür stapfte, wickelten sich ihre Röcke um ihre Beine. »Schon gut, ich habe verstanden. Könnten wir dann vielleicht jetzt nach London zurückfahren, ehe du mich mit der nächsten Lektion langweilst? Wir haben eine Prothese, die es zu untersuchen gilt.«

Dank seiner langen Beine und entschlossenen Schritte holte er sie leicht ein. Seine Hand schloss sich um ihren Arm und verhinderte ihre Flucht. »Wenn du das glaubst, dann hast du heute Morgen aber auch rein gar nichts begriffen, Boudicca.« Sein Griff wurde fester … besitzergreifend. »Ich meinte *dich*. Und egal wie gerne wir beiden diese Tatsache am liebsten ignorieren würden … ich habe immer nur dir gehört.«

Winston und Poppy behielten ihren zielstrebigen Schritt bei, als sie zu ihren Zimmern zurückkehrten.

»Mary«, rief Poppy an der Tür, »packen Sie sofort unsere Sachen. Wir reisen ab.« Sie wandte sich zu Winston um, der sich schon daran gemacht hatte, seine eigenen Sachen zusammenzusuchen. »Was ist mit deinem Bruder?«

Sein Rücken spannte sich an. »Was sollte mit ihm sein?« Eines seiner Hemden flog in einen offenen Schrankkoffer. Er konnte gerade noch verhindern, sich an jener Stelle seiner Brust zu reiben, wo in diesem Moment ein Loch entstand. »Ich habe ihn schon vor langer Zeit verloren.«

Sie hielt kurz inne. »Das tut mir leid.«

Er drehte sich nicht um, sondern zuckte nur kurz mit den Schultern. »Was geschehen ist, ist geschehen. War ohnehin meine Schuld. Wozu also jetzt noch lamentieren?«

Mary schlüpfte in den Raum, und Poppy blickte sie an. »Wir haben den Dämon gefunden. Leider in Gestalt von Mrs Noble. Was ist mit Ihnen und Talent?«

»Mutter.« Mary Chase senkte die Stimme, während sie näher trat. »Wegen Mr Talent.«

Poppy warf zwei Wurfmesser in ihre Reisetasche. »Wenn Sie mir jetzt wieder erzählen wollen, dass Sie ihm nicht über den Weg trauen, Ms Chase, dann sparen Sie sich das, denn das ist uns keineswegs entgangen.«

Mary rümpfte ihre zierliche Nase. »Ich vertraue ihm durchaus, Mutter. Zumindest dahingehend, dass er Sie oder den Inspektor niemals hintergehen würde. Er ist derjenige, der *mir* nicht über den Weg traut.« Ihr Rosenknospenmund zuckte. »Ich kann ihn einfach nicht leiden.« Es duftete nach Zimt und Ambra, als sie sich vorbeugte. »Um auf den Punkt zu kommen, Mutter, ich bin beunruhigt.«

Winston unterbrach kurz das Entladen des Revolvers, den Poppy ihm in die Hand gedrückt hatte. »Warum?«

Mary sah ihn ernst an. »Ich glaube nicht, dass Talent in seinem Körper steckt.«

Damit hatte sie Poppys Aufmerksamkeit geweckt. Argwöhnisch blickte sie Mary an. »Erzählen Sie.«

»Ich glaube, dass er jemand anderen beherbergt oder es gar nicht ist.«

»Und worauf genau gründet sich Ihre Annahme?« Winston hatte nicht vor, Talent aufgrund einer bloßen Vermutung zur Rede zu stellen.

Mit der verletzten Würde einer Herzogin straffte Mary die Schultern. »Er ist nicht er selbst, Sir. Er ist auf einmal … nett zu mir.«

Winston musste lachen. »Und das gibt Ihnen Anlass zur Beunruhigung?«

Ihre braunen Augen bekamen einen goldenen Schimmer. »Wenn Mr Talent eines ist, dann sehr beständig in seinem Verhalten. Doch über Nacht zeigt er plötzlich, nun ja, nennen wir es … ungewohntes Interesse an mir. Und seine Stimme klingt auch nicht wie sonst.«

»Für mich klang sie ganz normal.« Win wusste, dass er bestimmt streitlustig wirkte, doch die Indizien wollten erst gründlich beleuchtet werden, ehe man sie zu den Beweisen zählen konnte.

Mary Chase schien jedoch nicht beleidigt zu sein, sondern begegnete seinem Blick mit demselben unbeirrbaren Gesichtsausdruck. »Die Menschen wissen die Stimme nicht richtig zu schätzen. Wenn die Augen das Fenster zur Seele sind, dann ist die Stimme ihr Gesang. Man kann eine ganze Menge über einen Menschen erfahren, wenn man auf seine Stimme achtet.« Sie schob die Lippen vor. »Ein Dämon mag ja die Stimme eines anderen imitieren können, doch die individuellen Erfahrungen, die jeder in seinem Leben macht, verleihen ihr einen ganz speziellen Klang. Talents Stimme klingt hart wie Flint und düster durch eine tief verankerte Wut. Die Antriebskraft dieser aufgestauten Wut fehlt ihr jetzt jedoch.«

Er hatte diese Frau total unterschätzt. Win schwor sich, dass ihm das nicht noch einmal passieren würde. Mary schien ihm seine späte Erkenntnis von den Augen abzulesen, da sich ihre Schultern ein wenig entspannten. Sie drehte sich zu Poppy um. »Und dann ist da noch seine Körpertemperatur. Als er mich berührte, ist sie mir aufgefallen.«

Poppys Miene blieb finster. »Heiß?«

»Nahezu fiebrig«, bestätigte Mary.

Zorn blitzte in Poppys Augen auf. »Angesichts der Tatsache, dass die arme Mrs Noble fast ihr gesamtes Blut für einen Dämon geben musste, steht zu befürchten, dass dasselbe mit Talent passiert.«

»Verdammt.« Win fing an, auf und ab zu marschieren. »Talent war bei der Befragung des Colonels dabei. Wenn es ein Dämon ist, dann kannte er den Colonel, oder er ging davon aus, dass uns der Colonel irgendwann helfen würde.« Win bekam eine Gänsehaut, wenn er nur daran dachte, dass ein Dämon die ganze Zeit in Poppys Nähe gewesen war. Und er den Colonel dem Teufel ausgeliefert hatte.

Poppys Finger trommelten nervös auf ihrem Rock. »Wo ist Talent jetzt?«

»Das weiß ich nicht«, antwortete Mary. »Vor etwa zwanzig Minuten war er noch in seinem Zimmer.«

»Nun«, erwiderte Winston, »dann wollen wir uns mal mit Mr Talent unterhalten.«

Er machte Anstalten zu gehen, als er Poppys Hand an seinem Arm spürte. »Bring ihn zum See. Ich rede dort mit ihm.«

»Wir reden beide mit ihm«, widersprach er.

Ihre Hand verharrte. »Überlass das mir.«

Als er die Stirn runzelte, verstärkte sie ihren Griff. »Win, sollte es sich um einen Dämon handeln, dann hat er sich des Verstoßes gegen ein von der Gesellschaft festgelegtes Gesetz schuldig gemacht. Daher ist es meine Pflicht, ihn zu vernichten. Das ist meine Aufgabe.«

Als er in ihre Augen blickte, sah er dort nicht nur seine Frau, sondern auch die göttliche Kriegerin, die ihn von Anfang an verzaubert hatte. »Das mag ja alles sein, Boudicca. Aber von jetzt an ist es auch meine Aufgabe.« Das Lächeln, das er ihr daraufhin schenkte, zeigte ihr deutlich seine feste Absicht. »Betrachte mich als deinen neuen Partner.«

Poppy stand am See und wartete. Auch wenn es ihre Pflicht war, jeden Dämon, der sich eines Verbrechens schuldig gemacht hatte, zu töten, wollte sie dies nicht mitten in einem Haus voller ahnungsloser Zuschauer tun. Tief in ihrem Herzen wusste sie, dass Win nicht versagen würde. Um jedem Widerspruch zuvorzukommen, hatte er seine Worte förmlich geknurrt, als er sich zu ihrem Partner ernannte. In Wahrheit jedoch hatte er ihr damit unwissentlich ihren sehnlichsten Wunsch erfüllt.

Eine Brise strich über die riesige Rasenfläche und kräuselte das Gras, ehe sie mit den Säumen ihrer Röcke spielte. Poppy hatte es nicht gewagt, Zeit mit so etwas Unwichtigem wie Umziehen zu verschwenden, und stattdessen lieber ihre Waffen zusammengesucht, was sie jetzt bedauerte. Das schokoladenbraune Wollkleid war zwar elegant, durch seinen schmalen Schnitt aber auch hinderlich. Wenn sie nur wüsste, warum sie verflixt noch mal immer wieder auf Frauenkleidung zurückkam, wo sie die gesellschaftlichen Verhaltensregeln doch einfach in den Wind schreiben und dafür leichtere und praktischere Männerkleidung tragen konnte, so wie der Dämon in Gestalt von Mrs Noble. Sie behielt die in der Ferne gelegene Hausterrasse im Auge und konzentrierte sich. Die Armbrust in ihrer Hand fühlte sich angenehm leicht, glatt und kühl an.

Lange brauchte sie nicht zu warten. In der Ferne tauchten zwei Gestalten auf, deren Silhouetten die Morgensonne mit einem scharfen Umriss versah. Ihr fiel auf, wie sehr sich Winston und Talent ähnelten, die beide breite Schultern und schmale Hüften besaßen. Damit hörten die Gemeinsamkeiten aber auch schon auf. Wins Gang war gleichmäßig und gelassen, so als ob ihn nichts und niemand aus der Ruhe bringen könnte. Talents Schritte dagegen waren seit jeher voller Ungeduld, weshalb sie nicht mit Sicherheit sagen konnte, ob er es selbst oder vielleicht ein Hochstapler war. Davon abgesehen würde jeder echte Dämon Talents Bewegungen mit äußerster Präzision imitieren.

Als sie nebeneinander gingen, sah sie, dass sie gleich groß waren. Vor wenigen Monaten war Talent noch etwa zwei, drei Zentimeter kleiner gewesen als Win. Jetzt hatte er dieselbe Größe. Noch ein Jahr, dann hätte Talent ihn ganz sicher überholt. Er kam jetzt ins beste Mannesalter, und als Gestaltwandler würde er an Masse und Größe noch zulegen und wahrscheinlich eine genauso stattliche Erscheinung werden wie ihr riesiger Schwager Archer. Ihr wurde das Herz schwer, als sie daran dachte. Wenn das nicht Talent war, der da auf sie zukam, dürfte er vielleicht tatsächlich verloren sein und würde nie zu dem Mann heranwachsen, der er hätte werden sollen.

Sie packte die Armbrust fester und ließ das goldene Wurfmesser aus der Tasche in ihre andere Hand gleiten.

»Poppy«, begrüßte Win sie, als sie bei ihr angelangt waren, »du hast Neuigkeiten?«

»Ja.« Und plötzlich ging alles ganz schnell. In jenem Moment, in dem sie die Armbrust anhob und schoss, zischte das Messer durch die Luft. Talent hatte nicht einmal Zeit, seine Verblüffung zu zeigen, ehe die beiden Geschosse auch schon in seine Schultern drangen, ihn zu Boden rissen und dort festnagelten. Wins überraschter Aufschrei ging in Talents Gebrüll unter, ein Brüllen, das ganz und gar nicht wie das eines Gestaltwandlers klang.

»Poppy«, schrie Win, »du hast ihm ja nicht mal die Chance gegeben, sich zu verteidigen.«

Sie ließ die Kreatur nicht aus den Augen, die sich im Gras wand und versuchte, sich von den goldenen Waffen zu befreien. »Sie richten keinen dauerhaften Schaden an«, beruhigte sie Win, ehe sie den Dämon ansprach. »Steh auf, Jack Talent, wenn du denn kannst.« Einen Gestaltwandler konnte man mit Eisen bannen, jedoch nicht mit Gold. Dämonen dagegen hassten Gold. Allerdings wusste sie nicht, ob dies Talents echter Körper oder nur eine Illusion war.

Ein Feuer loderte in Talents Augen, ehe sie plötzlich tiefgelb wurden. Dämonenaugen. Sie trat zu ihm und legte einen weiteren goldenen Pfeil ein, der sogleich losschwirrte und in seinen Oberschenkel drang. Der Dämon schrie auf. Mit Entsetzen im Gesicht trat auch Win näher. Talents Körper bäumte sich auf und zerrte an den Spießen.

Poppy baute sich über ihm auf. »Wer bist du, und wo ist Jack Talent?«

Nun da er enttarnt war, ließ der Dämon seine Maske fallen. Bis auf seine fahlgraue Haut dem Äußeren nach ein Mensch, funkelte er sie mit seinen gelben Augen an. »Ach, kannst mir doch den Buckel runterrutschen, du hässliche Kröte.«

Bei diesen Worten knurrte Win wütend und versetzte dem Dämon einen Tritt in die Seite. »Red gefälligst anständig mit der Dame, oder ich schneid dir deine dreckige Zunge ab.«

Der Dämon hatte nur ein höhnisches Grinsen für ihn übrig, während ihm Blut über die Lippe strömte. Das Gold hatte angefangen, seine Wirkung zu entfalten, und verwandelte das Netzwerk seiner Adern in eine Flusslandschaft, die sich pechschwarz von seiner grauen Haut abhob. »Sobald ich diese Fesseln los bin, mach ich nen Kapaun aus dir und stopf dir deinen nutzlosen Schwanz in den Rachen, wart nur ab.«

Win machte Anstalten, ihn noch einmal zu treten, doch Poppy hielt ihn davon ab. »Lass gut sein. Das ist nur ein erbärmlicher kleiner Raptordämon. Die ernähren sich vom Schmerz und Leid anderer und reden immer so unflätig.« Sie sah auf den Dämon herab. »Außerdem sind sie nicht besonders intelligent.«

Der Dämon zeigte seine scharfen Zähne. »Besorg's dir doch selber, du billige Hafenhure.«

Win sah aus, als sei er fähig, einen Mord zu begehen. Poppy hielt ihn noch fester und schenkte dem Dämon ein nettes Lächeln, während sie ihren letzten Pfeil auf seinen Schritt anlegte. »Wenn hier jemand Gefahr läuft, zu einem Kapaun zu werden, dann du. Und jetzt rede, bevor du den Rest deines kurzen, jämmerlichen Lebens als Eunuch verbringst.«

Ein teuflisches Grinsen spielte über das Gesicht des Dämons. »Geht nicht.« Er verdrehte den Hals, um ihr die darauf tätowierte Kette zu zeigen. »Bin an den Meister gebunden.«

»Damit will er sagen, dass es ihm physisch tatsächlich nicht möglich ist, Informationen preiszugeben«, erklärte Poppy Winston. »Ganz gleich, was wir mit ihm anstellen. Wenn er irgendetwas gegen die Interessen seines Meisters sagt, schnürt ihm das Tattoo die Luft ab und bringt ihn auf diese Weise um.«

»Genau«, bestätigte der Dämon mit einem gurgelnden Lachen. »Ich kann Ihnen aber verraten, dass Mr Jack viel Spaß mit meinen Kumpels hat.« Er fuhr sich mit seiner schwarzen Zunge über die Zähne. »Leckerer Bursche, Mr Jack. Hatte seit dem Boot mein Vergnügen mit ihm.« Bei dieser Enthüllung veränderte der Dämon sein Äußeres und war auf einmal der ermordete Schiffsoffizier, dann Mary Chase und schließlich wieder sein hässliches dämonisches Selbst.

Kalte Wut verfinsterte Winstons Blick, als er auf den Dämon hinuntersah. »Wenn du uns nichts zu erzählen hast, bist du wertlos für uns.« Er presste die Lippen fest aufeinander und sah Poppy an. »Und bei dem hier funktioniert das Enthaupten, ja?«

Der auf dem Boden liegende Dämon begann wieder, sich gegen seine Fesseln zu wehren, wobei er knurrte und geiferte wie ein tollwütiger Hund. »Du widerlicher Bastard, du verdammter, kleiner …«

»Bist du sicher, dass *du* es tun willst?«, fragte Poppy. Das Gesetz der Gesellschaft gab ihr das Recht, jeden Dämon hinzurichten, der sich des Diebstahls und der Folter eines fremden Körpers schuldig gemacht hatte. Und genau das hatte dieser Dämon hier zweifelsfrei mit dem armen Jack Talent angestellt. Ganz gleich wie schlimm die Taten des Verbrechers auch sein mochten, ihn hinzurichten hinterließ Spuren auf der Seele. Sie spürte das Gewicht jedes einzelnen Lebens, das sie genommen hatte, weshalb ihr der Gedanke, dass Winston dieselbe Last tragen würde, nicht besonders gefiel.

Doch dessen Miene wirkte ruhig und überlegt, als er sein Schwert aus dem Spazierstock zog. »Oh ja.« Harte Züge prägten Wins Gesicht, als er den immer noch ohne Unterlass fluchenden Dämon mit leidenschaftslosem Blick fixierte. Win hob das Schwert. »Für Jack.« Es war ein kräftiger Schlag, der sauber traf.

28

Sie durchsuchten Mrs Nobles Haus vom nasskalten Keller bis in den hintersten Winkel des Dachbodens, konnten aber kein Zeichen von Jack Talent entdecken. Also eilten sie nach London, wo sie Mary vor Ranulf House absetzten, damit sie Ian Ranulf die ganze Sache erklären konnte. Die Lykaner würden sich bestimmt sofort auf die Suche nach Talent machen.

»Das wird Ranulf zwar beruhigen«, sagte Mary, »sie werden ihn aber nicht vor mir finden.« Obwohl sie nie gut mit Talent ausgekommen war, ließen ihre erregte Stimme und ihre leuchtenden Augen grimmige Entschlossenheit erkennen. Doch dann erstarb ihre Leidenschaft plötzlich.

Marys Lider senkten sich, bevor man ihr ihren großen Verdruss deutlich ansehen konnte. »Ich hätte merken müssen, dass mir dieser Kerl auf der *Ignitus* heimlich Blut abgenommen hat.«

Poppy legte ihre Hand auf Marys. »Sie tragen keine Schuld an dem, was passiert ist.«

Nein, es war *seine* Schuld. Winston hätte wenigstens auffallen müssen, dass Talent nicht er selbst war. Um seinen Zorn irgendwie im Zaum zu halten, packte er seinen Spazierstock fester. »Was spricht dafür, dass Talent noch lebt? Könnte es nicht auch sein, dass sie sich ihn vom Hals geschafft haben, als wir den Dämon entdeckten? Oder dass sie ihn bis auf den letzten Blutstropfen ausgesaugt haben, so wie Mrs Noble?«

»Mr Talent ist ein Gestaltwandler.« Poppy blickte starr aus der Kutsche, so als ob der Ekel auch sie zu übermannen drohte. »Sein Blut ist äußerst wertvoll, da es einen Dämon in die Lage versetzt, sein Aussehen mit derselben Schnelligkeit und Leichtigkeit zu verändern wie ein Gestaltwandler. Und als einer von nur noch fünf bekannten Wandlern in ganz Europa stellt Mr Talent eine echte Rarität dar.«

»Großer Gott, ich hatte ja keine Ahnung. Ich bin immer davon ausgegangen, er wäre einer von vielen.«

Wut und Kälte mischten sich in Poppys Blick. »Talent ging ein großes Risiko ein, seine Identität so offen zur Schau zu tragen. Es gibt immer jemanden, der darauf aus ist, einen Gestaltwandler für seine eigenen Zwecke zu missbrauchen. Nicht umsonst leben nur noch so wenige von ihnen.«

»Niemand hat es verdient, benutzt zu werden«, erklärte Mary mit plötzlich aufflammendem Zorn. Sie senkte den Kopf und verbarg ihr Gesicht unter der Krempe ihrer Haube, doch der Stoff ihrer Handschuhe war fest über den Knöcheln ihrer geballten Faust gespannt. »Es gibt keine bessere Spürnase als einen GIM, Inspektor Lane. Sie können sich auf mich verlassen.«

Nachdem sie Mary sowie das gesamte Gepäck vor Ranulf House zurückgelassen hatten, nannte Poppy dem Kutscher eine Adresse am Fleet Market. »Wir haben dort einen der Eingänge zur Kommandostelle der Gesellschaft«, erklärte sie Winston. »Andere liegen zwar näher, aber dieser Eingang erregt nicht so viel Aufmerksamkeit.«

Der Kutscher ließ sie am Markt heraus. Eine leichte Brise nahm den durchdringenden Gestank von modrigem Wasser, Abfall und diversen Essensgerüchen auf und trug ihn fort. Die Bürgersteige waren voller Menschen, deren Lachen und Gespräche ein konstantes Stimmengewirr erzeugten. Der Dom von St. Pauls hob sich hell leuchtend gegen den grauen Himmel ab. Nachdem Win den Rucksack, den sie dabeihatten, fester geschnallt hatte, bot er Poppy seinen Arm an.

Das Tageslicht verlor an Helligkeit, als sie um eine Ecke bogen und an die Brücke des Fleet kamen, wo der River Fleet nach seinem unterirdischen Verlauf in die Themse mündete.

Poppy blieb an einem verschlossenen Zugang stehen und tippte schnell eine Zahlenkombination in das Schloss. Dem schäbigen Aussehen der rostigen Tür zum Trotz sprang sie mit dem sanften Klicken gut geschmierter Mechanik auf. Mit einem kurzen Blick über die Schulter schob sie die Tür auf. »Hier entlang.«

Als sie in die Dunkelheit traten, empfing sie der Geruch von Schimmel und anderer ebenso ekelhafter Dinge. Winston blinzelte ein paarmal und wartete darauf, dass sich seine Augen den neuen Lichtverhältnissen anpassten. Das einzige Licht kam jetzt von hinten und durch die kleinen Schlitze der Kanalgitter. Es herrschte ein unbeschreiblicher Gestank. Das Rumpeln und Dröhnen des Straßenverkehrs und das Tropfen von Wasser hallten in dem unterirdischen Tunnel wider. Poppy schubste Win ohne langes Federlesen hinein.

»Ist nicht gerade unser Lieblingseingang, so viel kann ich dir verraten.« Sie zog einen schlanken, zylindrischen Gegenstand aus einer ihrer vielen Geheimtaschen, drückte auf einen Knopf, und schon strahlte ein gelbes Licht am Ende des kleinen Stabes. Eine elektrische Taschenlampe. Er hatte schon davon gehört. Zum Teufel, er hatte sogar schon eine Zeichnung davon gesehen, doch war es kein so elegantes Modell gewesen wie das in ihrer Hand.

»Warte mal.« Er nahm ihr die Lampe ab und studierte den Gegenstand. Er war schwer und im Falle eines Falles bestimmt eine wirksame Waffe. Sie warf allenfalls ausreichendes Licht – besser als nichts. »Sie ist brillant.«

Poppy gestattete sich ein kurzes Lächeln. »Die Gesellschaft beteiligt sich fleißig am technologischen Fortschritt, der außerhalb der Öffentlichkeit stattfindet. Unsere Erfinder sind recht pfiffig. Einer unserer besten Entwickler hat dieses Jahr schon mehrere Prototypen gebaut. Ich teste diesen hier.« Sie führte sie weiter, wobei Win die Lampe so zu Boden richtete, dass sie den Weg gut erkennen konnten. »Sie leuchtet leider nicht besonders lange, daher müssen wir uns beeilen.«

Sie lotste sie über einen schmalen Pfad direkt neben dem unter der Stadt verlaufenden Fluss. Nun, da sie ein bisschen Licht zur Verfügung hatten, konnte er sehen, dass der Tunnel etwa sechs Meter breit und mit Ziegelsteinen ausgemauert war. Er erstreckte sich in beide Richtungen und erlaubte es dem Fluss, ungehindert durch London zu fließen. An einer Biegung des Tunnels lag ein kleines Boot vertäut. »Geht's damit weiter?«

»Ja.« Sie beschleunigte ihren Schritt, während das schwache Licht der Lampe ihr Gesicht in unheimliches Grün tauchte. »Dieser Tunnel führt direkt zu unserer Kommandostelle.«

Poppy schwieg einen Moment lang, ehe sie in das Boot stieg, die am Bug hängende Lampe entzündete, und Win das Seil löste. Als auch er einstieg, schaukelte das Boot kräftig. Dann stieß Poppy es mit der langen, bereitliegenden Stange ab. Win nahm einen festeren Stand ein und nahm ihr die Stange ab. Wie ein Gondoliere fuhr er sie durch den Kanal.

»Irgendetwas an unserer Begegnung mit dem Dämon bereitet dir Sorgen. Was ist es?« Er hatte Fragen über Fragen, doch er wusste auch, dass er keine Antworten von ihr bekommen würde, würde er Poppy jetzt damit bombardieren. Anspannung hatte ihre schmalen Schultern und ihren schwanenlangen Hals fest im Griff. Unter den dunklen Falten ihres Rockes konnte er ihre Fäuste weiß schimmern sehen.

Die Sorgenfalten auf ihrer Stirn ließen ebenso wie ihre Augen Schmerz, aber auch Zurückhaltung erkennen. »Ach, nichts Dramatisches. Wirklich.«

»Ja, das meint man oft, wenn es um Gefühlsdinge geht. Sag's mir trotzdem.«

Sie schwiegen wieder für einen Moment, in dem nur das Plätschern des Wassers und die Geräusche des Treibens über ihnen zu hören waren.

»Zu wissen, dass ein Dämon unter uns war, zu sehen, wie du ihn geköpft hast …« Ihre Fäuste ballten sich noch fester. »Ich weiß nicht, Win.« Dunkle Augen sahen ihn an. »Ich bin es gewöhnt, dass die Gefahr auf *mich* lauert. Aber ich bin es nicht gewöhnt, dass sie auf *uns* lauert.«

»Glaubst du, es geht mir anders?« Er brachte sein ganzes Gewicht in den nächsten Stoß und trieb sie damit auf einer kleinen Welle vorwärts. »Die Schurken, mit denen ich zu tun habe, mögen ja keine Untoten sein oder sich, Gott bewahre, in Spinnen verwandeln«, wenn er daran dachte, lief es ihm immer noch eiskalt den Rücken herunter, »aber die Gefahr, ihre ganze Gewaltbereitschaft zu spüren zu bekommen, ist trotzdem vorhanden.«

Ihr Blick blieb an seinen Narben haften und verfinsterte sich noch mehr. Win ließ sie nicht zu Wort kommen, sondern fuhr fort: »Wenn wir ehrlich sind, macht diese Gefahr sogar einen besonderen Reiz für mich aus. Aber es ist eben etwas anderes, dich mittendrin zu sehen. Vor allem jetzt.«

Poppy senkte den Kopf und sagte mit ungewöhnlich leiser Stimme: »Wir haben schon viel zu viel mit Talent verloren.«

Wins Finger packten die Stange fester. »Glaubst du, Ms Chase hat Erfolg?«

Sie lächelte matt. »Weißt du eigentlich, dass Daisy gerade mal einen Tag lang GIM war und schon herausbekommen hatte, dass ich Mutter war? Diese kleine Hexe ist mir zur Arbeit gefolgt, und ich hab es nicht einmal gemerkt. GIMs finden, was anderen verborgen bleibt. Sie sind die besten Agenten, die wir haben. Deshalb ist ein gutes Klima zwischen ihnen und der Gesellschaft auch so wichtig.«

Ihre gute Laune verflog, und die Luft wurde noch kühler, als sie den Blick ihrer vor Rachedurst funkelnden Augen starr in das ölige Wasser richtete. »Ganz gleich, ob wir Talent finden oder nicht … diejenigen, die ihn entführt haben, werden dafür bezahlen.«

In Win breitete sich plötzlich Unruhe aus. »Poppy Ann«, sagte er, »denk nicht mal daran, dich auf eigene Faust auf die Jagd zu begeben.« Was bestimmt schon der Fall war.

Das Heben ihrer roten Braue verriet alles. »Glaubst du etwa, ich verstecke mich in einem Bunker und drehe Däumchen, solange du und unser Kind in Gefahr sind?«

Win knirschte mit den Zähnen, während er das Boot vorantrieb. »Ich schwöre bei allem, was mir heilig ist, wenn du nicht aufhörst, mich wie einen unfähigen Weichling zu behandeln, Poppy, dann lege ich dich übers Knie.«

Ihre Braue hob sich noch ein Stück. »Das kannst du ja gerne mal versuchen.«

»In Ordnung, nachher vielleicht?« Diese Vorstellung brachte sein Blut in mehr als nur einer Form in Wallung.

»Dein Allerwertester wäre zu Eis erstarrt, bevor du auch nur angefangen hättest.«

»Ganz schön unfair.«

»Immer.«

Dann spürte er, wie ihn echte Wut überkam. Zu wissen, dass seine Frau ihn überwältigen konnte, ohne dabei auch nur ein Härchen ihrer Frisur zu gefährden, war eigentlich eine verfluchte Demütigung, doch was ihn wirklich aufregte, waren die Risiken, die sie auf sich nahm. Wie nah war sie ihrem eigenen Tod in all den Jahren wohl schon gekommen? Und in jenen Momenten hatte er nicht mal gewusst, dass sie seinen Beistand brauchte.

29

Mary ließ sich in dem abgenutzten Sessel in Jack Talents Schlafzimmer nieder. Die Tür war abgeschlossen, und darüber hinaus hatte Ian Ranulf jedem verboten, diesen Teil des Hauses zu betreten, solange sie hier war. Das konnte keinesfalls schaden, da das Verfahren des Aufspürens einer Seele zu den bestgehüteten Geheimnissen eines GIMs gehörte. Während sie sich entspannte, starrte sie an die mit dunklen Kassetten verkleidete Zimmerdecke. Die Bedingungen für die Suche erschienen ihr in diesem Raum ideal – Ruhe, Stille, Ungestörtheit. Es roch nach ihm, nach dieser schwachen, beinahe illusorischen Mischung aus Sandelholzseife, edlem Leinen und dem erdhaften Eigengeruch eines Gestaltwandlers.

Talent mochte Qualität – so viel stand fest. Sein Zimmer war nicht groß, ein kleines Schmuckkästchen, das an einem abgeschiedenen Flur von Ranulf House lag. Alles in seinem Zimmer wirkte teuer, aber bewusst schlicht und einfach, als wollte er sich seinen Hang zum Luxus nicht eingestehen. Eine Neigung, die in den weichen Ledersesseln, dem dicken Flor der Samtdecke, die auf dem Sofa lag, und der weich fließenden, indigofarbenen Seidentagesdecke auf dem Bett zum Ausdruck kam. Dicke, daunengefüllte Kopfkissen lagen hoch aufgestapelt an der eindrucksvollen Mahagonistirnwand des Bettes und luden zum Ausruhen ein. Hinter verschlossenen Türen lebte der Mann wie ein Pascha. Und in der Öffentlichkeit wie ein Mönch. Welches war sein wahres Ich?

Auf dem Kaminsims tickte eine in Rosenholz gefasste Vulliamy-Uhr, die zweifellos mit äußerster Präzision lief. Getrieben von einem unbehaglichen Gefühl blickte sie sich um.

Als berufsbedingte Voyeurin war sie es gewohnt, in die Privatsphäre anderer einzudringen. Es hatte sie nie sonderlich gestört. Und trotzdem war sie hier in Talents heiligem Rückzugsort ausgesprochen nervös, so als ob er jeden Moment hereinplatzen und sie anschreien würde, dass er jetzt aber endgültig die Nase voll hätte und was ihr eigentlich einfiel, hier so herumzuschnüffeln. Der Gedanke daran trieb sie fast aus seinem Sessel und dem Zimmer. Doch sie schaffte es, dem Drang zu widerstehen. Was auch immer er für sie sein mochte, er verdiente es, gefunden zu werden. Die anderen hatten ihn gern, sehr sogar, obwohl sie keine Ahnung hatte, warum; der Kerl war ein heuchlerischer Angeber.

Nichtsdestotrotz lehnte sie sich zurück und fuhr mit den Fingern über das weiche Leder. Was für ein herrlich bequemer Sessel. Darin konnte man sanft einschlummern, ohne es überhaupt zu merken. Hier war sein Geruch sehr ausgeprägt – eine dunkle, komplexe Mischung, wie gut gereifter Scotch, rauchig und schwer, doch mit einer deutlichen Schärfe. Ein störender Geruch, von dem man wie in einen Sumpf der Verwirrung gezogen wurde. Mary holte kurz Luft und ließ sich, wenn auch eher widerstrebend, in diesen Sumpf ziehen, in dem sie sich gefühlsmäßig mit Jack Talent auseinandersetzen musste.

»Dafür schuldest du mir was«, murrte sie alles andere als erfreut über ihre Aufgabe. Doch es funktionierte. Irgendein Teil des Wesens von Jack Talent bekam sie am Hals zu fassen, als hätte er nicht übel Lust, sie zu schütteln. Kein Zweifel, dass es Talent war. Sie ließ sich mitreißen, und nach dem nächsten Atemzug schwebte sie. Die Hülle ihres Körpers fiel wie unnötiger Ballast von ihr ab, und sie war nur noch Luft und Schwerelosigkeit. Ein Geist, dem es freistand zu gehen, wohin er wollte. Abgesehen davon, dass sie nahezu im wahrsten Sinne des Wortes wie ein Wurm am Haken von Talent hing. Die Verbindung war jedoch nicht stark, kaum mehr als ein einzelner feiner Lichtstrahl, auf den sie sich jetzt konzentrierte. Talents Licht bestand aus einer Mischung aus Blau und Grau … jemand, dessen Leben voller Konflikte und finsterer Gedanken war; nichtsdestotrotz ein Überlebender. Mehr jedoch beunruhigte sie der schmutzig senfgelbe Nebel, der sein Licht umhüllte. Er bedeutete Schmerz, ja unendliche Qualen, wenn man bedachte, wie schwach sein Licht leuchtete.

Sie wurde nach oben getragen, über rauchende Schornsteine, Giebeldächer und hohe Kirchturmspitzen, schwebte über belebte Straßen und die Köpfe von Fußgängern hinweg. Es wimmelte vor Leben, das vor ihrem geistigen Auge anschwoll und schließlich erstarb. Wie immer war es wunderschön, faszinierend und tief bewegend.

Sie konzentrierte sich ganz und gar auf Jack Talent. Sie dachte an seine Stimme, in der immer eine unnachgiebige Härte mitschwang, dachte an seine Augen, flaschengrün und voller Misstrauen. Ihre Toleranz und ihr Durchhaltevermögen wurden wirklich auf eine harte Probe gestellt. Als sie die Kaianlagen der Victoria Docks erreichte, begann der Lichtfaden zu flackern und erlosch schließlich. Unter ihr hatte ein großes eisernes Schiff am Kai festgemacht. Eisen, um einen Gestaltwandler einzusperren. Eisen, um einen Geist auszusperren. Dort war Jack Talent.

Der Tunnel verbreiterte sich zu einer riesigen Zisterne. Win zählte mindestens vierzig gitterartig angeordnete und mit gelben Ziegeln ummauerte Säulen, die am oberen Ende mit Lotusblumenschnitzereien im ägyptischen Stil verziert waren und die Gewölbedecke trugen. Fackeln brannten zu allen Seiten jeder einzelnen Säule und warfen genügend Licht, um das finstere, stinkende Wasser in einen goldenen See zu verwandeln. Der Ort machte einen verwaisten Eindruck, doch als sie das Ende des steinernen Anlegeplatzes erreichten, erspähte Win einen Mann, der auf einem Ebenholzstuhl neben einer großen Tür saß. Der Kerl schien zu lesen.

Er schaute weder von seinem Buch auf, als sie anlegten, noch zeigte er irgendeine andere Regung. Poppys Absätze hallten in dem höhlenartigen Raum wider, während sie Win zu dem Mann führte … einem Tier von einem Mann, dessen riesige Pranken sein Buch kümmerlich klein erscheinen ließen.

»Mutter«, grüßte er, während er auf die nächste Seite blätterte. Win schielte auf den Titel. *Candide*. Sieh an.

»Clive.« Poppy nickte, während sich die massive Tür anscheinend von ganz allein zu entriegeln begann. Zahnräder und Hebel an der Vorderseite der Tür ächzten und knarrten, bevor die Tür leise aufschwang.

»Wer ist denn unser Voltaire-Freund?«, fragte Win, als sie durch die Tür traten, die sich gleich hinter ihnen mit einem Quietschen schloss.

»Clive ist unser Wachmann.«

»Er hat überhaupt nicht hochgesehen.«

»Das braucht er auch nicht. Er kann Gedanken aus etwa fünfzig Metern Entfernung lesen. Noch ehe er uns sehen konnte, wusste er bereits, dass wir kommen und wer wir sind. Wir wären gar nicht in die Zisterne hereingekommen, wären wir unerwünscht gewesen.«

»Eine kleine Warnung in dieser Hinsicht hätte nicht schaden

können, Poppy.« Er versuchte, sich in Erinnerung zu rufen, was er auf den letzten fünfzig Metern gedacht hatte. Auf alle Fälle waren es keine Gedanken gewesen, die er mit dem alten Clive hätte teilen mögen.

Poppys Lippen zuckten. »Das klingt, als hättest du Grund, dich zu schämen.«

»Meine Gedanken sind rein wie frisch gefallener Schnee.«

Da sie beide nicht so recht daran glauben wollten, schwiegen sie einen Moment lang, während sie durch einen weiß gekachelten Gang schritten.

»Sieht aus wie die Londoner U-Bahn«, stellte er nach einer Weile fest.

»Ja.« Sie bogen um eine Ecke. Niemand lief ihnen über den Weg. »Wir haben ein eigenes Bahnsystem und Haltestellen unter einigen Palästen und unter Westminster.« Vor einer zweiflügeligen, massiven Kassettenfront-Tür hielt sie an. Jedes Kassettenfeld war mit einem Fries versehen, das eine Hexenverbrennung darstellte. »Zur Erinnerung«, erklärte Poppy, »was passiert, wenn die Leute anfangen, an übernatürliche Wesen zu glauben.«

Keine sehr schöne Erinnerung. »War die eine oder andere jener Frauen tatsächlich eine Hexe?«

»Ein paar von ihnen. Die meisten Frauen jedoch wurden einfach nur Opfer der Welle der Angst. Die Angst vor dem Unbekannten ist eine Bedrohung für Leib und Leben.«

Das dunkle Wurzelholzfurnier der Tür hob die klaren Linien von Poppys blassem Profil und das rote Flammenmeer ihres Haars hervor. »Das ist es, was du tust, nicht wahr? Du verhinderst, dass sich Dinge wie dies hier wiederholen?«, fragte Win mit rauer Stimme.

»Genau das ist unser Bestreben.«

»Wo sind denn alle?«

Ihre langen Finger tippten einen weiteren Code ein. »Ganz in der Nähe. Die meisten Regulatoren befinden sich im Außeneinsatz, und dieser Sektor hier arbeitet auf einer recht hohen Ebene.« Hinter der Tür tat sich eine Reihe von Zimmern auf. Im Gegensatz zu der sterilen Atmosphäre der Gänge, durch die sie gekommen waren, sah es in diesem neuen Abschnitt beinahe häuslich aus. Ein Raum führte in den nächsten. Der eine sah recht formell, der nächste mehr nach dem Rückzugsort eines Gentlemans aus, während der darauf folgende einer kleinen Bibliothek ähnelte. Hier und da saßen Männer und Frauen gemütlich in Sesseln und lasen, rauchten oder hatten sich in Zweiergrüppchen zurückgezogen, um sich zu unterhalten. Niemand von ihnen sah hoch, als Win und Poppy vorbeigingen, sodass er schon fast ein ungeschriebenes Gesetz zur Wahrung der Privatsphäre hinter diesem Verhalten vermutete. Nichtsdestotrotz nahmen alle Wins Anwesenheit wahr. Noch nie zuvor hatte er sich so sehr wie ein Eindringling gefühlt. Sie beobachteten ihn zwar nicht mit unverhohlener Neugier, trotzdem spürte er ihre heimlichen Blicke bei jedem Schritt.

Das hier war Poppys Welt.

Poppy wusste seinen Ausdruck richtig zu deuten. Ihre Stimme sank zu einem Murmeln. »Man kennt mich hier als Direktorin dieses Sektors. Sieben Sektoren, sieben Direktoren. Je eine Mutter und ein Vater haben die Oberaufsicht.«

»Und wer ist der Vater dieses Abschnitts?«

»Augustus.« Das Licht der Lampen spiegelte sich hell in ihren Augen wider, während sie weitergingen. »Der Mann, der dich gerettet hat.«

»Der … äh … Mann mit den Flügeln?« Er wollte ihn ungern Engel nennen, hatte aber so seinen Verdacht.

Ihre Mundwinkel hoben sich. »Er ist ein Dämon. Eine spezielle Art. Ich würde dich ihm ja vorstellen, aber er hatte etwas Privates zu erledigen.« Ein missmutiger Ausdruck verfinsterte ihr hübsches Gesicht, doch sie ließ es dabei bewenden und stieg in gleichmäßigem Tritt eine lange Wendeltreppe hinauf. »Für gewisse Aktivitäten brauchen wir oberirdische Räumlichkeiten. Daher haben wir ein paar Lager zur Tarnung gemietet.«

Poppy führte ihn in einen großen, lichtdurchfluteten Raum, dessen eine Wand aus einem Raster wandhoher Fenster bestand. Ein pechschwarzer See aus Marmor breitete sich zu ihren Füßen aus, über dessen Oberfläche ihr Spiegelbild wogte, als sie durch die Reihen schwarzer Arbeitstische vorausschritt. Darauf befanden sich mechanische Geräte in verschiedenen Stadien der Fertigung. Fast an jedem Tisch arbeitete ein junger Mann oder eine junge Frau. Sie blickten Poppy nur beiläufig an, als sie an ihnen vorübergingen, und es war klar, dass Poppy regelmäßig hier war. Über ihren Köpfen ragte die Decke sechs Meter hoch auf, in der Mitte gekrönt von lichtundurchlässigen Glasfensterelementen. Poppys rotes Haar schien wie ein Leuchtfeuer inmitten der tristen Farben und blassgesichtigen Arbeiter.

In der Mitte des Raumes angekommen, bog sie ab und hielt auf zwei riesige Kamine zu, in denen jedoch kein Feuer brannte, da gerade Sommer war. Nur wenige Schritte vor dem linken Kamin stand ein großer, glänzender Stahlarbeitstisch, an dem eine Frau mit einem Apparat hantierte, der zu klein war, als dass Win ihn hätte identifizieren können.

»Ms Evernight.« Poppys spröde Stimme zog die Aufmerksamkeit der Dame auf sich und veranlasste sie, ihr Werkzeug aus der Hand zu legen.

Win registrierte verblüfft, wie jung sie war, sehr jung. Vielleicht achtzehn oder neunzehn. Ihre Wangen wirkten noch kindlich, doch ihre dunklen Augen strahlten hohe Intelligenz und eine schnelle Auffassungsgabe aus.

»Mrs Amon.« Sie machte einen flüchtigen Knicks. »Wenn Sie wegen der Waffe hier sind … ich habe vor, sie heute Nachmittag das erste Mal zu testen.«

Hamon, Amon, Belenus, Lane, Poppy, Mutter … Die Frau hatte mehr Namen als die Queen. Win konnte nur raten, welch verrückten Namen sie sich jetzt wieder für ihn ausgedacht hatte.

Er trat näher, und Poppy stellte ihn vor. »Das ist Mr Amon.«

Er versuchte, sich seine Überraschung nicht anmerken zu lassen, was Ms Evernight nicht so gut gelang. Mit großen Augen sah sie ihn an, während ihre Brauen unter ihrem glänzend schwarzen Pony verschwanden.

»Mr Amon.« Sie sah davon ab, ihm die Hand zu reichen, als sie merkte, dass ihre Finger voller Schmieröl waren, und ließ die Hand sinken, um es bei einem Nicken zu belassen. »Es freut mich wirklich sehr, Sie kennenzulernen, Sir.«

Es war nicht zu übersehen, dass sie von Poppy niemals erwartet hätte, tatsächlich einen Ehemann zu besitzen. Vielleicht hatten sie ja alle einen Decknamen.

»Mr Amon«, fuhr Poppy fort, »darf ich Ihnen Ms Holly Evernight, unsere oberste Waffenmeisterin, vorstellen.«

Ms Evernight errötete vor lauter Freude, ließ sich aber nicht zu falscher Bescheidenheit hinreißen. Stattdessen stand sie stolz zu ihrem Titel und war bereit, jegliche Fragen zu beantworten, die er womöglich hatte.

»Ms.« Er lenkte seinen Blick auf ihren Tisch und konnte schließlich erkennen, woran sie arbeitete. »Ist es das, wofür ich es halte?«

Ms Evernight überreichte ihm den Ring mit einer flüchtigen Berührung. »Ein Pistolenring, Sir.«

Das kleine Ding war ein Meisterwerk. Auf der Oberseite des knapp drei Zentimeter breiten Stahlringes befand sich eine winzige Trommel mit sechs Kammern.

Ms Evernight nahm ihm den Ring aus der Hand und steckte ihn sich an. Er saß locker auf ihrem schmalen Finger. Dann drehte sie den Ring um hundertachtzig Grad und brachte die Kammer so auf die Handunterseite. Auffällige Schneckenverzierungen trugen dazu bei, von seinem wahren Zweck abzulenken. »Das Überraschungsmoment ist der Schlüssel zum Erfolg.«

»Das will ich meinen.« Win lächelte, als sie ihm den Ring zurückgab und ihn dazu drängte, das raffinierte Stück anzuprobieren. Er passte ihm perfekt.

»Feuert 5-Millimeter-Geschosse ab. Ist im Nahbereich am wirksamsten. Eine kurze Drehung im Handgelenk, um zu zielen …« Sie zeigte auf das seitlich am Patronenlager angebrachte, kunstvoll gravierte Blech. »Und dann zum Schießen einfach hier draufdrücken.«

Als Nächstes nahm Poppy den Ring. Sie hielt ihn hoch, um ihn zu mustern. »Wundervoll, Evernight.« Dann spähte sie in die leeren Kammern. »Da ein 5-Millimeter-Geschoss nicht die allergrößte Schlagkraft hat, nehme ich an, dass Sie sich noch etwas Besonderes haben einfallen lassen?«

Als Ms Evernights Wangen Grübchen bekamen, wirkte sie wie ein Schulmädchen. »Alle Kugeln enthalten eine kleine Menge Vitriolöl.«

»Was für die meisten Kreaturen unliebsame Folgen haben dürfte«, sagte Win voller Bewunderung.

Poppys strenge Augenbraue verzog sich missbilligend, und

er unterdrückte das Verlangen, sie ins Ohr zu zwicken. »Ganz so unwissend bin ich auf diesem Gebiet nämlich gar nicht«, sagte er stattdessen.

»Ich käme doch nie auf den Gedanken, Sie als unwissend zu bezeichnen, Mr Amon.« Als Poppy Ms Evernight die Waffe zurückgab, merkte man ihr den Unmut immer noch an. »Hervorragende Arbeit. Ab wann kann sie eingesetzt werden?«

»Wenn die Tests gut verlaufen, nächste Woche.«

Poppys Hand verschwand in der Tasche, die sie über der Schulter trug, und zog Colonel Aldens künstlichen Arm hervor.

Ms Evernights Reaktion kam so prompt, dass Win und Poppy sie überrascht ansahen. Beinahe ehrfürchtig streckte die junge Frau die Hand nach der Prothese aus. »Daran erinnere ich mich.« Ihre Finger glitten über das stählerne Stück, ehe sie auf dem winzigen Stern liegen blieben.

»Das Evernight-Zeichen, nicht wahr?«, fragte Poppy.

Ms Evernights dunkle Augen richteten sich auf sie. »Das meines Großvaters.«

»Mr Eamon Evernight«, erläuterte Poppy. »Er ist vorletzten Sommer von uns gegangen.«

»Ja.« Während Ms Evernights schlanke Finger ihre Forschungsreise über das gute Stück fortsetzten, redete sie weiter. »Damals war ich zwar noch ein kleines Mädchen, aber ich kann mich noch gut erinnern, wie er daran arbeitete. Er war ziemlich stolz auf sein Werk.«

»Wissen Sie vielleicht ein bisschen mehr darüber?«, fragte Win.

»Es handelte sich um einen Spezialauftrag. Damit hatte er sich einen Namen in der Gesellschaft gemacht.«

Win tauschte einen Blick mit Poppy.

»Wissen Sie, wer den Auftrag damals aufgegeben hat?«, fragte Poppy.

Ms Evernight ließ ihre Hand von der stählernen Gliedmaße sinken. »Sie waren Regulatoren. Ein Mann und eine Frau.«

»Woher wissen Sie das so genau?«

»Wegen der Anstecknadel am Umhang der Frau.« Sie machte ein zerknirschtes Gesicht. »Ich hätte sie eigentlich nicht beobachten sollen.«

»Ach, da sind Kinder alle gleich«, meinte Win verständnisvoll. »Konnten Sie ihre Gesichter sehen?«

»Den Mann habe ich gesehen. Er hatte etwa Ihre Größe, Mr Amon. Dunkles Haar, merkwürdig blasse Augen.«

»Und die Frau?«, fragte Win.

»Hab ich leider nie richtig sehen können. Sie hatte einen Kapuzenumhang an, der ihr Haar verdeckte. Ich erinnere mich jedoch noch, wie ich dachte, dass sie mehr als nur Geschäftspartner sein mussten, da der Mann sie ›Darling‹ nannte.«

Poppys Mund spannte sich an. »Moira Darling?«

Ms Evernights dunkle Augen begannen zu strahlen. »Ja, genau.«

Sie waren bereits im Gehen begriffen, als Mary Chase in den Raum gestürzt kam. Ihre Schritte waren seltsam geräuschlos, als sie an den Werkbänken vorbei zu ihnen eilte. »Ich habe Mr Talent gefunden«, fiel sie mit der Tür ins Haus. »Und jetzt brauche ich Ihre Hilfe.«

30

Tief unten im Bauch des Schiffes war Mary Chase auf der Suche. Allerlei Geräusche hallten hier wider; so auch von der Themse, die außen gegen den eisernen Schiffsrumpf klatschte und die Luft in einen feuchten Mantel verwandelte. Der Geruch von Fäulnis und modrigem Wasser wurde stärker, ein kaum zu ertragender Gestank, der ihren feinen Geruchssinn störte.

Der Inspektor und Mrs Lane waren in andere Richtungen ausgeschwärmt und durchsuchten jetzt jeder für sich einen Teil des Schiffes. Mary war allein, was ihr ganz und gar nicht behagte. Sie hatte schon so viele Orte aufgesucht, schon so viele Dinge gesehen, und trotzdem surrte und tickte ihr Herz plötzlich laut vor Angst. Sie sehnte sich danach, ihren bleischweren Körper zurückzulassen und eilig davonzuschweben. Doch eine finster vor ihr aufragende Eisentür rief sie zu sich. Was auch immer sich dahinter befand, war falsch. Unendlich falsch. Das spürte sie bis ins Mark.

Trotzdem ging sie weiter, mit Schritten nicht lauter als ein Flüstern auf dem Boden. Das fortschrittliche Schloss erwies sich zwar als ziemlich kompliziert, doch ihr waren schon schlimmere begegnet. Ihre Knie schmerzten, als sie sich davorhockte. Die Atemwolke vor ihrem Mund beeinträchtigte ihre Sicht. Sie zwang sich zur Ruhe, zwang ihre tauben Finger, ihre Arbeit zu tun. Das kaum hörbare Klicken beim Drehen des Schlosses versetzte ihr summendes Herz in einen wilden Galopp. Langsam stand sie auf und legte den Lukenhebel um. Feuchtheiße

Luft stahl sich mit einem hörbaren Zischen durch die Tür, und der widerliche Gestank von Eisen, Blut und menschlichen Exkrementen überfiel sie. Sie schaltete all ihre Sinne ein, zog vorsichtig einen mit Dornen besetzten Schlagstock aus seinem Versteck in ihrem Ärmel und packte ihn fest. Und dann trat sie leise in den Raum, der wie ein finsterer Schlund vor ihr lag.

Dampf wellte ihr Haar und strömte ihr in die Lunge. Stille. Mit dem Rücken stets zur Wand schlüpfte sie tiefer in den Raum hinein und sah sich um, während ihr das Blut in den Ohren pochte. Es war dunkel, aber das war in Ordnung; sie konnte gut genug sehen. Auch den blutverkrusteten Eisentisch in der Mitte des Raumes. Der Boden war ebenfalls blutverschmiert, eine zähe Masse, die bei jedem Schritt an ihren Stiefeln zog und sie mit einem haarsträubenden Schmatzen wieder losließ. Trotz der unerträglichen Hitze wurden ihre Hände eiskalt. Aus der Ecke drang ein orangerotes Leuchten, die Quelle dieser furchtbaren Hitze. Das Feuer in dem kleinen Ofen brannte mit voller Kraft und zischte und knackte, während es seinen Brennstoff verschlang. Ihr Mund fühlte sich wie ausgetrocknet an. Noch ein Schritt, und sie stand fast direkt neben dem Ofen. Sie hatte das Gefühl, ihre komplette linke Seite würde brennen. Ihre Haut spannte sich von dieser viel zu starken Hitze an. Am ganzen Leib zitternd ließ sie ihren suchenden Blick durch den Rest des Raumes schweifen und hielt plötzlich inne. Ein Schrei stieg in ihrer Kehle empor, drang jedoch nur als hilfloses Keuchen nach draußen.

Sie schaute mit gehetztem Blick um sich und taumelte vorwärts. Sie war allein. Abgesehen von ihm. Und dann wagte sie es, genauer hinzusehen, und musste sich fast übergeben. Sie hatte ihn gefunden.

Dort an der Wand hing er, Jack Talent, nackt und gekreuzigt. Dicke Eisennägel ragten aus seinen Händen, Schultern, Oberschenkeln, Füßen und seinem Herzen. Eisen, um zu verhindern, dass er die Gestalt wechselte. Sein Blut, das ihm in Rinnsälen über Rumpf und Beine lief, wurde von unter ihm aufgestellten Eisenkübeln aufgefangen. Sein kurz geschorener Kopf hing schlaff nach vorne, wo er an einem Eisennagel ruhte.

»Jack«, sprach sie ihn leise an, wobei sie so sehr zitterte, dass es wie ein Schluchzen klang. Was auch immer sie für ihn empfand, das hier hatte er nicht verdient. So etwas hatte niemand verdient. Er bewegte sich nicht. Die Intensität des Todesgeruchs machte es ihr unmöglich zu bestimmen, ob es sein eigener oder der eines anderen war. Wie beängstigend bleich er war. Totenbleich. Mit einem Poltern fiel ihr Schlagstock zu Boden, als sie nach Jack langte. Seine Haut fühlte sich klamm und dennoch heiß an und war mit Symbolen übersät, die man ihm gnadenlos in die Haut geritzt hatte. Ein Stöhnen, so schwach, so leise, dass sie es fast überhört hätte, kam über seine aufgesprungenen Lippen.

»Hilfe!« Dass sie diesen Ruf ausgestoßen hatte, wurde ihr erst bewusst, als sie das Trampeln eiliger Schritte auf dem Eisenboden hörte. Sie blickte über ihre Schulter und sah die vertrauten Umrisse von Mr und Mrs Lane.

Mary presste ihre Hand an Talents bebende Seite und konnte seinen Schmerz in ihren Ohren dröhnen hören. »Helfen Sie ihm.«

Mit einem Fluch sprang der Inspektor nach vorne, hob Talent mit seinen starken Armen hoch und nahm damit den Zug von den Nägeln, während er sofort begann, sie herauszuziehen. Es war jedoch Mutters Gesicht, das Marys Aufmerksamkeit bannte, da ihre Miene ein unmissverständliches Versprechen enthielt: Rache, tödliche Rache.

Jack lag in der friedlichen Geborgenheit seines Bettes. Wenn er regungslos veharrte, wenn er kaum atmete, dann spürte er fast gar nichts und schaffte es, an nichts anderes zu denken als an das herrliche Gefühl der leichten Decke auf und der weichen Matratze unter ihm. Doch leider war es ihm nicht vergönnt, sich diesen Zustand himmlischer Leere für immer und ewig zu bewahren. Irgendwo im Haus würde früher oder später ein Geräusch ertönen, ein Lachen, das Knarren einer Bohle des hölzernen Fußbodens oder vielleicht eine draußen vorbeiratternde Kutsche, und dann würde er wieder zusammenzucken und sein Körper sich von Kopf bis Fuß vor Angst und Schmerz anspannen, und die Panik würde ihn wieder mit ihren Klauen packen. Er befand sich in Sicherheit, im Schutz von Ranulf House. Seinem wahren Zuhause. Der Gedanke wog jedoch kaum schwerer als Rauch und trieb alsbald wieder davon, um ihn aufs Neue mit seinen Erinnerungen allein zu lassen – dem Schmerz, der Demütigung, dem schrecklichen Gefühl, das ihn bei diesen Erinnerungen packte und ihn zittern ließ wie ein Baby, sodass er sich nur noch tiefer ins Bett verkroch.

Hatte das Grauen ihn wieder in der Gewalt, verloren diese eben noch weichen und sicheren Decken ihre Bedeutung. Sie konnten ihn nicht beschützen. Nicht vor der Erinnerung an die Hände, die ihn packten, ihn zu Boden pressten und dort festhielten, als das Messer grausam durch sein Fleisch schnitt, oder schlimmer noch, die ihn streichelten, widerlich sanft, und ihm so eine Reaktion entlockten, bei der ihm die Galle hochkam. Und dann die nicht in Worte zu fassende, schreckliche Erniedrigung, als sie ihn an die Wand nagelten, und ihr Lachen, während sie sein Blut genossen.

Jack rollte sich zusammen, doch das schreckliche Gefühl blieb, obwohl er sich so eng zusammenkauerte wie nur möglich und die Arme fest um die hochgezogenen Knie schlang. Diese Haltung schmerzte, da sie seinen Wunden alles andere als guttat. Doch es würde ihn in Stücke zerreißen, wenn er sie aufgab.

Als sich die Tür öffnete, spannte er sich an. Er war in Sicherheit. Sicher. Das waren nicht sie. Sie konnten es gar nicht sein. Er bebte heftig und umklammerte sich noch stärker.

»Jack.« Ians Stimme. Ians Geruch, so vertraut wie sein eigener. Er schluckte krampfhaft. Zwar hatte er es nie irgendjemandem verraten, doch Ians Geruch weckte eine Erinnerung in seinem tiefsten Innern, eine Erinnerung aus Kindheitstagen, die mit einem ganz bestimmten Gedanken verbunden war: »Vater«. Sein eigener Vater bedeutete ihm nichts im Vergleich zu diesem Mann. Scham regte sich in ihm, dass Ian ihn in diesem Zustand sah. Und dass Ian wusste, was geschehen war – dessen war Jack sich sicher – erschien ihm unerträglich.

»Geh weg.« Seine Stimme kaum mehr als ein kümmerliches Flüstern.

Schritte erklangen. Ian schien näherzukommen, statt sich zu entfernen. Jack zog das Kinn an die Brust. Ian blieb neben dem Bett stehen. Jack konnte spüren, dass er dort stand.

»Mein Junge«, seufzte Ian, und Jack bebte so heftig, dass er es kaum noch aushielt. Seine Augen brannten, ein feuchtheißer Druck, der sich hinter seinen Lidern aufbaute. *Ach verflucht, nun geh doch. Musst du das etwa auch noch sehen?*

Doch das Bett neigte sich, als Ian sich auf der Kante niederließ. Aus den Augenwinkeln konnte Jack Ians große Hand und den Ring mit dem goldenen Wolfskopf im Licht blitzen sehen. Er schloss die Augen so fest er konnte.

Ian klang wie immer – unverblümt und emotionslos. »Miese Sache, die dir da passiert ist.«

Jack verharrte regungslos, während ihm das Herz bis zum Halse schlug und sein Magen sich zusammenschnürte. Ian gab einen Laut der Verärgerung von sich. »Ich weiß auch nicht, was ich zu dir sagen soll, *mo mhac*. Aber wenn du glaubst, du wärst kein ganzer Kerl mehr, weil ... weil sie dir das angetan haben, dann schneid ich dir persönlich die Eier ab und stopf sie dir in den Hals.«

Jack stieß ein wütendes Schnauben aus. Es war ja auch verdammt noch mal nicht Ians Körper gewesen, den sie sich in dieser verdammten Folterkammer vorgeknöpft hatten. Verfluchter Lykaner.

»Hab dich verärgert, hm?«, erwiderte Ian auf Jacks Reaktion. »Gut. Du hast deinen Zorn verdient.«

Er rückte so nah an Jack heran, dass der Ians Bein berühren – oder seine Faust spüren lassen – konnte, wenn er wollte. Die Versuchung war groß, doch sein Zittern hatte wieder eingesetzt.

»Deine Wunden werden verheilen«, fuhr Ian fort. »Du bist zu stark, um daran zu zerbrechen.«

Das Beben wurde so stark, dass Jack es schließlich nicht mehr bändigen konnte, und seine Welt verschwamm. Er blickte wie durch einen Nebel, als all seine Wut und sein Schmerz plötzlich in einem Schluchzen aus ihm hervorbrachen. Ihm war nicht bewusst, dass er sich bewegte; vielleicht hatte er sich auch gar nicht bewegt, doch ehe er sich's versah, war sein Gesicht an Ians Brust, und seine Fäuste prügelten auf Ians Seiten ein, als wollten sie ihn zu Kleinholz verarbeiten. Doch jener Mann, der ihn seinen Sohn genannt hatte, der Mann, den er im Herzen Vater nannte, hielt ihn einfach nur fest und steckte geduldig die Schläge ein, während Jack sich gegen den Riss aufbäumte, der seiner Seele für immer und ewig erhalten bleiben würde.

31

London, 1869 – Erwiderte Liebe

»Ich glaube, das siehst du falsch.«

Winston blieb stehen und schob Poppy sanft aus dem Fußgängerstrom auf dem Gehweg an der Oxford Street, um sie zwischen sich und die große Schaufensterscheibe eines leer stehenden, zu vermietenden Geschäftes zu bugsieren. Die meisten Paare wählten den Hyde Park oder ähnlich schön gestaltete Grünanlagen für ihre Spaziergänge. Doch nicht Poppy. Sie streifte lieber richtig durch die Stadt. Und da Winston ihr immer überallhin folgte, ließ er sie einfach gewähren und ging mit ihr, wohin auch immer sie gehen wollte. »Inwiefern?«

Ihr störrisches Kinn rückte ein Stück höher. »Dass Hamlet Ophelia sitzengelassen hat, ist überhaupt nicht der Grund, warum sie dem Wahnsinn verfiel. Ich halte es für äußerst lächerlich anzunehmen, dass unerwiderte Liebe einen Menschen in den Wahnsinn treiben kann. Diese arme Frau hatte doch eindeutig schon den Verstand verloren, noch ehe Hamlet in ihr Leben trat.«

Seine Wangen schmerzten bereits vor lauter Anstrengung, sich das Grinsen zu verkneifen. Er stützte sich mit einem Arm am Fensterrahmen ab, was ihm einen ausgezeichneten Vorwand lieferte, sich über sie zu beugen, um sich in ihrem Zitronenduft zu verlieren und die sanfte Wärme ihres Körpers zu spüren. Das allgegenwärtige Ziehen in seinen Lenden – eines, für das allein sie verantwortlich war – wurde noch ein bisschen stärker. Sie waren jetzt seit einer Woche verheiratet. Eine merkwürdige Zeit, denn sobald Winston an die Ereignisse vor ihrer Hochzeit dachte, schwirrte ihm immer leicht der Kopf. Sie hatten gestritten. Poppy hatte größte Bedenken gehabt, ihn zu heiraten … und von da an waren seine Erinnerungen nicht mehr so klar. Er war nach Paris gefahren, hatte zu viel Absinth getrunken – ein Getränk, das er garantiert nie wieder anrühren würde –, und als er wieder zu Hause war, hatte sein Vater sich von ihm losgesagt. Win konnte sich kaum an die Worte erinnern, die zwischen ihnen gefallen waren. Aber Poppy hatte ihn geheiratet. Und die Freude darüber war echt.

Jetzt jedoch musste er Arbeit finden, und zwar vorzugsweise bei der Polizei. Außerdem musste er eine Wohnung für sie suchen, da sie momentan noch bei ihrem Vater wohnten. Trotzdem kam sein Verlangen nach ihr in seinen Gedanken nach wie vor an erster Stelle.

»Dann findest du es nicht romantisch, dass ihre Liebe zu Hamlet so groß war, dass sie in tiefste Verzweiflung stürzte, als er sie verließ?«, fragte er.

Rote Augenbrauen schossen spitz zusammen und bildeten eine kleine Furche, die er am liebsten weggeküsst hätte. Seine Hand ballte sich zur Faust, als Poppy, die sich seiner Lust nicht im Geringsten bewusst war, ihren Vortrag fortsetzte. »Romantisch? Pah. So stellen sich ja vielleicht Männer die ideale Liebe einer Frau vor. Lasst uns arme, labile Frauen unter allen Umständen in absolute Hilflosigkeit verfallen, wenn uns plötzlich der Mann fehlt. Vor allem wenn es sich um einen Mann handelt, von dem man doch nicht erwarten kann, dass er sie in einer Art und Weise behandelt, die –«

Er küsste sie. Weil er sich nicht mehr zurückhalten konnte und es auch gar nicht musste. Ihre Lippen waren weich, ihre Zunge scharf und aalglatt. Er schlang einen Arm um ihre schlanke Taille, genoss noch einmal ihre Unterlippe und löste sich dann von ihr. »Du wirst bald einen in tiefste Verzweiflung gestürzten Mann haben«, hauchte er mit einem Lächeln auf ihren Mund, »wenn du nicht an die alles verzehrende Liebe glaubst.«

Ihr Arm schlang sich um seinen Hals, wo ihre kühlen Finger in sein Haar glitten und damit spielten. Hätte er wie eine Katze schnurren können, hätte er es getan.

»Das ist keine Liebe«, erklärte sie.

»Nein?«

»Nein.«

Sein Kopf kam langsam wieder näher, und er streifte ihren Mund mit seinem. »Küss mich noch einmal.«

»Aber jeder kann uns sehen.« Doch dann knabberte sie zärtlich an seiner Oberlippe, weil ihr der Geschmack gefiel.

Winston lachte leise und trat zögernd einen Schritt nach hinten. Sein Blick landete wieder auf der Schaufensterscheibe, und er sah seine köstlich errötete und zerzauste Poppy an. »Ist dir eigentlich klar, dass wir bei jedem Spaziergang an diesem Laden vorbeikommen?«

Das Rot ihrer Wangen wurde noch intensiver. »Ach ja?« Sie machte Anstalten weiterzugehen, doch er ließ sie nicht vorbei.

»Ja.« Er stupste ihr Kinn sanft mit den Knöcheln an. »Und versuch erst gar nicht, mir weismachen zu wollen, dass das ein Zufall ist. Erzähl schon, Boudicca. Warum ausgerechnet dieses Geschäft?«

Während sie die Schultern straffte und ihr Haar zurückstrich, versuchte sie, an ihm vorbeizusehen, wobei sie die süßen Lippen ärgerlich zusammenpresste. Doch dann kapitulierte sie mit einem Stöhnen und warf einen kurzen Blick auf das Geschäft, ehe sie seinem begegnete. »Ich möchte den Laden mieten.«

Als sie seine Überraschung bemerkte, erklärte sie schnell: »Es ist ein Buchladen. Besser gesagt, war.« Sie krauste die Nase, als sie überlegte, wie sie es ihm beibringen sollte. »Ich möchte sehen, dass er wiedereröffnet wird. Ich … Ich wollte schon immer … Ich weiß, es ist ein verrückter Traum.«

Ihre Worte berührten ihn. Er hatte nicht von ihr erwartet, dass sie Träume hatte. Warum eigentlich? Warum hatte er nicht an ihre Wünsche gedacht? Es beschämte ihn, dass er nichts davon gemerkt hatte. Er hielt sie mit einer Hand an der Hüfte fest, als sie ihm zu entschlüpfen drohte, und warf einen Blick über ihre Schulter, um den Laden näher zu betrachten. »Hast du Erfahrung in der Führung eines Buchladens?«

Poppy wirkte plötzlich ernst und verschlossen und schien sich nicht ganz wohl in ihrer Haut zu fühlen. Trotzdem hielt sie seinem Blick stand. »Nein.«

Er sah in ihre dunklen Augen, während seine Hand fest auf ihrer lag. »Dann musst du es wohl lernen.«

Sie zuckte zusammen. »Was?«

Da lächelte er und strich ihr eine verirrte, feuerrote Strähne hinters Ohr zurück. »Wir brauchen Geld und einen Platz zum Wohnen. Wie ich sehe, wird der Laden zusammen mit einer Wohnung vermietet. Du möchtest diesen Laden, also sollst du ihn haben.«

Sie atmete mit einem verblüfften Keuchen aus. »Win … Wie kannst du …« Sie richtete sich auf. »Was ist, wenn ich versage?«

Er schüttelte langsam den Kopf. »Meine Liebe, ich habe überhaupt keine Zweifel, dass, wenn du gerne einen Buchladen führen möchtest, dir das auch gelingt. Und zwar nicht nur irgendwie, sondern mit Erfolg. Dein Wille ist viel zu stark, als dass dir irgendetwas misslingen könnte.«

Als sie ihn sprachlos ansah, schmiegte er eine Hand an ihre Wange. »Ich glaube an dich, Pop. Und ich werde immer an dich glauben.«

Sie jauchzte verblüfft auf, ehe sie ihm so stürmisch um den Hals fiel, dass er einen Schritt zurücktaumelte. Mit einem Lachen fing er sie auf und hielt sie fest. Und dann küsste sie ihn, zärtlich aber auch mit großer Leidenschaft. Und seine Welt war in Ordnung.

»Ich liebe dich. Ich liebe dich über alles, Win.« Es war das erste Mal, dass sie dies zu ihm gesagt hatte.

32

Im Allgemeinen war die Bücherei der Gesellschaft für Poppy ein Ort des Friedens. Ein höhlenartiger Raum, zwei Stockwerke hoch und zwei Häuserblocks lang. Unzählige Reihen goldener Holzregale flankierten die Wände und standen wie Soldaten in Reih und Glied. Gekrönt von einer gewölbten, mit goldenem Glas gekachelten Decke im maurischen Stil war die obere Ebene zur unteren hin offen und zeigte exakt denselben Aufbau. In der Bibliothek war es stets angenehm ruhig und kühl. Eine Zuflucht. Heute jedoch spielte Poppy ruhelos mit ihrer Schreibfeder, bis ihre Fingerspitzen schließlich voller Tinte waren.

Sie steckten in einer Sackgasse. Ms Evernight hatte ihnen niemanden nennen können, der Moira Darling vielleicht ebenfalls kannte, und Jack Talent war in einem schlimmen Zustand und nicht in der Lage zu sagen, wer oder was ihn in seine Gewalt gebracht hatte. Poppy musste heftig schlucken. Die Grausamkeiten, die Talent widerfahren waren, hatten alle schwer erschüttert. Ganz Ranulf House war in Aufruhr, und Ian wollte Blut sehen. Aber wessen Blut? Isleys? Winston vertrat beharrlich die Ansicht, dass ihnen noch irgendeine wichtige Information fehlte. Und seine Lösung? Recherchieren.

Poppy konnte zwar nichts Falsches an seiner Vorgehensweise finden, doch während Win ein Mann präziser Vorbereitung und Durchführung war, war sie eine Frau der Tat. Wie zwei Teile derselben Waffe, dachte sie amüsiert. Er war die scharf geschliffene Klinge eines Schwertes, sie die Hand, die es kraftvoll schwang. Sie verkniff sich ein Seufzen, als sie sich auf ihrem Stuhl bewegte, um ihren verspannten Rücken ein wenig zu lockern. Recherchen waren ja schön und gut, doch auch nachdem sie nun mehr als zweihundert alte Zeitungen durchgearbeitet hatte, war das Ergebnis ihrer Bemühungen immer noch gleich Null. Der Name Moira Darling war kein einziges Mal aufgetaucht, wie übrigens auch nicht der von Isley.

Poppy warf ihren Stift beiseite und beobachtete Winston beim Lesen. Eigentlich sollte sie selbst weitersuchen. Aber er war so viel gründlicher dabei. Seine ganze Konzentration galt der Aufgabe, Wichtiges zu entdecken. Und mit diesem Ziel im Kopf saß er mit geradem Rücken, aber leicht vorgebeugten Schultern über dem Schreibtisch und blickte stur in das Buch in seinen Händen. Nun, da er völlig im Bann seiner Lektüre stand, konnte sie die klaren Linien seines Profils studieren sowie die Art und Weise, wie seine Wimpern beim Blinzeln in einem dichten, an den Spitzen golden leuchtenden Fächer nach unten fegten. Es war wirklich nicht fair, dass ein Mann so derartig üppige und hübsch geschwungene Wimpern besaß, während sie als Frau mit einem schlichten geraden und zudem roten Paar gestraft war. Nun sollte man meinen, dass diese Wimpern ihm ein weibliches Aussehen verliehen. Doch in Verbindung mit der strengen Form seines Kiefers und dem entschlossenen Zug um seinen Mund, milderten seine dichten Wimpern seinen männlich harten Ausdruck ein wenig und fügten ihm eine Prise Verletzlichkeit bei.

Er roch nach Wolle, Büchern und Mann. Eine betörende Mischung, die sie dazu verleitete, sich in seine Richtung zu lehnen und seinen Duft zu genießen. Wärme umgab seinen schlanken Körper. Köstliche Wärme, die sie, die zum Frösteln neigte, begierig mit jedem Atemzug einsog. Während er las, teilten seine Lippen sich um einen Hauch, ein Anblick, bei dem ihr sofort warm wurde. Wie oft hatten sie schon so beisammengesessen? Während er las und sie ihn neckte, ihren Körper in die Nähe seines Körpers brachte, wohl wissend, dass er den Busen an seinem Oberarm durchaus zur Kenntnis nehmen würde. Worauf er sich zwar nicht rührte, doch ein Lächeln um seine Lippen spielte, als würde er sie auffordern, sich noch mehr Mühe zu geben. Was sie dann auch tat, und zwar zuerst, indem sie ihm mit den Fingern genau so durchs Haar fuhr, wie er es liebte, mit zärtlichen Berührungen, die ihn entspannten. Und dann, wenn sein Lächeln breiter wurde, beugte sie sich noch näher und liebkoste seinen äußerst sensiblen Mundwinkel mit der Zunge, während sie darauf wartete, dass sein Atem aus dem Takt geriet. Es gab aber auch Tage, an denen er sich nicht so leicht ablenken ließ, an denen er sich nicht das kleinste bisschen rührte, bis sie schließlich auf seinen Schoß kletterte und seine Zeitung beiseitewarf, um einen spitzen Schrei auszustoßen, wenn er sie urplötzlich packte und …

»Was gefunden?«

Sie sog erschrocken die Luft ein, als er sie unvermittelt ansprach und auf die vor ihr liegenden Zeitungen sah. »Ach so … nein.«

Er war zu still, und die Hitze seines Körpers zerrte zu sehr an ihren Nerven. Sie riskierte einen Blick. Blaugraue Augen starrten mit unbeirrbarer Ruhe zurück. Sein Blick enthielt eine Frage wie auch Begreifen. Er hatte gemerkt, dass ihre Aufmerksamkeit auf ihm ruhte, und er erinnerte sich. Die Hitze flimmerte weiß glühend auf ihrer Haut. Ihr Gesicht war bestimmt feuerrot. Sein Blick ging zu ihren Wangen, worauf auch die Farbe seiner Wangen intensiver wurde. Ja, keine Frage, dass sie knallrot war. Seine Lider senkten sich ein wenig, während seine Aufmerksamkeit sich von ihren Lippen gefangen nehmen ließ und seine eigenen Lippen sich verzogen.

Im Nu war er bei ihr. Oder sie bei ihm. Die harte Rundung seines Bizeps schob sich gegen ihre Brust, worauf sie sich anspannte. Verflucht, wie hatte sie die Distanz zwischen ihnen satt. Sie wollte ihn. Und zwar so sehr, dass sie kaum noch atmen konnte.

»Win …« Sein Haar glitt wie Seide über ihre Finger. Wann hatte sie sich bewegt?

Seine Nasenflügel bebten, als er ihr nun seine ganze Aufmerksamkeit schenkte. »Boudicca.«

Vorsichtig schmiegte sie eine Hand an die Unebenheiten seiner geschundenen Gesichtshälfte. Er schluckte hörbar, leistete jedoch keinen Widerstand, als sie ihn zu sich umdrehte und näher zog, wobei sie den Rücken auf nahezu anrüchige Weise durchdrückte, um ihren Busen noch fester an ihn zu pressen. Ihre Finger konnten das Hämmern seines Pulses spüren. Ein Rascheln erfüllte die Luft, und sie nahm vage wahr, dass Wins Hand sich in die Zeitung krallte. Sein Atem strich über ihre Lippen und ließ sie innerlich erstarren. Ein Laut der Hilflosigkeit entfleuchte ihren geteilten Lippen, zwischen denen sie ihn schon fast spüren konnte. Fast. Ihre Lider wurden zwar schwer, schließen konnte sie die Augen jedoch nicht. Sie musste ihn ansehen, durfte nicht verpassen, wie seine Lippen sich für sie teilten, wie sein Mund sie zu sich einlud.

Die erste Berührung war so zart, dass sie kaum zählte. Und dennoch erwachte jeder einzelne Nerv in ihrer Haut zum Leben, und sie begann zu zittern. Ihre Finger schoben sich in sein Haar, als er sich etwas von ihr löste und stockend den Atem entweichen ließ, bevor sein Mund zurückkam. Noch eine

Berührung, diesmal tiefer. Ein zaghafter Vorstoß seiner feuchtwarmen Zunge in ihren Mund. Als seine Finger ihre Wangen berührten, zitterte sie und kam ihm noch weiter entgegen, bereit, auf seinen Schoß zu klettern, die Hand in seine Hosen gleiten zu lassen und zu packen, was dort ohne Zweifel mit gespannter Vorfreude auf sie wartete.

»Ähem!«

Die Stimme war laut genug, um sie auf der Stelle verharren zu lassen. Ärger und Enttäuschung versetzten ihr einen Stich, als Win sich von ihr löste, und sie beobachtete überrascht den kleinen Schwall frostigkalter Luft, der ihren Mund verließ. Hatte sie das getan? Sie rührte sich nicht vom Fleck, während Win zu der Person sah, die hinter ihr stand, wer auch immer das sein mochte.

»Ja?« Win klang weitaus weniger ärgerlich, als sie es war.

Der Mann, denn es war ein Mann, gab einen tadelnden Laut von sich. Poppy drehte sich nicht um, aber sie wusste auch so, dass diese Stimme dem Bibliothekar Grevis gehörte, diesem alten Pedanten, der sie immer mit diesem neugierigen Blick musterte. Und obwohl sie eigentlich seine Vorgesetzte war, gefiel ihr die Vorstellung, er könnte sie beim Küssen erwischen, überhaupt nicht. Wahrscheinlich ahnte der Mann, wer sie war – niemand sonst hatte diese roten Haare –, doch solange sie sich nicht umdrehte, konnten sie beide die Illusion der Anonymität aufrechterhalten.

Grevis' sonore Stimme rollte wie ein Donnergrollen durch ihren Körper. »Der Lesesaal ist ausschließlich für Studienzwecke gedacht, Sir. Nicht für einen … lockeren Lebenswandel mit …«

»Der eigenen Ehefrau?«, schlug Winston leise vor.

Allein das Wort »Ehefrau« ließ Poppys Herz einen Schlag lang aussetzen. Es war schon so lange her, dass er es mit dieser

Offenheit und in diesem Ton gesagt hatte, bei dem es so klang, als ob er nicht ihre Ehre schützen, sondern Anspruch erheben wollte. Sie konnte sehen, wie sein Puls an seinem Hals schlug, und dann die in seinen Augen aufblitzende Warnung. Die an ihre Wange geschmiegte Hand rührte sich nicht vom Fleck.

»Tja, also, dann beenden Sie bitte, weswegen Sie hier sind, und kümmern sich um Ihre Frau« – als Grevis innehielt, konnte Poppy seinen durchdringenden Blick auf ihren Schultern spüren – »woanders.«

Win hielt noch einen Moment lang den Blickkontakt mit dem Bibliothekar, ehe er sich entspannte. »Wir sind gleich fertig.« Und damit richtete er seinen Blick wieder auf die Zeitungen, entließ den Mann mit nichts als einer unscheinbaren Verlagerung seines Gewichts, und Poppy konnte den Sohn eines Dukes in ihm erkennen. Ob ihm das überhaupt bewusst war?

Winston starrte zwar auf die Zeitung in seinen Händen, schaffte es aber nicht sich zu konzentrieren. »Wie konnte ich nur annehmen, dass ich Bibliothekare mag.« Alles in ihm schrie danach, zu Ende zu bringen, was er und Poppy begonnen hatten, und sie hier und jetzt zu nehmen. Hätte der Bibliothekar ihn nicht ertappt, hätte er das vielleicht sogar getan. »Lästiger Wichtigtuer.«

Poppy musste lachen, doch ihre Stimme enthielt einen rauen Unterton, der ihm unter die Haut ging. »Du bist doch nur böse, weil er zum denkbar ungünstigsten Zeitpunkt auftauchen musste.«

»›Böse‹ ist eine gewaltige Untertreibung«, brummte er und rutschte unbehaglich auf seinem Stuhl umher.

Er blickte sie missmutig an, worauf ihr Grinsen breiter wurde. »Nun, mein lieber Winston Lane«, sagte sie, »ich glaube, du schmollst, weil man dich mit den Fingern in der Keksdose erwischt hat.«

»Hübsche Metapher.« Seine Lippen verzogen sich, während er zu lesen versuchte. Eigentlich sollten die Worte nun einen Sinn ergeben, doch sie verschwammen vor seinen Augen. »Willst du weiter hier so hämisch frohlocken oder konzentrierst du dich noch mal auf das, warum wir hier sind?«

»Ich denke, ich werde noch ein bisschen frohlocken. Schließlich ist es immer ein kleiner Triumph, Risse in der Hochglanzfassade des großen Winston Lane zu sehen, und seien sie auch noch so klein.«

Winston legte die Zeitung aus den Händen. »Ach, Poppy Schatz, berühr doch nur mal mein Gesicht, dann brauchst du nicht lange nach Rissen zu suchen.«

Zur Belohnung erhielt er ihre verlegene Röte und die Art und Weise, wie sie auf der Lippe kaute.

»Du Mistkerl«, sagte sie und begegnete seinem Blick. »Küss mich noch einmal.«

Sein Atem stockte augenblicklich. *Verlangen. Hunger. Stillen.* Primitive Lust sorgte dafür, dass seine Hände zitterten und sein Herz in der Brust hämmerte. Ihre weichen Lippen waren verführerisch nah und ließen seine Zuwendungen von soeben noch deutlich erkennen. Er könnte sich in ihrem Mund verlieren, sie küssen, bis er nicht mehr darüber nachdachte, eventuell zu scheitern, oder was er getan hatte, um sie in diese missliche Lage zu bringen. Und wenn das, was er gerade über diesen Fall herausbekommen hatte, stimmte, würden die Dinge noch um einiges hässlicher werden, ehe sie sich wieder besserten.

Mit zitternden Händen legte er seine Zeitung zusammen. »Das ist keine gute Idee.« Sein Blick blieb stur auf seine Hände gerichtet, während er sämtliche Zeitungen in einen ordentlichen Stapel brachte, den er für den Bibliothekar zum Rücksortieren auf dem Schreibtisch hinterließ. Dann stand er auf und ging, ohne auf sie zu warten.

»Verflixt noch mal, Win.« Ihre klappernden Schritte folgten ihm. Er wusste nicht einmal, wohin er ging, doch er wollte sich ihr jetzt nicht stellen müssen. Nicht solange er noch das Gefühl ihrer herrlichen Lippen spürte. »Ich weiß, was wir über unsere Wahlmöglichkeiten gesagt haben … Zum Donnerwetter noch mal, wirst du wohl stehen bleiben?«

Er ging unbeirrt weiter. Vorbei an nicht enden wollenden Regalreihen.

»Ich habe dich nicht geliebt, als wir heirateten!«

Wins Stiefel rutschten fast über den Marmorboden, als er abrupt stehen blieb. Ihr Bekenntnis raubte ihm den Atem und schnürte ihm die Brust schmerzhaft fest zusammen. Langsam drehte er sich zu ihr um, während sein Herz in einen qualvoll zähen Rhythmus verfiel. »Wie bitte?«

Ihre Miene wirkte schon fast heiter und gar nicht so, als hätte sie ihm soeben einen gewaltigen Stich versetzt. »Ich habe dich nicht geliebt.« Sie straffte ihre schlanken Schultern ein bisschen. »Natürlich hatte ich körperliches Verlangen nach dir, und du lagst mir sehr am Herzen. Aber Liebe war das nicht.«

Ein schwacher Trost. Er schluckte und versuchte, sich eine Reaktion einfallen zu lassen, die ohne Schreien oder wildes Fluchen auskam. Hatte sie ihn je geliebt? Nein, das konnte er nicht fragen. Von dem Schlag würde er sich nie erholen, das wusste er.

Vielleicht spürte sie seine innere Erregung, jedenfalls sah sie sich kurz um und zerrte ihn dann in den Schatten eines kleinen Ganges zwischen zwei Regalen. Ihre samtweiche Stimme hüllte ihn ein. »Erinnerst du dich noch an den Tag, als ich dir von dem Buchladen erzählte?«

Einen Moment lang war er nicht in der Lage, über die Frage nachzudenken, sondern studierte ihr Gesicht und fragte sich, ob die Schwangerschaft ihr wohl den Verstand verdreht hatte. Doch sie musterte ihn mit einem Ernst, der es ihm schließlich ermöglichte, sich ein Nicken abzuringen.

Ihre Augen nahmen die Farbe von edlem Kirschholz an. »Du glaubtest an mich«, hauchte sie, wobei sie einen Schritt näher trat, »ohne den geringsten Beweis meiner Fähigkeiten und ohne irgendetwas infrage zu stellen.«

Er schluckte schwer und ballte die Hände an seinen Seiten zu Fäusten, um still zu halten, um Poppy nicht in die Arme zu reißen, da er dieses Gespräch unbedingt hinter sich bringen musste. »Ich werde immer an dich glauben.« Und das war die Wahrheit. Er kannte niemanden, der stärker war.

Ihr köstlicher Mund bebte, als sie lächelte, ein schüchternes, ein geheimnisvolles Lächeln. »In jenem Moment habe ich mich in dich verliebt, Win. Mit ganzer Seele und unwiderruflich.«

Als er plötzlich begriff, überschlug sein Herz sich fast in seiner Brust. »Dann war mein Handel ja gar nicht ausschlaggebend.«

»Nein, war er nie. Ich hatte mich nicht in dich verlieben wollen. Die Gefahren waren einfach zu groß. Und dann ist es mir trotzdem passiert.«

Da zog er sie in die Arme. Der sanfte Druck ihres Busens an seiner Brust war ein unbeschreiblich süßer Schmerz. Ihre zarten Wangen lagen kühl in seinen Händen. »Poppy.« Er ließ seine Stirn an ihre sinken und stieß ein hilfloses Lachen aus. »Warum erzählst du mir das ausgerechnet jetzt? Hier?« Wo er sie nicht zu Boden ziehen und so berühren konnte, wie er es unbedingt musste.

»Ich hatte schon immer ein Gespür für den falschen Zeitpunkt.«

Als sie die Unterlippe vorschob, kapitulierte er und zog für einen herrlichen Moment das köstliche Stück zwischen seine Lippen, ehe er es wieder losließ. »Ja, ich weiß.«

Ihr Atem wurde ungleichmäßig. »Ich wollte einfach, dass du es weißt.« Während sie seine Miene erforschte, ergriff sie seine Handgelenke und hielt ihn genauso fest wie er sie. »Ich wollte unbedingt, dass du weißt, dass Isley nicht für unser Leben verantwortlich ist.«

»Ach, zur Hölle.« Er hatte es satt, sich zurückhalten zu sollen, und küsste sie. Ein zärtliches Nippen, das ihre Lippen wie warmes Wachs an seine fügte. Er strich über ihre volle Unterlippe, knabberte an ihrer wohlgeformten Oberlippe, und nur ihre Hand auf seinem Herzen vermochte ihn zu stützen. Seine Lippen glitten über ihre Wange und entlockten Poppy ein Seufzen. Ihr zarter Hals lag kühl unter seinem Mund. Kühl und wohlriechend. Ihr Duft und ihr Gefühl überrumpelten ihn, und er konnte sie einfach nur halten und ihre Haut unter seinen Lippen spüren, während er gierig ihren Duft einatmete. Ihr Duft war so unbeschreiblich gut, wie kein von Menschen geschaffenes Parfum ihn je überbieten könnte. Dieser Duft war einfach *sie*, einzigartig und durch nichts zu ersetzen. Sie zitterte, und er zog sie näher, nur um festzustellen, dass gar nicht sie, sondern er es war, der zitterte. Wie hatte er sie nur alleinlassen können?

»Win«, sagte sie, als sie einen zarten Kuss auf die Narbe an seinem Auge hauchte, »gib mir mehr. Ich brauche mehr.«

Die Verzweiflung, die er in ihrer Berührung spürte und die seiner so ähnlich war, ließ ihn sie noch fester halten. Sie taumelten gegen das Regal hinter ihnen. Ihre Hände umrahmten sein

Kinn und hielten ihn still, während sie ihn weiter mit sinnlich heißen, sanften Bissen betörte, bis er ein Stöhnen nicht mehr unterdrücken konnte. Er krallte sich in die üppigen Wellen ihres prachtvollen Haars und erwiderte ihre Küsse, stürmisch, voller Lust und Verlangen.

»Gott, wie du mir gefehlt hast«, hauchte er an ihren Lippen. »Wie mir das hier gefehlt hat.« Sie schmeckte nach Poppy, nach Leidenschaft und kühlem Handeln. Ein Geschmack, der ihn in seinen Träumen verfolgte. Ein Geschmack, der ihm so überaus vertraut und quälend lange verwehrt geblieben war, dass er ihn jetzt trank wie ein Verdurstender, der sich gerade durch die Wüste geschleppt hatte. Sein Körper summte vor Verlangen, und er wollte sie gar nicht mehr loslassen. Win schob seine Finger noch tiefer in ihr seidiges Haar und öffnete ihren Mund mit dem seinen, um ihre warmen Tiefen zu erobern. Fast schon war es Wut, die er empfand, die durch seinen Körper jagte und seine Bewegungen zu grob, zu plump werden ließ. Seine Hände krallten sich in ihre Röcke und ballten sich zu Fäusten, während er zwischen ihre Schenkel trat. Verzweifelt packte er das Bücherregel und hielt sich daran fest, bereit sie hinaufzuziehen und gleich dort zu nehmen.

»Poppy …«

Als neben ihnen ein Buch zu Boden polterte, fuhren sie beide zusammen. Du meine Güte, Winston hatte völlig vergessen, wo er sich gerade befand. Einen Moment lang sahen sie sich keuchend an, ehe Poppy ihn losließ. Er beugte sich vor, um ihren verführerischen Mund aufs Neue zu erobern, doch sie hielt ihn auf, und er blinzelte in dem Bemühen, sich aus dem Schleier der Lust zu befreien. Dann lachte er, ein Lachen, das jedoch ziemlich heiser klang. »Du hast recht. Nicht hier.«

Sie schenkte ihm ein gequältes, aber auch leicht zittriges

Lächeln. »Es sei denn, wir wollen den alten Grevis vollends schockieren.«

Win legte ihre Hand in seine und hielt sie fest. »Dann komm. Ich glaube ohnehin, dass ich das letzte Puzzleteil gefunden habe.«

Sie sah ihn halb lächelnd, halb verärgert an. »Und das hast du mir nicht gesagt?!«

Er stieß ein kurzes Lachen aus und zwickte sie dabei in die Unterlippe. »Ein gewisser Rotschopf hat mich abgelenkt.«

33

»Ich nehme an, du hast eine Waffenkammer«, fragte Win Poppy, als sie die Bibliothek verließen.

»Natürlich.« Sie merkte, dass sie breit grinste. »Sogar eine lächerlich große.«

Seine Brust bebte an ihrer Seite, als er leise lachte. »Blutrünstiges Mädchen.«

Die Waffenkammer befand sich woanders, und so kehrten sie zum Boot auf dem Fleet zurück. Win übernahm wieder die Stange.

»Sag nicht, dass wir erneut Jagd auf Dämonen machen«, richtete sie das Wort an ihn, als sie durch den feuchtkalten Tunnel glitten.

Schatten huschten immer wieder über sein Gesicht und seinen schlanken Körper. »Ich fürchte doch, Liebes.«

»Du brauchst gar nicht so mürrisch zu klingen.« Sie lehnte sich leicht zurück, um zu ihm aufsehen zu können. »Mir persönlich juckt es in den Fingern, auf diesen Mistkerl loszugehen.« Ihr Kiefer schmerzte … so fest biss sie die Zähne zusammen. »Nachdem, was er Talent angetan hat.«

»Hm.«

Poppy, die merkte, dass er ihr gar nicht richtig zuhörte, hob die Stimme. »Liebling, dir ist doch wohl klar, dass du einen mit deinen ›Hms‹ zur Raserei treiben kannst.«

Er grinste. »Und ich dachte doch tatsächlich, das würde einen Teil meines Charmes ausmachen.« Er tauchte die Stange in das trübe Wasser und schaute in die Ferne, wo der Tunnel hinter einer schwarzen Mauer verschwand. »Ich habe etwas über Dämonen gelesen … dass es unterschiedliche Typen geben soll.«

»Ja.« Ungeduld schwang in ihrer Stimme mit. Er ging nicht darauf ein.

»Lass uns noch einmal an den Anfang zurückgehen.« Er steuerte das Boot um eine Kurve. »Der erste Dämon, den ich an Bord sah, war dabei, sich mit dem Blut eines Schiffsoffiziers zu versorgen.«

»Ja.« Poppy versuchte gar nicht erst, Win anzutreiben, wenn er dabei war, Fakten zusammenzutragen … obwohl sie es gern getan hätte.

Es zuckte um seine Mundwinkel, als wüsste er genau, was ihr gerade durch den Kopf ging. »Dann nahm er mithilfe von Marys Blut ihre Gestalt an, um an Talent heranzukommen. Wobei wir nicht vergessen dürfen, dass auch Mrs Noble Blut abgenommen worden war. Aber Isley braucht gar kein Blut, um eine andere Gestalt anzunehmen.«

»Alles richtig. Also hatte er Hilfe. Das wissen wir bereits.« Unbehagen machte sich in ihr breit. Win hatte eine Theorie, die er ihr nur ungern mitteilen wollte. Das erkannte sie an seinem etwas starren Blick und der Art und Weise, wie er mit ihr alles durchging.

»Isleys Augen sind weiß oder rot, wenn er sich zu erkennen gibt«, fuhr Winston fort. »Die Augen des Dämons, den ich enthauptet habe, wurden gelb. Und Archers Augen waren silbern, als er sich verwandelt hatte. Ich erinnere mich, noch gedacht zu haben, wie auffällig anders seine Augen damals waren.« Er lächelte leicht. »Mir war nur nicht klar, in welchem Ausmaß das der Fall war.«

»Worauf willst du hinaus, Win?«

»Ich nehme an, dass die Augenfarbe eines Dämons einem verrät, um was für einen Dämon es sich handelt, nicht wahr?«

»Ja.« Sie klang jetzt vorsichtig, und ihre Furcht verstärkte sich.

Er fuhr mit einem Finger über die Stange. »Mrs Nobles Augen wurden unnatürlich schwarz.«

Poppy ließ das Kinn in ihre Hand sinken. Das unangenehme Gefühl in ihrem Innern verstärkte sich, aber sie kam nicht darauf, was ihr eigentlich zu schaffen machte. Noch nicht. »Es gibt eine Sorte Dämonen, deren Augen schwarz werden«, erklärte sie etwas widerwillig. »Die Sorte, die sich von sexuellen Begegnungen und Blut ernährt.«

Die Stange verharrte regungslos in seiner Hand. »Sag es nicht. Sag nicht …«

Sie sah ihn grimmig lächelnd an. »Du hast vielleicht schon von Vampiren gehört oder Nosferatu.«

»Jetzt hast du es doch gesagt.« Er seufzte und stützte sich leicht auf die Stange.

Gegen ihren Willen musste sie lachen. »Das ist doch nur ein Name. Im Grunde sind es reine Dämonen. Nur dass sie Blut als Nahrung bevorzugen. Weil sie sich nach dem Kontakt zu Menschen sehnen – und das meist in Form sexueller Kontakte –, ist die Welt der Menschen voller Mythen und Geschichten über sie. Sie haben so viel miteinander verkehrt, dass Informationen durchgesickert sind.«

Er nickte langsam, doch sein Blick war auf das ölige Wasser unter ihnen gerichtet. »Das ist es, was mich stört.« Seine Stimme wurde sanft, sodass sich Poppys Kopfhaut zusammenzog und ihre Finger ganz kalt wurden. »Deine Stellvertreterin – Lena – hat solche Augen. Sie wusste, dass wir an Bord der *Igni-*

tus waren, oder? Und sie wusste auch, dass wir mit der Komtess gesprochen hatten.«

Die Temperatur fiel so schnell, dass weißer Dampf vor Wins Gesicht stand, als er ausatmete. Innerlich war Poppy ganz kalt. Nein, das konnte nicht sein. Doch es hing wie ein übergroßes Schild genau vor ihrer Nase.

»Ist Lena ein Dämon?« Doch er kannte die Antwort bereits. Er konnte es an ihren traurigen Augen ablesen.

»Ja.« Ihre Stimme wurde leise. »Sie war es, die mir Isleys Drohung überbrachte. Die Untoten folgten uns zum Haus der Komtess, und sie wusste, dass wir nach Farleigh wollten …« Mit der Faust hieb sie gegen das Boot. »Ich hätte es sehen müssen.«

»Warum? Du hast ihr vertraut.«

Sie stieß ein schrilles Lachen aus. »Himmel, Win, du weißt so gut wie ich, dass Vertrauen nur eine Illusion ist.«

Eine unangenehme Stille senkte sich auf sie herab, doch er brach sie mit sanfter Stimme. »Ich weiß, Liebes.«

Poppy, der im schaukelnden Boot übel geworden war, atmete die nasskalte Luft des Flusses ein. Lena war mehr als eine Stellvertreterin. Sie war ihre Mentorin, ihre Ersatzmutter … wenn auch eine ziemlich kalte. »Aber warum?« Poppy war es zuwider, dass die Frage in einem so jämmerlichen Tonfall herauskam.

Wins vernarbtes Gesicht erstarrte zu Stein, und Poppy zitterte bei seinem Anblick, aber gleichzeitig fühlte sie sich behütet und war froh, ihn an ihrer Seite zu haben. »Das, Liebes, werden wir herausfinden.«

Poppy betrachtete die qualmenden Überreste, die früher mal einen Spielklub und ein Bordell beherbergt hatten. Das Haus in der heruntergekommenen West Street hatte den Namen

Heaven and Hell getragen. Dicke Rauchwolken stiegen zum blassgrauen Himmel auf, und die Fassade des ausgebrannten Gebäudes wirkte wie ein anzüglich grinsender, schwarzer Totenschädel. Die Straße war leer, denn Diebe hatten längst alles, was irgendwie von Wert gewesen war, geplündert. Trotzdem fühlte es sich seltsam an, mitten im Londoner East End zu stehen und keine Menschenseele weit und breit zu erblicken. Ein Balken knarrte, als sie und Win die schwarzen Stufen zum Eingang von Lenas Hölle hinabstiegen.

Von oben tropfte Wasser herunter und platschte auf Poppys Schultern. Ein kleines Rinnsal lief ihren Hals hinunter und unter ihren Kragen. Es herrschte so ein durchdringender Rauchgeruch, dass er sich mit seinem stechenden Geschmack auf ihre Zunge legte. Die schwere Eisentür, durch die man in den unterirdischen Nachtklub gelangte, war geschlossen, und sie trat zur Seite, damit Win sie aufzerren konnte. Er tat dies mit solch einer Leichtigkeit, dass ihre Weiblichkeit dadurch berührt und sie von leichter Erregung durchströmt wurde.

»Bist du dir sicher?«, fragte er, während seine Hand auf der Klinke der inneren Tür lag.

»Lena hat dieses Feuer entfacht.« Poppy raffte ihre Röcke, damit sie nicht mit den hell glänzenden Scherben von Fensterglas in Berührung kamen, die von oben heruntergefallen waren. »Man mag Blutdämonen wahrscheinlich vor allem wegen ihrer speziellen Vorlieben, was Nahrung betrifft, kennen, aber sie besitzen auch genau wie Miranda die Fähigkeit, Feuer zu entfachen.«

»Blutdämonen?« Win zog einen Mundwinkel nach unten. »So nennt ihr also Vampire?«

»Ich habe dir doch schon gesagt, dass es keine Vampire sind. Das würde ja andeuten, dass es sich um wiederbelebte Leichen handelt, aber sie sind nie irgendwie menschlich gewesen und tot auch nicht, was das angeht.«

»Natürlich nicht«, brummte er trocken.

Aus einer der tiefen Taschen, die in ihren Rock eingenäht waren, holte sie den dreißig Zentimeter langen Pflock hervor, der aus Stechdornholz gefertigt war und den sie aus der Waffenkammer mitgenommen hatte. »Für dich.«

Win hielt den Pflock locker in der Hand. Ein nachdenklicher Zug lag auf seinem Gesicht, während er ihn musterte. »Keine Vampire also, hm?«

Sie achtete nicht auf seine Worte, in denen ganz viel Ironie mitschwang, und konzentrierte sich auf praktische Dinge.

»Gold schneidet recht gut durch die Haut eines Dämon«, erklärte Poppy. »Und wirkt sich nachteilig auf ihn aus. Doch jede Dämonengattung hat ihren speziellen Schwachpunkt. Greift man den an, stirbt der Dämon sofort. Die Kunst ist es also, diese Schwäche schon vorher zu kennen und sich darauf einzustellen. Der Schwachpunkt von Blutdämonen ist Stechdornholz. Man treibt den Pflock aus diesem Holz vom Kinn aus direkt ins Hirn oder aber ins Herz.«

»Wenn alle Dämonen Schwachpunkte haben, was ist dann die von Isley? Wie können wir ihn töten?«

»Ich weiß es nicht. Er ist ein reiner Primus-Dämon und älter als jeder andere, dem ich je begegnet bin. Vielleicht ist er längst wahrhaft unsterblich.« Poppy sah den Pflock an, den Win in der Hand hielt. Die geschliffene Spitze stand einem Degen an Durchschlagskraft in nichts nach. »So, jetzt zum Angriff … wo setzt man am besten an. Ich bevorzuge das Kinn. Der Rumpf ist durch Rippen und Knorpelgewebe zu stark bewehrt, sodass man unter Umständen nicht gleich beim ersten Stoß trifft.«

Leidenschaft und Erheiterung ließen Winstons Augen aufleuchten. »Ist jetzt der falsche Zeitpunkt, dir zu sagen, dass ich so hart wie dieser Pflock werde, wenn du fachsimpelst?«

Ihre Wangen wurden bei seinen Worten ganz warm, aber sie unterdrückte den Drang, verlegen zu Boden zu schauen. »Sie sind bei der Wahl des richtigen Zeitpunkts noch schlechter als ich, Mr Lane.«

Grinsend steckte er den Pflock in die Innentasche seiner Jacke. »Wie du mir, so ich dir, Mrs Lane.« Seine Miene wurde wieder ernst. »Und du bist nicht der Meinung, dass sie die Stadt verlassen haben könnte? Angesichts der Tatsache, dass sie ihr eigenes Haus angezündet hat?«

»Lena würde nicht weglaufen. Sie weiß, dass ich komme. Sie muss es in dem Moment gewusst haben, als Mrs Noble sich in lauter Spinnen auflöste. Der Meister kann im Geiste mit seinem Diener kommunizieren.« Sie strich eine Rußflocke von Wins Schulter. »So, wollen wir jetzt weitergehen? Ich kann spüren, dass sie da unten ist und auf mich wartet.«

Das schien ihm nicht zu gefallen, denn er richtete sich noch ein bisschen gerader auf und packte seinen Spazierstock fester. Trotzdem öffnete er widerspruchslos die Tür. »Du sollst wissen«, sagte er, während er nach ihrer Hand griff und ihr über die Türschwelle half, »dass ich nicht zögern werde, diese Frau zu vernichten, sollte sie versuchen, dir etwas anzutun.«

Poppy dachte an Jack Talent, der mit Nägeln an eine Wand geschlagen worden war, und in ihr fing es wieder an zu kochen. »Ich bin versucht, das sogar ohne erkennbare Bedrohung zu tun. Aber lass uns erst einmal mit ihr sprechen.«

Die Tür ging auf, und nasskalte Luft und Rauchgestank schlugen ihnen entgegen. Die Luft wurde kälter, während sie die Treppe hinabstiegen. Dunkle Wasserflecke hatten die mit purpurroter Seide bespannten Wände ruiniert, und der Teppich war verrutscht, als wäre eine ganze Horde von Menschen panisch darüber hinweggerannt. Die Leere des Raums war fast schon wie etwas Lebendiges mit Händen zu greifen, sodass Poppy in höchster Alarmbereitschaft war. Die Gaslampen zischten und erzeugten Schatten, die sich zu bewegen schienen, während sie weiterging. Seite an Seite schritten sie und Win durch den verlassenen Flur, wobei sie an leeren Zimmern vorbeikamen, in denen die teuren Möbel umgekippt oder zur Seite gestoßen worden waren.

Sie stiegen eine weitere Treppe hinab, wo der stechende Gestank nach Rauch von einem berauschenderen Duft nach Weihrauch und Blut abgelöst wurde. Wins ganzer Körper spannte sich deutlich erkennbar an, und seine Hand blieb nahe seiner Jacke, wo er den Pflock verstaut hatte.

»Ihr Salon ist da hinten«, sagte Poppy mit leiser Stimme, während sie auf eine rot lackierte Tür am anderen Ende des Flurs deutete. Ein weißer Pantoffel lag einsam und verlassen im Gang. Sie trat darüber hinweg. Ihr Blick war fest auf die Tür gerichtet.

Win berührte sie am Ellbogen. »Ich geh zuerst rein.« Sein Blick gab wenig Raum für Widerworte.

Und sie wollte ihm auch gar nicht widersprechen. Sie wusste, dass Lena ihnen nichts tun würde. Noch nicht. Poppys Hände verkrampften sich um den Stoff ihres Kleides, als sie die Röcke raffte und weiterstapfte.

Der kleine Salon, in dem Lena Hof hielt, war genau so, wie sie ihn in Erinnerung hatte … gemütlich, mit bequemen, leicht abgenutzten Möbeln und einem Feuer, das im Kamin brannte. Lena saß auf ihrem Lieblingsplatz vor dem Kamin. Ihre bleichen Hände lagen auf den Armlehnen eines schwarzen Ledersessels, und die Beine hatte sie unter den Körper gezogen. Die Haltung hatte fast etwas Katzenhaftes an sich. Und genau wie eine Katze wirkte sie träge, aber wachsam. Sehr wachsam.

»Mutter.« Lena neigte den Kopf. »Inspektor.«

Poppy nahm auf dem Sessel, der Lena gegenüber stand, Platz. »War es wirklich nötig, das ganze Haus niederzubrennen?«

»Ich rechne nicht damit, mich hier noch lange aufzuhalten«, erwiderte Lena, während Winston vortrat und sich neben Poppy stellte.

Poppy sah Lena an, und Wut kam in ihr hoch. »Verflucht noch mal, du hast uns Untote auf den Hals gehetzt!«

»Da ich dich ausgebildet habe, wusste ich, dass du in der Lage wärst, sie zu erledigen. Sie sollten dich nur aufhalten und möglicherweise Lane ausschalten.« Ihre dunklen Augen richteten sich kurz auf Winston. »Tut mir leid, Lane, aber die letzten paar Monate haben Sie Poppy ein bisschen zu schlecht behandelt, was mein Mitgefühl für Sie doch ziemlich gedämpft hat.«

Win sah sie mit ausdrucksloser Miene an. »Ich würde sagen, dass das, was Sie sich in letzter Zeit geleistet haben, meine Taten ja wohl eindeutig in den Schatten stellt.«

Lena sah ihn ärgerlich an, tat es dann aber mit einem Achselzucken ab.

Poppy dagegen war nicht bereit, sich abwimmeln zu lassen. »Warum?«

Lenas dunkles Haar fiel nach vorn, als sie nach einem silbernen Becher griff, der neben ihr auf einem Tischchen stand. Sie nahm einen großen Schluck. »Du solltest nicht von Moira Darling erfahren.«

Poppy fing an, mit den Backenzähnen zu malmen. »Wer ist sie?«

Lenas bleicher Finger strich über den Rand des Bechers. »Ich habe geschworen, es dir nicht zu erzählen.«

»Auch wenn dadurch Poppys Kind in Gefahr gerät?«, fuhr Win sie an. Man sah ihm seine Wut deutlich an, und seine Augen blitzten vor Zorn.

Lenas Augenwinkel verengten sich leicht. Das kam bei ihr einem verlegenen Zusammenzucken schon recht nah. »Die Situation ist unangenehm.«

Poppy beugte sich nach vorn, sodass ihr Sessel knarrte. »Und war es das wert?«, zischte sie. »Jack Talent zu foltern?« Ein bitterer Geschmack legte sich auf ihre Zunge, und sie musste schlucken.

Lena wandte den Blick ab. »Ich war sehr unzufrieden mit meinen Dienern.« Der zarte Schwung ihres Wangenknochens verhärtete sich, als sie Poppy wieder ansah. »Sie sollten sein Blut benutzen, aber nicht … über die Stränge schlagen.«

Wins Hand ballte sich zur Faust. »›Über die Stränge schlagen‹? So nennen Sie das also?« Er grinste höhnisch. »Sie haben Ihre Angestellten nicht im Griff, Madam.«

»Sie sind getötet worden«, erklärte sie. »Schmerzhaft.«

»Das ist viel zu wenig«, sagte Poppy. »Er wäre gar nicht erst in ihre Fänge geraten, hättest du es nicht befohlen.«

Tiefschwarze Augen sahen sie durchdringend an. »Ich weiß. Darum habe ich auch darauf gewartet, dass du mir eine Strafe zuteilwerden lässt.«

Poppy sprang auf. »Ich will keine verdammte Strafe aussprechen! Ich will, dass du mir sagst, wer zum Teufel Moira Darling ist und warum du sie unbedingt schützen willst.«

Lena ließ den Kopf nach hinten sinken. »Ich habe einen Schwur getan. Du weißt über all diese Dinge Bescheid, Poppy Ann.«

Poppy zuckte zusammen, als wäre sie geschlagen worden. »Du würdest zulassen, dass Isley sich mein Kind nimmt?« Sie beugte sich über Lena. »Mein *Kind*, Lena.«

Keiner von ihnen sprach, während sie den Blick des anderen nicht losließen. Lenas roter Mund zitterte kurz, wurde dann aber wieder fest. »Ich werde es dir sagen, wenn du mir versprichst, Isley nicht das zu geben, was er von ihr haben will.«

Roter Nebel trübte Poppys Blick, und sie konnte fast spüren, dass Win hinter ihr auch vor Zorn zitterte. Poppy sah ihre Stellvertreterin an. »Ich könnte dich zum Reden bringen. Du weißt, dass uns Möglichkeiten zur Verfügung stehen, bei denen du am Ende nur noch winseln würdest.«

Lena zuckte noch nicht einmal mit einer Wimper. »Du würdest aber nicht die Antworten bekommen, die du haben willst, und das weißt du auch.« Dann seufzte sie schwer, und ihre Stimme bekam einen ganz untypisch sanften Klang. »Du wirst darauf eingehen wollen, Poppy. Vertrau mir ein allerletztes Mal.«

Poppy hatte einen Kloß im Hals, als sie ihre alte Freundin anschaute. Lena musste mindestens hundert Jahre alt sein, und obwohl sie alles aus ihrem Leben hätte machen können, war sie bei der Gesellschaft geblieben, wo sie andere ausgebildet und ihr Geheimnis bewahrt hatte.

Eine dunkle Vorahnung beschlich Poppy. Lena war loyal … fast schon zu loyal. Warum hatte sie Poppy also verraten? Das Herz schlug ihr bis zum Hals, und ihr Unbehagen wurde immer heftiger, bis sie sich kaum mehr beherrschen konnte, Hals über Kopf zu flüchten. Doch das kleine Gewicht in ihrem Bauch und das Wissen, dass Win hinter ihr stand, bewogen sie zu bleiben. »Gut«, sagte sie. »Ich werde es ihm nicht geben.«

»Poppy!«, rief Win protestierend.

Sie drehte sich zu ihm um. »Sie hat recht. Wir haben sonst keine andere Möglichkeit, es zu erfahren.«

Win schien aufbegehren zu wollen. Sein schlanker Körper bebte vor Zorn, aber er erhob keine Einwände. Poppy trat einen Schritt zurück, denn sie wollte Lena nicht so nahe sein. »Jetzt sprich«, sagte sie. »Wer ist diese Moira Darling?«

Lena setzte sich gerader hin, als müsste sie sich erst zusammennehmen. »Sie war Isleys Geliebte. Die Beziehung war von Anfang an dem Untergang geweiht.«

Poppy sank auf ihren Sessel zurück. »Sie gehörte der Gesellschaft an.«

»Ja«, erwiderte Lena. »Isley war … Was du über ihn weißt, ruft nur Hass bei dir hervor. Aber du ahnst gar nicht, wie charismatisch er sein konnte … wie leidenschaftlich.« Ihr Blick wurde leer, während ihre Augen aufs Feuer gerichtet waren. Weißt du … sie liebte ihn … ohne es zu wollen.«

»Wie lange währte es?«, fragte Poppy leise, denn sie wollte den Bann, unter dem dieser Moment stand, nicht brechen.

»Jahre.«

Poppy stockte der Atem, und Lena sah sie mit einem schiefen Lächeln an. »Viele Jahre. Ich glaube … ich glaube, er liebte sie auch.« Sie ließ den Kopf wieder nach hinten gegen die Rückenlehne sinken. »Aber ihm war die Vorstellung verhasst, dass Unsterbliche sich vor schwachen Menschen versteckten, als müssten sie sich für irgendetwas schämen. Weißt du … er war es, der die Nex ins Leben rief.«

Poppy nickte kurz. Das hatte sie bereits gewusst.

Lena fuhr fort. »Sie bat ihn eindringlich, doch Verständnis dafür zu haben, dass es nur Schmerz und Chaos über die Menschheit bringen würde, wenn diese die Wahrheit erfuhr. Es war eine nie enden wollende Diskussion zwischen den beiden.«

Lenas Brust hob und senkte sich, als sie leise seufzte. »Er verführte die Menschen weiter mit seinen Tricks, und sie tat so, als würde sie es nicht merken, weil sie nicht von ihm ablassen konnte. Er war wie eine Krankheit bei ihr … und schließlich geschah das Unausweichliche.«

Lena setzte sich auf und stützte einen Ellbogen auf ihrem überkreuzten Bein ab. »Sie beendete es. Denn am Ende hatte sie eingesehen, dass Leidenschaft ohne Vertrauen, ohne Kompromisse keinen Sinn hatte, weil es sie nur ausbrannte.«

»Isley hat es wohl nicht so gut aufgenommen, hm?«, meinte Win. Seine Stimme war genauso leise und rau wie vorhin bei Poppy.

»Nein. Es gab … Komplikationen.« Lenas Blick aus schwarzen Augen huschte zu Poppy. »Sie erwartete ein Kind.«

Die Luft entwich aus dem Raum. Poppy erhob sich steif und entfernte sich ein Stück. »Ein Kind.« Ihre Stimme klang ganz dünn und ungläubig. Aber im Grunde glaubte sie ihr, und das bereitete ihr Übelkeit. Sein Kind gegen ihres. Sie hielt sich mit einer Hand an der Rückenlehne des Sessels fest, in dem sie eben noch gesessen hatte.

Lena rührte sich nicht. »Er versprach, sich nicht in das Leben seiner Kinder einzumischen«, flüsterte sie. »Aber dieses Kind, das sie jetzt erwartete, wollte er haben. Denn es würde ein Junge werden. Isley glaubte, dass dieser Junge sein Vermächtnis erben würde, und er wollte ihn zu dem machen, was er war.«

»Kinder?« In Poppys Ohren dröhnte es so laut, dass sie kaum noch etwas hören konnte. Irgendwie brachte sie ihre tauben Lippen dazu, sich zu bewegen. »Ich dachte …«

Lena erhob sich voller Anmut. »Nein, nicht ich.«

Poppy schluckte mühsam. Vage nahm sie wahr, wie sich Wins Hand um ihre eiskalten Finger schloss. »Moira Darling?«

»Ein Spitzname für Mary«, erklärte Lena. »Sein Mary-Margaret-Schatz.«

Poppy entriss Winston ihre Hand. »Gütiger Himmel.«

Win sah voller Unruhe zwischen den beiden Frauen hin und her. »Mary wie Mary Margaret Ellis?« Er wurde bleich.

»Ja«, sagte Lena. »Poppys Mutter.«

Poppy holte keuchend Luft und dann gleich noch einmal. »Ist er … ist er mein Vater?«

Der Widerwille und das Bedauern auf Lenas Gesicht war eindeutig und sagte alles, ehe sie es aussprach. »Ja.«

»Meine Schwestern.« Ihre Angst um sie ließ sie zur Tür stürzen.

»Er kommt nicht an sie heran. Auch nicht an den Jungen.« Lena drückte die Fäuste auf ihre Oberschenkel, während sie Poppy anschaute. »Es war eine Abmachung, auf die sich Isley und Mary Margaret von Anfang an geeinigt hatten … eine Sicherheitsmaßnahme, auf der deine Mutter bestand. Isley erkennt seine Kinder nicht, außer ein anderer stellt sie ihm vor.«

»Was meinst du damit, dass er sie ›nicht erkennt‹?«

»Genau das, was ich gesagt habe. Er kann seine eigenen Kinder im wahrsten Sinne des Wortes nicht sehen, selbst wenn sie direkt vor ihm stehen. Die Vereinbarung lässt es nicht zu. Sie sind unsichtbar für ihn, außer jemand anders stellt ihm seine Kinder vor. Bei dir hat sie es gemacht.« Lena wandte den Blick ab. »Danach verlor er das Interesse … bis er erfuhr, dass er einen Sohn bekommen würde. Sie stritten deshalb. Und er tötete sie. Ich glaube, es war ein Unfall, denn sein Zorn kannte danach keine Grenzen.«

Poppy setzte sich wieder in Bewegung, bis sie die Wand erreichte und dagegen sank. »Ein Bruder.«

Lena zeigte keine Regung. »Nachdem das Kind zur Welt gekommen war, erzählte Margaret allen, dass es gestorben wäre. Ich leistete einen Blutschwur, dass ich das Baby an einem Ort verstecken würde, wo Isley es auf keinen Fall finden würde, und alles in meiner Macht Stehende tun würde, um die Existenz des Babys geheim zu halten.«

Poppy stieß innerlich einen heftigen Fluch aus. Für einen Blutdämon gab es nichts Heiligeres als einen Blutschwur. Er band stärker als Freundschaft oder Verwandtschaft. So einen Schwur zu brechen würde die Seele eines Blutdämons zerbröckeln lassen. Poppys Mutter hatte das gewusst.

Lena nickte langsam, als würde sie Poppys Gedanken lesen. »Als ich von dem Handel erfuhr, den Isley mit dem Inspektor eingegangen war, wusste ich, dass ich am Ende scheitern würde. Aber ich musste es zumindest versuchen.«

Lena hatte einen Schwur geleistet, aber Poppy konnte es nicht billigen, was sie getan hatte, um ihn zu halten. »Wo befindet sich mein Bruder?«

Lenas Lippen wurden ganz schmal.

»Wo, Lena?« Sie stieß sich von der Wand ab und kam näher. »Er ist mein Bruder! Und auch der Bruder meiner Schwestern.«

»Er kommt mehr nach seinem Vater als nach seiner Mutter. Wenn du dafür sorgst, dass Isley ihn sieht, erweist du ihm damit unter Umständen einen schlechten Dienst. Du kannst es ihm nicht antun, ihn mit so einem Leben zu belasten.«

»Bring mich nicht dazu … Ich werde kein Geheimnis meiner Mutter mehr im Namen der Sicherheit bewahren! Nie mehr!«

»Dann werde ich dir nicht sagen, wo er ist.«

Poppy reagierte ohne nachzudenken. Ihr Handrücken traf mit solcher Wucht Lenas Wange, dass ihre Hand anfing zu brennen und Lenas Kopf zur Seite schnellte. Der Schwung ließ Poppys Arm weitersausen, als Lena sich auch schon wieder mit hervorgetretenen Reißzähnen und Klauen aufrichtete. Es lag in ihrer Macht, Poppys Kopf mit einem Hieb vom Rumpf zu trennen. Doch dann ging alles so schnell, dass die dunkle Gestalt, die zwischen sie sprang, nur verschwommen zu sehen war.

Es knallte laut, als Win Lena gegen die Wand krachen ließ, sodass die Kristallwandleuchten klirrten. Im Handumdrehen hatte er dafür gesorgt, dass sie sich nicht mehr rühren konnte. Der lange Pflock in seiner Hand presste sich von unten so fest gegen ihr Kinn, dass Lenas Kopf nach hinten gedrückt wurde. Wie erstarrt musterte sie den Pflock und dann Win.

Sein Gesicht, das vor Wut ganz verzerrt war, befand sich nur wenige Zentimeter von Lenas weißen Reißzähnen entfernt. »Sagen Sie … halte ich ihn richtig?« Er umklammerte den Pflock fester, und Lena schnappte nach Luft. Ein kleines Blutrinnsal lief über ihren Hals. »Ich möchte ja nicht, dass hier irgendetwas schiefgeht.«

»So müsste es klappen«, stieß sie zwischen zusammengebissenen Zähnen hervor. Ihr dunkler Blick glitt zu Poppy. »Den Schlag hattest du mir geschuldet. Aber ich hätte nicht versuchen sollen zurückzuschlagen. Und jetzt ruf deinen Wachhund zurück.«

Win fletschte die Zähne. »Sie werden ihr keine Befehle erteilen.« Mit dem geschundenen Gesicht und dem mordlustigen Blick schien er das wahre Monster in diesem Raum zu sein. Doch es war nur seine schiere Kraft, die nicht mehr von Konventionen eingeschränkt wurde. Er war erst zerrissen und dann zu etwas Neuem umgestaltet worden. Seltsamerweise konnte Poppy sich des Gefühls nicht erwehren, dass eher ein Teil von ihm gefunden und nicht verloren worden war … dass Winston Lane endlich zu dem Mann geworden war, der er immer hatte sein sollen.

Das Knistern des Feuers im Kamin und das Ticken der Uhr, die auf der Kamineinfassung stand, wurde von einem unverkennbaren Schrei übertönt. Es war ein langer, schmerzerfüllter Schrei, der noch lauter wurde und von Wut sprach. Win wurde blass, aber seine Konzentration ließ nicht nach. Lena wurde ebenfalls blass. Erst ertönte ein weiterer Schrei und dann noch einer. Es waren die Rufe von Wölfen.

»Sie rufen nach dir, Lena.« Poppy machte einen Schritt auf sie zu, und als sie sprach, klang es nicht so, als wäre ihr das Herz gebrochen worden.

»Jack Talent gehört zu Ian Ranulfs Sippe. Er ist für ihn wie ein Sohn. Er will Blut sehen.«

Lenas Augen wurden schmal. »Ich habe keine Angst vor Ranulf.«

Poppy sah Win an. »Lass sie los.« Als Win erstarrte, sagte sie: »Ian hat den größeren Anspruch. Gesteh ihm den zu.«

Wieder ertönte ein lautes Heulen. Es war kräftiger. Es war Ranulfs Ruf.

»Wegen dem, was wir einst waren«, erklärte Poppy, »werde ich sie aufhalten, damit du einen Vorsprung hast.« Trauer erfüllte sie, und die Brust wurde ihr ganz eng. Es würde Ian zwar in Wut versetzen, aber trotz allem, was Lena getan hatte, würde sie ihr noch diesen kleinen Gefallen tun.

Win trat mit einer schnellen Bewegung zurück, die ihm genügend Raum gab, sich zu verteidigen, sollte Lena zurückschlagen. Aber das tat sie nicht. Voller Würde richtete sie ihr Kleid und glättete ihr Haar. »Ich werde nicht vor ihm davonlaufen.«

»Dann geh«, sagte Poppy zu Lena. »Sieh deinem Schicksal ins Auge, und vielleicht kommst du ja lebend davon.«

Kühl und distanziert wie immer nickte Lena nur kurz. Sie stand neben Win und wirkte kaum älter als ein Mädchen, das gerade das Schulzimmer verlassen hatte. Das konnte man wirklich nur als Illusion bezeichnen. »Ich vertraue darauf, dass du die richtige Entscheidung fällst, Poppy Ann Ellis Lane.« Ihr Blick glitt über Poppys Gesicht, und ihr Tonfall wurde sanfter. »Du bist eine bessere Anführerin, als es deine Mutter gewesen ist. Du hast ein großes Herz.«

Die Gefühle, die diese Worte auslösten, würde Poppy erst später spüren … später. Sie hielt den Atem an und erwiderte das Nicken.

Lena blinzelte kurz. »Er lebt bei Cornelius Evernight in der Grafschaft Clare. Er ist wie ein Evernight aufgezogen worden. Margaret hat ihm den Namen St. John gegeben.«

Poppys Hals verkrampfte sich. Sie konnte nicht sprechen.

»Sei vorsichtig, Kind.« Sie sah sie mit ihren schwarzen Augen unverwandt an. »Die Nex hatten sich bei meiner Brut eingeschlichen und sie gegen mich aufgehetzt. Sogar jetzt schlagen sich die meisten der Onus auf ihre Seite, weil man sie mit mehr Macht und freier Jagd auf Menschen lockt. Ich fürchte, dunkle Zeiten stehen bevor.«

Im nächsten Atemzug war Lena fort. Die Geschwindigkeit, mit der sie den Raum verlassen hatte, sprachen die früheren Bemühungen, sie unter Druck zu setzen, Hohn. Hätte Lena einen von ihnen umbringen wollen, hätte sie das ohne Weiteres gekonnt.

Von draußen drang wieder das Heulen in den Raum. Dann hörte man lautes Knurren und das Knirschen von Zähnen. Nach dem Tod ihrer Mutter hatte Lena deren Rolle übernommen … Lena, der sie ihr ganzes Vertrauen geschenkt hatte. Zu hören wie sie starb, schnitt Poppy tief ins Herz. Poppy schrie auf und drehte sich zu Win um. Seine Arme legten sich stark und fest um sie. Er zitterte, und seine Haut war kalt, wo sie ihr Gesicht an seinen Hals drückte. Aber er hielt sie fest, während er sich schwer gegen die Wand sinken ließ. Die Geräusche, die die kämpfenden Wölfe von sich gaben, wurden lauter. Sie wusste, dass das der Alptraum war, der ihn immer noch verfolgte. Genauso wie sie wusste, dass er jetzt kämpfte, um dieses Entsetzen in den Griff zu bekommen.

»Win.« Sie drückte sich noch fester an ihn.

Sie klammerten sich aneinander, pressten ihre Wangen zusammen und holten beide gleich tief Luft, während draußen die Gewalt ihren Lauf nahm.

Wins Hand an ihrem Kopf gab ihr Halt. Seine rauchige Stimme flüsterte in ihr Ohr. »Ich würde deinen Schmerz auf mich nehmen, wenn ich das könnte.«

Ihre Lippen streiften sein Ohrläppchen, als sie antwortete. »Ich weiß.«

Der Schmerz würde nur noch schlimmer werden, denn jetzt musste sie entscheiden, ob sie ihren unschuldigen Bruder hergeben würde, um ihr Kind zu retten. Und sie würde es ihren Schwestern erzählen müssen. Alles.

34

Poppy und Winston blieben unten, bis keine Kampfgeräusche mehr zu vernehmen waren und Ian in den Raum trat. Er war mit Schweiß und Blut bedeckt und hatte außer einem Kilt, den er sich um den schlanken Körper gewickelt hatte, nichts an. Das war der Beweis, dass er entschlossen gewesen war, Lena vollständig verwandelt gegenüberzutreten. Er war der einzige Lykaner mit dieser Fähigkeit, und das verschaffte ihm einen gewaltigen Vorteil.

»Ist es vorbei?«, fragte Win an Poppys Stelle.

Ians Brust hob und senkte sich, während er gleichmäßig ein- und ausatmete. »Nein.« Er stieß einen beredten Fluch aus. »Was meinst du damit?«

»Sie hat irgendeinen verdammten Spinnentrick aus dem Hut gezaubert und zerfiel vor meinen Augen, ehe ich ihr den Todesstoß versetzen konnte.« Er fuhr sich mit einer Hand durchs Haar. »Sie verwandelte sich in Abertausende von Spinnen, die sich sofort in alle vier Himmelsrichtungen verstreuten.« Sein Gesicht war wütend verzerrt, als hätte er das Bild immer noch vor Augen. »Das habe ich sie noch nie machen sehen.«

»Wir kennen den Trick«, sagte Win.

Poppys Herz raste. Lena war noch am Leben. Sie wusste nicht recht, was sie ob dieser Tatsache empfinden sollte. Ian sah sie mit seinen blauen Augen durchdringend an. »Ich sollte eigentlich sofort ihre Verfolgung aufnehmen. Aber vorher wollte ich noch wissen, was sie gesagt hat. Vielleicht ist etwas dabei, das Jack helfen könnte.«

Poppy seufzte. »Das, was Talent widerfahren ist, hatte sie nicht gewollt.« Sie hielt eine Hand hoch, damit er sie ausreden ließ. »Das entschuldigt nicht, was geschehen ist, noch hat sie versucht, es zu entschuldigen. Sie hat nur erklärt, dass das, was Talent passiert ist, nicht ihre Absicht war. Die Nex hatten ihre Hand mit im Spiel.«

Ian stieß ein paar schroffe Worte auf Gälisch hervor, ehe er Poppy kurz zunickte. »Trotzdem werde ich mich ihr an die Fersen heften. Ich werde mir meine eigenen Antworten von diesem kleinen Miststück holen.«

»Ich werde dich nicht daran hindern, Ian«, erklärte Poppy. »Ich bitte dich nur darum, noch ein bisschen zu warten. Es gibt ein paar Dinge, die ich mit meinen Schwestern besprechen muss.« Sie lehnte sich an Win, denn sie konnte nicht anders. »Daisy wird dich brauchen.«

»Na gut«, knurrte Ian. »Auf geht's.« Er zögerte kurz und schaute Win an. »Die anderen des Clans sind bereits wieder fort.«

Win lachte kurz auf. »Nett von dir, dass du dir wegen meiner zarten Gefühle Gedanken machst, aber ich lebe doch sogar in deinem Haus, Ian.« Seine Miene verfinsterte sich. »Und es gibt viel Schlimmeres, das mir zu schaffen macht, als Wölfe.«

Winston saß ruhig in Poppys Büro der Gesellschaft. Ian war gegangen, um die anderen zu holen, und Poppy bereitete sich darauf vor, ihre Schwestern mit der Wahrheit zu konfrontieren. Ehe sie gegangen war, hatte sie ihm diesen kleinen Bereich ihres Lebens gezeigt. Auch wenn anfangs Schmerz in ihm hochgekommen war … der gleiche Schmerz, der ihn immer erfasste, wenn er an das andere Leben dachte, das sie vor ihm geheim gehalten hatte, war ihr ordentliches und trotzdem gemütliches

Büro von ihrem Duft und ihr selbst in einer Weise erfüllt, die ihn still und nachdenklich machte. Sie hatte ihn bereits einmal gefragt, ob er ihr wohl je vergeben würde. Es saß auf ihrem Stuhl, berührte ihre Akten, strich über ihren glatt polierten Schreibtisch und folgte mit den Augen dem Riss in der Decke. Sie ähnelte ihm mehr, als er je gedacht hatte.

Früher hatte er sich eher auf einer gefühlsmäßigen Ebene instinktiv mit ihr verbunden gefühlt, er hatte ihre schnelle Auffassungsgabe und klaren Vorstellungen bewundert. Jetzt wusste er mit jeder Faser seines Seins, dass sie zu ihm gehörte … nicht wie etwas, das man besitzt, sondern in einer Art, die ihn erst zu dem machte, was er war. Nahm man Poppy aus der Gleichung heraus, ging sie nicht mehr auf und führte zu falschen Ergebnissen. All die Jahre hatte er gedacht, seine Frau zu kennen. Und jetzt? Jetzt verstand er sie.

Plötzlich verspürte er das Bedürfnis, sie zu sehen, und stand auf, als gerade die Tür geöffnet wurde. Mr Smythe, Poppys Sekretär – was Win wohl am meisten schockiert hatte – kam herein. Der blasse Mr Smythe war ein steifer, überaus korrekter älterer Herr.

»Mr Smythe«, sagte Win, als der Mann einfach mit seinem hohen weißen Kragen und dem makellosen Anzug in der Tür stehen blieb. »Was kann ich für Sie tun?«

Mr Smythe schloss die Tür hinter sich, ehe er sich bequem dagegen lehnte. Ein Lächeln glitt über seine strengen Züge, und Win gefror das Blut in den Adern.

»Sie«, sagte Win.

»Ich? Mr Lane?« Smythe stieß sich mit eleganter Anmut von der Tür ab. »Sie klingen ziemlich vorwurfsvoll.«

Wins Hände ballten sich zu Fäusten. »Dazu habe ich wohl auch das Recht. Was wollen Sie denn jetzt schon wieder, Jones?«

Jones lachte leise und setzte sich dann in den Sessel, der vor Poppys Schreibtisch stand. »Sie kann man wohl nie zum Narren halten.«

»Ich glaube nicht, dass Sie es jemals wirklich versucht haben.« Win wollte sich nicht hinsetzen. Er wollte aber auch nicht wie ein Depp stehen bleiben, während Jones ihn mit den Augen von Mr Smythe ansah. Deshalb setzte er sich doch wieder hin, stellte die Füße aber flach auf den Boden und behielt die Arme locker seitlich am Körper, sodass er schnell hochkommen konnte, sollte das nötig sein. »Was jetzt?«

Jones ignorierte die Frage und schaute sich ganz entspannt in Poppys Büro um. Das löste ein unangenehmes Kribbeln bei Win aus. Jones gehörte nicht hierher. Leider hatte Win jedoch nicht die Möglichkeit, ihn hinauszuwerfen. Als Jones seine Musterung beendet hatte, richtete er seine Aufmerksamkeit wieder auf Winston. »Haben Sie meinen Colonel umgebracht?«

»Ihren Colonel?« Win wusste nicht, was er sagen sollte.

»Seine Seele gehörte mir, und somit gehörte er mir auch.«

Der Blick, den Jones ihm zuwarf, war eindeutig. Ganz logisch betrachtet gehörte auch Winston ihm. Win versuchte, die aufsteigende Übelkeit zu unterdrücken. »Ich hatte eher angenommen, Sie hätten den Colonel umgebracht.« Natürlich wussten sie jetzt, dass es Lenas Werk gewesen war. Win musste vorsichtig sein, und deshalb sah er Jones mit finsterer Miene anklagend an. Ein bisschen Ablenkung konnte nicht schaden.

»Ich ihn umgebracht?«, erwiderte Jones höhnisch. »Er war ein Geschenk für Sie. Eine nette kleine Brotkrume, um Ihnen den Weg zu zeigen.«

Win beugte sich nach vorn und schob die Finger ineinander. »Wissen Sie was … sagen Sie mir doch einfach, was Sie wollen. Das ist nicht schwer … wirklich nicht.«

Schnaubend fing Jones an, sich wieder in Poppys Büro umzusehen. »Wissen Sie eigentlich, dass ich aus Sicht der Gesellschaft einer der sozusagen größten Verbrecher bin? Seit deren Gründung versucht man sich meiner zu entledigen.« Sein Lächeln wurde schmaler. »Und das ist wirklich ziemlich ermüdend. Man sollte mich verehren. Götter haben schon versucht, mich zu vernichten, und sind gescheitert. Und trotzdem meint dieser zusammengewürfelte Haufen von Weltverbesserern, er könnte es schaffen.«

»Ist es das, was Sie an Poppy ärgert?« Winston lehnte sich noch bequemer zurück, als würde es ihn nicht gerade in den Fingern jucken, Jones niederzuschlagen. »Dass es ihr gelungen ist, Sie einzusperren?« Poppy war der Schlüssel zu dem Ganzen. Bei dem Gedanken erfasste Win ein Schauer des Entsetzens, aber es keimte auch ein kleines bisschen Hoffnung in ihm auf.

Eine winzige Flamme schien in Jones Augen aufzuflackern. »Sie wissen, dass das genau das ist, was mich an Poppy Ann Ellis Lane ärgert.«

»Hm.« Winston fuhr mit dem Daumen die Armlehne entlang, ehe er aufschaute. »Sie geben ihr zu viel Macht, indem Sie auf Rache aus sind.«

Sofort wurde es im Raum mehrere Grad wärmer, als Jones ein leises Knurren ausstieß.

Win beobachtete ihn wie einer, der einen tollwütigen Hund vor sich hatte und auf den unausweichlichen Angriff wartete. »Wer sind Sie? In Wirklichkeit?«

»Nichts, was Sie mit Ihrem mickrigen menschlichen Verstand begreifen würden.« Bleiche, mit wulstigen Adern überzogene Hände schlugen krachend auf den Schreibtisch und zitterten. »Wann hatten Sie vorgehabt, mir zu erzählen, dass Sie Moira Darling ausfindig gemacht haben?«

Verdammt. Wins Taschenuhr tickte überlaut, während sie versuchten, einander mit Blicken zu bezwingen. »Aber Sie wollen Moira Darling doch gar nicht«, sagte er schließlich. »Sie wollen das, was sie Ihnen gestohlen hat.«

»Ach, kommen Sie, Lane. Sie wollten doch, dass alles ohne Umschweife ausgesprochen wird. Sie wissen sehr wohl, dass er mein Sohn ist.«

Winston zögerte und musterte den Dämon. »Sie haben uns die ganze Zeit beobachtet.« Er wusste nicht, wie Jones es schaffte, überall zu sein, doch die Vorstellung hinterließ einen üblen Geschmack auf seiner Zunge.

»Manche Dinge würde ich lieber nicht sehen«, meinte Jones in angewidertem Tonfall. »Sie sind ein Narr, wenn Sie meinen, Ihre Frau gefügiger zu machen, indem Sie ihre Bedürfnisse befriedigen.« Jones Nasenflügel bebten, und wieder zog ein Schwall heißer Luft durch den Raum. »Elementarwesen lassen es sich besorgen, weil es ihnen gefällt, nicht aus Loyalität.«

Wins Hände lagen schwer auf den kalten Armlehnen seines Stuhls. »Poppy ist nicht Mary Margaret.«

»Nein«, stimmte Jones ihm zu, »das ist sie nicht.« Ohne Vorwarnung schoss er plötzlich nach vorn, sodass sein Gesicht ganz dicht vor Wins war. »Jetzt sagen Sie es mir … wo ist mein Sohn?«

Win würde es ihm noch nicht einmal erzählen, wenn Jones einen Werwolf herbeigezaubert hätte. »Wenn Sie uns beobachtet haben, sollten Sie wissen, wo der Junge ist.«

Jones knurrte mit gebleckten Zähnen. Seine Erwiderung kam schleppend und unter großem Druck heraus. »Und Sie sollten wissen, dass sein Aufenthaltsort mir fremd bleibt, bis ein Mensch ihn mir bereitwillig vorstellt.«

»Wie unangenehm«, murmelte Win.

Wie eine Schlange schoss Jones' Arm nach vorn und packte Wins Hals. Win rang verzweifelt nach Luft, denn der schmerzende Griff schnürte ihm die Kehle zu. Reines Purpur strömte in Jones' Augen. »Es scheint mir so, als würden Sie meine Drohung nicht ernst nehmen.«

Obwohl Win bereits anfing Sterne zu sehen, und sein ganzer Körper nach Luft schrie, wollte er nicht nachgeben. Finster erwiderte er den Blick des Dämons.

Jones zog Win so nah an sich heran, dass er den heißen Atem spüren und den Schwefel darin riechen konnte. »Ich habe Ihnen eine Möglichkeit aufgezeigt, aus dem Vertrag herauszukommen, und jetzt werfen Sie mir mein großzügiges Angebot ins Gesicht. Dafür werde ich mir sowohl Ihre Seele als auch die Ihres Kindes nehmen.«

»Schwachsinn«, würgte Winston hervor. »Sie können nicht …«

»Ich kann was nicht? Ich habe nie gesagt, dass Sie Ihre Seele behalten.« Er lachte auf. »Oder etwa nicht?«

Nein, das hatte er nicht getan. Win hatte es einfach nur angenommen. Ihm drehte sich fast der Magen um, als ihm das klar wurde.

Jones' Augen leuchteten, und offensichtlich sah er das Entsetzen, das sich langsam auf Winstons Miene ausbreitete. »Sie glauben, Sie können mit dem Teufel spielen und gewinnen? Seien Sie versichert … Sie gehören mir, ob Sie mir nun mein Kind geben oder nicht. Ihnen Ihre Seele zu nehmen, ist ein Kinderspiel für mich. Würden Sie es gern mal sehen?« Jones' Fingerspitze brannte an seiner Stirn, und alles wurde schwarz.

Sofort jagte erst Eiseskälte und dann sengende Hitze durch seinen Körper. Mit jeder Faser schrie er auf, und trotzdem wusste er, dass er keinen Laut von sich gegeben hatte. Jones'

Finger schien sich in seinen Schädel zu bohren, und ein heftiger, blendender Schmerz schoss durch seinen ganzen Leib. Die Berührung zog an seiner Seele, zerrte sie aus seinem Körper direkt in Jones' Hand. Das Bewusstsein entfloh Win … er wusste nicht mehr, wer er war. Laute Schreie und der stechende Hauch reinen, unendlichen Grauens umgab ihn, wuchs an und wurde immer undurchdringlicher, bis er meinte zu zerspringen. Er schluchzte, aber er hatte keinen Körper, keine Möglichkeit zu fliehen. Vollkommene Hoffnungslosigkeit erfüllte ihn. *Bitte. Bitte.*

Und dann war alles wieder vorbei. Er stellte fest, dass er zusammengesunken auf dem Boden hockte. Zitternd und mit Schweiß bedeckt schaute er zu dem Dämon auf, der vor ihm stand und immer noch wie Mr Smythe aussah.

»Bin ich jetzt deutlich genug geworden?«, fragte der Dämon.

Wins Zähne klapperten, und das Herz wollte ihm fast aus der Brust springen. »Leck mich, Jones.«

Jones grinste und enthüllte dabei eine Reihe brauner, unregelmäßiger Zähne. »Wenn Sie mich hübsch nett bitten, wenn ich Sie in die Hölle mitnehme, wird Ihnen Ihr Wunsch vielleicht erfüllt.« Eine kurze Pause trat ein, in der die Luft im Raum ganz dünn wurde. Jones' Miene nahm einen fast schon heiter gelassenen Ausdruck an, und seine Stimme wurde sanft. »Sie und ich wissen beide, dass Poppy niemals einverstanden sein wird, mir das zu geben, was ich haben will. Ich brauche einen Erben. Wenn ich den Jungen nicht haben kann, dann geben Sie mir Poppy. Wenn Sie das tun, können Sie Ihr Kind behalten, sobald es zur Welt gekommen ist, und Ihr Leben auch. Das alles werde ich Ihnen zugestehen.«

Sein Kind. Win hatte nicht damit gerechnet, ein Kind zu haben. Nicht nach all den Jahren, in denen Poppy nicht empfangen hatte. Er war genauso enttäuscht gewesen wie sie, aber er hatte sich damit abgefunden. Jetzt, da er wusste, dass ein Kind in ihrem Schoß wuchs, liebte er das unbekannte Wesen mit einer Inbrunst, die ihm fast schon Furcht einflößte.

Er zwang seine Zunge zum Reden. »Warum Poppy?«

»Ach, kommen Sie, Lane. Sie sind doch kein Dummkopf.« Jones hielt inne und schien sich ausnahmsweise einmal nicht wohl in seiner Haut zu fühlen. »Es ist letztendlich ein wirklich fairer Handel. Sie will das Kind doch noch nicht einmal.«

»Halten Sie den Mund!« Er würde niemals glauben, was Jones da über Poppy sagte, und er würde nicht zulassen, dass Jones einen Keil zwischen ihn und Poppy trieb.

Aber Jones schüttelte nur den Kopf, als würde er ihn bemitleiden. »Mein Blut fließt in ihren Adern. Wenn sie nicht da ist, kann ich durch ihre Augen sehen, ihre Ängste spüren. Sie zweifelt an ihrer Fähigkeit, dieses Kind aufzuziehen. Aber Sie nicht, Lane. Stimmt's? Nehmen Sie es, und geben Sie mir meine Erstgeborene.«

Und die ganze Zeit über hatte Win gedacht, Jones würde ihn verfolgen. Der verdammte Mistkerl. Win versuchte hochzukommen, doch was Jones ihm auch angetan haben mochte, sorgte nun dafür, dass er schwach wie ein Baby war. »Raus hier.«

Jones zuckte die Achseln, trat vom Tisch weg und ging auf die Tür zu. »Sie haben noch einen Tag. Sie haben die Wahl, Lane.«

»Ich werde sie niemals aufgeben. Nie und nimmer.« Er sagte es mit all der Überzeugung, die in seinem Herzen war, doch verdammt, verdammt, verdammt … Jones hatte ihn am Haken. Das wussten sie beide.

Jones Lächeln war müde, aber das Funkeln in seinen Augen wirkte triumphierend. »Dann sind Sie, wie man so blumig sagt, am Arsch, mein Freund.«

35

Jemand machte ein Geräusch. Ian wahrscheinlich. Er hatte von allen am wenigsten Geduld. Poppy rührte sich, als sie merkte, dass sie einfach nur dagesessen hatte, während ihre Familie um den Konferenztisch der Gesellschaft saß und darauf wartete, dass sie anfing zu sprechen. Am besten, sie brachte es schnell hinter sich.

Sie klang ruhig und gelassen in der Stille des Raums. »Was ich zu sagen habe, darf nie die Wände dieses Raumes verlassen.«

»Wir dachten eigentlich, das sei selbstverständlich«, meinte Daisy lächelnd. Poppy wusste, dass Daisy versuchte, es ihr damit leichter zu machen. Poppy war froh darüber, besonders weil wohl Miranda am wütendsten sein würde. Sie hatte es Poppy immer noch nicht verziehen, dass sie den anderen erst so spät von ihren eigenen Kräften erzählt hatte. Poppy nahm ihr das kein bisschen übel.

Jetzt würde Miranda sie wahrhaft hassen. Und Daisy auch. All diese erwartungsvollen Blicke … alle wussten, dass es ihnen nicht gefallen würde, was sie zu hören bekamen, und harrten trotzdem der Dinge, die auf sie zukämen. Einen entsetzlichen Moment lang fürchtete Poppy, dass sie vielleicht aufspringen und die Flucht ergreifen würde. Dann traf ihr Blick den von Win. Er war leise hereingekommen, um sich gleich neben der Tür mit tief in den Taschen vergrabenen Händen an die Wand zu lehnen. Man hätte meinen können, es wäre eine gelöste

Haltung, aber das Gegenteil war der Fall. Die Anspannung ließ seine Schultern ganz steif wirken und presste seine Lippen zu einer schmalen Linie zusammen. Aber sein Blick wurde weich, und sie konnte von seinen Augen ablesen, was er sagen wollte: *Heraus damit, altes Mädchen. Es wird nicht einfacher, wenn du zögerst.*

In dieser Sache waren sie einer Meinung. Sie ergriff wieder das Wort.

»Es gibt einen Dämon, der hinter Win und mir her ist … Wenn wir ihm nicht geben, was er haben will, wird er sich die Seele unseres Kindes nehmen.«

»Was?« Mirandas Oberkörper kam mit einem Ruck nach vorn. »Du bist schwanger?«

Poppy rang sich ein kurzes Lächeln ab. »Ich fürchte, ja.«

Archer und Ian tauschten einen Blick, der Poppy vermuten ließ, dass sie sich so etwas schon gedacht hatten.

»Das ist doch keine Gefängnisstrafe«, meinte Daisy ziemlich erregt, und Poppy zuckte zusammen. Daisy, die ja jetzt ein GIM war, würde nie ein Kind haben.

»Ich wollte doch nur sagen …« Poppy merkte, dass sie kurz davor stand, die Fassung zu verlieren, deshalb verstummte sie und wandte den Blick ab.

»Na gut«, sagte Archer, »dann werden wir ihm halt geben, was er haben will.«

Wir. Dieses schlichte Wort erwärmte ihr das Herz und brach es zur gleichen Zeit. »So gern ich das auch tun würde«, erwiderte sie, »aber es geht nicht.« Poppy legte eine Hand an die Stirn und ließ sie gleich wieder fallen. Himmel, sie musste die Worte endlich herausbringen. »Er will seinen Sohn.«

Archer zog die dunklen Augenbrauen fragend hoch. »Warum willst du diesem Dämon denn nicht seinen Sohn geben?«

»Um Himmels Willen, Poppy«, sagte Daisy, »wenn du weißt, wo seine Brut ist, dann gib sie ihm doch, und die Sache ist erledigt.«

»Sie kann nicht.« Wins heisere Stimme klang erstaunlich kräftig, als er mit der Wahrheit herausrückte.

»Warum nicht?«

Alle sahen sie fragend an.

»Weil der Sohn des Dämons«, erklärte Poppy, »unser Bruder ist.« Und dann brach das Chaos los.

Winston blieb nichts anderes übrig, um sich Gehör zu verschaffen. Mirandas Stuhl war in Flammen aufgegangen. Poppy löschte den Brand fast schon automatisch mit einem eisigen Hauch. Daisys Zittern ließ den ganzen Raum beben, und Winston fürchtete, die Decke könnte einstürzen. Alle brüllten laut, sodass keiner sein eigenes Wort verstand. Win warf einen langen Blick auf den Tumult und seine Frau, die weiter steif auf ihrem Stuhl saß.

»Es reicht!« Er ließ seinen Spazierstock mit voller Wucht auf den angeschmorten Holztisch krachen. Es dröhnte so laut, dass alle zusammenzuckten, aber auch zum Schweigen gebracht wurden. Sein Blick ging durch den Raum. »Hinsetzen.«

Innerlich war Win ganz schlecht, doch er schaute nur, ob sich alle wieder beruhigt hatten, ehe er wieder Poppy ansah. »Erklär es ihnen.«

Poppys bleiche Hände fielen in ihren Schoß, und ihr dunkler Blick richtete sich nach innen. Ihre roten Wimpern lagen wie ein Fächer vor ihren Augen, während sie berichtete, was Lena Win und ihr über Margarets Affäre mit Jones erzählt hatte. Als sie zum Ende kam, war Miranda ganz blass. »Gütiger Himmel! Sind wir auch von ihm?«

Poppy zuckte zusammen. »Ja. Ich habe es erst heute erfahren«, sagte sie schnell, ehe ihre Schwestern wieder etwas einwenden konnten.

»Verdammt.« Miranda drückte mit zwei Fingern ihren Nasenrücken.

»Ihr alle erinnert Mutter nur als gütige Beschützerin«, meinte Poppy. »Ihr habt keine Ahnung, wie sie wirklich war … was für Lügen sie erzählen konnte … oder was für einen stählernen Willen sie hatte.«

»Ich bekomme allmählich eine Vorstellung davon«, murmelte Daisy.

Poppy wurde ganz rot, aber trotzdem redete sie weiter. »Deswegen hat er auch unsere Mutter umgebracht.«

»Mutter starb im Kindbett«, erklärte Miranda hölzern.

»Nein. Das war …« Poppy knabberte an der Unterlippe. »Das war eine Lüge.«

»Verdammt noch mal, Poppy!« Daisy schlug mit der Faust auf den Tisch. »Wie widerwärtig und hinterhältig …«

»Ich kann es nicht mehr ändern.« Poppy legte eine Hand auf den Tisch. »Wir müssen über unseren Bruder sprechen. Er heißt St. John. Er ist in Irland von den Evernights großgezogen worden. Das ist eine der ältesten Familien der Gesellschaft.«

»Er müsste jetzt um die sechzehn sein«, murmelte Daisy. Sie lächelte leicht. »Gütiger Himmel … ein Bruder.«

»Verflixt.« Miranda vergrub den Kopf in beiden Händen und stöhnte. »Wir können ihn nicht aufgeben.« Sie hob den Kopf. »Aber euer Kind werden wir verdammt noch mal auch nicht aufgeben.«

Das rang Winston ein leichtes Lächeln ab. »Das sehe ich genauso.«

Archer lehnte sich auf seinem Stuhl zurück und sah sie alle an. »Was schlagt ihr also vor? Gibt es eine Möglichkeit, aus dieser Vereinbarung herauszukommen? Vielleicht, indem man den Dämon umbringt?«

Ians leuchtender Blick ließ Win vermuten, dass dieser das für eine hervorragende Idee hielt. Doch Poppy stützte sich mit beiden Armen auf dem Tisch ab und hatte einen grimmigen Zug um die Lippen. »Ich war nicht in der Lage, ihn zu vernichten, sondern habe ihn nur in die Hölle zurückschicken können.«

»Wie hast du das geschafft?«, fragte Win. Er hatte nie die Einzelheiten erfahren und brauchte sie jetzt dringender denn je.

»Mit einem von denen hier.« Sie holte einen kleinen Gegenstand aus der Rocktasche und legte ihn auf den Tisch.

»Einem Skarabäus?« Archer klang so zweifelnd, wie Win sich fühlte. Der aus Basalt geschnitzte ägyptische Mistkäfer war flach und ungefähr so groß wie seine Handfläche.

»Er mag vielleicht klein und harmlos aussehen, aber dieser kleine Geselle wird ziemlich aktiv, wenn ein Dämon in der Nähe ist. Es ist ein Werkzeug der Ammit – der Totenfresserin.«

Archer rutschte unruhig auf seinem Stuhl hin und her. Als er Miranda heiratete, war Archer gerade dabei gewesen, sich in einen Totenfresser – ein Kind der Ammit – zu verwandeln. Er sah den Skarabäus misstrauisch an. »Was macht er?«

»Man legt ihn auf das Herz eines Dämons, der ägyptischen Ursprungs ist, und der Skarabäus wird sein Urteil abgeben. Wenn der Dämon unwürdig ist, wird der Skarabäus die Seele des Dämons in die Duat, die Unterwelt, ausliefern und dann an einen Ort, den man Hölle nennt.«

»Ich wünschte, so einer hätte uns schon früher zur Verfügung gestanden«, brummte Miranda, und Poppy sah sie mit einem erschöpften Lächeln an.

»Hätte ich gewusst, in was Archer dabei war, sich zu verwandeln«, sagte sie, »hätte ich dir einen gegeben. Allerdings ist es nicht so einfach, wie es aussieht. Man muss nahe genug an den Dämon herankommen, um ihm den Skarabäus auf die Brust zu legen.« Ein harter Zug legte sich auf ihr Gesicht. »Die Wahrscheinlichkeit, dass man dabei eher seinen Kopf verliert, als es schafft, ist sehr groß.«

Aber Poppy hatte es schon mal getan. Ein eisiger Schauer durchfuhr Win bei dem Gedanken. Seine Frau legte eine schmale Hand auf ihren Bauch, aber so tief, dass keiner es merken würde. Doch ihm entging es nicht, und sein Herz zog sich zusammen. Sie würde Isley nicht noch einmal entgegentreten, denn er konnte weder die Vorstellung, dass ihr noch dass ihrem Kind etwas geschah, ertragen. Er musste sich an diesem Gedanken festhalten, um nicht die Fassung zu verlieren. Aber er würde sein Kind weder zur Welt kommen noch aufwachsen sehen. Würde es ein Junge sein, wie Isley dachte? Oder ein Mädchen? Mit schimmerndem roten Haar wie ihre Mutter? Er biss die Zähne zusammen und wandte den Blick von Poppy ab, damit er nicht etwa vor ihr auf die Knie fiel und seinen Kopf in ihrem Schoß vergrub.

»Es funktioniert bei Isley«, erklärte sie gerade. »Ich habe es ausprobiert und Erfolg gehabt. Doch er mag zwar zur Hölle fahren, aber er stirbt nicht.« Ihre schlanken Finger berührten die Rückseite des Skarabäus.

Archer zog die Augenbrauen zusammen, als er den Skarabäus anschaute. »Die Ägypter glauben, die Herrschaft über jemanden zu haben, wenn sie seinen Namen kennen. Wäre Isleys wahrer Name in den Skarabäus geritzt, besäße er vielleicht die Macht, Isley für alle Zeiten in der Hölle festzuhalten.«

»Das ist ein guter Gedanke«, meinte Poppy matt. »Aber wir

haben nur noch einen Tag, und ich wüsste nicht, wo ich anfangen sollte zu suchen.« Seufzend lehnte sie sich auf ihrem Stuhl zurück. »Davon abgesehen besteht das Problem jedoch darin, dass – auch wenn wir ihn umbringen – alle getroffenen Vereinbarungen bestehen bleiben. Alle Seelen, die Isley gehören, könnte er mit in die Hölle nehmen.«

Na toll. Win rieb sich den Nacken und begann auf und ab zu gehen. »Kurz gesagt: Wir sind angeschissen.«

Alle sahen ihn mit großen Augen an, und er starrte finster zurück. »Ich bin durchaus in der Lage, das Wort ›angeschissen‹ zu benutzen.«

Ian lachte kurz, aber etwas freudlos auf. »Raub mir nicht meine Illusionen, alter Junge.«

Win versuchte zu lächeln, doch es gelang ihm nicht. »Hört mal her. Poppy und ich müssen allein eine Möglichkeit finden.«

»Blödsinn«, mischte Archer sich hitzig ein. »Lasst euch von uns helfen.«

»Ja, das könnt ihr.« Win trat an den Tisch und stützte sich mit den Fäusten darauf ab. »Ihr kümmert euch um Talent«, sagte er zu Ian und Daisy, ehe er Miranda und Archer anschaute. »Und der Junge muss beschützt werden.«

»Selbstverständlich«, erklärte Miranda.

Poppys Blick ging zu ihrer jüngsten Schwester. »Lena sagte, er wäre mehr wie sein Vater. Isley verfügt abgesehen von seinen Tricks und seinen Tauschgeschäften über eine ähnliche Fähigkeit wie du, Liebes. Feuer.«

Miranda wurde blass. »Verdammt.« Sie schob ihre Hand in die von Archer. »Wir gehen zu dem Jungen. Ich weiß nicht, was wir sagen werden …« Sie schüttelte den Kopf. »Aber wir werden hingehen.«

»Sagt ihm einfach die Wahrheit«, empfahl Poppy.

Die Veränderung, die auf Mirandas Gesicht zu sehen war, hatte etwas Erschreckendes. »Die Wahrheit«, meinte sie mit schwacher Stimme. »Auf jeden Fall.« Sie holte tief Luft und stand auf. »Es tut mir leid, Poppy, ich weiß, dass du in einer wirklich misslichen Lage bist und eine schwere Zeit durchmachst … aber uns bezüglich Mutter anzulügen … selbst als sie nicht mehr war … Das kann ich einfach nicht … Ich will dich zumindest eine Weile nicht mehr sehen.«

Poppy nickte kurz. »Ja.« Ihre Stimme klang ganz hohl.

Daisy stand auch auf. »Du selber hättest eine solche Behandlung niemals geduldet, Schwester.« Die goldenen Locken zitterten, als sie den Kopf schüttelte. »Und trotzdem hast du es uns angetan. Nicht gut.« Daisy verließ den Raum mit Miranda und Archer. Ian zögerte einen Moment, und ein gequälter Ausdruck lag auf seinem Gesicht. Doch dann nickte er Poppy nur kurz zu und folgte seiner Frau nach draußen.

Winston wollte schon hinter ihren Schwestern hereilen und war bis zur Tür gelangt, um sie zurückzuholen, als er stehen blieb. Er hatte kein Recht, sich einzumischen. Als er sich umdrehte, weil er Poppy trösten wollte, war diese schon fort.

36

Winston ging durch das Haus, das er die letzten vierzehn Jahre mit Poppy geteilt hatte. Es waren sowohl Geborgenheit als auch Schmerz, was ihn jetzt innerhalb dieser vier Wände heimsuchte. Er wusste nicht recht, was ihn dazu bewog, eher oben als unten zu suchen. Noch nie zuvor war er auf sein Dach gestiegen. Also wirklich, warum sollte man auch? Trotzdem ging er festen und sicheren Schritts die Treppe zum Boden hinauf. Doch je höher er kam, wurde es nicht wärmer, wie er eigentlich erwartet hatte, sondern deutlich kühler, sodass ihn allmählich ein leichtes Frösteln erfasste.

Beim Atmen bildeten sich weiße Wölkchen vor seinem Gesicht, als er oben angekommen war. Eine eisige Brise, die ganz und gar unnormal für einen Spätsommerabend war, pfiff durch das offene Fenster auf dem oberen Flur. Er hockte sich hin und schaute hinaus, fing aber sofort an zu zittern, als weicher Schnee auf seinem Nacken landete. Schnee fiel auch auf den breiten Sims, der an der Vorderseite des Hauses verlief, und schmolz genauso schnell im Wettstreit mit der herrschenden sommerlichen Hitze.

Mit einem unterdrückten Fluch auf den Lippen stieg er durchs Fenster und ging vorsichtig weiter. Sie saß auf einem kleinen, flachen Sims zwischen zwei Fenstern. Poppy war eine große, kräftige Frau, aber jetzt, wo sie so zusammengekauert dasaß, wirkte sie viel kleiner und fast schon zerbrechlich. Der Anblick tat ihm im Herzen weh. Die großen, fedrigen Schneeflocken, die herabfielen, bedeckten ihr leuchtendes Haar und die schmalen Schultern mit einem strahlend weißen Schleier. Er schaute nach oben, um völlig fasziniert herauszufinden, von wo sie kamen, aber der unergründliche Himmel bewahrte sein Geheimnis.

Offensichtlich hatte sie seine Anwesenheit gespürt, denn sie zog die Schultern noch ein bisschen höher und senkte den Kopf, als würde er sie irgendwie nicht sehen, wenn sie nur den Blickkontakt mit ihm mied. Er streifte seine Jacke ab und setzte sich neben sie, wobei er die eisige Kälte, die durch seine Hosen drang, nicht beachtete. Sie rührte sich nicht, als er ihr sacht den Schnee von den Schultern strich und dann die Jacke um sie legte. »Du wirst hier draußen noch erfrieren.«

Poppy zuckte mit den Achseln. »Ich spür es eigentlich gar nicht.« Sie schaute in seine Richtung, wich aber seinem Blick aus. »Du solltest sie wieder anziehen, ehe du dir eine Erkältung holst.«

»Mein Sinn für Ehre und Gewissen besteht darauf, dass du sie anziehst. Auch wenn ich derjenige bin, der sich alles abfriert.«

Ein kleines Lächeln zuckte um ihre Mundwinkel, wie er es sich erhofft hatte, doch es blieb nicht. »Ich weiß nicht, warum ich keine Kontrolle mehr darüber habe.« Finster starrte sie ihre Hände an. »Das ist äußerst unangenehm.«

»Vielleicht kommt das vom Baby?«, meinte er mit der gebotenen Vorsicht. Frauen, so hatte er gehört, waren in solchen Dingen außerordentlich empfindlich.

Aber ihre finstere Miene wurde von einem kurzen Nicken abgelöst. »Das könnte sein.« Sie seufzte und holte dann tief Luft, woraufhin der Schneefall aufhörte. »Besser?«, fragte sie, während sie seine Jackenärmel nahm und im Schoß zusammenzog.

Er zog die Knie hoch und ließ die Arme locker darüber hängen. »Ich weiß nicht. Geht es dir denn besser?«

Der elegante Schwung ihres Halses wurde noch deutlicher, als ihr Blick in die Ferne ging. »Ich habe es verdient«, erklärte sie schließlich. »Ihre Kritik … und deine.« Ihre Unterlippe zitterte, aber sie biss hinein, um es zu unterdrücken. »Trotzdem macht es mir zu schaffen, Win.«

Er zog sie an seine Brust, wo es wärmer war und sie sich an sein Herz schmiegen konnte. Als sie anfing erst leise zu weinen und dann immer lauter schluchzte, drückte er sie fest an sich. Seine Poppy weinte. Er hatte sie noch nie weinen sehen. Und das machte ihn wütend, sodass er den Drang verspürte, ihretwegen Drachen zu erschlagen. Allerdings war er selbst einer von den Bösen, die sie zum Weinen gebracht hatte.

»Lass es raus, Liebes.« Er drückte einen glühenden Kuss auf ihre Schläfe. »Lass es raus. Ich halte dich.«

Sie klammerte sich an ihn, wie es wohl auch ein Kind getan hätte. Er wiegte sie sanft und strich ihr über das weiche Haar an ihrem Scheitel. Ein Geräusch, das vom Fenster zu ihm drang, ließ ihn erstarren. Miranda und Daisy standen am Rand des Daches. Auf beiden Gesichtern lag ein fassungsloser Ausdruck, als sie sahen, wie ihre Schwester schluchzte. Eigentlich hätte er ihre Schwestern am liebsten angeknurrt und vertrieben. Sie sollten Poppys Schmerz nicht noch vergrößern. Aber das stand ihm nicht zu, und sie hatten das Recht zu sagen, was sie auf dem Herzen hatten.

Poppy spürte seine Anspannung und hob den Kopf. Tränen schimmerten auf ihren geröteten Wangen. Sie zuckte zusammen, und der Griff ihrer Hände an seinen Schultern wurde fester. Win senkte den Kopf an ihr Ohr. »Ich schicke sie weg, wenn du das willst.«

»Nein. Ich danke dir, aber ich sollte mit ihnen reden.«

»Wie du willst.«

Miranda und Daisy warteten, bis er zu ihnen kam. Sie waren beide wunderschöne Frauen. Wirklich atemberaubend. Doch erinnerte er sich noch daran, als sie kleine Mädchen gewesen waren. Miranda zuckte zusammen, als er den Arm ausstreckte, aber sie ließ zu, dass er seine Hand an ihre Wange legte.

»Wir hätten darauf bestehen sollen, dich zu uns zu nehmen, als Poppy und ich geheiratet haben«, sagte er. »Ich habe immer bedauert, dass wir das nicht getan haben.«

Ihre grünen Augen wurden ganz groß. »Nein, Schwager. Mein Leben musste so laufen, wie es gelaufen ist; denn sonst wäre ich Archer nie begegnet.«

Er merkte, dass er lächelte. »Ich sehe dich immer noch als das kleine Mädchen, dass mir Polka beigebracht hat, und doch bist du viel weiser als ich.« Als sich ihre Hand um seine schloss, rückte er etwas näher. »Weißt du was … ich glaube, ich würde auch nichts ändern wollen. Wie du schon sagtest … eine Veränderung, und alles nimmt einen anderen Verlauf.«

Mirandas kluge Augen leuchteten vor Erheiterung auf. »Ein guter Schachzug, Winston.«

»Ich hab keine Ahnung, was du meinst.«

Daisy sah ihn durchdringend an, und ihre blauen Augen funkelten wie die eines GIMs. »Ach nein?«

Er beugte sich über sie und gab ihr einen Kuss auf die Wange. »Überhaupt keine Ahnung.«

Ihre Schwestern waren hier. Furchtbarerweise konnte sie nicht aufhören zu schluchzen. Ihre Emotionen waren völlig außer Rand und Band und ließen sich nicht mehr unter Kontrolle bringen. Jetzt klammerte sie sich doch tatsächlich wie ein kleines Kind an Daisy. »Es tut mir leid«, wisperte sie an Daisys glatter Wange. »Ich … ich wollte euch beiden nicht wehtun.«

»Das wissen wir. Du hast schon immer versucht, alle Probleme auf deine Schultern zu nehmen. Du bist so stark, Schwesterchen.« Daisys blonde Locken zitterten, als sie den Kopf schüttelte. »Der Fels in der Brandung und so. Ich habe deine Kraft schon immer bewundert.«

Poppy gab einen ärgerlichen Laut von sich. »Das ist nicht Kraft. Das ist Hartnäckigkeit. Ich kann von einer Sache einfach nicht ablassen, wenn ich sie einmal begonnen habe.« Ein Kloß bildete sich in ihrem Hals, sodass ihre Worte gepresst herauskamen. »Nein, das ist nicht Kraft. Mit jedem Tag, der vergeht, fühle ich mich schwächer … und so müde.« Sie ballte die Hände zu Fäusten, und wieder begann es zu schneien, sodass eisige Flocken auf ihre Haut fielen. »Nichts wäre mir lieber, als mich irgendwo hinzulegen und nicht mehr an die Welt denken zu müssen, wenn du die Wahrheit wissen willst.«

Mirandas Stimme war ganz sanft. »Und wie würde jemand ohne Kraft das durchhalten?« Ihre grünen Augen musterten Poppy durchdringend. »Du musst einfach lernen, dir hin und wieder von einem von uns helfen zu lassen.«

Poppy sah ihre Hand mit den kurz geschnittenen Nägeln an. Ihr Ehering schimmerte am Finger. Es war ein herrlicher Ring … ein zierlicher goldener Reif mit einem strahlend orangefarbenen Karneol, der von Diamanten umgeben war. Sie war völlig sprachlos gewesen, als Win ihn ihr auf den Finger geschoben hatte, denn er sprach von Kraft, Schönheit und Anmut. Als er sie damals mit seinen blauen Augen angeschaut hatte, meinte sie gespürt zu haben, sie wäre seine ganze Welt, als würde niemand anders als nur sie für ihn existieren, genauso wie er ihr Ein und Alles war. »Es ist nur ein Ring«, hatte er geraunt, während seine Finger warm an ihren lagen. »Er drückt nicht einmal annähernd meine Liebe zu dir aus. Aber trage ihn und wisse, dass ich dir gehöre. Für immer.«

Sie selbst hatte nie so etwas gesagt, weil sie sich nie einem anderen ganz geöffnet hatte. Aber war es vielleicht doch so einfach, jemand anders zu sagen, was man empfand? Widerwillig verzog sie die Lippen, aber sie musste es zumindest versuchen.

»Ständig zanken wir uns«, sagte sie zu ihren Schwestern, während sie ihre Hand ansah. »Aber ich …« Sie riss sich zusammen und begegnete den argwöhnischen Blicken ihrer Schwestern. »Ich habe mir immer gewünscht, mehr wie ihr beiden zu sein und auch in trüben Momenten einen Hoffnungsschimmer zu haben … ein Licht am Ende des Tunnels.« Daisys Augen wurden ganz groß, und Poppy redete weiter. »Wenn ich euch bedrängt habe, dann nur, weil ich nicht wollte, dass irgendetwas dieses Licht verlöschen lässt. Ich wollte, dass ihr stark seid und mehr erreicht, als es mir je gelungen ist. Und … nun ja, das habt ihr beide geschafft.«

Daisy sah sie mit offenem Mund an, und sie war offensichtlich so schockiert, dass ihr ausnahmsweise einmal die Worte fehlten. Poppy wurde ganz rot, doch dann lächelte Daisy. »Gütiger Himmel, aber deinetwegen fange ich gleich wie ein Schlosshund zu heulen an.«

Miranda strich Poppy übers Haar. »Ach, Poppy, ich hab doch gar kein Recht mit Steinen zu werfen. Schließlich habe ich Vaters Lagerhaus niedergebrannt und die Familie ruiniert. Und du … du hast mich deswegen nie angeprangert.« Und dann fing auch sie an zu schluchzen.

Poppy umarmte sie und versuchte, sie zu beruhigen, obwohl sie sich doch selbst kaum beruhigen konnte.

Daisy, die neben den beiden stand, fing an zu schniefen. »Das sind doch alte Geschichten, die alle kennen. Wenn ihr ein echtes Geständnis hören wollt, dann von mir … ich war diejenige, die die Sahnepralinen, die Winston dir, während er um dich warb, geschickt hatte, aufgegessen hat!« Mit mitleiderregender Miene breitete sie die Arme aus, damit ihre Schwester sie umarmte.

Miranda und Poppy starrten sie an, und dann schnaubte Miranda. »Und das nennst du ein Geständnis?«

»Du hattest Schokolade am Kinn, als du dein Vergehen geleugnet hast, und hast es noch nicht einmal bemerkt«, fügte Poppy empört hinzu.

»Ich hatte entsetzliche Schuldgefühle!«, rief Daisy entrüstet. »Stundenlang!«

»Pah«, stieß Miranda hervor, während Poppy ihr das Gesicht abwischte. »Du hattest doch nur einen verdorbenen Magen zu beklagen.«

In der kurzen Stille, die folgte, schniefte eine von ihnen … und dann brachen alle in Gelächter aus.

37

London, 1869 – zu Hause

Winston erwachte mitten in der Nacht und wusste sofort, dass irgendetwas nicht stimmte. Er lag in dem großen Bett, das er und Poppy erst vor Kurzem für ihr neues Zuhause erstanden hatten und sah zur Holzbalkendecke empor, ehe er sich prüfend im Zimmer umschaute. Es war still, und der Raum wegen der vergangenen schönen Frühlingstage warm. Also warum hatte er Herzrasen? Und dann ging es ihm plötzlich auf … Poppy lag nicht neben ihm. Er kam taumelnd hoch und sah sich suchend nach ihr um. Das fahle blaue Licht des Mondes hob die scharfen Kanten im Raum hervor, während alles andere flach und formlos wirkte. Von Poppy war immer noch nichts zu sehen.

Als er seine Unterwäsche gefunden hatte, streifte er diese über und verließ das Zimmer. Nachdem er jahrelang geübt hatte, durch nichts die Aufmerksamkeit seines Vaters zu erregen, gelang es ihm jetzt, die schmale Treppe, die vom Schlafzimmer ins Erdgeschoss führte, völlig geräuschlos hinunterzusteigen. Eine innere Unruhe, die er nicht benennen konnte, hatte ihn erfasst, und während er hinunterging, merkte er, dass es immer kühler wurde. Die kühle Luft, die er erst an den Füßen wahrnahm und die bald seinen nackten Oberkörper erreichte, ließ ihn innehalten, doch er dachte sich, dass es wohl nichts zu bedeuten hatte, wenn das Schlafzimmer wärmer war als der Rest des Hauses. Trotzdem fühlte sich die kühle Luft, die er einatmete, seltsam an.

Am Ende des dunklen Flurs, der in die Küche führte, war ein Lichtschimmer zu erkennen. Winston wusste selbst nicht warum, aber er blieb stumm und rief nicht Poppys Namen. Das Herz schlug ihm bis zum Hals, als er auf die Tür zuschlich und in die Küche trat.

Poppy hockte am Tisch, und ihr strahlendes Haar schimmerte kupferfarben im Schein einer einzelnen Kerze. Hier war es noch kälter, und die angespannte Stille lag wie ein schweres Tuch über dem Raum. Sie hatte ihn nicht gehört, und er konnte sich nicht dazu überwinden, etwas zu sagen. Unerklärlicherweise hatte er das Gefühl, in ihre Privatsphäre einzudringen. Sie schien mit irgendetwas beschäftigt zu sein, aber ihre Schultern waren vor Anspannung hochgezogen, während sie sich bewegte. Doch dann hielt sie inne, und ihre Schultern fingen an zu zittern. Dies holte Win auf einen Schlag aus seiner Erstarrung, und er trat tiefer in den Raum.

»Poppy?«

Sie fuhr herum, und ihr blasses Gesicht wurde von ihren weit aufgerissenen Augen beherrscht. »Win.«

Er lächelte. »Hast du jemand anders erwartet?«, neckte er sie. Sein Lächeln verblasste, als sie ihn nur weiter stumm anstarrte, und wieder kam dieses seltsame Gefühl in ihm hoch, dass irgendwo eine Gefahr lauerte. »Warum bist du auf, Liebes?«

»Ich …« Sie sprach nicht weiter, aber er hatte ohnehin aufgehört, ihr zuzuhören, denn er hatte einen mit Blut bedeckten Lappen erspäht, der auf ihrem Schoß lag.

»Du bist verletzt!« Auf nackten Sohlen stürmte er über den kalten Boden, und ihm nächsten Moment kniete er schon vor ihr.

»Win.« Ihre Stimme klang ganz rau. Und ihre Hände waren so kalt, als er sie in seine nahm. Sie zuckte zusammen, und er schaute nach unten. Über die Innenseite ihres Unterarms verlief eine tiefe Schnittwunde. Leise fluchend nahm er den Lappen und drückte ihn wieder auf die Wunde.

»Was ist passiert?«, wisperte er so sanft er konnte, denn die Tatsache, dass sie blutete, machte ihn unerträglich wütend. »Und warum hast du mich nicht geweckt?«

Poppy schwieg einen Moment lang und lehnte sich dann an ihn an … oder eher, sie fiel gegen ihn, was ihn mehr als alles andere in höchste Sorge versetzte. Sofort schlang er die Arme um sie und hielt sie fest.

»Poppy«, sagte er an ihrem Haar. »Sag mir, warum du so zitterst.«

Ihre stockende Stimme war kaum zu verstehen, weil sie sich so fest an ihn schmiegte. »Ich …« Sie holte tief Luft und beruhigte sich ein wenig. »Ich hatte einen Alptraum.«

»Liebes.« Er strich ihr übers Haar. »Was hast du denn geträumt?«

Ihr schlanker Hals verkrampfte sich, als sie schluckte. »Ein Monster hat mich verfolgt.« Sie sprach so leise, dass er sich anstrengen musste, um sie zu verstehen. »Fast hätte es mich erwischt, aber dann habe ich … dann habe ich es besiegt, Win.« Sie zitterte am ganzen Körper und schlang ihren gesunden Arm um seinen Hals. »Ich habe es besiegt. Es ist mir gelungen.«

Die Freude und Erleichterung, die in ihrer Stimme mitschwangen, waren so groß, dass es fast so klang, als würde sie denken, der Traum wäre real gewesen. Er kannte solche Träume. Sie waren tief in einem drin und erschütterten einen bis in die Tiefen der Seele.

»Natürlich hast du das, meine tapfere Kleine«, sagte er. »Ich habe nie auch nur einen Moment lang an dir gezweifelt.«

Sie gab einen Laut von sich, der irgendwo zwischen Lachen und Schluchzen lag, und drückte ihn fester. Während er weiter leise mit ihr redete, stand er auf und schob sich neben sie auf die Küchenbank, um sie dann auf den Schoß zu nehmen. Liebevoll strich er ihr eine lange rote Locke aus dem Gesicht. »Warum hast du mich denn nicht geweckt?«

Sie senkte die Lider, als könnte sie ihm nicht in die Augen schauen. »Ich wollte dich nicht stören.«

Win legte eine Hand an ihre Wange und hob ihren Kopf, sodass sie ihn ansehen musste. »Du wirst mich nie stören, Boudicca.« Sein Daumen streichelte ihre Haut. »Du kannst mir alles erzählen. Das weißt du doch, oder?«

Sie verzog das Gesicht, und er verstand. Seine geliebte Poppy war immer unabhängig gewesen, und zwar bis an die Grenze der Sturheit. Er ließ ihr einen Moment, um sich wieder zu erholen, ehe er ihren verletzten Arm hob und ihn umsorgte. »Wie hast du dich verletzt?«

Wieder verkrampfte sie sich, und sie musste sich räuspern, ehe sie sagte. »Ich bin nach unten gegangen, um mir einen Tee zu machen, und bekam Hunger.« Sie gab einen spöttischen Laut von sich. »Ich war wohl immer noch in meinem Traum gefangen, denn ich habe mich ungeschickterweise mit dem Brotmesser geschnitten.«

»Armes Kind«, murmelte er, und sie lächelten einander an. Poppy bewegte sich zwar äußerst anmutig, war aber häufiger etwas unbeholfen. Gelegentlich hatte sie schlimme Prellungen, wenn sie gegen Tischkanten gelaufen war oder andere kleine Unfälle gehabt hatte.

Winston versorgte sie und ihre Wunde, während er die ganze Zeit besänftigend auf sie einredete, bis sie sich wieder ganz beruhigt hatte. Dann brachte er sie nach oben und steckte sie ins Bett. Erst viel später ging ihm auf, dass weder Brot noch ein Brotmesser auf dem Tisch gelegen hatten.

38

Poppy wollte schlafen. Sie sehnte sich so sehr danach, dass ihr immer wieder die Augen zufielen. Doch im gleichen Atemzug wollte sie handeln. Es hatte sie zwar völlig erschöpft, mit ihren Schwestern zu weinen, doch gleichzeitig ihren Entschluss gefestigt, die Sache mit Isley endlich zu erledigen. Ein Bad hatte ihr nicht geholfen, sich zu entspannen. Das würde ihr nur auf eine Weise gelingen … aber Win war nicht zu ihr gekommen, und so stand sie allein vor dem regenüberströmten Fenster und schaute auf die ausgestorbene Straße hinaus. Die Nacht neigte sich dem Ende zu, und auch die ausgelassensten Nachtschwärmer hatten mittlerweile nach Hause gefunden. Alle lagen in ihren Betten … außer ihr und Win.

Poppy hätte wohl in ihrem eigenen Haus wohnen können, doch sie war nach Ranulf House zurückgekehrt. Man mochte es Sturheit oder auch Stolz nennen, aber sie würde erst … konnte erst mit Win nach Hause zurückkehren, wenn alles zwischen ihnen geklärt war. Davon abgesehen waren immer noch alle Sachen von Winston in Ranulf House. Also würde sie hier warten.

Vielleicht würde er auch gar nicht zurückkommen. Er hatte sie wunderbar getröstet, doch irgendwie war sie von der kindischen Angst befallen, er könnte es aus Mitleid getan haben. Sie stieß ein freudloses Schnauben aus, während sie sich am Fenster abstützte. Warum sollte er kein Mitleid mit ihr haben? Sie hatte alles verpfuscht, indem sie jeden verletzt hatte, der ihr je wichtig gewesen war.

Sie erstarrte, als das Türschloss leise klickte. Heller Lichtschein fiel von hinten über ihre Schulter und ließ das Fenster aufleuchten, als die Tür sich öffnete. Win spiegelte sich als großer Schatten vor gelbem Hintergrund in der Scheibe wider. Er blieb einen Moment stehen und beobachtete, dass sie ihn in der Scheibe musterte. Dann schloss er die Tür mit einem dumpfen Laut hinter sich. Sie konnte ihn nicht mehr sehen, als es im Raum wieder dunkel wurde.

Seine Schritte waren fast kaum zu vernehmen, als er durch den Raum ging. »Geht es dir gut?«

»Den Umständen entsprechend.« Sie drehte sich immer noch nicht um. Alles in ihr sehnte sich danach, zu ihm zu gehen und ihn zu bitten, sie in den Arm zu nehmen, bis sie wieder das Gefühl hatte, mit ihm eins zu sein. Aber sie konnte nicht. Sie war zu verletzt … eine offene Wunde, in der er wie Salz brannte.

Das Rascheln von Kleidung war zu hören, als er Jacke und Hut ablegte. Häusliche Geräusche. Sie kannte sie gut. Poppy musste schlucken. Es war ein fast schon normaler Moment … ein langer Tag, der sich seinem friedlichen Ende zuneigte. Außer dass nie wieder irgendetwas normal sein würde. Opfer mussten gebracht werden. Jemand musste sterben.

Sie konnte spüren, dass Win näher kam … als wäre er ein Magnet und sie ein Stück Stahl. Er blieb so dicht hinter ihr stehen, dass sie die Energie, die er ausstrahlte, spüren und seinen Duft wahrnehmen konnte. Er fasste sie nicht an. Noch nicht, aber es würde dazu kommen, und ihr ganzer Körper spannte sich vor freudiger Erwartung an.

»Warum schläfst du nicht?«, fragte er in der Stille des Raumes.

Poppy sah auf ihre Hände herab, die so weiß waren und sich immer noch am Fenster abstützten. Als sie endlich etwas sagte, war ihre Stimme nur ein leises Flüstern. »Weil du nicht da warst.«

Sie hörte, wie sein Atem beim Luftholen stockte. Win verlagerte sein Gewicht, und das Spiegelbild seines Gesichts erschien über ihrer Schulter. Poppy schloss die Augen, als sie seine schmerzerfüllte Miene sah.

»Als du weg warst, habe ich nie geschlafen«, sagte sie. »Nicht wirklich.«

Wins Stimme hatte jetzt einen krächzenden Klang. »Ich habe mich auch jede Nacht nach dir gesehnt.« Er trat näher, und seine Wärme und Kraft hüllten sie ein. Weiche Lippen berührten den Rand ihres Ohrs. »Jede Nacht habe ich mir gesagt, was für ein Narr ich gewesen war, dich zu verlassen.« Ganz langsam, so langsam, dass sie nicht wusste, ob sie es sich vielleicht nur einbildete, strichen seine Hände federleicht über ihre Arme und riefen ein sehnsüchtiges Beben hervor. »Du hast mich einmal um Verzeihung gebeten.« Er beugte sich über sie, sodass seine Lippen fast ihren empfindsamen Nacken berührten. »Wirst du sie mir gewähren?« Seine Hände glitten zu ihrer Taille, berührten sie aber kaum, sondern ließen sie nur vor Verlangen, sich an ihn zu schmiegen, zittern. Aber sie hielt durch, während sie die Fäuste gegen die kalten Fensterscheiben presste.

Sanft schob er ihr das Haar aus dem Nacken und drückte einen zögernden Kuss auf die Stelle. Poppys Knie wurden weich.

»Ich will mich nicht mehr verstellen«, sagte er. »Ich will nicht noch eine Nacht neben dir im Bett liegen, während ich an nichts anderes denken kann, als es so lange mit dir zu treiben, bis ich nicht mehr kann.«

»Win.« Die Stimme versagte ihr. Sie wollte sich umdrehen und ihm sagen, wie sehr sie ihn brauchte. Aber sie stand wie erstarrt da.

»Es reicht, Poppy.« Seine Zunge glitt heiß über ihren Nacken zurück zu der Stelle unter ihrem Ohr, sodass sie zitterte und ihr ganz heiß wurde. Sie rührte sich nicht, ja, atmete kaum. Wins Zuwendung war ein wankelmütig Ding … ein Traum, aus dem sie vielleicht erwachte und feststellte, dass sie wieder allein war. Er schien ihre Gedanken zu spüren, denn seine Berührungen wurden fester, als seine Hand zu ihrem Hals glitt.

Der rauchige Klang seiner Stimme raunte an ihrem Ohr. »Ich werde nicht mehr so tun, als wäre ich nicht so verliebt in meine Frau, dass es mir das Herz zerreißt, wenn ich sie nicht im Arm halten kann. Keine weitere Nacht, Poppy. Es macht das, was ich für dich empfinde, zu einer Farce.«

Mit quälender Behutsamkeit griffen seine Finger nach den Knöpfen ihres Kleides. Ihr stockte der Atem, als er den ersten Knopf öffnete. »Vom ersten Moment an, als ich dich sah, konnte ich nur noch an dich denken.«

Kühle Luft strich in das immer weiter aufklaffende Kleid. Sie stand vor dem offenen Fenster, sah in die Nacht hinaus, und ihr Herz raste, während sie nur noch unregelmäßig atmete.

»Du warst alles, was ich je wollte.« Er zögerte, und dann glitt seine Hand in ihr offenes Kleid. Seine Hand legte sich auf ihre nackte Brust, und er stöhnte. »Was ich will.«

Er liebkoste sie zärtlich, strich über ihren Warzenhof und umfasste vorsichtig die Rundung ihrer Brust, bis sie schwer und empfindsam wurde und die Spitze sich danach sehnte, gedrückt zu werden. Poppy biss die Zähne zusammen. Vor Lust zog sich ihr Schoß ganz heiß und fest zusammen.

»Win …« Ihr stockte der Atem, als er die Spitze nur ganz leicht mit einem Finger berührte. »Treib keine Spielchen.«

Ein leises, verführerisches Lachen kam dröhnend aus seiner Brust. Sein Mund schloss sich um ihr Ohrläppchen, und sie keuchte, als er zart hineinbiss. »Du magst es, wenn ich Spielchen treibe.«

Ach, aber das tat sie wirklich. Flatternd senkten sich ihre Lider, und als würde er ein kostbares Buch öffnen, schlug er die Seiten ihres Kleides um.

Ihre Fäuste öffneten sich, und sie presste die Hände flach gegen die Scheibe, die jetzt von ihrem heißen Atem vernebelt war. »Win.« Das Zimmer war dunkel, aber nicht so dunkel wie die Straße. Jeder, der vorbeiging, könnte sie sehen. Sie beide sehen. Bei dieser Vorstellung schossen feurige und eiskalte Blitze über ihr empfindsames Fleisch. Sie konnte nur noch keuchen. Er entblößte sie vor aller Augen und wusste es auch. Er wusste, wie das auf sie wirkte, wie es ihr Herz zum Rasen brachte und ihr Schoß vor Verlangen förmlich glühte.

Win stand regungslos hinter ihr, und sein warmer Atem strich über ihren Nacken und die nackte Haut. »Sieh dich an«, wisperte er. »So schön und stark.«

Vor ihnen lag die dunkle Straße. Der Anblick ihrer entblößten Brüste und der steifen, dunklen Spitzen ließ eine Woge der Erregung durch ihren Körper schießen. Bei jedem Atemzug lief ihr ein Schauer über die empfindsame Haut. Wollüstige Glut breitete sich in ihr aus, als sie den Rücken wölbte und ihre Brüste noch dichter ans Fenster schob. Win drückte von hinten schwer gegen sie. Er ächzte, als sich seine steife Männlichkeit an ihren Hintern schmiegte. »Was tust du mir nur an, Poppy.«

Er berührte ihr Haar und legte ihren Kopf gerade so weit zur Seite, dass er an ihren Hals kam, und seine Worte vibrierten durch ihr Fleisch, als er an ihrer Haut raunte: »›Eine Brise strich durch den wiegenden Mohn so rot, meiner Seele wunderbare Ruhe bot.‹« Er knabberte mit den Zähnen an ihrer Haut. »Du bist der Funke, der meine Seele erhellt, Boudicca.«

Dann glitten seine Hände … diese großen, rauen Hände über ihre zarte Haut, berührten kurz ihre schmerzenden Nippel, als wollten sie sie begrüßen, um weiter ihren Weg nach unten fortzusetzen. Sie stieß einen unverständlichen Laut aus, als seine Finger zwischen ihren Schenkeln eintauchten.

Ihre Beine zitterten, als sie sie weiter spreizte. Für ihn. Seine Liebkosungen nahmen sie ganz gefangen, und das Fenster war wie ein auf sie gerichtetes Auge, vor dem sie sich nicht verstecken konnte. Seine breite Brust stieß bei jedem Atemzug gegen ihre Schulterblätter, während er sie langsam und behutsam erforschte.

»Ganz sanft«, flüsterte er. »Immer ganz sanft, bis ich dich dann hart nehme.«

Gütiger Himmel … genau so wollte sie es. Schnell und hart. Von hinten, bis sie nicht mehr stehen konnte, an nichts anderes mehr denken konnte als ihn und was für ein Gefühl es war, völlig von ihm beherrscht zu werden. Er ließ sie los, sodass ihre Stirn gegen die Scheibe sank. Die Augen hatte sie fest geschlossen. Doch dann legte sich sein Arm um sie und die andere Hand unter ihr Kinn. Er zwang sie, den Kopf zu heben und aufmerksam alles in sich aufzunehmen. Sein Spiegelbild war nur verschwommen in der Scheibe zu erkennen, und nur seine Augen funkelten in der Dunkelheit.

»Willst du mich, Poppy?« Seine Männlichkeit drückte sich in voller Länge zwischen ihre Beine. »Hier?«

Die Beine gaben unter ihr nach. Nur sein Arm, der sie festhielt, verhinderte, dass sie fiel. »Ja«, gelang es ihr hervorzustoßen. »Ja.«

Er schob einen Finger in sie hinein. Ein kurzes Eindringen, das sie beben ließ. Dann war seine Hand wieder fort und sie voller Verlangen nach mehr. Seine Lippen berührten ihre

Wange. »Zeig es mir.« Er trat gerade so weit zurück, dass sie sich umdrehen konnte.

Ihre Beine zitterten, und das Kleid glitt zu Boden, als sie sich zu ihm umdrehte. Groß und stolz stand er vor ihr. Die Narben traten hell im Dunkel seines Gesichts hervor. Sie fuhr mit dem Finger die Narbe nach, die bis zu seinem Mund ging. Sie rieb über das knotige Narbengewebe, das seine Oberlippe teilte. Wins durchdringender Blick verbrannte ihr fast die Haut. Seine Lippen öffneten sich, und ihr Daumen glitt in seinen Mund. Feuchte Hitze empfing sie. Er saugte so fest an ihrem Finger, dass sie schwankte. Ihr Daumen kam wieder frei, als er sprach.

»Entkleide mich, Frau.«

Seine Weste hatte er bereits ausgezogen, aber Hemd und Hosen hatte er noch an. Die Hosenträger betonten seine breiten Schultern und die Länge seines schlanken Oberkörpers. Keiner sprach, als sie ihre Hände unter die Träger schob und erst den einen und dann den anderen herunterzog. Sie spürte den Stoff seines gestärkten Leinenhemds und das darunter pochende Herz. Poppy ließ ihre Hand darauf liegen und zitterte … aber nicht vor Kälte, sondern vor Verlangen nach ihm.

Poppy umfasste sein Gesicht mit beiden Händen. Die eine Wange war glatt, die andere uneben durch die Narben. Langsam drückte sie einen Kuss auf die geschundene Wange, und er schloss die Augen. Seine Lippen waren ihren ganz nah, so nah, dass sie einander hätten berühren können, aber er ließ sich nicht von ihr küssen.

»Beende, was du angefangen hast.« Seine Stimme klang streng, fast schon hart, aber ein Anflug von Erheiterung ließ seine Augen funkeln. Es war eine Herausforderung.

Sie sah ihm tief in die Augen, als sie anfing, sich an seinem Hemd zu schaffen zu machen. Sein Oberkörper neigte sich ein ganz klein wenig, als sie an den Knöpfen zerrte, um sie zu öffnen. Unzählige Male hatte sie ihn schon entkleidet, und trotzdem fühlte es sich immer noch neu und leicht verboten an. Sein glühender Blick und der Klang seiner unregelmäßigen Atemzüge, der sich mit jedem geöffneten Knopf verschärfte, steigerte auch ihr eigenes Verlangen. Und die ganze Zeit war sie sich des Fensters hinter ihr und der feuchten Luft, die über ihre heiße Haut strich nur allzu gewahr.

Mit einer Effizienz, die das Ergebnis jahrelanger Erfahrung war, zog sie ihm das Hemd über den Kopf und sah ihn dann einfach nur an. Er hatte gesagt, sie wäre schön. Er hatte ja keine Ahnung, was er für sie war. Seine Kraft, das Narbengewirr, die wie Altgold schimmernden Härchen auf seiner Brust, die sich nach unten zur Wölbung unter seiner tief sitzenden Hose verjüngten … bei all dem wurde ihr ganz schwindelig vor Verlangen.

Ihr Mund fand den breiten Striemen, der sich über seinen Hals zog. Er schluckte, als sie mit der Zunge darüberfuhr. Sie drückte einen Kuss in seine Halsgrube und liebte das Gefühl, wie sein Fleisch sich ruckartig zusammenzog und ihm der Atem stockte.

»Ich vergesse sie, wenn ich mit dir zusammen bin.«

»Tu das nicht«, wisperte sie. »Sie sind der Beweis dafür, dass du überlebt hast.« Mit sanften Küssen fuhr sie seine Narben nach. Am liebsten hätte sie ihn verschlungen. Und deshalb biss sie zu, wobei ihre Zähne sich in seinen harten Muskel gruben. Win ächzte, und seine Hüften kamen ruckartig nach vorn, als hätte man ihn gestoßen.

»Freches Ding«, murmelte er.

Grinsend knabberte Poppy an der Stelle. Wins schwere Hand packte sie am Nacken. Er sah sie mit ernstem, durchdringendem Blick an, während er sie sanft, aber fest dazu brachte, in die Knie zu gehen. »Jetzt zeig es mir.«

Vor ihm kniend schaute Poppy zu ihm auf. Nur er konnte ihr solche Befehle geben. Nur er kam überhaupt auf die Idee, es zu versuchen, als würde er wissen, wie sehr sie es brauchte, loszulassen und sich einem anderen ganz und gar hinzugeben. Mit den Fingerspitzen berührte er ihre Unterlippe. »Nimm mich mit diesem herrlichen Mund, Liebes.«

Sie streckte die Hände nach seiner Hose aus und unterdrückte dabei ein Beben heißer Lust. Seine Erektion drückte gegen den Stoff und spannte die Knöpfe. Mit zitternden Fingern befreite sie ihn von seiner Kleidung. Ihre Hände schwebten über seine Haut und berührten ganz zart die harten, langen Muskeln an seinen Oberschenkeln, als sie Hose und Unterwäsche abstreifte.

Seine steife Männlichkeit zuckte gegen ihre Wange und wippte, um ihre Aufmerksamkeit auf sich zu ziehen. Die war ihm gewiss. Sein Gemächt zog sich zusammen, und der herrliche Schaft pulsierte vor Kraft, während die Spitze vor Ungeduld rot war und schimmerte.

Das Wasser lief ihr im Munde zusammen. Das Verlangen nach ihm setzte sie in Brand. Aber sie wollte, dass Win genau wie sie die Selbstbeherrschung verlor. Ohne seinen Blick loszulassen, beugte sie sich vor. Ein zärtlicher Kuss, den sie über dem Nabel auf seinen Bauch drückte, ließ seine Muskeln an dieser Stelle auf und ab zucken. Die Haut im unteren Bereich seines Bauches straffte sich und bekam einen seidigen Glanz. Mit den Zähnen knabberte sie an seinem Hüftknochen, um ihn zu necken.

Er ließ sie damit nicht davonkommen. Kräftige Finger schoben sich in ihr Haar und packten ihren Kopf. Seine narbige

Hand griff nach seinem Schwanz und hielt ihn für sie, während er ihren Kopf näher zog. »Nimm ihn, Frau. Nimm mich.«

Das war es, was sie schon immer hatte tun wollen. Poppy öffnete die Lippen. Er füllte ihren Mund aus, und ein lautes Stöhnen kam aus den Tiefen seiner Brust. Sie fing an, an ihm zu saugen.

»Oh … Gott, Poppy.« Die Muskeln an seinem Unterarm traten hervor, während er weiter ihren Hinterkopf hielt. »Saug ganz fest, Liebste.« Er schob die Hüften vor, um ganz deutlich zu machen, was er wollte. Aber sie hielt ihn fest, indem sie ihre Hände auf seine Hüften legte, während sie nur die Spitze verwöhnte, deren glatte Beschaffenheit und deren Geschmack ihr so gut gefiel. Noch mehr gefiel ihr aber, dass er immer unregelmäßiger atmete und sein großer Körper sich immer dichter an sie drängte.

»Poppy Ann Lane«, stieß er zwischen zusammengebissenen Zähnen hervor, während sie so zart an ihm saugte, »wenn du nicht gleich …« Er keuchte, als sie ihn plötzlich so tief in sich aufnahm, wie sie konnte. »Oh ja.« Seine Hand legte sich an ihre Wange. »Gute Frau.«

Ihre Lippen verzogen sich um ihn herum zu einem Lächeln. Dann schloss sie die Augen und konzentrierte sich auf das, was sie mit ihm machte. Ihre Zunge strich an ihm entlang, während sie ihn mit der Hand streichelte. Seine Schenkel zitterten, und sie wusste, dass er kurz vor dem Höhepunkt stand. Wins Finger krallten sich in ihr Haar. Er übernahm die Führung und hielt ihren Kopf, während er immer wieder in ihren Mund eindrang. Sie bebte am ganzen Körper. Sie war ganz Frau und er ganz Mann.

Sein Stöhnen und das Gefühl, wie er immer wieder in ihren Mund glitt, ließ sie wimmern. Glühende Hitze breitete sich in ihrem ganzen Körper aus und brachte sie zum Zittern. Poppy schob eine Hand zwischen ihre Schenkel und berührte sich selbst, während sie ihn liebte. Ihr Höhepunkt kam schnell und mit aller Macht. Sie gab sich ihm ganz hin, und währenddessen versuchte sie etwas, wonach sie sich seit Jahren gesehnt hatte … sie ließ ihrer Macht freien Lauf. Kälte strömte in ihren Mund und hüllte ihn in ganzer Länge ein.

»Himmel«, keuchte er heiser. Er drängte sich an sie, seine Finger gruben sich in ihr Haar, und die stählernen Muskeln seines Oberkörpers traten in all ihrer Herrlichkeit hervor. Auch dem wohnte eine wundervolle Macht inne … ihn dazu zu bringen, völlig hilflos die Beherrschung über sich zu verlieren. Sein Saft füllte ihren Mund, und sie schluckte ihn herunter, sodass sie diesen kleinen Teil von ihm in sich aufnahm. Sie ließ erst von ihm ab, als er schlaff nach hinten auf einen Stuhl sank und dabei einen Seufzer von sich gab, der seine ganze Befriedigung kundtat. Ehe sie etwas sagen konnte, zog er sie hoch und schloss sie in seine Arme.

Seine Brust zitterte, und sie legte die Hand darauf. Als er sprach, klang seine Stimme wie eingerostet. »Das am Ende …« Er schluckte.

Poppy legte ihre Stirn an seine, während er mit zitternder Hand ihre Wange streichelte. Sie lächelte. »Es hat dir gefallen.« Das war keine Frage. Dafür kannte sie ihn zu gut.

»Außerordentlich.« Er hauchte zärtliche Küsse auf ihren Hals, während er sie weiter festhielt. »Ich habe dich vermisst.«

Poppys Hand legte sich auf seine feuchte Brust. »Daran habe ich nicht gezweifelt.«

Beide schwiegen, und dann, als hätten sie sich abgesprochen, fingen beide an zu lachen. Das Lachen ließ seinen ganzen Körper beben, und er küsste sie auf die Nasenspitze. Als er ihr in die Augen sah, funkelte ein Licht darin, dass sie so sehr vermisst hatte. Er grinste breit, jungenhaft und ganz entspannt. »Na gut, dann wollen wir doch mal sehen, wie sich deine Gabe sonst noch einsetzen lässt.«

Mit schläfrig matten Gliedern und in Wärme gehüllt schwebte Poppy auf einer Wolke der Zufriedenheit. Der neue Tag würde bald anbrechen, und allein die Vorstellung drohte, sie wieder in Wogen des Schreckens versinken zu lassen. Es war für sie ungewohnt, dass sie das Unangenehme versuchte zu verdrängen, um einfach das Hier und Jetzt noch ein bisschen zu genießen. Zumindest noch ein kleines bisschen. Kräftige männliche Beine schoben sich zwischen ihre. Ein starker Arm drückte sie fest an eine Wand aus Muskeln und heißer Haut. Wins warme Hand lag auf ihrer Brust. Jahrelang war sie morgens so umschlungen von Win aufgewacht. Monatelang war sie allein aufgewacht. Und obwohl sie eigentlich daran gewöhnt war, neben Win zu liegen, fühlte sich ihr Herz so zerbrechlich an wie dünnes Eis über tiefem Wasser.

Als er sich bewegte, drehte sie sich, um ihn anzuschauen. Sie lagen fast Nase an Nase, während sie einander ansahen. Er war immer wieder zu ihr gekommen und hatte erst aufgehört, als sie beide zu schwach gewesen waren, um sich zu bewegen. Jetzt hatte sie Schmerzen an Stellen, die zu lange vernachlässigt worden waren. Aber nun fiel das unliebsame Morgenlicht auf sie, sodass Poppy die Augen zusammenkneifen musste, während sie ihm ins Gesicht sah.

Um Wins breiten Mund zuckte es. »Soll ich zuerst etwas sagen?« Seine raue Stimme klang heiser und stockend.

Poppys Hand, die auf dem unteren Teil seines Rückens lag, drückte sich an ihn. »Wenn du darauf bestehst.« In ihrem

Bauch fing es an zu kribbeln, aber trotzdem senkte sie den Blick nicht.

In seine eisblauen Augen trat ein warmes Strahlen. »Ich liebe dich.«

Ihr stockte der Atem, und er sagte es wieder an ihren Lippen. »Ich liebe dich.« Er schob sich mit dieser selbstsicheren, begierigen Art über sie, die nur einem Mann zu eigen war, der eine Frau nehmen wollte, und machte es sich zwischen ihren Schenkeln bequem. Seine Lippen geisterten über ihren Hals und nach unten zu dem Anhänger, der in ihrer Halsgrube lag. Seine Zähne klickten, als er den Anhänger in den Mund nahm und leicht daran zog, wie er es früher immer getan hatte. Poppy lächelte zu ihm auf, und er ließ ihn los. »Ich liebe dich.« Von ganzer Seele.

Die heiße Spitze seiner Männlichkeit fand ihren Schoß, und ein Zittern ging durch seinen Körper. Sie war bereits feucht.

Ein träges Grinsen glitt über seine Lippen, als er in sie eindrang. Tiefer … und tiefer … bis er ganz von ihr umhüllt wurde. »Ich liebe dich, Poppy Lane.« Seine Hand strich über ihre Haut, über ihren Arm, und ihre Finger schoben sich ineinander. Er hielt ihre Hand, während er sie liebte … ein sanftes Wiegen, das niemals aufhörte. Sie wünschte sich, es würde bis in alle Ewigkeit währen.

»Win …« Sie schlang die Beine um seine Hüften und hielt ihn fest.

Win konnte keine Antwort mehr geben, denn jemand klopfte an ihre Tür. »Verdammter …« Er biss sich auf die Unterlippe, als wollte er verhindern, dass er losbrüllte. Dann drehte er den Kopf. »Wer immer es ist … wir empfangen keine Gäste.«

Poppy lachte auf. »Gütiger Himmel, Win.«

Er warf ihr einen strengen Blick zu. »Hätte ich lieber sagen sollen, dass wir es miteinander treiben?«

»Das könnte besser klappen.«

Wieder ertönte das energische Klopfen, und gleich darauf war Ians tiefe Stimme zu hören. »Es ist ziemlich wichtig, Lane.«

»Verdammter Mist.« Win verrenkte sich fast beim Umdrehen, und seine Stimme dröhnte, als er antwortete. »Wenn du nicht sofort verschwindest, schneid ich dir die Eier ab.«

Poppy bedeckte ihr Gesicht mit heißen Händen, während sie Ian Ranulf vor Augen hatte, der auf der anderen Seite der Tür stand. »Sieh einfach, was er will«, sagte sie durch ihre Finger hindurch.

In ihrem Innern zuckte Wins Männlichkeit protestierend. »Wohl eher nicht.« Er bewegte die Hüften und erzeugte damit eine herrliche Reibung, die sofort ihre ganze Aufmerksamkeit in Anspruch nahm.

»Es geht um Talent«, rief Ian durch die Tür.

»Oh Gott.« Poppy drückte gegen Wins Schultern, doch angesichts seines Widerstands hätte sie genauso gut versuchen können, einen Schleppkahn wegzuschieben. »Geh einfach.« Als er sie mit gerunzelter Stirn ansah, schob sie ihm eine Locke hinters Ohr. »Der Augenblick ist vorbei, Liebster. Ich kann das jetzt nicht tun. Nicht wenn er«, sie deutete mit einem Ruck ihres Kopfes auf die Tür, »da draußen steht.«

Mehrere grobe und ziemlich fantasievolle Flüche kamen über Wins Lippen, als er aus ihr herausglitt. Poppy nahm den Verlust genauso deutlich wahr, musste aber über seine Wut lächeln. Win zeigte mit einem langen Finger auf sie. »Der Augenblick ist nicht vorbei. Bleib da.«

Immer noch fluchend griff er nach seiner Hose, stieg hinein und zog sie hoch, ehe er zur Tür stapfte.

Winston riss die Tür auf, als Ian gerade eben wieder hatte klopfen wollen. »Was ist los?« Win hätte die Tür am liebsten vor Ranulfs Nase zugeschlagen, um dann zu Poppy zurückzukehren, aber er musste fragen. »Ist Talent krank?«

»Nein.« Ian verzog das Gesicht. »Nicht schlimmer als eh schon. Es geht um Folgendes …«

Win umfasste den Türknauf fester. »Erzähl es mir später.« Er hatte nicht mehr viel Zeit, bis der neue Tag anbrach und er sich seinem Schicksal stellen musste … und den Rest davon wollte er genießen.

Ian zog die Augenbrauen zusammen. »Schau mal, Lane …«

»Jetzt nicht«, stieß Win zwischen zusammengebissenen Zähnen hervor.

Einen spannungsgeladenen Moment lang sahen sie einander wütend an, und Win musste sich arg zusammenreißen, um nicht wie ein Wilder loszubrüllen. Irgendetwas an seiner Miene musste Ian dann aber wohl doch aufgefallen sein, denn der ärgerliche Ausdruck verschwand von seinem Gesicht, und endlich merkte er auch, dass Win nur halb angezogen war. »Oh, ich verstehe.«

»Gib mir nur eine … Stunde.« Win zögerte und zuckte zusammen. »Zwei Stunden.«

Er hätte schwören können, dass Ian rot wurde. »Ich gehe.«

»Ich werde es sagen«, ertönte eine Frauenstimme von der anderen Seite des Flurs. »Ist Poppy da drin?«

Win stöhnte und ließ den Kopf verzweifelt gegen den Türrahmen sinken, als Daisy hinter Ian auftauchte. Aber er musste dem Himmel wohl danken, dass Ian herumfuhr und Daisy am Arm packte. »Später«, zischte er seiner Frau zu.

»Ich will doch nur schauen, ob mit ihr wirklich alles in Ordnung ist«, protestierte Daisy, als Ian sie wegführte.

Ian beugte sich über sie und flüsterte ihr etwas ins Ohr. Ehe Win sehen konnte, wie sie darauf reagierte, schloss er die Tür. Wenn er aus dieser Sache mit Jones herauskommen sollte, würde er Poppy umgehend zurück in ihr gemeinsames Haus bringen. Er vermisste ihr gemütliches Heim … wo sie so schön ungestört waren.

Eine dunkle Vorahnung bemächtigte sich seiner, als er wieder zu Poppy zurückging.

Poppy lauschte dem Wortwechsel an der Tür und biss sich auf die Unterlippe, um nicht zu lachen. Normalerweise wäre sie hingegangen und hätte Ian verscheucht. Aber jetzt hatte Win das übernommen, sodass sie tun konnte, was sie wollte. Das wollte Poppy genießen, und so drehte sie sich auf den Bauch und streckte sich genüsslich. Doch dann hörte sie einen dumpfen Knall, und sie beugte sich über die Bettkante. Ein kleines, dünnes Notizbuch lag auf dem Boden. Wins Notizbuch. Er hatte viele davon. Das Letzte, das sie gesehen hatte, war zerfleddert und voller Blut gewesen. Es waren die kläglichen Überreste gewesen, die man ihm nach dem Werwolf-Angriff aus der Tasche gezogen hatte. Poppy war es gelungen, dieses Notizbuch Ian Ranulf in die Hände zu spielen, damit er daraus vielleicht Informationen zog, die er brauchte, um jene zur Strecke zu bringen, die Win so Schreckliches angetan hatten.

Das Leder fühlte sich weich und glatt an, als sie die Hand nach dem Notizbuch ausstreckte und es vom Boden hochnahm. Es war wohl vom Nachtschränkchen, das neben dem Bett stand, gefallen. Er hatte es also nicht versteckt.

Das sagte sie sich, als sie es aufschlug. Was sie jetzt tat, konnte man nur als Schnüffeln bezeichnen. Es war ihr egal. Sie hatte ohnehin längst alles gute Benehmen über Bord geworfen, wenn es um ihn ging.

Der Anblick seiner vertrauten, schrägen Schrift ließ einen Kloß in ihrem Hals entstehen. Sie hatte schon früher seine Aufzeichnungen gelesen. Win prägte sich alles ein, aber er brachte erhaltene Informationen auch gern zu Papier, denn gelegentlich betrachtete er Dinge doch in einem anderen Licht, wenn er sie geschrieben sah, hatte er ihr einmal erklärt. Es waren häufig Informationen, die in keinerlei Zusammenhang standen, irgendwelche Details, die sich mit seinen Überlegungen abwechselten. Aber die Eintragungen in diesem Buch waren anders. Es war ein fortlaufender Text. Sie zog die Augenbrauen immer stärker zusammen, als sie anfing zu lesen … *Von dem Moment an, als er aus dem Zug gestiegen war, hatte sein Leben einen völlig anderen Lauf genommen. Der Grund hierfür war eine Frau* … Als sie am Ende der ersten Seite angelangt war, schlug ihr das Herz bis zum Hals.

»Ich wollte, dass du es findest.«

Das Buch flog auf den Boden, als sie zusammenzuckte.

Win stand im hellen Schein des gerade angebrochenen Tages mitten im Raum. Es lag keine Wut auf seinem Gesicht, sondern Trauer … tiefe, unendliche Trauer. »Nur nicht jetzt.«

»Du schreibst über unsere erste Begegnung.« Ihre kalten Finger gruben sich in die Laken. »Aber es war anders. Meine Erinnerungen weichen von deinen ab.«

Er senkte die Lider, sodass sie ihm nicht mehr bis in die Seele schauen konnte. »So hat es sich aber in Wirklichkeit zugetragen … vorher.«

Bevor dieser verdammte Isley dazugekommen war.

»Warum schreibst du es auf, Win?« Bittere Galle stieg in ihr hoch.

»Ich wollte, dass du weißt, wie es wirklich war.«

Sie ging zu ihm und blieb dicht genug vor ihm stehen, um den Geruch ihres Liebesspiels wahrzunehmen, der an seiner heißen Haut haftete … dicht genug, um den Muskel zu sehen, der an seinem Kiefer zuckte.

»Warum hast du es mir nicht einfach erzählt?« Schmerz und Abscheuliches würden mit seiner Antwort einhergehen. Trotzdem ließ sie nicht locker. »Warum musstest du es aufschreiben?«

Er zog die Schultern hoch, und während er schwieg, drangen die Geräusche eines geschäftigen Haushalts von unten zu ihnen.

»Win.«

Eine Ewigkeit verging, ehe er den Kopf hob und sie ansah. Seine Stimme war so spröde wie Eis, das unter einem Stiefelabsatz zerbricht. »Weil ich nicht mehr hier sein werde. Und ich wollte, dass du etwas hast, wodurch du dich … an mich erinnerst.«

Sie konnte nicht mehr atmen, konnte die Glieder nicht mehr bewegen, die von völliger Taubheit befallen worden waren. Sie versuchte etwas zu sagen, zitterte und versuchte es dann noch einmal. »W-was meinst du damit?«

Er rührte sich immer noch nicht, als wäre auch er zu Eis erstarrt. Seine blauen Augen fingen an zu schimmern und wurden noch blauer, ehe eine einzelne Träne sich löste und über seine geschundene Wange lief. »Boudicca.«

Und dann entwich ihr keuchend aller Atem. »Der Handel. Er nimmt deine Seele, ob wir es nun schaffen oder nicht, seine Forderung zu erfüllen.«

Er brauchte nichts zu sagen. Es stand ihm auf die Stirn geschrieben und war an seinen Augen abzulesen.

»Warum hast du mir das nicht gesagt?« Vage bekam sie mit, dass etwas zerbrach … das Klirren eines Lampenglases. Eiskalte Wirbel zogen durchs Zimmer.

Da setzte er sich in Bewegung, nahm sie in die Arme und drückte sie an seinen warmen Körper. »Hör auf.« Er zog sie noch fester an sich. Aber sie konnte die Kälte, die in ihre Seele drang, nicht aufhalten … konnte die Kälte nicht daran hindern, sich auszubreiten und den Raum zu vereisen.

»Warum, Win?«

Seine Lippen strichen über ihre Schläfe. »Es laut auszusprechen würde es real werden lassen.« Seine Finger gruben sich in ihr Haar, und er drückte seine Wange an ihre. »Ich wollte nicht, dass es wahr ist.«

Sie konnte es nicht ertragen. Sie musste sich bewegen, aber er ließ sie nicht los. »Ich werde ihn umbringen.« Sie drückte gegen Wins Brust, was aber kaum etwas brachte. »Lass mich los.«

»Nein.«

»Wir werden ihn aufsuchen, und dann werde ich ihn vernichten, Win. Ich schwöre bei Gott … das werde ich tun.«

Er löste sich so weit von ihr, um ihr in die Augen schauen zu können. »Das wirst du nicht.« Er packte sie fester. »Du wirst dich nicht in Gefahr bringen.«

»Darum hast du es mir also nicht gesagt.«

Seine Miene wurde unerbittlich. »Teilweise.« Er beugte sich über sie, bis ihre Nasen sich fast berührten. »Ich werde nicht zulassen, dass du dich meinetwegen in Gefahr bringst.«

Wütend drückte Poppy mit beiden Händen gegen seine Brust. »Warum ist mein Leben so viel wertvoller als deins?«

»Deshalb.« Seine Hand glitt nach unten und legte sich zart auf ihren Bauch. Ihr Herz blieb stehen. Win sah, dass sie begriff, und nickte schwach. »Du bist meine ganze Freude, meine

Bestimmung. Ich bin erst zum Leben erwacht, als ich dir begegnet bin.« Die Zärtlichkeit mit der er sie streichelte, war wie ein Hauch. »Aber dieses Baby, das in dir wächst … ist mein Vermächtnis. Du wirst ihn beschützen und zusehen, wie er groß und stark wird.«

»Aber nicht allein …« Sie zitterte, und er küsste sie. Sanft. So sanft, als wollte er diesen Moment in Ehren halten und die Berührung niemals vergessen. Poppy entzog ihm ihren Mund. »Du wirst hier sein. Bei mir. Bei uns.«

Sein Blick wanderte über ihr Gesicht, während er zärtlich ihre Wange berührte. »Ich werde dich nie verlassen. Nicht wirklich.«

Sie drückte seine Hände, und es war ihr egal, ob sie dabei seine Finger zerquetschte. »Nein! Nicht im Geiste! Du wirst hier sein. Leibhaftig. Ich kann nicht …« Plötzlich hatte sie Blut auf der Zunge, und sie merkte, dass sie sich auf die Lippe gebissen hatte. »Ich kann das nicht ohne dich machen, Win. Ich werde es nicht ohne dich machen.«

Sein Lächeln war müde, als hätte er bereits aufgegeben. Sie drückte seine Hand noch fester, aber er schien es gar nicht zu bemerken. »Boudicca, nicht einmal mit deiner Willenskraft kannst du alles aufhalten.«

»Das hier schon!«

Win sah sie mit bedächtigem Blick an. »Was du auch vorhaben magst … tu es nicht.«

Aber sie würde es auf jeden Fall tun. Sie wusste, dass er nicht damit rechnen würde, als sie ihm einen Stoß versetzte, der ihn nach hinten taumeln ließ, ehe sie ins Ankleidezimmer flüchtete.

39

Win starrte auf die Stelle, an der Poppy eben noch gestanden hatte. Das war ja fantastisch gelaufen. »Verdammt.«

Der Ausdruck auf ihrem Gesicht hatte seine eigene, elende Gemütsverfassung widergespiegelt. Er sollte ihr die Gelegenheit geben, etwas Zeit für sich selbst zu haben. Allerdings gehörte Poppy gar nicht zu den Frauen, die Rückzug und Ruhe brauchten. Sie kämpfte. Da sie sich im Ankleidezimmer eingeschlossen hatte, sagte ihm sein Bauchgefühl unmissverständlich, dass er nach ihr sehen musste. Und weil sein Bauchgefühl ihn über Jahre am Leben erhalten hatte, folgte er ihm jetzt und trat an die Tür zum Ankleidezimmer.

»Poppy?«

Kein Laut war zu hören. Versuchsweise drückte er die Klinke und war nicht überrascht festzustellen, dass die Tür abgeschlossen war.

»Poppy Lane, mach sofort die Tür auf und rede mit mir.«

Nichts. Win fuhr sich mit beiden Händen durchs Haar, ehe er damit auf die Tür einhieb. »Mach die Tür auf, Poppy!«

Als sie nicht reagierte, stieg Wut in ihm hoch. »Na gut«, brüllte er. »Ich komme jetzt rein … ob es dir nun gefällt oder nicht.« Win warf sich mit seinem ganzen Körper gegen die Tür … immer wieder, bis das Holz knackte. So klappte das nicht. Fluchend trat er zurück und trat das Mistding ein.

Poppys Duft lag ganz dezent in der Luft, so unbeschreiblich und doch so vertraut, dass es ihm im Herzen wehtat. Irgendetwas stimmte hier nicht. Das Herz schlug ihm bis zum Hals. Etwas Dunkelrotes hob sich schimmernd vom weißen Porzellan des Waschbeckens ab. Mit zwei langen Schritten hatte er den Raum durchquert.

»Gütiger Himmel!« Überall war es rot. Lange, dicke Strähnen roten Haars füllten das Waschbecken. Mit zitternden Händen griff er danach, als könnte er die Zeit zurückdrehen und die Haare dorthin zurücktun, wo sie hingehörten. Die seidigen Tressen glitten durch seine Finger. »Grundgütiger!«

»Ach komm, so schlimm ist es nun auch wieder nicht.«

Er wirbelte herum, als er Poppys Stimme hörte, und alles Blut wich aus seinem Gesicht. Der Schrei, den er ausstoßen wollte, blieb ihm im Hals stecken, während er sie fassungslos anstarrte. Sie dagegen reagierte nur mit einem Lächeln … einem leichten Kräuseln ihrer rosigen Lippen, während sie am Türrahmen lehnte. Sie gab ein täuschend echtes Abbild eines jungen Mannes ab, wie sie da lässig mit geraden, voreinander verschränkten Beinen und in den Hosentaschen vergrabenen Händen vor ihm stand.

Am liebsten hätte er auf irgendetwas eingeschlagen. Ihr Haar – ihr wunderschönes langes Haar – war weg und so kurz abgeschnitten, dass es jetzt wie ein enger Helm um ihren wohlgeformten Kopf lag. Himmel … es war sogar kürzer als seins. »Warum?«

Sie zuckte die Achseln, und ihre schmalen Schultern bewegten sich unter der weiten braunen Jacke … einer alten Jacke von ihm, aus der Zeit, als er bei der Polizei eingetreten war. »Das letzte Mal, als ich Isley gegenübertrat, verfingen sie sich in seinen Krallen.« Anmutig löste sie sich vom Türrahmen. »Sie waren eine Belastung. Deshalb hab ich sie abgeschnitten.«

Er knirschte mit den Zähnen, um der hilflosen Wut Herr

zu werden, die ihn erfasste. Anklagend hielt er eine Handvoll Haar hoch.

»Bist du völlig verrückt geworden? Dich so zu verstümmeln, um …« Er konnte nicht weitersprechen. Ihr Haar. Stunden hatte er sein Gesicht in den kühlen, duftenden Strähnen vergraben … hatte die seidigen roten, bronzefarbenen und kupferfarbenen Fluten auf ihrem Kissen ausgebreitet. Er hätte heulen können.

Poppy zog ihre geraden Brauen ärgerlich zusammen. Ihr Gesicht, das jetzt nicht mehr von wallendem Rot eingerahmt wurde, wirkte jetzt stärker, die klaren Züge traten deutlicher hervor. Trotzdem wirkte sie seltsam zart und verletzlich.

»Ich soll mich verstümmelt haben?«, fragte sie. »Das sind doch nur Haare, Win. Die wachsen nach.« Wieder zuckte sie die Achseln. »Aber wenn ich es mir recht überlege, fühlt es sich sehr nett an, sie los zu sein. Ich fühle mich viel leichter.«

»Blödsinn!« Er hieb mit der Faust, die immer noch das abgeschnittene Haar umklammerte, auf das Waschbecken ein, und ein höchst befriedigender Schmerz schoss durch seinen Arm. »Das ist doch alles Blödsinn, Poppy!«

»Also wirklich, Win. Es besteht keine Notwendigkeit zu brüllen.«

Er strich sein Haar zurück, weil er Angst hatte, sonst auf irgendetwas einzuschlagen. »Und warum dieser Aufzug?« Das war eine überflüssige Frage angesichts der Situation, aber er kam einfach nicht über den Anblick hinweg.

»Ich kann mich in Hosen besser bewegen. Davon abgesehen«, sie schob die volle Unterlippe vor, »hasse ich Korsetts. Vor allem im Moment.«

Angesichts ihres Gewaltakts gegen ihr Haar war er immer noch ganz benommen, und so brauchte er ein bisschen länger, um ihre Absichten zu erfassen. Doch dann wurde ihm klar, was sie da überhaupt gesagt hatte. »Du willst mit Isley kämpfen?« Er sah sie verwirrt an. »Obwohl du ein Kind erwartest?«

Poppys Miene verfinsterte sich. »Hast du einen besseren Plan? Denn ich werde ihm mein Kind auf keinen Fall geben. Und meinen Bruder und dich auch nicht.«

»Hast du …« Das Blut strömte ihm so schnell in den Kopf, dass er ein Dröhnen in den Ohren hatte. »Ja, du hast den Verstand verloren, wenn du meinst, ich würde das zulassen.«

Poppy verschränkte die Arme vor der Brust und schnaubte. »Du tust ja geradewegs so, als würde ich dir eine Wahl lassen.«

»Und du tust geradewegs so, als würde ich *dir* eine Wahl lassen! Es ist deine Pflicht, unser Kind zu beschützen.«

Ein Kälteausstoß traf ihn mit solch einer Wucht, dass der Spiegel hinter ihm zerbrach.

»Mein Leben ist ein Scherbenhaufen!«, brüllte Poppy. »Ein einziger Scherbenhaufen, weil ich immer meine Pflicht getan habe.« Tränen stiegen ihr in die Augen, und wütend wischte sie sie weg. »Beinahe hätte ich meine Schwestern … beinahe hätte ich dich verloren, nur wegen dieser verfluchten Pflichterfüllung.«

Er versuchte, sie zu berühren, aber sie schlug seine Hand weg. »Ich werde dich nicht verlieren, Win. Ich werde nicht zulassen, dass man dich in die Hölle schleift, wenn ich irgendetwas dagegen tun kann.«

»Du kannst, Liebes«, sagte er jetzt ganz sanft, weil ihre Qual ihm mitten ins Herz schnitt. »Du kannst mich gegen ihn kämpfen lassen.«

Unter Tränen brach sie in Lachen aus. »Win, du weißt, dass es nichts bringt, ihn zu vernichten. Er wird dich trotzdem in die Hölle bringen.«

»Und wenn du richtig nachdenken würdest, wäre dir klar, dass er es auch tun wird, ob nun du ihn vernichtest oder ich.«

Sie zuckte zusammen, als wäre sie geschlagen worden. Die Worte, die er ihr entgegengeschleudert hatte, hingen zwischen ihnen und nahmen ihr alle Hoffnung. Es brach ihm fast das Herz, sie so zu sehen. Sie drehte den Kopf weg, als könnte sie seinen Anblick nicht mehr ertragen.

»Poppy«, sagte er leise.

Sie richtete sich auf und sah ihn fest an. Die Entschlossenheit, die sie ausstrahlte, ließ ihm das Blut gefrieren. »Ich werde mich an deiner Stelle anbieten.«

»Nein!« Er packte sie. »Denk noch nicht einmal daran.« *Geben Sie mir Poppy …*

»Warum nicht? Er will mich. Das weißt du.« Sie sah ihn mit ihren dunklen Augen forschend an. »Du weißt es schon seit geraumer Zeit, nicht wahr?«

»Ich weiß nichts Derartiges.« Aber das war gelogen, und das wussten sie beide. Seine Finger gruben sich in ihr Fleisch, als würde er dadurch irgendwie die Zeit aufhalten. »Und was ist mit unserem Kind?«

Der kriegerische Ausdruck, den er so gut kannte, huschte über ihr Gesicht. »Ich werde eine Vereinbarung mit ihm treffen, damit dem Kind nichts passiert.«

Er schüttelte sie leicht. »Nein!« Ihm entglitt gerade alles … seine Selbstbeherrschung, seine Möglichkeiten. Sie spielten direkt in Jones Hände, als hätte dieser es von Anfang an so geplant. Und vielleicht hatte er das ja auch. Win knirschte mit den Zähnen. »Nein, Poppy, nein.«

Wütend stieß Poppy ihn zurück. »Doch, Win.«

Er erinnerte sich nicht, sich bewegt zu haben, doch den

Bruchteil einer Sekunde später stand sie mit dem Rücken zur Wand. »Himmel, du hörst nie zu!«

»Du bist derjenige, der nicht zuhört«, brüllte sie zurück.

Fluchend ließ er den Kopf auf ihre Schulter fallen und stieß gegen die Wand. Der Putz bröckelte, als er sich an sie lehnte und innerlich tobte. Sein Atem ging schnell und keuchend.

»Ich lasse nicht zu, dass wir durch ihn im Streit auseinandergehen«, sprach er in ihr Hemd hinein. Sie griff mit beiden Händen nach seinen Schultern, und er schlang einen Arm um sie, um sie festzuhalten.

Ihr geschmeidiger Körper spannte sich einen kurzen Moment lang an, dann sank sie gegen ihn, während sie sich an seinem Kragen festhielt. »Win.« Sie schluchzte seinen Namen ... bittend, flehend und fluchend gleichzeitig. »Himmel, du hast recht. Ich will das nicht. Ich will ...«

Lange standen sie so da. Ihr Keuchen hallte in der Stille wider, bis er zu Boden sank, sie auf seinen Schoß zog und einfach nur hielt. Sein Hals schmerzte, als er schließlich sprach. »Ich wusste nicht, was ich an dir habe. Es war mir gar nicht richtig bewusst.« Das zu gestehen tat weh, aber er fragte sich, ob irgendjemand sein Leben zu schätzen wusste, ehe er mit seinem Ende konfrontiert wurde. »Ich liebe dich. So sehr. Aber wir haben uns auseinandergelebt, nicht wahr?« Und das tat auch weh.

Sie senkte den Blick, doch ihr kurzes Nicken bestätigte es.

Er legte seine Arme fester um sie. Was er jetzt sagen wollte, musste er sagen ... musste er erklären. »Du hast mir verschwiegen, was du warst ...« Poppy wollte sich aufrichten, doch er hinderte sie daran, etwas zu sagen, indem er mit seinen Lippen über ihre strich. »Ich mache dir deshalb keinen Vorwurf mehr, Liebes.«

Er küsste sie wieder voller Verehrung, und obwohl sie sich entspannte, schimmerten ihre Augen vor Bedauern, während sie ihn musterte. »Ich habe in ständiger Angst gelebt«, gestand sie mit versagender Stimme. »Ich habe die ganze Zeit darauf gewartet, dass du es herausfindest, und konnte deshalb nie entspannen.«

»Ich weiß.« Er seufzte und ließ seine Stirn gegen ihre sinken. »Und ich glaube, tief im Innern ging es mir genauso. Ich hatte nie das Gefühl, dass alles ganz in Ordnung war. Ich glaube, irgendwie wusste ich, dass ich dich unter falschen Voraussetzungen für mich gewonnen hatte.«

Ihre Arme schlangen sich um seinen Hals, und ihre Finger schoben sich so sanft in sein Haar, dass er zitterte. »Win«, wisperte sie an seinem Mund, »mein Herz hat immer dir gehört. Denke nie etwas anderes.«

Sie saßen da und atmeten den Duft des anderen ein. Das Gefühl, sie in den Armen zu halten, war etwas sehr Kostbares, und das Herz tat ihm weh, wenn er nur daran dachte, sie jemals gehen zu lassen. Langsam öffnete er die Augen und schaute sie an. Himmel, sie bedeutete ihm alles. Sie war sein Morgen, sein Tag, die Träume, in denen er nachts schwelgte. Die Stimme drohte ihm zu brechen, als er sprach. »Machen wir diese Sache zusammen, Boudicca?«

Sie atmete tief ein und aus. Ihre Jacke raschelte in der Stille, als sie die Hand nach seinem Gesicht ausstreckte. »Immer, Win.«

Er umfasste ihre Wangen und hielt ihren Kopf fest. »Dann sei in allem meine Partnerin, Poppy. Von jetzt an und für wie lang auch immer wir noch haben mögen.« Ihre Haut fühlte sich wie Seide unter seinen Daumen an, als er sie streichelte. »Vertrau mir, dass ich eine Lösung finde.« Als sie dazu ansetzte, etwas zu sagen, beugte er sich vor, sodass sie fast Nase an Nase waren. »Genauso wie ich dir vertraue, dass du mit deinem machiavellischen Geist die richtige Entscheidung zwischen Gut und Böse triffst.«

Ein harter Ausdruck lag auf ihrem Gesicht, als sie seinen Blick erwiderte, und er hatte das Gefühl, dass sie widersprechen wollte, doch dann griff sie nach oben und nahm die Kette ab, die sie um den Hals trug. Der kleine Isis-Anhänger funkelte im Licht, als sie ihn anhob, um die Kette um seinen Hals zu legen.

»Poppy«, protestierte er. »Das geht nicht.«

»Isley erträgt das Symbol nicht«, erklärte sie und legte ihm die Kette trotz seiner Einwände um. »Ich weiß nicht warum, und ich werde es jetzt auch nicht infrage stellen.«

»Umso mehr Grund, dass du die Kette trägst«, entgegnete Winston und versuchte, sie wieder abzunehmen.

Sie hielt ihn davon ab. »Bitte, Win. Du bittest darum, dass wir zusammenarbeiten. Tja, und es beruhigt mich halt, wenn du die Kette trägst.«

Er wollte verdammt sein, wenn er da noch Einwände erheben konnte. Aber er versuchte es noch ein letztes Mal. »Es ist eine Frauenkette, Pop.«

Doch sie lächelte nur. »Und sie sieht an deinem männlichen Hals sehr gut aus.« Er erwiderte ihr Grinsen, doch dann trat plötzlich wieder ein ernster Ausdruck auf ihr Gesicht. Mit einem erstickten Seufzer vergrub sie ihren Kopf in seiner Halsbeuge. »Ich habe Angst, Win.«

Er wusste, welch Überwindung es sie kosten musste, das zuzugeben. Und so hielt er sie einfach nur fest und legte seine Wange auf ihren seidigen Scheitel. »Ich auch, Liebes. Aber wenn wir das hier überleben, überleben wir alles.«

Sie küsste ihn. Es war eine zarte Berührung an seinem Hals, die ihm mit der Schärfe einer Klinge ins Herz schnitt. »Ich liebe dich, Winston Hamon Belenus Lane.«

Es waren schlichte Worte, doch sie reichten, um sein Leben lebenswert zu machen. Sollte er heute sterben ... sollte alles untergehen, würde er immer noch Poppys Liebe haben. Ein größeres Geschenk gab es für ihn nicht.

Sobald Poppy ins Bad gegangen war, ging Win. Die Ansätze eines Plans hatten angefangen, in seinem Kopf Gestalt anzunehmen. Aber er brauchte Hilfe.

»Ich nehme an, du willst mit einer Lösung aufwarten?« sagte Archer zwanzig Minuten später, nachdem er Winston und Ian in seine Bibliothek geführt hatte.

Winston schaute von den Papyrusrollen auf, die er auf dem Tisch ausgebreitet hatte. Innerlich hatte sich bei ihm alles zusammengezogen, und seine Muskeln waren vor Anspannung ganz verkrampft. Er musste seine ganze Kraft aufbieten, um sich auf das Hier und Jetzt zu konzentrieren, denn die Wut, die in ihm brodelte, hätte ihn sonst überwältigt. Winston fasste sich in den Nacken, und seine schmerzenden Muskeln schrien protestierend auf. »Noch nicht. Nennen wir es lieber einen vielversprechenden Ansatz zu einer Lösung.«

Er holte den Gegenstand hervor, den er in der Jackentasche versteckt hatte, und legte ihn vor den Männern hin.

»Poppys Skarabäus.« Archer sah den geschnitzten Stein an, als würde dieser ihn gleich beißen.

Ian brach dagegen in Lachen aus. »Du hast ihn deiner Frau geklaut? Und ich dachte, du wärst ein Mann des Gesetzes.«

»Das war dein erster Fehler, Ranulf«, erwiderte Win. »Du hast gedacht.«

Archer stieß ein Schnauben aus.

»Urkomisch.« Ian verschränkte die Arme vor der Brust.

Das kurze Lächeln, das um Wins Lippen gespielt hatte, verschwand wieder. »Die Wahrheit ist, dass ich ihn stehlen musste. Isley beobachtet Poppy. Er hat es zugegeben.«

»Gütiger Himmel.« Archer schüttelte den Kopf.

Win sah beide an. »Poppy darf nichts von meinen Plänen wissen, weil er sie dann erfahren würde. Das bedeutet, dass ich sie über alles, was ich tue, im Dunkeln lassen muss.« So wie er seine Frau kannte, würde das dann ein unschönes Nachspiel geben. So wie seine Freunde ihn ansahen, schien denen das genauso klar zu sein. »Schau mal«, sagte er zu Archer, »du bist der größte Experte, den ich kenne, was das Entziffern von Hieroglyphen angeht … im Grunde der Einzige, den ich kenne.«

»Das prädestiniert mich dazu, dir zu helfen.« Archer trat neben Winston und beugte sich über den Tisch, um die Schriftrollen zu mustern.

Ian trat ebenfalls an den Tisch. »Gut gemacht, Lane. Archer liebt Komplimente.«

Archer ignorierte die beiden und widmete sich ganz den Schriftrollen. »Dann wollen wir mal schauen …« Er zog die Augenbrauen beim Lesen zusammen. »In diesem Text geht es um Apep.«

»Ja.« Winston trat näher heran. »Es heißt, es wäre ein Dämon, der Finsternis, Auflösung und Chaos verkörpert.«

»Und im Grunde kein richtiger Gott ist«, fuhr Archer fort, »da keiner ihn anbetet. Eher ein Wesen, dass man fürchtet … das Böse, das vom Guten zermalmt werden muss.«

Win wollte gerade über seinen Bart streichen, als ihm einfiel, dass er ja keinen mehr hatte. Stattdessen fuhr er sich mit einem Finger über die Narbe an seiner Wange. Sie war ganz glatt, weil Archer sie so sauber genäht hatte. »Laut diesem Text kann Apep andere mit seinem Blick hypnotisieren. Er wird mit Schlangen, Stürmen und Erdbeben in Verbindung gebracht, und mit Seelen …«

Archer hob den Kopf mit einem Ruck und sah Winston durchdringend an. »Ein Seelenfresser.«

Alle schienen den Atem anzuhalten. Win lehnte sich mit der Hüfte an den Tisch und sah Archer an. »Ich weiß, dass du daran denkst, was du damals beinahe geworden wärst.« Archer sah hoch und erwiderte seinen Blick. »Nicht alle Seelenfresser sind böse. Ich glaube, das weißt du auch.«

Mit finsterer Miene, die zeigte, dass er sich dazu lieber nicht äußern wollte, richtete Archer sich auf und tippte mit einem Finger auf die Schriftrolle. »Worauf läuft das hier alles hinaus, Lane?«

Himmel! Wie gern hätte Win jetzt seine Pfeife gehabt. Und wenn sie auch nur etwas war, mit der er die Rastlosigkeit im Griff hatte, die ihn immer überkam, wenn er auf der Jagd war. »Es ist so. Jones kann andere in einem gewissen Maße mit seinen Augen hypnotisieren. Wenn der Schmuck, den er trägt, irgendetwas zu bedeuten hat, dann scheint er eine Vorliebe für Schlangen zu haben. Und er ist während eines Erdbebens aus seinem Gefängnis geflohen. All das entspricht Apeps Fähigkeiten.«

Er schob die Hände in die Hosentaschen, denn vor Aufregung wurde er ganz zappelig. »Er besitzt die Arroganz eines Gottes, nicht eines Dämons. Jones sagte, die Gesellschaft müsste ihn eigentlich verehren. Götter hätten schon versucht, ihn zu vernichten, und wären gescheitert. Ich glaube, er sehnt sich danach zu verkünden, wer und was er ist, fürchtet sich aber gleichzeitig davor. Denn er glaubt an die Macht seines Namens, und ich frage mich …«

»Ob er Apep ist?« Archer verzog den Mund. »Das ist ziemlich weit hergeholt.«

»Das ist es. Er könnte irgendein Dämon sein.« Aber er wusste einfach, dass er recht hatte. Er war von diesem Wissen förmlich durchdrungen. Mehr noch … er wusste, dass es eine Möglichkeit gab, es zu beweisen. Er musste nur noch herausfinden wie. Er wandte sich wieder den Schriftrollen zu und musterte die Zeichnungen von Ra und Apep, die die beiden als Katze und Schlange darstellten, die einander bekämpften.

Er sah noch einmal genauer hin, als ihm etwas einfiel. »Steht hier irgendwo Apeps Name?« Sein Blick flog über die Symbole, während ihm das Herz bis zum Hals schlug. »Da.« Er deutete auf eine vertraute Gruppe von Zeichen. »Ist er das?«

Archers Blick ging zu der Stelle, auf die Winston zeigte. »Ja. Woher wusstest du das?«

»So ein Mistkerl.« Win griff sich mit beiden Händen in den Nacken. »Er trug seinen elendigen Namen als Schmuckstück auf seinem Halstuch … auf einem Gemälde.« Er hatte wieder Jones' selbstgefälliges Grinsen vor Augen, das in Öl verewigt worden war, und lachte.

Archer grinste auch. »Ich werde den Namen in den Skarabäus ritzen.«

»Ich greife nach Strohhalmen, und das wissen wir alle«, sagte Win. »Da ist immer noch die Sache mit der Vereinbarung … aber auch die kleinste Sache kann helfen.«

»Da du das jetzt unter Kontrolle hast, Lane«, unterbrach ihn Ian, »möchte ich dich um einen Gefallen bitten.«

»Geht es um die Sache, wegen der du schon mal mit mir reden wolltest?« Der Zorn über die Störung war immer noch da und war Wins Tonfall anzumerken.

Ian hüstelte und wich Winstons Blick aus. »Ja. Es geht um Talent.« Ian hatte seine Stimme nicht ganz unter Kontrolle, als er weitersprach. »Setz ihn wieder auf diese Sache an. So früh, wie du kannst.«

»Du glaubst, er ist schon wieder soweit?«

»Er muss.« Ian fuhr sich mit einer Hand durchs lange Haar. »Wenn er keine Möglichkeit findet, seine Wut loszuwerden, ist er verloren.«

Genauso war es Win ergangen, ehe er zu Poppy zurückgekehrt war. Er kniff sich in den Nasenrücken. »Ich wünschte, ich könnte eine größere Hilfe für ihn sein, aber ich weiß nicht …« Er ließ die Hand sinken und starrte auf die vor ihm liegende Schriftrolle. »Sie haben alle einen Schwachpunkt.«

»Verdammt noch mal, Lane«, sagte Ian. »Was geht dir jetzt schon wieder durch den Kopf?«

Etwas regte sich in Wins Brust. Er wollte dem Gefühl nicht auf den Grund gehen, weil er Angst hatte, die flüchtige Empfindung damit zu vertreiben … aber sie fühlte sich doch sehr nach Hoffnung an. Er musste ein Grinsen unterdrücken, als er sich wieder zu Ian umdrehte. »Wo ist Talent jetzt?«

Ians Augen wurden ganz schmal, als er Winston durchdringend musterte. »In seinem Zimmer in Ranulf House. Warum?«

Win konnte nicht antworten. Stattdessen erdrückte er Ian fast in einer festen Umarmung und schlug dem Lykaner mit einer Faust auf den Rücken. »Du bist brillant, Ranulf.«

»Ja, das stimmt«, sagte Ian, als Win ihn wieder losließ und auf die Tür zuging. »Aber würde es dir etwas ausmachen, mir zu sagen, in welcher Hinsicht ich so außerordentlich brillant bin?«

40

Talent saß in einem abgewetzten Ledersessel, der die Farbe von getrocknetem Tabak hatte. Er grüßte nicht, als Winston in den Raum trat, schien ihn noch nicht einmal zu bemerken. Doch Winston wusste sehr wohl, dass Talent sein Hereinkommen nicht entgangen war. Er schob die Hände in die Hosentaschen und kam näher. Talent sah durch das hohe Fenster nach draußen, und das graue Londoner Licht fiel auf sein Gesicht, sodass seine Erschöpfung und die Nachwirkungen der Schmerzen, die ihm zugefügt worden waren, noch deutlicher zutage traten. Die einzige Bewegung, die er ausführte, war ein Fingerspiel, bei dem er einen Gegenstand immer wieder oberhalb und unterhalb der Finger hindurchgleiten ließ.

Win trat näher. Bei dem Gegenstand handelte es sich um ein schlichtes Kreuz aus Eisen, das nicht mehr als sieben Zentimeter maß. Ob Talent nun bemerkt hatte, dass Win das Kreuz musterte, oder ob er nur die Lust verloren hatte, damit herumzuspielen, war nicht zu erkennen, doch er hielt mit der Bewegung inne und schloss die Hand darum.

»Ich könnte mich unter Umständen fragen, ob Sie gekommen sind, um mich anzugaffen.« Talent drehte sich zu ihm um, und die Kälte in seinem Blick ließ Win frösteln. »Aber ich denke mir, dass Sie dafür die andere Seite der Medaille aus eigener Erfahrung zu gut kennen.«

Win lehnte sich an den Rahmen, der das Fußende des Bettes bildete. Da Talent ein Gestaltwandler war, hatten die ihm zugefügten äußeren Verletzungen bei der Heilung keine Narben hinterlassen, doch das seelische Trauma, das er erlitten hatte, war weit grausamer. »Ich habe einen Auftrag für Sie.«

Ein Funke von Interesse trat in Talents Blick. »Fahren Sie fort.«

»Erst muss ich fragen … können Sie noch?«

Innerhalb eines Lidschlags stellte Winston fest, dass er sich selbst ansah. Das Gefühl, das dies in ihm auslöste, war gelinde gesagt beunruhigend, doch er nickte befriedigt, als Talent sich zurückverwandelte. »Es wird gefährlich sein. Vielleicht kommen Sie da nicht unbeschadet wieder raus.«

»Ich hätte kein Interesse, wenn es anders wäre.«

»Hm. Und sind Sie denn zur miesesten Art von Schwindel bereit?«

Talents Augen wurden schmal, sein Körper spannte sich an und nahm Haltung an. »Ich höre.«

Poppy kam sauber, aber erschöpft aus dem Bad heraus. Das warme Wasser hatte ihre müden Muskeln entspannt, und sie sehnte sich nur noch nach Schlaf. Und sie hatte Hunger. Schon wieder. Sie sah sich um und legte vorsichtig eine Hand auf ihren Bauch. »Du verwandelst mich in einen Vielfraß.«

Zärtliche Gefühle stiegen in ihr auf. Es war das erste Mal, dass sie mit der kleinen Klette sprach. Ein Lächeln zuckte um ihre Lippen. Klette. Genau das war er … er klebte in ihrem Innern und klammerte sich an ihr fest. Und sie würde ihn niemals gehen lassen.

Ihre Hand schwebte noch einen Moment über ihrem Bauch, ehe sie sie sinken ließ. Später würde sie sich dem Gefühl hingeben. Später würde sie es aussprechen können, wenn Isely gefasst war, und Win … Ihr Blick trübte sich. Er hatte sie gebeten, ihm zu vertrauen. Das tat sie … aber die Kontrolle aufzugeben, machte ihr zu schaffen; genauso wie die Angst. Die Vorstellung, ihn zu verlieren oder ihr Kind, drehte ihr den Magen um. Ihre wild durcheinanderwirbelnden Gedanken wurden unterbrochen, als es an der Tür klopfte, und sie ging hin, um zu öffnen.

Überrascht stellte sie fest, dass Jack Talent auf der Schwelle stand.

»Mr Talent. Es ist schön, Sie zu sehen.«

Er sah gut aus … oder zumindest wirkte er, als wäre er genesen. Er trug einen schönen Leinenanzug, der dem von Winston sehr ähnlich sah. Doch sein Blick war getrübt und sprach von erlittenen Schmerzen. Trotzdem schenkte er ihr ein schmales Lächeln. »Mrs Lane. Ich habe Ihnen Tee gebracht.«

Erst da bemerkte sie das Tablett, das er trug.

»Ich habe den Inspektor gesehen«, erklärte Talent, als sie zur Seite trat, um ihn einzulassen. »Er ist unten und boxt mit Ian und Archer.«

Bestimmt tat er es, um die Anspannung loszuwerden. Hätte sie auch nur ein bisschen Antrieb gehabt, wäre sie geneigt gewesen, sich ihnen anzuschließen. Doch jetzt hatte der süße Hefeduft von Brot den größeren Reiz.

»Aber er meinte, Sie könnten vielleicht hungrig sein, und bat mich deshalb, nach Ihnen zu schauen.«

Sie folgte Talent zu dem kleinen Sitzbereich am Kamin und nahm Platz, während er für zwei aufdeckte.

Er bemerkte ihren Blick und hielt inne. »Darf ich den Tee mit Ihnen zusammen einnehmen?« Seine Züge spannten sich leicht an. »Wenn Sie jedoch lieber …«

Poppy berührte seinen Arm, zog ihre Hand jedoch sofort zurück, als er zusammenzuckte. »Ich fände es schön, wenn Sie mir Gesellschaft leisten, Mr Talent.«

Er wartete nicht ab, bis sie einschenkte, sondern übernahm diese Aufgabe selbst, die er mit exakten, sicheren Bewegungen ausführte. »Wie trinken Sie Ihren Tee gern?«

»Jetzt? Mit Milch und viel Zucker.«

»Das Baby möchte es so?«, fragte er mit sanfter Erheiterung.

»Ich glaube, ja.« Poppy nahm ihre Tasse entgegen, schaute dabei aber um ihn herum. »Sind das mit Sahne gefüllte Wecken?«

Dankenswerterweise sagte Talent nichts, sondern tat ihr gleich zwei Wecken auf. *Gesegnet sei der Mann.* Poppy schenkte den süßen Brötchen die Aufmerksamkeit, die ihnen gebührte. Sie waren köstlich. Absolut köstlich. Ihr war egal, was Talent von ihr dachte. Sie würde jede einzelne Wecke essen, die er übrig ließ.

Während sie das Essen verschlang, saß Talent in dem Sessel neben ihr und nippte schweigend an seinem Tee. Es herrschte zwar kein verlegenes Schweigen, aber auch keine völlig unbeschwerte Stille. Beide waren sich zu sehr des Unglücks bewusst, das Talent widerfahren war.

Poppy leckte sich einen Klecks Sahne aus dem Mundwinkel, ehe sie schließlich sprach. »Mr Lane hat mir erzählt, dass Sie gern Regulator werden würden.« Das war eins der vielen Dinge, über die sie und Win geredet hatten, ehe er zur Beratung mit Archer und Ian gegangen war. Um was es dabei gehen sollte, hatte er ihr nicht verraten. Sie musste ihm vertrauen.

Talent wandte den Blick ab. »Ja, ich habe daran gedacht.«

Poppy stellte ihren Teller ab. Er war leer. »Ich glaube, Sie gäben einen hervorragenden Regulator ab, Mr Talent.«

Als er den Kopf hob und sie leicht überrascht ansah, sprach sie weiter. »Nehmen Sie das Angebot an, können Sie Montagmorgen mit dem Training beginnen.«

Gütiger Himmel! Die Freude, die er verbergen wollte, ließ sie tatsächlich rot werden. Sie wusste nicht, warum das so war, aber im Raum wurde es merklich wärmer. Vielleicht lag dies an den vier Sahnewecken, die sie innerhalb von drei Minuten heruntergeschlungen hatte. Ihr Magen hob sich, und das Zimmer begann sich leicht zu drehen.

Talent schien es gar nicht zu bemerken. Er beugte sich nach vorn und stützte sich dabei mit den Unterarmen auf den Knien ab. »Sie ehren mich damit, Madam.« Sein Gesicht verschwamm vor ihren Augen, und seine Worte drangen ihr als leicht unverständliches Rauschen ins Ohr. »Ich kann nur hoffen«, meinte er seltsam langgezogen, »dass Sie das Montagmorgen noch genauso sehen.«

Ein Schauer lief ihr über den Rücken, und sie packte ihre Armlehne. »Was haben Sie getan?«

Er ragte über ihr auf, in seinen Augen stand Bedauern. »Nichts, worauf ich stolz wäre.« Nachdem sie sich kaum noch bewegen konnte, sorgte er dafür, dass sie sich auf das Sofa legte, wobei er ihr ein kleines Stück Papier in die schlaffe Hand drückte. »Machen Sie sich keine Sorgen, Mrs Lane. Der Apotheker hat mir versichert, dem Baby werde nichts passieren.«

Das Baby. Ihr Baby. Win. Sie musste die beiden retten. Doch dann wurde ihr schwarz vor Augen, und ihr Denken setzte aus.

41

Zu dieser späten Stunde wirkte Victoria Embankment verlassen, ja, fast schon friedlich. Winstons Schritte waren kaum mehr als ein Schlurfen über die großen, flachen Steinplatten. Eine warme Brise ließ das Laub der Bäume entlang des Weges rauschen. Vor ihm ragten die Türme und Turmspitzen von Westminster Palace in den grauen Himmel, und das schimmernde Zifferblatt von Big Ben erinnerte an ein gelbes, starrendes Auge.

Er passierte die elektrischen Laternenpfähle entlang der Dammaufschüttung. Ihr seltsamer, gleichmäßig weißer Schein ließ ihn alles deutlich erkennen. Die sich kräuselnde Oberfläche der Themse spiegelte diese harten Lichter ebenso wider wie die der Gaslampen auf der fernen Westminster Bridge. Über der Brücke stand der Mond hell am gesprenkelten Himmel. Die vorüberziehenden Wolken ließen seine Umrisse immer wieder verschwimmen.

Obwohl Win viele sorgenvolle Gedanken durch den Kopf gingen, nahm er all das in sich auf. Das war seine Stadt, und er liebte sie. Das dunkle und seltsam schöne London war sein Zuhause. Und vielleicht würde er es nie wieder sehen. Er schob die zitternden Hände in die Tasche und atmete die beißende Luft tief ein. Er wollte noch ein letztes Mal seine Stadt mit allen Sinnen wahrnehmen, ehe er um die Seele seines Kindes und um seine eigene kämpfte.

Wieder regte sich die Luft … eine wirbelnde Böe, die aus keiner bestimmten Richtung zu kommen schien, und dann war

Jones einfach da. Er stand im grellen Licht einer elektrischen Laterne. »Ich habe schon angefangen zu überlegen, ob ich Sie wohl holen müsste«, sagte er.

Winston trat einen Schritt näher. Heute war Jones in seiner eigenen Gestalt erschienen ... oder in der Gestalt, die Winston kannte. Leicht zuckend folgte der Blick seiner weißen Augen den Bewegungen Wins, der gegen den Drang zu lachen ankämpfen musste. Jones war nervös.

»Ich habe Ihnen mein Wort gegeben, dass ich hier sein würde«, sagte Win. »Und ich stehe zu meinem Wort.«

Jones stütze sich mit einem Ellbogen an der hohen Böschungsmauer ab. »Aber meinen Sohn haben Sie mir nicht gebracht.«

»Dazu kommen wir gleich.«

Knurrend zeigte Jones die Zähne. »Dazu kommen wir jetzt!« Vor Wins Augen schien er größer, breiter, weniger menschlich zu werden. »Mary Margaret Ellis hat ihn mir vorenthalten, und ich will verdammt sein, wenn ich zulasse, dass meine Tochter das Gleiche tut.«

Winston erwiderte den durchdringenden Blick und achtete nicht auf den Schweiß, der ihm über den Rücken lief. Gern hätte er einen Blick über die Schulter geworfen, denn in einem Winkel seines Herzens fürchtete er, Poppy könne plötzlich auftauchen, ehe er die Sache erledigt hatte. Doch er lehnte sich genauso an die Mauer wie Jones eben. »Na gut«, erklärte er. »Ich sage Ihnen, wo er ist.«

»Das wirst du ganz gewiss nicht tun!«, sagte Poppy.

Beide Männer richteten sich auf, als sie Poppys wütende Stimme hörten. Sie trat aus dem Schatten. Ihre dunklen Augen funkelten vor Zorn, während sie mit langen Schritten schnell näher kam. Sie war immer noch wie ein Mann gekleidet.

Win sah sie an und wagte es nicht, Jones anzuschauen.

»Was hast du denn mit dir angerichtet, Poppy Ann?«, meinte Jones mit einem schockierten Lachen. Seltsamerweise klang es fast liebevoll.

Sie zog ihre geraden Brauen zusammen, sodass sie sich fast berührten. »Das geht dich gar nichts an.« Ihr Blick ging zu Winston und wurde eisig. »Du widerlicher Mistkerl. Dass du mich betäubst und mein Vertrauen so missbrauchst …«

»Für unser Kind!«, fuhr Win sie an. Sein Herz raste vor nervöser Angst, aber er durfte sich nichts anmerken lassen. »Hast du ehrlich erwartet, dass ich unser Kind für irgendetwas auf dieser Welt aufgebe?«

Sie zuckte zusammen, und ihre Gesichtszüge entglitten ihr. »Ich kann nicht … Ich habe versprochen, dass meinem Bruder nichts passiert.«

Win warf die Hände in die Luft und gab einen angewiderten Laut von sich.

»Sei vernünftig, Poppy.« Jones tat einen Schritt in ihre Richtung. »Er ist mein Sohn.«

»Das sagst du.«

Abrupt kam Jones noch einen Schritt näher. Sie erstarrte, und ihre Hand fuhr an die Seite, wo zweifellos mehrere Waffen steckten. Jones blieb stehen. »Moira hat es auch gesagt. Zweifle nicht daran.«

Winston hörte die Trauer in Jones' Stimme, und einen kurzen Moment lang hatte er Mitleid mit dem Teufel. Poppy schien dagegen keinen Anflug von Sentimentalität zu erleiden.

»Wie tragisch«, fuhr sie ihn an.

Plötzlich überzogen Flammen Jones' Gesicht, und er stieß knurrend hervor: »Dann nehme ich eben dein Kind und deinen Ehemann, und ich freue mich zu sehen, wie du leidest.«

»Nein!«, brüllte Winston. »Ich werde es Ihnen sagen.«

Poppy zückte ein Messer. »Noch ein Wort, und ich bringe dich um.«

Win ballte die Hände zu Fäusten, hielt aber still. Er wagte es nicht, sein Blatt zu überreizen.

Poppy wandte als Erste den Blick ab. Ihre weiße Haut schimmerte im Mondlicht, während sie Jones musterte. »Lass uns zum entscheidenden Punkt kommen. Gib zu, dass du dich in jener Nacht vor vierzehn Jahren an Win herangemacht hast, um genau diesen Moment hier vorzubereiten.«

»Natürlich habe ich das getan.« Jones grinste höhnisch. »Du und deinesgleichen haben mich bestohlen und dann zur Strecke gebracht, als wäre ich schuldig.«

Er tippte sich mit dem Daumen auf die Brust. »Du hast mich eingesperrt.«

»Ja.« Poppy zuckte nicht einmal mit der Wimper und schien den Dämon von oben herab anzusehen. Das war Poppy, wie sie leibte und lebte. »Und dafür hasst du mich.«

Jones zuckte zusammen, als wäre er geschlagen worden, richtete sich dann aber noch mehr auf. »Ich will, dass du leidest.«

»Dann nimm mich.«

»Poppy, nein.« Mit zwei Schritten war Win an ihrer Seite. »Tu das nicht.« Er musste es glaubwürdig rüberbringen … es musste so aussehen, als wollte er nicht, dass sie diesen Vorschlag machte. Er packte ihren Arm und drückte ihn beschwörend.

»Du hast gar nichts mehr zu sagen.« Sie schüttelte ihn ab und offenbarte dabei fast zu viel Kraft. Er warf ihr einen schnellen Blick zu, ließ aber von ihr ab und trat zurück. Poppy zog eine Augenbraue hoch, während sie Jones anschaute. »Nun? Nimm mich und lass Win und mein Kind in Ruhe. Du willst sie ohnehin nicht wirklich.«

Jones legte den Kopf schief. »Und mein Sohn? Ich will ihn sehen.«

Sie verschränkte die Arme vor der Brust. »Wenn er volljährig ist, lasse ich ihn selber entscheiden, ob er dir vorgestellt werden will.«

Die Sekunden verrannen. Es war ein Moment, in dem Winston das Gefühl hatte, sein Leben würde aus ihm herausströmen. Alles schmerzte. Seine Muskeln waren vor Angst und hilfloser Wut angespannt. Er fühlte sich am Ende seiner Kraft.

»Das ist ein guter Handel«, erklärte Poppy mit leiser Stimme.

Jones sah sie spöttisch grinsend an. »Ja, das stimmt.« Seine Augen wurden weiß wie Schnee. »Die Bedingungen.«

»Das Leben meines Kindes wird nicht ausgelöscht. Wins Seele kommt frei. Im Gegenzug bekommst du, was du siehst.« Sie breitete die Arme aus und bot sich ihm an. Dann zog sie eine Augenbraue hoch. »Ich will es schriftlich.«

In Jones' Augen wechselten sich Feuer und Eis ab, aber er holte bereitwillig einen weiteren zusammengerollten Bogen Pergament hervor. »Hier. Findet das deine Zustimmung?«

Poppy zögerte, und Jones schien sie mit einem heimtückischen Blick zu bedenken. Nachdenklich legte sie die Fingerknöchel ans Kinn. »Ein Kontrakt, der festlegt, dass Win und das Kind frei sind, und ein Kontrakt für mich.«

Einen Moment lang rührte sich keiner. Jones musterte sie. Poppy erwiderte den Blick. »Ich traue dir nicht.«

Jones' Zähne blitzten auf. »Ich dir auch nicht.« Er sah sie an, griff dabei wieder in die Tasche und holte einen weiteren Kontrakt hervor. »Dafür brauchen wir Winston Lanes Blut.«

Poppys Augen verengten sich zu schmalen Schlitzen. »Wie ich's mir gedacht hatte.« Sie sah Win an und bemühte sich, keine Reaktion zu zeigen. »Unterschreib.«

»Und wenn ich das nicht tue?« Seine Stimme brach fast.

»Dann wird unser Kind vernichtet werden.«

Ohne einen von beiden anzublicken, stach er sich selber und unterschrieb mit seinem Blut. Seine Augen brannten, als er verfolgte, wie die blutroten Buchstaben seines Namens auf dem Pergament erschienen. Jones' bleiche Hand kam in sein Blickfeld. Umständlich ritzte auch er seine Haut und unterzeichnete mit schwarzem Blut. Hieroglyphen. Win sah den Dämon an, aber Jones trat bereits zurück. Sein Blick war auf Poppy gerichtet.

»Jetzt dein Kontrakt.«

Poppy nahm die andere Rolle entgegen. Während Jones sie durchdringend musterte, las Poppy den Kontrakt durch. »Feder?«

Jones' Nasenflügel zitterten, als er tief Luft holte und Poppy dann dieselbe schwarze Feder reichte, die er auch Winston zum Unterschreiben gegeben hatte. Poppy nahm die Feder in die Hand. Vor lauter Anspannung drohte Win das Herz aus der Brust zu springen. Heftig fluchend ging er weg und spürte bei jedem Schritt Jones' spöttischen Blick auf seinem Rücken. *Immer mit der Ruhe. Gleich ist es geschafft.*

Poppy stach sich in den Finger und beugte sich dann vor, um zu unterzeichnen.

»Poppy.«

Sie sah auf, als Winston ihren Namen rief. Ihre Blicke trafen sich, und er musste schlucken. »Ich …«

»Jetzt mach endlich«, fuhr Jones sie an.

Ihre roten Wimpern senkten sich wie ein Fächer, und sie unterschrieb schwungvoll. Win sackte gegen die Mauer, als auch Jones unterzeichnete. Es war vollbracht.

»Hervorragend«, sagte Jones.

Poppy sah ihn finster an und weigerte sich näherzutreten, um nach Jones' ausgestreckter Hand zu greifen. »Warum ich?«, fragte sie. »Zumindest die Erklärung schuldest du mir?«

»Da ich dich jetzt habe, kann ich dir die Frage gern beantworten«, sagte Jones mit einem selbstzufriedenen Ausdruck, bei dem es Win in den Fingern kribbelte zuzuschlagen. »Meinesgleichen hat keine Angst vor Feuer oder Erde, aber vor Eis.« Er lachte leise und boshaft. »Ach, wie sehr meine Feinde sich davor fürchten. Mit dir an meiner Seite gibt es keinen, den ich nicht besiegen könnte.«

Ein kühler Blick aus braunen Augen musterte Jones abschätzend. »Und wenn ich mich nun entschließe, meine Kräfte gegen dich zu wenden?«

Ein kurzes Lachen durchschnitt die Nacht. »Du bist jetzt an mich gebunden, Tochter, und musst alles tun, was ich dir sage.« Vor Freude grinsend streckte Jones die Hand noch einmal aus. »Meine Liebe, wenn du jetzt mit mir kommen würdest.«

Nun war es an Poppy zu grinsen. »Ich glaube, Sie sind reingelegt worden.«

Jones brauchte einen Moment, um zu begreifen, dass die Stimme, die aus Poppys Mund kam, männlich war. Jones' wütender Blick aus weißen Augen ging zu Win, und seine Lippen verzogen sich zu einer wilden Grimasse, ehe er sich langsam wieder zu Poppy umdrehte.

Die Luft um sie herum vibrierte, und dann stand Jack Talent lächelnd vor ihnen. »Das stimmt doch, nicht wahr, Inspektor?«

»Ganz Ihrer Meinung, Mr Talent.« Wins Stimme klang locker, aber der Krieg hatte erst begonnen.

Jones' schmaler Körper wurde größer und wuchs. »Dann werde ich eben Sie in die Hölle mitnehmen, Jack Talent.«

Talent linste zu ihm auf. »Da war ich schon, danke. Davon abgesehen haben Sie zwar mein Blut, aber im Kontrakt steht Poppy Ellis Lane.«

»Um es kurz zu machen« – Win bedachte Jones mit einem freundlichen Lächeln –, »der Vertrag wurde eingegangen und ist null und nichtig. Dieser hier jedoch« – er hielt den Vertrag hoch, mit dem Jones alle Ansprüche auf ihn oder sein Kind aufgegeben hatte – »ist gültig.«

Scharfe Zähne blitzten auf, ehe Jones ein wütendes Brüllen ausstieß. Der Schrei hallte durch die Nacht und ließ Win bis ins Innerste beben. Dann brach Jones aus seinem sterblichen Leib hervor. Ein heftiger Ausstoß von Feuer und Rauch warf Win und Talent nach hinten. Talent stürzte zu Boden, und sein Kopf krachte auf den Stein. Er kam nicht wieder hoch. Rauch wirbelte durch die Luft und zog sich zu etwas zusammen, was Win vor Entsetzen erstarren ließ. Das Wesen richtete sich zu seiner vollen Höhe von über zwei Metern auf und knurrte.

Ein Werwolf, schrie Win innerlich, während er nach hinten taumelte und sein Körper nur noch wegrennen wollte. Es war ein Trugbild. Nur ein Trugbild. Doch das Brüllen des Werwolfs und sein heißer, stinkender Atem ließen Wins Körper anders denken. Bittere Galle stieg in ihm hoch. Win schluckte und riss zwei kurze Schwerter heraus, die er im Rücken unter der Jacke versteckt hatte. Mit fester Hand umklammerte er sie und richtete sich auf, um seinem Alptraum entgegenzutreten.

Der Werwolf machte einen Satz nach vorn. Win sprang zur Seite und ließ dabei sein Schwert nach unten sausen. Es traf auf Knochen, und Blut spritzte ihm ins Gesicht. Heiß. Nass. *Weg hier! Renn weg!* Er ignorierte den Befehl. Der Werwolf heulte vor Schmerz und Wut. Win blieb keine Zeit, sich zu bewegen, denn die Kreatur holte schon aus und erwischte ihn an der Brust. Er flog fast drei Meter durch die Luft, ehe er gegen einen Laternenpfahl krachte. Er sah Sternchen und schmeckte Blut.

Beweg dich!

Win rollte zur Seite, als auch schon rasiermesserscharfe Klauen die Pflastersteine an der Stelle aufrissen, an der er eben noch gelegen hatte. Wieder schlug Win zu und schlitzte seinen Widersacher mit Hieben auf. Zähne schnappten vor seinem Gesicht zu, und Klauen gruben sich in sein Fleisch. Wie gut er sich noch daran erinnerte. Sein Körper bebte und drohte zusammenzubrechen. Ächzend versetzte er der Bestie einen Tritt in den Bauch und stieß sie mit aller Kraft von sich.

Der Werwolf taumelte nach hinten, richtete sich aber blitzschnell wieder auf. »Ah, da ist jemand ein Kämpfer geworden, hm?« Jones' Worte waren aus dem Munde des Werwolfs kaum zu verstehen.

Mit schwitzenden Händen umklammerte Win die Schwerthefte und wartete mit vorgebeugtem Oberkörper auf den nächsten Angriff. »Stimmt genau. Und da will jemand wohl nicht in seiner wahren Gestalt kämpfen, hm?« Der Skarabäus lag schwer in seiner Hosentasche. Er wartete nur auf die Gelegenheit, ihn einzusetzen. »Oder hat da jemand Angst, Apep?«

»Du Wicht wagst es?«, knurrte Jones. »Du wagst es, meinen geheiligten Namen auszusprechen!«

Noch während er sprach, begann die Gestalt des Werwolfs grau und wabernd in sich zusammenzufallen. Es dauerte nicht lange, bis Jones wieder vor ihm stand. Aber er war jetzt nicht mehr dünn, sondern muskelbepackt und hatte eine dunkelrote Haut.

Win packte seine Schwerter fester. »Wir sind Kinder von Isis und stehen nicht mehr unter deinem Bann.«

Jones' Blick wanderte zu Poppys Kette, die um Wins Hals hing und jetzt zu sehen war, weil Wins zerfetztes Hemd sie nicht mehr verbarg. »Du meinst, Isis wird dich beschützen? Dummer Winston Lane.«

Mit blitzenden Augen warf er sich wie ein roter Blitz auf Win. Der Aufprall drückte sämtliche Luft aus dessen Lunge. Faustschläge trafen in schneller Folge sein Gesicht und sorgten für grausame Schmerzen. Nur mühsam blieb Win bei Bewusstsein, während er mit zitternder Hand nach dem Skarabäus in seiner Tasche griff.

Über ihm brannten Apeps Augen wie Feuer. »Du wirst um Erlösung flehen, Lane, flehen, dass du mein Sklave sein darfst.« Und dann stach er mit langen, schwarz schimmernden Nägeln in Wins Fleisch.

Winston brüllte, sein Körper bäumte sich unter Schmerzen auf. Die Nägel bohrten sich tiefer in sein Fleisch und schlitzten seine Brust auf. Er fing an zu zucken, und Blut trat in seinen Mund, als er sich wand. Blendend weiße Lichter explodierten vor seinen Augen, doch immer noch konnte er Apeps heimtückisches Grinsen sehen. »Das ist nur der Anfang.«

Nein, es war das Ende. Seine zitternde Hand hielt den Skarabäus, bewegte sich auf Apeps nackte Brust zu. Der Skarabäus vibrierte in Wins Hand, als versuchte er sich zu befreien. Er war seinem Ziel so nah. Vor Wins Augen verschwamm alles, der Schmerz fuhr sengend durch seinen Körper. Doch ehe der Stein Apeps Haut berührte, schlug der Dämon ihn mit einem Knurren weg.

Win stöhnte verzweifelt, als er seinen Plan durchkreuzt sah. Dann bohrte der Dämon seine Klauen noch tiefer in Wins

Brust. Grellweiße Blitze zuckten durch Wins Körper, und er brüllte so laut, dass ihm fast der Schrei seiner Frau entgangen wäre.

Poppy rannte den Uferdamm entlang. Sie schrie auf, als sie sah, wie Isleys Klauen in Wins zuckenden Körper stachen, und heiße Wut schoss durch ihre von der Betäubung geschwächten Glieder.

Weder dachte sie, noch sagte sie etwas. Sie handelte nur, indem sie die volle Wucht ihrer Kraft Isley entgegenschleuderte. Hinter ihr bäumte sich die Themse auf und schoss in einer Woge gefrierenden Wassers an ihr vorbei. Die Welle traf Isley und Win und warf die beiden wie zappelnde Fische zu Boden.

Verdammt. Während sie weiterrannte brachte sie den Energiestoß wieder unter Kontrolle und gab ohne innezuhalten einen Stoß auf Isleys Kopf ab, der ihn mit wirbelnden roten Gliedern von Win entfernte. Dann zielte Poppy auf Isleys Oberkörper und noch einmal auf seinen Kopf, wobei sie den Überraschungsmoment nutzte und den Dämon immer weiter von Win wegtrieb.

Sie hatte ihn mehrere Meter über das Pflaster rutschen lassen, als Isley schließlich brüllend aufsprang. Eine mächtige Faust traf Poppy voll an der Wange. Schwarzer Schmerz ließ ihren Schädel fast platzen. Dem nächsten Schlag wich sie aus. Während sie zu Win lief, gab sie einen weiteren Energiestoß ab. Eine Mauer aus dickem Eis hatte sich um sie und Win gebildet, als auch schon ein Feuerstoß des Dämons darin einschlug. Die Hitze des Angriffs ließ die Mauer schmelzen. Mit einem Ruck holte sie eine Chakram-Klinge aus ihrer Tasche und warf sie. Der Dämon wehrte die runde, sich drehende

Klinge mit einem Hieb seiner Klauen ab. Sie schleuderte einen weiteren Energiestoß in seine Richtung, der seinen Oberkörper in dickes, blaues Eis hüllte.

Er brüllte so laut auf, dass ihr Haar nach hinten flog, aber sie zuckte noch nicht einmal mit der Wimper. Immer mehr Eis umgab ihn. Sie nutzte die Wasser der Themse, um ihn zu halten, aber er ließ das Eis ebenso schnell wieder schmelzen. Fast hatte er sich befreit. Sie griff nach einer weiteren Klinge, als sie Wins Stimme krächzen hörte. »Der Skarabäus. Sein Name.« Blut sickerte aus Wins aufgeplatzter Lippe. »Er ist Apep.«

Apep? Und plötzlich begriff sie. Apeps Name stand auf dem Skarabäus. Er konnte ihn vernichten. Sie rappelte sich auf, rutschte aus und schlug sich die Knie auf. Dann kam sie endlich hoch und stolperte zu dem kleinen Steinkäfer, der kaum einen Meter vom Laternenpfahl entfernt auf dem Boden lag.

Apep schrie, und der Klang brechenden Eises hallte durch die Nacht. Poppys Hand schloss sich um den Skarabäus. Sie lief auf Apep zu, der vor Wut knurrte. Sie knurrte auch und rannte so schnell sie konnte, sodass der Atem in ihrer Kehle brannte.

Apeps Arm befreite sich aus der Umklammerung aus Eis. Er holte aus, als sie sich näherte, und wusste ganz genau, dass er ihr mit einem Schlag den Kopf abtrennen konnte.

»Poppy!« Wins Stimme, die vor Verzweiflung plötzlich wieder Kraft gewonnen hatte, hallte zu ihr. »Runter!«

Sie ließ sich fallen. Sie wusste nicht warum, nur dass sie ihm vertraute. Kaum kauerte sie auf dem Boden, hörte sie das Pfeifen einer Klinge, die über ihren Kopf hinwegflog. Poppy schaute auf und sah das goldene Funkeln ihres Chakram, als dieser butterweich durch den immer noch gefesselten Arm des Dämons fuhr. Der abgetrennte Arm schlug dumpf auf dem Boden auf. Apep kreischte und versuchte, seinen anderen Arm aus dem Eis zu befreien. Die Risse wurden immer größer, und das Eis begann langsam zu bröckeln.

Das Herz schlug ihr bis zum Hals, als Poppy noch einmal alle Kraft heraufbeschwor und aufsprang. Apep hatte seinen Arm fast befreit. Mit einem lauten Schrei der Verzweiflung schlug Poppy den Skarabäus gegen Apeps rote Brust.

Der Skarabäus leuchtete strahlend auf und erwachte zum Leben, um sich in das Fleisch des Dämons zu bohren, der sich wand und brüllte. Apeps Augen leuchteten auf wie Lichter, und aus Nase und Mund schoss ein goldenes Feuer. Mit vor Schmerz verzerrtem Gesicht sah er Poppy an. »Du warst auch mein. Du hättest wie ich sein können.«

Das merkwürdige Gefühl, etwas verloren zu haben, erfasste sie, dann brach der Dämon in einer Wolke aus Rauch und Feuer auseinander.

Die Wucht war so groß, dass große Brocken Eis durch die Luft flogen und sie und Win niederstreckten. Apeps letzter Schrei hallte durch die Nacht. Und dann war er fort. Alles war so schnell gegangen, dass Poppy fast das Gefühl bekam, es nur geträumt zu haben. Im selben Moment wurde sie von einer solch großen Erschöpfung erfasst, dass sie seufzend zu Boden sank. Ihr Herz schlug gleichmäßig, aber schnell, und die Kraft, die es sie gekostet hatte, ihre Gabe zu benutzen, hatte sie wie immer geschwächt.

Einen Augenblick lang atmete sie tief durch, dann tauchten Wins Stiefel vor ihr auf. Ihr Blick glitt seinen schlanken Körper empor, bis sie ihm in die Augen sah. Seine Haut hatte einen grünlichen Schimmer, Schweißperlen standen auf seiner Stirn. Sie sah, dass seine Hände zitterten, obwohl er versuchte, sie ruhig zu halten.

»Woher wusstest du, wer er ist?« Sie klang gelassen, trotz der Angst, die sie immer noch beherrschte. Win hätte getötet werden können. Sie hatte nie zugelassen, an so etwas auch nur zu denken. Dieses Wissen rann ihr jetzt als kalter Schauer über den Rücken.

Er drehte den Kopf, sodass er ihr sein zernarbtes Profil zuwandte, während er den kleinen Berg aus schmelzendem Eis betrachtete, der vor ihnen lag. Eine leichte Brise hob seine Haarspitzen und ließ sie um seine strengen Züge wehen. »Es schadet nie, sich ein bisschen schlauzumachen.«

Ein Anflug von Erheiterung war in seinen Augen zu erkennen, als er sich wieder zu ihr umdrehte. Sie konnte sehen, wie blass er war, und dass er leicht wankte. »Hast du eigentlich ein ganzes Waffenarsenal unter deinem Hemd versteckt?«

»Kein ganzes«, erwiderte sie und ging auf seinen lockeren Tonfall ein. »In den Taschen habe ich auch ein paar.«

Seine Lippen verzogen sich, doch es war ein zittriges Lächeln, das ihm eindeutig schwerfiel. »Du bist spät dran.«

Sie stieß ein ersticktes Lachen aus. »Natürlich. Du hast mich doch betäubt, du Mistkerl.«

Sich nur daran zu erinnern, wie selbstherrlich er gehandelt hatte, ließ sie rot sehen. Aber im Grunde musste sie unwillkürlich denken ›Bravo‹ und ›Gut gemacht‹. Denn sie hätte genauso gehandelt, wäre sie auf die Idee gekommen. Win konnte ein höchst durchtriebener Mistkerl sein, wenn er wollte. Dass er das Betäubungsmittel in die Sahnewecken gegeben hatte, war außerordentlich hinterhältig gewesen.

Als sie aus ihrer Betäubung erwacht war, hatte Wut sie beherrscht. Aber gemäß seinem Versprechen, nie wieder etwas vor ihr zu verheimlichen, hatte er ihr eine Nachricht hinterlassen und ihr darin mitgeteilt, wo er war und wie er Isley austricksen würde. Wie ein richtiger Spieler hatte er kaum etwas dem Zufall überlassen und alles so gut durchdacht, dass ihr das Herz vor Stolz fast überquoll.

Er holte gurgelnd Luft. »Ich dachte mir … es würde dir … gefallen.« Dann fiel er auf die Knie.

»Win?« Sie stemmte sich hoch und krabbelte zu ihm. Ehe er nach vorn kippte, fing sie ihn auf. Sie hatte seine Wunden ganz vergessen. Ein dunkelroter Fleck breitete sich auf seinem zerfetzten weißen Hemd. »Win!« Sie riss das Hemd weiter auf. Sein Fleisch war voller Löcher, und ein dickes Stück Eis, das bereits schmolz, steckte in seiner rechten Schulter. »Oh, verdammt!«

Seine Lider flatterten. »Es sieht so aus, als bräuchte ich ein bisschen Hilfe.«

Zitternd beugte sie sich über ihn, legte eine Hand auf die Wunde und kühlte sie. »Lass dir ja nicht einfallen zu sterben, Winston Lane, sonst bringe ich dich um.«

Er verzog die Lippen. »Keine Sorge, Liebes. Den Plan werde ich durchkreuzen.« Dann schloss er die Augen.

42

Eigentlich sollte es für jemanden, der gerade Monate der Rekonvaleszenz von einer Werwolf-Attacke hinter sich hatte, nichts Besonderes sein, von einem Stück Eis durchbohrt zu werden. Doch dem war nicht so. Win lag auf der Seite und versuchte nicht zu atmen, während er döste. Trotz seiner Benommenheit war er sofort hellwach, als er ein Geräusch von der Tür hörte, und jeder einzelne geschundene Muskel schrie protestierend auf.

Jemand kam herein. Er hoffte, dass es Poppy war, doch der Schritt schien zu schwer. In dem Raum breitete sich eine seltsame Atmosphäre aus. Seine Hand schloss sich um die Pistole, die er unter dem Kissen verbarg. Win blieb ganz ruhig liegen, obwohl sein Herz raste und sein Körper vor Schmerz pochte. Er war zu schwach, um aufzuspringen und anzugreifen, deshalb musste er sich aufs Überraschungsmoment verlassen. Die langsamen Schritte kamen näher. Er hatte ein leises Dröhnen in den Ohren. Seine schweißnasse Hand umklammerte die Pistole.

Unter fast gesenkten Lidern beobachtete er, wie in lange Hosen gehüllte Beine in sein Blickfeld traten. Es hätten Archer oder Ranulf sein können, aber die hätten beim Betreten des Zimmers etwas gesagt. Win wartete, bis der Mann noch einen Schritt näher kam. Er biss die Zähne zusammen, um der Schmerzen Herr zu werden, öffnete die Augen, zog die Pistole hervor und zielte.

Sein Bruder erstarrte und sah ihn mit großen, dunklen Augen an.

Win entspannte sich ein wenig. Der Schock, seinen Bruder plötzlich vor sich stehen zu sehen, ließ seine Brust brennen. Und wenn sein Leben davon abhängig gewesen wäre, wusste er doch nicht, was er sagen sollte. Deshalb wartete er und konnte auch die Waffe nicht senken, denn er musste erst wissen, was der Mann wollte.

»Ich kenne dich.« Oz schluckte, und seine erhobenen Hände zitterten so stark wie die von Win. »Du bist mein … Gütiger Himmel, Win. Du bist es, nicht wahr?«

Langsam ließ Win den Arm sinken. Er wollte nicht antworten … wollte nicht erleben, dass sein altes Leben und sein jetziges miteinander kollidierten. Doch das war bereits geschehen. Wins Kehle schnürte sich zu, als die alten Gefühle wieder in ihm hochkamen. Er hatte es sich immer verwehrt, an seinen Bruder zu denken … den Mann, den er zurückgelassen hatte.

»Oz«, krächzte er.

Mit angespanntem Kiefer ließ Oz die Hände sinken und sah Win ins Gesicht. »Ich dachte, du wärst tot. Ich erinnere mich …« Er schüttelte den Kopf. »Ich weiß nicht. Ich erinnere mich daran, dass du gestorben bist. Deine Name steht auf der Familiengruft.« Es war ein Vorwurf voller Schmerz und Verwirrung. »Und dann …« Er rieb sich mit einer Hand den Nacken. »Dann bin ich heute Morgen aufgewacht und wusste es. Ich wusste, dass du nicht tot bist. Und ich wusste auch, wo ich dich finde.« Er durchbohrte Win förmlich mit seinem Blick. »Wie? Wie kann das sein, Win?«

Win musste mehrmals ansetzen, ehe er seine Stimme wiederfand. »Ich weiß es nicht.«

Oz richtete sich auf, und sein Tonfall wurde kräftiger … hoheitsvoller. »Du warst hier … in London … die ganze Zeit. Und hast als Detective gearbeitet. Wie konntest du nur …« Er presste die Lippen aufeinander. »Wie konntest du nur nie zu mir kommen? Du hast mich in dem Glauben gelassen, du seist tot. Warum?«

Win holte tief Luft und bedauerte es sofort. »Vater hat mich verleugnet, als ich Poppy geheiratet habe.«

»Die Tochter des Kaufmanns.«

Win wusste nicht, was Oz über Poppy wusste, und es war ihm auch egal. Sie war sein, und es würde sich ihm auf keinen Fall je wieder ein Duke of Marchland in den Weg stellen. »Ich dachte, du wüsstest Bescheid … und würdest mich auch verleugnen.« Eine Ausrede, die der Wahrheit näherkam, fiel Win nicht ein.

Oz zuckte zusammen und sah ihn so angewidert an, als hätte Win ihm ins Gesicht gespuckt. »So wenig hältst du also von mir?«

Der Himmel möge ihm vergeben. »Das war, was Vater mich glauben machte.« Poppy hatte recht gehabt … die eigene Familie anzulügen war nicht annähernd so einfach, wie es schien.

Oz nickte und senkte kurz den Blick, ehe er ihn wieder hob und Winston immer noch vorwurfsvoll ansah. »Wir sind uns begegnet. Auf Amys Feier. Du hast so getan, als würdest du mich nicht kennen.«

Verdammter Mist. »Ich habe mich geschämt.« Verflucht noch mal. »Und du hast auch nicht so gewirkt, als würdest du mich kennen.«

»Verdammt noch mal, Win. Du bist mein Bruder. Aber du siehst nicht mehr so aus wie früher. Hätte ich dich erkannt, würde ich …« Sein Mund klappte zu. »Was ist dir widerfahren?«, fragte er nach einem Moment.

Win holte tief Luft. Er hatte nicht die Kraft, sich Lügen für seine Narben auszudenken. »Mein Leben ist jetzt ein anderes, Oz.«

Der Rest seiner Antwort war Schweigen. Sein Bruder trat einen Schritt näher ans Bett. »Es wird jetzt besser werden. Es ist mir egal, was Vater getan oder gesagt hat. Du hast Grundbesitz … Vermögen, das ich dir bereitwillig …«

»Nein.«

Oz sah ihn verwirrt an. »Was meinst du damit? Ich gebe dir diese Dinge freiwillig … von Herzen.«

Win sah seinem Bruder fest in die Augen. »Ich will nichts davon. Das wollte ich nie. Als ich gesagt habe, mein Leben sei anders, habe ich damit gemeint, dass es nichts mit deiner Welt gemein hat. Das ist das Leben, das ich führen will.« Er lachte auf, was den Schmerz durch seinen Körper schießen ließ. »Abgesehen natürlich von der misslichen Lage, in der ich mich zurzeit befinde.«

Oz legte den Kopf schief, um Win mit gerunzelter Stirn anzublicken. Einen Moment lang sah er wieder wie der Junge aus, der Win beigebracht hatte, auf Bäume zu klettern und zu schießen, sodass Win der Atem stockte. Doch der Eindruck verschwand und wurde durch eine sehr hoheitsvolle, sehr ärgerliche Miene ersetzt. »Das werde ich nicht hinnehmen, Win.«

»Ich bitte dich darum«, erwiderte Win mit rauer Stimme. »Bitte, tu es.«

Oz sah ihn immer wütender an. »Ich versteh dich nicht.« Dann richtete sich Oz' Blick auf eine Stelle über Wins Schultern. »Willst du denn gar nichts von mir wissen?«

Wins Hände umklammerten das Bettzeug. »Es wäre mir eine Ehre, dich wieder kennenzulernen, Bruder.« Er schluckte. »Ich bitte dich nur darum, mich nicht wieder in deine Welt zurückzuholen. Winston Lane ist nicht der Bruder eines Duke. Er ist Detective.«

Oz legte seine Hand auf Wins. »Lord Winston Hamon Belenus Lane kann beides sein.«

Win räusperte sich. »Wir werden sehen.«

»Ja, das werden wir.« Oz' Lippen verzogen sich zu einem schiefen Lächeln, das Wins verstörend ähnlich sah. »Du hast dich nicht verändert.«

»Du auch nicht.« Gütiger Himmel! Win war überhaupt nicht bewusst gewesen, wie sehr er ihn vermisst hatte.

Nachdem Poppy beobachtet hatte, dass Osmond das Zimmer verließ, schlich sie die Treppe hinauf und schlüpfte ins Schlafzimmer. Dieses Mal hatte Ian Winston verarztet. Er hatte seine Wunden genäht, Salbe aufgetragen und einen Verband angelegt. Jetzt lag Win in der Mitte des Bettes, das sie so viele Jahre friedlich geteilt hatten. Das Sonnenlicht verlieh seinem Haar goldene und bronzene Schattierungen. Morgendliche Bartstoppeln umspielten seinen strengen Kiefer und ließen seine Lippen weicher erscheinen. Er bewegte sich im Schlaf, und das Haar fiel ihm in die Stirn.

Poppys Hand umklammerte den Türknauf. Sie sehnte sich danach, neben ihm zu liegen, ihm das Haar aus der Stirn zu streichen, eine Hand an seine Wange zu legen und ihn zu liebkosen. Ihr Blick glitt zu dem weißen Verband, der eine Schulter bedeckte und sich um seinen Oberkörper wand. Daran war ihr Eis Schuld. In gewisser Weise war sie für jede einzelne Narbe auf seinem Körper verantwortlich. Was wäre Winston Hamon Belenus Lane heute, hätte er nicht die Bekanntschaft von Poppy Ellis gemacht? Ein Lord … und in Sicherheit.

Ihr Leben würde sich nicht verändern. Überall lauerten Gefahren. Und sie konnte dieses Leben nicht aufgeben. Sie wollte es nicht. Schwerfällig wandte sie sich ab, um zu gehen.

»Poppy Ann Lane.« Seine Stimme, die vor Erschöpfung ganz rau klang, verlangte ihre Kapitulation.

Sie drehte sich wieder um und lehnte sich mit der Schulter an die Wand. »Ja, Mr Lane?«

Der Bereich unter seinen Augen war dunkellila angelaufen und verstärkte das helle Blau seiner Augen. Sein Mund verzog sich zu einem halben Lächeln, dem jedoch keine Erheiterung innewohnte. »Du bist in deinem ganzen Leben noch nie vor etwas weggelaufen. Erzähl mir nicht, dass du jetzt damit anfangen willst.«

Aber sie wollte es doch. Ihr Körper schmerzte, als sie sich dazu zwang zu sprechen. »Als wir uns damals kennenlernten, dachte ich, alles zu wissen. Ich dachte, Selbstaufopferung und die Märtyrerin zu spielen würde mich adeln. Was für ein Blödsinn. Was für einen Sinn hat ein Leben, das im Schatten geführt wird? Und wenn das Schicksal einen anderen Lauf genommen hätte und ich zu dir und einem gemeinsamen Leben Nein gesagt hätte, wäre ich der größte Dummkopf von allen gewesen.« Schon der Gedanke jagte ihr einen Schauer über den Rücken. »Du hast mit mir mal über Entscheidungen gesprochen. Nun, ich entscheide mich jetzt für dich, Win. Ich werde mich immer für dich entscheiden.« Ihre Finger legten sich fester um den Türrahmen. »Ich werde dich immer lieben.«

Er öffnete den Mund, um etwas zu sagen, doch Poppy hielt eine Hand hoch. »Aber es geht hier nicht um meine Entscheidung. Es geht um deine.« Poppy holte tief Luft, und es tat weh. »Wenn du nun dein früheres Leben zurückhaben könntest?« Sie verzog das Gesicht. »Wenn es da irgendjemanden gäbe, der besser für dich ist? Sicherer … du wärest in Sicherheit.«

Wins Augen verengten sich, aber er bewegte sich nicht, während er sie musterte. Und obwohl ihr das Herz aus der Brust zu springen drohte, wich sie seinem Blick nicht aus. Nach einem, wie ihr schien, endlosen Moment, den er sie unverwandt angesehen hatte, blinzelte er. Seine Stimme klang klar, als er sprach. »Winston Lane wurde geboren, als er Poppy Ellis kennenlernte.« Seine raue Stimme gewann an Kraft. »Mein Leben begann mit dir. Und es wird mit dir enden. Das weiß ich.«

Ihr stockte der Atem, und seine Worte schnitten ihr ins Herz, sodass es anfing zu bluten. »Ich habe Angst. Ich … ich mag dich nicht in Gefahr sehen.«

»Ich dich auch nicht.« Wieder trat dieses schiefe Lächeln auf sein Gesicht. »Aber wir werden uns daran gewöhnen müssen.«

»Werden wir das?« In ihrem Innern kribbelte und zuckte es. Sie rieb sich die Arme, als ob sie das beruhigen würde.

Wins Blick folgte der Bewegung. Sein Gesichtsausdruck veränderte sich nicht, aber er streckte eine Hand aus. »Komm her.« Als sie zögerte, warf er ihr einen seiner tadelnden Blicke zu. »Wenn du es nicht tust, werde ich zu dir kommen müssen. Und meine Brust tut höllisch weh.«

Darüber musste sie lächeln. Ihre Röcke raschelten in der Stille des Raumes, als sie näherkam und neben dem Bett stehen blieb. Win zog eine Augenbraue hoch und schaute zu ihr auf. »Setz dich.« Sein gebieterischer Tonfall wurde noch nachdrücklicher. »Auf mich.«

Sie stieß ein schockiertes Lachen aus. »Win.«

»Poppy«, erwiderte er im selben Tonfall. Ein Lächeln spielte um seine Lippen.

»Herrschsüchtiger Kerl«, brummte sie. Aber sie liebte es, wenn er so war, und das wusste er auch, dieser schlaue Mistkerl. Herrliche, ungezügelte Freude stieg in ihr auf.

Seine Lippen verzogen sich zu einem breiten Grinsen, als sie die Röcke hob und aufs Bett kletterte, um sich vorsichtig rittlings auf ihn zu setzen. Als sich ihr Gewicht auf seine Oberschenkel senkte, stöhnte er, und seine Hände gingen zu ihren Knien. »Das habe ich gebraucht.«

Sie lachte wieder … ein etwas atemloser Laut, weil seine rauen Finger über ihre Schenkel glitten und ihre ganze Aufmerksamkeit in Anspruch nahmen. »Du hast es gebraucht, dass ich dich auf dem Krankenbett zerquetsche?«

Seine Augen leuchteten, und das kühle Blau wich funkelnder Leidenschaft. »Ich habe es gebraucht, dich an mir zu spüren.«

Wie gut sie das verstand. Auch in ihr war etwas zur Ruhe gekommen, als sie ihn berührte. Sie atmete zischend ein, als seine Daumen über ihre Hüftknochen strichen. Er schaute zu ihr auf. »Bestimmte Ereignisse der letzten paar Monate haben mich Jahre meines Lebens gekostet. Da bin ich mir sicher.«

»Win, mach nicht einmal Scherze darüber.«

»Jahre.« Der gebieterische Blick war wieder da. »Öffne meine Hosen.«

Da wo der flache, muskulöse Bauch in die Hose überging, befand sich eine große Wölbung. Sie hatte sie ignoriert, weil er verletzt war. Aber Wins Stimmung konnte nicht ignoriert werden. Ihre Finger zitterten ein wenig, als sie gehorchte. Das Öffnen des ersten Knopfs befreite die Spitze seiner Männlichkeit, und ihr Bauch zog sich erwartungsvoll zusammen. So dunkel, glatt und heiß. Ihre Knöchel strichen über die Spitze, während sie ihre Arbeit fortsetzte. Mit jedem Kopf der sich öffnete, löste sich auch ihre Anspannung. Und dann war er befreit.

Win seufzte erleichtert auf, und seine Hände schoben sich über ihren Hintern.

Wie er unter ihr lag, glich er einem Festmahl aus männlicher Schönheit, goldener Haut und straffen Muskeln. Seine breite

Brust hob und senkte sich bei jedem Atemzug, den er tat. Bald würde er auch dort eine Narbe haben, die zu jenen passte, die seine linke Seite bedeckten. Der Körper eines Kriegers, der sich unter der Hülle des Gentleman verbarg. Seine Männlichkeit lag groß und schwer auf seiner Haut.

»Berühre mich«, wisperte er.

Glühende Hitze breitete sich in ihr aus, als ihre Blicke sich trafen, und sie nahm ihn in die Hand. Win zuckte in ihren Fingern. Schnell fuhr er sich mit der Zunge über die Lippen. »Streichle mich.«

»So?«, hauchte sie und ließ ihre Hand über die gesamte Länge seines seidigen Schafts gleiten.

Er zitterte. »Fester. Ah … das nenn ich eine gute Frau.«

Poppy biss sich auf die Unterlippe, um nicht zu lachen, während sie ihn weiter streichelte. Stöhnend zerrte er sie näher, sodass sie auf seinen Hüften saß und sich sein straffes Gemächt an ihren heißen Schoß schmiegte. Poppy unterdrückte den Drang, sich an ihm zu reiben. Später. Jetzt war er an der Reihe. Sie strich mit der Hand auf und ab, und er schloss die Augen.

Einen Moment lang lag er nur keuchend da und gab sich ganz ihren Aufmerksamkeiten hin, dann öffnete er die Augen und sah sie mit schläfriger Zufriedenheit an. »Nicht ein einziges Mal habe ich die Gefahr wirklich bedauert, Boudicca.« Seine Finger legten sich fester um ihren Hintern. »Ich habe mich nie lebendiger gefühlt, als wenn ich dem Tod ins Auge sah und wusste, dass du auf mich warten würdest, sollte ich ihm ein Schnippchen schlagen.«

Poppys Blick glitt über sein Gesicht und sah die zackigen Narben und die wilde Glut und Freude in seinen Augen. Ihr Herz vollführte einen Sprung, und sie lächelte. »Es wird immer so sein, nicht wahr?«

Das Lächeln breitete sich nur langsam auf seinem Gesicht aus, doch als es da war, hatte es etwas Verschmitztes. »Was denn?«

Er wusste ganz genau, was sie meinte, aber sie sprach es trotzdem aus.

»Dass du dich nach der Gefahr sehnst und sie suchst.« Sie küsste ihn zärtlich, ehe sie sich wieder aufsetzte, um ihn anzuschauen. »Irgendwie befürchte ich, dass es schwierig sein wird, mit Ihnen auszukommen, Mr Lane.«

»Oh, sehr …« Er keuchte, als sie ihn verführerisch drückte, »… schwierig.« Er fing sich und sah ihr wieder in die Augen. Seine Stimme bekam einen rauen und heiseren Klang. »Angst, Mrs Lane?«

»Angst?« Sie strich mit dem Daumen kreisförmig über seine Spitze und brachte ihn damit zum Keuchen. »Ich kann es kaum erwarten.«

Epilog

Jack zog jetzt die Dunkelheit vor. Sie hatte etwas Beruhigendes. Sie milderte die schroffen Kanten der Realität. In der Dunkelheit musste er nicht fürchten, mit anderen reden zu müssen, und er brauchte auch nicht so zu tun, als wäre er nicht gebrochen. In der Dunkelheit konnte er einfach sitzen … und beobachten.

Er saß auf einer Dachkante, und ganz London lag vor ihm … die runde Kuppel von St. Peters und die unzähligen Schornsteine, die zwischen den Dachfirsten verteilt waren. Rauch stieg aus ihnen empor und hob sich vom Nachthimmel schwarz ab. Tausende von Rauchsäulen, die dem Himmel entgegenstrebten und wie Seelen aussahen, die die Erde verließen. Doch sein Blick war auf das Fenster unter ihm gerichtet. Ein golden schimmerndes Rechteck … der kleine Ausschnitt eines Zimmers: ein Tisch vor dem Fenster, der dicke Teppich auf dem Boden … und sie. Das Licht flackerte, als sie am Fenster vorbeiging. Anmutige Glieder, lang fließendes Haar und schwingende Röcke. Sein Bauch zog sich vor Schmerz zusammen. Und trotzdem hatte die fließende Anmut, mit der sie sich bewegte, die gleiche beruhigende Wirkung auf ihn wie die Dunkelheit.

Deshalb beobachtete er sie. Und sie wusste nie, dass er da war. Jeden Abend, um nur einen kurzen Blick auf sie zu erhaschen, ehe er wieder in der Dunkelheit verschwand. Sie würde es nie erfahren.

Danksagungen

Wie immer gilt mein großer Dank meiner wundervollen, engagierten Agentin Kristin Nelson, meinem emsigen und klugen Lektor Alex Logan und dem fantastischen Team von Grand Central/Forever, Amy Pierpont, Lauren Plude, Jennifer Reese, Megha Parekh und vielen anderen … jeden Tag danke ich dem Himmel, dass ich mit euch zusammenarbeite.

Außerdem danke ich meiner Familie für ihre unermüdliche Liebe und Unterstützung, insbesondere meinem Mann und meinen Kindern, die diese Arbeit als Gemeinschaftsprojekt betrachten … und ich glaube, sie haben recht!

Ich danke dir, Amy Noble, dass du bei der Brenda Novak Onlineauktion für Diabetesforschung teilgenommen und die Darkest London-Serie für sie gewonnen hast. Ich hoffe, du freust dich über deine Namensvetterin.

Ich danke vielmals Jenny Harlett und dem Barkeeper Krishna Ramsundar für die höchst erhellenden, wenn nicht gar berauschenden Informationen über Absinth. Jegliche Fehler, die sich in Bezug auf die Grüne Fee eingeschlichen haben, sind mir ganz allein zuzuschreiben.

All den Rezensentinnen, Bloggerinnen und Leserinnen, die meine Bücher bekannt gemacht haben, mir ihre Unterstützung zukommen ließen und meine Arbeit für mich so kostbar gemacht haben, bin ich ebenfalls zu großem Dank verpflichtet. Ihr seid mir ein Quell der Inspiration.

Kristen Callihan ist ein Kind der Achtziger. Sie trug Röcke in Neonfarben, schwarze Spitzenhandschuhe und Fliegerstiefel (allerdings nie alles zur gleichen Zeit) und kann die besten Passagen aus John-Hughes-Filmen zitieren. Sie war ihr Leben lang eine Tagträumerin und erkannte schließlich, dass die Figuren in ihrem Kopf ein passendes Zuhause brauchten. Sie griff zur Tastatur. Sich zu verlieben ist für sie die berauschendste Erfahrung, die ein Mensch machen kann, was sich in der Natürlichkeit widerspiegelt, mit der sie ihre Liebesromane verfasst. Ihre Begeisterung für Superhelden, Actionfilme und Geschichte bewog sie, übersinnliche historische Romane zu schreiben. Sie lebt im Bezirk Washington, D.C., und kümmert sich – wenn sie nicht gerade schreibt – um zwei Kinder, einen Ehemann und einen Hund … die Fische können für sich selber sorgen.

Larissa Ione

Demonica

Romantic Fantasy

Tauche ein in Larissa Iones Welt voller dunkler Leidenschaften und heißer Erotik!

Eine Dämonenjägerin, deren Leidenschaft von einem attraktiven Dämon entfacht wird. Ein ehemaliges Dämonenpaar, das nach einer Entführung gezwungen ist, sich erneut ihrer Liebe zueinander zu stellen. Eine Frau, der ein Amulett Unsterblichkeit verleiht, solange sie ihre Unschuld bewahrt. Ein Auftragsmörder wider Willen, der sich in eine Feindin verliebt …

»Eine faszinierende Welt voller prickelnder Erotik!« *Lara Adrian*

Band 1:
Verführt
ISBN 978-3-8025-8378-0

Band 2:
Entfesselt
ISBN 978-3-8025-8379-7

Band 3:
Fluch des Verlangens
ISBN 978-3-8025-8380-3

Band 4:
Versuchung der Nacht
ISBN 978-3-8025-8879-2

Band 5:
Tödliche Verlockung
ISBN 978-3-8025-8945-4

---

www.egmont-lyx.de

LYX
EGMONT